일
루
두
전

§ 일루전 §

2018년 5월 17일 초판 1쇄 인쇄
2018년 5월 24일 초판 1쇄 발행

지은이 § 문은숙
발행인 § 곽동현
기획&편집디자인 § 신연제, 이윤아
발행처 § (주)조은세상

등록 § 2002-23호(1998년 01월 20일)
주소 § 경기도 연천군 미산면 청정로 1355
Tel § (02)587-2977
e-mail romance@comics21c.co.kr
블로그 http://goodworld24.blog.me

값 11,000원

ISBN 979-11-6171-856-9

일루전

문은숙
장편소설

GOOD

WORLD

ROMANCE

NOVEL

(주)조은세상

Contents

이쪽엔 서운해 할 사람이 있고 그쪽엔 시원해할 사람이 있으니 계산도 얼추 맞군. 그런 문제가 아니라고 한심해 할 것 없어. 내 생각엔 크게 다를 바가 없으니까.

내 할아버지와 네 어머니. 나와 너. 잘도 이렇게 한쪽으로 기우는 우정을 유지해왔구나 싶네.

여하튼 그 기우는 우정도 이 시간부로 끝. 네가 언제 이 편지를 보게 될지는 몰라도, 이 종료선언을 가볍게 긍정하는 걸로 네 할 일은 끝나. 간단하지?

돌이켜보면 늘 너한테 부끄럽지 않은 친구가 되려고 전전긍긍했던 것 같다. 그렇지만 내 노력은 별 의미가 없었지. 항상 내 자랑거리였던 너에 비해 나는 언제 한 번 네게 자랑스러운 친구가 되어준 기억도 없고.

그러니 끝을 말하는 게 별로 아쉽지가 않아. 시원섭섭을 넘어 후련하다는 기분까지 드는 건, 그만큼 내가 안 어울리는 옷을 입고 있었던 탓이겠지. 이런 건 다 끝난 후에야 제대로 보이는 법인가 봐.

사설이 길었다. 모쪼록 지금보다 더 멀리, 훨씬 높이 나는 새가 되길 빌게.

아프지 말고.

옛 친구가, 축복을 담아.

1. 탐탁지 않은 조우

'세상 모든 일에는 다 정해진 때가 있다.'

그 말을 한 것은 한동안 나희를 전도하려고 애쓰다 단념한 예전 직장 동료였던 것으로 기억한다. 언뜻 듣기엔 그럴싸하지만 곰곰이 새겨볼 만한 깊이는 없는 흔한 격언쯤으로 치부하고 자연스레 잊어버렸던 말.

그런데 이제 병원에서 걸려온 전화를 끊으며 나희는 새삼 그런 말이 있었지 하고 떠올렸다. 그리고 잠시 온몸이 기능을 멈춘 듯한 정적에 사로잡혀 그 짤막한 문장에 천착했다.

정해진 때. 막혔던 것이 뚫리고 오리무중의 안갯속에 한줄기 햇빛이 비쳐드는 것 같은, 그러한 드라마틱한 변화의 순간을 그녀는 기다려 왔던가?

"…설마. 그렇게까지 감상적이진 않아."

한 차례 고개를 저으며 쓸데없는 감상에 선을 긋고 나희는 비상구 문을 향해 몸을 돌렸다. 그러나 문고리를 향해 뻗어가던 손은 먼저 찰칵 고리가 돌아가며 젖혀지는 문으로 인해 주춤하고 멈추었다. 빠끔히 열리는 문

사이로 지친 듯한 남자의 목소리가 먼저 흘러들어왔다.

"그러니까, 싫다고 그러는 게 아니래도? 자자, 진정하고 내 말 좀 들어봐."

"무슨 사정이든 마찬가지야. 자기 마음이 부족하니까 시간이 없는 거지, 그럴 마음만 있으면 없는 시간도 쪼개서 온다고 애들이 그랬단 말이야. 자기, 이렇게 벌써부터 요리조리 핑계 대는 거… 어머, 나희 씨."

비상구 안으로 한 걸음 내딛던 여자가 나희를 보고 대뜸 눈살을 찌푸렸다. 장진아, 대학을 졸업하고 설계사무소에 들어온 지 갓 삼 개월을 넘긴 신입으로 이를테면 나희가 그녀의 사수였지만—그것도 열 살 연상의—이 부사수는 그런 것에 전혀 아랑곳하지 않았다. 그도 그럴 것이 그녀는 설계사무소의 대표 장인호의 외동딸이었다.

"막 나가려던 참이에요. 일들 보세요."

나희는 가볍게 인사를 건네고 진아의 옆을 지나쳐 비상구를 나갔다. 목덜미에 진아가 아닌 다른 이의 시선이 닿는 게 따끔거리며 느껴졌다. 썩 용의주도한 편은 못 되는 남자라고 나희는 남의 일처럼 생각하며 태연히 걸어갔다.

두 남녀가 비상구로 빨려들듯이 사라지고 그녀의 슬리퍼 소리만이 남은 복도를 나희는 힐긋 뒤돌아보았다.

경리 겸 사무보조를 둘이나 둘 정도의 호황과는 인연이 별로 없는 설계사무소에 새로 들어온 신입 경리. 나희는 십 년간 혼자 해온 일을 지난 석 달간 꾸준히 진아에게 가르쳐 주었다. 일을 하려는 의욕을 보이지 않아 넘겨준 업무는 얼마 안 되지만 일단 가르치는 김에 만들어 놓은 매뉴얼은 그럭저럭 탄탄하다.

동행한 남자, 이준석. 그가 대학원생 신분으로 설계사무소에서 인턴을 할 때부터 봐 온 4년의 시간 중 3년을 나희는 그와 연애하면서 보냈다. 두어 달 전 3주년을 사흘 남기고 헤어짐을 통보받을 때까지. 이별의 이유로 남자는 아직 결혼할 마음도 없이 그녀를 붙잡고 있는 것이 더는 미안해서 안 되겠다며 세상없이 절절하게 울었던바 있다.

이제 저 둘은 목하 열애 중이다. SNS 따위는 번거로워서 싫다며 기본적인 커뮤니케이션 앱조차 하는 둥 마는 둥하던 남자가 어느 때부터 하루가 멀다 하고 프로필에 커플 사진을 올려가며 새 사랑을 과시하니 모르고 넘어갈 도리가 없었다.

얼마 전 나희는 50일 기념으로 반지를 맞추느냐 마느냐로 옥신각신하고 있다며 애인의 짠돌이 기질에 대해 푸념하는 진아의 전화 통화도 우연찮게 들었다.

그리고 어제 화장실에서 마주쳤을 때, 진아는 웬일로 붙임성 있는 얼굴로 나희에게 새 반지가 어떤지 감상을 물었다. 진아가 좋아한다는 아쿠아마린을 작지만 또렷하게 품은 백금반지는 손톱 끝까지 잘 다듬어진 그녀의 갸름한 손가락에 퍽 잘 어울렸다.

"예쁘네요. 손이 확 사는 것 같아요."

"그렇죠? 말도 마요, 이거 고르느라고 시내를 한바탕 다 뒤집은 것 같아요. 그랬더니 반지는 시간을 두고 백일에 하자느니 뭐니. 이런 데서 세대 차를 안 느낄래야 안 느낄 수가 없다니까요. 오십일이 한 번 지나가면 다시 오는 것도 아닌데."

들떠서 그랬는지 진아는 나희를 상대로 평소에 하지 않던 수다를 늘어놓았다. 잠자코 미소를 띤 채 이야기를 듣는 나희의 머릿속에서 비로소 오십이란 숫자가 어떤 의미를 띠고 동동거렸더랬다.

오십일. 아아, 그런가. 그런 거였나.

헤아려보자면 아마도 나희와 헤어진 날, 혹은 그 뒷날이 준석의 다른 사랑이 시작된 날이었다.

흔히들 말하는 '환승이별' 그 이상도 이하도 아니었다는 것에 나희는 씁쓸해하는 한편으로 얼마쯤 가슴을 쓸어내렸다.

'내가 잘못해서 헤어진 건 아니었구나.'

연인의 배신에 치가 떨리는 것보다 안도가 먼저인 자신을 돌아보며 나희는 쓴웃음을 지었다. 과연이라고 해야 하나, 역시라고 해야 하나. 하여간 한 가지는 분명히 확인했다.

그녀는 사랑에 어울리는 여자가 아니다. 할 줄도 모르고, 배울 의욕도 없고.

어쨌든 그렇게라도 끝이 난 것이 지금의 나희에겐 차라리 다행이었다. 결정해야 할 일의 무게를 한결 가뿟하게 덜어줬으니 도리어 이쪽에서 감사의 인사를 해야 할지도 모르겠다. 그렇다고 정말 감사 인사를 하면 저 남자, 어떤 얼굴을 하려나.

희미하게 미소를 머금고 돌아간 사무실에는 흔히 사무장이라고 부르는 기동수가 책상 앞에 선 채 브리프케이스를 챙기다가 나희를 보고 눈짓을 했다.

"나 장일동 상가 들러서 미팅하고 거기서 퇴근할 거니까 혹시 찾는 사람 있으면 그쪽으로 돌려줘."

"네, 사무장님. 그전에 잠깐만 시간 괜찮으세요? 드릴 말씀이 있는데."

"할 말? 나한테?"

드문 일이라서 그런가 평소엔 표정이랄 것 없이 무뚝뚝하던 남자도 어리둥절한 낯빛을 했다.

"네, 한 며칠 휴가를 받았으면 해서요. 신주에 계신 할아버지가 병원에 입원하셨다는데 수술이 불가피한 모양이에요."

"지병이 있으셨나? 갑자기 무슨 수술이야?"

"지병은 아니고 자전거로 마실 다니시다가 작은 사고가 있었나 봐요. 갑자기 튀어나온 아이를 피하려다가 낙상하셨는데 허리를 심하게 다치셨다네요. 원래 허리가 좀 안 좋으셨거든요."

"저런, 노인장이 고생이시구면. 아마 가족이 나희 씨뿐이라고 했었지. 그럼 가봐야지, 가봐야 하고말고. 그런데 사무실은…."

빌딩주인인 마누라 덕에 제 이름을 건 사무소에서 소일거리 삼아 일해도 누구도 뭐라 할 사람 없는 대표 장인호를 대신해 실무적으로 설계사무소를 이끌어간다고 해도 과언이 아닌 기동수는 나희가 없을 사무실 상황을 떠올리고 눈살부터 찌푸렸다. 그는 다른 사람들 일에는 일절 터치를 하지 않았지만 작은 사무소 내부의 돌아가는 상황을 모를 만큼 둔하지도 않았다.

"진아 씨가 모를 만한 일은 거의 없어요. 갑자기 혼자 하게 돼서 조금 당황할 수는 있어도 그때는 또 매뉴얼이 있으니까요."

"매뉴얼? 그런 걸 만들어놨어?"

동수의 질문에 나희는 짐짓 웃고 대답하지 않았다. 어찌 된 일인지 알겠다는 듯 짧게 혀를 찬 동수가 이윽고 고개를 끄덕였다.

"그래, 쉴 때도 됐지. 여름휴가도 변변히 못 갔다 온 거 이제 쓰는 셈치고 한 일주일 푹 쉬다 와. 그럼 주말 끼고 열흘 남짓 되려나? 아, 환자 간호해야 하니 푹 쉬는 건 어렵겠군."

"그럼 일주일로 알고 휴가계 작성해서 올려놓겠습니다."

"음. 봐서 한 시간 일찍 퇴근해. 신주까지 내려가고 환자한테 필요한 거 챙기다 보면 금세 밤 되겠어."

"내일 오전에 잠깐 나왔다가 내려갈 생각이었는데요."

역시나 미덥지 않은 누군가를 염두에 둔 머뭇거림에 동수가 그럴 것 없다고 손사래를 쳤다.

"들어온 지 석 달 됐어. 제아무리 일머리 없는 사람도 덮어쓰고도 남으니까 이쪽 일은 신경 딱 끄고 가버려. 정 급하면 내가 따로 연락할 테니까 달리 연락 와도 무시하고. 엉덩이에 불이 떨어지면 저도 정신 차리고 일하겠지. 그럼 그렇게 알고 나는 갈 테니까."

시계를 확인하고 서둘러 사무실을 나가는 동수의 뒷모습에 대고 나희는 허리를 숙여 인사했다. 그리고 천천히 고개를 들 때엔 손으로 가볍게 입술을 눌러 웃음을 참고 있었다.

대표 딸이란 점을 전혀 신경 쓰지 않는 동수의 신랄한 말에 어느 정도는 대리만족마저 느꼈다. 그리고 역시 내 눈에 보이는 티는 다른 사람 눈에도 보이는구나 하는 실감으로 한숨을 내쉬었다.

"일주일인가. 좋아. 충분할 거야."

사무실이 비어 있을 때 얼른 휴가계를 작성할 요량으로 자리로 돌아간 나희는 몇 번 마우스를 클릭하다 말고 골똘히 다른 생각에 잠겼다. 그러곤 힐긋 문 쪽을 돌아보곤 타닥타닥 자판을 두드렸다.

―사직서 양식.

그녀 이전에 같은 행동을 반복한 이들이 무수히 많았는지 포털 검색창엔 둘러봐야 할 정보가 넘쳐흘렀다. 갸웃이 고개를 기울여 들여다보다가 이내 화면을 닫고 원래 목적으로 복귀했다.

주말을 끼면 열흘. 생각해볼 시간은 충분했다.

'야단도 아니었어.'

여섯 시 오십이 분. 러시아워에 된통 걸려 꼼짝없이 두 시간을 날리게 됐구나 했다가 가까스로 올라타게 된 KTX 좌석에 기대어 나희는 고단한 숨을 내쉬었다. 기껏 기 사무장이 한 시간 일찍 퇴근하라고 사정을 봐주었지만 정작 복병은 따로 있었다.

장진아. 나희의 휴가 소식에 좋은 낯을 할 거란 생각까진 하지 않았지만 그렇게까지 질색을 하며 어린애처럼 굴 줄은 몰랐다. 신경을 써야 하는 업무는 돌아와서 자신이 챙길 테니까 매일의 기본적인 반복 업무만이라도 꼬박꼬박 해달라고 다시 차근차근 일러줬는데 무슨 말을 하건 "나는 몰라요." "모르니까, 나는."하고 시틋한 얼굴을 하고 어깃장을 놓는 것에는 어지간한 나희도 그만 질려버렸다.

'모르긴 뭘 몰라요? 전부 지난 몇 달간 몇 번이고 한 일이거든?'

목구멍까지 차오른 말을 내뱉지 않으려고 애꿎은 입술만 잘근거리는데 보다 못했는지 준석이 자신이 옆에서 봐줄 테니까 너무 걱정 말라고 한마디 했다.

"봐 온 짬이 있으니까 어지간한 건 나도 할 수 있을 거야. 알고 보면 단순한 업무잖아."

"네! 나는 그 단순한 일도 못해서 이렇게 쩔쩔매고 있네요."

"아니, 나는 그런 뜻으로 한 말이 아니라…."

쓸데없는 말을 덧붙인 바람에 진아는 더 단단히 삐쳐서 앵돌아졌다. 준석이 슬금슬금 나희의 눈치를 살피며 진아를 달래기 바쁜 사무실 한편에서 나희는 조용히 진아에게 줄 일과표를 작성했다. 그리고 퇴근시간이 되자 지체 없이 일어나 사무실을 뒤로 했다. 닫히는 문 사이로 "뭐야, 이렇게 갑자기 떠맡기고. 짜증나 돌겠어!"라고 들으란 듯이 외치는 진아의 목소리가 흘러나왔지만 전혀 알은체하지 않았다.

그리고 이제 무사히 한숨 돌리며 나희는 기차역으로 오는 길에 버스 안에서 받은 메시지를 확인했다.

[할아버님 일로 걱정이 많겠어. 수술 잘되길 기도할게.]

끝까지 나쁜 사람은 되고 싶지 않은 준석의 소심한 모습을 보는 것 같아 쓴웃음을 지으며 메시지를 지우려다가 마음을 바꿔 그만뒀다. 이런 사람일지언정 한 사람이라도 더 할아버지 일에 마음을 써주는 것 자체는 고맙다.

"허리 하나는 튼튼하다고 자부하시더니 디스크 파열이 다 뭐야. 역시 밭일을 너무 많이 하셨어."

2주 전에 내려갔을 때 찍은 할아버지의 사진을 바라보며 나희는 고개를 내저었다. 밀짚모자를 눌러쓴 새카맣게 그은 얼굴로 장난스럽게 엄지를 치켜든 정다운 얼굴. 정말이지 농부가 다 됐다.

할아버지는 몇 년 전 오랫동안 하시던 이발사 일을 그만두시고 소일거리 삼아 집 마당의 텃밭을 가꾸시더니 거기에 재미를 붙여 집 부근 산자락에 밭을 장만하셨다. 두어 뙈기 땅으로 우리 둘 먹을 푸성귀나 마련하시겠다는 말을 곧이 믿었던 나희는 지난해 여름, 메밀꽃 구경을 시켜주시겠다는 말에 따라나섰다가 아득하게 펼쳐진 하얀 메밀꽃 융단을 보곤 그만 할 말을 잃었더랬다.

처음엔 너무 예뻐서. 그다음엔 거기가 다 할아버지 밭이란 소리에 어이가 없어서.

'그래. 올해 메밀꽃도 참 예뻤어. 그렇지만.'

그 메밀밭이 단지 시작에 불과했다는 게 문제였다. 메밀밭 말고도 고추밭, 오이밭, 깨밭, 콩밭, 고구마밭, 감자밭 등등 별의별 게 다 있었다. 심지어 미나리꽝마저 있었다! 비록 그게 전부 메밀밭처럼 광활한 것은 아니었지만 나머지 밭도 얼추 모아놓으면 메밀밭에 버금가지 싶었다.

완전히 본말전도. 그런 밭을 여든을 훌쩍 넘긴 노인이 혼자 돌본다는 게 나희는 영 미덥지가 않아 매일 드리는 안부 전화 때마다 잔소리가 나왔다. 한여름이면 혹시 폭염에 밭에 나가 쓰러지기라도 하면 어쩌나 하는 마음에 두 시간이 멀다 하고 전화를 걸어댔다. 꼬박꼬박 전화를 받아주시던 할아버지도 어느 때부터는 넌더리가 났던지 통화영상에 늘 데리고 다니시는 흰 강아지만 나와서 꼬리를 흔들곤 했다.

"그러고 보니 앙은 어쩌고 있을까?"

막 데려온 새끼였을 때 사람만 보면 앙앙하고 짖어대는 모습에 '앙'이라고 이름 지은 백구를 떠올리며 나희는 턱을 어루만졌다. 두 살쯤 되니이젠 좀 의젓해졌지만 먹성 좋은 녀석이라 하루를 꼬박 굶었다면 타격이 꽤 크리라. 서둘러야 될 이유가 하나 더 생겼다.

문득 나희는 자신도 배가 고프다는 걸 깨달았다. 참아볼까 했지만 신주까지 한 시간 이십 분은 걸릴 거라고 생각하니 별안간 공복의 폭이 몇 배는 넓어진 느낌이다.

일전에 탔을 때의 기억이 맞는다면 틀림없이 이 호선엔 이동판매하는 간식카트가 있었다. 문제는 판매승무원이 언제 이 칸을 지나가느냐인데….

"꽤 일렀지 않나? 그래, 분명히 일곱 시 반은 안 넘겼을 거야."

이제 막 일곱 시를 넘긴 시각을 확인하며 나희는 입맛을 다셨다. 늘 타고 다니는 고속버스라면 언제쯤 휴게소에 들를지 꿰고 있는데 KTX는 오랜만이라 영 자신이 없다.

그 애매한 짐작에 배고픔은 또 한층 농도가 진해졌다. 그렇다고 그녀쪽에서 먼저 허둥지둥 찾아 나서서 굶주림에 허덕이는 사람처럼 보이고 싶지는 않았다. 아직 체면을 챙길 정신이 있다는 건 참을 여력도 있다는 뜻. 나희는 눈을 감고 머릿속으로 하나, 둘 하고 양을 세며 버티기 모드에 들어갔다.

그런데 어느 순간부터 양은 사라지고 링토스 게임이 펼쳐졌다. 게다가 허공중에 획획 날아가는 둥글넓적한 링은 각양각색의 도넛이었다. 과일 잼도, 초콜릿도, 설탕도 좋지만, 역시 가장 좋은 건 심플한 기본 도넛, 보기만 해도 군침이 도는 그 먹음직스러운 골드브라운 빛깔….

"아, 안 되겠다."

입 안에 고인 침을 삼키며 나희는 반짝 눈을 떴다. 마침 기차도 대명역에 정차하는 중이라 망설일 것 없이 자리에서 일어났다.

'도넛이 아니어도 좋으니까 어서 뭐라도 요기가 될 만한 걸 넣어줘야겠어. 꼭 밑 빠진 독처럼 배가 고프네.'

다소 엉뚱하다 싶을 만큼의 극심한 허기에 떠밀려 평상시의 차분한 모습은 잠시 밀쳐놔 버리고 걸음을 옮겼다. 방향을 제대로 잡았는지 아리송한 상황에서도 일단 성큼성큼, 이렇게 찾을 땐 승무원들이 꼭 안 보이더라 하고 속으로 투덜대면서.

그렇게 세 칸가량 이동했나, 마침내 유니폼을 입은 승무원의 뒷모습을 발견하고 "저기요!"하며 직원을 불러 세웠다. 저요? 하고 묻는 듯한 얼굴로 돌아보는 승무원에게 고개를 끄덕이며 한 발 더 내뻗던 그때, 나희의 눈에 좌석에 있는 누군가의 얼굴이 들어왔다.

'…어엇?'

소리까지는 되지 못한 어리둥절한 감탄 속에 나희의 몸이 무르춤하게 멈췄다. 관성에 밀려 앞으로 나아가려던 발과 물러나려는 상반신 사이에서 흡사 현기증 같은 감각이 그녀를 사로잡았다.

그였다.

왼쪽 역방향 좌석의 창가 자리에 앉아 이쪽에 시선을 던지고 있는 남자는 분명히 그였다. 십이 년은 분명히 긴 세월이지만 그를 알아보지 못할 만큼의 긴 세월은 아니었다.

하지만 그라면 다를지도. 그녀가 아는 '그'가 맞다면 그럴 수 있었다. 그래, 사람은 변하지 않으니까.

나희는 별안간 치솟은 희망적인 관측에 기대어 휙 뒤돌아섰다. 뒤에서 승무원의 목소리가 따라왔다.

"고객님? 무슨 용건이 있으신 거 아니십니까?"

"아, 아뇨, 아무것도 아니에요."

그 짧은 순간에도 코를 잡아 목소리를 맹맹하게 꾸며낼 만큼의 기지는 살아 있었다. 하지만 걸음을 내딛는 발이 붕 뜬 것처럼 바닥을 밟는다는 실감이 나지 않아 몇 걸음 걸으면서도 혼쭐이 났다. 괜찮아, 잘 걷고 있어. 주위가 요동치는 것처럼 느껴지는 건, 순전히 기분 탓일 거야.

"우나희."

뒤에서 부르는 소리가 난 것 같은 것도 또한 기분 탓일 거다. 심호흡하고 조금 더 보폭을 넓혀서 걸을까.

나희는 계획을 분명히 행동에 옮겼다. 실제로 비틀거리지도 않고 잘 걸어갔다. 뒤따라온 누군가가 그녀의 어깨에 가볍게 손을 올려놓을 때까지.

"나희야? 나희 맞지?"

그녀의 기대는 허망하게 무너졌다. 그래도 괜찮다, 아직까진. 심장이 거세게 쿵쾅거리긴 해도 폭발할 지경까지는 아니다. 얼떨떨할망정 쓰러질 정도의 충격까지는 안 받은 게 분명하다.

'스물두 살은 이미 오래전에 지나갔는걸.'

서른네 살의 우나희는 제법 단단하다. 때문에 그럭저럭 무난한 재회를 연출할 수도 있을 것 같다. 우선 조용히 숨을 고르며 낭패의 피로감을 지운 얼굴에 짐짓 의아함을 담아 나희는 천천히 돌아보았다.

"…어라, 진짜 휘영이었어?"

어리둥절한 듯이 눈을 깜박거리며 상대를 쳐다본다. 으레 아니겠거니 했는데 정말 너구나 하는 것처럼 나희는 어색한 미소를 그려냈다.

"그러게. 나도 잠깐 내가 뭘 잘못 보고 있는 줄 알았어."

휘영의 얇고 붉은 입술도 가늘게 휘어지며 미소를 지었다.

십이 년 정도의 간격을 두고 만나면 그가 이렇게 쉽게 웃어주기도 하는구나. 뜨악한 상황 앞에 식은땀을 흘리는 한편으로도 그런 생각이 잠시 나희를 흔들고 지나갔다.

물론 감동과는 다르다. 지나간 날들이 알알이 박힌 빛바랜 앨범을 들춰볼 생각 또한 추호도 없다. 나희의 당면 과제는 이 어색한 광경으로부터의 신속한 도피. 때문에 급하게 쥐어짜낸 핑계를 천연덕스럽게 입에 올렸다.

"이렇게 봐서 반가운데, 어쩌나. 내가 지금 용무가 급해서. 잠깐 실례할게."

"아, 그럼 그래야지."

선선히 휘영은 그녀의 사정을 이해해 주었다. 그러나 기다렸다는 듯이 온 방향을 되짚어가려는 그녀를 멀뚱히 두고 보지도 않았다.

"화장실이라면 이쪽이 더 가까울 텐데. 그쪽 칸에 화장실이 없어서 온 거 아냐?"

"아, 그랬지 참? 모처럼 탔더니 정신이 없네."

어쩔 수 없이 나희는 다시 몸을 돌렸다. 등 뒤로 따라오는 시선을 의식하며 걷는 걸음새가 방금 전의 도주 때와는 다른 의미로 엉성했다. 그리고 잠시 후 화장실로 쏙 들어가 몸을 숨겼지만 어깨에 내려앉은 압박감에는 별 차이가 없었다.

"차라리 기차를 놓치는 편이 좋았을걸."

이제 보니 진아가 그녀의 해찰꾼이 아니라 귀인이었을지도 모르겠다. 그러나 이미 엎질러진 물. 일단 만나버린 건 만나버린 거고 그다음을 궁리할 필요가 있다.

'화장실에서 뭉그적거리다가 다음 역에서 내려버리는 건….'

그 계획은 나희가 화장실에 들어간 지 얼마 안 되어 바깥에서 쉬야 마렵다고 칭얼대는 여자애 목소리에 수포가 되었다. 화장실에서 나온 후 마냥 통로에 서 있을 수도 없는 노릇이라 다시 내키지 않는 걸음을 옮겼다.

'뭔가 다른 일을 하느라 내가 지나가는 것도 모르면 좋겠는데.'

주말도 아닌 평일 저녁시간대에 그가 기차에 있는 이유는 짐작도 못 하겠지만 그녀가 아는 신휘영이라면 이미 무슨 일에서든 프로페셔널이 되어 있을 터였다. 알고 지내던 시절에도 한가하게 낭비할 시간 같은 건 거의 없는 사람이었다. 하루에 네 시간씩 자면서도 그 시간을 다만 삼십 분이라도 줄이지 못하는 자신을 못마땅해 할 정도로.

그리고 과연 휘영은 태블릿 화면 속의 숫자와 그래프에 정신이 팔린 듯했다. 어떤 종류의 일일까. 무심코 나희는 그의 근황에 호기심을 품었다가 이내 단호하게 떨쳐내며 발소리를 죽여 통로를 지나가는 것에만 신경을 썼다.

잘하면 가능할 것 같았다. 이대로 나희가 무사히 자리로 돌아가고, 휘영이 문득 그녀의 일을 떠올렸을 땐 이미 그녀가 기차에서 탈출한 후라는 경우의 수가. 휘영의 집중력이 예전의 반의반만 돼도 가능성은 충분할 텐데….

"일차는 성공."

다시 불러 세우는 소리 없이 나희는 자리로 돌아왔다.

이제 다음 정차역을 기다리면 되는 건가. 얼마나 기다려야 할까 초조하게 입술을 훑으며 확인한 시각은 겨우 일곱 시 십일 분. 순간적으로 손목시계의 고장을 의심하고 스마트폰을 들여다봤지만 달라진 건 없다. 그녀는 한숨을 내쉬며 매끄러운 액정에 이마를 가져다 댔다. 나쁜 일은 연달아 온다더니만.

마치 기도라도 하듯 한동안 그렇게 웅크리고 있다가 누군가 똑똑 팔걸이를 두드리는 소리에 퍼뜩 고개를 들었다. 그리고 이 순간 가장 보고 싶지 않았던 사람의 얼굴을 보았다.

"언제 지나간 거야? 화장실에 빠진 줄 알고 다녀오는 길이야."

설마 이거 농담일까? 신휘영이 농담도 하나, 요즘엔?

"하하, 설마. 보니까 일하는 것 같길래."

"하는 시늉만 한 거야. 어차피 팔이 이래서."

"어? 다쳤어?"

어깨에 걸치는 시늉만 한 재킷 사이로 휘영이 슬쩍 깁스한 팔을 내보이자 그제야 나희도 이변을 알아챘다. 반깁스가 되어 있는 그의 왼팔. 어쩌다가…? 라는 눈빛을 던지자 휘영은 "교통사고."라고 짤막하게 대꾸하며 그녀 옆의 빈 좌석에 앉았다. 무단 좌석 점유에 움찔 놀라면서도 교통사고란 말을 들었으니 그 일을 묻는 게 먼저였다.

"사고 났었어? 언제?"

"한 달 좀 넘었나. 덕분에 살아온 중에 가장 오래 쉬어봤어."

그 사실이 퍽 기껍다는 듯 홀가분한 분위기인 것에 약간 의아해하며 나희는 물었다.

"꽤 큰 사고였나 봐?"

휘영은 고개만 살짝 갸우뚱하더니 나희를 돌아보며 너는 좋아 보인다고 운을 뗐다. 별안간 자신에게 돌아온 화제의 방향에 저도 모르게 긴장하는 얼굴 근육을 느끼며 나희는 심상하게 말했다.

"뭐 그렇지. 그럭저럭 살고 있어."

"자기 이야기에 두루뭉술한 건 여전하네."

"글쎄, 그럭저럭 정도면 상당히 훌륭한 표현 아닌가? 큰 애로사항 없이 중간만 사는 것도 쉽지 않은 세상인데. 아, 그러고 보니 오늘은 중간에서 조금 더 떨어졌으려나."

자조 섞인 중얼거림에 무슨 일이 있느냐고 휘영이 물어왔다. 어쩔 수 없이 재회란 것을 한 마당에, 얼마쯤의 근황 보고가 필요하다면 차라리 그 이야길 하자는 생각에서 나희가 할아버지의 수술 건을 언급했다.

"큰일 날 뻔했네. 연락이 제대로 닿아서 다행이야."

그러나 필요 이상으로 진지한 얼굴을 하고 몇 번이고 고개를 주억거리는 휘영을 보는 것도 바란 바는 아니었다.

"디스크가 파열됐을 정도면 수술이 불가피한 건가? 어느 병원에 입원하셨어?"

"상록수병원이라고 넌 아마 모를 거야. 생긴 지 얼마 안 됐어."

순간 휘영이 인상을 쓰면서 미간에 줄이 섰다.

"척추수술이면 꽤 중한 건데, 믿을 만한 병원 맞아?"

"음, 기본은 할걸?"

"기본 정도론 곤란하지."

더욱 또렷해지는 주름에 나희는 그만 약간 아련한 기분이 되어버렸다. 전부터 무언가 못마땅하면 그렇게 미간을 찡그리는 버릇이 있더니 이제 그 버릇이 그의 미간에 확실한 선을 그리고 있다. 세월은 그녀만이 아니라 그에게도 공평하게 흘렀던 것이다.

'아마 그것이 우리의 유일한 공통점이겠지만….'

쓸쓸한 감회를 떨쳐내듯 나희는 눈썹을 슥 치켜들며 입꼬리도 살짝 들어 웃는 낯을 지었다.

"아주 신생 병원도 아닌 게 원래 신주에서 개인병원 하던 몇 분이 연합 형식으로 연 병원이래. 할아버지가 원래 다니시던 병원 원장님도 그중 한 분이고. 또 서울 유명 병원에서 재직하다 내려오신 분도 있다나 봐. 수술은 그분이 한다고 들었어."

"글쎄, 서울에서 온 의사라고 실력이 좋을 거란 보장은 안 되지. 진짜 실력이 좋았으면 서울에 있지 신주까지 갔을까?"

휘영의 반응은 더욱 회의적이다. 만사에 믿음이란 게 별로 없는 그의 성정을 아는 까닭에 나희는 더 이상의 설명은 깨끗이 단념했다.

"기왕이면 좋은 쪽으로 믿어보는 거지."

"낙관이 지나친 거 아냐? 나라면 조금 더 알아보고 수술을 하든가 하겠어."

"생각해 볼게. 일단 할아버지부터 뵙고."

그리고 문득 생각났다는 듯 스마트폰을 확인하는 것으로 나희는 대화를 일단락 지었다. 이럴 때 누구든 연락해 오면 금상첨화겠지만 그녀의 좁다란 연락망을 형성하는 사람들 속엔 기분파가 거의 없다. 준석과 헤어지기 전이었다면 모를까.

'그러고 보니 그 사람이 보낸 메시지가 있지.'

나희는 답할 생각은커녕 지워버리려던 메시지를 불러와서 골똘히 들여다보며 보내줄 답변을 궁리했다. 옆에 있는 휘영의 존재감을 조금이라도 옅게 해줄 수 있는 일이라면 뭐든 하겠다는 절박함이었다. 심지어 진아에게 더 상세한 업무 지시를 보내는 것도 불사할 수 있었다. 하여간에 뭐라도 해야 한다!

[신경 써줘서 고마워요. 경황이 없어서 잘 챙기지 못한 일도 있을 텐데 준석 씨가 있으니까 걱정 안 할게요. 그럼, 부탁합니다.]

무난한 말을 짜내어 준석에게 답을 보냈다. 다시 놀게 된 손가락으로 할아버지에게 기차 안인데 배고프다는 하소연이라도 보낼까, 고민하고 있는데 메시지 수신음이 났다.

[응, 믿고 맡겨줘. 여기 일은 확실히 커버할 테니까. 이렇게라도 도와줄 수 있어서 내가 더 기뻐.]

준석의 회신이다. 뭐가 또 그리 기쁘단 건지 당장엔 떨떠름하더니 두어 번 곱씹어보자 실소가 나왔다. 치레 삼아 한 말을 진짜로 받아들인 건 아니겠지? 설마… 하고 부정하기엔 타인의 인정에 지나치게 목매는 남자긴 했다.

그렇다고 해도 원한을 품었을지도 모르는 여자의 부탁을 진짜로 받아들이다니 어쩌면 이렇게 섬세하지 못한 사람일까. 잘도 이런 남자랑 삼 년씩이나 사귀었다.

저도 모르게 한숨을 내쉬는 나희에게 "애인?"하고 묻는 소리가 들려왔다. 짧은 동안이었지만 옆에 휘영이 있다는 사실을 잊었다가 돌아본 얼굴에 새삼스럽게 놀라며 나희는 눈을 깜박거렸다. 휘영이 스마트폰을 눈으로 가리키며 말했다.

"무척 다정한 얼굴을 하고 있길래."

25

"내가?"

여기, 이준석보다 더 섬세하지 못한 남자가 있었다. 아하, 과연. 그래서 내가 이준석 같은 남자랑 삼 년 동안 사귈 수 있었구나 하고 갑작스럽게 납득하며 나희는 피식했다.

"음, 뭐."

"반지는 안 보이는데. 별로 오래 사귄 건 아닌가 봐?"

금세도 체크했구나 하고 속으로 혀를 차며 나희는 일없이 왼손을 쥐락펴락했다. 그사이 이야기의 노선은 분명히 섰다. 기꺼이 오해해 주겠다는데 마다할 이유가 없다고.

"일 년 기념하면서 받긴 했는데 아무래도 걸리적거려서 못 끼겠더라고. 액세서리랑 궁합이 나쁜가 봐. 귀걸이도 겨우 차고 있어."

귓불을 만지작거리는 나희의 머릿속에 한 걸음 더 나아간 생각이 떠올랐다. 그녀의 귓불을 장식한 건 서른 살이 되던 해 생일에 스스로에게 주는 상으로 일생일대의 사치를 부려본 핑크 다이아 귀걸이였다. 그것을 슬그머니 '애인님'의 선물로 둔갑시킬 셈이다.

"이거라도 차지 않으면 정말 화낼 것 같아서 용케 참는 중이야. 남자들은 하여간 이상한 소유욕이 있다니까."

"너무 싸잡아서 몰아세우는데?"

자신은 제외시켜달라는 듯 쓴웃음을 짓는 얼굴에서 스윽 내려간 나희의 시선이 그의 왼손으로 향했지만 이미 본대로 깁스가 버티고 있어서 손가락을 확인할 방법이 없다. 말로 간단히 '너는 어때?'라거나 '결혼은 했니?'라고 묻는 덴 일 초도 걸리지 않겠지만 그것을 실제로 내뱉는 것엔 보이지 않는 장벽이 존재했다.

알고 싶지 않아.

궁금하지 않아.

조금은 다른 의미의 말이겠지만 여하튼 그랬다.

"뭐 하는 사람이야?"

그런 그녀와 달리 휘영은 참 쉽게도 물었다. 나희도 덩달아 쉽게 대꾸했다.

"건축설계사. 아직은 햇병아리야."

"건축설계사라면 나도 좀 아는 사람이 있는데 사무소 소속인가? 아니면 독자적으로 일해?"

"햇병아리라니까? 독립은 아직 요원해."

더 파고들기 전에 그쪽 화제를 정리할 셈으로 나희는 휘영의 근황을 물었다. 가장 무난하고 보편적인 화제는 역시 가족.

"가족들은 잘 지내지? 어머니랑 동생들 다?"

"음, 뭐. 참, 혜주는 결혼했어."

"어머, 벌써? 혜주가 올해 스물일곱 아닌가?"

나희의 동생과 같은 나이라 계산은 얼른 나왔다. 휘영은 고개를 끄덕이며 이미 2년 전에 결혼했다고 대답했다.

"정말 빨리했네. 어릴 때부터 예쁘더니 언놈이 금세도 채 갔나 보다. 그 혜주가 결혼해서 유부녀가 됐구나. 신기해."

"천직을 찾아간 거야. 그것도 가장 좋은 값일 때."

휘영의 신랄한 말에 나희는 쓴웃음을 짓긴 했지만 별다른 코멘트는 하지 않았다. 기왕 터진 물꼬인데 혜주의 남편에 대해서 물어볼까 망설이는 차에 간식카트를 밀며 판매승무원이 이쪽 차량으로 건너왔다. 그녀는 반갑기도 하고 원망스럽기도 한 복잡한 시선으로 간식카트를 쳐다보다가 손을 들어 승무원을 세웠다.

"아, 도시락이 없나요? 샌드위치도?"

"네, 식중독 우려가 있어서 당분간은 판매하지 않습니다."

낭패다. 9월 중순에 달해도 후텁지근한 날씨가 이런 데서 발목을 잡다니. 군것질은 좋아하지 않기에 그나마 맛밤 한 봉지와 음료를 하나 사면서 휘영을 돌아보았다.

"뭐 좀 먹을래?"

휘영이 고개를 젓기에 나희는 그렇게만 계산하고 맛밤 봉지를 뜯었다.

"저녁 전이야?"

"전화를 오후에 받았거든. 급하게 휴가 내고 어쩌고 하느라 물 마실 틈도 없었어."

"휴가는 며칠 받았는데?"

"일주일. 연차랑 여름휴가 안 쓴 게 있어서 이번에 다 털었지."

"어느 회산지 융통성 좋네. 추석도 머잖은데."

"딱히 대목 경기를 타는 게 아니라서. 명절이라고 사람들이 집을 더 짓는 것도 아니고⋯."

무심코 대답하다가 자신의 일에 관한 힌트를 흘렸음을 깨닫고 나희는 속으로 혀를 찼다. 하지만 이미 남자친구 직업도 공개한 마당에 그 정도 선까지는 괜찮지 않나 하고 합리화하며 연달아 밤을 털어 넣었다.

"애인이랑 같은 데서 일하는구나. 요컨대 사내연애 같은 거."

웃는 낯으로 휘영이 하는 말에 나희는 순순히 고개를 끄덕거렸다. 협력사에서 일한다거나 하는 식으로 둘러댈 생각도 했지만 그렇게까지 해야 할 필요를 느끼지 못했다. 우나희가 사내연애를 한다는 사실이 신휘영에게 어떤 의미를 가질 가능성이 한없이 제로에 수렴한다는 사실을 뒤늦게 깨달은 것이다.

사람 사이의 관계라는 건 생각보다 시간에 크게 구애를 받지 않는다. 그런 이유로 A와 B가 아무리 오랜 시간 알고 지냈어도 B안에선 A가 한없이 가벼울 수 있다. 그런 사이는 A가 B를 놓는 순간 관계가 끊어진다.

바로 나희가 A이고 휘영이 B이다. 그런 도식을 생각한다면 지금 나희가 휘영을 대하여 느끼는 긴장과 초조가 모두 우스꽝스럽기 짝이 없다.

'참 실없는 사람이네, 나도.'

아까 휘영을 보고 허둥거리던 순간을 떠올리니 나희는 오랜만에 지독한 부끄러움이 밀려왔다.

너무 뜻밖이어서 그랬다고 치자. 이미 까맣게 잊었던 사람을 우연히 만난 바람에 별안간 십이 년 전의 어설픈 욕심꾸러기로 빙의했던 것뿐이라고.

"아무래도 사회인이 되면 만날 장소가 한정적이니까. 그리고 같은 업계 사람이 대화가 잘 통하잖아? 진득하게 만날 사람은 역시 그런 부분이 맞아야 편해."

대충 일반론을 늘어놓은 뒤 나희는 음료수를 들이켜고 먹은 자리를 정리하며 졸음에 겨운 척 하품을 했다.

"배가 좀 차니까 갑자기 맥이 풀리네. 도착할 때까지 잠깐 눈 좀 붙여야겠어. 미안, 휘영아. 기껏 만났는데 제대로 말도 못 하겠다."

"그래, 자. 나는 그만 자리로 돌아갈게."

쿨하게 자리에서 일어서는 모습, 역시 신휘영다웠다.

"만나서 반가웠어."

나희는 웃는 얼굴로 손을 흔들고 잠시 그의 뒷모습을 시선으로 배웅했다. 그리고 고개를 돌려 바로 앉는 순간 꾸며낸 것이 아닌 진짜 하품이 그녀를 찾아왔다. 말이 씨가 된다고 실제로 맥이 확 풀려서 온몸이 노곤해졌다.

다행히 신주까지는 시간 여유가 있으니 한숨 붙여도 될 것 같다. 나희는 휴대폰으로 알람을 설정해놓고 눈을 감았다. 믿기지 않는 속도로 쏟아져 내리는 잠에 침몰되면서 그녀는 언뜻 생각했다.

'그러고 보니 쟤 어디까지 가는 걸까. 부디, 신주는 아니었으면….'

알람에 딱 맞춰 눈을 뜨고 나희는 기차에서 내렸다. 한 시간 조금 못 되게 잤다고 머릿속이 아주 맑은 게 기분마저 상쾌했다.

[할아버지, 저 소광역에서 내렸어요. 곧 갈게요.]

역을 나서면서 보낸 메시지에 오래잖아 할아버지의 답이 왔다. 같은 나이대의 분 중에서도 월등히 메시지 작성에 빠른 분일 거라고 나희는 자신했다.

[서두를 것 없다. 집에서 자고 내일 오려무나. 지금 와도 잠깐밖에 못 볼 텐데.]

[그 잠깐이라도 보고 싶어요. 그러니까 주무시지 말고 기다리기에요.]

[모르겠다. 노인은 잠이 많아서.]

[그런 소리 금시초문이거든요?]

휴대폰을 들여다보며 쿡쿡 웃으면서도 발길은 바지런히 택시 승강장으로 향했다. 그리고 어렵잖게 대기 중이던 택시에 올라탔는데 막 닫으려는 문을 별안간 붙잡는 손이 있었다.

"어…?"

닫히려던 문을 도로 열고 택시 안을 들여다보는 휘영의 얼굴. 그가 싱긋 웃으며 말했다.

"우나희, 합승 좀 하자."

2. 덜컥, 휘말리다

　…합승? 지금 내가 제대로 들은 것 맞나?

　멍하니 눈을 깜박이며 휘영을 보는 중에도 나희의 입은 기계적으로 거절할 핑계를 찾고 있었다.

　"그게, 저기 난 곧장 병원으로 가는데."

　신주에서 내렸어? 그보다 왜 이 택시를 타려는 거야, 뒤에 기다리는 차도 많은데. 합승이라니, 신휘영 대체 무슨 생각이지?

　"거기 괜찮아. 나도 그쪽으로 거쳐서 가거든."

　"아, 그래…?"

　내가 괜찮지 않아. 그리고 너도 괜찮지 않아야 하는 거 아니야? 말로 꺼내기 뭣한 생각을 두 눈 가득 담아 휘영에게 던졌지만 담담히 이쪽을 바라보는 눈엔 알아들었다는 기미가 전혀 없다.

　"중간에 어디 좀 들러야 할지도 모르는데 괜찮겠어?"

　나희는 그래도 할 수 있는 선에서 열심히 밀어내기에 힘썼다.

　"어디?"

"병원에서 필요한 물건들 좀 사려고. 급하게 입원하시느라 부족한 게 많으신 모양이야. 이것저것 챙기다 보면 시간이 걸릴 텐데….”

“그건 내가 도울 수 있겠네. 얼마 전까지 장기 입원했던 경험자로서.”

“아… 아니, 그렇게까지 신세를 져서야….”

생각지도 못한 곳에서 허를 찔린 나희가 억지 미소를 지으며 사양하려는데, 초로의 택시기사가 무뚝뚝하게 한 소리 하며 끼어들었다.

“거 언제까지 노닥거릴 참이요. 뒤차들 기다리는 거 안 보이시나?”

기다리고 말고 할 것도 없이 알아서들 빠져나가는데 뭐 얼마나 떠들었다고 면박씩이나. 나희가 언짢은 눈으로 기사 뒤통수를 쳐다보며 한마디 하려는데 휘영이 한발 빨랐다.

“요금 더블로 드릴 테니까 좋게 가시죠, 기사님.”

“아니 누가 지금 요금 때문에 그러나.”

툴툴거리긴 했지만 기사의 입은 그예 딱 봉해지는 게 과연 요금 때문에 신경이 곤두섰던 모양이다. 불친절한 기사는 둘째 치고 나희는 방금 본 휘영의 면모가 뜻밖이었다. 이렇게 너글너글하게 대처하는 면하곤 영 인연이 없을 줄 알았는데, 지금 그건 너무도 자연스럽게 나왔다.

“그럼 허락한 걸로 알고.”

그리곤 곧장 휘영이 뒷좌석에 브리프케이스를 던져 넣고 올라타는 기세에 나희는 새삼 얼떨떨해져선 그를 쳐다보았다.

“기사님, 상록수병원 가는 길에 T마트 있죠? 우선 그리로 가주세요.”

멋대로 목적지까지 정하고? 나희는 고개를 모로 꼬아 휘영을 외면하며 거의 한계까지 커진 눈을 빠르게 깜박거렸다. 이걸 결단력이라고 해야 해, 뻔뻔함이라고 해야 해?

여하튼 지금 이 신휘영은 나희의 기억 속 인물과는 다소 동떨어진 것처럼 보였다. 바로 그 순간 차창에 어른대는 자신의 얼굴을 보고 나희는 빠르게 숨을 골랐다.

'달라졌을 수밖에. 십이 년이 흘렀어. 나도, 그도 더는 스물두 살이 아니야.'

그러니 애써 익숙한 모습을 찾으려 노력할 필요도, 달라진 모습에 일일이 놀랄 필요도 없다. 다시 한 번 나희는 스스로에게 평정, 더 나아가 무념을 주문했다. 우연의 꼬리가 조금 더 길어진 걸로 세상에 무슨 큰일이라도 난 것처럼 호들갑 떨지 말자고.

"이 뒤에 일정 없어? 갑자기 엉뚱한 데 시간을 쓰게 만드는 거 아닐까 걱정이네."

잠시간의 동행을 기정사실로 받아들이자 차라리 마음이 차분해져서 말을 건넬 여유도 찾았다. 휘영은 능숙하게 한 손으로 브리프케이스에서 태블릿을 꺼내며 말했다.

"문제없어. 어차피 공짜로 번 시간이고."

"공짜로?"

듣고 지나치기 쉽지 않은 말에 나희가 돌아보자 휘영이 태블릿에 시선을 둔 채 다친 왼팔을 들어보였다.

"일주일은 더 있으라는 걸 박차고 나온 거거든."

병원 이야기? 나희의 눈이 살짝 커졌다. 일주일 더 입원하라는 걸 거절하고 나왔다는 뜻 맞나? 겉보기로는 팔 부상 말고 눈에 띄는 게 없는데….

"의사 말 듣지 그랬어. 괜히 한 말 아닐 텐데."

"병실에 갇혀서 쉬는 거 말곤 별거 없어. 그럴 거면 나와서 쉬지."

"쉬는 걸로 안 보이는데?"

힐긋 태블릿을 들여다보며 하는 말에 휘영이 눈길을 들어 찬찬히 그녀를 보았다.

"쉬는 거야. 충분히."

입가에 희미하게 떠오른 미소. 나희는 떨떠름하게 마주 웃고는 고개를 돌리며 인상을 썼다. 그러냐 하고 넘어갔으면 될 일을 쉬는 걸로 안 보이느니 뭐니 공연한 소릴 했다고 뒤늦게 후회를 해본다. 의례적으로 걱정해본 소리일 뿐, 결코 관성이 되살아난 게 아니라고 극력 부정하면서.

"그래, 세상 쓸데없는 게 신휘영 걱정이었지. 몸이야 본인이 가장 잘 아는 거고. 우리 할아버지 같은 예외도 약간은 존재하지만."

"어르신이야 의지력으로 뭐든 이겨낼 수 있다고 믿는 분이시니까. 지금도 여전하시지?"

잘 아는 듯이 이야기했다가 뒤늦게 확인하는 휘영의 말에 나희는 고개를 끄덕였다.

"여전히 기력만큼은 세계 제일이셔."

"가끔씩 어르신 가위 소리가 떠오르곤 했는데. 다치지 않으셨다면 오랜만에 이발소에 들러서 머리라도 정리하고 싶은데 무리겠구나, 지금은."

"음."

애매한 맞장구에 이어 나희는 차창 밖을 응시했다. 할아버지가 이미 몇 년 전에 이발소를 정리했다는 이야기를 할 이유를 딱히 느끼지 못했다. 휘영이 머리 하러 이발소에 들른다는 말도 다분히 인사치레에 불과하다는 것쯤 잘 알고 있다.

그가 마지막으로 할아버지의 이발소에 들른 게 고등학교 2학년 유월의 일. 할아버지의 이발 솜씨는 그때나 그전이나, 그 후나 한결같았다. 할아버지는 나희가 세상에서 가장 존경하고 사랑하는 인생의 스승이지만 이발 솜씨만큼은 차라리 나희가 더 나았다.

잠시 끊어졌던 대화는 T마트를 앞에 두고 재개되었다. 내릴 것 없이 그냥 타고 가라는 나희의 권유에도 불구하고 휘영이 택시에서 내렸다. 굳이 택시까지 대기시켜 놓고 쇼핑에 따라나서는 휘영을 나희는 도무지 이해할 수가 없었다.

'사고로 머리가 다친 건 아니겠지?'

그녀를 기억하는 걸 보면 그건 아닌 것 같고. 그러나 환자에게 필요한 물건을 꼼꼼히 챙기는 휘영의 모습은 아무래도 낯설어 덤덤히 보는 게 쉽지 않다.

"너 좀 달라졌네."

"내가?"

잔뜩 산 짐을 가지고 지하주차장으로 내려가면서 나희가 망설인 끝에 건넨 말에 휘영은 잘 모르겠다는 얼굴을 했다.

"자상해졌달까. 누가 먼저 부탁하기 전에 나서서 돕거나 하는 일 별로 없었잖아."

"그나마 부탁을 해도 내켜야 들어주고 말이지?"

휘영이 가볍게 소리 내어 웃었다. 역시 그의 기억에 대한 의문은 필요가 없었다고 생각하며 나희도 살짝 웃음 지었다.

"두 번에 한 번은 퇴짜를 놓지 아마."

"아닐걸. 압도적으로 퇴짜 맞은 비율이 높아. 두 번에 한 번이라니 말도 안 되지."

나희의 지적에 휘영은 고개를 갸웃하더니 네 말이 맞을 거라고 순순히 인정했다.

"남한테 팍팍하게 굴면 내 가치가 올라간다고 믿던 시절이었으니까. 지금도 크게 다를 건 없어. 나는 뼛속까지 에고이스트야."

"그렇게 인정한다는 자체가 장족의 발전인데? 과연 사람은 나이 들면 철이 들긴 드는구나."

나희는 얼마쯤은 진심으로 감탄해서 추어올렸다. 휘영이 씁쓸하게 웃었다.

"철이 들었다기보다는 내 그릇을 어느 정도 가늠할 수 있게 된 거지. 크기, 무게, 비틀린 정도…. 그리고 담을 수 있는 것과 없는 것의 구별."

"오랜만에 만났더니 철학자가 다 됐잖아, 신휘영? 설마 정말 그쪽 분야의 쟁쟁한 권위자라거나 하는 건 아니지?"

"권위자는 아니고 그냥 정신분석대학원 석사 과정 밟고 있는 정도?"

"정말?"

크게 놀라서 나희는 순간적으로 걸음까지 멈추었다. 그런 그녀를 돌아보며 휘영이 씩 웃었다.

"아니, 농담."

"노, 농담?"

좀 전의 정신분석대학원 운운과 지금의 농담 선언, 나희는 어느 쪽이 더 쇼킹한지 알 수 없을 만큼 얼떨떨해졌다. 휘영이 그런 그녀를 가리키며 소리 내어 웃었다.

"아, 예전 얼굴 나온다. 그래, 조금 맹한 맛이 있어야 우나희지."

확 얼굴을 붉히며 나희는 급하게 걸음을 재우쳤다.

"별 싱거운 소릴 다 듣겠네. 너 달라지긴 했는데 조금 이상한 쪽으로 달라진 모양이야."

"궁금해?"

가볍게 따라잡으며 휘영이 물었다. 너무 두루뭉술한 질문에 뭐가, 라고 곧장 반문이 튀어나오려는 걸 한 호흡 늦추면서 나희는 새침하게 눈을 흘겼다. 여전히 웃음이 어린 눈으로 휘영이 부연했다.

"어디가 어떻게 변했는지, 뭐하고 사는지. 이제 조금 궁금해졌냐고 물었어."

사람을 방심하게 해놓고 던지는 직구. 하지만 나희는 아직 최소한의 경계심까지 버린 건 아니었다.

"아니. 그런 건 오랜만에 만난 친구들 사이에서나 가능한 호기심 아냐? 난 너한테 궁금한 거 없어. 이유는 너도 알 거라고 생각해."

애써 유지하던 덤덤함을 내려놓고 나희는 제대로 쌀쌀맞은 얼굴을 드러냈다. 그리고 택시가 코앞에 보이자 더는 동행하기 불편하다고 잘라 말했다.

"잘 지내는 모습 봐서 반가웠어. 하지만 거기까지야. 그럼 잘 가. 앞으로도 잘 지내고."

더 말을 붙일 틈조차 허락하지 않고 나희는 휘영을 남겨둔 채 돌아섰다. 택시에 타 기사에게 출발해 달라고 부탁하는 동안에도 혹시 또 휘영이 붙잡는 건 아닐까 내심 불안했지만 이번엔 마지막까지 붙잡는 손 같은 건 없었다.

뒤에 남은 그를 사이드미러로도 보지 않으려고 나희는 꼭 맞잡은 두 손을 노려보았다. 이윽고 지상으로 올라온 택시가 도로에 순조롭게 섞여든 후에야 그녀는 한 시름 놓았다.

'끝났어. 이걸로.'

꼬리가 길었던 우연도 이만하면 아주 잘렸을 테지. 머리를 쓸어 넘기며 돌아다본 차창에 비친 지친 얼굴을 나희는 잠시 물끄러미 응시했다.

스물두 살 무렵의 얼굴은 어땠더라…?

잘 기억할 수 없다. 그리고 찾아볼 방법도 없다. 그 무렵의 사진 같은 건 한 장도 남겨놓지 않았으니까.

'아마도 맹했겠지.'

방금도 누군가가 언급한 것처럼. 아아, 그 시기가 이미 오래전에 지나가버려서 정말 다행이다. 나희는 쓰게 웃고 다시 차창을 응시했다.

이번엔 자신의 얼굴이 아니라 그 너머의 풍경에 시선을 두고 아무것도 생각하지 않았다. 그렇게 머릿속을 텅 비우는 능력이야말로 그녀가 지난 세월 동안 확실히 터득한 삶의 지혜였다.

"급하게 올 거 없다고 해도 기어코 왔구나. 피곤할 테니 얼른 가서 쉬어."

할아버지는 나희의 얼굴을 보기 무섭게 돌려보내려고 안달을 했다. 나희는 챙겨온 물건들을 정리하고선 할아버지의 침상 옆에 바싹 다가앉아 안경 없이도 그가 입술을 잘 볼 수 있게 또박또박 말했다.

"안 피곤해요. 아직 젊은데 뭐. 많이 아프지 않아요?"

할아버지가 비스듬히 손을 들어 링거액을 가리키며 말했다.

"약 놓아줘서 견딜 만해. 이러다 금방 잘 테니까 너도 얼른 가서 자. 다 큰 처녀애가 캄캄할 때 돌아다니면 못써."

"그러게요. 호랑이가 물어 가면 큰일인데 말이지?"

너스레를 떨며 웃는 나희를 건너편 병상을 지키는 보호자로 보이는 늙수그레한 여자가 뻔질나게 힐끔거렸다. 그 여자만 그런 게 아니라 바로 옆 침상에 있는 환자도 텔레비전 화면을 보는 척하며 곧잘 눈길을 주는 게 느껴졌다.

"마실 물 좀 떠올게요, 할아버지."

"같이 나가자꾸나, 자기 전에 저기 좀 다녀와야지."

"아, 부축해 드릴게요."

"괜찮아, 그 정돈 혼자 할 수 있어."

괜찮다고 손을 내젓긴 해도 옆으로 돌아누워 있던 자세에서 몸을 일으키는 것부터가 고역인 듯 할아버지의 이맛살이 찌푸려졌다. 미리 슬리퍼를 신겨 드리고 상반신을 붙잡아주는 나희의 손에 의지해오는 제법 묵직한 무게에 나희는 안쓰러운 한편으로 안심도 됐다. 신장은 작아도 체구자체는 단단해서 같은 나이 분들에 비하면 아직 한참 실팍한 몸을 하고 계신다. 그런 이유로 다소 고된 수술이어도 충분히 이겨내실 거라고 낙관했다.

두 발로 딛고 일어서기 무섭게 할아버지는 나희의 손을 뿌리치고 보행기에 의지해 걸음을 떼어놓았다. 허리에 커다란 보호대를 차고 뒤뚱뒤뚱 걷는 모습을 뒤에서 조마조마하게 바라보며 나희는 병실을 나왔다.

화장실이 병실에서 가깝기도 했지만 어쨌든 큰 무리 없이 들어가시는 모습을 보고 나희도 정수기에서 물을 떠서 병실로 돌아왔다. 짐작했던 대로 그녀 쪽이 더 빨라서 아직 비어 있는 침상을 보며 돌아나가려 하는데 예의 늙수그레한 여자가 "딸인가, 손년가?"하며 말을 건네 왔다.

"손녀예요."

별로 말을 섞고 싶지 않은 타입임을 한눈에 알아봤지만 이런 경우엔 도리가 없다.

"그렇지? 딸치고는 너무 젊다 했어. 친손녀, 외손녀?"

"친손녀요."

"그으래? 조손간의 정이 각별한 모양이네. 부모님들은 뭣하시고 손녀가 제일 먼저 들여다보게 됐대?"

"시간 낼 형편이 못 되신 거죠. 저는 가능했고."

아주 호구조사를 할 셈인가 하며 가만히 입술 속살을 깨물면서도 겉으로는 온화하게 웃는다. 달갑잖게도 그들의 대화에 병실 안의 다른 사람들까지 관심을 갖는 게 피부로 느껴졌다.

"저만한 노인네가 허리를 못 써서 실려왔는데 무슨 형편을 따져서 시간을 내고말고 하나, 없는 시간도 만들어야지. 하다못해 남자 형제를 보내던가. 그 가느다란 팔로 뭔 환자 수발을 들겠다고?"

"겉보기보다 힘 좋아요. 할아버지도 아직은 정정하시고."

"어제까지야 정정했겠지! 오늘은 꼼짝없이 병상에 누운 환자 신세구먼 뭘. 그리고 노인이 가는귀가 먹었나 이쪽이 뭔 소릴 해도 통통 엉뚱한 소리만 하고 말이야. 불러도 대답이 없어서 자는가 들여다보면 멀뚱멀뚱 눈만 잘 뜨고 있고. 성격이 그런갑다 했더니 손녀한텐 말만 잘하는구먼. 영감님이 낯을 가리시나."

웃자, 웃자, 우나희. 지겹게 겪은 일에 이골이 날 만도 하건만 그래도 또 고개를 치켜드는 짜증을 꾹꾹 누르며 나희는 생긋 웃었다.

"네, 저희 할아버지 보청기 없으면 전혀 못 들으세요. 그런데 이번에 쓰러지실 때 보청기도 망가진 모양이에요."

"아주 귀머거리 신세네 그럼! 아직 여든 줄인데 벌써부터 그래서 어떡하나? 쯧쯧."

그때 돌돌거리며 바퀴 구르는 소리가 들려서 나희는 딱하다는 듯 혀를 차는 얼굴에서 시선을 돌릴 수 있었다. 후련한 표정으로 병실로 돌아온 할아버지가 나희를 보고 벙긋이 웃었다.

"이제 좀 푹 자겠구나. 아까부터 가야지, 가야지 생각만 하고 꾀를 부렸지 뭐냐."

"그러니까 제가 잘 왔죠?"

웃으면서 말은 했어도 도로 침대에 눕는 걸 거드는 마음이 무겁다. 늘 무어라도 일을 찾아서 하시는 부지런한 분이 얼마나 여의치 않았으면 여태 화장실 가는 걸 참았을까 싶은 것이다. 게다가 이렇게 사람 많은 곳에 덩그러니 혼자서. 마음 같아선 그대로 눌러 있고 싶은 것을 할아버지는 거듭 어서 가라고 손짓했다.

"가서 개 어쩌고 있는지 좀 보고. 옆집 할멈한테 부탁은 했는데 그 할멈이 개라면 질색을 해. 밥이나 줬는지 모르겠다."

"알았어요, 오늘은 갈게요. 아침 일찍, 할아버지 안경 고쳐서 올 테니까 무슨 일 있으면 전화하세요."

"오냐, 오냐. 얼른 가거라, 얼른."

피곤할 나희 걱정, 배곯을지 모르는 개 걱정, 정작 자신의 걱정은 뒷전인 할아버지를 두고 나희는 병실을 나서며 새삼 그 안을 한 바퀴 훑어보았다. 열 시가 다 돼가는 시각이건만 볼륨을 한껏 크게 해둔 TV며 환하게 밝힌 실내의 불빛이 아무래도 마땅치 않았다. 그리고 안쪽 자리에선 냄새가 풀풀 풍기는 족발인지 뭔지를 먹고 있다. 아무도 제지를 하지 않는 걸 보면 병실의 터줏대감쯤 되려나.

나희는 곧장 간호사 대기부스로 가서 병실 교체 이야기부터 꺼냈다. 당장엔 2인실 남는 자리가 없다고 해서 대기후보에 올려놓고 내일 봐서 4인실로라도 옮기게 해달라고 말해놓았다.

"이럴 때 떡하니 1인실을 쓰겠다고 할 배짱이 있으면 오죽 좋아?"

혼자 타게 된 엘리베이터 안에서 나희는 가만히 넋두리를 뱉었다. 여윳돈이 없는 건 아니지만 조만간 사무실을 그만두게 될지도 모르는 점을 생각하면 역시 소심해지고 만다.

이번 일은 시작일뿐, 할아버지 연세를 생각하면 앞으로 병원에 올 일은 점점 더 늘어날 것이다. 미래를 생각하면 허리띠를 충분히 줄였다 싶을 때 거기서 마디 하나라도 더 줄이는 것이 현명하다.

'그리고 여기서 할 만한 일이 있는지도 알아보고.'

공기 좋고 물 좋고 물가 싸고 집값도 싼 신주에 결정적으로 부족한 것이 일자리였다. 때문에 고등학교를 졸업하고 나희가 무작정 상경하겠다고 했을 때에도 할아버지는 그녀를 잡지 않았다. 공부를 하든 뭘 하든 신주보다는 낫겠지 한 것이다.

지금도 크게 달라진 건 없겠지만 나희의 마음가짐만큼은 많이 달라졌다.

'찾아내야지. 없으면 만들어서라도.'

신주로 돌아오겠다는 결심을 아직 확고히 한 건 아니지만 각오만큼은 단단히 하며 나희는 병원을 나왔다.

효담동으로 향하는 버스에 올라 자리를 잡고 앉은 지 얼마 안 되어 졸음이 몰려 왔다. 지난밤 잠을 덜 잔 것도 아니고 내려오는 기차 안에서도 눈을 붙였는데 또다시 몰려오는 잠에 쩔쩔매며 나희는 눈을 뜨고 있으려고 안간힘을 썼다.

'안 되겠어, 뭐라도 쓰자.'

휴대전화의 다이어리 앱을 연 나희는 막상 텅 빈 공간을 열자 막막하게 쳐다보다가 문득 든 생각대로 마지막 일기를 들춰보았다.

[그와 헤어졌다.]

달랑 한 줄이 전부인 일기. 날짜를 보니 몇 달 전 준석과 헤어진 날인 모양이다. 그 이후로 방치한 데서 드러나듯이 본디 꼬박꼬박 일기를 쓰는 편도 못 되고, 그렇다고 양보다 질을 추구하는 것도 아니다. 마음 내킬 때

서너 줄 쓰는 게 전부였지만 그래도 달랑 한 줄은 좀 심했다.

'그렇게 쓸 말이 없었나.'

나희는 잠시 생각에 잠겼지만 그 결과는 눈물을 동반한 하품이었다. 안 되겠다, 회고고 뭐고 다음 기회에 하고 지금은 오늘 분 일기를 써야겠다.

'음, 그러니까….'

[상록수병원에서 온 전화를 받았다. 할아버지는 디스크 파열로 수술이 불가피한 상황. 휴가를 내고 저녁 기차를 끊어 신주로 내려왔다. 기차 안에서]

거기서 나희의 손가락이 멈췄다. 그녀는 잠시 눈을 깜박거리다가 '기차 안에서'를 삭제했다.

[할아버지가 들어간 병실 분위기가 마음에 들지 않아 다른 병실로 바꿔달라고 부탁해뒀다. 2인실 빈자리가 생기면 좋겠는데. 내일 할아버지 담당 의사를 만난다. 설명을 듣기 전에 최소한의 지식이라도 섭렵해 가자.]

짧은 각오를 끝으로 일단 일기를 저장했다. 그리고 다시 한 번 내용을 훑어보았다. 이대로 앱을 꺼도 문제 될 건 하나도 없겠지만….

나희는 눈길을 들어 차창을 응시했다. 이미 캄캄해진 거리 풍경보다 더 선명하게 박혀오는 자신의 얼굴. 더러 미인이라는 말을 듣기도 했지만 표정이 밋밋한 그 얼굴을 두고 아름답다는 생각 같은 건 해본 적 없다.

'딱히 빼어날 것도, 딱히 모자라는 데도 없이 평범해.'

어딜 가서든 수수하게 묻어가는 평범한 성격에 그만 하면 잘 어울린다고 생각한다. 평균치. 넘치지도 모자라지도 않는 그 평균치로 사는 것의 고마움을 나희는 잘 알고 있다.

그러니까, 어쩌다 한 번 일어난 돌발 상황쯤은 웃으며 넘길 여유를 부려도 좋을 것 같다. 그날이 그날인 것처럼 다람쥐 쳇바퀴를 굴리며 사는 사람들도 가끔은 좋은 꿈을 꾸고 구입한 복권이 몇 만 원쯤 당첨되는 소소한 행운 정도는 누린다. 그렇다고 그녀에게 있어 신휘영이 행운이란 것은 아니지만….

'나쁘지 않아. 어떻게 살까, 가끔은 궁금했으니까.'

나희는 휴대전화를 들여다보며 손가락을 움직였다. 다시 '기차 안에서'를 살리고 그다음엔….

[휘영일 만났다. 왼팔에 깁스를 하고 있긴 했지만 그것 말고는 다 좋아 보였다. 조금은 달라진 것 같았지만 아마도 그동안 몸에 배인 여유 때문일 거라고 짐작해본다. 그는, 전혀 모르는 사람이었다고 해도 한 번쯤 돌아보지 않았을까 싶게 근사하고 세련된 공기를 두르고 있었다. 물질적으로도, 정신적으로도. 곧잘 웃고, 농담도 하는 게.]

"조금이 아니라 많이 달라졌네, 신휘영."

피식 웃으며 입속말을 중얼거리고 나희는 내키는 대로 몇 마디 더 입력했다.

[그래도 남아 있는 게 없진 않았다. 시원스러운 그 눈매. 한때 그 서늘함조차도 동경했던 검은 눈동자는 여전히 헤아릴 수 없는 총기로 반짝였다.]

"뭐야, 이 식상한 미사여구는."

쑥스러운 나머지 제 발로 딴지를 걸어보곤 이어 적었다.

[그래서 기뻤다. 아름다운 것이 여전히 아름답다는 것에 안도하는, 그런 종류의 기쁨이다. 언젠가 한 번은 볼 운명이었다면 딱 이때 만나서 다행이다 싶은. 그러니]

나희는 한 찰나 쓸쓸하게 웃곤 빠르게 종지부를 맺었다.

[다시는 만나지 말기를.]

저장. 그리고 휴대전화를 뒤집어 무릎 위에 놓으며 고개를 뒤로 젖혔다.

졸음은 거의 쫓은 대신 이상하리만치 피곤했다. 육체적 피로라기보다는 정신적 피로임을 스스로도 인정하며 어서 집에 돌아가 잠자리에 눕는 순간을 간절히 고대했다. 하룻밤 자고 나면 오늘의 이 길게만 느껴지는 하루도 언제 그랬냐 싶게 흐릿해질 테니까.

'설마 이 버스가 덜컹 펑크가 난다거나 하진 않겠지?'

별안간 일어난 불길한 생각에 나희는 초조하게 자세를 고쳐 앉았다. 아무 근거도 없지만 어쩐지 이렇게 순순히 하루가 끝날 성싶지가 않았다. 비도 삼일을 오는 법이라는 할아버지의 입버릇 때문일까, 뭔가 하나 더 놀랄 일이 남은 것만 같아서 영 찜찜하다.

그러나 버스는 아무 일도 없이 나희를 목적지까지 데려다 주었다. 더불어 집까지 가는 길도 환하고 조용한 게 나쁜 조짐 같은 건 전혀 없었다.

'공연한 걱정을 했네. 엉뚱하긴.'

큰길에서 조금 들어가야 하는 골목에 위치한 할아버지의 이층 주택 대문 앞에 서서 열쇠를 찾는 동안 평소 같으면 한바탕 짖기 시작했을 앙이 너무 조용한 것이 문득 신경 쓰였다. 설마 옆집에서 데려갔나? 하고 의아하게 여기며 대문을 열고 들여다본 마당의 개집 앞에 뭔가 하얀 뭉치가 살랑살랑 움직이는 게 얼핏 보였다.

달빛을 빌어 보다 집중해 쳐다본 그것의 정체는 개의 하얀 꼬리. 앙은 무언가 쩝쩝거리느라 정신이 없는 중에도 나희를 향해 꼬리를 흔드는 걸로 어서 오라고 인사하고 있었다.

"뭘 그렇게 열심히 먹어? 음, 뼈다귀인가?"

다가가서 들여다보자 잠시 뼈를 씹는 것을 중단하고 나희를 향해 멍! 하고 짖었다. 체구는 그리 크지 않아도 이젠 어엿한 성견이라 더 이상 앙앙대며 짖는 일은 없다.

"아주머니가 맛있는 걸 주셨나 보네. 너무 과식하진 마. 집 잘 지키라는 뜻으로 내가 맛있는 개껌 잔뜩 사줄 테니까. 너 좋아하는 살코기 통조림도."

나희는 가볍게 앙의 가슴을 쓰다듬어주며 말하고선 일어나서 현관으로 걸어갔다. 키홀더에서 현관문 열쇠 두 개를 찾아 위에서부터 차근차근 꽂아 넣어 자물쇠를 풀고 손잡이를 당기는 순간… 별안간 안에서부터 문이 확 밀쳐지며 웬 괴한이 나희를 덮치듯이 튀어나왔다.

"꺄아앗…!"

놀라서 뒷걸음질 치다가 엉덩방아를 찧고 나동그라지는 나희를 두고 괴한은 급히 몸을 돌려 대문으로 뛰어갔다. 거칠게 대문을 열고 뛰쳐나가느라 철 대문이 꽝꽝 울리는 소리에 그녀가 대문을 돌아보았을 땐 괴한의 발뒤꿈치조차 아주 사라진 후였다.

"도, 도둑, 도둑이야…."

속삭임이나 다름없는 소리를 내며 나희가 엉금엉금 일어나 대문으로 달려가 바깥을 내다보았을 땐 이미 골목길은 텅 비어 있었다. 그제야 그녀는 온몸에 힘이 빠져 그대로 대문간에 주저앉았다. 제멋대로 덜덜덜 떨리는 몸을 진정시키려고 연신 주먹을 쥐락펴락하고 있자니 눈치 없는 개가 또 멍! 하고 짖었다.

"저 바보 개 같으니, 정작 짖어야 할 때는 안 짖고…."

기막히고 한심해서 쏘아본 그녀의 시선 끝에서 앙은 동그란 눈을 크게 뜨고 왜 그래요? 하고 묻듯이 천진한 얼굴을 하고 있었다. 똑똑한 편이 못 된다는 건 이미 알고 있었다 치고, 그나마도 무사해서 다행이라는 생각이 치솟았다.

"바보라서 산 건가. 아무튼 멀쩡하니까 됐어, 앙."

아직 집 안은 들여다보지도 못했지만 뭐 대단하게 훔쳐갈 게 없다는 것은 나희도 잘 알고 있다. 할아버지 또한 얼마 안 되는 돈보다 개가 무사한 걸 다행으로 여길 분인 것도.

여하튼 일어나서 집 안이 어떻게 됐는지 들여다봐야 하는데… 몸은 여전히 떨리고 다리에도 힘이 없긴 마찬가지. 차라리 신고부터 할까 하고 휴대전화를 찾던 나희는 핸드백이 보이지 않는다는 걸 뒤늦게 깨달았다.

"현관문 열 때만 해도 분명히 이 손에… 넘어지면서 어디로 팽개쳤나?"

짐작이 가는 방향에 할아버지가 집에서 가꾸시는 길쭉한 화단이 보였다. 역시 나희가 일어서고 볼 일이었다.

'별거 아니야, 우나희. 도둑은 이미 멀리 달아났으니까 우선 대문부터 닫고 집으로 들어가서 불을 있는 대로 다 켜는 거야. 그리고 나와서 가방을 찾아 경찰에 신고를 하면 돼. 간단하네. 자, 일어나자. 겁쟁이처럼 굴지 말고.'

차근차근 일의 순서를 정했다. 이제 남은 건 실행인데 나희의 다리는 여전히 바닥에 달라붙어 움직일 줄을 몰랐다. 집에 도둑이 든다는 건 예나 지금이나 무서운 일이었다.

그때 별안간 앙이 멍멍, 하고 소리쳐 짖는 소리에 나희는 화들짝 놀라 바깥을 내다보았다. 설마 그 도둑이 다시 돌아온 건…?

"까아아!"

실제로 눈앞에 어른대는 검은 인영을 보고 나희는 숨이 넘어갈 것처럼 비명을 질렀다. 그 인영이 훌쩍 다가서며,

"나희야, 진정해, 진정하라고! 나야, 휘영이!"

라고 말하는 순간까지.

나희는 눈물 맺힌 눈을 깜박거리며 "휘영이?" 하고 얼이 나간 목소리로 물었다. 바로 지척까지 다가와 그녀에게 "그래. 나라니까?" 하고 말하는 얼굴은 분명 휘영과 아주 많이 닮았다. 고개를 바짝 기울여 "무슨 일이야? 왜 이러고 있어?" 하고 묻는 목소리도 저 휘영과 쌍둥이처럼 닮았다. 그럼에도 나희는 어딘가 믿기지가 않아 움츠러들었다.

"막 집에 왔는데… 대문을 열고 들어가려는 순간 웬 사람이 안에서 튀어나와서…."

"설마, 도둑이 든 거야?"

금세 사태를 파악한 휘영이 활짝 열려 있는 현관문 쪽을 쳐다보며 인상을 찌푸렸다. 나희는 천천히 고개를 끄덕이며 도둑, 이라고 중얼거렸다.

삼십 년 넘게 멀쩡하게 살아온 할아버지 집에 오늘 도둑이 들었다. 그리고 눈앞엔 휘영이 있다. 이러니 믿기지가 않는 거라고 나희는 남의 일처럼 멍하니 생각했다.

"어디 다쳤어? 도둑이 해코지라도 한 거야?"

휘영이 다시 그녀를 살피며 묻는 말에 나희는 얼른 손을 내저었다. 아, 떨림이 멎었다, 어느 틈엔가.

"난 괜찮아. 그냥 좀 놀랐을 뿐이야."

"단순히 놀란 것 같지가 않은데? 이렇게 새파래져선."

"정말 놀라서 그래. 위해를 입을 새도 없었어. 워낙에 눈 깜짝할 사이에 일어난 일이라."

"그럼 일어설 수 있겠어?"

나희는 무심코 눈앞에 내밀어진 휘영의 손을 잡으려다가 퍼뜩 정신을 차리고 팔목을 잡는데 그쳤다. 그나마도 얼른 뿌리치기 위해 그녀는 일어나는데 전력을 다 기울였다.

"엇차, 조심해야지."

기합을 넣어 벌떡 일어서는 것까진 좋았는데 그만 약간 휘청거리고 마는 그녀를 휘영이 다친 팔로 지탱하며 나직이 혀를 찼다.

"기운이 있는 건지 없는 건지 모르겠네. 혹시 머리가 어지럽거나 그래? 너 빈혈 있잖아."

"…괜찮아. 아직 완벽하게 진정이 안 됐을 뿐이야."

열없는 얼굴을 감추듯 머리를 쓸어 넘기며 나희는 재빨리 물러섰다. 없었던 어지러움도 이 남자 때문에 도질 것 같아 억지로라도 주의를 다른 곳으로 돌렸다.

결코 한가하게 휘영에게 정신이 팔려 있을 때는 아니었다. 그녀는 방금 전에 도둑과 부딪혔고 아직 집 안이 어떤지 구경도 못해본 상황이다. 경찰에 신고도 아직….

"아, 신고부터 해야지. 내 가방이…."

깜빡한 가방을 찾으러 걸음을 내딛는 그녀를 휘영이 팔을 뻗으며 막아섰다.

"여기 가만히 있어. 혹시 모르니까."

그녀를 이층으로 올라가는 계단 쪽 벽으로 몰아가며 휘영이 슬쩍 턱짓을 했다. 그가 열려 있는 현관 쪽을 가리킨 것에 나희는 의아스러운 표정을 지었다가 뒤늦게 그의 의도를 깨달았다. 도둑이 한 명이라는 장담은 할 수 없으니 아직 안에 누군가 있을지 몰랐다.

"내가 들어가서 확인하고 불을 켤게."

"그러지 말고 신고부터 하는 게 좋지 않을까?"

나희가 소곤거리며 불안한 얼굴을 하자 휘영이 슬쩍 깁스한 팔을 들어 보였다.

"이거 꽤 튼튼해. 아마 못도 박을 수 있을걸?"

그러니까 그걸 방패로 삼겠다고? 제 귀를 의심하며 그의 팔과 얼굴을 번갈아 보는 나희에게 안심하란 듯 웃어 보이고 휘영이 돌아서서 현관으로 걸어갔다.

"휘영아…."

붙잡을 듯이 내뻗은 나희의 손은 정작 그의 옷에 닿을 뻔하자 소스라쳐서 움츠러들었다. 그녀의 본능이 목전의 위험보다도 휘영에게 닿는 것을 더 위태롭게 느끼고 몸을 사리고 있음이다.

기억이 무섭다고 해야 할지 몸이 정직하다고 해야 할지. 여하간 그녀는 복잡한 기분으로 휘영이 어두침침한 실내로 들어가는 것을 보고만 있었다. 발길을 끊은 것도 이미 십수 년인데, 휘영은 집 안 구조를 얼마만큼 기억할까.

아마 생각만큼 헤매지는 않은 것 같다. 나희가 깊이 심호흡하며 들이 켠 숨이 충분히 폐에 남아 있을 때 마당에 면한 거실에 불이 켜졌고 이어서 실외등도 켜졌다. 이어서 큰방에 이어 작은방, 화장실, 심지어 화장실 위의 다락도 들여다보는지 다락 창문으로 불빛이 흘러나왔다.

마침내 휘영이 고개를 저으며 마당으로 나왔다.

"아무도 없어. 나는 이쪽도 한 번 확인해볼 테니까 현관에서 슬쩍 둘러 보고 있어."

마당을 에돌아서 부엌으로 들어갈 수 있는 곁문으로 향하는 휘영의 뒷모습을 보며 나희는 왜 콕 집어 현관이라고 했을까, 의아해하며 걸음을 떼었다. 그 이유는 현관과 딱 마주하여 선 순간 절실하게 납득이 되었다.

"아, 정말…."

현관에서 비스듬히 보이는 텔레비전 아래의 서랍장이 온통 끌려나와 헤집어져 있는 것이 한눈에 들어왔다. 아직 들어서기도 전부터 이런데 그 안쪽이 어떨지는 안 봐도 비디오.

그래도 나쁜 호기심에 끌려가는 아이처럼 머뭇대며 현관에 들어선 나희는 그만 딱 벌어진 입을 다물 수가 없었다. 서랍이란 서랍은 죄 쏟아져 있고 화분도 뒤집혀져 있고, 대체 무슨 생각이었는지 소파도 들쑤셔서 스펀지가 삐죽삐죽 튀어나와 있었다. 뿐더러 장판까지 뜯어놓아 바닥이 난리도 아니다.

"이런 데 돈을 숨겼을 거라고 생각한 거야? 미쳤다, 진짜."

혀를 내두르며 돌아보다가 퍼뜩 떠오른 대로 나희는 할아버지가 지내시는 큰방으로 뛰어들어갔다. 얼마 안 되는 옷들이 온통 어질러져 있는 바닥을 무시하고 그녀가 돌아본 것은 본래라면 창문에 면해 있는 앉은뱅이책상. 할아버지가 매일같이 경전 공부를 하고 사경을 할 때 애용한 그 낡은 책상도 형편없이 옆으로 쓰러져 있는 게 보였다.

불길하다, 라고 생각하면서도 한 줌 기대를 놓지 못하고 조심스레 책상 옆으로 다가가 들여다본 책상의 뒷면.

"아아, 역시."

거기엔 본래 오래된 베갯잇을 잘라서 만든 천주머니가 붙어 있었다. 통장을 비롯해 비상용 현금을 보관해두는 할아버지 전용 금고 비슷한 장소였는데 이제 양상군자께서 멋대로 쥐어뜯어놓은 자리에는 구겨진 통장만 보일 뿐 현금은 깨끗이 사라진 후였다.

한숨을 내쉬며 통장이라도 일단 수습할 양으로 손을 내밀던 나희의 눈에 팽개쳐진 불경들 사이로 삐죽이 얼굴을 내밀고 있는 옥관음상이 보였다. 할아버지가 워낙에 손에 쥐고 만져서 귀 있는 곳이 닳아버린 옥관음을 내려다보며 나희는 입술을 삐죽였다.

"그냥 보고만 계셨어요, 관세음보살님? 너 이놈, 하고 소리라도 질러서 신통력을 보여주시면 오죽 좋아. 하긴, 그만한 능력이 있었다면 우리 할아버지부터 보살펴 줬겠네. 들이는 공은 다 냠냠하시면서 무던도 하시다, 참."

오늘은 그 점잖빼는 얼굴조차 얄미워 톡 하고 머리를 손가락으로 팅기는 순간 부스럭거리며 뒤에서 인기척이 났다. 퍼뜩 놀란 나희가 옥관음상을 손에 쥐고 돌아보니 휘영이 큰방을 들여다보며 "이상무!" 하고 말했다.

"뭐 이 마당에 이상이 없다고 말하기도 뭣하지만. 자, 이거 네 가방 맞지?"

나희는 엉거주춤하게 일어서며 그가 건넨 핸드백을 받았다. 찌푸린 얼굴로 큰방을 돌아본 휘영이 뭐가 없어졌는지 알기는 하겠느냐고 물었다.

"일단은 할아버지가 보관하시는 비상금이 없어졌어. 할아버지가 병원에 실려 가시면서 비상금 챙길 정신이 있었을 것 같지는 않네. 쓰러지신 곳도 밭이고."

"얼마나 될지 짐작해?"

"이백은 될 거야. 전에 할아버지가 보여주셨을 땐 그 정도였어."

"좋아, 우선 그 선에서 경찰에 신고하는 걸로 하자. 여기서 더 들춰보면 증거 훼손밖에 안 돼."

응, 하고 고개를 끄덕이며 핸드백을 연 나희는 이내 미간을 찡그리며 핸드백 안을 뒤적였다.

"왜 그래?"

"아니, 휴대폰이 없어서….."

"흘렸나? 내가 가보고 올게."

휘영이 다시 마당으로 나갔지만 돌아올 때엔 여전히 빈손이었다.

"화단엔 없어. 마당에 떨어지지도 않았고. 정말 가방에 있었던 거 맞아?"

"틀림없어. 버스 안에서 보고 넣어둔 거 똑똑히 기억해."

"혹시 도둑이랑 부딪힐 때 떨어뜨린 거 아냐?"

"글쎄, 모르겠어, 그땐 경황이 없어서….."

"아무래도 휴대폰 떨어진 거 보고 도둑이 집어간 것 같은데. 그거, 돈이 되잖아."

"으음… 그럴 시간이 있었나?"

"그거 줍는데 시간이 얼마나 걸린다고."

나희의 기억으론 도둑이 곧장 대문 쪽으로 달아난 것 같지만 휘영의 말이 옳을지도 몰랐다. 특히 달려가는 방향으로 휴대전화가 떨어졌다면 잠깐 허리를 굽혀 주워드는 것쯤은 일도 아니었을 것이다. 놀라서 벌벌거리기만 했던 자신의 기억은 통 미덥지가 않았다.

"내가 너무 어리바리했어. 뭐 하나 제대로 기억하는 것도 없고."

"그렇게 갑작스러운 일 앞에 냉정할 수 있는 사람 별로 없어. 우선 내 전화로 신고할게."

아마도 그 얼마 안 되는 사람 중 한 명일 휘영을 나희는 물끄러미 쳐다보다가 한숨을 내쉬었다. 어쩌다 휘영일 만난 것으로 모자라 이런 일의 뒤치다꺼리까지 시키고 있다니 무슨 일진이 이렇지 싶다.

증거 보전을 해야 하니 현장에 손대지 말라는 경찰의 충고에 마당에 나와서 기다린 지 얼마 안 되어 경찰차가 골목에 들어왔다. 이제야말로 침착한 우나희를 보여주자고 마음먹었지만 평범한 소시민이 경찰 앞에서 냉정을 유지하는 것은 그렇게 쉬운 일이 아니다. 괜스레 조마조마해져서 어름거리고 마는 그녀 옆에서 휘영이 차분하게 정황 설명을 거들었다.

"범인, 잡을 수 있을까요?"

웅크리고 앉아 지문 채취를 하고 있는 모습을 초조하게 힐긋거리며 나희가 묻는 말에 나이 지긋한 경찰관이 확답은 못한다고 잘라 말했다.

"채취한 지문이며 증거물이 동종 전과범이랑 딱 들어맞는 경우라면 모를까, 아무래도 소소한 잡범들은 어렵습니다. 그런데 노인장께서 하필 딱 하루 집 비운 날을 골라 도둑이 든 걸 보면 이게 면식범일 가능성도 있거든요."

"…면식범이요?"

설마 이 근처 주민이란 말인가 하고 핏기가 가신 나희를 보고 그런 경우도 있다고 한 말이라며 경찰관은 손을 저었다.

"여하튼 손 놓지 않고 최선을 다해 살펴보겠습니다. 당장 이번엔 못 잡아도 다음에 다른 곳에서 꼬리가 잡혀 걸리는 수도 있으니까 너무 낙담은 마시고요. 우선 사람이 안 상한 걸로 위안 삼으시고 저희가 간 뒤에라도 문단속 잘하시고, 날 밝으면 싹 한 번 자물쇠를 가세요. 기왕이면 도어록 같은 것도 설치하시고. 저런 현관이 아무래도 열쇠 복제가 쉽습니다."

충고를 마친 경찰관은 자신도 집 안으로 들어가 증거 확보에 손을 보탰다.

꼼꼼한 손길로 한 방, 한 방 차근차근 점검해가다 보니 그들이 일을 마친 건 자정을 넘긴 시각. 다시 한 번 문단속 잘하라고 당부하고 경찰관이 떠난 자리에서 나희는 막막한 눈길로 여전히 아수라장인 집 안을 들여다보았다.

"여기서 잘 수 있겠어?"

"…치워봐야지."

휘영의 물음에 나희는 한숨을 섞어 대답했다. 그는 고개를 젓고 다시 물었다.

"치우는 게 문제가 아니라 잘 수 있겠냐고. 한숨도 못 잘 것 같은데, 너."

이미 단정해놓고 하는 말에 발끈 반감이 일었지만 '당연히 잘 수 있어.'라는 말은 차마 떨어지질 않았다. 이미 한 번 도둑이 휩쓸고 간 집이다. 저놈의 개는 짖지도 않고.

'그러고 보니까 앙이 안 짖은 이유… 설마 정말 아는 사람이라서?'

면식범 운운한 경찰의 말이 뇌리 한쪽에 끈끈하게 달라붙어 떨어지질 않았다. 낯선 사람들이 많이 오자 한바탕 짖어대다가 쏙 숨어버린 앙의 개집을 골똘히 쳐다보는 나희에게 다시 휘영의 목소리가 닿았다.

"잘 때 자더라도 열쇠나 바꾼 다음에 자. 그러니까 오늘 밤엔 달리 잘 곳을 구하는 게 좋겠어."

"알아서 할게. 그러니까 넌 그만 가봐."

쌀쌀맞게 말하며 나희는 휘영을 응시했다. 신세진 건 신세진 거고 뒤늦게 그가 여기 있는 이유가 의심스러워졌다. 새삼 그가 이 동네를 찾을 이유가 뭐지?

"너무하는군. 이젠 위급한 순간은 지났다 이거야?"

기막혀하는 휘영의 얼굴에 대고 어름거리며 사과했다.

"미안해, 고맙게 생각하지 않는 건 아니니까…."

"억지사과도 감사도 필요 없어. 아무튼 따라나서. 널 여기 두고 가는
건 내가 내키지 않아."

"그게 뭐 어쨌다고. 네가 내키지 않든 말든."

나희는 당황스러운 와중에도 최선을 다해 냉정을 가장했다. 그러나 그
러한 철벽도 그에겐 전혀 통하지 않았다.

"경찰한테 내 전화번호 준 거 잊었어? 지금 나 가버리고, 경찰이 내일
이라도 연락할라치면 그 연락 어떻게 받을래?"

"어, 그건, 그건…."

그녀가 경찰서에 전화를 하면 해결될 일이었다. 그런데 그 간단한 해
답이 이때엔 전혀 떠오르지 않고 과연 난감하구나 하고 쩔쩔맸다.

"어서 문단속하고 나가자. 슬슬 피곤해지고 있어."

휘영이 희미하게 인상을 쓰며 하는 말에 나희는 그만 마음이 급해져서
얼른 문을 잠갔다. 거실 형광등은 일부러 켜두었다. 그리고 성큼성큼 대
문 밖으로 나가는 휘영을 따라 나가며 개집을 한 번 쳐다보았다. 그녀가
나가는데도 내다보지도 않는 겁쟁이 개에게 "내일 일찍 올게."라고 자그
맣게 중얼거리며 조용히 대문을 닫았다.

"택시 불렀어. 요 앞 큰길로 나가 있자."

그렇게 말하고 앞장서 걷는 휘영을 졸졸 따라갔다.

마지막까지 철저히 휘영의 페이스였다.

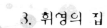

3. 휘영의 집

'나는 정말 머리가 나빠.'

택시에 오른 뒤에야 스멀스멀 후회가 나희를 사로잡았다. 본디 명석함과는 인연이 없는 줄 잘 알고 있지만 이렇게까지 순발력이 부족했나 싶어 낙담하는 마음마저 들었다.

'이래서야 흡사 파블로프의 개 수준….'

개라도 십이 년쯤 지나면 전주인은 잊지 않나? 아, 그런 의미에서 그녀는 개보다 나은 걸까?

'…진지하게 개하고 겨루자는 거니, 우나희?'

좌절을 넘어 우울해져서 나희는 이마를 짚으며 차창에 머리를 기댔다. 서른네 살이나 되어서 새삼 이런 종류의 자학에 빠질 줄은 몰랐는데.

"피곤하면 좀 자. 가면 깨울게."

그녀를 낙담에 빠트린 범인의 태평한 목소리에 순간 짜증을 못 이겨 소리를 지를 뻔했다. 이게 다 너 때문이야, 신휘영! 대체 내가 왜 너랑 이러고 있는 거냐고!

위기를 넘긴 건 그나마 아직 살아 있는 자존심 덕분이다. 그렇게까지 평정을 잃은 모습을 그에게 보여주고 싶지 않았다. 그래서야 여전히 그가 그녀를 휘두를 수 있음을 생생히 증명하는 꼴밖에 되지 않으니까.

그에게 휘둘리는 자체를 자신의 특권으로 여기며 어리석게도 그 또한 자신에게 길들여지고 있다고 믿었던 때도 있다. 지금은 아니다. 그녀는 미망에서 깨어났다. 그리고 신휘영을 자신의 인생에서 지워버린 것에 대해 단 한 번도 후회한 적 없다.

그러니까 침착하자. 조금 사태가 이상한 쪽으로 흘렀을 뿐 뭔가 치명적인 실수 같은 걸 저지른 건 아니니까. 과하게 날을 세울 게 아니라 차라리 둔하게, 덤덤하게 이 상황을 관망해보자.

'이 우연에도 끝은 있을 테니까.'

나희는 가만히 호흡을 고르며 마음을 가라앉히는 것에 집중했다. 조언을 받아들인 것처럼 잠을 청하는 체하며 바로 옆에 있는 불편한 동행에게 향하는 신경도 다독다독 눌렀다.

그런 생각만 한 것에 그치지 않고 저도 모르게 끌어안고 있는 핸드백을 만지작거리는데 무언가 둥글고 딱딱한 내용물이 잡혔다. 이게 뭐지? 하던 그녀가 퍼뜩 실눈을 떴다.

'옥관음상이구나, 이거. 나도 모르게 들고 나왔네.'

경로야 어찌 됐든 가지고 있는 건 가지고 있는 거. 어쩌면 번뇌를 떨치고 부동심을 지키라는 계시일지도 모르겠다.

할아버지 따라서 석가탄신일에 절이나 가는 정도의 나일론 신자이긴 해도 이럴 때 믿을 게 있다는 것은 유용했다. 그게 설령 집에 들어온 좀도둑 하나 퇴치 못 하는 장식일망정, 매일같이 할아버지가 어루만지며 모셔온 정성이 있으니. 결국 그녀가 믿는 것은 할아버지라고 하는 편이 정확

할지도.

"아아, 잠은 푹 주무시고 계신지 모르겠네."

무심코 입에 올린 근심에 휘영이 "할아버지?"하고 알은체해왔다. 나희가 고개를 끄덕이자 그는 시각을 확인하고 이어 말했다.

"지금쯤 한창 주무셔야 하는 시각이잖아. 열 시에 주무시고 다섯 시에 일어나시는 게 여전하시다면. 아, 네가 고3일 때 한 시간씩 늦춰서 주무시던 건 예외로 두고."

"별걸 다 기억하네."

"기억하지 그럼. 보고 산 세월이 얼만데."

안 보고 산 세월도 충분히 길었다고 속으로 투덜거리며 나희는 할아버지가 계신 입원실에 대해 불평했다. 미주알고주알 늘어놓은 건 아니고 분위기가 별로였다는 선에서.

"병실 바꿔달라고 말은 해놨는데 원대로 될지는 모르겠어. 알겠니? 이쪽에서 더 비싼 병실로 가겠다는데도 자리가 없어서 대기해야 한대. 그 병원에 대한 신뢰도가 좀 올라가는 것 같지 않아?"

"또 모르지. 실은 퇴원해도 되는 환자들 며칠이라도 더 붙들어두고 과잉진료를 하는 건지. 진짜 훌륭한 병원이라면 병은 얼른 고쳐주고 집으로 돌려보내지 않겠어?"

그것도 일견 일리가 있는 말이라 나희는 입을 다물고 차창을 돌아보았다. 신주 번화가로 접어드는지 어둑하던 창밖으로 불빛이 꽤 다채로워졌다.

굳이 이런 데까지 오다니 역시 호텔에 묵을 셈인가 하며 나희는 슬며시 눈살을 찌푸렸다. 할아버지 수술비용은 실비보험 들어놓은 걸로 어떻게 커버가 되겠지만 퇴원 후에 몸 좀 돌보시게 한약 두어 첩이라도 지어

드리려면 하룻밤 잠자리에 과도하게 낭비할 돈 같은 건 없다. 두고 보다가 정말로 택시가 호텔 앞에 서면…. 아니 그럴 게 아니라 이제라도 목적지가 어디인지 물어야겠다.

"근데 지금 어디로 가는 거야?"

빨리도 묻는다는 듯 약간 입꼬리를 든 휘영이 슥 눈썹을 치켜세우며 가 보면 알 거라고 대답했다.

"너도 나름대로 잘 아는 데니까. 조금 외관이 바뀌긴 했어도 기억 못할 정도는 아닐 거야."

대체 어디기에 휘영이 그녀보다 더 잘 안다는 듯이 말하는 걸까? 나희도 타지에서 생활한 게 근 십오 년에 달하니 이제 신주 토박이라고 말할 수는 없다. 하지만 못해도 한 달에 두 번은 할아버지를 찾아뵙겠다는 결심을 잘 지켜왔기에 여전히 그녀 안엔 자신을 신주 사람이라고 생각하는 면이 있었다. 그런 그녀 앞에서 그가 신주 지리를 두고 거들먹거리는 광경은 솔직히 이해가 안 갔다.

"너 신주 얼마 만에 오는 거지?"

그러한 고까움을 고스란히 내비치며 나희가 묻자 휘영의 입꼬리가 조금 더 올라갔다.

"궁금해졌어?"

이래서야 마트 주차장에서 했던 대화의 반복이다. 나희는 일없다는 듯 손을 젓고 다시 차창 밖을 응시했다. 휘영도 구태여 그녀를 대화로 끌어들이기 위한 노력은 하지 않았다.

그래봤자 얼마 안 있어 또 그녀가 먼저 입을 열 운명이었다. 택시가 멈춰선 곳은 호텔도, 모텔 근처도 아닌 주택가의 골목이었다. 주택가의 골목치고는 넓고 정갈하게 닦인 소방도로에 서서 의아한 얼굴을 하고 있는 그녀에게 휘영은 잠자코 팔을 들어 어떤 집 대문을 가리켰다.

"여기? 설마 지금 여길 들어가자고?"

그것은 언뜻 봐도 평범한 주택 대문은 아니었다. 잇닿아 있는 긴 담장의—그런데 이 담장 끝이 어디야? 말도 안 돼, 저기 저 끝까지 전부 한 집이라고? 나희는 좌우를 두리번거리다 다시 대문에 집중했다—출입구가되는 대문은 기단이 되는 계단을 사뿐히 디딘 채 높다란 키로 사람을 위압하듯 내려다보고 있었다. 너무 웅장할지언정 장미 문양의 철제 부분과광택이 흐르는 붉은빛 나무를 교차하여 모자이크처럼 짠 대문 자체는 빼어나게 아름답다.

이런 대문 안쪽에는 과연 어떤 집이 서 있을까, 보고 싶었지만 대문에너무 가까이 서있어 안은 거의 보이지 않는 그런 상황이었다. 그래도 안쪽에서 흘러나오는 불빛 정도는 보였다.

"게스트하우스로는 안 보이는데 아는 지인 집이라도 돼? 혹 하나 달고간다고 미리 말해둔 거야?"

나희의 물음에는 대답 않고 휘영은 도어록으로 다가가 여덟 자리의 숫자를 눌렀다. 잠금이 해제되는 경쾌한 소리에 이어 휘영은 손잡이를 잡아당겨 문을 열었다.

"들어가. 안에서 이야기해도 충분하니까."

먼저 안으로 들어가라고 턱짓으로 권하는 것에 마지못해 나희도 대문안으로 발을 디뎠다. 뒤따라 들어오며 휘영이 부드럽게 문을 닫는 동안나희는 바깥에서 보고 얼핏 짐작했듯이 너른 앞마당에 한 번 놀라고 오른편으로 고개를 돌리자 보이는 이층 주택에 재차 놀랐다.

'뭐지, 이 프로방스풍 주택은? 여긴 그래도 번화가 쪽인데 버젓이 전원주택이 들어앉아 있다니.'

멀뚱거리며 잡지 한 페이지를 도려낸 것 같은 건물을 쳐다보고 있는 나희의 어깨를 툭 건드리는 손이 있었다.

"우리가 갈 곳은 저쪽이야. 여긴 아직 공사가 덜 끝났어."

"이렇게 멀끔한데 공사 중이라고?"

"이쪽에서 봐서 그래. 뒤쪽은 아직 심란해. 거의 신축 수준으로 뜯어고쳐야 했거든. 내부도 채워야 하고 갈 길이 멀지."

푸념조의 내용과는 달리 왠지 기대어린 목소리에 나희는 의아한 눈으로 휘영을 올려다보고 그가 인도하는 대로 걸음을 옮겼다. 그가 이끈 곳은 너른 뜰의 오른쪽 귀퉁이에 자리한 작은 별채로 비스듬히 앞쪽에 있는 아름드리나무에 두 사람이 앉을 수 있는 그네가 매어진 것이 눈길을 끌었다. 휘영이 그녀의 시선을 따라가며 말했다.

"수령이 이백 년이 넘은 벚나무래. 꽃이 한창일 때 그네에 앉아 감상하는 것도 꽤 정취 있을 거야."

나무 옆으론 담소를 나눌 수 있게끔 마련한 나무 벤치와 테이블도 놓여 있다. 그러한 것들이 조약돌이 깔린 길 옆으로 서 있는 소박한 석등 불빛에 아슴푸레 제 형체를 드러내고 있었다.

심적으로 여유가 있다면 꼼꼼히 구경하고 싶은 게 한둘이 아니었지만 휘영을 따라온 낯선 집이란 걸 나희는 한시도 잊지 않았다. 때문에 휘영의 설명에 고개를 끄덕이는 둥 마는 둥 얼른 시선을 거두고 걷는 데 집중했다.

뚜벅뚜벅 걸어간 휘영이 별채의 현관문 도어록도 제 손으로 해제했다. 지켜보는 나희의 눈빛이 복잡해졌다.

'설마 다른 사람이 없는 건가?'

본채는 수리 중이라니 사람이 살 것 같지 않다 쳐도, 마당에 등도 여럿

켜져 있고 해서 이쪽에라도 사람이 있을 줄 알았는데.

"자, 들어가."

대문 앞에서 그랬던 것처럼 휘영이 그녀를 먼저 들여보내려 했다. 현관 안도 환했기에 딱히 무서울 것은 없었지만 나희도 이번만큼은 주저하며 먼저 들어가라고 말했다.

"왜? 숨어 있던 피에로라도 나올 것 같아?"

휘영은 짓궂은 미소를 띠면서도 순순히 앞서 들어가는 쪽을 택했다. 조심스레 뒤따라 들어가면서 나희가 투덜거렸다.

"나 광대 공포증 같은 거 없거든? 예전에 딱 한 번 울었을 뿐인데 왜 자꾸 그렇게 몰고 가는 거야."

"그냥 운 정도가 아니라 자지러지게 울었지. 내 생애를 통틀어 가장 처절한 울음이었어."

"정말. 그 정도까진 아니었거든?"

나희의 항변에 현관 신발장에서 꺼낸 슬리퍼를 나희 앞으로 놓아주며 휘영이 고개를 갸우뚱했다.

"그럼 네 기억이 잘못된 거겠지. 어느 정도였냐면, 그래, 어떤 공포영화를 봐도 그때 너처럼 실감나게 비명을 지르는 사람을 못 봤을 정도야."

"그러니까, 비명 같은 거 지른 적 없어!"

"그래, 지른 적 없는 걸로 해 그럼."

나희가 정색을 하자 휘영은 그런 교묘한 말로 그녀의 신경을 긁어놓았다. 나희는 억울해서 바닥이라도 탕탕 구르고 싶은 심정이었다.

퍽 오래된 기억의 한 페이지. 그때가 분명히 열한 살, 초등학교 4학년 여름방학이었던 걸로 기억한다. 나희의 동네에서 머지않은 구립체육관에 서커스단이 와서 공연을 펼쳤다. 무척이나 가고 싶었는데 티켓 값이

만만치 않아서 차마 엄마에게도 할아버지에게도 말을 꺼낼 엄두가 나지 않아 애만 끓이던 차에, 어떻게 알았는지 할아버지가 마지막 날 표를 두 장 구해서 다녀오라고 주셨다.

"혼자 가면 위험할지도 모르니까 휘영이랑 같이 다녀오면 좋겠구나. 혜주는 내가 봐줄 테니까."

"네, 할아버지, 휘영이한테 물어보고 올게요."

이발소에서 집까지 한달음에 달려가 이층으로 올라가 휘영일 불렀다. 그 무렵이면 휘영이네 식구들이 이층에 세 들어 살 때였다. 할아버지가 구해준 표부터 시작해서 막냇동생을 봐주시겠다는 할아버지의 제안까지, 나희가 숨도 쉬지 않고 늘어놓았지만 휘영은 썩 내켜하는 얼굴이 아니었다.

"표도 그렇고, 할아버지가 일하시면서 혜주까지 보시려면… 너무 폐를 끼치는 건데."

열한 살이었지만 조숙하기론 근방에서 따를 자 없었던 신휘영은 그 무렵에 이미 경우 밝고 제 앞가림 잘하는 애어른이었다. 학교를 파하면 곧장 집으로 돌아와 네 살배기 여동생을 돌봐야 했지만—혜주가 돌쟁이였을 때부터 휘영이 업어 키웠다—반 1등을 놓친 적 없는 공부벌레에 책벌레이기도 했다.

"괜찮아, 이발소가 바쁘면 몰라도 한가하니까. 그리고 서커스는 이번에 못 보면 언제 다시 볼지 모르는데 놓치면 아깝잖아. 나 혼자선 못 가게 하실 거란 말이야. 가자, 가자 휘영아, 응?"

끈덕지게 조른 끝에 얻어낸 허락. 그렇게 어렵사리 구경 간 서커스는 나희가 화장실에서 마주친 피에로를 보고 겁에 질려 울음바다가 된 바람에 다시 떠올리고 싶지 않은 기억이 되어버렸다.

쩔쩔매며 그녀를 달래주려 하던 피에로와 그녀의 울음소리에 여자 화장실로 뛰어들어온 휘영, 그에게 매달려 눈물콧물 흩뿌리며 집에 가겠다고 떼쓰던 자신까지. 아직도 생생히 기억하는 게 더 서글픈 흑역사의 한 조각이었다.

'진짜 암담한 건 흑역사가 다만 그걸로 끝나는 게 아니란 거지.'

수치도 뭣도 모르는 어린 시절에 저지른 과오가 너무도 많아—스무 살이 넘었던 때마저 어린 시절로 몰아넣는 게 가능하다면—가능하면 철저히 덮어두고 산다. 그렇기에 이렇게 한 번씩 툭 튀어나오면 수치심으로 발끝까지 빨개지는 것이다.

반성도 후회도 없이 날것 그대로 남아 있는 온갖 실수와 부끄러움들. 다들 말을 안 해서 그렇지 그렇게 무턱대고 봉해둔 상자 한둘은 있을 거라고 위안하면서.

아차, 그런 상자 따위 알 바 아닐 사람이 바로 눈앞에 있다. 제 그림자 속에 꼭꼭 숨겨놓아야 할 얼룩이 뭔지 모를, 잘나고도 잘난 신휘영 씨.

"너는 그렇게 놀릴 만한 건더기도 없으니까 놀림 당하는 사람 마음을 알 리 없지."

휘영의 오연한 태도에 새삼 정색 따위를 한 자신이 우스워 나희는 피식했다. 현관의 폴딩 도어를 열던 휘영이 의아한 얼굴로 돌아보았다.

"많이 불쾌했어? 그럴 생각으로 한 말 아닌데."

"응. 악의는 없을 거란 거 알아. 피곤해서 그런가 내가 좀 예민한가 봐. 별거에 다 펄쩍 뛰지?"

스스럼없이 웃는 나희를 찬찬히 바라보며 휘영은 그럴 만도 하다고 중얼거리더니 안으로 들어갔다. 현관을 보고 짐작했듯이 내부 또한 흡사 아파트와 다를 바 없이 모던하게 꾸며놓았다.

"이층에 게스트룸이 있긴 한데 청소 상태가 어떤지 모르겠어. 보고 올 테니까 잠깐 둘러보고 있어."

덩그마니 남겨진 나희는 그의 말대로 거실을 둘러보았다. 두터운 잿빛 러그 위에 놓인 상아색 소파 맞은편 벽엔 대형 벽걸이 TV와 음향기기가 자리해 있었고 소파 위엔 칸딘스키 풍의 추상화 액자가 과하지 않게 존재감을 뽐내고 있다.

그보다 소파에서 멀지 않은 곳에 자리한 유리장이 이채롭다. 눈에 보이는 칸 전부, 갖가지 양주가 빽빽이 채워져 있어 보는 것만으로도 취하는 기분이었다.

"음, 딱 한 잔만 하고 자면 꿈도 안 꾸고 잘 수 있을 것 같은데."

그나마 눈에 익은 위스키 병을 바라보며 침을 꼴딱 삼키던 나희는 계단을 내려오는 소리에 얼른 소파에 앉아 무슨 일이 있었냐는 듯이 시치미를 뗐다.

"청소한 지 좀 됐나봐. 먼지가 있어서 이층은 안 되겠어. 일층에 있는 방을 쓰도록 해."

"일층에 방이 몇 갠데?"

"원래 두 개였는데 리모델링하면서 작은방을 없앴어. 어차피 이 별채 자체가 게스트하우스 용도라 방 숫자엔 별 의미가 없고 해서."

우선 휘영이 이 큰 주택에 대해 지나치게 훤히 꿰고 있는 점은 둘째치고, 나희는 오늘 밤 그의 거처에 대한 것부터 물었다.

"그럼 너는 이층에서 자는 거야?"

"말했잖아. 지저분해."

단호하게 고개를 젓는 모습에 그럼 그렇지 했다. 그녀가 익히 아는 휘영은 청결에 대한 기준이 매우 높았다. 지나치게 방만하게 살림을 하던 엄마에 기인한 반동심리가 아닌가 나름대로 짐작하는 바가 있다.

어쨌든, 그렇다고 하면.

"그럼 어디서 자려고?"

휘영은 앉아 있는 소파를 스윽 눈으로 훑어보고선 "여기."라고 짧게 말했다.

"나한테 방을 내주고 너는 소파에서 잔다고? 그건 경우가 아닌 것 같은데?"

"그럼 널 소파에서 재우고 내가 방에서 잘까? 날 너무 무도한 집주인으로 보는 거 아냐?"

"…역시?"

아까부터 슬금슬금 접근해가던 비밀의 정체가 확 드러난 순간, 나희는 얼마쯤의 지레짐작에도 불구하고 충격은 충격대로 받았다. 그러한 기분이 고스란히 드러나는 얼굴을 보며 휘영은 "왜?"하고 물었다. 나희야말로 그렇게 묻고 싶었다.

"정말 여기… 주인인 거야? 단순히 호스트라는 의미가 아니라?"

"부동산 명의가 내 앞으로 되어 있느냐는 걸 묻는 거라면, 예스야."

빼도 박도 못하게 휘영의 집인 모양이다. 나희는 얼떨떨한 눈빛을 감출 생각도 않고 다그쳐 물었다.

"어쩌다가? 아니, 왜?"

"내가 이 집 주인이란 게 그렇게 이상해?"

"그렇잖아. 그러니까 내 말은… 너 신주에 사는 거 아니지 않아?"

만약 휘영의 입에서 사실은 신주에 살고 있다는 말이 나오면 나희에겐 그 또한 쇼크일 것이다.

"당장 거주지라면 서울이야."

"그렇지? 그런데 왜, 설마 이 큰 집을 휴양지 별장 정도로 샀을 리는 없고. …어? 그런 거야?"

나희는 자신의 상식선에서 이야기하다가 문득 그 맹점을 깨닫고 한발 물러났다. 우나희는 지극히 소소한 삶을 구가하는 소시민의 한 명이지만 신휘영이 그 범주에 들 거라곤 생각할 수 없었다.

그녀가 휘영을 처음 본 때부터 마지막으로 볼 때까지 쭈욱 그는 빼어나게 우수했다. 그런 우수함이 그녀가 알지 못한 십이 년간 특별히 쇠락했을 것 같지는 않다. 원래도 별 볼 일 없고, 청춘이 빛바래면서 점점 더 별 볼 일 없어지는 자신 같은 부류가 있는 반면 시종일관 월등한 인간의 표본처럼 훌륭하게 사는 사람이 있다. 나희는 거기에 당연하게 휘영을 놓는다.

"그래, 그럴 수도 있겠어. 난 잠깐 내 기준으로만 생각해서."

"뭘 혼자 고민하고 단정 짓는 거야? 아무리 나라도 이런 집을 일 년에 며칠 쓰려고 사들이진 않아. 호사스러운 것도 정도가 있지."

휘영의 부정에 나희는 눈을 깜박거리며 "그럼…."하고 머리를 굴렸다.

"투자 목적인가? 말끔히 고쳐서 프리미엄 붙여서 내놓을 셈으로. 그런데 신주에서 주택 가지고 그렇게까지 할 만한 메리트를 잘 모르겠네."

안 그래도 몇 년 사이 인구가 자꾸 줄어드는 도시 사정까지 고려한 그녀의 의견에 휘영이 엷은 웃음을 눈에 담으며 말했다.

"진지하게 생각해주는 건 고마운데, 안 졸려? 이야기는 나중에 하고 우선 푹 쉬는 게 너한텐 급선무 같은데."

"아, 맞아, 사실 무척 졸리긴 했어."

그가 학교 운동장을 사건 빌딩을 사건 그녀가 걱정할 게 뭐라고 멋대로 알은체하며 이야기를 늘어놓은 건지. 뒤늦게 닥쳐온 열없음에 나희는 얼른 일어나서 방을 좀 알려달라고 부탁했다. 소파와 벽을 사이에 두고 면해 있는 왼쪽의 방이었다.

"욕실은 저쪽. 현관 옆으로 보이는 저 파란 문이야. 참, 너 갈아입을 옷 없지?"

"아, 내 정신 좀 봐."

집에서 나올 때 챙겼어야 할 것을 까맣게 잊고 있었다.

"욕실에 목욕가운이 있긴 한데 그걸로 잠옷을 할 순 없을 테고 나도 딱히 파자마를 입지 않아서…."

"괜찮아, 가운 입고 자면 돼. 하룻밤인데 뭐. 아, 얼른 씻고 자야겠다. 아무튼 고마워, 신세 좀 질게."

내친김에 인사하는 걸로 대화의 종지부를 찍고 나희는 일러준 방으로 향했다. 방에 들어가자 안을 둘러보고 말고 할 틈도 없이 문에 기대선 채 참았던 한숨을 토했다.

'아, 바보. 거기서 그걸 생각해서 어쩌자는 거야.'

파자마를 입지 않는다는 휘영의 말에 그만 떠올려 버리고 말았다. 한 겨울에도 속옷 하나 입지 않고 잠들곤 했던 그의 버릇. 덩달아 그녀도 나신으로 자는 게 버릇이 되어 그와 무관해진 이후에도 몸에 남고 말았다. 할아버지 집에서 잘 때면 롱 티셔츠 하나 걸치는 게 자꾸 배겨서 얼마나 쥐어뜯는지 모른다.

'고치자, 이 기회에. 더 이상 홀딱 벗고 자지 않을 거야. 오늘 가운 입고 자는 걸 시작으로, 고칠 거야. 고치고 말 거야.'

각오 후에, 쇠뿔도 단김에 빼랬다고 곧장 씻으러 갔다. 휘영은 이층에 올라갔는지 거실엔 보이지 않았다. 샤워를 마치고 나희가 단단히 여민 목욕가운 차림으로 욕실을 나왔을 때도 역시 그는 보이지 않았다. 그런데 방에 돌아가자 침대 옆 협탁에 아까 못 본 물병과 컵이 놓여 있었다. 짧은 메모도 함께.

〈모닝콜이 필요할지 몰라서 알람시계 가져다 놨어. 푹 자고, 내일 보자.〉

나희는 파란 탁상시계를 힐긋 쳐다보고 다시 메모를 보았다. 캘리그라피가 유행하기 훨씬 전부터 글씨를 마치 한 점의 그림처럼 쓸 줄 알았던 신휘영. 글씨는 사람의 인성을 드러내는 절대적인 방편은 아니지만 휘영의 글씨엔 딱 그가 보였다.

"여전히, 아름다워."

나희는 무력한 기분에 휩싸여 한숨을 쉬었다. 그것은 이 짧은 메모에 탐심을 느낀 자신에 대한 한탄이기도 했다.

이미 오래전, 그와 관련된 어느 것 하나 남기지 않고 모두 처분하고 왔는데 이제 와 새삼 필적이 담긴 메모지 하나에 탐심을 일으키다니. 마치 십 년간의 면벽 수도가 홀연히 날아든 나비에게 눈길 한 번 준 것으로 허물어진 노승이 된 느낌이었다.

"필요 없어."

와그작 종이를 구겨 쓰레기통에 버리고 침대에 누웠지만 그렇다고 달라지는 게 없다는 건 나희도 알고 있다. 짧은 동안 몇 번이고 뒤척이며 돌아누웠다. 이대로 끝나는 게 아쉽다는 것처럼, 꼬리가 자꾸만 늘어나는 밤이었다.

'아, 멍하다.'

나희는 알람의 도움 없이도 늘 일어나는 시각에 일어났지만 전혀 잠을 자지 않은 것처럼 머리가 묵직했다. 게다가 잠결에 가운을 벗어던졌는지 여지없이 알몸이었다. 아무래도 잠옷으로는 단추가 있는 걸 입어야겠다고 생각하며 나른한 몸을 일으켜 가운을 주워 입었다.

방을 나서기 전엔 이런저런 생각으로 머리가 복잡했지만 막상 나가보니 거실도 텅 비어 있고 딱히 인기척이 느껴지지 않아 얼른 씻으러 갔다. 지난밤에 너무 서둘렀던 만큼 좀 더 정성스럽게 씻고 욕실을 나왔을 때도 정적은 여전했다.

다시 방으로 돌아와서 옷을 갈아입고 가볍게 화장도 마치고 나자 휘영을 마주할 자신감도 좀 붙었다. 그러나 여전히 그의 인기척이 느껴지질 않는다.

"…아직 자나?"

일곱 시 반 가까이 되어가는 시각을 확인하고 나희는 천장을 올려다보았다. 일층에 없다면 이층에 있겠거니. 신세진 인사는 확실히 하는 게 좋겠지만 자고 있는 사람을 깨워가며 할 마음까진 없다.

목도 마른 김에 주방으로 향하며 나희는 짤막한 편지를 남기는 쪽으로 마음을 굳혔다. 얼굴을 보지 않고 헤어지는 것도 나쁘지 않다. 아니, 오히려 그편이 차라리 낫다.

"음?"

그러나 이번에도 그녀가 한 발 늦었다. 주방 문을 열자 향긋한 과일 냄새가 확 코끝을 스쳤다. 저도 모르게 그 근원을 찾아 안을 둘러보던 나희의 눈에 식탁 위의 하얀 쟁반이 들어왔다. 쟁반엔 유리 티포트와 찻잔, 그리고 흰 냅킨으로 덮어 놓은 접시 같은 게 놓여 있었다.

조금 망설이다가 다가가서 냅킨을 들어보자 네모난 접시에 앙증맞게 늘어선 머핀 세 개가 보였다. 접시 아래에 놓여 있는 쪽지는 덤.

〈요즘도 아침으로 빵 먹는 거 좋아해? 단거 좋아하는 건 아는데 그래도 아침이니까 최대한 담백한 걸 골랐어. 제빵사 말로는 다이어트용 머핀이라는데, 빵에 다이어트용이란 말을 붙인다는 게 솔직히 이해가 안 가.

어쨌든 빵이야. 그리고 티포트 안엔 레몬차. 전엔 너 빈속에 커피 마시면 꼭 배앓이를 했는데 지금은 또 다를지 모르겠다. 아무튼 마셔봐. 나쁘지 않을 거야.

나는 용무가 있어서 먼저 나가.〉

글이 어젯밤보다 한결 길어서 휘영의 멋진 필체가 더 빛을 발했다. 나희는 곱게 접은 쪽지를 옆에 두곤 의자에 앉아 한동안 머핀과 차를 물끄러미 바라보았다. 휴대폰이 수중에 있었다면 주책없이 한 컷 찍었을지도 모르겠지만 불행인지 다행인지 잃어버린 상태였다. 그러니 눈으로만 실컷 보다가 이윽고 티포트를 들어 예쁜 도자기 찻잔에 차를 따랐다.

"맛있네."

레몬차라고 하면 실 줄 알았는데 의외로 달달했다. 포크로 사등분을 해서 한 조각 먹어본 붉은 머핀도—아마도 당근이 들어간 것 같은데—나쁘지 않았다.

"살다 보니 이런 날이 다 오고. 이래서 오래 사는 게 중요한 건가."

왠지 목이 잠겨서 얼른 레몬차를 꿀꺽꿀꺽 삼켰다.

신휘영이 준비해 준 아침식사. 그녀도 한 번쯤은 먹어도 좋으리라.

그리하여 오래전 그를 위해 준비했던 그 모든 식사를 이 한 번으로 통치는 것에 나희는 아무 불만도 없었다.

오전엔 길에서 시간을 거의 다 보냈다. 통신회사 대리점을 찾아 분실신고한 휴대폰 대신 쓸 임대휴대폰을 구한 것을 시작으로 할아버지의 안경을 맞췄던 안경점에 가서 같은 사양으로 주문을 넣어놓고 보청기점을 방문해 보청기 수리도 맡겼다. 주문이 밀려서 일주일은 넘게 걸릴 거란 주인의 말에 나희는 순서대로 해주시면 된다고 덤덤히 말했다.

병원에서 그 말 많은 여자에겐 보청기만 있으면 된다는 식으로 말해놓았지만 실상 할아버지는 보청기에 크게 연연하지 않았다. 국민학교 졸업을 앞두고 홍역에 걸렸던 할아버지는 정말 죽었다 살아났다 할 정도로 호되게 병을 앓은 끝에 두 귀의 청력을 잃고 말았다. 1940년대를 살던 시골 소년에게 보청기 같은 호사는 말할 것도 없거니와 청력을 되살리기 위한 그 어떤 치료도 언감생심이었으니, 그렇게 꼼짝없이 귀머거리가 되어 노년에 접어들었다.

그러다 80년대 후반에 이르러 장애인 등록사업이 전국적으로 확산 실시되면서 비로소 병원에 가서 진단을 받아본 할아버지는 자신이 아주 귀머거리는 아니란 것을 알게 됐다. 보청기를 쓰면 들리는 정도를 얼마라도 더 높일 수 있을 거라고 했지만 요즘도 쓸 만한 보청기가 몇 백을 하는 마당에 당시의 보청기 가격은 할아버지가 조금 더 듣자고 감당할 수준이 아니었다.

여태 살던 대로 살면 그만이라며 할아버지는 또 십 몇 년을 고요한 세계에서 살다가 2006년에 청각장애 3급 판정을 받고 나희의 성화에 겨우 보청기를 마련했다. 그나마도 이발소를 할 때는 걸리적거린다면서 자꾸 빼놓다가 은퇴 후 자전거로 밭에 오가면서는 해 버릇하고 있다. 그러다 차 사고라도 날라치면 할아버지는 그렇다 치고 그 차 운전자는 무슨 봉변이냐는 나희의 극단적인 말에 자극을 받으신 듯하다.

그래도 이미 들리지 않는 세계에 익숙해진 할아버지는 보청기가 없을 때 차라리 더 자연스럽게 생활하신다. 어릴 적 영특하다 소리깨나 들었던 소년은 청력을 잃은 후에도 좌절하지 않고 자신의 목소리를 내는 한편

다른 사람들의 말을 듣기 위해 각고로 노력한 끝에 독자적으로 입술을 읽는 경지까지 다다랐다. 도리 없이 포기한 학업에 대한 갈증도 닥치는 대로 읽을거리를 손에 넣어 찔끔찔끔 풀어냈다.

나희가 기억하는 가장 오래된 할아버지의 모습은 어둑한 이발소 구석에 앉아 책을 들여다보고 계시는 모습이다. 살며시 찡그린 미간이며 책에 푹 빠진 진지한 얼굴. 엄마보다 할아버지를 더 좋아했던 손녀에게 그런 모습이 강한 각인으로 남은 것도 어쩌면 당연할 것이다.

사랑하는 것을 넘어 존경할 수 있는 가족을 갖는 것은 아무에게나 오는 행운은 아니다. 나희는 할아버지를 깊이 존경했고 때문에 할아버지를 본따 열심히 책에 관심을 두었지만, 안타깝게도 그녀는 글씨만 보면 졸음이 오는 몹쓸 기질을 타고났다.

100을 넣으면 끽해야 30, 40의 아웃풋이 나오는 비루한 공부두뇌. 그렇다면 내가 200, 300을 쏟아부으면 되지, 하고 당차게 생각한 때도 있었지만 모두에게 주어진 시간이 똑같은 이상 타고난 사람과의 격차는 결코 메울 수 없다는 것을 머잖아 나희는 뼈저리게 배웠다.

이층에 세 들어 살게 된 가족들, 그 집의 휘영이란 동갑내기가 나희네 반으로 전학을 오면서부터.

"있죠, 할아버지. 사람이라고 다 같은 사람이 아닌가 봐요."

어느 날 이발소에서 숙제를 하다 말고 나희가 꺼낸 말에 할아버지는 무슨 소리냐는 듯 두 눈을 끔벅였다.

"이층 휘영이요. 걔는 나랑 동갑이고 생일도 엇비슷한데 나랑은 전혀 달라요. 같은 반 남자애들하고도 전혀 달라요."

"어디가 그렇게 다른 걸까?"

"걔는요, 꼭, 꼭, 거북이 반에 전학 온 토끼 같아요. 토끼와 거북이란 동화 있잖아요, 할아버지."

"거기에 나오는 토끼 같다고?"

할아버지의 물음에 나희는 살짝 미간을 찡그리며 도리도리 고개를 저었다.

"아뇨, 달리기는 진짜 잘하지만 그렇다고 그 토끼라는 건 아니에요. 그러니까 걔는, 낮잠 같은 걸 안 자거든요. 그냥 다 척척 잘해버려요. 게으름도 안 피우고. 토끼가 그렇게 완벽해버리면 거북이는 도저히 이길 수가 없는데."

말하다 보니 조금 풀이 죽어 한숨을 쉬었다. 세상에 존재하는 불공평이란 것에 차츰 눈을 뜨는 시기였달까.

"꼭 이기지 않아도 된단다. 거북이는 거북이대로, 토끼는 토끼대로 성실하게 살면 되는 거야."

할아버지의 그런 철학자 같은 대답은 열 살 소녀의 마음에 아무런 위안도 되지 않았다. 중요한 건 나희가 거북이라는 건데. 토끼가 아니라.

"할아버지, 거북이는 토끼가 될 수 없나요?"

"될 수도 있지. 열심히 노력하면 불가능하기야 하겠니."

"노력, 이란 말이죠. 노력, 노력."

숙제하던 공책 귀퉁이에 몇 번이고 적은 단어, 노력.

결과론적으로 말하자면 할아버지는 거짓말을 했다. 노력해도 안 되는 것은 안 되는 것이다. 어린 나희가 별안간 지껄였던 대로, 사람이라고 다 같은 사람이 아닌 까닭에.

그리고 그 단호한 벽을 절감한 나희는 자포자기하는 대신 매우 엉뚱한 쪽으로 발상의 전환을 했다. 지금 생각하면 참으로⋯.

"부끄러운 일이야."

저도 모르게 큰 소리로 중얼거리곤 퍼뜩 놀라 누구 들은 사람이 없나 주위를 살폈다. 다행히도 병원으로 향하는 버스 안은 한적해서 가까이엔 사람이 없었다.

그래도 살짝 귓볼이 빨개진 채로 나희는 무릎 위에 펼친 책을 들여다보았다. 예나 지금이나 진지한 독서엔 쥐약이라 방금 전처럼 금세 딴생각으로 빠지지 않으려면 정신을 바짝 차리는 수밖에 없다.

'할아버지를 위해서야. 우나희, 제발 집중하자!'

병원에 가기 전 마지막 스케줄로 서점에 들러 구입한 디스크며 척추 수술에 관련된 책 세 권. 책이 그리 두껍지 않아 오늘 안에 어떻게든 읽어보겠다는 다부진 결심을 했는데….

'아, 어지럽다. 버스 안이라 그런가?'

금세 흐릿해지는 시야에 달리는 버스에서 책을 읽은 탓이거니 하고 책을 덮었다. 그러자 언제 그랬냐는 듯이 깨끗하게 개이는 시야. 버스 탓이다, 단연코.

…그렇게라도 핑계 대지 않으면 오랜만에 자기혐오에 깊게 빠질 것 같다.

'이번 생에 착하게 살면 다음 생엔 책 좋아하는 명석한 사람으로 태어날 수도 있을까?'

궁금하기도 하고, 또 얼마쯤은 절실한 마음으로 멍하니 버스 차창 밖의 하늘을 응시했다. 9월 중순의 초가을 하늘은 더없이 청명해서 괜스레 사람을 심란하게 했다. 그리고 얼마 있으면 다가오는 추석 생각에 한 겹 더 우울해졌다.

대부분의 사람들이 추석 차례상을 준비하는 그날에 나희와 할아버지는 제사상을 차려야 한다. 이번이 몇 주기이더라 하고 무심코 휴대폰을 꺼내 들었던 나희는 낯선 휴대폰에 잠깐 의아해하다가 쓴웃음을 짓고 도로 가방 안에 넣었다.

주기 따위야 아무려면 어떠랴. 나희는 고1이었으니 열일곱 살이었고, 그녀와 스물세 살 차이 나던 엄마는 마흔. 동생 동우는 열 살이었다. 그리고 아저씨는….

"아, 내가 아직 커피를 안 마셨구나."

또 혼잣말을 중얼거렸다. 이번엔 혹시 누가 들었을까 봐 부끄러워하는 대신 더 골똘히 커피 생각에 매달렸다.

이제는 빈속에 커피도 잘만 마시고 잠들기 한 시간 전일지라도 아무렇지 않게 마시는데. 식탁을 정리하고 남겨둔 메모에 그걸 적어 넣을 걸 그랬다고 잠깐이나마 나희는 후회했다. 하기야 그랬다면 그녀가 추구한 극한의 여백의 미도 무용지물이 됐겠지만.

〈고마웠어. 내내 건강하길.〉

그 썰렁한 메모를 휘영은 어떤 표정으로 바라볼까.

조금쯤은 어이없어하려나.

나희는 빙그레 웃었다.

그러나 그녀는 열 시 오십 분 면담에 맞춰 찾은 상록수병원 대기실에서 다시 휘영과 마주쳤다.

"…너, 너 왜 여기 있어?"

휘영은 보고 있던 팸플릿을 내려놓고 일어서며 손목시계를 들여다보았다.

"너무 아슬아슬한 거 아니야? 약속시간 이 분 전이야."

"아니, 그러니까 왜 네가…."

"왜긴. 이야기 좀 들어보려고. 물어볼 것도 있고."

뭘 듣고 뭘 묻는다는 거지? 나희는 혹시 모를 착각을 미연에 방지하기 위해 여기에 아는 사람이 입원했느냐고 진지하게 물었다. 휘영이 미간을 찌푸리며 뭐라고 입을 열려는데 접수대에서 할아버지 이름을 호명했다.

"우정실 환자 보호자분, 3번 진료실로 가십시오."

"네, 네!"

허둥지둥 3번 원장실을 찾아 몸을 돌리는 나희의 팔꿈치를 슬쩍 당기는 손에 퍼뜩 놀라 돌아보니 휘영이 턱짓으로 그쪽이 아니라 이쪽이라고 말했다. 그대로 그가 그녀의 팔꿈치를 붙잡고 데려가는 데도 나희는 얼떨떨한 눈으로 바라만 보았다.

막 원장실에서 나오던 간호사가 그들을 안으로 들여보내고 문을 닫았다. 휘영은 반백의 의사가 앉아 있는 데스크 앞 의자에 나희를 눌러 앉히고 옆에 선 채로 지갑에서 명함을 꺼내 의사에게 건넸다.

"말씀 많이 들었습니다. 저는 우정실 환자 보호자 되는 신휘영입니다."

4. 꼬리가 길면…

보호자? 누구 마음대로? 여기 손녀인 내가 버젓이 있는데?

당치도 않다는 눈빛으로 나희가 휘영에 이어 의사를 돌아봤지만 이미 의사는 휘영이 내민 명함을 관심 있게 들여다보고 있었다.

"K&H부동산개발…. 아, 몇 번 들어본 기억이 납니다. 테헤란로 쪽에 건물이 있죠, 아마?"

"확장 이전한 지 몇 년 안 됐는데 기억하시나 봅니다."

"외관이 꽤 독특했으니까요. 뭐 하는 건물이지 했는데 나중에 상호 올리는 거 보고 고개를 주억거렸던 기억이 납니다. 이렇게 젊은 분이 상임이사로 계셨군요."

"마음 맞는 사람들끼리 꾸린 회사인데 저야 숟가락 하나 슬쩍 얹은 수준입니다. 다른 친구들이 아주 출중해요."

의사를 향해 제법 서글서글하게 말하는 휘영을 나희는 의혹 가득한 눈길로 쳐다보았다. …언제부터 이렇게 사교성이 좋으셨나, 신휘영 씨는?

어제 경찰 앞에선 경황이 없어서 깊게 생각을 못했다지만 오늘 조용한 공간에서 그가 연장자를 상대하고 있는 모습을 보니 시간의 흐름이 새삼 크게 다가왔다.

그는 조숙한 대신 사교적인 면과는 거리가 멀었다. 또래들 사이에선 건방지다던가, 목에 깁스한 뻣뻣한 애라는 식으로 불리기도 했고 어른들은 어른들대로 아이답지 않다던가 속을 알 수 없는 애라고 뒷말을 했다. 말수가 적고 표정 변화가 드물며, 결정적으로 열에 한 번도 잘 웃지 않으니 가뜩이나 차가운 인상이 도드라져 오해를 사는 것이었다.

그렇다고 꼭 오해만도 아닌 게 휘영에겐 확실히 냉랭한 면이 있었다. 그는 아둔한 사람을 잘 이해하지 못했고 게으르고 뻔뻔한 사람을 경멸했다. 그리고 그러한 생각을 속으로만 하는 대신 겉으로 드러내는 것에도 주저가 없었다.

잘생기고 지나치게 똑똑한 데다 성격이 그 모양이니 이렇다 할 친구가 생기지 않은 것도 어쩌면 당연할 것이다. 몇 번 추종자 비슷한 느낌으로 다가왔던 녀석들도 오래지 않아 제풀에 지쳐 떨어져 나갔다. 그 덕에 나희는 별다른 경쟁자 없이 강산이 한 번 변할 시간 동안 꿋꿋이 휘영을 쫓아다닐 수 있었다.

어디까지나 휘영이 신주처럼 작은 도시에 있을 때의 이야기. 서울로 올라간 그의 앞에는 전혀 다른 세상이 펼쳐졌다.

'그렇게 날카로운 송곳 같던 애도 마침내는 둥글려지고 다듬어진 건가. 하긴, 그 눈 핑핑 돌게 돌아치던 서울에서 십오 년 가까이 지낸 셈이니까. 나도 얼마쯤 변했는데 쟤만 여전하란 법은 없지.'

나희의 차분한 회상. 그러나 그런 생각에 골똘해 있을 만한 장소가 아니었다. 퍼뜩 정신을 차려보니 어느새 의사는 나희 할아버지의 MRI 사진을 띄워놓고 설명을 하고 있었다.

"…이 4, 5번 디스크가 돌출되어 있는 거 보이시죠. 특히 이쪽 5번이요. 아마 평소에도 허리가 썩 좋지는 않았을 겁니다. 종종 허리도 두드리시고 다리가 저려서 생활에 불편함도 있었을 거예요. 그런 말씀 안 하시던가요?"

"말씀으로는 안 하시고, 허리 두드리시는 모습은 자주 본 것 같아요. 할아버지가 이발사를 하셨는데 가끔 손님이 몰리면 밥도 못 먹고 몇 시간씩 서 있고는 하셨거든요."

의사는 고개를 끄덕이곤 오래 서 있는 게 허리엔 독이라고 한마디 한 뒤 이어 말했다.

"연세 좀 있는 환자들 대부분이 나이 들면 으레 그런 거겠거니 하고 아파도 참아버리거든요. 심하다 싶으면 파스 좀 붙이고 진통제 먹고. 그렇게 참다가 치료시기를 놓쳐버리는 겁니다. 이번 자전거 사고도 별게 아닌데 그전에 워낙 아슬아슬했던 게 툭 하고 터진 거예요. 환자분한테도 말했지만 전화위복인 셈 치시고 이름 모를 꼬마한테 고맙다고 생각하세요."

"백일기도라도 해줘야겠네요."

쓰러진 할아버지를 두고 뒤도 안 돌아보고 도망쳤다는 꼬맹이를 생각하며 나희가 인상을 찌푸리는데 의사가 노인장이랑 똑같은 말을 한다며 헛헛 웃었다. 나희는 슬그머니 얼굴을 붉혔다. 같은 말이어도 할아버지는 악의 없는 진심이었을 것이다.

바야흐로 의사는 수술 방법에 대해 설명하고 수술 후의 경과며 병행해야 할 운동치료 등을 일일이 알려주었다. 나희는 틈틈이 메모를 하며 열심히 경청했지만 정작 의사가 질문이 있느냐며 묻는 말에는 마땅한 거리가 없어 입술만 잘근거렸다. 의사가 설명 전에 건넨 얇은 브로슈어를 봐도 낯선 용어는 도무지 눈에 박히질 않고….

꼼짝없이 선생님만 믿고 갈게요, 해야 할 판인데 문득 휘영이 입을 열었다.

"급히 오느라 아직 어르신을 뵌 건 아니지만 나희 말론 가까운 거리는 무난히 걸어 다니실 정도는 된다던데요. 실제로 디스크환자 중에서 수술이 필요한 사례는 10퍼센트도 되지 않는다고 알고 있습니다. 어르신의 경우 비수술적 치료를 선행하지 않고 당장 수술에 들어가야 할 이유가 따로 있습니까?"

"아, 노인장께서 그럭저럭 걷는 것처럼 보일 수도 있습니다만 실지론 한 걸음마다 굉장한 힘을 쓰고 계실 거예요. 이렇게 누워서 다리를 들라고 해보면 얼마 들어 올리지도 못하세요. 왼발은 십 센티미터 남짓도 잘 안 올라갑디다."

"왜, 왜 그러신 거죠? 신경이 눌려서 그런 건가요?"

놀란 나희가 끼어들며 묻자 의사는 고개를 끄덕이며 그런 것도 있다고 말했다.

"요컨대 다리 근육에 마비가 오는 겁니다. 그런데 말씀드렸다시피 오래전부터 그런 증상이 조금씩 있었을 거거든요. 여태껏 참아온 게 있으니 하고 지금도 악을 쓰고 계시는 거죠. 힘들면 힘든 대로 누워계시라고 해도 그게 그리 힘드신 모양입니다. 참고 애쓰는 달인이세요, 달인."

의사의 웃음에 나희도 얼굴을 찡그려가며 설핏 웃었다.

"그리고 마비도 마빈데, 요번 사고 후에 전에 없던 실금 증세가 생기셨다는군요."

처음 듣는 소리에 눈이 동그래진 나희 옆에서 휘영이 침착하게 물었다.

"말총의 신경이 눌리는 거라고 보시는 겁니까? 말총증후군이라면 고통의 정도가 심할 텐데요?"

의사는 고개를 끄덕이며 척추뼈 모형을 가리켰다.

"아주 심각한 케이스는 아니라고 보지만 이렇게 허리 뒤쪽으로 해서 좌골까지 통증 부위가 미치는 걸로 판단할 때 말총이 압박받을 가능성은 충분하죠. 심한 사람들은 기절하게 아파요, 이게. 노인장께서도 녹록찮을 테고. 그런데도 못 참을 정도는 아니다라고 하시는걸 보면…. 의사 생활 삼십 년 동안 본 환자 중에 단연코 참을성으로는 제일가는 분입니다. 어제는 해병대 나오셨냐고 물었더니 꼭 가고 싶었는데 안 받아주더라고 노인장께서 그럽디다."

의사의 말에 부드럽게 웃는 휘영의 옆에서 나희는 푹 고개를 숙였다. 군대와 관련된 건 할아버지의 아픈 상처이기도 했다. 귀머거리 병신이라서 전쟁 때도 하릴없이 도망만 다닌 부끄러운 인간이라며 6·25참전 용사에게는 무료로 머리를 잘라주셨던 할아버지.

나희가 얼마쯤 젖어든 눈을 크게 뜨고 눈물을 말리느라 분주한 동안 휘영은 수술에 대해 꼼꼼히 이것저것 물었다. 낯선 의학 용어도 어렵잖게 구사하며 의사와 말을 주고받는 그를 그녀는 힐끔 훔쳐보았다.

"…저, 그런데 수술을 하려면 마취는 어떻게, 전신마취를 하게 되는 건가요?"

휘영의 질문이 어느 정도 끝나자 나희가 조심스레 물은 말에 의사는 국소마취로 할 수 있는 수술이 아니라고 잘라 말했다.

"아무리 정정해도 노인장 연세가 있어요. 아, 혹시 마취가 잘 안 되는 특이체질이거나 그러십니까? 별말씀 없으시던데."

"그게 아니라 전신마취는 너무 많이 해도 안 좋다는 말을 들어서. 이미 큰 수술도 두 번 하셨던 분이고."

"그러고 보니까 수술 경력이… 어디 보자, 두 차례 다 위암수술인가 요?"

"네, 두 번째 수술 때는 위도 잘라내셨거든요. 삼분의 일가량."

"그게 구 년 전이고, 재발은 안 하셨고."

"네, 다행히도."

의사는 고개를 주억거리더니 큰 무리는 없을 테니 너무 염려 말라고 그녀를 다독였다.

"이쪽 마취과 의사가 내 후밴데 믿을만해요. 그리고 노인장도 체구가 작아서 그렇지 기력은 나보다 낫습니다. 거뜬히 수술 받으실 테니까 그 걱정은 내려놓고 얼른 회복하시게 맛있는 거 자시게 할 궁리나 하세요."

인정 넘치는 의사의 말에 나희는 끝내 찔끔 눈물을 뽑고 말았다. 이렇게 여유롭고 유머러스한 모습도 다 실력이 있어서 가능한 거 아닐까, 그녀는 간절히 믿고 싶었다.

다음 날 오후 두 시 반으로 수술 일정을 잡고 원장실을 나서는 나희에게 휘영이 손수건을 건넸다.

"왜 자꾸 울어. 다른 환자들 불안하게."

"어, 정말."

호명 순서를 기다리는 사람들이 그녀 쪽을 힐금거리는 걸 보고 나희는 걸음을 재우쳐 밖으로 나왔다. 쨍한 가을 햇빛에 급히 건물 옆의 주차장으로 피신해서 눈물을 훔치는데 요놈의 눈물샘이 여간해선 주인 말을 듣지 않아 애를 먹었다.

"아, 나 엄청 오랜만에 운다. 도로 울보된 거 아니니까 속 모르고 흉보지 마."

"흉 안 봐. 누굴 냉혈한으로 아나."

"아니었어?"

진심 반 농 반으로 말하며 나희가 살짝 웃었다. 기가 막힌지 휘영도 빤히 쳐다보다가 피식했다.

"뭐 너한텐 그런 소리 들어도 할 말이 없긴 하지. 어쨌든 너무 걱정하지 마. 저 사람 약력 보고 지인한테 알아보랬는데 실력은 있는 모양이야."

"그래?"

언제 그럴 틈이 있었지 하며 나희는 어리벙벙한 눈으로 휘영을 보았다. 휘영이 고개를 주억거렸다.

"서울 병원에서도 가지 말라고 붙잡았는데 어머니가 아프셔서 어쩔 수 없었다나 봐. 노모가 신주에 계시는데 알츠하이머라나. 아들이 의산데 어딜 보내냐면서 직접 모신다고 하더라고."

"쉽지 않을 텐데. 굉장한 결심을 했구나."

"응, 대단하지."

짧게 맞장구치는 휘영의 입가에 왠지 쓸쓸한 웃음이 떠올랐다가 금세 사라졌다. 그는 심각한 눈빛으로 나희를 바라보며 위암 얘기는 다 뭐냐고 물었다. 나희는 어깨를 으쓱했다.

"들은 대로야. 건강검진 중에 이상한 게 있어서 큰 병원에 갔더니 위암 2기라고 해서 수술 받으셨고, 몇 년 후에 재발해서 다시 수술 받으셨어. 그 후론 여태까지 괜찮아. 우리는 완치됐다고 믿고 있어."

"구 년 전에 재발한 걸로 수술 받은 거면 애초에 발견했을 때는 언제야?"

"꼬치꼬치 알려고 들지 마. 떠올리기도 싫으니까. 가뜩이나 속상해 죽겠는데…."

넌더리를 내며 도리질한 나희는 곧 눈을 치뜨며 휘영을 윽박질렀다.

"그보다 너 뭐야? 언제부터 네가 우리 할아버지 보호자가 됐어? 안에선 큰 소리 내기 싫어서 잠잠히 있었지만 아주 불쾌했거든?"

"그래서 나 때문에 손해 본 거 있어?"

전혀 잘못한 게 없다는 듯 당당한 얼굴에 나희는 더 기가 차서 쏘아붙였다.

"이득이니 손해니를 따지는 게 아니잖아. 너, 명백히 주제넘었어. 왜 멋대로 남의 일에 끼어들어서 휘젓고 다니느냔 말이야. 언제부터 그렇게 오지랖이 넓었다고."

"너 보고 오지랖 부린 거 아니니까 쌍심지 켜지 마. 내가 너희 할아버지에게 입은 은혜가 얼만데 이 정도도 못해?"

"은혜?"

"얻어먹은 밥만 해도 몇 백 그릇은 되겠다. 혜주는 셈에서 빼도 말이야."

그것은 확실히 반박할 수 없다. 야구를 하는 둘째 아들을 챙기느라 걸핏하면 집을 비웠던 휘영의 모친을 대신해 나희 할아버지가 곧잘 2층 아이들을 거둬 먹였다. 할아버지는 우리들 먹는 상에 숟가락 하나만 더 놓으면 되는 거라고 말했지만 그건 아이들의 식사량을 과소평가한 말이다. 할아버지의 밥 먹자는 소리에 좋아라 하며 큰오빠를 잡아끌던 혜주는 특히 식성 좋은 아이였다.

"뭐 그렇게 옛날 일을 따지고 그래. 이미 소화돼서 흔적도 없을 걸 가지고."

"몸으론 소화가 됐어도 머릿속마저 그런 건 아니지."

"그래서 꽉꽉 얹히기라도 했어? 정말이지 깔끔 떠는 데 뭐 있어."

짐짓 야멸치게 대꾸하고 나희는 또 하나 마음에 걸렸던 걸 확인했다.

"디스크 수술에 대해선 어떻게 그렇게 잘 알아? 아는 사람 중에 수술하신 분 있어?"

"지인 중엔 딱히 없는데."

"그럼 뭐야, 그냥 상식 수준으로 아는 게 그 정도라고?"

"아니, 너한테 이야기 듣고 좀 알아본 건데."

나희는 눈을 깜박거리다가 "언제? 도대체가 그럴 틈이 있었나?"하고 물었다. 휘영은 깁스한 팔 쪽의 어깨를 주무르며 별거 아니란 듯 대답했다.

"간밤에 인터넷으로 검색 좀 하고 관련 이북이 있어서 좀 읽어보고 이북이 없는 건 오전에 서점에 가서 읽어봤어. 너도 그래서 책 산 거 아니야?"

휘영이 턱짓으로 가리키는 나희의 왼손엔 서점 마크가 또렷한 비닐봉지가 들려 있다. 그 안에 든 책 세 권. 그녀는 그나마도 몇 장 읽고만 게 고작이지만 휘영은 못 해도 서너 권은 읽은 게 분명했다. 이렇게 일도 아니란 듯이 사람을 좌절시키는 재주가 전부터 각별했다!

"좋겠다, 책 빨리 읽어서. 그놈의 머리는 녹도 안 스나."

"뭐라고?"

"아무것도 아냐. 그런데 너 이렇게 한가해도 돼?"

입속말을 구시렁거린 나희는 이제 공격의 방향을 휘영의 개인사로 재조준했다.

"무슨 부동산 개발 상임이산가 된다며. 일 안 해? 상임이사가 이렇게 엉뚱한 데 시간 낭비하고 다녀도 회사 굴러가?"

휘영은 고개를 갸웃하며 씩 웃었다.

"우나희, 내가 그만한 깜냥도 안 될까 봐 걱정해주는 거야?"

아아, 저 웃음. 무언중에 '너 여전히 바보구나.' 라는 말이 들리는 듯해 나희는 저도 모르게 흠칫 떨었다. 아주 오랜만에 심장이 용두질치고 숨이 가빠오는 증상과 마주했다.

'과연 신휘영, 얼마쯤 변했어도 본질은 여전해!'

깨달음 뒤에 남은 건 연전연패의 현실이다. 나희는 철저한 역량 부족으로 휘영에게 미안하다는 한마디를 들을 수 없는 현실에 낙담하고, 그렇게 낙담하는 자신을 또한 비웃었다.

'결과가 뻔한 싸움에 진심으로 달려들다니 이러니 바보인 거지.'

이번 생은 글렀고 다음 생에선 기필코 말 잘하는 사람으로 태어나겠다고 다짐하며 나희는 맥없이 손을 저었다.

"세상 고고하게 사시는 분에게 무슨 걱정씩이나 하겠어. 인사치레로 물은 거야. 금쪽같은 시간을 잡아먹은 것 같아서."

"나름 유익한 시간이었으니까 괜한 부담 갖지 마."

다시 부드러운 눈길로 바라봐도 이제는 안 속는다. 나희는 눈물을 훔치고 나니 애물단지가 된 손수건을 구깃거리며 아까부터 목덜미를 쎄하게 짓누르던 근심을 조심스레 꺼내보았다.

"혹시… 할아버지를 뵙고 가려는 건 아니지?"

"여기까지 왔는데 그럼 안 뵙고 가?"

불길한 예감이 또. 나희는 마른침을 꼴깍 삼키고 거세게 고개를 내저었다.

"안 그랬으면 좋겠는데. 동네에서 병문안 오겠다고 하신 분들도 거절하고 있는 참이야. 편찮으신 모습 남에게 보이는 거 싫어하시거든. 몹시."

"그래?"

"응, 병상에 있는 게 무슨 자랑거리냐고 질색을 하셔."

조금 과장했다. 하지만 아주 없는 소리는 아니라서 양심에 거리낄 것은 없다. 처음 위암 수술을 하고 항암치료를 하실 때에도 주위에 전혀 알리지 않고 다니셨던 할아버지. 병은 두루 알려야 낫는다더라는 나희의 말에 좋은 일도 아니고 나쁜 일로 사람들에게 근심을 나누어 주란 말이냐며 엉뚱한 소리 말라고 호통을 치셨던 분이다.

"음, 어르신이 은근히 선비 기질이 있으시단 말이야."

휘영도 대충 짐작이 가는지 쓴웃음을 지었다.

"그렇지? 그러니까 그냥 가. 나중에 내가 기회 봐서 너한테 도움 받은 건 말씀드릴 테니까. 할아버지도 반가워하실 거야."

"음."

휘영은 짤막하게 고개를 끄덕이고 병원 건물을 올려다보았다. 막상 뵙지 못한다고 하니 아쉬운 눈빛이다.

"많이 늙으셨겠지."

"늙으셨지. 세월이 얼만데. 아, 사진 보여줄까? 이번 여름에 찍은 게… 맞다, 내 휴대폰."

나희는 가방에서 꺼낸 엉뚱한 휴대폰을 보고 뒤늦게 혀를 찼다.

"보다시피 오늘 업어온 임대폰이라 안 되겠어. 조금이라도 젊었을 때의 모습으로 기억하라는 하늘의 뜻인가 보다 해. 참, 경찰서에도 이 번호로 연락해 놨으니까 따로 너한테 연락 갈 일 없을 거야."

"바빴구나, 오전부터."

"하는 일 없이 시간만 보냈지 뭐. 책 한 권도 못 읽고."

슬쩍 눈알을 굴리며 장난스럽게 말한 뒤 나희는 시각을 확인하고 휘영을 향해 생긋 웃었다.

"어쨌든, 난 이제 할아버지에게 가봐야겠어. 우리도 그만 헤어질까?"

말에 그치지 않고 그에게 오른손도 내밀었다. 이번에야말로 확실하게 그와 '작별' 하겠다는 의지로 충만한 손.

휘영은 그 손을 힐긋 쳐다보고 점심은 어떻게 할 거냐고 물었다.

무시당했다! 그러나 나희도 이젠 호락호락하지 않았다. 손을 그대로 둔 채 할아버지랑 함께 먹을 거라고 말했다.

"봐서 할아버지 병실도 옮겨야 하고 오후엔 집에 가서 열쇠 바꾸고 집도 치워야 하고 할 일이 태산이야. 덕분에 생각할 겨를은 없을 것 같지만. 머리 복잡할 땐 몸이 바쁜 게 최고더라."

"그 책들은 안 읽을 셈이야? 수술 전까지 한 번 들여다보는 게 좋을 텐데."

"…볼 거야. 이따 병원 와서. 이것도 일정에 넣어뒀어."

"착실하군. 그런데 그거 읽으면 머릿속이 좀 더 복잡해질 거야. 너 요즘도 머리 무거우면 얼굴로 티내는 편이야?"

"아니거든?"

진심으로 발끈한 것은 속으로 뜨끔했기 때문이다. 그럭저럭 사회생활을 하면서 얼굴 근육도 제법 단련이 됐다지만 그게 할아버지 일이라면 이야기가 또 다르다. 할아버지는 나희의 정신적 지주이자 그녀가 세상에 애착을 갖는 유일한 이유였다. 그런 분의 일을 두고 절제니 평정 운운하는 게 나희에겐 가능하지 않았다.

그녀의 언성이 높아진 것에 아랑곳 않고 휘영은 차분하게 대꾸했다.

"자신감 넘치는 건 좋은데 나라면 독서 장소로 다른 곳을 고르겠어. 할아버지도 수술 전날은 불경이라도 보시면서 호젓하게 보내는 쪽이 더 낫지 않을까 싶은데."

"맞다, 불경."

챙겨다 드려야지 했는데 그만 또 까맣게 잊고 병원까지 왔다. 작은 독경 정도는 서점에 들렀을 때도 살 수 있었는데. 낭패한 나희의 얼굴을 보고 알만하다는 듯 휘영이 숄더백에서 뭔가를 꺼내 내밀었다.

"왠지 이럴 것 같더라니."

법구경이었다. 그것도 큰활자본. 나희는 눈을 끔벅거리며 한참을 쳐다보다가 결국은 받아들었다. 작별의 악수 대신 법구경이라니.

"…고마워."

"말로만? 너 어제부터 나한테 신세진 거 꽤 많다?"

그래서 뭘 어쩌라고, 라는 반항적인 눈빛으로 쏘아보자 휘영이 씩 웃으며 말했다.

"저녁 사줘. 우나희표 집밥이면 더욱 좋고."

…본질은 여전한데, 가죽은 확실히 뻔뻔해졌다.

"아, 이게 잘하는 짓인지 몰라."

감자를 깍둑썰기 하다말고 나희는 포옥 한숨을 내쉬었다. 아침에 다시는 못 볼 거라고 생각하고 떠나갔던 주방에 되돌아와 감자를 썰고 있는 현실이 생각할수록 기막혀 웃음이 다 났다.

시각은 슬슬 여덟 시를 향해가고 있다. 카레를 다 만들어 저녁을 먹고 나면 아홉 시가 넘을 것 같다. 그럴 게 아니라 저녁만 차려주고 돌아갈까? 요컨대 집밥을 해주기로 했지 같이 먹겠다는 약속은 안 했으니까?

머릿속이 복잡해지는 것을 나희는 빠르게 손을 놀려 요리 준비를 하는 것으로 상쇄했다.

이게 다 휘영의 엉뚱한 제안 때문이다. 저녁을 사줄 돈은 없고―서른네 살의 직장인에게 감사의 마음을 담은 저녁식사란 건 돈을 처바른 '디너'를 의미했다—그렇다고 할아버지 집에 휘영을 불러들여 식사를 하는 건 내키지 않고.

남은 방법은 그녀가 이쪽으로 건너오는 거였다. 까짓 저녁 한 끼 차려주는 게 뭐 일이랴 싶었는데 막상 이 집에 들어서 보니 판단 미스지 싶어 급속도로 찜찜해졌다.

그래도 기왕 장까지 봐왔으니 하고 벌인 일. 너무 정성을 기울인 것처럼 보이고 싶지도 않아 카레를 메인으로 된장국에 나물 세 가지 내는 걸로 입을 씻을 셈이다.

카레를 뭉근히 끓이는 동안 된장국에 나물까지 뚝딱 해치우고 식탁에 음식을 차렸다. 압력밥솥의 밥도 푸기만 하면 되고. 카레도 십 분 정도 더 끓이면 끝날 것 같은데.

그런데 정작 밥 해달란 사람이 아직이다. 나희는 휴대폰 화면으로 여덟 시 이십일 분을 가리키는 시각을 확인했다. 오기 전에 휘영과 통화했을 때 여덟 시 반까지는 들어올 거라며 도어록 비밀번호를 알려줄 때 알아봤어야 했나?

휘영과 시간 약속 같은 걸 해서 좋았던 기억이 거의 없다. 그는 수시로 지각을 했고 바람도 예사로 맞혔다.

나중에 어떤 잡지에서 약속시간과 관련된 관계의 역학관계를 다룬 칼럼을 읽고 나희는 아아, 그랬던 거군, 하고 뒤늦게 고개를 주억거린 적이 있다. 요컨대 칼럼의 요지는 약속시간에 늦는 쪽이 대개는 관계의 주도권을 움켜쥔 쪽으로, 하릴없이 기다려야 하는 입장에 처한 그 상대방은 이미 한 수 접고 들어가는 '을'이라는 거였다.

적어도 그와 그녀의 역학관계에선 백 퍼센트 통하는 진리.

'아니, 통했던 진리겠지. 여덟 시 반이야. 거기서 일 초도 더 안 기다려.'

나희는 식탁의자에 앉아 휴대폰을 앞에 두고 시간의 경과를 준열히 바라보았다. 점차 여덟 시 반이 가까워지면서 그녀 안에는 휘영의 지각을 바라는 마음이 점점 커져갔다. 이번에야말로 나도 자리를 박차고 떠나줄 테다!

"이십구 분."

나희는 일어나서 카레 불을 끈 뒤 가방을 챙기고 언제라도 주방을 떠날 준비를 했다.

그리고 대망의 삼십 분!

휘영은 나타나지 않았다. 나희는 당당히 주방을 떠날 자격을 획득했다. 그리하여 의기양양하게 주방문을 열고 현관을 향해 걸어가는데….

도어록이 해제되는 불길한 소리에 이어 벌컥 문이 열리며 휘영이 들어섰다. 그리고 모처럼의 파워워킹이 무산된 나희를 쳐다보며 "응? 어디 가?"하고 태평스럽게 물었다.

"…화장실에 좀."

애석하게도 아직 여덟 시 반이었다. 육십 초가 이렇게나 길다는 걸 전엔 왜 몰랐을까.

언짢은 기분으로 욕실로 방향을 틀었던 나희는 현관에서 들려오는 부스럭거리는 소리에 무심코 시선을 던졌다가 뜻밖의 것을 보고 재차 걸음을 멈췄다. 휘영은 슬리퍼로 갈아 신고 잠시 내려놓았던 꽃다발을 다시 들었다. 나희가 눈을 의심할 필요도 없었다. 그의 손엔 분명히 자그만 꽃다발이 들려 있었다.

"그거 프리지아야?"

그녀의 물음에 휘영은 갸우뚱하며 손에 들린 것을 내려다보았다.

"안개꽃도 있는데."

"아, 그래. 안개꽃도 있네."

새하얀 안개꽃과 반쯤 꽃송이를 연 노란 프리지아의 조합은 늘 옳다. 청초함과 화사함, 소박함과 강렬함이 혼재하는 중에도 결코 수선스럽지 않은 그 특유의 매력에 언제 봐도 새로웠다.

특히나 프리지아는 나희가 익애하는 꽃. 당장이라도 휘영에게서 빼앗아 향기를 맡으며 어디서 난 거냐고 묻고 싶은 걸 꾹 참았다.

그러고 보니 왜 휘영이 꽃다발 같은 걸 들고 있을까?

의문은 꽃다발을 내려다보는 휘영의 얼굴에 저절로 해소되었다.

"그림이 되긴 하네. 하긴 꽃은 여자만 받으란 법 있나."

"…음?"

뭔가 묻는 눈빛인 휘영을 뒤로 하고 나희는 욕실로 걸음하며 주방에 상차려져 있으니까 코트만 벗고 오라고 당부했다. 그 길로 욕실에 들어간 나희는 욕조 부스에 앉아 벽에 머리를 기댄 채 한숨 돌렸다.

"그래, 근사하구나, 너. 하긴, 네가 볼품없는 때가 있기는 했니. 사춘기다 폭풍 성장기다 하며 한 번쯤 겪는 흑역사 시절도 너한테는 온 줄 모르게 지나갔고. 마지막으로 본 날까지도 멋졌어. 스물두 살의 신휘영은, 살짝 풋내 나던 날카로움마저도 아슬아슬한 멋이 있었지. 그리고 서른네 살의 신휘영은 전에는 없던 여유로움을 몸에 둘러서 그런가, 더 완벽해진 느낌이야."

나지막한 중얼거림에 이어 나희는 쓸쓸하게 웃었다.

"늘 그랬듯이 꾸준히 자신을 연마하며 성장한 거겠지. 나… 없이도. 어쩌면 없어서 더 순조롭게?"

마지막은 웃자고 해본 소린데 뱉어놓고 보니 없잖아 신빙성이 있어 보여 조금 맥이 빠졌다. 뭐, 괜찮다. 우나희가 신휘영의 빛과 소금 같은 존재는 아니란 것은 진즉부터 알았던바. 새삼 기운 뺄 것 없다.

머리를 좀 매만지고 정성스럽게 손을 씻은 후 주방으로 돌아가니 휘영이 이미 내려와 밥솥 앞에서 밥을 푸고 있었다. 나희의 시선은 곧장 식탁으로 가서 꽂혔다. 좀 전의 프리지아 꽃다발이 어느새 식탁으로 자리를 옮겨왔다.

"화병이 없어서 일단 급한 대로 컵에 꽂아봤어. 좀 생뚱맞나?"

"아니 뭐, 딱히…."

투명한 유리컵에 안착한 작은 꽃다발은 그 나름의 아기자기한 정취가 있었다. 아까 보면서 심플한 것도 좋지만 너무 썰렁한 게 아닌가 싶었던 식탁 위가 그 덕에 한결 풍성해졌다.

"신휘영이 식탁에 꽃도 장식할 줄 알고. 사람 됐다, 응?"

나희의 너스레에 휘영이 피식하며 공기를 식탁에 가져다 놓았다. 그리고 국을 뜨러 가는 그를 보고 나희는 자기가 하겠다며 얼른 가방을 내려놓고 국 냄비 앞으로 갔다.

"미안해, 차리는 정도는 내가 거들었어야 하는데."

"됐어, 팔도 불편하면서 뭘. 기왕 하겠다고 한 거니까 뒷마무리까지 깨끗이 나한테 맡겨."

스스럼없는 사과에 나희도 가벼운 마음으로 답했다.

이윽고 둘 다 식탁 앞에 앉아 수저를 들게 되자 나희는 아무래도 휘영의 반응이 신경 쓰여 살짝살짝 힐금거렸다. 그는 먼저 국 한 술을 뜨고 나물을 골고루 집은 데 이어 앞접시의 카레에 밥을 비벼 먹었다. 그리고 다시 국으로 숟가락을 뻗다가 나희의 눈길을 깨달았는지 힐긋 정면을 보며

"맛있어." 하고 담백하게 말했다.

"실력 여전하네, 우나희."

"그렇게 띄워줄 정도는 아니거든?"

날름 혀를 내밀며 핀잔하고 나희는 심심하면 심심하다고 솔직하게 말하라고 했다.

"간 일부러 약하게 하고 있어. 할아버지가 고혈압 판정 받으신 뒤로 소금 섭취에 더 신경 쓰는 중이야."

"고혈압이시래? 언제 알았는데?"

"두 번째 수술 받으실 무렵이었나? 그전까진 고혈압 전단계라고 했는데 결국 고혈압으로 넘어가셨어."

"음식 간 센 걸 좋아하시는 편이긴 했지. 이젠 손녀 등쌀에 좋아하는 음식도 마음대로 못 드시겠구나."

딱해하는 표정에 덩달아 나희도 풀이 죽었다가 이내 눈을 치뜨며 사람이 좋은 대로만 살 수는 없는 법이라고 엄포를 놓았다.

"그리고 한 달에 두 번쯤은 할아버지 좋아하는 김치찜 같은 것도 해드리고 있다고. 나라고 늘 저염식만 주장하는 건 아니야."

"당근과 채찍 작전이야? 제법 야무진 게 믿음직스러운데?"

웃음 섞인 휘영의 대꾸에 그만 나희는 뜨악해져 된장국만 연신 들이켰다. 그리곤 농담을 농담으로 받아치지 못한 자신의 촌스러운 면에 실망하며 퉁명스레 말했다.

"그러니까 간 심심하면 알아서 맞춰 먹으라고. 옆에 소금이랑 간장은 장식으로 둔 거 아니야."

"정말 괜찮아. 나도 헬스 코치가 간 세게 하지 말라고 노래를 해대서 어렵사리 고쳤거든."

"헬스 해?"

"응. 한 5년 됐나? 이십 대 후반 되니까 전에 없던 잔병치레도 늘고 안 되겠다 싶더라고. 너는 어때? 어디 부실한 데 없어?"

"그럭저럭. 운동 삼아 수영 꾸준히 하고 있어."

"수영 좋지. 안 그래도 이 집 마당에 작게 풀을 하나 만들까 구상 중이야."

그거 멋지다 하고 눈을 동그랗게 치뜨는 대신 나희의 머릿속엔 현실적인 문제가 커다랗게 부풀어 올랐다.

"관리가 힘들지 않을까? 우리나라 같은 기후에서 여름 한철 쓰자고 풀장은 좀."

"관리인 쓸 건데 뭐. 봐서 온실처럼 주위를 두를 수도 있고. 겨울은 몰라도 봄가을까지 이용할 수 있게끔 할 방도야 많지."

방도야 많을 것이다. 다만 돈이 들 뿐. 하지만 아무렇지 않게 관리인 운운하는 걸 보면 휘영의 경제력이 대강 짐작이 갔다. 이 집도 그렇고, 오늘 병원에서 들었던 그의 직함도 그렇고. 서로의 달라진 사회적 계급을 새삼 의식하며 나희는 멍하니 생각했다.

'뭐 언젠가는 이렇게 될 줄 알았으니까. 운 좋게 같은 출발선에 서 있었던 것뿐이지 얘랑 난 참가하는 종목 자체가 다르다는 건 옛날 옛적에도 알았어.'

말하자면 한날한시에 출발하는 여러 코스의 마라톤 경기 같은 것이다. 출발지는 같아도 목적지가 다른 게임. 어떤 사람은 5킬로미터, 10킬로미터 단거리에 도전하고 어떤 사람은 하프 마라톤, 어떤 사람은 42.195킬로미터를 목표로 달린다. 여러 이유로 중도 탈락하는 경우를 빼곤 완주 시간은 고만고만하니 비슷하다는 게 인생이라는 놈의 블랙코미디. 그것을 너무 진지하지 않게 받아들여야 삶이 조금은 덜 씁쓸하다.

나희는 더없이 온순한 순응자답게 희미하게 솟아오른 약간의 앙금도 걷어내며 빙긋 웃었다.

"땅이 많으니까 할 수 있는 거 많아서 좋네. 기왕 하는 거 풀 말고 연못도 하나 만들어버려."

"그럴 생각도 있어. 근데 너…."

휘영은 잠시 젓가락질을 멈추고 나희를 빤히 바라보다가 물었다.

"설마 이 집 기억 못하는 거야?"

"응?"

나희는 의아스레 휘영을 마주 보았다. 그의 말인즉, 그녀가 이 집을 기억해야 마땅하다는 뜻인 것 같은데.

'그러고 보니….'

늦도록 집을 치우고 버스로 여기까지 오면서 별로 헤매지 않고 온 것도 사실이다. 그도 그럴 것이 나름대로 몸에 밴 길이었다. 다름 아니라 중학교 3년을 바로 이 길을 지나서 통학….

"어머."

기억을 더듬던 나희의 뇌리에 반짝하며 노란 불꽃이 터졌다. 그녀는 입을 가리고 재차 "어머, 어머머, 진짜?"하고 새삼스레 주위를 둘러보았다.

"여기 그 집이야, 휘영아? 왜 우리가 매일같이 지나다니면서 본 그 집, 엄청 큰 감나무랑 비파나무가 있었던, 그 집 맞아? 맞구나, 와아."

놀라움은 곧 웃음으로 터져 나와 그녀는 마치 제 일처럼 기뻐하며 손뼉을 쳤다.

"그 집을 네가 산거야? 와, 산다 산다 노래를 한 건 나였는데 정작 내가 아니라 네가 이 집 주인이 된 거네? 웬일이래, 이게."

깔깔거리며 연신 웃었다. 운 좋게도—당시 나희의 입장에선—같은 중학교에 배정되었던 둘. 같은 집 일이층에 살았기에 초등학교 때처럼 자연스레 함께 통학했더랬다. 언덕배기에 있던 중학교는 교통편이 불편해서, 가장 가까운 버스정류장에서 내려서도 오 분은 걸어가야 교문이 보였다. 교문에서부터 교실까지 가는 길은 또 별개고.

아무튼, 정류장에서부터 학교까지 가는 길에 늘 나희가 눈여겨 본 큰집이 있었다. 널따란 마당에 과실나무를 비롯한 울창한 나무가 퍽 많았고 여름이 다가올 무렵이면 담을 따라 장미가 만발해서 언제든 눈요깃거리가 풍부했다. 담 너머로 보이던 이층집도 흔한 양산형 주택과는 달리 세련된 양옥이라 볼 맛이 났다. 그녀처럼 관심을 가진 학생들이 많았는지 그 집 주인이 신주 시의원 부모라더라, 옛적에 양조장을 했던 부자였다더라 등등 소문이 무성했던 기억이 난다.

그런 집을 두고 나희는 어린 마음에 패기도 당당하게 나중에 꼭 이런 집에서 살 거다 운운했고 허파에 바람이 심하게 든 날엔 아예 이 집을 내가 사겠다고 허풍을 떨곤 했다. 마당 귀퉁이를 헐어서 할아버지 이발소를 크게 차려드릴 거라고 큰소리친 건 지금 생각해보면 조금 창피하다.

그런데 그 집을 다른 사람도 아닌 휘영이 사다니. 참 신기하고 재밌게 여겨졌다.

"알고 산 건 아닐 테고 매물로 나와 있는 거 봤을 때 기분이 어땠어? 너도 좀 신기했지? 그치?"

당연하지 않냐는 듯 휘영이 어깨를 으쓱했다. 나희는 들뜬 마음을 가라앉히려고 물을 마시고선 가슴을 눌렀다.

"아, 괜히 내가 다 두근두근하네. 이 집인 줄 알았으면 올 때 샴페인이라도 하나 사오는 건데. 이쯤 되면 가볍게 축하할 만하잖아. 안 그래?"

중학교 때로 돌아간 듯한 기분으로 나희는 짐짓 거들먹거리며 말했다. 휘영은 잠자코 웃기만 하곤 별말 없이 식사를 계속 했다. 그렇게 집을 산 당사자가 침착하게 구는 마당에 나희 혼자 별나게 흥분하는 것도 이상하다.

결국 부산함을 누르고 식사를 하면서도 나희는 흘깃거리며 주방 안을 돌아보았다. 내부는 리모델링을 한 게 분명하지만 바깥에서 본 별채 외관이 고풍스런 벽돌집이었던 걸 떠올리면 토대는 크게 건드리지 않았을지도 모르겠다.

아아, 건성건성 보지 말고 좀 제대로 봐둘걸. 우울해지는 마음을 그녀는 프리지아 꽃을 보며 달랬다.

그렇게 마음은 콩밭에 간 채로 저녁식사도 끝났다. 배가 많이 고팠는지 휘영은 공기를 두 그릇 반이나 비웠다. 헬스 코치가 알면 뭐라 하지 않겠느냐고 지적했더니 말할 리 있겠느냐며 그가 씩 웃은 건 소소한 비밀.

'사람이 부유해지면 마음도 유해진다고들 하더니 쟤도 그런 케이스인가?'

설거지를 하려는 그녀에게 식기세척기를 쓰라며 같이 그릇 정리에 나선 휘영을 힐긋 훔쳐보며 나희는 그런 생각을 해봤다. 어떤 이유를 갖다 붙이건 너그러움은 훌륭한 미덕임에 틀림없다. 그의 인생이 전보다는 훨씬 윤택해졌을 거란 믿음으로 그녀는 가만히 미소 지었다.

"그럼 저녁도 먹었고 하니 나는 그만 가볼게."

거실로 나오며 돌아갈 준비를 하는 그녀를 두고 휘영은 고풍스러운 유리장 앞으로 걸어갔다.

"그러지 말고 조금만 더 있어. 네 말대로 가볍게 축하 정도는 해야지."

"축하? 아…."

유리문을 열고 휘영은 잠시 고심하다가 중간에 있는 까만 술병을 꺼내 들었다.

"샴페인은 아니지만 괜찮은 코냑이 있어. 술 좀 하지?"

"조금이라면. 별로 잘하는 건 아니고."

"그래? 꽤 셀 것 같은데 의외네. 예전엔 소주 한 병 정돈 앉은 자리에서 뚝딱 해치웠잖아."

"다 어릴 때의 치기지. 이젠 피부 관리도 해야 하고."

얼마 전에 발견한 눈가의 잔주름을 의식하며 문지르고 있자니 "예쁜데 뭘."하며 휘영이 웃었다. 나희가 뜨악하니 쳐다봤을 땐 그는 다시 유리장 안의 술병을 훑고 있었다. 어떤 얼굴로 여자한테 예쁘다고 하는지 구경할 절호의 기회였는데.

"흥, 어차피 입에 발린 말이겠지."

"뭐라고?"

"아무것도 아냐. 나 때문에 술 고르는 거라면 그냥 그걸로 해. 코냑 한 두 잔 정도야 마실 수 있어."

"정말 괜찮은 거지? 이거 좀 강해. XO라."

XO가 뭔지 솔직히 나희는 몰랐다. 전에 마실 때 들었던 것 같기도 한데 그런 걸 일일이 기억할 만큼 술꾼도 아니다. 어쨌든 데이트하면서 몇 번 마셔본 기억에 기대어 한두 잔쯤이야 하고 얕보았다.

"나도 사회 생활하는 직장인이거든? 마실 땐 마시고 사니까 쓸데없는 걱정 마."

"그렇다면야…. 잔 가지고 올게. 참, 먹고 싶은 안주 같은 거 있어?"

"됐어. 그냥 마시지 번거롭게 뭘."

안주까지 준비하고 어쩌고 하면 시간이 더 지체될까 봐 단칼에 손을 내저었다. 휘영은 살짝 눈썹을 치켜세우더니 실은 진성 술꾼 아니냐고 농담을 하면서 주방으로 향했다.

"무슨 진성 술꾼씩이나."

그런 농담을 한 이유를 헤아려봐야 했는데 그러지 않았다. 대신 나희는 술 한 잔 마시고 돌아갈 시각을 계산하는데 여념이 없었다.

'술 마시고, 이야기 좀 하고… 이십 분이면 충분하겠지? 그 이상은 오버야. 오버고말고.'

애초에 둘이서 술을 마시는 자체가 오버란 생각이 들었지만 그녀가 먼저 샴페인 운운한 죄가 있으니 감내할 수밖에 없다. 그리고 이십 분 정도 시간을 내어 휘영을 축하해주는 것에 큰 불만도 없었다.

나름대로 의미가 있는 이 집. 이젠 기억조차 퍽 어렴풋해진 중학교 시절의 일이지만 아침마다 이 집을 보며 즐거운 상상을 했던 게 결과적으로 어떤 의미가 있지 않았나 싶어 기분이 좋았다.

"우주의 기운이 나한테 안 온 건 아쉽지만."

웃음 섞인 푸념을 하고 있는데 휘영이 걸어오면서 또 혼잣말이냐고 핀잔했다. 나희가 가볍게 소리 내어 웃었다.

"우주의 기운이 왜 너한테 갔냐고 잠깐 한탄 좀 했다 왜? 불만 있어, 부자 양반?"

"제대로 온 것 같은데? 기회도 왔을 때 붙잡아야 기회인 거니까."

"그렇게 말하면 할 말 없음. 제 패배를 인정합니다."

두 손을 들며 패배선언을 하는 나희에게 휘영이 싱긋 웃으며 나가서 마시지 않겠느냐고 물었다.

"벚나무 옆에 있는 벤치 봤지? 거기서 마시면 괜찮을 것 같은데. 바람도 시원하고."

"음… 뭐 그러자."

거기서 가볍게 마시고 바로 일어서서 가는 것도 나쁘지 않겠다는 생각에 나희는 순순히 휘영과 함께 밖으로 나왔다. 석등을 밝혀놓은 덕에 벤치 주변이 딱 운치 있을 정도로 밝았다.

"잠깐 있어봐."

술병과 잔을 테이블에 내려놓은 휘영이 막 자리에 앉으려던 나희를 제지하곤 제 카디건을 벗어 그녀가 앉을 자리에 깔아주었다. 나희는 동그래진 눈으로 그를 쳐다보다가 야릇한 미소를 띠며 자리에 앉았다.

"고맙긴 한데, 좀 낯설다 너."

"나는 매너 좀 발휘하면 안 돼?"

씩 웃고 옆자리에 앉은 휘영이 코냑 마개를 뽑아 잔에 따르며 말했다.

"흔치 않은 거니까 기왕이면 즐겨봐. 여전히 사람은 심하게 가리니까."

"코냑을? 아니면 매너를?"

"둘 다. 자, 마셔봤다고 했으니까 알지? 스트레이트로, 손의 온기로 살짝 데워서 마시는 거야."

"풍부한 향을 즐기면서. 아…."

휘영이 건넨 글라스를 손바닥으로 감싸 쥐고 코 가까이 가져온 나희는 금세 탄성을 터뜨렸다. 살짝 글라스를 흔들었을 뿐인데 무언가 자욱한 꽃 향기 같은 게 피어났다.

"뭔가 무척 달콤할 것 같은 향이야."

"달콤하지. 좋은 독은 다 그래."

"…독인 거야?"

"직접 확인해 보지 그래?"

야릇한 미소를 입가에 걸고 휘영이 그녀의 잔에 자신의 잔을 부딪쳤다. 챙하고 퍼지는 맑은 소리의 잔향 속에서 휘영이 먼저 잔을 입으로 가져갔다. 둥근 잔의 바닥에 찰랑이던 술이 천천히 줄어드는 걸 보며 나희도 잔을 기울였다.

입 안에 들어온 갈색의 액체가 무척 매끄러워서 한 번 놀라고 살짝 목으로 넘어가는 순간 독한 술 특유의 화한 느낌에 흠칫하고 숨을 삼켰다. 그리고 참았던 숨을 코로 뱉는 순간 강렬하게 피어나는 술의 향기에 저도 모르게 두 눈을 크게 떴다.

"와…. 이 술, 이 술 뭐지?"

나희가 더듬더듬하는 말에 휘영이 마지막 모금을 삼키고 기분 좋게 웃었다.

"강하지? 독이라니까. 예쁜 얼굴을 하고 있는."

"그래, 독주라는 건 알겠는데… 산뜻해. 목이 홧홧한 것만 빼면 입에 남은 맛이 너무 향기로워."

의아한 눈으로 잔을 들여다보며 나희는 몇 번에 걸쳐 조금씩 술을 나누어 마셨다. 마침내 빈 잔을 내려놓은 그녀가 감탄을 섞어 말했다.

"포도주 베이스인 술은 나랑 안 맞다고만 생각했는데 내 경험이 부족했던 거였나 봐. 흠…."

그녀는 술병을 가져와 이름을 확인하려는 듯 가까이서 들여다보다가 이내 고개를 저으며 휘영 쪽으로 밀었다.

"이름을 알아도 내가 구하는 건 어림도 없을 거란 예감이 들어. 그러니까 그냥 환상의 술로 남겨둘래."

"뭐 환상까지야. 어때, 한 잔 더?"

이제 됐다고 말하려고 손을 들던 나희는 아직 중요한 말을 못했다는 걸 깨닫고 고개를 끄덕였다. 휘영이 다시 채운 두 잔을 나눠 들고 이번엔 그녀가 먼저 잔을 부딪치며 축하의 말을 건넸다.

"먼저 이 근사한 집을 얻은 걸 축하할게. 그리고 이런 집을 가질 기회가 왔을 때 충분히 잡을 수 있었던 네 능력도. 나는 늘 네가 아주 높이까지 갈 거란 걸 알았어. 지금보다 더 높이, 더 멀리 도약하렴. …친구야."

마지막 호칭은 살짝 머뭇거리다가 덧붙였다. 다행히 휘영이 부드럽게 웃는 걸 보고 나희는 속으로 안도했다.

'적어도 친구로는 남아 있는 건가.'

그 짧은 사이 긴장이라도 했는지 갑자기 맥이 확 풀리는 것을 나희는 술잔을 기울이는 것으로 보충해보려 했다. 아, 거듭 마셔도 참 향기로운 술이었다. 뭐랬더라, 휘영이 분명 무슨 독이라고… 그래, 좋은 독이랬다, 아름다운 얼굴을 한…. 예쁜 얼굴이랬나?

"더 높이는 모르겠고, 확실히 내가 멀리 오긴 했어."

바로 곁에서 말하는 휘영의 목소리가 왠지 무척 멀리서 들리는 것 같아 나희는 눈에 힘을 주며 집중하려고 애썼다. 휘영이 그녀를 돌아보며 물었다.

"하지만 너도 그만큼 멀리 갔으니까 어느 쪽이 더 많이 갔나를 겨루는 건 의미 없지 않아?"

"…무슨 소린지 모르겠어."

도리도리 젓는 머리가 왠지 너무 묵직했다. 으음… 묵직한 건 머리가 아니라 머릿속에 든 뇌인가. 그렇다면 연료 삼아 이 향긋한 술을 한 모금 더. 과연, 효과가 있다. 방금 휘영이 한 말뜻을 알겠어.

"아, 나 알아. 그러니까 마라톤 이야기지? 에헴, 우나희, 5킬로미터 참가자입니다. 컨디션이 좋으면 10킬로미터도 뛰고 싶어요. 아, 옆에 계신 분은 풀코스를 뛰시는 신휘영 씨 아닌가요. 오랜 팬입니다. 사인해주시겠어요?"

우후후 웃으면서 나희가 하는 말에 휘영이 피식 웃으며 "좋죠, 어디에 해드릴까요?"하고 물었다.

나희는 활짝 웃으면서 "여기에."하고 자신의 오른 뺨을 내밀었다. 이제 그녀의 사고는 바로 눈앞의 일, 그 이상은 생각할 수 없는 단계였다.

"원한다면 기꺼이."

휘영의 입술이 그녀의 뺨에 살짝 닿았다 떨어졌다. 조금 싸늘한 대신 무척 부드러운 입술. 나희는 그 붉은 입술을 멍하니 바라보다가 문득 중얼거렸다.

"부족해."

그대로 고개를 기울여 입술을 훔쳤다. 뺨으로는 전해지지 않던 그 무엇이 분명히 거기 있었다.

예쁘고 아름답지만, 조금 위험한 그것.

휘영의 표현을 빌자면… 좋은 독이랬던가?

"아."

우연히 주파수가 맞아떨어진 라디오 신호처럼 나희의 사고가 움직인 순간, 그녀는 두려움을 담아 휘영에게 확인했다.

"날 조금이라도 그리워했니?"

온통 밤을 품은 눈을 하고 그가 중얼거렸다.

"그리웠어."

"그럼… 됐어."

얼핏 웃고, 나희는 그의 가슴에 무너지듯 기대며 입술을 겹쳤다. 그녀의 흔들리는 손에서 금세라도 굴러 떨어질 것 같은 유리잔을 받아 테이블에 놓은 휘영의 손이 이윽고 그녀의 가녀린 등을 덮었다.

그대로 거세게, 그에게로 끌어당겼다.

5. 불장난

"…헉."

나희는 소스라치며 눈을 떴다.

눈을 뜬 순간 모조리 하얗게 지워져버렸지만, 뭔가 아주 고약한 꿈을 꾼 게 분명했다. 그렇지 않고서야 방금 깼는데 이렇게 심장이 뛸 리가 없다.

할아버지 수술 때문에 악몽을 꿨을까? 아, 모쪼록 그게 예지몽 같은 건 아니어야 할 텐데.

꿀꺽 마른침을 삼키던 그녀는 가칫하게 아파 오는 목에 희미하게 신음하며 목을 감싸 쥐었다. 단순히 아침이라 목이 마른 정도가 아닌 통증. 어쩌면 몸살 기운이 도지는 건지도 몰랐다. 그도 그럴 것이 요 며칠 몸도 그렇고 정신적으로도 지쳐서….

'어?'

나희가 누군가의 기척을 알아챈 것은 그때였다. 가까이에서 들려오는 숨소리. 그 가까움이 어느 정도냐면 거의 체온이 느껴질 정도.

…가 아니라, 실제로 그것은 사람의 체온이었다!

순간 나희의 머릿속에 스쳐간 건 '또?'라는 절망적인 후회였다.

과거 한 몇 년 마음을 못 잡고 방황하던 때에 곧잘 술에 의존했던 탓에 못난 실수도 여럿 저질렀지만 그중에 단연 끔찍했던 건 낯선 모텔 방에서 깨어난 일이었다. 그나마 최악이 아니었던 걸 하나 대라고 하면 생판 모르는 타인과 그런 불장난을 저지른 건 아니었다는 정도뿐. 그 당시 아르바이트하던 영화관의 동료였던 남자와는 그 일이 계기—혹은 빌미가 되어 반년 남짓 사귀다 아르바이트를 그만두면서 헤어졌다.

할아버지의 두 번째 발병과 더불어 온통 암흑기였던 시절의 결코 들춰보고 싶지 않은 기억 중 하나다. 이젠 상대의 이름은 물론 얼굴도 가물거리지만 아무래도 정이 가지 않던 꺼림칙한 느낌만은 희미하게 남아 있다. 진탕 취해도 집만은 잘 찾아갔었는데 어쩌다 그런 실수를 한 건지 원.

두고두고 후회한 만큼 정신을 번쩍 차리는 계기가 되었기에 아프게 예방접종 한 셈 치고 깨끗이 훌훌 털었다. 그리고 여태 문제없이 잘 살아왔는데 이제 또, 같은 실수를 되풀이했다고?

눈앞이 캄캄해지면서 별안간 지끈지끈 두통마저 일어 나희는 머리를 감싼 채 신음했다. 그리고 그 소리가 생각 외로 컸던 모양이다. 등 뒤에서 희미하게 뒤척이는 것 같더니 커다란 손이 위로 올라와 머리를 누르고 있는 그녀의 손을 건드렸다.

"…머리라도 아픈 거야?"

바싹 잠긴 음성은 의심의 여지없이 남자의 것. 비명이 터져 나올 것 같은 입술을 깨물며 바닥 모를 심연에 추락하는 그녀를 다시 남자가 불렀다.

"숙취인 것 같아? 나희야, 속은 괜찮아?"

그런데 잠깐. 이 목소리 낯설지가 않다. 묵직하게 가라앉은 목소리 톤을 좀 올리고 조금 더 건조하고 담백한 색을 입힌다면….

"잠결에 칭얼거린 건가."

그래, 꼭 이렇게.

남자는 그녀가 자는지 확인하려는 듯 머리를 들어 그녀의 얼굴을 들여다보았다. 실눈을 뜨고 있던 나희의 시야에 눈에 졸음이 가시지 않은 휘영의 창백한 얼굴이 들어왔다.

눈이 마주치자 그의 눈이 살짝 더 벌어지며 "깬 거야?"하고 중얼거렸다. 이어서 그가 뭐라고 더 말하려고 입술을 들썩이는데, 나희가 느닷없이 몸서리를 치며 상체를 벌떡 일으켰다.

"—아야."

"으아아…."

하나는 의도치 않은 그녀의 손 따귀에 이마를 맞은 휘영이 낸 소리고, 다른 하나는 다시 침대 위로 고꾸라지는 나희의 입에서 난 소리였다.

시트에 얼굴을 묻은 채 숨을 고르며 나희는 도통 제 것 같지 않은 몸에 대한 의아함을 곱씹었다. 몸에 거짓말처럼 힘이 안 들어갔다. 아니다, 손이며 팔은 움직일 수 있는데… 힘이 안 들어가는 건 정확히 말해서 허리쪽? 잠깐, 그게 아니라 지금 나는 허리가 아픈 걸까?

"아, 아아…."

의식적으로 옆구리를 더듬으며 허리에 힘을 넣어보자 사태가 더 분명해졌다. 그녀는 허리가 뻐근하게 아팠다.

조금이라도 덜 아픈 방향을 찾아 천천히 몸을 뒤틀어 보는데 휘영이 나직하게 한숨을 내쉬었다.

"몸이 안 좋은 거 아니었어? 자꾸 그러면 나 흥분할 것 같은데."

남은 아파 죽겠는데 대체 무슨 소릴 하는 거야, 하고 인상을 쓰던 나희의 안색이 다음 순간 해쓱해졌다. 그리고 이내 허리가 아프건 말건 필사적으로 버둥거리며 옆으로 몸을 굴렸다. 뭐라 형용할 수 없는 감촉을 남기고 엉덩이 사이를 빠져나가는 그 무엇….

나희는 부르르 떨면서도 마지막으로 지푸라기 하나라도 붙잡는 심정으로 어깨 너머를 돌아보았다. 그녀가 이불을 끌어간 바람에 이쪽을 향해 돌아누워 있는 휘영의 나신이 고스란히 드러났다.

…나신이다, 변명의 여지없이.

그리고 상당히 부풀어 있던 하반신의 남성은 그녀의 시선 아래 꾸준히 힘을 얻어 급기야 제대로 곤두섰다.

"계속 그렇게 쳐다볼 거야? 곤란한 여자네, 참."

"아, 아니, 보려고 그런 게 아니라 눈에 띄어서 그만, 아, 그런 뜻이 아니야!"

휘영의 나른한 이죽거림에 나희는 쩔쩔매며 고개를 돌렸다. 야단났다는 심사에 아랑곳하지 않고 가슴께에서부터 시작된 홍조가 목덜미로, 얼굴로 빠르게 퍼져나가 온통 화끈해져 제대로 생각을 할 수가 없었다. 눈을 꽉 감아도 망막에 새겨진 강렬한 잔상은 지워질 생각을 안 한다.

과연 신휘영, 여전히 참으로 근사한 것을….

아아아아아아, 지워져라 나쁜 생각! 당황하지 말고 대국적으로 상황 판단을 내릴 때에 어디 그딴 걸… 대국… 역시 커, 그 무렵 그렇게 애를 먹었던 것도 당연하다니까. 새삼 다시 봐도 첫 경험에 써먹을 사이즈가 아닌데 그걸 내가 어떻게 알았겠냐고? 참 젊음이 깡패고 무식하니 용감한 거지 다시 돌아가서 하라고 하면….

아아, 과거 회상할 때 아니잖아, 제발, 제발, 현실에 집중하자고, 우나희!

불과 몇 초 안 되는 시간 동안 자아가 분열하는 사태를 수습한 그녀는, 나쁜 자아에게 다시 정신을 뺏기기 전에 얼른 입을 열었다.

"단순히 침대를 같이 쓴 거야, 아니면 설마….."

"흠, 필름이 끊겼다는 작전으로 나갈 셈이야?"

다분히 시니컬한 대꾸에 이어 별안간 휘영이 이불을 붙잡아 당기는 바람에 나희의 몸도 엉겁결에 이불에 딸려 그에게 되돌아갔다. 뒤늦게 펄쩍 놀라 떨어지려는 그녀를 그가 이불째 휘감아 껴안아 제 품 안으로 구속하고선 귓가에 지그시 입술을 밀어붙였다.

"어린애들 장난 같은 짓은 피차 하지 말자고. 간밤에 즐거웠잖아? 날 타 누르고 화끈하게 리드하던 그 여자는 어디로 숨은 거지?"

"내가, 너를 타 눌렀다고….."

"정말 기억 안 나? 나한텐 손가락 하나 까딱 말라고 하면서 묶으려고까지 했잖아."

내가 그랬을 리가 없…다고 생각한 순간, 두 팔을 머리 위로 뻗고 있는 휘영의 모습이 얼핏 떠올랐다. 적당히 상기되어 입술을 살짝 벌리고 있는 그의 얼굴이 무척 요염해서 손을 뻗어 뺨을 어루만진 기억도 났다.

땀에 젖어 뜨거웠던 뺨…. 매끄러운 위쪽과 수염이 살짝 돋은 아래쪽의 까끌거리는 느낌을 교차로 만끽하며 한참을 만지작거리다 숨결을 따라 달싹거리는 빨간 입술 사이로 엄지손가락을 미끄러뜨리자 그가 기다렸다는 듯 혀로 감싸며 쪽 빠는 것이 간지러워 웃음을 터뜨렸다. 온몸이 뒤흔들릴 만큼 웃으면서 그녀는 불쑥 고개를 기울이고 그에게 묻기도 했다.

'나랑 이러는 게 좋아?'

'아주 좋아.'

'과연 똑똑해, 신휘영.'

기특한 그 입술을 함빡 베어 물고 재차 요분질에 열을 올렸다. 절도고 뭐고 없이 폭주했다. 나도 좋아, 역시 네가 최고야, 따위의 말을 쏟아내며.

아아, 지금 허리가 아픈 것도 당연하구나….

라고 납득을 하게 됐다고 해서 좋을 것은 하나도 없다. 나희는 당장 이 침대를 나갈 일이 막막해서 눈앞이 다 캄캄했다. 어떤 얼굴로 휘영을 보고 무슨 말로 지난밤의 광란을 변명해야 할까?

"…내가."

나희는 꽉 막힌 목을 틔워 어름거렸다. 휘영은 어느새 그녀의 등 뒤로 완벽히 밀착해서 귀 뒤쪽의 연한 살을 입술로 지분거리고 있었다. 주의가 빠르게 흩어지려 하는 것을 간신히 붙들고 그녀는 빠르게 말했다.

"내가 요 며칠 잠을 좀 설쳤어. 그리고 술도 사실 오랜만이었어. 초여름에 한 회식에서 회 먹고 탈이 나서 그 뒤로 음식을 가리고 있었거든. 그래도 코냑 두 잔쯤은 괜찮을 줄 알았는데 그만 훅 가버렸나봐. 아주 번아웃은 아니라 어렴풋이 기억나는 건 있지만 그것도 다 술기운에… 아, 휘영아, 안 돼!"

다리 사이로 들어온 휘영의 손을 잡으며 나희가 힘겹게 도리질을 쳤다. 그는 둔덕의 살을 지그시 누르며 엉뚱하게도 왁싱은 언제부터 했냐고 물었다.

"매끈매끈한 게, 아기 살 같아. 지금 만난다는 남자 취향인가?"

"아니야, 그런 거! 수영 배우러 다니면서, 관리하기 귀찮아서 정리한다는 게… 아, 안 돼, 그러지 마!"

스르륵 손을 뺀 대신 그는 발기한 남성을 그녀의 질 입구에 가져가 스윽 밀어붙였다. 끄트머리가 살짝 입구를 열며 들어오는 느낌에 나희의 눈이 번쩍 뜨였다.

"안 돼? 정말로?"

휘영은 가만히 몸을 정지한 채로 물었다. 그 나지막한 음성에 나희는 저도 모르게 마른침을 삼켰다.

당연히 안 되는 걸, 정말 몰라서 물어? 간밤엔 술에 취해서 그랬다고 핑계라도 대지 지금은 멀쩡한 정신으로 어떻게 또 그래. 그러나 그처럼 명확한 해답을 입으로 꺼내는 대신 그녀는 얕은 숨을 가누기 바빴다.

그러다 문득 나희는 제 숨만 가쁜 게 아님을 깨달았다. 그의 숨결도 그녀 못지않게 얕고 빨랐다. 등에 밀착된 단단한 가슴 속에서 쿵쿵 고동치는 심장도 그답지 않게 빠르고 거셌다.

"확실히 말해, 나희야. 빼?"

재차 이어지는 질문에 그녀의 가슴이 요동쳤다. 휘영의 음성에 희미할지언정, 초조함과 안달이 묻어났다. 그런 건 항상 나희의, 나희만의 몫이었는데.

'초조해질 만큼 날 원하는 거야? 신휘영이 날?'

오싹한 희열이 가슴에서 일어나 순식간에 육체마저 굴복시켰다. 도취, 고양감, 그 어떤 말로 설명해도 부족한 열기가 몸 깊은 곳에 이르러 왈칵거리는 마중물로 피어났다.

그곳이 아릿할 정도로 원했다. 이런 순간에 몸을 배반하는 건, 스스로에게도 고통이다.

"…아니, 빼지 마."

그녀는 어깨너머를 힐긋 돌아보며 "넣어줘."라고 말했다. 부탁과 명령의 어딘가를 서성이는 수줍고 단호한 한마디에 휘영의 입꼬리가 살짝 올라간 듯했다. 그리고 곧….

"아…."

꾹 밀고 들어오는 아찔한 감각에 나희의 입술이 벌어지며 가쁘게 숨을 토해냈다. 절박하게 숨을 그러모아 삼키고 토해내길 몇 번이고 되풀이해서 간신히 그를 모두 수용했다. 강하게 욕망하여 기꺼이 받아들이는 건데도 하나가 되는 순간이 결코 녹록하지 않은 건 예전과 크게 다를 바가 없다. 그 사실이 어쩐지 우스워 나희는 키득거렸다.

"왜 웃는데?"

뭔가 오해했던지 물어보는 휘영의 목소리에 날이 서 있다. 나희는 작게 한숨을 내쉬었다.

"별거 아냐. 아, 저기 잠깐 그대로 있어줄래? 좀 버거워서 그래."

"예열시간 말이지? 그 버릇, 여전하네."

피식하면서도 휘영은 잠자코 그녀의 말대로 움직임을 그친 채 그녀를 품고만 있었다. 나희는 살며시 눈을 감은 채 기다렸다. 둔통에 가까운 저릿저릿한 압박감에 천천히 익숙해지는 감각을. 그러면서 생각했다.

휘영은 '버릇'이라고 했지만 엄밀히 말해선 틀린 말이라고. 그를 떠난 뒤 몇 명의 남자를 만났지만 이런 시간이 필요한 적은 단 한 번도 없었다. 개중엔 그녀의 의사에 아랑곳없이 제 욕망만 강요하던 쓰레기 같은 남자도 있었지만 그조차 약간의 통증, 그 이상도 이하도 아니었다.

나직이 한숨을 쉬는 나희를 휘영이 부드럽게 힘주어 안았다. 그러면서 살짝 그녀 안의 분신이 요동치자 생생한 자극으로 아랫배가 꼿꼿해졌다. 동시에 온몸의 살갗으로 미세한 전류처럼 퍼져 나가는 황홀감. 때가 왔다.

"휘영아, 나…."

애절한 부름을 신호로, 그가 마침내 움직였다.

뒷일 생각하지 않고 불빛에 뛰어드는 나방이 된 것까진 좋았는데 결과적으로 효율은 좋지 못한 섹스였다. 시간은 시간대로 짧고 마음껏 해소도 하지 못했다. 유감스럽게도 전부 그녀가 원인이었다.

이유는 둘. 하나는 아무래도 허리가 너무 아팠고, 둘째론 충분히 젖었음에도 불구하고 아래가 몹시 쓰라렸다.

간밤의 폭주 탓도 있겠지만 거의 일 년 가까이 섹스리스로 산 것도 원인이겠지 싶어 나희는 한숨이 나왔다. 정작 하고 싶을 때 뻣뻣해진 몸이라는 장애에 걸려 넘어지니 자신이 그동안 스스로에게 너무 몰인정했지 않나 싶다.

서른네 살이니 누군가는 한물간 나이라고 할지 몰라도 나희는 마흔, 쉰까지도 여자로서의 삶을 포기할 생각은 없다. 결혼에 뜻이 없으니 더더욱 연애가 필요하다고 보는 쪽이다. 때문에 아침의 일로 열렬까지는 아니더라도 소소하게 사랑을 주고받을 누군가의 필요를 절감했다. 그것도 최대한 빨리.

'그전에 보는 눈을 낮추는 게 먼저인가.'

하나에 꽂히면 그걸로 사랑에 빠지는 게 가능한 소위 금사빠라는 부류가 부러워지는 순간이다.

'그게 어떤 기분인지 솔직히 이젠 기억도 잘 안 나.'

진지한 성찰 속에 나희는 살짝 커튼을 걷어 옆 침대에 누워 있는 휘영을 보았다.

나희가 걷기 힘들 만큼 허리가 불편한 나머지 한의원에 침을 맞으러 온 것을 기회로 휘영도 물리치료를 받을 겸 함께 접수했다. 오른팔은 물론 왼팔에도 침을 잔뜩 맞았는데 아까부터 조용히 눈만 감고 있는 것이 아무래도 잠이 든 것 같다.

뼈는 거의 붙었고 인대가 아직 안 좋아서 하고 있다는 반깁스를 푼 왼팔. 그로 인해 드러난 왼손의 약지엔 심플한 백금 링이 끼워져 있다. 아침에 그걸 보고 "결혼했어?"라고 물었더니 그는 "아직."이라고 대답했다.

아직, 이라는 말은 할 사람이 있긴 하다는 뜻. 짐작은 하고 있었기에—대개의 멋지고 예쁜 사람들은 일찌감치 짝을 만나기 마련이다—별달리 충격은 없었다. 설사 그런 사람이 없다고 해도 그 자리를 노릴 꿈도 꾸지 않는다.

나희는 다만 지금 그를 만난 김에 그에게 품었던 동경이 어떤 식으로 일어났었는지 떠올려보고 싶을 뿐이다. 나는 그에게 어떤 점에서 감탄하고, 어떤 면에서 반하고, 어떤 이유로 절박함을 품었던가.

생각나는 건 많다. 다만 그런 일이 되풀이되는 게 어려울 거란 것도 확실히 깨달았다.

"되풀이돼서도 안 되고."

쓸쓸하게 웃고 나희는 손목시계를 보았다. 열 시 반 가까이 되어가는 시각. 어서 할아버지에게 갈 생각으로 마음이 급하다. 엉뚱한데 한눈판 손녀 때문에 할아버지 수술에 부정이 생기지 않길, 뒤늦게 나희는 빌어본다.

생각난 김에 머리맡의 가방에서 옥관음상을 꺼내 들여다보다가 진지하게 중얼거렸다.

"허튼 욕심 같은 건 결코 품지 않았으니까 모쪼록 밝은 눈으로 살펴주세요. 약속을, 어긴 게 아니에요."

할아버지 입버릇처럼 나무아미타불, 하고 중얼거리며 옥관음상을 이마에 대자 사늘한 옥의 냉기가 전해져 왔다. 아직 몸 안에 떠도는 미열 안에 혹시 모를 욕심의 터럭 몇 개가 남아 있더라도 그로 인해 정화될 것만 같은 기분 좋은 차가움. 나희는 흡족하게 웃었다.

그 모습을 어느새 눈을 뜬 휘영이 물끄러미 바라보고 있었다.

물리치료 도중에 연달아 걸려온 전화를 받고 휘영은 먼저 한의원을 떠났다. 나희 혼자 두는 게 마음에 걸렸는지 가기 직전에도 그는 약속을 했다.

"너무 긴장하지 말고. 수술 들어갈 때까진 어떻게든 시간 맞춰서 갈게."

"아니야, 그럴 것 없어. 난 괜찮으니까 신경 쓰지 말고 일 봐. 정말 괜찮아. 나름 이런 일엔 베테랑이라니까?"

물리치료 때문에 엎드린 채로 나희가 열심히 손사래를 쳤지만 휘영에겐 제대로 전해진 것 같지 않다. 그는 다정스레 그녀의 뒤통수를 쓰다듬어주면서 아무튼 이따 보자고 말하고 떠났다.

그 손의 감촉이 남은 머리를 괜스레 헝클어뜨리면서 나희는 쟤도 참 곤란한 남자가 됐다고 속으로 투덜거렸다. 어쩌다 술김에 눈이 맞아서 밤을 보낸 건 사실이지만, 그 분위기를 침대 밖까지 끌고 올 건 없지 않은가.

전엔 그런 점에선 말도 못하게 철저하더니 이젠 퍽 물러졌다. 아니, 헤퍼진 건가? 결혼할 여자도 있는 주제에. 하물며 그녀에게 사귀는 남자가 있는 걸로 알고 있고.

"역시 헤퍼진 거네. 천하의 신휘영도 별수 없어."

마냥 떳떳한 입장은 못 되겠지만, 적어도 난 아침에서야 그의 반지를 봤다고 변명을 주워섬기며 나희는 베개에 얼굴을 묻었다. 이걸로 그와의 관계를 확실히 정리할 명분은 섰다. 말한 대로 휘영이 병원에 찾아와도 정색하고 돌려보내겠다는 결심을 해본다.

불장난은, 한 번에 그쳐야지 버릇되면 큰일 나니까.

그런데 병원에선 뜻하지 않은 상황이 그녀를 기다리고 있었다.

"아, 병실을요? 자리가 났어요?"

나희가 다녀간 뒤 간밤에 할아버지의 병실이 바뀌었다는 말에 그녀는 반색을 하며 물었다. 웃는 눈매가 예쁜 간호사가 3층 311호실로 가시면 된다며 상냥하게 안내했다. 나희도 웃으며 감사인사를 하곤 마침 아래로 내려가는 엘리베이터에 얼른 올라타 3층을 누르다가 의아한 눈빛을 했다. 버튼의 3이란 숫자 위의 VVIP란 기호, 나희도 아는 그 말인가?

'이 병원에선 2인실도 특별 관리를 하나 보지.'

소도시의 병원이라 좋은 점도 있구나 하며 피식했다.

"찾았다, 311호. 어, 근데 환자가….."

311호 아래에 끼워진 환자 이름이 할아버지 한 명뿐이다. 그 아래나 옆으로 달리 이름을 끼울 만한 공간도 보이지 않고. 고개를 갸웃하면서 일단 병실 문을 연 나희는 안으로 들어서다 말고 멈칫했다. 그리고 다시 고개를 젖혀 문에 붙어진 호수를 확인했다.

311호. 우정실.

"틀림없이 맞는데…."

맞는데 그 안은, 눈을 씻고 봐도 1인실, 독실이었다. 침대 맞은편에 무음으로 켜져 있는 텔레비전을 멍하니 쳐다보고 있자니 문득 문고리 돌아가는 소리에 이어 할아버지가 욕실에서 나왔다. 과연 1인실이라 개별 욕실까지 달려 있구나, 하는 감탄의 한편으로 나희는 할아버지에게 달려가 부축했다.

"어때요, 오늘은 몸 상태, 괜찮으세요, 할아버지?"

"괜찮아, 괜찮아."

"으유, 언제 한 번 안 괜찮다는 소리를 안 하시지. 물어본 내가 바보야, 바보."

침대에 앉아 한숨 돌리는 할아버지에게 아침은 드셨느냐고 확인했다. 고개를 끄덕인 할아버지가 병원에서 점심은 먹지 말랬다고 말했다.

"알아요, 수술 때문에 금식하는 거죠? 허기지지 않으세요?"

"한 끼 굶는다고 축날 것 같으냐, 이 할애비가. 그나저나, 뭐 하자고 생돈을 썼어. 이런 병실 하루 비용이 상당할 텐데."

"에이, 뭐 괜찮아요. 오랜만에 입원하는 건데 이 정도는 누려도 돼. 하지만 그렇다고 막 한 달 두 달 있자고 그러면 큰일나고."

나희는 너스레를 떨면서 웃었다. 막상 할아버지가 돈 걱정하시는 걸 보니 차마 무슨 착오가 있는 모양이라는 말이 떨어지지 않았다. 전과는 달리 이제 나희도 착실하게 돈 벌고 사는 직장인이다. 한 일주일, 할아버지 독실에 모시는 걸로 우는소릴 하면 안 되지.

"괜히 무리하는 거 아니냐? 우리 형편에 무슨…."

"우리 형편이 어떤 형편인데 그래요. 할아버지 연금 나오지 나 벌지. 그만하면 훌륭한 중산층이네, 중산층!"

그녀가 거들먹거리는 모습에 할아버지도 못 말리겠다는 듯 웃었다. 중산층이라니 아직은 꿈같은 이야기였다.

젊은 시절 막일을 해서 집 한 칸이나마 장만해둔 거 하나랑 근근이 입에 풀칠할 정도나 되는 이발소를 꾸리면서 나희 뒷바라지하고 생활을 해

나가고 남는 여력으로 부었던 국민연금이래 봤자 제일 적은 액수였다. 그러니 이제 수령 연금도 그저 사치를 안 하고 먹고살 정도. 할아버지는 그 돈에서도 얼마씩 떼어 형편 어려운 노인이며, 아이들, 장애인들을 위해 기부하고 있으니 그 마음만큼은 중산층이라고 해도 좋을지 모르겠다.

"모처럼이잖아요, 할아버지. 쓸데없는 걱정 내려놓고 푹 쉬세요. 잊으셨나 본데, 저도 휴가 받은 거라서 이 정도는 누려도 된다고요."

"여름에도 제대로 못 쉬었는데 어디 변변하게 놀러도 못 가고 이런 데 묶였구나, 젊디젊은 것이."

마음 편히 잡수시라고 드린 말에 오히려 더 낙담하시는 바람에 나희는 기분을 풀어드리느라 고생을 했다.

"저 진짜 괜찮아요! 어차피 할아버지 말곤 같이 놀러 갈 사람도 없는데 뭐. 사귀던 그 놈팽이랑도 진즉에 깨졌고."

"그러니까 왜 깨지고 그래. 그럭저럭 괜찮은 놈이면 덥석 물어서 시집 갈 것이지."

"그럭저럭 안 괜찮으니까 깨졌지요, 뭐. 그냥 시시한 애송이였어요."

"그래, 그런 놈이랑 삼 년을 만났어? 네가 반반한 인물 믿고 꽃 같은 시절을 허비하는구나. 쯧쯧."

"에헤헤, 괜찮아요, 아직 봐줄 만하니까. 미인은 나이 들어도 미인이라는 말 몰라요, 할아버지?"

재롱을 부리는 손녀 때문에 할아버지가 웃는다. 너무 웃어서 허리에 무리가 간 통에 이크 하며 눕는다 어쩐다 또 한바탕 야단이었다. 이제부터는 수다 금지, 라고 나희가 못 박고 조용히 TV를 보고 있자니 할아버지가 얼마 못 가 나희의 손등을 톡톡 두드렸다.

"얘, 너 온 김에 선 한 번 볼 테냐?"

나희는 우스꽝스러운 표정으로 할아버지를 보았다.

"또 그놈의 금은방 김 씨 아들 이야기?"

"이제 마흔 됐으니 나이가 좀 그렇긴 한데 인물도 그만하면 괜찮고, 직업이 약사면 더할 나위 없지."

처음에 선 이야기 들고 나왔을 땐 그 남자도 서른일곱 살이었지 하며 나희는 쿡쿡 웃었다. 서른일곱이든 마흔이든 오십보백보. 허우대 멀쩡하고 직업이 약사쯤 되는 남자가 그 나이 되도록 여자가 없어서 주위에서 챙겨줘야 할 정도면 뭔가 하자도 큰 하자가 있을 거라는 게 나희의 지론이다. 물론 그런 이야길 할아버지에게 할 생각은 없다.

"미안하지만 할아버지, 나희는 아직 운명적인 사랑을 기다리고 있거든요. 전생, 현생, 내생까지 꽁꽁 묶인 운명의 남자가 틀림없이 나타날 테니까 너무 조바심 내지 말고 기다리세용, 아셨죠?"

"그 운명이란 게 선을 봐서 찾아오지 말란 법도 없잖으냐?"

아무래도 금은방 김 씨 아들에게 미련을 버리지 못하는 할아버지 때문에 어쩌다 보니 이야기는 나중에 사진이라도 한 장 있으면 보여 달라는 데까지 흘러갔다.

"그렇다고 그쪽에 내 사진 주지는 말고요. 사진 교환하면 정말 선보게 될 것 같아서 싫어."

"으응, 안 줄 테니까 그건 염려 말고."

선을 보겠다고 한 것도 아니고 사진 한 번 보겠다고 한 건데 할아버진 뭐가 그리 좋은지 싱글벙글이시다. 그만큼 손녀의 결혼은 기대하시는 건가 싶어 나희는 조금 착잡해졌다. 언젠가는 할아버지도 그녀가 결혼에 뜻이 없다는 것을 받아들이셔야 할 테지만 그전까지 조금 더 기대를 품으시게 두는 것에 가책 비슷한 것도 받는다.

'애달프네. 그렇지만 뭐, 시간이 해결해 줄 테지.'

가만히 생각하되 깊게 파고들지 않고 흘러가게 내버려둔다. 그것이 나희가 이십 대를 보내며 몸에 익힌 처세술이다.

어쩌면 인생을 너무 건성으로 살고 있는지도 모르겠지만 그 덕에 돌이켜보면 참 암흑기였구나 싶은 때도 사뿐사뿐 지나왔으니 불평할 것은 없다. 그러니 앞으로도 별다른 일이 없다면 그러한 삶의 방식을 고수할 것이다. 졸졸 흘러가는 시냇물에 떨어진 나뭇잎처럼 설렁설렁.

"참, 앙 이 녀석은 어쩌고 있는지 모르겠구나. 오늘도 집에 안 들어가면 애가 슬슬 기가 죽을 텐데."

"먹을 것도 많이 줬고 개껌도 여러 개 넣어줬다니까요. 그래도 걱정이시면 이따 할아버지 깨시는 거 보고 잠깐 다녀올게요."

"그래라, 개는 외로움을 타서 사람이 자꾸 봐줘야 해."

그렇게 소소한 이야기를 주고받고 TV도 보고 하는 사이 시간은 훌쩍 흘러 할아버지의 수술이 목전에 다가왔다. 벌써 세 번째로 겪는 것이지만 뒤에 오도카니 남아서 수술실로 들어가는 할아버지를 바라보는 것은 아무래도 익숙해지지가 않았다. 정작 할아버지는 수술실에 들어가기 직전에 엄지를 번쩍 들어 흔들 만큼 여유가 넘쳤다.

"아윌비백, 인가."

할아버지와 함께 본 영화 터미네이터를 떠올리며 나희도 겨우 웃음을 되찾았다.

자, 이제부터 다시 기다리는 시간이다. 나희는 부러 챙겨가지고 온 옥관음상을 꺼내 손에 쥐고 『관세음보살보문품』을 펼쳐들었다. 이럴 때에만 독실해지는 나일론 신자지만 할아버지를 위한 일이니 당당히 얼굴에 철판을 깐다.

소리 없이 입술을 들썩거리며 읽어도 양이 많지 않아 어느새 완독을 마치고 재독에 들어갔다. 시계를 들여다보고 싶은 것을 어차피 얼마 지나지 않았을 것을 알기에 생각에 그쳤다. 그렇게 또 절반쯤 읽어나갔을까, 문득 책 위로 그늘이 지며 "제법 본격적인데?"하는 목소리가 들려왔다.

나희는 의아한 표정을 감추지 않고 눈길을 들어 올려다보았다. 휘영이 빙그레 웃으며 고개를 갸웃했다.

"전혀 기대하지 않았다는 얼굴이네? 아까 올 거라고 약속했잖아. 애석하게도 지각을 해버렸지만."

"응, 기대 안 했어. 너한테 나랑 한 약속은 별 의미 없는 거였잖아."

"그랬었나?"

싱거운 대구와 함께 휘영이 그녀의 옆자리에 앉았다. 마치 교대하듯이 나희는 책을 덮고서 자리에서 일어났다. 어디 가게? 하고 그가 눈으로 묻는 말에 나희가 말했다.

"너 보니까 깜박 잊고 있던 게 떠올랐어. 산부인과 가는 거."

"거긴 왜?"

전혀 모르겠다는 얼굴인 게 좀 얄미워 나희가 부러 더 쌀쌀맞게 "사후 피임약."하고 쏘아붙였다.

"피차에 피임 같은 거 생각 안 하고 놀았잖아. 애들도 아니고 불장난에는 뒤처리가 필요하다는 생각 정도는 해야지."

"하하, 불장난이라. 재밌는 말이네."

그는 유쾌한 듯 웃었다. 결국 임신 걱정은 여자 몫이지 하며 나희는 속으로 이를 갈았다. 뾰로통해져서 서둘러 걸음을 떼놓는 것을 휘영이 불러 세웠다.

"걱정되는 게 그거 하나면 갈 필요 없어. 피임은 내가 했으니까."

"했다고? 하지만 아침엔 분명히…."

그럴 짬도 없었고, 했다면 느낌이 있었을 텐데 하며 눈살을 찌푸리는 나희를 보고도 휘영은 와서 앉으란 듯이 제 옆자리를 두드렸다. 그 태연 자약한 얼굴에 그녀는 반신반의하며 자리로 돌아가 앉았다. 휘영은 그녀의 손에서 얇은 불경을 넘겨받아 훑어보면서 가볍게 말했다.

"묶었으니까 그쪽은 안심해도 좋아."

"묶었…다고? 그러니까, 그… 수술을 했단 말이야?"

저도 모르게 높아진 언성을 낮추며 나희가 속닥거렸다. 휘영은 뭘 새삼스레 부끄러워하냐며 면박하고는 선선히 인정했다.

"수술 받았어. 한 번 호되게 당했더니 이건 내가 조심해서 될 일이 아니다 싶어서."

"그렇구나."

이건 또 뭐라고 장단 맞추기도, 파고들기도 미묘한 주제라 나희는 고개를 끄덕끄덕하는 데 그쳤다. 임신을 노리고 육탄공세를 펼친 여자가 있었던 뉘앙스이긴 한데. 뭘 그렇게까지 하나 싶다가도 힐긋 눈에 들어온 휘영의 모습에 그럴 수도 있지 싶어져 나희는 쓴웃음을 지었다.

나쁜 마음을 품게 하는 남자였다. 예나 지금이나. 그게 결코 나희만의 망상이 아닐 거라는 건 방금 휘영의 말이 증명하고 있다.

"그… 결혼할 사람도 알아?"

침묵이 어색해서 던진 질문에 휘영이 책에서 고개를 들어 그녀를 보았다. 나희가 턱짓으로 그의 왼손을 가리켰다. 지금은 다시 깁스로 덮여 있지만 그 안에 반지가 있다는 건 둘 다 아는 사실.

"아아, 알지."

싱거운 인정에 나희는 퍽 대범한 여자가 다 있구나 생각했다. 휘영이 다시 책을 들여다보며 중얼거렸다.

"결혼하면 풀 거야. 아이 욕심이 있는 애라서 늦어도 일이 년 안엔 첫 애를 가져야 할 테니까."

그런 것까지 알고 싶은 마음 전혀 없거든? 나희의 입가가 미세하게 경련을 했지만 치졸한 질투로 비칠까 봐 웃음 지으며 대화를 받아주었다.

"피앙세 나이가 좀 있나 보네?"

"음, 출산을 생각하면 그런 편이지."

"혹시 연상?"

"동갑. 애는 둘을 원하고."

동갑내기라. 확실히 서른네 살이면 당장 결혼해서 출산을 해도 서른다섯에 초산이다. 둘째를 약간 터울을 두고 낳는다면 서른 후반이 될 테고. 요즘 의술이 발달했다고는 하지만 산모에게 살짝 무리가 되는 나이인 건 맞다.

"서둘러야겠다, 정말. 아이 생각하면 느긋할 나이가 아니야."

나희는 고개를 주억거리곤 피식 웃으며 휘영의 어깨를 쳤다.

"너랑 이런 얘길 다 하는 날이 오고. 나이 먹은 게 확 실감 난다, 야."

휘영이 힐긋 돌아보며 눈썹을 슥 치켜세웠다.

"나는 그렇다 치고, 넌 굳이 입으로만 말하지 않으면 잘 모르겠는데? 얼굴도 목소리도 별로 달라진 점을 모르겠어."

"어머머, 입에 발린 소릴 너무 잘하는 거 아냐?"

샐쭉거리긴 했지만 듣기엔 나쁘지 않은 소리에 나희의 웃음이 커졌다. 휘영은 빤히 쳐다보며 고개를 저었다.

"치레로 한 말이 아니라 정말로. 헤어스타일 좀 변하고 화장이 능숙해진 거 말곤 거의 그대로지 않아? 몸은 오히려 전보다 더 탄탄해진 것 같고."

"그야 수영을 하니까 뭐…."

대수롭잖게 말하면서도 나희는 살짝 묘해지는 분위기에 속으론 당황스러웠다. 쓸데없이 친밀한 공기를 되살려 좋을 게 하나도 없는데 본의아니게 자꾸만 그렇게 되어가는 느낌도 들었다. 이야기의 주제를 바꾸어야만 한다. 다시 한 번 그녀나 그가 아닌 제3자를 포커스로 해서.

"참참, 나 이 머리 별로 안 어울리지 않아? 한동안 밝게 염색한 웨이브 펌을 하고 다녔는데 지금 그이가 곧 죽어도 검은 생머리가 이상형이라고 해서 바꿨어. 염색도 못 하게 하고 아주 폭군이 따로 없다니까."

어깨 아래로 내려오는 긴 머리를 찰랑거리며 투덜거리곤 문득 생각난 것처럼 휘영의 그녀는 어떠냐고 물었다.

"글쎄…."

"왜 뜸을 들이고 그래? 아, 설마 유행의 첨단을 달리느라 주기적으로 스타일이 확확 바뀌는 타입?"

"그 정도는 아니고 지금은 너랑 비슷해."

"재미없는 머리 동지로구나. 흐응."

시시하다는 듯 손을 내젓고 나희는 고개를 돌려 수술실 쪽을 응시했다. 잠시 후 휘영의 살짝 모가 난 음성이 들려왔다.

"그렇게 시시하다고 생각하면 멋대로 염색이든 뭐든 하면 되잖아. 마음에 안 드는 걸 남자 말에 구애받아서 억지로 유지할 필요 있어?"

"당연히 있지."

나희는 천천히 눈을 깜박이며 휘영을 돌아보았다.

"그이에게 예쁘게 보이고 싶으니까."

"보여지는 게 중요해? 네 머리카락이잖아."

후훗 하고 웃으며 나희가 긴 머리를 쓸어 넘겼다.

"내 거긴 해도 나보다 그이가 더 많이 보는걸? 생각해봐. 하루에 자기 얼굴 볼 시간이라고 해봐야 뻔하잖아. 플러스, 남자가 시각에 약하다는 건 과학적으로도 증명된 사실이고."

"대개가 그렇다는 거지 전부에 해당하는 말은 아니야."

"물론 예외가 있겠지. 그래서 뭐야, 지금 네가 그 예외라고 주장할 셈 이야?"

야유를 섞어 물으니 휘영이 살짝 미간을 찡그렸다. 그는 잠깐 뜸을 들 이곤 자기도 보는데 약하긴 하다고 인정했다. 그랬어? 하고 내심 놀라는 나희에게 그가 이어서 말했다.

"그렇다고 해서 내 어떤 특정한 취향 같은 걸 상대에게 강요할 생각 같 은 건 안 해. 나나 너나 내키는 대로 움직일 의지가 있는 사람이잖아. 그 변덕마저도 사랑스러운 게 연애 아닌가?"

휘영은 재차 나희를 놀라게 했다. 연애에 관해 제법 근사한 소리를 하 는 이 사람이 정말 신휘영이란 말이지?

"너… 진짜 연애 좀 해봤구나? 다시 봤어. 아, 이제 좀 사람 같다 너."

달라진 옛 친구에 대한 감탄은 이내 그를 이렇게 변화시켰을 여자에 대 한 생각으로 옮겨갔다. 애초에 바람둥이와는 거리가 먼 타입이었으니까 여자를 썩 다채롭게 만났을 것 같지는 않고 역시 비중 있는 한 사람의 존 재에 무게를 둬본다. 얼마나 대단한 여자이기에. 아, 부럽다.

'같은 여자로서 부러운 거야. 틀림없이 멋진 여자일 테니까. 그것뿐이 야. 응. 그것뿐.'

"뭘 이만한 걸로 그렇게 추어올리고 그래. 전엔 내가 그렇게 형편없는 놈이었나?"

겸연쩍은지 휘영은 다소 떨떠름한 표정을 짓고 있다. 나희는 말보다 행동으로 보였다. 두 팔을 벌리며 어깨를 으쓱. 그리고 밝게 소리 내어 웃었다.

"너란 애는 연애세포 같은 게 아예 없는 줄 알았는걸. 대시하는 여자가 좀 많았어? 눈이 딱 벌어지게 예쁜 애도 두셋은 됐는데."

"나하곤 다른 걸 본 모양이네."

"눈이 얼마나 높으신지 몰라도 그 정도면 연예인 뺨쳤거든요? 근데 거들떠도 안 보고 공부만 팠어."

"농구도 했어."

"어머, 맞아. 농구도 잘했지, 신휘영 씨?"

휘영의 지적에 나희는 부러 크게 눈알을 굴렸다.

"짬 내서 코트에 나오면 그 순간부터 거기가 꽃밭이 되는 기적을 보여주셨죠, 아마? 골 한 번 넣으면 여자애들 환호성이 아주 말도 못해. 거기에 농구 끝나면 그 길로 눈길도 안 주고 미련 없이 떠나는 모습. 서태웅이 만화책 찢고 나온 줄 알았다니까."

나희는 유쾌하게 웃고는 엉뚱한 이름 들먹여서 미안하다고 사과했다. 휘영이 서태웅 정도는 안다며 투덜거렸다.

"너 신주에서 서울까지 들고 올라온 만화책이었잖아. 슬램덩크. 내가 눈뜬장님인 줄 알아?"

"뭐, 어떤 면에선 장님 맞지 않아?"

받아치면서도 나희는 속으로 살짝 웃었다. 『슬램덩크』를 기억해주는구나 하는 자그마한 감회랄까.

만화책을 매우 좋아했지만 빠듯한 용돈 사정상 가끔 빌려 보는 정도로 만족했던 그녀가 기어코 전권을 사 모았던 만화책이 슬램덩크였다. 이유는 하나, 서태웅을 노리고. 그리고 애초에 서태웅을 노렸던 이유는….

여하튼 그녀의 보물 중 하나였던 슬램덩크는 나희의 서울행에도 동반해서 비좁은 반지하방 책상을 지켰더랬다.

"중고등학교 때야 대학 가려고 그랬다고 쳐. 근데 대학 들어가서도 어쩜 그렇게 사람이 안 변하지? 주위에 눈 돌아갈 게 천진데. 이런 애 때문에 목석이란 말이 나왔구나 했다니까."

"목석이라니, 그 정도면 어폐가 너무 심하지 않아?"

휘영의 강한 반박에 나희는 뭐가? 라는 얼굴로 쳐다보았다. 그는 손에 들고 있던 책을 덮고 그녀 쪽으로 몸을 틀어 앉으며 말했다.

"내가 너랑 같이 잔 게 기백 번은 넘을 텐데, 여자랑 할 짓 다하는 놈한테 목석이란 말이 어울리기나 해?"

그의 언성이 실제로 높아진 건지, 말의 내용 때문에 그녀에게만 크게 들린 건진 몰라도 나희는 약간 얼굴을 붉히며 주위를 의식해 손가락을 입술에 가져다 댔다.

"그런 이야기가 아니잖아, 바보. 그거하고는 다르다고."

"뭐가 다르다는 건데?"

진짜 모르는 건지, 모르는 척하는 건지. 아무튼 나희는 어느 쪽이어도 상관없었다.

"이를테면 그건 파트너십이었잖아. 아, 맞다. 요전번에 어떤 영화에서 배웠어. 외국에선 그걸 프렌즈 위드 베네핏이라고 한대. 무슨 뜻인지… 알지?"

아는 얼굴을 하고 있다. 때문에 더 이상의 긴말 없이 나희는 어깨를 으쓱하며 쐐기를 박았다.

"우리는 연애를 한 적이 없어. 안 그래?"

휘영의 동의는 그의 침묵으로 드러났다. 덩달아 나희도 할 말이 떨어져 곤란한 찰나, 그녀의 휴대전화가 진동했다.

"아, 그이다. 나 전화 좀."

양해를 구하고 자리를 떠나며 나희는 더없이 상냥한 목소리로 전화를 받았다. 살면서 받아본 보험 권유 전화 중에도 단연 최고로 반가운 전화였다.

6. 모럴 or 상식의 부재

수술은 무사히 끝났지만 할아버지가 좀처럼 마취에서 깨어나지 않는 바람에 나희는 퍽 마음을 졸였다. 그리고 깨어난 후로도 기력이 없는지 오후 내내 꾸벅꾸벅 졸다가 나희의 닦달에 일어나 앉아 저녁을 몇 숟갈 들고 겨우 좀 맥을 찾았다.

"진통제를 여간 강한 걸 쓴 게 아닌 모양이다. 머리가 멍멍한 게 이게 꼭 술에 취한 것 같구나."

"잘됐네요, 할아버진 술 드시고 싶은 날엔 마취제를 맞으면 되겠어요."

술 한 방울만 마셔도 몸이 새빨개지는 체질이라 일절 술하고는 인연 없이 살아온 분이 그런 소릴 하시는 것에 나희가 짐짓 넉살을 부렸다. 할아버지는 일없다며 손을 젓곤 어서 저녁을 먹고 오라며 나희를 재촉했다.

"그럼 얼른 가서 먹고 올 테니까, 할아버지, 무슨 일 있으면…."

"그러지 말고 제대로 된 걸 느긋하게 먹고 오려무나. 보나마나 점심도 안 먹었지? 라면이나 빵 같은 거 먹지 말고 뜨끈한 국물 있는 걸로 밥 먹으렴, 밥. 나는 한숨 잘 테니까 내 걱정은 말고."

밥 먹고 바로 주무시면 안 된다고 말하려 했지만 할아버지는 눈꺼풀이 축 처진 게 이미 졸음이 그득했다. 나희만 나가면 바로 주무실 것 같아서 그녀는 순순히 알겠다고 대답했다.

"늦어도 한 시간 내로는 올게요. 간호사 호출버튼은 여기에요, 아셨죠?"

재삼 당부하고 병실을 나서면서 문틈으로 보니 어느새 할아버지는 눈을 감고 있었다. 요 몇 년 밭일을 하느라 주름이 깊어진 얼굴에 혈색마저 없는 게 큰 병을 앓는 환자처럼 비쳐 나희의 가슴이 한 마디쯤 내려앉았다.

'진짜 고비는 이미 지나갔잖아. 괜한 생각 마, 우나희.'

지금도 이런데 전에는 무슨 정신으로 버텼나 잠깐 아득하게 생각하며 나희는 천천히 걸음을 옮겼다.

그러고 보면 애초에 돌아가실 거라는 가정 자체를 하지 않았다. 이건 약간의 **착오**일 뿐이니까 바르게 **교정**만 하면 되는 거라고 막연히 믿었다.

이제 와 생각하면 맹목에 가까운 위험한 믿음이었지만 다행스럽게도 일은 그녀의 믿음대로 흘러갔다. 심지어 할아버지의 암이 재발했을 때에도 그 믿음만은 굳건했다.

이미 둘이나 뺏어갔잖아. 셋은 안 돼. 그건 말이 안 되는 거라고.

하늘을 상대로 그렇게 천연덕스럽게 뻗댈 수 있는 기개 같은 게 있었다. 그때엔. 어쩌면 그 기개에 질려 하늘도 그녀 편을 들어줬는지도 모른다. 우주의 기운 어쩌고 하는 것도 결과적으론 인간의 강렬한 믿음과 호응하는 거 아닌가?

[믿자. 지금 내가 할 수 있는 유일한 최선도 그것뿐이니까. 생각이 많아져서 좋을 건 하나도 없다.]

병원에서 나오면 바로 보이는 식당에 들어가 음식을 시켜놓고 문득 떠오른 대로 나희는 휴대전화를 꺼내 메모장에 짧은 다짐을 적었다. 오늘의 일기 대신이다. 일기라고 하니, 무언가 더 써야 할 것 같은 기분도 들지만.

'신휘영…'

간밤의 불장난에 대해 우회적인 비유라도 한 줄 남겨야 하나? 나희는 곰곰히 생각하다가 이윽고 고개를 저었다.

후회는 하지 않지만 고운 별처럼 언제까지고 가슴에 박아둘 일도 아니다. 짧은 쾌락이 빛바랜 자리엔 그의 반지만이 선연히 남을지 모른다. 벌써 지금도, 작은 벌레가 깨문 것처럼 가슴 언저리가 따끔했다.

'허락 없이 남의 남자를 빌려 썼으니 언젠가 같은 일을 당해도 어쩔 수 없겠지. 아니다, 어쩜 이미 선불로 지급한 일인가?'

무난한 이별로 포장되어 있지만 저 준석이 환승 내지는 양다리를 걸치고 있었다는 것은 거의 확실하다. 여전히 그것에 별생각이 들지 않았지만 기왕지사인 거 아예 그랬으면 좋겠다고 멋대로 생각한다. 그래야 나중에 치를 게 없을 것 같다는 다소 요상한 계산속.

"이제 와서 물어봐도 솔직히 대답 안 해주겠지?"

거의 그렇지 않을까 하면서도 나희의 손가락은 준석의 번호를 찍고 있었다. 낯선 번호라 안 받을지 모른다고 생각했는데 의외로 두세 번 신호가 가자 "여보세요."하고 목소리가 들려왔다.

"나예요, 나희."

"어…, 그래요, 오랜만이네요? 번호 바뀌었어요? 모르는 번호라 안 받을 뻔했는데."

"옆에 진아 씨 있나 봐요?"

준석이 엉뚱한 존대를 하는 것에 나희도 금세 눈치를 챘다. 그냥 솔직하게 그녀 전화라고 밝혀도 될 텐데 그러지 않았다는 점에서 나희는 살짝 심술이 돋았다. 어쩌면 그녀와 있을 때에도 이런 식으로 얼버무린 전화가 있었을지도 모른다. 그녀는 전혀 눈치를 못 챘지만.

"휴대전화를 잃어버려서 임시로 빌려 쓰고 있어요. 내일 사무실엔 따로 연락할 거예요. 지금은 그냥, 할아버지 수술 잘됐다고 알려줄까 하고. 마음 써준 게 고마워서."

"네, 잘 지내고 있다니 다행이네요. 나도 뭐 여전해요. 형 그만둔 뒤로 나도 몇 달 안 가 헬스 그만뒀어요."

흠, 졸지에 전에 헬스를 같이했던 아는 형이 되었네? 딱히 센스가 있는 남자는 아니었으니까, 이건 역시 한 번 써먹은 레퍼토리일까?

"그리고 갑자기 궁금해진 게 있어서 말이죠. 있잖아요, 당신 나랑…."

헤어지기 전에 진아 씨하곤 어디까지 갔어요?

심술 플러스 장난의 절묘한 콤비네이션을 선보이려던 나희의 계획은 별안간 눈앞에 나타난 누군가 때문에 황급히 진로를 틀었다. 휘영이, 마치 여기에서 만나기로 약속했던 사람처럼 자연스럽게 그녀의 앞자리에 앉고 있었다.

"아, 미안해요, 주문한 음식 나왔어요. 얼른 먹고 이따 전화할게요. 응, 나도 보고 싶어요. 자기도 저녁 맛있게 먹어요."

두 눈을 초승달처럼 휘어가며 나희는 작정하고 애교를 부렸다. 원래 사귈 때도 이 정도는 해본 적이 없으니 준석은 어안이 벙벙할 것이다. 연기는 먼저 시작했으니 뒷감당이야 알아서 하겠지 하고 나희는 통화 종료와 함께 그쪽에 대한 신경은 딱 끊었다. 그리고 뻬딱한 미소로 정면을 응시했다.

"여긴 또 어쩐 일이에요, 신휘영 씨?"

"지금쯤 저녁 먹지 않을까 하고 와봤어."

"아, 대충 찍어서 와봤는데 딱 내가 눈에 보인 거란 말이죠?"

"병원 바로 앞이잖아. 밖에서 이 안 잘 보여."

한껏 불신에 차 있던 눈초리는 그건 또 그렇지 싶어 금세 수그러들었다. 길게 고민하기가 싫어서 다른 선택지를 전혀 고려치 않은 자신의 귀차니즘을 원망하며 나희는 다소 힘 빠진 목소리로 말했다.

"그러니까 애초에 여길 왜 또 온 건데? 여기가 집에 가는 길목이란 소리 같은 건 하지 말고."

"실제로 그런걸? 겸사겸사 너도 보면 좋고. 뭐 시켰어? 점심 걸렀더니 엄청 배고프다."

막 그렇게 휘영이 묻고 있을 때 나희가 주문한 오므라이스가 나왔다. 휘영이 그걸 보곤 맛있어 보인다며 오므라이스 하나에 된장찌개를 추가해서 시켰다.

"여태 쫄쫄 굶은 거야? 뭐 하느라 잠깐 배 채울 시간도 없어?"

뾰로통하게 말하며 나희는 오므라이스 접시를 가운데로 밀었다. 빈말로라도 사양은커녕 휘영은 얼른 숟가락을 들고 제 쪽 반을 크게 뜨면서 말했다.

"피차 마찬가지 아냐? 너도 점심 안 챙겼을 거 아냐."

"어머, 누가 그래? 안 챙겼다고."

"먹었단 말이야?"

한 움큼 떠 넣고 우물거리며 쳐다보는 휘영의 눈빛에 나희는 입술을 삐쭉거리며 "뭐 안 먹었지만."하고 인정했다. 거 보란 듯이 휘영이 웃었다.

"그런 요령하곤 담쌓은 게 우나희잖아. 정작 다른 사람은 다 챙겨주고 자기만 못 챙기지."

"그 정도는 아니거든? 나도 이제 제법 내 실속 챙길 줄 알아. 오늘은, 할아버지 일이라 긴장해서 그런 거고."

"알았어. 그러니까 어서 먹어."

"그래, 먹는… 어머, 야, 너 왜 이렇게 빨리 먹어. 이거 내 오므라이스 거든?"

누가 남자 아니랄까 봐 한 세 번 뜨니까 오므라이스 반이 사라졌다. 허둥지둥 나희가 한술 뜨는 걸 보고 휘영은 자기 거 나오면 너 주겠다며 또 남은 오므라이스의 반을 게 눈 감추듯 감췄다. 음식이 나온 지 불과 오 분도 안 되어 오므라이스 한 접시가 증발하는 묘기를 보고 나희는 그만 멍해졌다.

"누가 보면 한 사흘 굶은 줄 알겠다. 점심 한 끼 굶었으면서 그렇게 허기져?"

"응, 말도 못 하게. 여기요, 공기도 하나 추가할게요. 아, 너도 뭐 하나 더 먹지? 떡볶이 같은 거 시킬까? 너 늘 떡볶이 먹는 배는 따로 있다고 했잖아."

어영부영하는 사이 제대로 휘말려서 잠시 후 나희 앞엔 김이 모락모락 이는 오므라이스와 떡볶이 한 접시가 놓여 있었다. 그리고 휘영은 이제 막 먹기 시작한 사람처럼 기세 좋게 된장찌개로 식사를 하고 있다. 저러다 공기 하나 더 시키지 싶다.

"너 진짜 잘 먹는다. 그렇게 먹는 거 보니까 꼭….."

무심코 웃으며 말하던 나희의 입이 그만 딱 굳었다. 그렇지만 이미 휘영에겐 하려던 말이 접수된 후였다.

"꼭 그거 한 뒷날처럼 말이지?"

씨익 웃는 얼굴에 정곡을 찔린 나희의 얼굴이 벌겋게 달아올랐다. 휘영은 거기서 한 술 더 떴다.

"요즘 거의 안 했거든. 누구 덕분에 마른 장작에 모처럼 불 한 번 댕겼지."

"쉿, 쉬, 쉬잇."

행여 누가 들었을까 봐 허둥거리며 나희는 벌게진 얼굴을 앞으로 내밀어 소곤거렸다.

"미쳤어? 얌전하게 밥이나 먹어, 얼른!"

휘영은 얌전하게 밥을 먹는 대신 그녀 쪽으로 몸을 기울이며 마주 소곤거렸다.

"그런데 불만 댕겨주고 정작 그 누군 너무 빨리 기권하더라고. 자기는 만족했는지 몰라도 이쪽은 전혀 아닌데. 그거 꼭 약 올리는 짓 같지 않아? 어쩐지 악의까지 느껴지는 게."

"악의라니, 말도 안 되는 소리 말고 밥 먹어!"

기가 차서 쏘아붙인 나희는 고개를 푹 숙이고 부랴부랴 식사를 했다. 할아버지가 봤다면 천천히, 꼭꼭 씹어 먹으라고 몇 번이나 혀를 찼겠지만 지금은 정신이 없어서 밥이 어디로 들어가는지는 문제가 아니었다.

그런 그녀의 손목을 휘영이 붙잡고 살살 흔들었다.

"천천히 먹어. 할아버지가 보면 걱정하시겠다."

"누구 때문에 내가 지금…."

"미안해. 이젠 안 놀릴 테니까. 응?"

다정하게 어루만지는 것 같은 목소리에 나희는 힐긋 눈길을 들어 휘영을 쏘아보았다. 목소리만큼이나 그는 다정한 눈을 하고 이쪽을 보고 있다.

그러지 마, 신휘영. 네가 언제부터 그렇게 여자를 잘 달래주는 사람이었다고….

저도 모르게 소리를 지를 것 같은 걸 나희는 허벅지를 꼬집어 참아냈다. 어쩔 수 없겠지. 만나지 않는 시간이 길었으니 이렇게 그녀가 모르는 얼굴을 하게 된 것도 순순히 받아들여야 할 것이다.

나희는 결코 질투 같은 걸 하는 게 아니다. 그를 이렇게 둥글게 다듬어 놓은 누군가의 그림자가 좀 낯설었을 뿐, 절대로 질투가 아니다.

'그래도 저 냉정한 얼굴로 음담패설을 하는 걸 보는 날이 다 오고. 오래 살고 볼 일이야.'

그렇게라도 긍정적인 면을 보기로 했다. 거기서 좀 더 나아가면 신휘영도 아저씨 반열에 오르는 건가 생각하니 웃음이 나지 않는 것도 아니다. 조금 더 엉큼해지고, 조금 더 뻔뻔스러워지고.

그럼 나는 어떨까. 휘영에게 비친 나는 어디가 얼마나 달라졌을까 하는 궁금증에 겨우 가라앉은 나희의 가슴에 가벼이 파문이 일었다.

이래도, 저래도 결국은 신경 쓰여 죽겠는 남자였다.

식사를 마치자 휘영이 그녀를 병원 입구까지 바래다주었다. 그는 병원 건물을 올려다보다가 "여전히 면회는 사절?"하고 떠보듯 물었다. 나희가 잠자코 고개만 젓자 그는 희미하게 쓴웃음을 짓더니 다른 걸 물었다.

"다만 며칠이라도 남자 간병인을 쓰는 게 좋지 않겠어? 딸도 아니고 손녀인데, 부탁하기 민망한 일도 있으실 거란 말이야. 분명해 그건."

"지금까지도 내가 해왔는데 뭘 새삼…."

"새삼스러운 게 아니라 그게 네 맹점이었던 거지. 입장 바꿔서 생각해 봐. 네가 아파서 누워 있고 할아버지가 네 간병을 해주시는 거 난감하지 않겠어?"

"가뜩이나 연로하신 분한테 간병을 맡기다니, 말도 안 돼."

"말이 돼. 요즘엔 정정한 시니어 간병인들도 하나둘 늘어나는 추세라고. 여하튼 내가 말하는 건, 어르신이 부담스럽지 않게 몸을 맡길 수 있는 사람이 필요하다는 거야. 당장 며칠 후에 목욕 허가가 떨어지면 그거 네가 도와드릴 셈이야?"

나희는 아닌 게 아니라 난처해서 이마를 문질렀다. 할아버지가 내 똥 기저귀도 갈아가며 키워주셨는데 나는 그렇게 못 하랴 하는 단순한 생각으로 움직였던 건데 과연 거기엔 맹점이 있었다. 어릴 때의 나희는 그것을 수치로 여기는 지각이 없었다지만 할아버지는….

"역시 불편하실까?"

"불편하시지. 당장 옷 갈아입는 건 어떻게 할 참이야? 전에는 어떻게 했어?"

"무주대학병원엔 남자 간호사가 있거든. 부탁하면 도와주셨어."

"여긴?"

나희는 다시 꿀 먹은 벙어리가 됐다. 휘영은 남자 간병인을 쓰라고 이번엔 권유가 아니라 강하게 요구했다.

"나도 꼼짝 못하고 한 몇 주 병원 신세를 져 봐서 아는데 성별이 다른 상대의 간호가 껄끄러운 순간이 종종 있어. 너도 한나절이라도 남자 간병인을 써봐. 할아버지가 말씀은 안 하셔도 다행이라고 여기실 거야."

"한나절이면 한 대여섯 시간 생각하면 되나?"

휘영은 고개를 끄덕이고 그 정도면 큰 부담은 아닐 거라고 말했다.

"일주일에서 열흘 정도 입원 생각한댔지? 그건 내가 알아볼 테니까 잊어버리고 있어. 비용도 나한테 맡기고."

"왜? 왜 그걸 너한테 맡겨?"

나희가 정색을 하며 따져 물었다. 휘영은 고개를 갸웃하며 "내가 그 정

140

도도 못 해?"하고 오히려 반문했다. 나희는 그만 말문이 막혀 어름거렸다.

"아니, 그게… 간병인 비용을 네가 댈 이유가, 네가 우리 친척도 아니고…."

"어지간한 친척 나부랭이에 비할 바가 아니지. 그리고 여유가 되니까 하겠다는 거야. 나 문병도 못 하게 하면서 이것도 못 들어줘?"

"들어주고 말고의 문제가 아니라, 저기 아무래도 그건 아닌 것 같은데…."

나희가 쩔쩔매건 말건 휘영은 그럼 그건 내가 맡겠다며 결론 내리고 대뜸 다음 문제를 꺼내 들었다.

"집 정리는 어느 정도나 했어?"

"어? 우선 큰방하고 거실 조금 하다 왔어. 내일 저녁에 들러서 마저 해야지. 개밥도 줘야 하고."

"맞아, 개도 있었지. 그 개는 집에 사람 없어도 안 짖어? 저번에 보니까 조용하긴 하던데."

"안 짖긴. 엄청 겁쟁이라 날아가는 나비만 보고도 짖는 걸. 보통 땐 안에 들여놓는데 이번엔 어쩔 수 없어서 밖에 내놓으셨대. 옆집 아주머니가 가끔 들여다보신다고는 하는데…."

그래도 민폐겠지 싶어 안 그래도 주변 집에 작은 선물이라도 돌려야겠다고 생각해 뒀었다. 늑장 부릴 게 아니라 당장 내일이라도 하고 마음먹는데 휘영이 말했다.

"밤에 집에 가서 잘 게 아니면 차라리 이렇게 하는 게 어때? 개를 우리 집에 가져다 놓는 거야."

"우리 집… 네 집?"

나희는 결코 바보가 아닌데 엉겁결에 휘영 때문에 바보가 된 기분이 들었다. 그는 태연하게 그렇게 했을 때의 좋은 점을 열거했다.

"정원에 풀어놓으면 뛰어놀 공간도 충분할 테고, 앞쪽에서 공사하는 인부들 왔다 갔다 하면 쓸쓸하지도 않을 테고. 넓으니까 좀 짖는 것쯤은 크게 뭐라 할 사람도 없고."

모두 그럴싸하게 들리는 대신 딱 하나 곤란한 점이 있었다. 다름 아니라 거기가 휘영의 집이라는 거.

"아냐, 그렇게까지 폐를 끼칠 수야 없지. 신경 써준 건 고마운데⋯."

"괜히 사양하지 말고 오케이 해. 그 동네 집 다닥다닥 붙어서 옆집 싸우는 소리도 들리는 판에 개를 며칠씩이나 방치하는 건 폐 아냐? 사소한 일로 이웃 간에 의 상할 일 만들지 마."

정말이지 공략 요소를 어쩜 이렇게 잘 아는지 조금은 얄미울 정도다. 하지만 그래서 더더욱 나희는 강하게 거절했다.

"내일 가서 정 안 되겠으면 근처의 동물병원에라도 맡길 테니까."

"뭐 하러 그런 수고를 들여? 우리 집에 가져다 놓으면⋯."

"글쎄, 내가 사양한다잖아. 너야말로 왜 자꾸 불편한 호의를 베풀려고 하는 거야?"

참다못해 나희가 언성을 높였다. 언쟁은 무조건 차분한 쪽이 더 유리하다는 것쯤 모르지 않는데도 그만 확 짜증이 치솟는 걸 어쩔 수 없었다.

내친김에 나희는 직설적으로 심경을 토로했다.

"우리 지금 오랜만에 만나서 동창회 하니? 아까 병원에서 한 말도 있고, 눈치 좀 챘을 줄 알았는데 어쩜 이렇게 당당해? 피차에 마냥 떳떳하기만 한 사이 아니잖아. 넌 외국물 좀 먹어서 그런데 쿨할지 몰라도 나는 아니거든? 나 너 불편해. 반가운 것보다도 불편한 게 더 커서, 보고 있으면 자꾸 뒷덜미가 따끔거린다고. 그러니까 친구놀이는 이쯤 하고 그만 각자의 영역으로 돌아가자고, 응?"

"친구놀이…라."

휘영은 여전히 별 변화 없는 표정으로 그 말을 느릿느릿 곱씹었다. 그러면서 빤히 바라보는 눈빛에 나희는 또 왠지 모르게 가슴이 죄어들었다. 정말로, 이만 퍼센트의 진심으로 그녀는 그가 불편했다.

"우나희, 우리가 언제부터 친구였을까?"

그런 질문으로 머릿속을 어지럽히려고 해도 넘어가지 않아. 나희는 비장한 각오로 입술을 꼭 깨물었다.

"그리고 언제까지 친구였을까?"

뚜벅 휘영이 한 걸음 다가서는 것에 나희는 흠칫 물러나려는 몸을 의지로 붙들었다. 그래서야 꼭 겁을 먹은 것 같으니까. 그가 오른손으로 그녀의 턱을 가볍게 들어 올렸다.

"너는 알아? 정확하게 언제부터 언제까지라고 단정 지을 수 있어?"

"그런 게 이제 와서 무슨 소용이야? 아무 의미도 없다는 거, 그거 하난 알겠네."

빙그레 휘영이 웃었다. 그리고 말했다.

"거짓말쟁이."

그대로 고개를 기울여 그가 그녀의 입술을 훔쳤다.

나희는 움찔하며 들어 올린 손으로 그를 밀쳐내려다가 도중에 마음을 바꾸었다. 이 상황에 제멋대로 키스 따위를 하는 그 저의가 괘씸해서 어디 한 번, 하고 마음을 독하게 먹었다.

—그가 만지면, 그녀는 반응한다. 어김없이.

과거에 숱하게 쌓인 그 데이터를 부정하려면 그렇지 않은 경우를 이제 보여주면 될 일이다. 말로 표현하면 간단한 일이고, 그렇기에 실행도 쉬울 줄 알았다.

그리고 실제로 어느 정도 성공적이었다. 초반엔.

꼿꼿이 서서 눈까지 빤히 뜬 채로 굳게 입술을 다물고 있기를 한참. 그러나 뒤통수를 감싼 손으로 나긋나긋 어루만지길 반복하는 가운데 차마 먹기 아까운 아이스크림을 아껴서 조금씩 녹여 먹는 것처럼 그녀의 입술을 부드럽게 빨아들이며 하염없이 지분거리는 것에는, 그녀도 그만 아찔해지고 말았다.

딱히 능숙하거나 기교가 있어서가 아니라, 맞닿은 입술을 통해 전해지는 정성과 몰입의 문제였다. 마치 지금 그녀에게 키스하는 것 이외엔 아무것도 중요한 게 없다는 것처럼 함빡 그녀에게 집중한 그의 얼굴을 보려니 가슴 속 어딘가가 금세라도 와르르 허물어질 것만 같았다.

'안 돼, 이래선.'

약해진 마음을 다잡으려 질끈 눈을 감으며 도리질하는 것을 뒤통수를 잡은 손이 가볍게 제압해 도로 그에게로 돌려놓았다.

'아아⋯.'

그 은근한 구속마저도 황홀해하는 자신 때문에 나희는 당황스럽고 화가 났다.

이제라도 원칙을 바꾸어 그를 밀쳐내려고 손을 들었다. 그러자 휘영도 깁스한 팔을 들어 그녀의 허리를 감아 자신에게로 당겼다. 꼼짝없이 품에 안겨버린 모양새에 나희는 순간 당황해서 크게 숨을 들이켰다. 이내 마음을 다잡고 밀쳐내려고 손가락을 쫙 펼쳤지만 그의 가슴을 지그시 누르는 순간 손가락들은 그만 거짓말처럼 힘을 잃고 바르르 떨렸다.

"아⋯."

저도 모르게 깊게 들이쉬었던 숨을 내쉬려다 살짝 입술이 벌어져 버렸다. 휘영은 그때를 놓치지 않고 깊게 입맞춤하며 혀를 얽어왔다. 그리고 여태 충분히 소박하지 않았냐는 듯 아찔한 기교로 그녀의 혼을 빼놓았다.

첫 키스도, 첫 섹스도 서로가 처음이었다. 사전지식이라고 해봤자 둘 다 고만고만했던 스무 살의 풋내기들은 오로지 실전을 통해서 지식의 범주를 넓혀갔더랬다. 그리고 그런 일에서조차 개인의 역량에는 차이가 나서, 나희는 아무래도 휘영만큼 능숙하게 키스하는 데에는 미치지 못했다. 그는 오로지 키스만으로도 그녀를 절정으로 치닫게 할 줄 알았다. 그 능력은… 지금도 여전했다.

'아니, 전보다 더 잘하는 것 같아. 말도 안 돼, 나는, 나는 전보다 퇴보했는데 얘는 어쩜 이래?'

얼핏 분하게 여기는 기분이 들었던 것도 머릿속 곳곳에서 작은 불꽃이 터지는 것 같은 황홀경에 맥을 못 추고 사라졌다. 나희는 이미 졌다. 그래도 버티고 있는 최소한의 자존심 한 조각이 그에게 매달려 신음하지 않도록 그녀를 지탱시키고 있었다.

이윽고 휘영이 그녀에게서 고개를 들었을 때, 나희는 여운에 취해 족히 몇 초는 흐른 뒤에야 눈을 떴다. 가까스로 한숨은 삼켰지만 그를 올려다보는 눈가가 발그레하게 물들어 못내 요염했다. 초점을 잃은 듯하면서도 격렬하게 반짝이는 두 눈이 그를 담은 채 불탔다. 그가 가늘어진 눈으로 그녀를 보며 중얼거렸다.

"네가 어떤 눈을 하고 있는 줄 알아?"

왠지 부끄러운 말이 나올 거란 예감에 나희는 고개를 저었다. 알고 싶지 않아. 그리고 뒤늦게나마 눈길을 돌리려는 그녀를 휘영이 턱을 잡아

제계로 되돌렸다. 그대로 붙잡은 채 놀리듯, 야유하듯, 말했다.

"한 사나흘 굶은 개한테 먹음직스러운 살코기가 붙은 뼈다귀를 던져줬을 때 보일 법한 눈이야."

"무슨…."

갑작스런 모욕에 나희는 순간 정수리에 누가 찬물이라도 끼얹은 것처럼 얼얼해졌다. 그 수치스러운 비유는 그녀의 얼굴을 다른 이유로 발갛게 불태웠다. 그런데도 휘영은 달래주긴커녕 비뚜름한 미소와 함께 말했다.

"이제 와서 펄쩍 뛰어봤자 곤란해. 넌 늘 그렇게 노골적인 눈을 하고 있었는걸."

"허튼소리…."

"어릴 적엔 그 의미를 잘 몰랐어. 그냥 날 지나치게 따르는 주인집 아이 정도? 하지만 차차 머리가 여무니까 알고 싶지 않아도 알게 됐지. 너의 추종은 날카로운 엄니를 감추고 있다는 걸. 언제든 물어뜯을 기회를 노리고."

천국 다음엔 지옥인가? 달아올랐던 마음이 급속도로 냉각된 자리엔 수치라는 주홍 글자가 선연히 떠올랐다.

그러나 큰 소리를 내며 부정하는 것은 더욱 수치스럽다. 이렇게까지 속내를 훤히 들키고 있었다는 걸 뒤늦게 안 충격은 나중에 홀로 있을 때 곱씹어도 충분하다. 지금은, 어른의 뻔뻔스러움을 최대한 끌어내 이 자리를 모면하는 게 최선이다.

나희의 굳은 얼굴에 희미한 비소가 떠올랐다.

"그래서 내가 널 물어뜯었니? 뼈까지 발라내어 씹어 먹기라도 했어? 너랑 나는 옛날 일을 기억하는 방식이 다른 모양이네. 난 거의 다 흐릿해져서 일부러 노력하지 않으면 잘 떠오르지도 않는 게 태반인데. 너는 머리가 너무 좋아서 고생하나 보다, 휘영아.”

턱을 잡고 있는 그의 손을 붙잡아 천천히 떼어내며 나희는 절레절레 고개를 저었다.

“그래서 옛날 일은 잘 모르겠고, 지금 내 눈빛이 지나치게 뜨거웠다면 그건 뭐, 인정할게. 방금 키스, 근사했으니까. 애석하게도 지금 내 그이는 키스를 너무 못하지 뭐야.”

짐짓 내쉰 한숨에 이어 그녀는 도발적으로 웃었다.

“하기야 넌 옛날부터 잘했어. 난 키스란 게 다 그런 건 줄 알았는데 애석하게도 아니더라고. 운이 나빴는지 여태 네 솜씨 반도 따라가는 사람이 없다?”

물끄러미 바라보던 휘영이 이윽고 씩 웃으며 말했다.

“키스만?”

듣고자 하는 대답이 너무 뻔한 질문. 나희는 약간의 고까움을 느꼈지만 그가 순순히 그녀의 의도대로 방향을 틀어준 것에 만족하며 원하는 걸 내주었다.

“뭐, 전반적으로 다. 하지만 어쩔 수 없잖아? 뭐든 처음 맛을 들일 때가 가장 재미나고 특별하기 마련이니까. 그 후엔 복습의 연속일 뿐인데 거기서 전에 없는 강렬함을 찾는 건 아무래도 어렵지 않겠어?”

“모르지. 제대로 된 사람을 만났다면 뛰어넘었을지도.”

“너는 그랬나 봐? 좋겠다. 역시 나도 서울을 뜨지 말았어야 하나. 살기가 팍팍하긴 해도 사람 하나는 기차게 많았는데.”

조금은 아쉽다는 듯 눈썹을 치켜세우며 말하는 그녀를 보며 휘영도 동조의 뜻인지 고개를 끄덕였다.

“기껏 올라간 거 고생스럽더라도 몇 년 더 버티면 좋았을 텐데. 연고도 없는 대전에 터를 잡을 바에야."

"그럴 운명이었나 보지."

후훗 웃고 나희는 문득 허둥거리며 손목시계를 들여다보았다. 밥 먹겠다고 나온 지도 어느새 사십 분 가까이 지났다. 이제야말로 휘영을 보낼 명분이 확실했다.

"있지, 아직 못한 말 같은 게 있다면 메시지로 보내지 않을래? 나, 이미 충분히 남자친구에게 미안해 죽겠는데 여기서 더 곤란할 일을 늘리고 싶지 않아. 그건 너도 이해할 거라고 보는데."

"글쎄, 피차에 미혼이잖아? 죄악감 때문에 억지로 누구를 외면해야만 유지되는 관계라면 별로 대단한 사랑도 아닐 테고."

휘영이 너무도 태연한 얼굴로 하는 말에 나희는 그를 빤히 쳐다보다가 부러 또박또박 끊어가며 물었다.

"너는, 죄악감이, 없다는 거야? 결혼까지 생각하는 여자를 두고 나랑 지난밤에 한 일이 아무렇지도 않아?"

"그렇다고 하면?"

기가 차서 나희는 웃음을 터뜨렸다.

"신휘영, 이렇게까지 모럴이 없는 사람이었어?"

"내가 언제는 딱히 도덕군자였나?"

어깨를 으쓱하는 모습에 정말 손톱만큼의 거리낌도 없어 나희는 얼마간 감탄하고 말았다. 뻔뻔함도 이 정도면 존경스럽다. 더불어 그와 결혼할지도 모르는 여자에게 애도를. 아니, 그가 결혼을 고민할 정도면 이미 예사 여자는 아니겠으나.

"졌다 진짜. 두 손 들었어 너한텐. 은근히 제멋대로인 건 알고 있었지만 이젠 진성 에고이스트가 다 됐네. 너랑 결혼할지 모르는 그 여자도 네 이런 면을 알아야 할 텐데."

"걱정할 것 없어. 나보다 더 나에 대해서 잘 알아."

아무렇지도 않게 내보이는 친밀감에 그녀의 가슴에 원치 않는 욱신거림이 찾아왔다. 그것을 떨쳐내듯 손사래를 치며 나희는 쌀쌀맞게 쏘아붙였다.

"아무리 잘 알아도 결혼할 남자가 다른 여자한테 한눈팔길 바라지는 않을걸. 설사 개방혼주의자라고 해도 그래."

"음, 솔직히 말해서…."

휘영이 삐딱하게 고개를 뒤로 젖히며 중얼거렸다.

"우린 지금 냉각기야. 나는 기로에 몰렸어. 이제라도 무릎 꿇고 결혼하자고 청하든가, 아니면 영원히 그녀의 인생에서 꺼지든가. 양자택일을 해야 해."

나희의 눈이 동그래졌다. 결혼이 아니면 영영 이별? 최후통첩이나 다름없다. 하긴, 여자가 아이를 원한다고 했으니 마음이 급할 수는 있다. 그렇다고 해도 저 신휘영을 상대로 그렇게 당차게 말할 수 있는 여자라. 역시 사람은 끼리끼리 만나지 싶어 나희는 피식 웃었다.

"무척 근사한 여자일 것 같네."

순수한 감탄의 의미로 한마디 한 후 그녀는 미간을 찌푸리며 그를 나무랐다.

"그렇다면 더더욱 신중하게 숙고해도 모자란 시기에 엉뚱한 데 한눈파는 게 말이 돼? 너무 바보 같아서 내가 다 화가 나네."

"그럴 것 없어. 그녀도 마찬가지니까."

"뭐가?"

언뜻 이해가 가지 않는 말에 의아해하는 나희를 보며 휘영이 빙긋 웃었다.

"피차간에 합의된 외도란 뜻이야."

"말도 안 돼."

"말이 돼. 듣기론 그녀도 지금 만나는 사람이 있대."

나희는 놀라서 멍하니 입을 벌렸다. 쿨한 것도 정도가 있지, 뭐라고? 여자가 지금 다른 남자를 만난다는데 그걸 어쩜 이렇게 아무렇지도 않게 말해?

"너, 너무 자신만만한 거 아냐? 그러다 그 여자가 그 남자한테 가버리면 어쩌려고 그래?"

"깨끗이 보내주든가 확실히 뺏어오든가 둘 중 하나 아니겠어?"

여전히 남의 일처럼 싱겁게 말하는 휘영을 나희는 반쯤 질린 눈으로 쳐다보았다. 그에게 부족한 건 모럴이 아니라 상식이라고 확신하면서.

이튿날 아침 아홉 시가 좀 넘었을 때 나희의 휴대폰으로 휘영의 메시지가 왔다.

[오전 중으로 한 사람 찾아갈 거야. 하는 거 봐서 마음에 들지 않으면 말해. 교체 가능하니까.]

조금 곤혹스럽게 여기며 이제라도 거절 전화를 할까 말까 망설이고 있는데 메시지를 받고 오 분도 안 되어 병실 문을 두드리는 사람이 있었다. 문을 열자 수더분한 인상의 오십 대 중후반 정도로 보이는 남자가 소개를 받고 왔다며 인사를 한다.

'오전 중은 무슨, 거의 다 온 거 계산하고 메시지 보낸 거네.'

속으로 혀를 차면서도 어쨌든 여기까지 온 사람이니 바로 돌려보내지 못하고 안으로 들였다. 의아해하는 할아버지에겐 여든 살 이상의 고령자에겐 나라에서 무상으로 며칠씩 간병인 지원을 해준다는 식으로 둘러대었다.

"허, 좋은 제도가 있구나. 하기야 독거노인이 많아진 세상이니… 그래도 여든 살 이상이라는 제한은 좀 가혹하구나. 나이보다도 그 사람 상황에 맞춰서 융통성을 보이면 좋으련만."

할아버지는 고맙고도 애석해할 뿐 나희가 둘러댄 핑계라고는 전혀 생각지 못했다. 어쨌든 남자 간병인의 존재는 병실 공기를 확실히 바꿔 놓았다.

남자는 나희에게 할아버지에게 말할 때의 주의사항을 듣고는 금세 느릿느릿, 그러나 또박또박 수다를 늘어놓으며 할아버지의 팔다리를 주물렀다. 어제부터 이따금 돌아눕는 거 말곤 꼬박 누워만 있어서 좀이 쑤셔하던 할아버지는 남자의 손길에 꽤 시원한 얼굴을 했다. 나희도 곧잘 안마를 해드렸는데 아무래도 남자의 손아귀 힘과는 비할 수 없었던 모양.

뿐더러 남자의 입에서 바둑이며 장기 이야기가 나오자 비상히 관심을 보이며 할아버지가 눈을 빛냈다. 단수도 땄다는 이야기에 몇 급이냐고 묻더니 아마 6단 이야기에 몇 번이고 입맛을 다셨다.

"나랑 한 번 붙어볼 만하겠구먼. 소싯적에 기원이고 어디고 좀 다녀봤네만 호적수라 할 만한 사람을 거의 못 봐서 그만 시들해졌어. 내 손녀에게 좀 가르쳐보려고 해도 애가 영 재미를 붙여야 말이지."

"정말 재미가 없는데 어떡해요."

재미도 없고, 뭐가 뭔지도 통 모르겠고. 나희는 어릴 적으로 돌아간 기분으로 볼멘소리를 냈다.

"그러다 이 아이 친구 중에 아주 영민한 애가 있었어. 바둑은 바둑대로, 장기는 장기대로 하나를 가르치면 열을 아는 게 신동이다 싶더구먼.

그런데 애석하게 그놈도 도무지 재미를 안 붙이지 무어야. 잘만 키웠으면 아마가 무어야, 프로 9단도 가능했을 준재였는데."

혀를 끌끌 차며 할아버지가 나희를 돌아보고 너도 휘영이 기억하지 않느냐고 물었다. 나희는 잠자코 웃고는 과일이라도 좀 깎겠다며 자리에서 일어났다.

그리고 냉장고 옆 테이블에 놓아둔 과일바구니를 보며 새삼 쓴웃음을 지었다. 어제저녁에 휘영을 보내고 와보니 간호사실 데스크에 맡겨져 있던 선물용 과일바구니. 보낼 사람이 없는데 하며 들춰본 포장 아래엔 작은 카드가 들어 있었다.

[참외를 가장 좋아하시는 거 아는데, 당장 구하려고 보니 보이질 않아서 대신 멜론이야. 참, 금귤이 보이기에 한 바구니 샀어. 넌 늘 이 볼품없는 과일을 좋아했지.]

최상품으로 보이는 멜론은 할아버지를 위해서. 그런데 금귤은 없었다. 말이나 안 했으면 좋았을 걸, 괜히 들먹여서 나희는 그림의 떡인 양 금귤을 생각하며 입 안에 고인 침을 삼켰다.

오후 회진 때 담당 의사는 할아버지의 기력이 좋으니 봐서 가볍게 병실 안을 거니는 정도는 해도 좋겠다고 말했다. 만으로 하루를 누워 있는데 진력이 난 할아버지가 당장 일어나려 하는 걸 간병인이 어렵잖게 거들어 침대에서 내려서게 했다. 힘에 부쳐 하면서도 이제 좀 살겠다며 벙그레 웃는 모습에 나희도 한시름 덜었다.

세 시경 할아버지가 낮잠을 자는 틈을 타 나희는 병실 밖에서 간병인과 이야기를 했다. 페이며 근무시간에 대해 묻던 그녀가 잠시 후 의아한 얼굴로 되물었다.

"전일 간병이요?"

"네, 일단 사흘은 전일로 돌보고 사흘 후 상황을 봐서 연장을 하든가 여덟 시간씩 돌보는 걸로 알고 있습니다."

"그건 제가 들은 이야기와 다른데…."

난감해하는 나희에게 간병인은 간병인연결센터 담당자와 말해보겠느냐고 물었다. 나희는 우선 담당자 전화번호를 받아두고 잠시 외출할 데가 있다며 남자에게 할아버지를 부탁했다.

그녀는 병원에서 가까운 재래시장에 가서 횟집을 찾아 싱싱한 낙지와 전복을 사서 낙지는 탕탕이로 해달라고 부탁하고 전복은 얇게 회를 떴다. 횟집에서 연결해준 어물전에 들러 따로 전복과 문어도 튼실한 놈으로 한 마리 샀다. 그리고 닭집에서 오골계를 사는 것까지 성공했다.

저녁식사 시간에 아슬아슬하게 맞춰 병원에 돌아간 나희는 할아버지에게 낙지 탕탕이와 전복회를 드시게 했다. 이런 거 안 먹어도 기력은 넘친다고 언짢아한 것과 달리 모처럼의 별미를 맛나게 드시는 할아버지의 모습에 나희는 흐뭇하게 웃었다.

이것은 맛보기일 뿐, 전복과 문어를 넣은 오골계 백숙이 그녀가 노리는 주요리이다. 제대로 요리하려면 시간이 필요하던 차에 간병인의 존재는 큰 도움이 되었다. 나희는 간병인이 식사를 하고 돌아오길 기다렸다가 내일 일찍 오겠다고 하고 병실을 나섰다. 할아버지는 개가 못내 걸리던 차에 잘됐다며 어서 가라고 손짓했다.

양손에 짐을 들고 버스에 탄 나희는 운 좋게 자리에 앉을 수 있었다. 짬이 났으니 받아둔 전화번호로 간병인 건에 대해 연락을 해볼 수도 있었지만 당장 그 사람이 밤에도 있어주는 것에 도움을 받은 판에 어찌 된 일이냐고 따지는 것도 우스꽝스럽게 여겨졌다.

'요금이 얼만지 알아보고 너무 큰 액수면 나도 부담을 해야지.'

휘영에게도 우선은 감사 메시지를 보냈다.

[보내준 간병인, 성실하고 좋은 분으로 보여. 할아버지도 마음에 들어하시고. 고마워.]

얼마 지나지 않아 짧은 답이 왔다.

[도움이 됐다니 다행이야.]

그것으로 휴대폰은 잠잠해졌다. 나희는 왠지 미진한 느낌으로 한참 더 휴대폰을 들여다보다가 이윽고 더 이상의 연락은 없다는 걸 받아들였다.

사람 마음이 참 우습다. 어제저녁만 해도 그렇게 떼어내려고 애를 썼는데 오늘은 답이 너무 짧다고 조금 서운해졌다.

"바보. 우나희, 여전히 답이 없네."

나지막이 중얼거린 입속말. 그리곤 자꾸만 누군가에게 향하는 주의를 되돌리기 위해 휴대폰으로 열심히 백숙 레시피를 검색했다.

집에 다다라 대문 앞에 서자 앙이 요란하게 짖어대며 어서 들어오라고 야단법석이다. 나희가 짐을 내려놓고 열쇠를 찾고 있는 사이 옆집 대문이 열리면서 아주머니가 나와 나희를 보고 알은체했다.

"그래, 할아버지 수술은 잘 되셨구?"

"네, 염려해주신 덕분에요. 아주머니께도 폐를 끼친다고 할아버지께서 여간 미안해하지 않으세요."

"뭐 폐랄 게 있나, 사람이 어려울 땐 다 돕고 사는 거지."

그런 말을 나누는 동안에도 대문 안쪽에선 앙이 동네가 떠나가라 울부짖는 소리를 내었다. 옆집 아주머니가 "아이고, 그놈 참 별나다."라며 눈살을 찌푸리는 모습에 나희는 민망해서 얼른 사과했다.

"저희 개 때문에 많이 시끄러우시죠. 집 안에서 키워 버릇해놔서 많이 울 거예요."

"그러게 말이야. 정작 도둑 들었을 땐 짖지도 않았다며? 그런 멍청한 개는 이참에 팔아버리라고 우리 바깥양반이 그러더만. 암만 개여도 밥값은 해야지 원."

바깥양반을 핑계 댄 아주머니의 속내 아닐까? 속상한 내색은 전혀 못하고 나희는 거푸 죄송하다고 고개를 숙였다. 그리고 집에 들어가 개집 앞으로 가보니 놀다가 그랬는지 물그릇이 엎어져서 마실 물이 하나도 없다. 사료는 얼마나 많이 줬는지 잔뜩 쌓여서 옆으로 흘러넘치고.

"이러면 바퀴벌레 끓는데."

한숨을 내쉬며 사료그릇을 정리하고 물을 떠다 주자 앙은 목말랐는지 한참을 할짝이며 물을 마셨다. 가만히 옆에 앉아 보고 있자니 개의 눈가에 흘러내린 눈물자국도 보였다.

"얘, 너 바보 주제에 외로움까지 타면 어쩌자는 거야."

핀잔을 뭘로 알아들었는지 몰라도 개는 멍 하고 즐거운 듯 짖고 두 발로 서서 깡충깡충 뛰었다. 바보지만 귀여워서 할아버지가 애지중지하는 기분을 알만했다. 어쩌면 자신도 할아버지에겐 별반 다르지 않았을 것 같다는 생각을 하며 조금 멍한 얼굴로 앙의 가슴을 쓸어주었다.

"아직 집 안 정리가 다 안 됐으니까 조금만 기다리고 있어. 얼른 마치고 목욕시켜 줄게. 내일 아침에 일어나서 너 맡길 곳을 알아봐야겠다."

병원에서 집을 매일 왕복할 수 있을지 불투명한 상황에서 더 이상 개를 홀로 두는 건 무리라고 판단했다. 하지만 동물병원에 맡긴다는 것도 좀 걱정스럽다. 워낙에 겁이 많아서 다른 동물이 가까이 올라치면 자기보다 크건 작건 짖기부터 하는 앤데. 잘 지낼 수 있으려나?

어쨌든 일어나서 집으로 들어갔다. 새삼 어수선한 거실에 한숨을 쉬며 부엌으로 가서 사온 음식 재료들을 손질해 냉장실에 넣어두고 집 안 정돈에 들어갔다. 전날에 하다 둔 게 있어서 거실은 얼른 마치고 마지막으로 나희의 방 차례였다.

도둑이 이쪽을 뒤지고 있을 때 나희가 왔던 모양인지 어질러진 정도가 그나마 덜하다. 그래도 일단 책장에 있는 책들은 살뜰히 쏟아주셨으니 그 정리가 만만찮다.

"책에 비상금이라도 넣어뒀을 거라고 생각했나 보지? 유감스럽게도 나는 책하고 별로 안 친하네요."

그러니까 아직 중학교 교과서도 그대로 있지. 졸업한 지가 언젠데 이건 너무 심했나 하며 나희는 슬슬 손때 탄 교과서를 들춰보았다. 이참에 싹 정리를 할까 생각하며 수학 교과서를 넘겨보는데 문득 팔락거리며 종이 한 장이 방바닥에 떨어졌다.

뒤집어보니 그것은 종이가 아니라 사진이다. 그것을 물끄러미 들여다보고 있는데 갑자기 딩동 하고 집 안에 초인종 소리가 울렸다.

"올 사람이 없는데?"

의아한 얼굴로 작은방 문 쪽을 보고 있자니 다시 딩동 하고 초인종 소리가 났다. 앙이 짖는 소리도 들린다. 나희는 갸웃거리면서도 손에 든 걸 내려놓고 일어섰다.

"누구세요?"

현관문을 열고 내다보며 묻는 말에 "나." 하는 대답이 들렸다. 나희는 몰라서라기보다 부디 뭔가 착각이었으면 하는 바람으로 다시 물었다.

"누구?"

"나야, 휘영이."

그녀의 귀는 멀쩡했다. 그리고 신휘영은 되게 할 일이 없는 게 분명했다.

7. 불청객

"뭐 좀 먹자. 배고프다."

현관에 들어서서 신을 벗으면서 휘영은 대뜸 그런 소리를 했다.

"저기요, 나한테 먹을 거 맡겨 놓으셨어요?"

"귀찮으면 주문하고. 기름진 건 별론데 뭐 산뜻하게 먹을 만한 거 없을까?"

나희의 비아냥거림을 가볍게 무시하며 휘영은 소파에 서류가방을 내려놓고 화장실에 들어갔다. 그리고 문을 열어놓은 채 손을 씻으며 물었다.

"쌀국수 같은 거 배달되는 데 없겠지? 아, 허기져서 안 되겠다. 집에 라면 없어?"

그가 여기서 어떻게든 배를 채울 태세임을 깨닫고 나희는 한숨을 쉬었다. 이미 문을 열어준 시점에서 그녀가 졌다. 그리고 라면 한 그릇쯤은 대접해야 할 이유도 있고. 이래서 조건 없이 남이 주는 걸 받으면 안 되는 거다.

"라면은 없고, 쌀국수는 있을 거야. 비빔국수라면 금방 되는데 먹을래?"

"비빔국수 좋지. 나 2인분 예약."

들떠서 대답하는 걸 듣자니 우습기도 하고 얄밉기도 하고. 나희는 고개를 절레절레 저으며 부엌으로 향했다.

싱크대 위 찬장을 열어보니 다행히 딱 세 명 정도 먹을 국수가 남아 있었다. 얼른 국수 끓일 물을 올려놓고 나희는 김치와 애호박나물을 꺼냈다. 김치를 송송 썰고 있는데 휘영이 부엌으로 들어왔다.

"신김치 냄새 죽이네. 먹어봐도 돼?"

어차피 먹을 거면서 별나게 군다고 생각하며 나희가 고개를 끄덕이자 휘영이 대뜸 아, 하고 입을 벌렸다.

"…뭐 하자는 거야?"

나희가 인상을 썼지만 휘영은 "또 손 씻어야 하잖아."하며 어서 달란 듯이 입을 벌렸다. 엉겁결에 그의 입에 김치를 넣어주고 생각해보니 그가 젓가락을 쓰면 되는 일이었다. 하여간에 내 사고는 일차원을 못 벗어난다고 나희는 속으로 이를 갈며 탕탕탕 김치를 썰었다.

"그렇게 힘주면 손목에 무리가 가지 않아?"

"스트레스 푸는 거니까 냅두셔."

"살벌한 해소법이네. 어쨌든, 김치 진짜 맛있다. 그리운 맛이야."

휘영은 입맛을 다시며 더 먹고 싶은 눈치였지만 나희는 일절 모른 체하고 김치만 썰었다. 뭐 도울 거 없느냐 묻는 그에게 일 없다는 듯 손을 저었다. 그만 하면 부엌에서 나갈 법도 한데 휘영은 식탁 의자에 앉아 말을 건넸다.

"우리 엄마 음식 솜씨 기억하지? 진짜 뭘 해도 맛없게 하는 재주 하나는 각별한 거. 결국 참다못한 내가 부엌에 들어가 칼을 잡았잖아."

재주가 없는 거라기보다는 부엌일에 관심이 없었다고 보는 게 더 정확했다. 아니, 휘영의 모친은 부엌일만이 아니라 전반적으로 집안일 자체를 등한시했다. 전업주부가 주부 일에 소홀하니 그 자리를 휘영과 휘영의 부친이 나누어 할 수밖에. 하지만 그 부친도 일을 맡아 지방에 가 있는 일이 많은 목수라서 대부분은 휘영의 몫이 되었다.

"책에서 본 대로 대충은 다 하겠는데 김치 담그는 건 정말 못 하겠더라고. 사먹는 김치는 너무 맛이 없고. 그럴 때 가끔 할아버지가 주시는 김치가 그렇게 반가웠어. 어느 날은 엄마가 무슨 생각에선지 김치찌개를 잔뜩 해놨는데 거기에 하필 할아버지가 주신 김치를 써서 엄청 크게 화를 낸 일도 있어."

처음 듣는 소리에 나희는 다 썬 김치를 대접에 쓸어 넣으며 힐긋 그를 쳐다보았다.

"그래서 아주머니는 가만히 계셨고?"

휘영이 쓴웃음을 지으며 고개를 저었다.

"맞았지 뭐. 근데 맞은 것보다 엄마가 홧김에 싱크대에 김치찌개를 엎어버려서 더 우울했던 기억이 나."

그만 저도 모르게 혀를 찰 뻔한 것을 감추며 나희는 싱크대 쪽으로 돌아섰다. 양념장 만들 준비를 하면서 자연스레 휘영의 모친을 떠올렸다.

그녀는 결코 좋은 엄마가 아니었다. 적어도 휘영에겐.

그런 단서를 다는 이유는 그녀가 자녀들을 노골적으로 차별한 까닭이다. 큰아들과 작은아들, 막내딸 이렇게 셋인 아이들 중에서 그녀는 유난히 작은아들을 편애했다. 둘째 국영이 초등학교 야구부에 들어간 후부턴 그 뒷바라지를 하느라 다른 애들은 거의 손을 놓다시피 했다. 그래도 막내는 딸이라고 예뻐하기도 했으나 휘영은 걸핏하면 짜증받이가 되었다.

그녀가 휘영에게 내지르는 고성이 아래층까지 들리곤 했는데 그걸 가만히 듣고 있자면 아무래도 그녀는 아들의 나이를 착각하는 게 아닌가 싶을 정도였다. 똑같이 엄마 손이 필요한 아이를 이미 다 큰 성인이라도 되는 양 부려먹으면서, 그것도 모자라 손찌검까지 했다.

저 아줌마는 왜 저렇게 휘영일 싫어할까? 어릴 때 나희는 그게 그렇게 이상했다.

"요즘은⋯."

"응?"

"아냐, 아무것도. 물 넘치겠다. 불 좀 줄여줄래?"

너희 엄마, 요즘은 너한테 잘해 주시느냐고 물으려다가 괜한 짓이지 싶어 말을 돌렸다. 휘영은 가스레인지 불을 줄이곤 옆에 서서 그녀가 양념장 만드는 걸 구경했다. 넓지도 않은 부엌에서 그가 바짝 붙어 있으니 나희는 신경이 쓰여 견딜 수가 없다. 고추장도 두 숟가락 넣을 걸 세 숟가락 넣고.

"저리 좀 가지? 뭐 대단한 거 만든다고 구경이야?"

"궁금하잖아. 내 입에 들어갈 건데."

"그래서 식당 가면 일일이 부엌에 들어가 보니?"

"밖에서 파는 음식하곤 다르지. 이건 집밥이잖아."

그게 뭐? 나희는 그가 말하고자 하는 바가 이해가 되지 않아 눈을 굴렸다.

"언제부터 그렇게 집밥에 관심이 많아지셨어? 슬슬 건강 생각할 나이라 이거야?"

"앞으로 관심 좀 가져보려고. 그리고 건강은 걱정 마. 이십 대 초반 시절하고 비교해도 지금의 내가 더 나아."

"딱히 걱정 같은 거 안 했는데?"

여전히 말하는 포인트를 잘 모르겠다. 하지만 휘영이 별안간 그녀의 위팔에 손을 대는 것에는 흠칫 놀랐다. 집을 치우기 전에 민소매 티셔츠로 갈아입은 터라 살결이 그대로 드러난 맨살을 그는 지그시 움켜잡으며 중얼거렸다.

"역시 몸이 꽤 탄탄해졌어. 전에는 보들보들하고 말랑거리는 게 어딘가 좀 미덥지가 않았는데. 수영을 해서 제법 근육이 생긴 모양이야."

마치 그 근육의 형태를 확인하겠다는 듯 그의 손은 한자리에 머물지 않고 어깨까지 스윽 올라왔다. 싸늘히 식어 있던 살갗에 그의 손바닥에서 전해지는 열기가 지나치게 자극적이었다. 오로지 그런 이유로 나희는 목을 움츠리며 쌀쌀맞게 떨쳐내는 몸짓을 했다.

"그런 걸 꼭 만져봐야 알아? 성가시니까 그만 얼쩡대고 좀 나가 있어."

"어차피 여기서 먹을 거잖아. 기다릴게."

휘영은 무슨 일이 있었냐는 듯 태연히 식탁으로 돌아가 의자를 그녀 쪽으로 돌려놓고 앉았다. 그대로 물끄러미 그녀가 하는 양을 쳐다보는 모습에 나희는 속으로 긴 신음을 삼켰다. 차라리 옆에 붙어 있을 때가 더 낫다는 생각을 하게 만들다니….

그렇게 정신력의 반은 끊임없이 뒤쪽으로 소모하면서 나희는 허겁지겁 비빔국수를 만들었다. 할아버지랑 자주 해먹어 버릇해서 몸에 배었기 망정이지 하마터면 실수를 연발할 뻔했다. 전에는 그녀가 식사 준비를 하던 뭘 하든 관심도 없었던 주제에 이제 와 새삼 뭐 하자는 건지 원.

"음, 뭔가 빠진 것 같은데, 뭔가… 맞다, 김!"

마지막으로 김을 잘게 부숴 넣고 고루 비빈 국수를 큰 볼에 담은 채로 식탁에 가져다 놓고 앞접시를 준비해 내었다. 거기에 양파와 감자만 썰어 넣고 싱겁게 끓인 된장국을 곁들여 내는 것으로 식사가 차려졌다.

"먹어봐. 조금 매울지도 몰라."

"잘 먹겠습니다."

그녀에게 눈으로 인사를 건네고 휘영은 국수에 젓가락을 가져갔다. 그리곤 맛보기보다는 꽤 많은 양을 한 번에 입에 넣었다. 볼이 불룩해져선 국수를 우물거리다 꿀꺽 삼키더니 그가 심각한 표정으로 국수가 담긴 볼을 보았다.

"왜? 맛이 이상해?"

미처 간을 보지 않았기 때문에 나희는 긴장한 얼굴로 얼른 국수를 맛보았다. …조금 맵긴 해도 맛은 평소 먹던 것과 비슷한데? 갸웃하며 휘영을 쳐다보니 그가 빙그레 웃었다.

"너무 맛있어서 2인분으론 부족할 것 같거든. 한 4인분쯤 해달라고 할 걸 하고 후회했어."

"별소릴 다…."

진심인지 뭔지는 몰라도 넉살 부리는 모습이 밉지는 않아 나희는 픽 웃었다.

"나도 먹으려고 넉넉하게 준비했으니까 먹기나 해. 진짜 부족하다 싶으면 더 해줄게."

"약속한 거다?"

다짐을 받고 휘영은 맛있게 한 입 먹었다. 한 열 번쯤 씹다가 꿀꺽 삼키고 다시 한 입, 한 입 먹는 게 쉬는 틈이 없다. 몇 입 만에 1인분은 거뜬히 해치운 것 같다. 그리고 또 부지런히 볼의 국수를 덜어내는 걸 보며 그녀가 한마디 던졌다.

"천천히 먹어. 국도 먹어가면서. 먹다 체하겠다."

"안 체할 거야."

휘영은 그렇게 말하곤 나희의 충고대로 된장국을 몇 술 떴다. 감자가 맛있는지 금세 국 안의 감자를 다 건져 먹는 걸 보고 나희는 눈을 깜박거렸다.

"배가 되게 많이 고팠나 봐. 점심 굶었어?"

"어제 너랑 밥 먹은 후에, 이게 첫 끼야."

"뭐? 어쩌다가?"

"아침은 생각이 없었고, 점심은 시간이 없었고."

"밥을 무슨 생각으로 먹니. 그러다 속 버려."

"안 그래도 한 번 탈난 거 질질 끌고 오다가 입원 중에 고쳤어."

나희는 눈살을 찌푸리며 "전화위복이 따로 없네."하고 투덜거렸다. 정말 그렇다고 맞장구치곤 휘영이 물었다.

"그나저나 너도 저녁이 꽤 늦은 거 아냐?"

"나는 병원에서 할아버지 앞으로 나온 밥 좀 먹었어."

"환자 식사를 먹었다고? 그럼 할아버지는 뭘 드시고?"

"오후에 나가서 낙지랑 이것저것 사와서 드렸어. 그거 드시느라 밥은 몇 술 뜨다 마셨지만 허기지진 않으실 거야. 내일은 백숙해 가려고. 얼른 기운 차리셔야지."

"과연. 우나희, 여전히 효손이구나."

"효손은 무슨, 다들 하는 걸 가지고."

나희가 시큰둥하게 대답하자 휘영이 얼핏 쓴웃음을 지었다.

"그러지 못하는 사람이 훨씬 많을걸."

"물론 바빠서 못하는 경우도 있겠지. 하지만 돈도 있고, 시간도 있다는 가정 하에 그 정도로 마음 쓰는 건 어렵지 않잖아."

"시간과 돈 말고 너희처럼 화목한 가족이라는 단서도 붙어야 하지 않을까?"

그의 말투에 배인 씁쓸함을 뒤늦게 알아챈 나희가 그건 그렇다며 고개를 끄덕였다.

"너무 당연해서 굳이 말하지 않았어. 화목까지 갈 것도 없이 최소한 가족이라고 여길 만한 정은 있어야겠지. 그나마도 없으면서 어려울 때만 가족 운운하는 건 말이 안 되고."

나희는 한 호흡 잠시 멈추었다가 중얼거렸다.

"그런 의미에서 우리 할아버지는 참 대단한 분이야."

휘영은 그런 그녀를 물끄러미 쳐다보다가 젓가락질을 하며 보기 드물게 너그러운 분이라고 한마디 보탰다.

"너그럽다. 그러네. 그 말이 딱이야."

몇 번이고 고개를 주억거리며 나희는 엷게 웃었다. 머리 좋은 애는 뭐가 달라도 달라서 표현도 적확하다.

할아버지의 넓은 마음씨는 단적으로 그 며느리의 일, 그러니까 나희 엄마에 대한 처신을 보면 분명히 알 수 있다. 그리고 며느리에 관한 이야기를 하자면 그 아들의 일부터 말해야 한다.

후천적으로 귀머거리가 된 바람에 할아버지는 자신과 마찬가지로 장애가 있는 절름발이인 여자와 결혼했다. 말수가 적고 단정한 분이었다고 하는데 아이를 낳을 때 뭐가 잘못되었던지 애가 태어나고 이틀 만에 허무하게 놓쳤다고 한다. 집에서 애를 낳다 그리되었다는데 그 시절이면 병원에서 애를 낳는 게 더 드물었음에도 불구하고 할아버지는 그것을 자책하시며 그 후 평생 홀로 사셨다.

대신 할머니가 남겨준 아들 하나를 애지중지 키우셨으나 아이는 일찍부터 몸이 허약해 할아버지가 좋다는 것을 다 얻어다 먹여도 건강과는 인연이 멀었다. 그래도 책을 좋아하고 공부머리가 있어 학업에 욕심을 냈기에 할아버지는 열심히 뒷바라지해 서울로 대학까지 보냈다.

그러나 지나친 욕심이었던 걸까, 도리어 서울에서 건강을 크게 해치고 다시 신주로 돌아온 아들에게 군대 입영 영장까지 나왔다. 할아버지가 백방으로 뛴 결과 겨우 일 년여를 유예시켰지만 일 년 후에는 꼼짝없이 군대에 가야 했다.

그리고 반년 조금 지나, 아들은 의병 전역을 했다. 결핵이 발병한 것이다. 부랴부랴 요양소에 들여보낸 보람도 없이 아들은 이 개월 후 겨울에 그만 명을 달리했다.

나희가 태어난 것은 그로부터 삼 개월 후. 아들이 그 존재조차 몰랐던 유복자였다.

…라고, 나희를 낳은 여자는 주장했다.

그녀는 아들이 간 군대에서 외출 나갈 수 있는 거리인 면 소재지에 위치한 다방에서 일하던 아가씨였다. 외출 나왔다가 그녀를 보고 한눈에 반해서 번번이 다방을 찾아오는 순진하고 병약한 군인이 딱해서 한 번 데이트를 해준다는 게 아이가 생기기에 이르렀다고 하는데 그 말을 증명해줄 만한 사람이 딱히 없다는 문제가 있었다. 할아버지는 아들의 생전에 여자의 이름을 들은 적도 없고, 여자에게도 하다못해 아들과 찍은 사진 한 장이 없었다. 팔십 년대의 일이니 유전자검사 같은 건 상상도 못할 때다.

'틀림없는 건희 씨 딸이에요.'

믿어야 할 건 여자의 말뿐.

그리고 할아버지는 그 말을 믿었다.

나희를 죽은 아들의 유복자로 호적에 들였고 아들에게 그랬듯이 소중히 길렀다. 여자는 한동안 며느리 노릇을 하는가 했지만 얼마 안 가 신주 생활에 싫증을 내며 다른 곳으로 떠날 뜻을 보였다. 할아버지는 여자에게 당시 돈으로 작은 집 한 채를 살 수 있는 돈을 주어 보냈다.

조손 둘만의 생활이 나희가 아홉 살이 될 때까지 이어졌다. 나희의 아홉 살 생일 며칠 전에 여자가 다시 그들 앞에 나타났다. 품에 또 다른 아이를 안고서. 말도 못하게 남루한 행색도 행색이거니와 두 살 정도로 보이는 사내아이는 아직도 고무젖꼭지를 물고 있었다.

고약한 남자를 만나서 온갖 고생을 다 하다가 이러다 정말 죽겠구나 싶어 도망쳤다는 여자를 할아버지는 이렇다 할 말없이 거두어 주었다. 멋모르는 나희는 그저 엄마가 생긴 게 기쁠 따름이었다.

다행히 여자의 이번 체류는 전보다 길어졌다. 그러나 여자는 암만해도 집에서 아이들만 돌보는 것에는 답답해했다. 자신도 돈을 벌겠다면서 나희는 물론 다운증후군을 겪는 작은 아이까지 할아버지에게 맡기고 밖으로 나다니기 시작했다.

실제로 식당일 등을 하며 돈을 벌기도 했지만 꾸준히 하는 일은 거의 없었고 그렇게 벌어들인 돈도 자신을 가꾸는 데에 썼다. 그리하여 잃어버린 젊음을 다소 회복한 여자의 주변엔 남자들이 오락가락했다. 동네의 남자들, 특히 유부남들도 개중에 있었다는 것이 문제라면 문제.

하물며 입도 가벼워서 젊을 적에 다방 일을 한 것부터 시작해서 어제는 누구랑 차를 마셨다는 것까지 무엇 하나 가슴에 담아둘 줄 모르고 떠들어 댔다. 그 때문에 봉변을 당해도 그때뿐, 다음 날이 되면 언제 그랬냐는 듯이 동네를 활개 치며 다녔다. 여자 주변엔 싸움도 들끓었고 여자를 많이 닮은 나희를 보는 시선들도 곱지 않았다.

'난 부끄러운 짓은 안 했어.'

여자는 죽기 직전까지도 그렇게 당당했다. 그러나 죽을 때마저도 남자와 함께였다.

굳이 변명을 붙이자면 작은아들도 함께 있었다는 말을 보탤 수 있다. 그날따라 엄마다운 일을 할 마음이 들었던지 작은 아이까지 데리고 옆 도시에 드라이브 갔다가 돌발적인 국지성 폭우로 불어난 물에 휩쓸려 세 사람 다 차 안에서 익사한 것이다. 남자는 유부남이었다.

죽은 뒤조차 할아버지가 고개 숙여 사과하게 만들었다. 돌이켜보면 무엇 하나 골칫거리가 아닌 게 없었던 여자건만, 할아버지는 그녀와 작은 아이의 제사를 아직도 꼬박꼬박 지내준다.

멋모르던 어린 시절이라면 몰라도 이제 나희는 그것이 얼마나 염치없는 일인지 너무도 잘 알고 있다. 애초에 나희의 존재부터가, 고약한 농담에 가깝다.

그런 마당에 나희가 할아버지를 소홀히 하는 일 같은 건 있을 수 없다. 도의적인 의미로도, 인정으로도. 할아버지는 나희의 세계에서 무조건적인 일 순위인 것이다.

"누가 들으면 웃을지 몰라도, 내 나름대론 별의별 사람을 다 만나본 것 같은데 너희 할아버지 같은 분은 없더라. 지금도 여전하시지?"

휘영의 물음에 나희는 상념에서 빠져나오며 어깨를 으쓱했다.

"여전하시긴. 지금은 전보다 더해. 지금은 농사까지 지으셔서 자연인 풍모까지 갖추신 게 얼핏 보면 도인이야, 도인. MSG 약간 쳐서 우리 할아버지 어느 날 날개 돋쳐서 등선하시는 거 아닌가 고민이라니까?"

"디스크 때문에 고생하시는 도인이라. 현대적이군."

"푸훗. 도인도 직업병은 못 피해가는 거지 뭐."

가볍게 웃고 나희는 불기 전에 어서 먹으라고 손짓했다. 그리고 자신도 뜸했던 젓가락질에 속도를 더했다. 다시 선보인 휘영의 왕성한 식욕에 자극을 받아 나희도 생각보다 많이 먹었다.

설거지를 하고 거실에 나오니 휘영이 마당에서 통화 중인지 누구랑 이야기하는 목소리가 열린 창 사이로 드문드문 들려왔다. 소파에 앉아 배를 문지르던 나희에게 슬그머니 졸음이 찾아왔다.

"아, 과식했다."

할 일이 산적한데 꼼짝도 하기 싫은 기분. 이러면 안 되지 싶어 욕실에 가서 양치질을 하면서도 꾸벅꾸벅 졸았다. 그러다 덜컥 욕실 문이 열리는 소리에 놀라서 돌아보자 휘영이 고개를 갸웃하더니 문설주에 기대어 섰다. 나희는 눈을 깜박거리다가 급히 양칫물을 내뱉고 물었다.

"하고 나갈 테니까 문 닫아. 뭘 보고 서 있어?"

"봐선 안 될 것도 없잖아. 볼 일을 보는 것도 아니고."

"그럴 수도 있지. 그보다 정말 그러고 있으면 어쩌려고 문을 벌컥벌컥 열어?"

휘영의 입가에 엷게 미소가 떠올랐다.

"어디서 많이 들어본 소린데. 아, 그러고 보니 예전에 내가 했던 말인가?"

의미심장한 언사에 나희는 살짝 볼을 붉혔다. 그것은 둘이 반은 동거하다시피 붙어 지내던 시절의 이야기. 휘영이 욕실에 들어가 있을 때 나희가 곧잘 아무 생각 없이 문을 열곤 해서 조심성이 없다며 구박깨나 받았다.

"무슨 고릿적 이야기를 들고 나오는 거야. 이제 그럴 일 없으니까 문이나 닫아."

"그래? 이젠 안 그런다고?"

"그렇다니까."

"지금 애인한테도?"

"참 별 걸 다 궁금해 한다. 안 그래, 누구 덕분에 그래선 절대 안 되는구나 하고 인이 박혔어. 됐니?"

"안 됐네, 그 녀석. 우나희 기준으론 화장실 정도는 개방하고 살아야 가족인데. 나 때문에 처음부터 좁힐 수 없는 거리를 갖고 말았네?"

별 시시껄렁한 소릴 다 한다고 나희는 눈알을 굴리며 생각난 김에 그가 쓸 칫솔이 있나 수납장을 열어보았다.

"칫솔 여유분이 있긴 한데 지금 갈 거면 가서 양치질하고. 어쩔 거야?"

"가라고? 후식으로 차 한 잔도 없이?"

여기가 무슨 식당이니, 라는 말이 목구멍까지 차오른 걸 눌러 삼키고 나희가 말했다.

"미안한데 내가 좀 바빠. 아직 방 정리도 다 안 됐고, 개 목욕도 시켜야 하고 할 거 많거든? 신세진 건 다른 날에 갚으면 안 될까?"

"아, 내 말에 부담 느낄 거 없어. 차야 내가 준비해도 되는 거고. 그런데 방 정리라니? 들어오면서 보니까 거의 멀쩡하던데?"

"다른 덴 다 했어. 내 방이 마지막이야."

그렇군, 하며 그가 나희의 방 쪽을 보았다. 그리곤 그녀에게 하던 거 마저 하라며 문을 닫았다.

나희는 떨떠름한 눈으로 닫힌 문을 쳐다보았다. 어쩐지 쉽게 돌아갈 낌새가 아닌 것 같은데.

"무슨 생각인지 원."

입술을 비쭉거리며 고개를 돌려 칫솔을 물었다. 그러나 양치질하는 손 길이 영 건성이다.

이윽고 양치질을 끝내고 약간 헝클어진 머리를 다시 빗어 묶어 올리던 중에 문득 어떤 생각이 뇌리를 두드렸다. 설마 싶었지만 서둘러 나가보니 정말 거실에 휘영이 없었다. 현관에 구두는 틀림없이 있고. 당장 나희는 작은방으로 향했다.

"신휘영, 뭐 하는 거야!"

정말 그가 거기에 있었다. 정리하다 만 책장 앞에 앉아 있는 그의 손에 아까 찾아낸 사진이 들려 있는 걸 보고 나희는 얼른 손을 뻗어 사진을 빼 앗았다.

"허락도 없이 남의 방에 들어오고. 몰상식해졌구나, 너."

"졸업식 때지 그거?"

그녀의 면박엔 눈 하나 깜빡 안 하고 휘영이 물었다. 나희는 살짝 볼을 붉히며 사진을 등 뒤로 감추었다.

"나 주지 않을래? 그 무렵 사진이 한 장도 없거든."

"내 사진이야. 너 찍은 게 아니라."

나희의 항변에 휘영이 피식 웃었다.

"그래? 난 또 내 지분이 육십 프로는 되는 것 같아서 내 사진인 줄만 알 았네."

그만 또 나희의 얼굴에 홍조가 퍼지는 것을 모른 체하며 휘영이 손을 내밀었다.

"네 사진이어도 상관없어. 나 줘. 잘 간직할 테니까."

어조는 부드러운데 다분히 고압적인 부탁. 이러니 오히려 딱 잘라 거 절하기가 어렵다. 나희는 머뭇거리며 주지 않을 핑계를 궁리했지만 좀처 럼 그럴 듯한 답이 떠오르지 않았다. 그러는 사이 휘영이 다시 물었다.

"곤란해?"

"곤란할 것까지야. 나도 아까 책 정리하다 발견한 거야."

그러니까 뭐 딱히 소중하게 여긴 사진도 아니었음을 어필하면서 나희는 슬쩍 사진을 들여다보았다.

굳이 따져보자면 전경과 후경으로 이루어진 사진이다. 그 전경이랄 수 있는 사진 왼쪽 귀퉁이엔 프리지아 꽃다발로 얼굴 아래쪽을 가린 나희가 빠끔히 얼굴을 내밀고 있다. 그리고 뭔가 소개라도 하듯 내뻗은 왼손 너머로 멀찍이 서 있는 사람들이 보인다.

사진의 초점은 고만고만한 키의 여자애들에게 둘러싸인 장신의 남자. 고등학교 교복을 입고 있는 휘영이다. 그가 말한 대로 휘영의 고등학교 졸업식날 찾아갔다가 몰래 남긴 한 컷이었다.

으음… 새삼 좀 부끄러웠다. 그땐 틀림없이 좋은 생각이라고 찍은 사진이겠지.

"자."

차라리 이 수치의 증거를 얼른 눈앞에서 없애버릴 셈으로 휘영에게 사진을 내밀었다. 그 귀퉁이를 잡아 받아든 사진을 물끄러미 들여다보며 그가 살짝 웃었다.

"오지 말랬는데 기어코 왔었구나. 근데 왜 그냥 갔어?"

"다가갈 틈이 있어야 말이지. 아주 학교 여학생들 아이돌이던데 뭘."

"태반은 말 한 번 안 해본 애들이었어. 학생회 애들이랑 사진 찍어줬더니 너도 나도 슬금슬금 몰려드는 서슬에 난감했던 기억이 나. 온 줄 알았으면 네 핑계로 빠져나왔을 텐데."

"왠지 그럴 것 같아서 알은체 안 했을 거야, 아마. 난 또 쓸쓸할까 봐 찾아가준 건데 예상과 전혀 다르잖아. 정말이지 내 걱정 같은 건 하등 필요 없었는데 그 무렵 난 무슨 생각으로 살았는지 알다가도 모르겠다니까."

한심하다는 듯 고개를 내젓는 나희를 보며 사진은 누가 찍어준 거냐고 휘영이 물었다. 나희는 잠시 그 사람 이름을 떠올리는데 애를 먹었다.

"모영이… 아니 아니 모아."

"모란이 말해? 아이돌 사진 모으는 게 취미라던."

"맞아, 모란이! 꽃 이름이었지 걔가."

"그래도 단짝 아니었어, 한때? 어떻게 이름도 기억을 못 해."

그러게 말이다. 그래도 고등학교 3년 중 2년을 어울려 다닌 친구였는데 이제는 이름조차 가물거리는 것에 나희는 머쓱한 얼굴을 했다.

"사는 게 바쁘다 보면 그럴 수도 있는 거지. 그리고 너랑 내 기억력이 같아?"

"그 정도면 기억력이 문제가 아닌 것 같은데. 과거를 거의 지우고 사는 거 아냐?"

휘영의 핀잔에 나희는 쓴웃음을 지으며 뭐 그런가보지 하고 수긍했다. 그리고 그와 이런 이야길 나눈다는 자체가 부쩍 염증이 나, 방 치우는데 방해되니까 그만 나가 있으라고 손짓했다. 순순히 일어나면서 그가 물었다.

"알았어. 뭐 따뜻한 것 좀 마셔야겠는데 너는?"

"나는 됐어. 아, 티백 종류는 싱크대 위 수납장 보면 있고 냉장고엔 생강차랑 대추차 있어. 알아서 마셔."

"멋지네."

멋질 것도 많구나 하고 나희가 속으로 투덜거리는 건 알 길 없이 휘영이 방을 나가고 그녀는 잠자코 책장 정리를 하다가 무심코 한숨을 내쉬었다. 그 무렵 사진이 없는 건 그녀도 마찬가진데.

그 무렵은 물론 그 이후로도 함께 찍은 사진이 전혀 없다. 지금처럼 스마트폰이 보급된 시절이 아니어서 제대로 된 사진을 남기려면 일련의 준비가 필요했다. 그때 갖고 있던 폴더폰으로 휘영을 몇 번 몰래 찍기도 했지만 그마저 폴더폰을 잃어버리면서 사라졌다.

그래서 더 쉬웠는지 모르겠다. 서울을 떠나고 휘영을 잊는 일련의 일들이. 휘영은 기억력의 문제가 아니라고 했지만 나희는 그 차이를 별로 모르겠다.

머리가 나쁘니까 뭐든 빨리 잊는다. 손으로 만지고 눈으로 확인할 수 있는 실체가 없는 것이라면 망각은 더욱 쉽다. 덮어두고 다시 돌아보지 않으면 어느새 흐릿해져 지워지니까. 그렇게 많은 것을 지웠다. 과거를, 그를.

'별로 어렵지 않았어. 그러니까 이번에도 쉽겠지. 응. 난 딱히 사랑 같은 걸 한 것도 아니니까.'

나희는 빙그레 웃고 의식적으로 더 빠르게 움직이며 방을 정돈했다. 상대적으로 도둑이 덜 어지르고 간 방이라 삼십 분쯤 지나자 더는 치울 것도 없어졌다. 이제 남은 건 앙 목욕이 전부인가 생각하니 살짝 난감하다. 바쁘다고 엄살을 떨어놨는데 또 무슨 꼬투리를 잡히려나?

하지만 거실에 나간 나희는 괜한 걱정을 했음을 깨달았다. 소파의 휘영은 앉은 채로 잠이 들어 그의 손에서 아슬아슬하게 떨어지기 직전인 태블릿을 나희가 얼른 한쪽으로 치워놓았다.

"난감하네."

이건 또 이것대로. 나희는 팔짱을 끼고 잠시 입술을 잘근거렸지만 결국 별수 없이 잠든 그를 내버려두었다. 그리고 개 목욕을 시키기 위해 보일러를 켜러 들어갔다가 담요를 챙겨 나와 덮어주었다.

"이러다 아주 푹 자는 건 아니겠지?"

에이 설마 하며 외면하고 그녀는 서둘러 마당으로 나가 목욕시키기 전에 앙의 털을 빗겨주었다. 다행히 물을 좋아하는 개라서 큰 소란 없이 목욕을 마치고 큰방에 데려가 정성스레 털을 말렸다. 녀석의 잠자리이기도 한 할아버지의 침대를 되찾은 기쁨에 고무되어 개가 자꾸 놀아달라고 보채는 것을 나희는 잘 시간이라고 다독이며 옆에서 재운다는 게 그녀도 깜빡 잠들고 말았다.

"헛. 한 시 오십 분? 설마 아직…."

눈을 떠보니 어느새 그 시각. 소파에서 자고 있던 휘영을 떠올리고 급하게 거실로 나간 나희는 정말 여태 거기 있는 그를 보고 나직이 탄식했다.

"미쳤다, 둘 다. 얘, 휘영아. 휘영아? 여기서 자면 어떡해."

어깨를 흔들어 깨우는 손에 휘영이 으음? 하며 실눈을 떴다. 그리곤 찌푸린 눈으로 그를 보고 있는 나희를 향해 "이제 다 치웠어?"하고 물었다.

"치우긴 진작 치웠지. 지금 몇 신지 알기나 해?"

"몇 신데? 어… 벌써 두 시?"

기지개를 켜며 소파 맞은편 벽에 걸린 시계를 본 휘영의 눈이 크게 뜨였다.

"너무 졸려서 잠깐 눈을 감고 있어야겠다고 생각한 건 기억나는데…나 그대로 자버렸나?"

"그걸 나한테 물으시면 어쩝니까."

"깨우지 그랬어."

"아, 그럴걸. 내가 왜 그 생각을 못했지?"

한바탕 빈정거린데 이어 나희가 한숨을 쉬며 실은 그녀도 잠깐 잠들어버렸다고 실토했다.

"개를 재운다는 게 그만 내가 잤어. 바보가 따로 없다."

"그만큼 피곤했나 보지. 그나저나 어떡한다…. 지금 돌아가자면 택시를 불러야 하나?"

불러야지, 라는 말이 혀끝에서 맴도는 것을 나희가 순간 주저하자니 휘영이 그녀를 보며 대뜸 말했다.

"기왕 이렇게 된 거 잠자리까지 빌리면 안 될까? 난 이 소파에서 자도 상관없는데."

기왕 운운하는 그가 어쩐지 뻔뻔스러워서 나희는 미간을 찌푸렸다. 하지만 먼저 그녀가 받은 게 있는 마당에 너는 안 돼, 라고 선을 긋는 것도 그렇다.

"역시 곤란한가? 내키지 않으면 않는다고 말해도 돼."

"응, 내키지 않아."

나희는 솔직히 인정했다. 그런 후에 머리를 쓸어 넘기며 한숨을 쉬었다.

"그렇지만 이 새벽에 사람 내쫓는 것도 내키지 않긴 매한가지야. 다행인지 뭔지 빈 침대가 둘이니까 하나 빌려줄게."

"좋아. 어느 쪽?"

휘영의 시선이 큰방과 작은방을 오갔다. 나희도 물론 큰방을 빌려주고 싶었지만 문제는 개였다. 그녀가 나오는지도 모르고 할아버지 침대에서 쿨쿨 자고 있는 앙. 개를 데리고 나오기도 그렇고 그렇다고 휘영에게 개랑 한 침대에서 자라는 것도 그렇고.

"혹시 너 개랑…."

"응?"

"아냐, 아무것도. 난 큰방에서 잘 테니까 넌 작은방 써."

휘영은 그래도 되겠냐는 듯이 고개를 갸웃했다. 나희가 잠자코 있자

그는 그럼 그렇게 하자고 말하며 소파에서 일어났다.

"샤워를 하면 잠이 달아날 것 같으니까 세수만 하고 자야겠다. 아, 발도 씻을게."

걱정 말라는 듯 웃으며 휘영이 욕실로 향했다. 그가 들어간 뒤 닫힌 문을 바라보며 나희는 머리를 내저었다. 꿈이었으면 좋겠지만 꿈이 아니겠지 아마. 그렇다면 이제라도 진짜 꿈을 꿀 셈으로 나희는 방으로 들어갔다.

그리고 정말 꿈을 꿨다.

그런 사진을 본 탓인가, 나희는 빨간 더플코트를 입고 추위에 곱은 손을 입김으로 녹이며 누군가를 기다리고 있었다. 눈에 익은 주변은 휘영의 집으로 가는 골목의 어귀가 분명하다. 그 무렵 휘영이네는 나희네 집에서 네 정거장쯤 떨어진 곳으로 이사를 가서 살고 있었다.

"안 오네. 졸업식이니까 뒤풀이 같은 거라도 하고 오려나?"

명색이 졸업이고 하니 오면 같이 짜장면이라도 먹으러 가자고 하려고 했는데. 시각도 거의 두 시가 다 되어 가능성이 점점 낮아지고 있다.

점심도 점심이거니와 꽃다발도 괜히 산 것 같다. 아까 그의 학교에 갔을 때 그의 손에 들려 있던 여러 꽃다발을 떠올리며 나희는 상대적으로 초라한 프리지아 꽃다발을 내려다보았다.

"이게 만오천 원이나 하는데. 그건 대체 얼마씩들 준 거람. 돈도 많다, 참."

다들 졸업식 특수를 노린 바가지에 넘어간 거라고 투덜거렸지만 그녀도 돈만 충분했다면 훨씬 큰 꽃다발을 마련했을 테니까 볼품없는 질투일 뿐이다.

'난 대체 무슨 생각으로 거길 갔던 거지. 진짜 그럴 거라고 상상도 못했나?'

남녀공학인 학교에서 학생부회장까지 한 휘영이다. 그가 나서는 성격이 아닌 것과 별개로 그의 출중한 능력 때문에 자연스레 사람들 앞에 나설 일이 생긴다는 걸 나희는 익히 잘 알고 있었다. 게다가 그는 **빼어난 자질**을 뒷받침해주는 반듯한 외모까지 갖추고 있다. 친구라고 집에 데려오는 경우는 전혀 없었지만, 추종자를 거느렸을 거라는 건 충분히 짐작했어야 하는데.

비록 가족은 누구 하나 와주지 않는 졸업식일지라도 그래서 쓸쓸할 거란 상상은 너무 나갔던 게 분명하다. 나희는 솔직히 좀 쓸쓸했었다. 할아버지밖에 와줄 이 없었던 졸업식이. 그러나 그녀가 그렇다고 휘영도 그럴 거라고 미루어 짐작한 건 이제 보니 좀 우스꽝스럽다.

그는 그녀와 달랐다. 항상, 그녀보다 훨씬 우월한 존재였다. 그럼에도 불구하고 나희는 그녀의 기준에서 생각하곤 행동에 옮긴 뒤에야 아차 하며 후회하곤 했다.

이번 일도 꼼짝없이 그런 범주에 들어가게 되는 건가 싶어 우울한 얼굴로 꽃다발을 바라보았다. 이제라도 돌아가는 게 좋을까 하고 고민하며 꽃다발에 코를 묻었다. 바람이 매서워서 그런가 다정한 향기라고 생각했던 꽃 냄새도 이날따라 어쩐지 싸늘하게 느껴졌다.

"좋아, 돌아가자. 두 시 정각 되는 거 보고."

그렇게 반은 운명에 결정을 맡기고 나희는 좀 더 기다렸다. 그리고 시간이 흘러서 두 시. 스스로 약속했던 대로 그녀는 그 자리를 떠났다.

'이발소로 가야겠다. 꽃다발은 화병에 꽂고, 방에 들어가서 라면 먹어야지. 할아버지는 점심 드셨을 것 같은데 혹시 모르니까 라면 사갈까?

저번에 라면 사다둔 게 남았는지 어떤지 기억이 안 나네. 아, 정말 추운 날이야. 혼자 먹게 되면 컵라면이 나으려나? 어서 따끈한 국물 먹고 싶다.'

보도블록을 골똘히 쳐다보면서 종종걸음을 쳤다. 라면 생각을 하는 동안엔 허탕 친 하루에 대한 아쉬움도 잠시 뒷전이 되어 의기소침할 일도 없었다. 저도 모르게 한숨을 내쉬는 것까지는 나희도 어쩔 수 없다.

그러다 갑자기 누군가 위팔을 잡으며 "우나희." 하고 불렀다.

흠칫하며 돌아본 곳에 휘영이 있어 그녀는 얼마쯤 어리둥절했다가 이윽고 그게 허상이 아니란 걸 깨닫고 활짝 웃었다.

"와, 용케 보게 됐네."

휘영은 빨갛게 언 그녀의 뺨과 손에 들린 꽃다발을 보곤 여태 여기서 기다린 거냐고 물었다.

"별로 오래 기다리지 않았어. 추워서 막 가려던 참인데 잘 됐다. 자, 이거. 명색이 졸업 축하니까 나도 꽃다발을… 어?"

나희는 다시금 의아한 눈을 하고 휘영의 빈손을 보았다. 졸업장은 메고 있는 가방에 들었을 테고, 꽃다발은 어디로 간 거지? 흘러넘칠 지경으로 많은 꽃다발을 안고 있는 모습을 아까 분명히 봤는데.

"왜 그래?"

"어? 그게… 빈손이다 싶어서."

"빈손이지 그럼 뭘 들고 있어야 하는데?"

시큰둥하게 되묻는 휘영을 나희는 눈을 끔벅거리며 쳐다보았다.

"그러니까 꽃다발 같은 거라도….'

"보다시피 없는 걸 어디서 구해?"

"못 받았다고? 전혀?"

재차 확인하는 말에도 그는 대답할 필요도 못 느낀다는 듯 어깨를 으쓱하고 말았다. 그리고 그녀의 손에서 꽃다발을 가져가며 살짝 미간을 찡그렸다.

"바가지 썼을 거 아냐. 이럴 돈 있으면 다른 걸 사지 않고."

"안 그래도 다른 것도 샀어. 자."

나희가 더플코트 주머니에서 꺼낸 작은 상자를 휘영이 물끄러미 쳐다보았다. 얼른 받지 않고 길어지는 응시에 그녀는 어느새 별로 비싼 게 아니라며 변명하고 있었다.

"딱히 특별한 것도 아니고 그냥 무난하게 쓸 만한 걸로 샀어. 대학 가서도 볼펜은 쓸 거 아냐. 앗, 포장도 풀기 전에 말해 버렸네."

조금 맥 빠져 하는 그녀를 휘영이 언짢은 듯한 눈길로 쳐다보며 말했다.

"넌 자존심도 없어? 네 졸업식에 내가 뭘 해줬다고 꽃에 선물까지 사들고 찾아와?"

"아하하, 나야 뭐 대학 간 것도 아니잖아. 딱히 축하받을 게 있어야지. 아, 나 손 시려. 얼른 좀 받아."

보고만 섰는 휘영의 동복 재킷 주머니에 상자를 밀어 넣고 나희는 동동거리며 점심 먹었냐고 물었다.

"여태 점심도 안 먹었어?"

그의 한심해하는 얼굴에 나희는 같이 점심 먹는 것도 물 건너갔네 하고 낙담했다. 쓸데없이 시간 낭비하는 거 질색하는 성미니 밥 먹는 데 따라가 달라는 말은 해봤자 입만 아플 테고. 안 풀리는 날이구나 하고 단념할밖에.

"너 오면 같이 중화요리나 먹을까 했지. 며칠 전에 할아버지랑 같이 간

집 짜장면이 엄청 맛있더라고. 자그마치 삼선짜장이었다?"

호들갑을 떨어도 돌아오는 리액션이 전혀 없다. 하루 이틀 일이 아니라 그녀는 굴하지 않고 꿋꿋이 말을 이었다.

"근데 오늘은 너무 추워서 어차피 짜장면은 무리라고 생각했어. 얼큰한 라면 사 들고 이발소에나 가야겠다. 너 내일도 도서관에 갈 거야?"

"아니, 한동안 못 갈 거야."

"그래? 그러면 얼굴 보기 어렵겠네. 서울 가기 전에 한 번 더 볼 수 있으려나? 말할 것도 좀 있었는데."

그 말에 휘영의 눈이 가늘어지는 걸 보고 나희는 지레 언짢게 했나 싶어 별로 중요한 용건이 아니라고 손사래를 쳤다. 그리곤 몸부터 반쯤 돌리며 작별인사를 했다.

"가볼게. 서울 가기 전에 머리도 자를 겸 한 번 들러. 할아버지도 너 보고 싶어 하셔."

손을 흔들며 인사해도 멀뚱히 보고만 서 있는 휘영에게서 아주 등을 돌리고 나희는 걸음을 떼어놓았다. 얼굴을 보고 꽃과 선물을 전한 것에 만족스러워하는 한편, 어쩌면 이게 그가 서울 가기 전에 보는 마지막이 아닐까 걱정스러워 했다.

'일주일에 한 번이라도 도서관에서 볼 때가 좋았는데.'

이사 간 집이 어디인지는 알지만, 그의 엄마와 마주칠 위험은 무릅쓰고 싶지 않다. 전화를 하는 것도 그래서 마뜩치 않고. 둘 다 휴대폰이 없으니 이런 데서 문제가 생기는구나 하며 나희는 힐긋 뒤를 돌아보았다.

뒷모습이라도 한 번 더 볼 셈이었는데 천만뜻밖에 바로 뒤에 서 있는 거나 다름없는 휘영과 눈이 마주쳤다. 그의 집은 반대방향인데, 설마….

"나 따라오는 거야?"

"할 말 있다며."

"별로 중요한 거 아니라니까."

"그건 듣고 판단할 테니까."

그녀에게 미덥잖다는 시선을 던지고 휘영은 반보쯤 앞서서 걸어가기 시작했다. 잠깐 얼을 빼고 보는 사이 성큼성큼 저만치 멀어져버린 그를 급히 쫓아가면서 나희는 어디로 가느냐고 물었다.

"중화요리 먹자며. 나도 뭐 뜨끈한 국물 같은 게 먹고 싶으니까 짜장은 그렇고 우동 먹을래."

"어, 그럼 난 짬뽕. 근데 너 점심 먹은 거 아냐?"

"학생회에서 환송회랍시고 과자 부스러기 내놓은 것 좀 집어먹었을 뿐이야."

"그랬구나. 그럼 얼른 가서 먹자."

금세 기분이 좋아진 나희가 종종걸음을 치며 새로 알게 된 중화요리점으로 안내했다. 두 시가 넘었는데도 아직 테이블 손님들이 꽤 있어서 그들의 우동과 짬뽕이 나오는 데엔 시간이 좀 걸렸다. 그 딜레이 시간을 놓칠 휘영이 아니다. 당장에 할 말이란 게 뭐냐고 묻는 말에 나희가 고개를 갸웃하며 운을 뗐다.

"나 있지, 서울 가려고."

"서울? 언제?"

전에 몇 번 그랬던 것처럼 친구랑 남대문시장이라도 가는 줄 알았는지 휘영은 심상하게 반문했다.

"그렇게 잠깐 가는 게 아니라 아주 올라간다는 말이야. 거기서 좀 살아보려고."

대번에 휘영의 미간이 좁아지며 나희를 보는 표정이 딱딱해졌다. 그녀가 조마조마하게 보고만 있자 그가 물었다.

"네가 서울에서 뭘 할 게 있다고?"

"뭐든. 지금이 아니면 영영 못 갈 것 같으니까 미친 척하고 가보려고. 설마 산 입에 거미줄이야 치겠어?"

나희가 생글거리며 웃는 반면 휘영의 얼굴은 더욱 차가워졌다. 이윽고 그가 상체를 깊게 의자에 묻으며 한숨을 쉬었다. 한심하다는 듯, 어이없다는 듯.

"너는 가만 보면 머리가 나쁜 게 아니라 생각이 없어. 그렇게 적당히 사는 것도 재주라면 재주지만."

무시당했다. 그래도 나희는 샐샐거리며 웃었다.

"그러게. 천하태평이지, 나?"

"칭찬으로 들려, 내 말이?"

거기에 대해 뭐라고 대답하려는 순간, 반짝 눈이 뜨였다. 나희는 잠시 멍한 눈길을 천장에 두고 그래서 내가 뭐라고 대답했더라? 하고 생각했다. 꿈은 더없이 세세하게 옛날 일을 풀어냈지만 거기서 한 발 벗어나 현실로 돌아온 순간 과거는 다시 뿌연 안개로 뒤덮여 뒷말이 통 떠오르지 않는다.

그래도 대충 짐작은 가능하다. 그녀는 또 무언가 실없는 소리를 해서 휘영의 빈축을 샀을 것이다. 그래도 스크래치 하나 입지 않고 방긋방긋 웃고 재잘대며 그와의 정찬을 즐겼을 것이다. 그게 신주에서의 마지막 만남이었지, 아마.

"그땐 나도 참…"

어떤 말이 어울릴까. 어렸네. 대책 없었네. 무식하고 용감했네, 등등.

모두 조금씩 해당되는 부분은 있겠지만 완벽히 들어맞는 말은 아니다.

"의뭉스러웠어."

그렇게 딱 들어맞는 말도 있으니까.

동이 트는지 희붐해진 창문가를 쳐다보며 나희는 작은방에서 자고 있을 불청객을 생각했다.

우나희 인생을 통틀어 가장 그악스럽게 욕심내본 것을 딱 하나만 들라고 하면 단연 신휘영. 다행히도 그는 그것을 모른다.

그 점이 나희가 그 무렵의 자신에게 품은 유일한 안도였다.

8. turn off/turn on

새벽녘에 깨어 다시 청했던 잠은 옆에 와서 낑낑대는 앙 때문에 얼마 가지 못했다.

"왜 그래, 이 녀석. 나 졸리단 말이야."

외면하며 반대쪽으로 돌아눕기도 해봤지만 개는 하염없이 낑낑대며 그녀의 관심을 바라다가 드디어는 멍멍 성난 듯이 짖었다. "조용!" 하고 나무라며 돌아본 나희는 언뜻 눈에 들어온 벽시계를 보고 개가 그러는 이유를 깨달았다.

다섯 시 반. 여느 때라면 앙이 할아버지랑 아침 산책을 나갈 시간이다. 그때 큰 볼일도 보는 습관을 들여놔서 개에게 아침 산책은 중요했다. 지금도 말은 못해도 안절부절못하는 눈으로 '안 나가요? 안 나가는 거예요?' 하고 묻고 있었다.

"미안, 앙. 누나가 무심했어. 얼른 준비할 테니까 조금만 기다려."

아쉬움을 떨치고 침대에서 일어났다. 간단히 세수만 하고 어제 벗어둔 옷을 도로 주워 입고 나가면서 힐긋 작은방 문을 보았다. 아직 휘영이 깬 기미는 없지만 산책 간 사이 깰지도 몰라 짧은 메모를 소파 팔걸이 위에 남겨 놨다.

아침 공기가 몹시 싸늘해서 나희는 마당에 나서며 부르르 떨었다. 벌써 이러니 10월은 어떨까. 또 금세 겨울이 되고 한 해가 가겠구나 싶어 한숨을 내쉬며 앙에게 목줄을 하고 산책 준비물을 챙겨 대문을 나갔다.

모처럼의 산책이 기쁜지 앙이 시작부터 종종종 달려나가는 바람에 나희도 엉겁결에 걸음이 빨라졌다. 목줄을 당겨서 제압할 수도 있었지만 녀석도 며칠 새 스트레스가 쌓였겠지 싶어 한동안 두고 보았다.

달리고 냄새 맡고, 달리고 오줌 싸고, 다시 달리고 냄새 맡고. 그렇게 소홀했던 제 영역에 꼼꼼히 표시를 해두는 모습이 아무 근심걱정도 없어 보여 웃음이 나왔다.

"동물병원에 맡길까 했는데 그냥 집에 있는 게 좋으려나? 하지만 또 사람이 없으면 울겠지."

워낙 할아버지랑 붙어 다녀서 외로움에 대한 내성이 한없이 취약한 개를 보며 나희는 고민에 빠졌다. 물정 모르는 개는 용변 전용 은행나무를 만나서 모처럼 힘을 쓰고 있었다.

"으아, 인간적으로 너 똥 너무 많이 싼 거 아니야? 이게 대체 며칠분이야?"

산책이 없으면 똥도 없다! 그런 신조였던지 아침부터 참 굉장한 광경과 마주한 나희가 울상을 지으며 삽과 비닐봉지를 손에 들었다. 정작 앙은 시치미를 뚝 떼고 앉아 하품을 하는 게 어쩐지 자랑스러워하는 것도 같고.

그렇게 잠시 개 목줄을 손에서 놓고 뒤처리를 하고 있는데 별안간 앙이 멍 하고 짖더니 어딘가로 맹렬히 달려가는 바람에 나희는 당황했다. 돌아보니 녀석이 어떤 사람을 향해 달려들고 있어 더더욱 가슴이 철렁해서 손에 쥔 걸 다 내팽개치고 얼른 쫓아갔다.

"앙, 앙! 안 돼, 사람한테 달려들면…!"

소리치며 달려간 그녀는 의외의 광경과 마주하게 되어 무르춤하게 멈춰 섰다. 앙은 발라당 누워서 배를 보이고 있고 그런 앙의 배를 웬 남자가 긁어주고 있었던 것이다.

신나게 흔들리는 개의 꼬리. 빈말로도 낯선 사람에게 애교가 많은 개가 아닌데 별난 일이었다. 아니다, 어쩌면…?

"안 그래도 얘가 꼼짝없이 갇혀 있겠구나 했는데 이제 자유의 몸이 됐네요."

다분히 친한 뉘앙스를 풍기며 이쪽을 바라보는 남자의 얼굴이 아무래도 나희는 낯설었다. 살짝 통통한 체격에 수더분한 인상의, 특히 웃는 눈매에 애교가 있는 남자. 재삼 봐도 모르는 얼굴이라고 확신하며 그녀는 고개를 갸웃했다.

"저희 할아버지랑 아시는 분인가요?"

"아, 네, 제 소개를 아직 안 했죠."

허둥지둥 일어난 남자가 꾸벅 고개부터 숙이고 나서 입을 열었다.

"저희 아버지랑 어르신이 친구로 지내셔서 종종 뵀어요. 들으셨는지 모르겠는데 금은방 하는 김 씨라고…."

"아."

나희의 눈이 동그래지며 저도 모르게 튀어나오는 이름이 있었다.

"혹시 약국 하신다는 그…?"

"아니, 그게 아직 약국장까진 아니고 페이약사예요. 약국도 목을 타는데 눈에 띄는 자리가 없어서 어영부영하다 보니 여태…."

손을 내저으며 극구 변명하는 모습에 나희는 눈을 깜박거리다 피식 웃었다.

"페이약사가 어때서요. 엄청 공부 열심히 하신 건 똑같을 텐데. 부모님께도 효도하는 착한 아드님이라고 말 많이 들었어요."

"아뇨, 효도는 무슨. 때 돼서 결혼도 못하는 반편이라고 구박 받는 신세인 걸요."

텍스트로 적어보면 마흔 살 남자의 처량 맞은 한탄밖에 안 될 소리가 눈앞의 남자에게서 흘러나오니 어쩐지 유쾌한 농담 같았다. 인상만이 아니라 행동거지도 묘하게 애교가 있는 게 어른들에게 점수를 딸 만하지 싶다. 그래서 할아버지도 자꾸만 들먹였던가 하던 나희는 그러고 보니 남자가 그녀를 단박에 알아봤다는 사실에 뒤늦게 생각이 미쳤다.

"근데 저기, 저를 어떻게 용케 알아보셨네요. 앙 때문인가."

얌전히 발치에 앉아서 꼬리를 흔들고 있는 개를 보며 말하자 남자가 머쓱한 듯 뒤통수를 긁적이며 사진으로 본 적이 있다고 말했다.

"사진이요?"

"네, 어르신께서 휴대폰으로 몇 번 보여주셨어요. 우리 손녀가 이만한 미인이라고."

"…할아버지도 참. 주책이셔."

그녀가 사진 이야기를 했을 땐 딱 잡아떼시더니 이미 보여줄 건 다 보여준 후였나 보다.

"보면서 실은, 어르신 앞이라 말은 못했어도 틀림없이 뽀샵을 엄청 했겠구나 했는데 실제로 뵙고 정말 사진 그대로라 놀랐었어요. 아니, 아니 사진보다 더 예쁘셔서 놀랐었어요."

남자가 급히 덧붙인 말에 나희는 고개를 갸웃했다. 어쩐지 그가 말하는 게 그녀를 이 자리가 아닌 다른 자리에서 이미 한 번 본 것처럼 들리는데.

"그러니까 사진 말고는, 지금 이게 초면인 거죠?"

"아뇨, 그게 실은 일전에 슈퍼마켓에서 한 번…. 어르신이랑 장 보고 계신 거 본 적 있어요."

나희의 얼굴이 뜨악해졌다. 설마 할아버지가 사진을 보여주는 걸 넘어 그런 식으로 미리 선까지 보게 했단 말인가? 말도 안 돼, 라고 생각하는 그녀에게 남자가 결코 의도된 건 아니었다고 설명했다.

"우연이었어요. 제가 저쪽 보림아파트 살아서 퇴근길에 종종 가는 슈퍼거든요."

그들이 서 있는 산책로에서 가까운 아파트를 가리키며 하는 말에 일단 나희는 믿기로 하고 심상하게 말했다.

"알은체하시죠, 왜. 인사나 하고 지내게."

"그때는 제가 사람 꼴이 아니었던지라. 과체중이었거든요. 백 킬로 넘어가는."

"마른 사람이 있으면 살진 사람도 있고 그런 거죠 뭐. 그런 걸로 사람 꼴 운운하실 건 없어요. 지금도 보기 좋으시고."

"아직 한 십 킬로쯤 더 빼야 하는데…."

남자가 중얼거리는 소리에 나희는 부드럽게 웃으며 너무 스트레스 받으면서 뺄 건 없다고 말했다.

"제일 중요한 건 자신의 만족 아니에요? 내가 행복하면 뭐 다른 게 크게 중요한가? 뭐 전 그렇게 생각하고 살아요."

"네에…."

고개를 끄덕거리는 남자를 보면서 나희는 속으로 '허세 부리지 마, 바보.' 하고 냉소했다. 여태껏 읽어온 자기개발서적에서 곧잘 봐온 말을 자기 생각인 양 지껄이는 자신이 조금 우습고 딱하다. 나이 들면서 느끼는 건 그런 허세와 잔머리뿐. 막연히 삼십 대가 되면 한층 더 원숙해지겠지 하고 믿었던 이십 대의 자신이 보면 한심해서 눈물이 나올지도.

'그래도 또 모르지. 사십 대가 되면 그때야말로. 얘, 앙. 인간이랍시고 참 한심하지 않니?'

얌전히 있는 개를 칭찬하듯 머리를 쓰다듬으며 목줄을 쥐어 잡는데 비로소 허전한 손에 생각이 미쳤다. 뒤돌아보자 치우다 만 개똥 또한 얌전히 거기에 있다. 앗, 방금 조깅하던 사람이 그걸 보고 인상을 찌푸렸다.

"만나서 반가웠어요. 그럼 저는 이만…."

꾸벅 인사하고 돌아서는 나희 옆으로 남자가 슬슬 달리면서 벌써 돌아가시느냐고 물었다.

"네, 앙이 보채서 나온 거거든요. 준비하고 병원 가려면 여유 부릴 시간은… 참, 저희 할아버지 병원 계신 것도 아시는 거죠?"

"알죠. 실은 저 일하는 데가 그 병원에 딸린 약국이에요."

"아, 그래요?"

나희는 건성으로 고개를 끄덕이고 예의 은행나무 앞에 멈춰 웅크려 앉았다. 남자가 휘둥그레진 눈으로 앙에게 저게 설마 네 작품이냐고 물었다.

"콩알만 한 녀석이 속에 뭘 담고 있는 거야, 응? 주세요, 제가 할게요. 제가, 우욱."

자기가 한다는 말이나 하지 말던가. 개똥 냄새에 헛구역질을 하는 덩치 큰 남자를 보며 나희는 풉 하고 웃음을 깨물었다.

"제가 요즘 좀 못 먹어서 그래요. 원래는 비위가 좋은데, 우우욱. 살 뺀다고 굶어서, 굶어서… 우욱."

차라리 도망을 가지 기어코 옆에 앉아서 그러고 있다. 참았던 웃음을 아하하 터뜨리며 그녀는 앙의 걸작을 해치웠다.

할아버지의 수술 경과에 대한 이야기를 나누다 보니 어느덧 집 앞까지 함께 와버렸다. 아버지가 꼭 문병을 가고 싶어 한다는 말에 나희는 할아버지께 여쭤보겠다고 말하고 꾸벅 고개를 숙였다. 이제 그만 헤어집시다, 라는 신호였지만 남자는 그래도 머뭇머뭇 뭔가 할 말이 남은 얼굴이었다.

앙이 뭔가에 귀를 쫑긋 세우며 멍멍 짖는 사이 결심을 했는지 남자가 휴대폰을 내밀며 "번호 좀 찍어주실 수 있는지…."하고 물었다. 나희가 다소 난감한 표정을 짓자 남자는 그럼 자기 번호를 주겠다고 말을 바꿨다.

"제 번호를 드릴 테니까 혹시라도, 혹시라도 생각이 있으시면 전화 주세요. 맛있는 밥 한 끼 대접하겠습니다."

그래도 나희가 말이 없자 남자는 금세 또 꼬리를 말았다.

"억지로 드리겠다는 건 아니고요…."

어쩐지 초식공룡이 떠오르는 남자의 태도에 나희가 피식하며 휴대폰을 꺼내 들었다.

"번호 말해 보세요."

"아, 예. 제 번호는요…."

남자는 허겁지겁 말하다 자기 번호를 두 번이나 잘못 말하는 실수도 선보였다. 예전 번호랑 비슷해서 헷갈린다고 변명하는 그에게 고개를 끄덕해 보이며 나희는 이번에야말로 "가세요."하고 인사하고는 대문을 열었다.

"앙, 또 보자. 그럼, 들어가세요. …나희 씨."

남자의 인사를 뒤로 하고 마당을 걸어가며 나희는 이름도 아네, 하고 중얼거렸다. 그런 걸로 치면 나희도 할아버지에게 저쪽의 이름을 들은 것도 같은데 기억이 안 난다.

"미안. 다시 묶어둘게. 어쩌면 이따가 어디 가게 될지도 몰라."

개를 다시 마당에 내놓고 들어가는 뒤에서 앙은 영문을 모르겠는지 애처롭게 울어댔다. 역시 저런 애를 혼자 두고 가는 건 안 되겠구나 하고 나희는 동물병원 쪽으로 마음을 굳혔다. 손을 씻을 생각으로 별 뜻 없이 화장실 문을 열었는데 거기 커다란 장정이 있어 그녀는 흠칫했다.

"역시. 우나희 여전하네 뭐."

세수하다가 뒤를 돌아본 휘영이 하는 말에 나희는 뺨을 붉히며 왜 문을 안 잠그고 있었냐고 쏘아붙이고 문을 닫았다.

별것도 아닌 일에 요동치는 가슴. 새벽녘에 꾼 꿈도 있고 해서 살짝 심란한 것을 나희는 얼른 고개를 저어 떨쳐내며 주방으로 갔다.

손을 씻으면서 아침은 또 뭘 먹이나 고민하다가 싱크대 수납장을 열어 전에 사둔 즉석밥이 있는 걸 보고 안심했다. 그다음엔 별 고민 없이 달걀과 우유를 꺼내 스크램블드에그를 만들기 시작했다. 고소한 냄새가 퍼지자 여태 잠잠하던 허기가 고개를 들어 약간 맛을 보았다.

"맛있어. 맞아, 스크램블이 이런 맛이었지."

구미가 동해서 나희가 냉장고에서 달걀을 하나 더 꺼내고 있는데 휘영이 주방 안을 들여다보며 맛있는 냄새가 난다고 말했다.

"스크램블드에그 만들고 있어."

"아, 우나희 필살기인가."

"필살기 같은 거 아냐. 나 엄청 오랜만에 먹는 거거든?"

"그래? 그런 것치고 왠지 줄기차게 먹은 기분이 드는데."

고개를 갸웃하는 그를 보며 나희는 그야 네가⋯ 라고 말을 하려다가 얼른 삼켰다.

달걀프라이도 하고 찜도 하고 달걀말이, 오믈렛도 해봤지만 그가 가장 즐겨 먹었던 것은 단연 스크램블드에그. 하루에 달걀 하나는 꼭 먹어야 하는 줄 알았던―할아버지 밑에서 몸에 밴 버릇대로―나희가 달걀 요리를 별로 안 좋아하는 휘영 때문에 한때는 거의 매일같이 스크램블드에그를 먹고 살았다. 거기에 물려서인가 그 후 십 년 넘게 스크램블드에그는 거들떠도 안 본 것도 사실.

그런데 오늘 그녀는 거의 기계적으로 스크램블드에그를 만들었다. 만들자고 생각을 한 것도 아닌데 정신 차려보니 당연하다는 듯이 만들고 있었다. 조건반사, 내지는 파블로프의 개인가 싶어 나희는 씁쓸하게 웃었다.

"대충 배나 채워. 무작정 찾아왔으니까 반찬 투정 같은 거 하지 말고."

달걀요리에 맨 김, 김치, 가지절임, 꽈리고추 장조림, 마지막으로 콩자반이 전부인 단출한 식단. 국조차 없다. 그리고 밥은 즉석밥을 케이스 채로 내놓아 무성의함을 어필했다. 지난밤에 이랬어야 하는데 하는 골난 얼굴로.

그럼에도 불구하고 휘영은 아무렇지 않은 얼굴로 잘 먹겠다고 말한 뒤 맨 처음 스크램블드에그로 숟가락을 가져갔다. 그리고 듬뿍 떠서 공기에 붓고는 간장을 약간 넣어 밥과 함께 살살 비며 한 입 크게 떠먹었다.

"필살기 맞네 뭐. 넌 내가 아는 사람 중에 이걸 제일 잘해. 유명하다는 셰프가 만든 것도 먹어봤지만 별거 아니었어."

입에 든 걸 꿀꺽하기 무섭게 그가 씩 웃으며 말했다. 나희는 짐짓 미간을 찌푸리곤 말없이 식사를 했다. 휘영도 먹는 데 집중하느라 한동안 식탁은 조용했다. 그러다 밥그릇이 거의 비어갈 즈음 툭, 그가 물었다.

"대문 앞에서 이야기한 사람 누구야?"

나희가 의아한 얼굴로 고개를 들었다.

"들렸어?"

"들렸지. 네 작은방, 창문이 여럿이라 그런가 소음에 취약해. 가뜩이나 길에 면해 있고."

수긍 가는 이야기에 고개를 끄덕이며 나희는 밥알을 깨작거렸다. 심술 부리지 말고 뭐라도 좋으니 국 준비를 하는 건데. 뒤늦은 후회와 함께 그녀는 "이웃이야."라고 간단히 대꾸했다.

"어디 사는 이웃?"

"네가 그걸 알아서 뭐하게?"

"궁금하잖아. 나도 이 주변 나름 펜다면 꿰는데."

"그거야 십 년도 훨씬 전 이야기고. 신주가 무슨 박제된 모형도시니? 너 아는 사람이라 봤자 저 귀퉁이의 감나무 집 할머니 정도겠다."

"그분 아직도 살아계셔? 굉장하네. 거의 백 세 다 되시지 않았나?"

잠시 동네의 산증인 같은 할머니 이야길 주고받은 뒤 휘영은 다시 남자에 대해 물었다.

"번호 달라고 하는 게 분명히 작업이던데. 안 내치고 번호 받을 건 또 뭐야?"

"받지 말아야 할 이유도 없는데 뭘."

"이유가 없어?"

휘영이 몸을 젖히며 의아한 얼굴을 하고 물었다.

"네 그런 스탠스, 애인도 알아?"

안 그래도 나희는 말을 내뱉고 아차 했다. 준석의 존재 자체가 머릿속에 없었던 탓이다. 좀 더 긴장하자고 다짐하면서 나희는 태연하게 콩자반으로 젓가락을 뻗었다.

"딱히 알고 말고 할 거 있나. 내가 언제까지 연애만 할 수는 없는 거 그쪽도 알고 있으니까."

"흐음. 애인이 결혼 문제에 미적거리는 모양이지?"

"두 살 연하야. 서른둘이면 아직 결혼에 쫓길 나이는 아니니까. 망설이는 것도 충분히 이해가 가."

"다시 말해서 결혼할 만큼은 사랑하지 않는다는 거네."

바로 그런 이유로 차인 입장에서 휘영의 말은 그녀에게 좀 아팠다. 덤덤하게 헤어짐을 감내한 것과는 별개로 씁쓸함을 느끼게 되는 것은 어쩔 수 없다.

'좋아하지만 결혼할 만큼은 아닌 거 맞지.'

준석 이전에 만난 남자와는 결혼 이야기가 오가면서 부모님까지 만나 뵀지만 궁합이 나쁘니 어쩌니 하면서 시어머니 될 분이 강하게 반대를 했다. 조실부모에 아버지 쪽 병력도 걸리고 할아버지가 귀머거리인 것도 걸리고, 온통 흠이 잡힌 끝에 결정적으로 나희의 마음을 얼어붙게 한 남자의 말은, "그늘이 있어서 싫으시대."였다.

"네가 좀 음침한 데가 있긴 하잖아."

차분하고 여성스러운 면이 좋다고 할 땐 언제고 남자는 그런 말로 제 어머니 역성을 들었다.

요컨대 연애 초반의 핑크렌즈가 벗겨진 것이었겠지만 남자와 헤어진 후에도 그 말은 남았다. 나희의 가슴에 틀림없는 옹이가 되어서.

아프지는 않다. 그냥 바라보기 흉한 정도.

그런 옹이가 이제 보니 좀 된다. 그중 가장 오래된 건 눈앞에 있는 휘영과 연관이 있다.

"사랑만 있으면 만사 오케이인 건 드라마에서나 가능한 거고, 현실은 좀 다르잖아? 당장 휘영이 너만 해도 그다지 떳떳한 입장 아니면서."

나희는 싱긋 웃으면서 칼끝을 휘영에게로 돌려놓았다. 그는 피식 웃고선 여유롭게 받아쳤다.

"그래서 너는 말할 자격이 없으니 입 다물라 이거야? 에이, 그러지 마. 나는 몰라도 너는 그런 타입 아니면서."

"그런 타입이 어떤 타입인데?"

"겉 다르고 속 다른 유형. 여기선 A라고 말하고 저기 가선 B라고 말하는 그런 기만술은 네 전공 아니잖아."

나희는 멀뚱멀뚱 그를 쳐다보다가 이윽고 고개를 갸웃했다.

"글쎄. 꼭 아닌 것도 아닌 것 같은데? 예전에도 지금도."

"딱 잘라 부정하진 못하면서. 그 정도면 애교 수준이야."

얕보는 듯한 단정에 나희는 슬며시 발끈했다.

"너무 잘 안다는 듯이 말하지 마. 내가 어떻게 변했을 줄 알고."

"변했어?"

휘영은 엷은 웃음을 입에 머금고 물었다. 다분히 오연한 태도는 그 미소가 어디까지나 냉소임을 증명하고 있다. 마치 '네가 뭐라고 하든 넌 내 손바닥 위야'라고 말하는 것 같아 나희는 젓가락을 소리 나게 내려놓으며 쏘아붙였다.

"무슨 그런 바보 같은 질문이 있어. 사람이 안 변하고 어떻게 산다고. 그리고 저 옛날에도 네가 딱히 날 잘 알았다고는 생각하지 않거든?"

"왜 그렇게 생각하는데?"

나희는 별걸 다 묻는다는 듯 코웃음을 치고 팔짱을 끼었다. 대답을 바라신다면 하는 것쯤, 어렵지 않다.

"솔직히 우리가 친구로 지낸 것도 내 노력이 팔 할은 되는 거 너도 인정할 거야. 항상 용건을 만드는 것도 나, 만나자고 하는 것도 나, 뭘 하자고 하는 것도 나. 부득이하게 부탁할 일 있을 때 빼놓고 네가 먼저 나 찾았던 적이 거의 없었지 아마. 그러다 마지막에 내가 놓으니까 그걸로 끝. 멋모를 때 내가 너랑 나는 십년지기다 운운했지만 실상 그거 맞는 말도 아니야. 알고 지낸 세월이 십 년이 좀 넘을 뿐이지 지기 같은 건 아니었으니까. 정말이지 그렇게 오랫동안 가까이 있었는데도 너하고 마음이 통했다고 생각한 적이 단 한 번도 없어. 아니면 내가 멍청해서 통했는데도 모르고 지나쳤던 거니?"

나희의 말을 듣는 동안 그는 서서히 눈을 내리깔았다. 입술에 걸린 미소는 여전했지만 거기엔 희미한 쓴맛이 감돌았다. 결정적으로 그녀가 말을 마치자 그의 입에서 한숨이 흘러나왔다. 대꾸를 위해 입술을 떼는 데엔 더 시간이 걸렸고.

"반박할 만한 게 없어, 확실히. 타고난 건지 뭔지 몰라도 아주 꼬마일 때부터 속내를 드러내면 큰일 나는 줄 알고 매양 철벽을 치곤 했어. 누구한테나. 허술하게 감정을 드러내는 사람들을 내심 바보 취급할 정도였으니까 말 다했지."

그럼 틀림없이 대단한 바보로 보였을 일인으로서 나희는 쓴웃음을 지었다. 휘영의 말이 이어졌다.

"그래도 변명을 하자면… 너는 그 당시 어느 누구보다도 내 가까이 있었다는 거. 너한테는 거리 두기가 잘 안 됐어. 의식적으로 경계를 지어야 했어. 다른 사람한테는 그런 의식조차 필요 없었는데."

"어머나, 그런 영광이―. 라고 말해야 하나?"

늦어도 한참 늦은 고백에 나희는 오히려 반발심이 일어나 빈정거렸다. 휘영이 한숨을 쉬었다.

"무너지는 것도 시간문제였을 거라고 생각해. 내가 누군가에게 마음을 열 수 있다면 그건 틀림없이 너였을 거라고. 그런데 넌 어느 날 홀연히 내 세계에서 나가버렸어. 역시 내가 너한테 상의 한마디 없이 유학을 결정한 것 때문이었어?"

그러고 보니 그때 휘영이 유학을 갔었구나 하고 나희는 남의 일처럼 생각했다. 한국대 경제학과에 너끈히 들어간 걸로도 부족해 그는 그 공부 잘한다는 애들 속에서도 두각을 드러내 결연을 맺은 미국의 대학으로 교환학생으로 뽑혀 가게 되었다. 2년 예정인가 그랬다.

그에게 그 소식을 들었던 날의 기억이 상당히 흐릿하다. 충격을 받긴 했는데 아아, 결국 이렇게 되는 건가하고 체념한 게 더 크지 싶다. 묘하게 슬프지 않았던 기억도.

"아니, 그건 그냥 시기가 맞아떨어진 것뿐이야. 네가 유학을 갔던 서울에 남았던 난 서울살이 접었을 거야. 그럴 때였어."

나희의 대답에 휘영이 눈살을 찌푸렸다.

"어째서 난 네가 그런 생각을 하고 있단 걸 전혀 몰랐지? 너한테 고민거리가 있다는 낌새조차 못 느꼈는데."

"고민 같은 거 안 했으니까."

그녀는 빙긋 웃고선 중얼거렸다.

"아마 거기까지였던 거겠지. 연인이든 친구든 사람 관계란 건 유지하는데 에너지란 게 필요하잖아. 잘은 몰라도 너한테 쓸 에너지가 차츰차츰 마모됐던 거 아닐까."

나희의 시선이 언뜻 부엌을 밝히고 있는 형광등으로 향했다. 불을 켜도 썩 밝지 않은 게 슬슬 갈 때가 다가오는 모양이다.

"형광등만 해도 저렇게 먹어 들어가다가 어느 날을 기점으로 아예 안 켜지잖아. 나는 딱 그때 불이 꺼졌던 모양이야. 신휘영 턴 오프. 그게 금방 기정사실이 되더라고."

"그렇게 금방이었어?"

"응. 서운하게 들릴진 모르겠는데 그때 살기가 바빴거든. 새로운 삶을 개척하느라. 너도 그랬던 거 아니야?"

"숨 좀 돌리겠다 싶어서 보니까 몇 개월이 훌쩍 간 후였지."

휘영의 인정에 나희는 고개를 끄덕끄덕했다. 그래도 그녀는 같은 나라 안이기나 했지 휘영은 아예 낯선 나라로 갔다. 아무리 그라고 해도 적응하기가 만만치 않았으리라.

"그제야 너한테서 아무런 소식이 없는 게 신경 쓰였어."

"오, 그랬구나."

너스레에 가까운 추임새에 그의 눈이 살짝 가늘어졌다.

"메일에 주소 남긴 것도 확인하지 않고, 휴대폰은 없는 번호라고 그러고. 그래서 혜주한테 무슨 일이라도 있는 건지 알아보라고 했어."

"그래서 그때 혜주가 찾아왔구나. 지나가다 들렀다는 말을 철석같이 믿었네."

어렴풋한 기억에 고개를 끄덕이며 나희가 싱긋 웃었다.

"일일이 설명할 거 없어. 다 지나간 옛날 일 별로 궁금하지도 않고."

"신휘영, 턴 오프라서?"

그렇게 묻는 휘영의 눈가에 언뜻 낙담의 기색이 비친 게 나희의 상상인지 사실인지 모르겠다. 어쨌든 그녀는 대답했다. 한없이 가볍게.

"뭐, 그런 거지."

앙을 동물병원에 맡기고 병원으로 간 나희는 어쩐지 멍해져서 구석의 소파에 앉아 꾸벅꾸벅 졸았다. 손 빠르고 바지런한 간병인 덕분에 할 일이 없는 탓에 어느 순간부터는 아주 눈을 감고 잠으로 빠져 들어갔다. 이번엔 꿈도 꾸지 않고 아주 깊게 자서 문득 팔을 흔들어 깨우는 손길에 퍼뜩 놀라 눈을 떴다. 눈앞에 예의 간병인이 서 있었다.

"왜, 왜요?"

잠이 덜 깬 나희를 보며 간병인이 내미는 것은 휴대폰. 그조차 그녀는 잠시 낯설게 쳐다보다가 뒤늦게 임대폰이구나 하며 받아들었다. 바로 그 순간까지도 열심히 벨이 울리고 있었다.

'사무실'이라고 뜨는 이름에 나희는 가만히 헛기침을 하면서 병실을 나왔다.

"여보세요."

휴게실이 있는 곳으로 걸어가면서 전화를 받았더니 저쪽에서 얼마쯤 뜸을 들였다가 "나야." 하고 대꾸했다. 준석이다. 뿐더러 사무실 전화를 쓰면서 말을 놓는 걸 보면 사무실에 혼자인 게 분명했다.

"왜요? 사무실에 무슨 일 있어요?"

"별건 아니고 지난 4월에 상화랑 작업한 거 기억하지? 지출결의서랑 이런저런 파일이 다 필요해서. 거기 경리가 사고치고 잠적해서 난리도 아닌 모양이야."

"내 컴퓨터 바탕화면 보면 이사분기라고 쓴 파일 있을 거예요."

"응, 보여."

"그거 열면 그 안에 클라이언트 파일 있어요. 거기서 찾아봐요. 근데 상화라면 3월 말도 봐야 할 거예요. 그건 일사분기 파일에서 보면 돼요."

"일사분기… 아, 정말 여기도 있네. 당신 이런 기억력은 늘 탁월하더라."

의미 없는 칭찬은 가볍게 흘리고 나희는 왜 그런 걸 준석이 확인하느냐고 물었다. 그렇게 됐다며 얼버무리는 대답에 나희가 웃는 소리로 말했다.

"설마 진아 씨가 사무실에 안 나온 건 아닐 테고."

"음. 그 설마야."

"안 나왔어요? 왜요?"

"아프대. 왜 여자들이 하는 그거."

생리? 나희의 입에서 무심코 그럴 리가, 소리가 튀어나왔다. 지지난 주에 그 핑계로 병가 냈으면서 얼마나 됐다고 다시 생리를 들먹이지?

물론 준석에게 그런 걸 시시콜콜 고해바칠 일은 아니라고 생각해 더는 말을 안 했지만 저편에서 희미하게 신음하는 낌새가 이미 뭔가 눈치채버린 듯했다.

"혹시 저번에도 그래서?"

"모르죠, 나야. 준석 씨가 아는 게 더 정확하지 않겠어요?"

방어적으로 말한다는 게 상당히 빈정거리는 것처럼 들렸을지도 모르겠다. 이미 엎질러진 물이라 나희는 잠자코 시치미 떼고 용건 끝났으면 그만 끊겠다고 말했다.

"할아버님 경과는 어떠셔? 순조롭게 회복 중이야?"

"일단 크게 힘든 내색은 안 하세요. 인내심이 강한 분이라 내 앞에서는 감추는 걸지도 모르지만요."

"어느 쪽이든 부럽네. 우리 할머닌 임플란트 수술하시곤 2주도 넘게 힘들다, 죽겠다 엄살을 부리셔서 온 가족이 다 나가떨어졌는데."

"정말 힘들어서 그러셨을 수도 있죠."

전에도 비슷한 논조의 말을 한 기억이 있다. 아마 그와 사귀기 시작한 초창기의 일일 거라고 나희는 기억했다.

"그러고 보니 당신이랑 막 사귈 무렵이네."

준석도 같은 걸 기억해낸 모양이다. 기억까지야 어쩔 수 없지만 굳이 그걸 입에 올릴 필요를 느끼지 못해서 나희는 그만 병실에 들어가봐야겠다고 말했다. 그러자 준석이 별일 없는 거 맞느냐며 떠보듯이 물었다.

"무슨 별일이 있겠어요, 할아버지 수술도 잘 끝났고."

"아니 저번에 좀 묘한 전화를 했잖아…."

아. 그제야 나희도 까맣게 잊고 있던 지난번 통화를 떠올렸다. 나중에 장난이었다고 해명하는 메시지 한 통 보내놓는다는 것도 그만 잊어버렸고.

"내가 경황이 없어서 따로 사정 설명한다는 걸 깜박했어요. 시시한 장난이었으니까 잊어버려요. 공연히 신경 쓰게 했다면 미안해요."

"사과할 것까진 없고…. 혹시 곤란한 상황은 아닌가 걱정했을 뿐이야."

걱정이란 말에 희미한 냉소를 품으며 나희가 말했다.

"우연히 아는 사람을 만났는데 자꾸 치근덕거려서 연막 좀 친 거예요. 얼렁뚱땅 써먹은 거, 다시 사과할게요.

"치근덕거리는 사람?"

다소 뜨악한 울림에 나희가 갸웃하며 물었다.

"왜요, 나한텐 치근덕거리는 사람도 없을까 봐?"

"아니… 그런 건 아니고. 있겠지, 당신 예쁘고, 매력적이니까. 분위기 있고…."

뭐라고 주절주절 늘어놓는 거람. 나희는 눈을 굴리면서 소리 없이 한숨을 삼키다 불현듯 언제부터 한다 한다 마음만 먹었던 말을 꺼냈다.

"있죠, 준석 씨. 언제까지 나한테 말 놓을 참이에요?"

"응? 아….'"

"피차에 직장 동료로 돌아간 마당에 아직도 그전 기분에 젖어 있는 건 곤란하잖아요. 원래 그랬듯이 공대하기로 하고 당신이니 뭐니 하는 호칭도 그만 해요. 당연히 고쳐줄 거라고 믿어요."

"아, 아아… 그럴게, 요. 그렇게 하죠, 나희 씨."

누워서 절 받은 건 사실이지만 그렇게라도 공대로 돌아간 것에 만족하며 나희는 통화를 끝냈다. 하지만 휴대폰을 귀에서 떼기 무섭게 약간의 허탈감에 빠졌다.

"진작 이랬어야 하는데. 다 늦게."

혀를 차며 고개를 내저은 그녀는 병실로 돌아가다 말고 가만히 벽에 머리를 기대어 섰다. 아무래도 컨디션이 저조했다. 희미한 미열을 동반한 두통도 좀 있고, 몸 여기저기가 약하게 쑤셔왔다.

몸살 기운? 아니, 그것과는 좀 다르다. 차라리 생리전증후군에 가깝다. 예정일이 이삼 일 앞으로 다가온 것을 헤아리며 그러고 보니 수영도 며칠 걸렀구나 하고 생각했다. 운동을 꾸준히 하다가 안 하니 근육들이 불평을 할 만도 했다.

여하튼, 심기일전이 필요하다는 것은 분명했고 나희는 그 해답을 수영에서 찾았다. 그래서 곧장 병실로 돌아가 할아버지에게 사정 설명을 했다.

"가만히 있으려니까 너무 찌뿌드드한 거 있죠. 가볍게 수영 좀 하고 집에 들러서 백숙 만들어 올게요."

"그래라, 여기는 걱정 말고."

다행히도 할아버지에겐 장기판이 있다. 센스 있는 간병인이 오전에 집에 다녀오면서 챙겨온 것이다. 두 분이 세월아 네월아 하면서 한 수 한 수에 골똘한 모습을 뒤로 하고 나희는 병실을 나왔다.

바로 시립수영장을 찾아 수영복을 대여해서 한 시간 조금 넘게 수영을 했더니 몸도 풀리고 활기도 돌아왔다. 이유 없이 짜증스럽던 기분도 많이 가셔서 한결 가뿐한 심신으로 집에 갈 수 있었다.

집 안 환기를 시키는 김에 마당 청소도 한 번 싹 하고 들어와 앉은 시각이 네 시 조금 못 되었을 때. 잠시 쉬는 동안 느긋하게 우전차를 우려내 한 잔, 두 잔 마셨다. 아직도 할아버지가 우려낸 차 맛 따라가려면 멀었지만 그만하면 마실만한 수준은 된다고 스스로 타협했다.

'모처럼 머리가 맑은 기분이야. 그래, 이럴 때 그 일도 해두자.'

나희는 심플한 편지지와 A4용지, 그리고 아무것도 적혀 있지 않은 빈 봉투를 챙겨와 찻잔을 치운 자리에 내려놓았다. 편지지 위에 백지를 올리자 희미하게 줄이 비치면서 무엇이든 쓸 수 있게 되었다.

다시 한 번 생각을 정리한 뒤 나희는 볼펜을 종이로 가져갔다. 사각사각 써내려가는 글씨는 다소 느릴지언정 막힘이 없다.

짧고 간결하게 완성된 내용. 훑어보고 이걸로 충분하다고 여기며 봉투에 넣기 좋게 접었다. 그런 뒤 봉투에 할아버지의 붓펜을 이용해 몇 글자 적었다.

〔사직서〕

봉투에 방금 쓴 종이를 넣고 입구를 봉했다.

이것으로 하나의 난관은 끝났다.

"자, 그럼 이제 오골계 백숙에 도전해 볼까!"

당장에 남아 있는 두 번째 난관을 향해 나희는 씩씩하게 걸음을 옮겼다.

결과적으로 말해서 오골계 백숙은 이십 퍼센트 모자란 성공이었다. 일부러 돈을 더 주고 방목해서 키운 촌닭을 샀는데 이놈이 뭘 어찌해 봐도 조금 질겼던 것이다. 씹으면 탱탱한 것이 오래 씹을수록 깊은 맛이 우러나긴 했지만 치아가 약한 사람에겐 그림의 떡이 될 수도 있는 상황. 다행히도 나희 할아버지의 치아는 아직 건재했다.

"할아버지 치아까지 고려한 음식이랍니다. 짜잔."

실수를 무마하려고 너스레를 떠는 말에 할아버지가 벙그레 웃으시며 튼튼한 건치를 자랑하듯 내보였다.

"염려 마라, 이 정돈 아직 끄떡없으니까. 너도 이 할애빌 닮았으니 치아는 언제까지고 짱짱할 게다."

"어, 그럼 그 말 믿고 양치질 대충대충 해야겠다."

"예끼, 할 건 해가면서 믿어야지."

슬쩍 타박하시는 말에 웃는 나희의 치아도 희고 고른 것이 영락없는 건치였다. 세상을 떠난 엄마도 그렇고 동생도 부정교합에 가까운 삐뚤삐뚤한 이였던 것을 생각하면 그녀는 확실히 친탁을 했을 가능성이 크다.

뭐가 어찌 됐든 닮은 구석. 유일하게. 그녀가 그 희소함을 지키기 위해 얼마나 치아 관리에 신경 쓰는지는 하늘만이 알… 아니다, 한 명 또 아는 사람이 있다.

'대체 뭘 하면 양치질하는데 십 분 가까이 쓸 수가 있어? 교정을 한 것도 아니면서 말이야.'

언젠가 도저히 이해가 안 된다는 듯이 휘영이 그녀에게 물었더랬다. 그래서 한 번은 잘 보라고 구경도 시켜줬는데 보고 난 후 그의 감상평은 이랬다.

'너 편집증이야, 그거.'

튼튼한 치아를 유지할 수 있다면야 나희는 그보다 더한 말을 들어도 유유하게 코웃음 칠 수 있다.

"그럼 오늘도 잘 부탁드립니다."

저녁을 먹고 잠시 담소를 나누다가 너무 늦어지기 전에 자리에서 일어났다. 이제 만난 지 이틀째 된 간병인이 몹시 듬직해서 나희는 걱정 없이 할아버지를 맡길 수 있었다. 할아버지는 오히려 그녀를 걱정해서 문단속 잘하고 자라고 몇 번이고 당부했다.

'염려 마세요, 할아버지. 새로 도어록도 달고 대문 열쇠도 바꿨다고요.'

안 그래도 좀 지나치게 허술하다 싶었던 것을 바꾼 터라 마음은 차라리 홀가분했다. 도둑을 맞긴 했어도 잃은 것도 별로 없고 사람도 상하지 않았고. 그만 하면 싸게 치른 액땜이라고 긍정적으로 생각할 준비도 됐다.

그러나 그런 그녀를 정통으로 비웃는 일이 집에서 기다리고 있었다. 대문 열쇠를 끄르고 마당에 들어선 그녀는 몇 걸음 옮기다가 뭔가 잘그락거리는 것을 밟고 아래를 내려다보았다. 골목에서 희미하게 비쳐드는 가로등 빛으로 뭔가 자잘한 것들이 반짝거리는 것이 눈에 들어왔다.

"…뭐야? 유리?"

부서진 유리 조각들이 이리저리 흩어져 있다. 그 조각의 근원을 눈으로 훑어 따라가던 나희는 다음 순간 낯빛이 변해서 종종걸음을 쳤다. 맙소사, 거실 창문이…?

마당에 면해 있는 거실 창문 중 하나가 보란 듯이 깨어져 반쯤 열려 있었다. 창문에서 너덜거리는 테이프를 보아하니 소리를 죽이려고 창문에 테이프를 붙인 뒤 망치 같은 걸로 두들겨 깬 모양이었다. 그렇게 이중창이 다 열린 상태. 그 안이 어떨지는 상상하고 싶지도 않았다.

나희는 허둥지둥 돌아서서 도로 대문을 열고 나왔다. 떨리는 손으로 휴대폰을 꺼내 112를 눌렀다.

"저기, 저희 집에 또 도둑이 든 것 같아요. 여기요? 여기가 어디냐면 며칠 전에 신고한, 아, 주소가 잠시만요, 대설로…."

최대한 빨리 출동할 테니까 절대 집에 들어가지 말고 안전한 곳에 있으라는 경찰의 충고를 따라 나희는 한 발짝씩 집으로부터 멀어졌다. 두 번째로 겪는 일인데도 전혀 진정이 안 된다. 전엔 무슨 정신으로 신고까지 했더라?

"아, 신고 휘영이가 했구나."

너무 놀라서 심장까지 욱신대는 것을 누르며 길에 주저앉는데 별안간 손에 쥔 휴대폰이 울리는 소리에 화들짝 하며 엉덩방아를 찧었다. 전화 받을 정신 같은 거 없어, 라고 생각했지만 거기 뜬 번호를 보자 저도 모르게 통화 쪽으로 손가락을 움직이고 있었다.

"나야, 휘영이."

"응, 알아."

"할 말이 좀 있는데. 통화 가능해?"

"모르겠어. 가능한지 아닌지."

"…무슨 뜻이야?"

그러게. 무슨 뜻일까. 나희는 먹먹한 눈을 하고 아스팔트 위에 떨어진 담배꽁초를 응시했다.

할 만큼 했고, 다 태웠고, 그래서 후회하지도, 돌아보지도 않았는데 왜 지금 와서 거기에 희미한 불씨가 보이는 걸까. 새삼 무얼 바라서?

"나 너한테 바라는 거 없어."

무턱대고 선부터 긋는다. 그런 후에 나희는 숨을 들이켜고 말했다.

"근데 지금은 좀 와주면 좋겠어. 나, 약간 무섭거든."

"갈게. 어디야?"

집, 이라고 말하는 눈가가 훅하고 뜨거워졌다. 손으로 눈두덩을 눌렀을 때는 이미 늦었다.

눈물이 그녀를 이겼다.

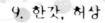

9. 한갓, 허상

"마셔, 좀."

소파에 앉아 눈을 감고 있던 나희는 휘영의 목소리에 천천히 눈을 떴다. 소파 앞의 커피테이블에 김이 모락모락 이는 흰 머그컵이 놓여 있었다.

"급한 대로 꿀물 약간 탔어. 아직 살림이 다 안 차서 변변하게 마실 게 없네."

"왜, 이만하면 훌륭하지. 고마워, 잘 마실게."

손을 뻗어 머그컵을 가져와 부리에 입술을 댔다. 김이 피어나는 모습에 몹시 뜨거울 줄 알았는데 마시기엔 딱 좋았다. 나희는 컵을 감싸쥔 채 절반쯤 마시고 테이블에 돌려놓았다. 그것만으로도 예민해졌던 신경에 진정효과는 있었다.

"여길 또 오게 될 줄은 몰랐는데."

그녀가 주위를 둘러보며 하는 말에 그도 한 바퀴 실내를 돌아보았다. 휘영의 집, 별채의 거실. 있어야 할 최소한의 집기만이 생활감각 없이 존재하는 것이 여전히 썰렁함에도 불구하고 한 번 와봤다고 조금 친숙한 느낌이 든다.

"전엔 몰랐는데 어째 좀 휑하다."

"몰랐다는 게 너답다."

휘영의 감상에 고개를 내젓는 그녀에게 그가 그럼 뭘 더 채울까 하고 물어왔다.

"그림 한두 점 더 걸어놓을까? 따뜻한 색 위주로?"

"그림도 그림인데 뭔가 생기가 없어."

찬찬히 돌아보면서 나희는 빈 구석 자리에 안락의자 같은 걸 놓아도 좋겠다고 말했다.

"기왕이면 푹신한 벨벳 커버나 패브릭 종류로. 그리고 그 옆에 작은 협탁 같은 걸 두고 거기 사진 액자 같은 걸 놓아두면 좋을 것 같아. 아, 이 소파 옆으론 화분을 두는 건 어때? 올리브나무나 커피나무 같은 거 놓으면 잘 어울릴 것 같아."

"음, 다 괜찮은 아이디어 같아."

고개를 끄덕인 휘영이 그녀를 보며 고개를 갸웃했다.

"그런 쪽에 센스가 있는 줄은 또 몰랐네."

"서당개가 풍월 읊는 거지 뭐. 건축사 사무실이라 인테리어 잡지 같은 게 발에 채이게 굴러다녀."

직장이 언급되자 그가 턱을 어루만지며 물었다.

"어떻게 들어간 곳이야? 무슨 연줄 같은 게 있었나?"

"내가 대전에 무슨 연줄이 있었겠어. 맨땅에 헤딩한 거지. 그래도 나름 잘 풀린 셈이야. 고용주도 그만하면 무난하고 사무실 분위기도 그럭저럭 괜찮고."

"그러고 보니 어째서 대전인지를 안 물었네. 아무 연고도 없는 곳이잖아. 안 그래?"

나희는 빙그레 웃으며 그러게 하고 남의 일인 양 중얼거렸다. 휘영이 그렇게 얼버무리고 넘어가지 말라며 슬며시 불퉁거렸다. 나희가 어깨를 으쓱했다.

"그 무렵 용감하게도 전국 일주를 기획했었거든. 취지는 무전여행이었는데 말이 쉽지, 비상용으로 들고 간 체크카드 써가며 간신히 버텼어."

"혼자서 여행길에 나섰단 말이야?"

이미 한참 전에 지나간 일을 두고 휘영이 못내 뜨악한 얼굴을 하는 게 우스워 그녀가 피식했다.

"외국을 혼자 여행 가는 여자도 있는데 우리나라 한 바퀴 둘러보는 게 뭐 어때서."

"그랬다 치고. 그다음엔?"

"별거 없어. 남쪽부터 쭉 훑어보고 위로 올라가다가 딱 대전 근처에서 빈털터리가 된 거야. 돈이 없으니 알바를 하자 한 거고 그 길로 어영부영 주저앉게 됐어."

"정말로 어영부영인 이야기네."

"뭘 기대한 거야? 이 자리에서 대하소설이라도 한 편 써?"

나희는 실소를 짓고 소파에 깊게 등을 묻었다.

"아, 그것도 수다라고 마음이 좀 편해졌어. 이제 가서 한숨 자면 딱 좋을 것 같아."

"그렇게 해. 목욕물 받아놓은 것도 지금쯤 찼을 거야. 있어봐, 보고 올게."

그가 목욕물을 보러 간 사이 나희는 새삼 찬찬히 거실을 둘러보았다.

휘영이 데리러 오고, 그녀는 또 당연하다는 듯이 그를 따라 여기로 오고.

"너무 어리광이 심했나. 아, 그렇지. 화분이라도 하나 사줘야겠다."

혼잣말에 이어 가만히 한숨을 쉬는데 휘영이 돌아오며 지금 들어가면 되겠다고 말했다. 나희는 소파에서 일어나 욕실로 향하면서 잊기 전에 말했다.

"있지, 화분 들일 생각 정해지면 나한테 말해. 집들이 선물로 내가 선물할 테니까."

"집들이는 아직 좀 시기상조인데."

"그러니까 하는 말이야."

등 뒤로 그의 시선이 따라오는 기분이 들었지만 신경과민이겠거니 하고 무시했다. 그리하여 또 찾게 된 욕실에서 나희는 가볍게 씻고 욕조에 몸을 담갔다.

"아아…."

절로 터져 나온 환희에 가까운 신음. 욕실에 들어올 때부터 나던 상쾌한 향기의 정체는 입욕제였던 모양이다. 뽀얀 물은 매끈매끈한 것이 온몸을 부드럽게 휘감았다. 살짝 숨이 찰 정도의 뜨거움은 뼈 마디마디에 남아 있던 긴장을 녹여내며 경직된 심신을 노곤하게 풀어주었다. 그렇게 있으려니 집에서 겪은 무서운 일도 흡사 아주 오래전 일처럼 아득했다.

그러나 아니다. 이런 상황에서 현실 도피는 아무 소용도 없음을 나희는 이미 오래전에 배웠다. 며칠 새 두 번이나 털린 집, 설마 세 번이야 그러겠어라는 막연한 믿음만큼 위험한 게 없다. 동일인의 소행이든 아니든 요는 그 일대에 겁 없는 도둑이 배회 중인 것. 주변에 원룸이 많이 생기면서 동네가 전 같지 않다던 할아버지 말씀이 제대로 와 닿았다. 비록 삼십 년 가까이 살며 정든 집이어도 동네가 그리된 이상 별수 없다.

'이사를 가야겠어.'

왼쪽 뒤통수에 남은 자그마한 흉터를 어루만지면서 나희는 확고하게 결심했다. 할아버지를 설득하는 일은 차차 생각하기로 하고.

욕실에서 나간 그녀는 거실에 휘영의 모습이 안 보이는 걸 확인하고 전에 쓴 방으로 향했다. 거울 앞에 앉아 머리를 빗으며 생각에 잠겨 있다가 갑자기 방에 들어서는 휘영을 보고 흠칫 놀랐다.

"뭐야, 인기척도 없이."

"노크했는데? 못 들었어?"

"…그랬어? 미안, 생각 좀 하느라."

"뭘 또 그리 골똘하고 그래. 집일이라면 잠시 잊어버리래도."

핀잔을 하며 다가온 휘영이 화장대 위에 뚜껑이 덮인 큼지막한 머그컵을 내려놓았다. "또 꿀물?"하고 묻는 말에 그가 엷게 웃었다.

"그냥 따뜻한 물이야. 목욕 후에 익사할 정도로 물 마시는 버릇 아직 안 고쳤을 것 같은데."

부정할 수 없다는 사실에 나희는 쓴웃음을 지으며 머그컵을 손에 들었다. 한 번 마시기 시작하자 멈출 수가 없었다. 바닥을 보인 컵을 내려놓으며 후련하다는 듯 한숨을 내쉬는 그녀에게 불쑥 휘영이 손을 뻗어 정수리를 쓰다듬었다.

"그렇게 물을 잘 마시니 네 피부가 촉촉한 실크 같은 것도 당연해."

머리를 만지는 손길도, 나긋한 목소리도 당혹스러울 만큼 요염한 색을 띠는 것에 나희는 아연해서 거울 속 휘영을 빤히 쳐다보았다. 그의 손이 머리카락을 타고 내려와 어깨에 닿았다.

"그래도 여기가 딱딱하네. 좀 주물러 줄까?"

"됐어. 손도 불편하면서 뭘."

"한 번에 한쪽씩 하면 되지. 맡겨봐, 이런 건 잘 풀어주지 않으면 만성적으로 굳어."

"아니, 난 정말 괜찮으니까."

다소 신경질적으로 손을 쳐내고 말았다. 거울 속으로 약간 어리둥절한 얼굴을 한 휘영이 비쳤다. 순수한 호의를 나희가 오해한 것일까? 아니, 오해라고 해도….

"신경 써줘서 고마운데 지금 좀 많이 졸려서. 그만 나가줄래? 자야겠어."

"안 그래도 함께 자줄까 싶어서 온 건데."

생각지 못한 말에 나희가 홱 고개를 꺾어 그를 돌아보았다.

"무슨 생각을 하는 거야? 내가 오늘 아침에 한 말을 제대로 듣긴 한 거야? 너랑 내가 왜 자, 대체."

물끄러미 그녀를 바라보던 휘영이 머리를 쓸어 넘기며 "물론 기억하는데."하고 운을 뗐다.

"그래도 지금은 특수 상황이니까. 너, 아까 울었잖아?"

나희의 얼굴이 확 붉어졌다. 휘영이 오기 전까지 어찌어찌 눈물을 그치긴 했지만 워낙에 펑펑 운 바람에 눈이 붓는 것은 피하지 못했다. 그래도 그가 별말 안 해서 모르고 넘어간 건가 했는데.

"모를 수가 없잖아. 그렇게 눈이 새빨개져 있는데."

마치 그녀의 속내를 훤히 들여다본 것처럼 그가 말했다.

"그걸 보니까 마지막으로 네가 우는 걸 본 때도 떠오르고 해서. 트라우마가 돼도 어쩔 수 없는 상황이었잖아."

"그런 거 멋대로 짐작하지 마. 트라우마 같은 거 없어."

쌀쌀맞게 쏘아붙였지만 분명히 그 영향이 없지는 않았다는 걸 알기에 나희는 더 언짢았다.

스무 살, 낯선 서울살이에도 슬슬 익숙해져가던 초겨울 자락에 나희는 도둑을 맞은 일이 있다. 월세가 싼 데만 죽도록 찾아다니다 얻었던 첫 자취방은 보안도 엉망이었고 주변 환경도 어느 것 하나 탐탁스런 데가 없었다.

당시 나희는 오후 느지막이 나가서 아침 해 뜨는 걸 보고 돌아와 자는 올빼미족 생활을 하고 있었다. 오후엔 학원에서 취업에 도움이 될 자격증 공부를 하고 밤에는 24시간 하는 패스트푸드점과 편의점에서 알바를 뛰었다.

어차피 도둑이 들어도 훔쳐갈 것도 없다는 자신감이 있었지만 어느 날 도둑을 맞고 보니 그나마 없는 살림에 훔쳐갈 게 있었다는 걸 깨달았다. 특히나 속옷을 전부 도둑맞았다는 걸 알았을 때엔 온몸에 소름이 돋았다.

신고 받고 온 경찰은 값나가는 걸 잃은 것도 아니고 이 주변에서 속옷 정도 훔쳐간 거면 조상님이 도우신 거라는 막말을 늘어놓았다. 휘영을 만났을 때 불평했더니 그러니까 그런 데서 살지 말라고 하지 않았냐며 핀잔이나 들었다.

'그만 다른 데로 이사해. 객기 부리지 말고.'

휘영은 그렇게 말해도 월세 열 달분을 선불로 내면 한 달분을 제해준다는 말에 홀랑 넘어가 계약했던 나희에겐 쉽지 않은 일이었다. 적어도 십 개월은 채우고, 라며 자물쇠를 바꾸고 보조자물쇠를 하나 더 다는 것으로 만족했다. 한 번 털어간 집, 뭐 털 게 있다고 다시 오겠느냐며 안심한 점도 없지 않았다.

도둑은 다시 왔다. 그것도 나희가 쉬는 날을 노려 대담하게도 한낮에 열쇠를 절삭하고 들어와 자고 있던 그녀를 덮쳤다.

반항하는 그녀를 복면을 쓴 남자가 사정없이 후려치며 제압하려 했다. 얼굴을 집중적으로 맞자 금세 정신마저 혼미해졌지만 다행히 늦기 전에 머리맡에 호신용으로 챙겨두었던 고춧가루 스프레이가 손에 잡혔다. 정신없이 그것을 뿌려댄 게 효과가 있었는지 남자가 비명을 내질렀고, 나희는 그 틈에 남자를 밀쳐내고 도망쳐 나왔다.

무슨 정신으로 큰길까지 내달렸는지 지금 돌이켜봐도 아찔하다. 여하튼 그녀를 발견한 행인들이 구조의 손길을 내밀어주어 겨우 그 지옥을 탈출했다. 뒤늦게 경찰이 그녀의 집으로 갔을 땐 강도는 이미 내빼고 난 후.

나희가 보호자로 이름을 댄 휘영이 병원을 찾아왔을 때 그녀는 진정제를 맞고 자는 중이었다. 깨어나서 그를 봤을 땐 안심이 되는 한편 또 한소리 듣겠구나 싶어 겁도 나 울었는데 그는 웬일로 아무 말도 하지 않았다. 야단도 위로도 없이 묵묵히 밤새 옆에 있어주었다. 다만 다음날 아침, 그는 이틀 더 병원에 있으라고 말한 뒤 돌아갔다.

다행히 부러지거나 한 덴 없었지만—가장 큰 상처가 반항 중에 책상 모서리에 심하게 찍혀서 뒤통수 두피가 찢어진 것 정도. 그것이 뒤통수에 남은 흉터이다.—아직 충격에서 벗어나지 못했던 나희는 순순히 그의 말에 따랐다.

이틀이 지나 휘영이 데리러 왔다. 그는 그녀를 처음 보는 집으로 데려갔다. 이후 나희의 서울살이 동안 쭉 함께 한 반지하방이었다. 상하방 형식으로 부엌과 방이 분리되어 있고 화장실도 딸려 있었다. 곰팡이나 결로 문제도 그만하면 양호했다. 게다가 휘영이 다니던 한국대까지 도보로 삼십 분 거리였다.

전의 집에 비해 이십만 원가량 오른 월세는 휘영이 부담하기로 했다.

기숙사 룸메이트가 지독한 별종이라 이따금 피신 갈 곳을 찾아야겠다고 생각했던 중이라며.

그 집에서의 첫날밤은 미닫이문을 사이에 두고 그는 부엌에서, 그녀는 방에서 보냈다. 그러나 새벽녘에 간신히 잠든 그녀가 악몽에 시달리는 바람에 휘영이 건너와 달래주면서 그대로 함께 잠들었다.

그 뒤 수시로 집을 드나드는 그를 따라 그의 짐이 하나씩 집에 따라왔다. 그리고 나희는 얼굴의 멍 자국이 다 빠졌을 즈음, 휘영에게 어떤 제안을 했다.

'괜찮다면, 나랑 자지 않을래? 첫 경험인지 뭔지 하는 그거, 얼른 해치워버리고 싶어.'

누군가에겐 아주 소중하고 고귀한 기억이 될 순간을 인간 같지도 않은 짐승에게 짓밟히면서 잃을 뻔한 나희가 독한 각오로 내린 결단.

'나랑 그래도 후회하지 않겠어?'

휘영은 그렇게 물었고 나희는 고개를 끄덕였다.

'후회하지 않아.'

그렇게 해서 제안을 한 다음 날 밤, 둘은 긴 시행착오 끝에 첫 경험을 치러냈다. 다만 거기에서 끝나지 않고 그 며칠 후에 다시 살을 섞으면서부터 둘 사이에 섹스가 하나의 일과로 자리 잡아갔지만….

애초에 그때 도둑이 든 게 문제였다. 도둑이 강도가 된 게 문제였다. 다시 휘영과 같은 집에서 살게 된 것도, 첫날밤 악몽을 꿔서 그를 방으로 들였던 것도, 모두 문제의 연속이었지만 역시 그 시초는 도둑이다.

"한 사람 인생에 도둑을 네 번이나 맞다니, 이건 좀 지나치잖아. 어지간한 사람은 평생 한 번도 안 겪을 일. 그게 분해서 운 거야. 다른 뜻 없어."

다소 억지스럽더라도 나희는 고집스레 밀고 나갔다. 휘영이 그건 그렇다며 얼마쯤 수긍하는 듯한 말을 했다.

"내가 필요 없다는 뜻으로 알고 나가볼게. 대신, 거실에서 잘 테니까 혹시 무서워지거나 그러면 불러."

"안 그래도 돼. 누가 또 악몽 같은 거 꿀 줄 알고?"

"꿈이 안 꾸고 싶다고 안 꿔지는 그런 건 아니잖아?"

휘영이 툭툭 그녀의 어깨를 두드리고는 방을 나갔다. 나희는 왠지 약이 올라 "절대로 안 꿀 거야."하고 오기 섞인 다짐을 하고 침대에 올랐다.

머리맡 협탁에 있는 수면등을 끄려고 손을 뻗던 그녀의 눈에 언뜻 들어온 무언가. 수면등 앞의 자그마한 바구니에 금귤이 소복이 담긴 채 놓여 있었다.

"…먹지도 않을 거면서 장식으로 둔 거야?"

나희는 아련하게 풀어진 눈으로 금귤을 향해 손가락을 내밀다가 불현듯 손가락을 접고 도리질을 했다. 얼른 수면등을 끄고 금귤로부터 도망치듯 침대 끄트머리에 바짝 붙어 눈을 감았다.

어둠에 희미하게 배인 금귤향을 의식하며 서서히 잠이 든다. 어쩌면 악몽이 아니라 좋은 꿈을 꿀 수 있을지도.

…그러나 어김없이 악몽을 꿨다.

도둑과는 전혀 상관없지만 그녀의 가슴에 수치로 알알이 맺힌 기억을 생생히 재연하는 비참한 꿈이었다.

한마디도 하지 못하고 꼼짝없이 당하기만 하던 미욱한 자신. 짓지도 않은 죄로 연신 허리를 숙여 사과하는 할아버지의 등 뒤에서 나희는 증오를 넘어 살의에 가까운 미움으로 부들부들 떨고 있었다.

'어쩜 이렇게 천박한 인간이 다 있어. 두고 봐, 두고 봐, 당신, 두고 보라고….'

마냥 분해서 발만 동동 굴렀던 그때에,

또 한 번 겹쳐지는 악몽 같은 순간.

길거리에서 머리끄덩이를 붙잡힌 채 발길에 차이며 얻어맞았다.

이 여우 새끼 같은 년이 어디서 속이 빤히 보이는 수작질이야! 그 시커먼 가랑이로 감히 내 아들을 찜 쪄 먹으려고? 네 똥갈보 에미년이 그렇게 가르치던? 하이고, 좋은 거 배웠다 좋은 거! 어림도 없다, 망할 년, 누구 씬지도 모를 갈보년 딸 주제에 어디 넘볼 사람이 없어서 내 아들을! 죄 받는다, 이년아, 누굴 또 물귀신으로 만들려고, 응!

쥐어뜯겨서 누더기가 된 옷을 부여잡고 덜덜 떨었던 나희를 구원해주는 손길은 어디에도 없었다.

빙 둘러서서 구경하던 사람들. 그 안에 그 여자애도 있었다. 외할아버지가 어마어마한 부동산재벌이라던, 온몸에서 돈냄새를 풍기던, 휘영의 대학 동기. 그녀는 진흙탕에 구르는 돼지 새끼를 바라보듯 나희를 보며, 입술을 비틀어 웃고 있었다. 그렇게 제 손가락 하나 까딱 안 하고 그 여자애는 나희를 자근자근 짓밟았다.

때리고 욕하는 사람보다도 훨씬 미웠던….

진심으로 죽여 버리고 싶다고 이를 갈았던….

정신이 나가버릴 것 같이 수치스러운 순간순간을 오로지 맹렬한 증오로 버텼다. 비명도 신음도 없이.

그리고 겨우 혼자가 되었을 때 이불을 뒤집어쓰고 울었다. 베갯잇을 짓씹으며 흡사 짐승처럼 몸부림치며 통곡했다. 토할 만큼 울어도 풀어낼 길 없는 분함.

올 기력도 없어서 널브러진 후엔 살인을 꿈꾸었다. 막연히 죽이겠어가 아니라, 살면서 보고 들어온 모든 험한 죽음에 그들을 생생히 투영하는 지독한 원념이었다.

저주. 그 말 외엔 더 설명이 필요 없는.

'나 제정신이 아니구나.'

천장을 올려다보며 웃음을 터뜨리던 순간의 그 말할 수 없이 비참한 기분. 다시 눈물이 솟구치는 눈두덩을 누르며 나희는 어린아이로 돌아간 것처럼 구원자를 불렀다.

'할아버지…. 할아버지, 나 좀 도와줘요. 도와주세요.'

정신없이 신주에 내려가 일주일가량을 두문불출하며 방에만 틀어박혀 있는 그녀를, 할아버지는 아무것도 묻지 않고 살뜰히 돌봐주었다.

할아버지가 더 아팠는데, 그때에 이미.

다달이 내려가서 얼굴을 보면서도 전혀 알아채지 못했던 나희는 결코, 좋은 손녀가 아니었다. 할아버지가 절실하게 그녀의 도움을 필요로 했을 동안 그 어느 때보다 휘영에게 미쳐 있었기에 더더욱.

'나 내년에 유학 가게 됐어. 최소 이 년, 길면 삼 년까지도 있을지 몰라.'

섹스 도중에 그런 말을 하는 남자 따위에게.

'어, 그렇구나. 어디로 가는데?'

'시카고. 시카고대학교 경제학과라고 하면 누구나 인정해주거든.'

시카고. 들어본 적은 있어도 구체적으로 어디인지는 전혀 종잡을 수 없었던 지명은 드물게도 들떠 있던 휘영의 목소리 때문에 더 현실성이 없었다.

'언제 가는데?'

'가을학기 시작하기 전에 ESL 프로그램을 들을 거라 겨울 가기 전엔 나가야 해.'

'겨울이라면….'

'1월 말 생각하고 있어. 그전까지 여기서 해둬야 할 것도 있고. 바빠질 거야, 정신없이.'

그것이 기쁘다는 듯 휘영의 입가엔 엷은 미소가 맴돌았다. 멍해진 머릿속에 쨍한 햇빛처럼 각인된 미소를 응시하며 나희는 기계적으로 물었다.

'지낼 곳은 있어?'

'ESL 봄학기 시작되면 기숙사에 들어갈 거야. 그전까진, 함께 가는 사람 아파트에서 신세질까 해. 그 앤 기숙사 생활 같은 거 못한다고 벌써 아파트 알아보는 모양이더라고.'

'같이 가는 사람이 있어? 누구? 나도 아는 사람?'

'너도 알 거야. 소가연이라고 전에 축제에 갔을 때….'

뒷말은 들었을 테지만 뇌리 어디에도 없다. 소가연. 그 여자애랑 같이 가는구나. 걔는 휘영이랑 같이 지낼 아파트를 알아보면서 날 그렇게 처참한 진창으로 처넣었던 거야.

나희는 아연해져서 며칠을 꿈속에서 살았다. 그리고 그 며칠 후 할아버지의 암 발병 사실을 알고 생각했다.

결국 저주는 어디에도 닿지 못했나봐.

아니다, 너무 허술해서 술자에게 돌아왔다 보다. 그 모든 원망이 고스란히 돌아와 나희에게, 나아가 매일없이 나희의 무사안녕을 빌어주던 할아버지에게 미친 게 분명했다. 나희가 아플 거, 슬플 거 모두 대신하게 해달라고 정성스레 기원하시는 가엾은 할아버지에게.

'은혜를 원수로 갚는다는 게 바로 나 같은 아이 때문에 생긴 말이었어.'

할아버지의 담당의사와 면담을 하고 나와 앉아 있던 그 자리에서 수치로 온몸을 불태우며 나희는 뚝뚝 눈물을 쏟았다. 그리고 거기에서 지난 몇 년간 그녀를 휘영에게 묶어 놓았던 집착의 끈도 싹둑 잘려나갔다.

지금이라면 단념할 수 있어.

벗어나야 해. 신휘영에게서. 그가 아니라면 나는 누구도 미워하지 않을 테니까.

애초에 사랑 같은 것도 아니었으니까.

'단념할게요, 그러니까 신이 있다면 좀 봐주세요, 제발.'

"애초에…."

나직이 한숨을 쉬면서 나희는 눈을 떴다. 베갯잇이 축축해서 울고 있다는 것을 바로 알았다. 참 울 일도 많다, 하고 맥없이 웃는데 아주 가까이서 부드러운 목소리가 들렸다.

"울다가 웃으면 어디에 뿔난다는데."

퍼뜩 놀라 몸을 일으키려는 그녀를 휘영이 등을 토닥거리며 진정시켰다.

"나야. 놀라지 마."

나희는 눈을 깜박거리다 이윽고 눈살을 찌푸렸다.

"안 놀라게 생겼어? 대체 왜 여기 있는 거야?"

"말했잖아, 거실에 있겠다고. 비명 지르는 소리가 들리는데 안 들어올 수 있어?"

"비명? 내가 비명을 질렀다고?"

"질렀어. 더욱이 서럽게 우는 건 어떻고."

설마 하고 경계하던 나희도 그 말엔 반박할 말이 궁해졌다. 얼렁뚱땅 눈물이 쏙 들어가긴 했지만 여전히 눈가가 축축한 것을 얼른 훔치고 보았다.

"모른 체 좀 하지. 사람 열없게 만들긴."

냉랭하게 내뱉으며 다시 몸을 뒤채는데 등을 안고 있는 휘영의 손이 그걸 방해했다. 어둠이 눈에 익어 그의 얼굴을 알아보게 된 나희가 매섭게 쏘아보며 언제까지 이러고 있을 셈이냐고 물었다.

"아침까지 이러고 있어도 난 상관없는데."

"그럴 필요 없어! 왜 자꾸 사람 말을 못 알아듣는 척해?"

"그야, 네가 자꾸 모난 말만 하니까."

"내가 모난 말을 하게끔 만드는 사람이 누군데?"

어이가 없어 나희가 다시 몸을 일으키려 했지만 이번에도 완강한 손에 가로막혔다. 뿐더러 그녀의 잔등을 더욱 그에게 당겨 안으며 휘영이 말했다.

"다시 만난 넌 늘 나에게 화낼 준비를 하고 있는 사람 같아. 왜 그렇게 질색해? 혹시 여태 날 미워하고 있었던 거야?"

어둠 속에서도 그윽하게 반짝이는 눈으로 빤히 응시해오며 묻는 말에 나희는 그만 눈을 감고 싶은 기분이었다. 그러나 눈을 감으면 진다는 생각으로 버티며 오히려 더 빤히 그의 눈동자를 응시했다.

"내가 왜 너를 미워하겠어? 그럴 이유가 뭐가 있다고?"

"그래? 정말로 단 한 번도 미워한 적이 없다고?"

나희는 이번만큼은 거짓말할 필요가 없었다. 그가 그녀의 뜻대로 되어주지 않은 건 사실이지만 그런 이유로 미워하는 건 어불성설. 그를 생각할 때 따라오는 건 미움이 아니라 허탈에 가까웠다. 공허한 노력, 공허한 시간들. 그래도 스스로 원한 길을 갔기에 조금의 후회도 없다.

"미워한 적 없어, 맹세코."

흔들림 없는 눈에서 진실을 본 듯 휘영이 눈을 감고 한숨을 내쉬었다. 그리고 다시 눈을 떠 나직하게 물었다.

"그런데 왜 나는 네 안에 여전히 딱딱하게 얼어붙은 부분이 느껴질까?"

나희는 희미하게 웃었다.

"착각하는 거야. 내가 너한테 냉랭하게 군다면 그건 딱히 어떤 부정적인 감정 같은 게 아니라…."

잠시 생각한 끝에 그녀는 말을 맺었다.

"너랑 더 이상 얽히고 싶지 않다는 부담감 때문이겠지. 우린 그냥 기차에서 마주치고 헤어졌으면 좋았을 거야."

휘영이 그녀의 눈가를 부드럽게 어루만지며 물었다.

"날 미워하지 않는다면서… 왜 날 그렇게 불편해하는 건데? 혹시 옛날에 나만 모르는 무슨 일이 있었던 건 아냐?"

"뭘 말하는 건지 모르겠는데 난."

울어서 예민해진 눈가의 피부에 그의 손끝은 스치는 자체로 지나친 자극이었다. 얇은 살갗 아래서 혈관이 달아올라 뜨거운 홍조로 물들어가는 것마저 느껴졌다. 나희는 어둠에 깊이, 아주 깊이 감사했다.

"내 주위의 누군가가 널 괴롭혔다거나…."

그의 나직한 질문에 그녀의 눈동자가 살짝 흔들렸다. 무언가를 알아서 던지는 질문? 아니면 떠보기?

그래 봤자 너무도 오래전에 지나간 일. 오늘 같은 밤엔 악몽으로 찾아

오기도 했지만 거의 없었던 일이다. 그와 다시 볼 일이 없다면 알아서 오랜 망각의 무덤으로 돌아가리라.

"누가 날 괴롭혔겠어? 내가 네 뭐라고."

나희는 시답잖은 소리 다 듣겠다는 듯 웃었다. 휘영의 가늘어진 눈이 그녀를 물끄러미 응시했다.

"다른 사람들 눈엔 충분히 특별해 보였을 수 있어."

"걱정 마. 집안에서라면 몰라도 밖에서의 넌 만인에게 공평하게 쌀쌀맞았으니까. 물론 나도 포함해서 말이야. 룸메이트라고 색안경 끼고 본 사람이 있었을 수는 있겠지만 잠깐만 생각하면 답이 뻔한 일이잖아? 어느 모로 보나, 격에 안 맞는 거."

미안하지만 마지막 말은 누군가에게서 훔쳐온 것. 소가연. 그 여자애가 봐도 봐도 이해가 안 간다는 눈빛으로 나희를 바라본 끝에 툭 던진 한마디였다.

'어느 모로 보나, 격에 안 맞잖아요.'

그리고 또 뭐랬더라. 질이 너무 떨어져서 싸워볼 의욕도 생기지 않는댔던가?

분명 그 말대로 됐다. 그녀는 나희와 싸우지 않았다. 본인은 우아하게 뒷짐 지고 있고 대리인을 내세웠을 뿐.

그 패가 휘영의 모친이었던 건 더없이 탁월한 선택이었다. 다른 사람은 다 속여도—심지어 휘영까지도—그 사람만큼은 속일 수가 없었으니까.

어차피 언젠가는 정통으로 맞붙을 거란 각오도 했던 바지만, 그 각오를 발휘해볼 틈도 없이 나희의 기권패로 끝났다. 한결같은 공허의 기록에 또 하나 추가.

"격이 안 맞는다…. 그게 정말 네 생각이야?"

확인하는 휘영의 말에 이미 의심이 깔려 있다. 그렇다 한들 이제 와서 사실은 이러이러한 애가 와서 콩 하고 때렸어요, 라고 고자질할 생각은 없다. 너절하고 촌스러운 짓이다.

"응. 내 생각이야."

산뜻하게, 웃으며 대답했다. 그리고 눈가에 머물러 있는 그의 손을 떼어내려고 손을 들어 올리는데 그가 그 손목을 움켜쥐며 바싹 고개를 기울여왔다.

"믿기지 않아. 내가 아는 우나희라면 그런 말을 진심으로 할 수 없어."

"네가 아는 우나희? 그게 뭔데?"

"헤밍웨이의 명언을 진심으로 신봉하던 낭만주의자. 잊었다고는 말 못할 거야. 한때는 종이만 있으면 무조건 쓰곤 하던 말들."

아아, 사람의 기억이란 건 재미있다. 그의 속삭임에 나희는 그동안 까맣게 잊고 있었다는 게 거짓말처럼 느껴질 만큼 좋아했던 경구를 떠올려냈다.

There is nothing noble in being superior to your fellow man; true nobility is being superior to your former self.(타인보다 뛰어나다는 것은 고귀할 게 없다. 이전의 자신보다 더 뛰어난 것, 그것이 참된 고귀함이다.)

휘영에게서 처음 들은 이래 홀딱 반해서 믿고 의지했던, 과장 좀 보태어 정신적 지주 같았던 경구였는데 어느 순간부터 아주 잊고 살았다. 그 점에 쓸쓸히 미소하며 나희는 중얼거렸다.

"네 말대로 낭만주의자였던 거겠지. 근데 낭만은 세상 살면서 별 쓸데가 없더라. 난 이제 서른넷이야. 더 이상 그럴싸한 말 따위에 현혹돼서 내

열등함을 포장하거나 하진 않아."

"어째서 그렇게 아픈 말로 스스로를 상처 입히는 거야? 꼭 자포자기한 것처럼."

"포기할 건 포기하고 사는 게 편해. 더불어 자기 주제도 확실하게 파악하지 않으면 자꾸만 헛된 꿈을 좇으며 살게 되니까. 기왕이면 현명해진 거라고 생각해줘."

거북이가 안간힘을 쓰며 백 리를 가는 동안 토끼는 같은 노력으로 만 리를 간다. 얻은 결과물이 그토록이나 다른데 거북이에게 넌 어제의 너보다 나아졌어라는 말 따위가 무슨 의미가 있나. 아득히 멀어진 토끼를 바라보며 나도 이만하면 고귀해, 라고 말하는 건 초라한 자위에 불과하다. 그나마 거북이가 행복해질 수 있는 방법은 그의 시야에서 토끼가 사라지는 것이다. 그것을 나희는 너무 늦게 배웠다.

"그렇게 생각할 수 없어. 지금의 넌 마치 잿더미로 빚어놓은 허상 같아."

휘영은 답답하다는 듯이 그녀를 나무랐다. 나희는 소리 없이 웃고 가만히 어느 한 대목을 곱씹었다.

"잿더미로 빚은 허상이라. 나쁘지 않다. 마음에 들어."

"그런 말을 마음에 들어 하면 어쩌자고. 내가 널 모욕한 거야. 이번에야말로 화를 내야지."

"그랬어? 근데 화가 별로 안 나는 걸. 예전엔 그 정도 말은 예사로 듣고 지냈던 것 같은데. 너, 입만 열면 시니컬한 말 하는데 뭐 있었잖아."

"…그 무렵은 속에 쌓인 화가 많았어. 컨트롤이랍시고 한다는 게 그 정도밖에 안 됐지."

휘영은 한숨을 쉬고 불현듯 나희의 눈을 들여다보며 사과했다.

"네가 가장 가까이 있어서 너한테 자꾸만 쏟아냈던 거 알아. 용서까진 바라지 않지만, 내가 정말로 미안해하는 것만은 알아줘. 너한테 너무… 불친절했어. 무슨 짓을 해도 네가 받아준다는 걸 핑계로 점점 그 한계조차 망각하고서…."

더 이어지려는 그의 말을 나희가 손바닥으로 그의 입술을 눌러 막았다. 그녀는 살며시 도리질했다.

"안 그래도 돼. 다 지나간 일이야. 새삼 떠올린들 아무런 감정도 들지 않아. 그대로 그냥 잊게 해줘."

"…아무런 감정도 들지 않아?"

"응. 그냥 다 무덤덤해."

"내가 무슨 말을 하든 너한텐 다 의미 없는 메아리일 뿐이고?"

나희는 엷게 눈으로 웃으며 긍정했다.

"그래. 네 표현을 빌자면 너도 과거로부터 온 허상이거든. 한참 빛바랜 허상."

뚫어져라 바라보던 휘영이 불현듯 그녀의 뒤통수를 당기며 입술을 부딪혀왔다. 잔뜩 힘이 들어간 손으로 그녀의 머리를 움켜쥐고 거칠고 다급하게 입술을 탐했다.

애틋함과는 거리가 먼 노여움에 물든 키스였다.

나희는 눈을 꽉 감고 완강히 이를 앙다물었지만 사뭇 길어지는 입맞춤에 농밀해지는 공기를 한없이 견뎌낼 재간이 없었다. 가쁘게 쏟아내는 서로의 숨결이 뒤섞여 데일 것처럼 뜨겁다. 그만 제멋대로 몸 깊은 곳이 욱신거리며 반응했다. 나희는 더 버틸 수가 없었다.

도리질하며 벗어나려 했다. 그리고 일정 부분 성공했다. 하지만 나희가 급하게 숨을 몰아쉬며 자유를 만끽하기 무섭게 도로 휘영의 손에 붙들려 입술을 빼앗겼다. 닫을 새도 없이 입 안으로 침입한 그의 혀가 흠칫 물러나는 그녀의 혀를 붙들어 끈적하게 희롱했다.

"우… 응…."

정신 차려보려는 노력도 소용없이 자꾸만 아득해져간다. 깊게 얽혀 비비대는 혀를 따라 고여 드는 타액을 삼키자 더 자욱하게 머릿속에 퍼지는 안개. 그 안개는 금세 피를 타고, 살갗을 타고 손끝까지 발끝까지 치달았다.

어쩌면 전하고 변한 게 하나도 없을까. 키스만으로도 이렇게 그녀를 달아오르게 하는 단 한 사람. 스위치는 여전히 유효했다. 그것을 오프로 돌려놓으려고 들어 올린 손도 그의 가슴팍에 매달려 간신히 허우적거리는데 그쳤다.

휘영이 그녀를 침대 위로 밀치고 몸에 타올랐다. 그대로 잠시 더 탐하던 입술을 떼며 그가 가득 잠긴 목소리로 물었다.

"이래도 내가 허상이라고 할래?"

눈을 뜨지 않은 채, 나희는 잔열에 희롱당하며 중얼거렸다.

"상성이… 좋은 것뿐이야."

"상성?"

딱딱하게 되묻고 그는 거칠게 나희의 가운을 헤집어 팬티 속으로 손을 집어넣었다. 다짜고짜 샘으로 향하는 손길에 흡 하고 숨을 들이켜는 그녀에게 그가 빈정거렸다.

"흠뻑 젖었어."

심지어 그런 말에도 왈칵하며 샘 안이 뜨겁게 젖어드는 것에 나희는 얼굴이 타버릴 것만 같았다. 입술을 깨물며 그녀가 애처롭게 내저은 손을 간단히 휘어잡고 그는 그녀의 팬티를 끌어내렸다.

"아, 무슨, 잠깐… 아, 아아… 싫어!"

촉촉한 이슬을 한 차례 펴 바르듯 비빈 분신으로 지긋이 그녀를 압박한 채로 그는 확인했다.

"싫어? 그게 정말이라면 밀어내."

잡았던 손을 놓아주고, 그가 더 강하게 몰아붙였다.

"꺼지라고 뺨이라도 쳐. 내가 확실하게 알 수 있게. 어서, 날 보면서 말해 보란 말이야."

나희는 눈을 떠 휘영을 보았다. 그리고 자유로워진 두 손을 옴직거렸지만 끝내 할 수 있는 건 얼굴을 덮으며 괴롭게 도리질하는 것뿐이었다.

"그럼 안는다."

귓가에 나직한 말이 떨어지고, 이내 나희는 데일 것 같은 열기에 짓눌렸다. 휘영은 삽시간에 그녀 안을 가득 채웠다. 그리고 빈 공간을 점검하듯 가볍게 그가 허리를 들썩이자 뒤늦게 뻐근함이 밀려오며 그녀를 탄식하게 했다.

그녀의 귓가에 입술을 붙이고 휘영이 속삭였다.

"단숨에 날 전부 삼켰어. 느껴지지? 이렇게 촉촉해져선 날 휘감고 있잖아. 네가 이렇게 무르녹도록 내가 뭘 했지? 고작 키스를 했을 뿐이야. 그런데도 상성이라고?"

대답하지 않는 나희에게 그가 다그쳤다.

"말해보라고, 우나희. 상성이야, 이런 게?"

나희는 가까스로 눈을 떠 자신을 바라보는 냉정한 눈동자와 마주하는 순간 정말 지독한 남자라고 생각했다. 비록 그가 움직이지 않고 있지만, 그저 그녀를 가득 채우고 있는 것만으로 그녀는 머릿속이 마비되고 마는데 그는 그렇지 않았다.

'언제나 이랬는데 왜 새삼 충격을 받는 거야.'

휘영은 늘 그렇게 침착한 얼굴을 하고 그녀를 안았다. 땀으로 범벅이 되어서도 끝나기 무섭게 다시 그녀를 품던 여름날 밤에도, 잠이 오지 않는다며 몇 번이고 그녀를 안다가 콘돔이 떨어져 사러 나가기까지 했던 한겨울 밤에도 그는 흐트러지지 않았다. 절박함은, 늘 그녀의 몫이었다.

그러니까 상성이어야 한다. 그렇지 않으면 그녀를 애틋해하지도 않는 남자에게 이렇게 반응하는 자신이 너무 비참하다. 좋아하는 남자가 아니라면 여자는 몸을 열지 않는다는 말이 그럴싸한 헛소리에 불과하다고, 그가 믿게 해야 한다.

"상성이지 그럼."

나희는 짐짓 눈을 크게 뜨며 입가를 들어 올려 웃었다.

"너도 그렇겠지만 나도 몇 번인가의 연애를 해봤어. 그중에 둘은 꽤 진지하게 좋아했다? 근데 그 둘과는 이런 몸의 상성이 별로였어. 하면 할수록 오히려 식어버리는 게, 인력으로는 어찌 안 되더라고. 정작 별생각 없이, 유독 사람이 그리웠을 때 그저 옆에 있다는 이유 하나만으로 만난 남자랑은 제법 잘 통한 반면에."

"그게 혹시 지금 만난다는 남자?"

"설마. 그 남자랑은 진작에 헤어져서 이젠 이름도 가물거려. 짐승도 아닌데 몸이 잘 맞는다는 이유로 언제까지 사귈 수야 없잖아."

말하는 중에도 끊임없이 욱신거리는 하반신의 감각. 단지 그를 삼킨 것만으로 그녀의 모든 신경이 그리로 쏠려 더위 먹은 개처럼 헐떡거리고 있었다.

제발 이게 오롯이 휘영 때문이 아니기를. 오래도록 등한시한 그녀 안의 여성이 다시금 찾아올 엑스터시에 대한 기대로 기뻐 날뛰는 것이길,

나희는 빌고 또 빌었다.

"그게 좀 엿 같다, 휘영아?"

필사적으로 웃는 것 외에 목소리가 떨리지 않도록 하는 것에도 나희는 어마어마한 노력을 쏟았다.

"첫 끗발이 개 끗발이라더니 하필 첫 남자로 삼은 상대가 지독하게 잘 맞는 남자였던 거야. 덕분에 쓸데없이 기준만 높아져선 이쪽으론 별다른 재미도 못 보고…. 맞다, 이건 내 경우의 이야기고 너는 아닌가 보지? 상성이란 말을 쉽게 납득하지 못하는 게."

고개를 갸웃하며 그녀가 물었다.

"나 별로야? 키 재기 하면 네 여자들 중 몇 번째나 될 것 같아?"

"객관적으로 말해줄까, 듣기 좋게 말해줄까?"

더없이 냉정한 얼굴을 하고 그가 그녀의 의견을 구했다. 우습게도 나희는 잠깐 갈등에 빠졌더랬다.

"객관적인 평을 해주시면 감사하겠습니다."

그렇다면, 하고 그가 허공의 한 점을 보며 운을 뗐다.

"태반이 제 몸뚱이 가꾸는 일에 승부를 걸었던 치들이라 시각적으로 여자로 기능하는 면에선 너와 비교도 안 돼. 쾌락에도 깜짝 놀랄 정도로 솔직해서 스스로 만족하기 위해 남자를 도구로 이용하는 것에도 서슴없었고. 간단히 말해서 감각 있고 세련됐어. 어떤 남자를 만나든 그 남자가 가진 최고치를 끌어낼 만한 여자들이야. 반면 너?"

그의 눈이 다시 나희에게 못 박혔다.

"지금도 여전히 말랐지만 예전엔 더 깡말라서 조금만 오래 안아도 내 뼈가 다 욱신거렸어. 먼저 요구하기도 하는 걸 보면 관심은 충분한 것 같은데 안을 때마다 번번이 힘든 걸 참는 기색이 느껴지니 나까지 위축

될밖에."

"몸이 풀리기 전의 잠깐이었어. 섹스에 익숙해지는 데 시간이 필요한 여자도 있단 말이야. 적어도 나는…."

조용히 듣고만 있겠다는 다짐도 잊고 나희가 항변했다. 휘영이 고개를 끄덕였다.

"그래. 계절이 몇 번 바뀌고 나자 한결 모든 게 자연스러워졌었지. 하지만 그전까진, 버거워하는 너를 정욕에 못 이겨 유린하는 짐승 같이 느껴졌어, 내가."

"신휘영, 우린 결코 그런 게…."

당장 반박하는 그녀의 입술을 휘영이 손가락으로 눌렀다. 괜찮다는 듯 희미하게 웃으며 그가 말했다.

"알아. 넌 한 번도 날 거부한 적이 없어. 농담으로라도. 그리고 난 네 그런 포용을 철저히 이용했고."

"그러니까 그게 피차 합의하에…."

"쉬잇. 나희 네가 뭐라고 생각하든 내 생각은 같아. 그 단적인 예로, 나는 네가 힘든 것보다 내 욕망을 늘 우선했어. 언젠가 한 번은 속이 좋지 않다고 밥도 거른 채 누워 있는 너를 기어코 잠자리로 데려간 적도 있어. 기억나? 그날 밤에 고열로 응급실까지 갔었잖아."

"네가 업어준 게 그날이었나?"

알쏭달쏭하다는 듯이 말했지만 사실 나희도 똑똑히 기억했다. 자꾸만 속이 메슥거리고 어지러워서 꼼짝도 하기 싫은 날이었는데 휘영은 좀처럼 그녀 위에서 내려갈 생각을 안 했다. 참다못해 그녀가 몇 번인가 미온적으로 싫은 내색을 하기도 했지만 별 보람도 없이 그는 그녀 안에서 두 번의 절정에 이르렀다.

결국 그날 밤 응급실 신세를 지게 된 나희는 피검사 결과 상당한 수준의 빈혈임을 알게 되어 십 대 후반부터 끌고 온 골칫거리에 종지부를 찍었다. 가끔씩 별 이유도 없이 녹다운되곤 했는데 이젠 안 그래도 되겠구나 하고 단순한 그녀는 기뻐했었다. 그런데 곁에 있던 휘영은 가책을 느꼈던 모양이다.

"네가 빈혈약도 사줬고…. 난 별로 유감없었는데."

"약 따위가 무슨 대수야. 그건 인간적인 성의의 문제였어. 후회는 했는데, 그럼에도 불구하고 난 반성하지 않았어. 그 뒤로도 변함없이 정욕에 끌려다녔어."

휘영이 쓸쓸하게 웃었다.

"뻔뻔한 인간답게 그조차 너를 원망할 수도 있어. 네 탓이라고."

"내 탓인가? 안으면 뼈가 아플 정도로 말랐지만, 그럼에도 불구하고 마성의 여자라서?"

묵직해진 분위기가 버거워 나희는 짐짓 익살스럽게 웃었다. 그런데 그가 천천히 고개를 끄덕였다.

"그 무렵 난 너한테 반은 미쳐 있었어. 밖에서 널 생각하기만 해도 발기하는 바람에 곤혹스러웠던 순간도 한두 번이 아니야. 제어하려고 하면 할수록 더 고조되는 욕망에 숫제 바보가 될 것만 같았어."

들이 삼킨 숨을 빠르게 내뱉고 그가 말했다.

"그렇지만 그땐 알 수가 없었어. 단순히 내 정욕이 강한 걸 수도 있었으니까."

"어… 정욕이 강한 쪽인 건 맞지 않아? 또, 나이 탓도 있었을 거고. 그리고 또 처음이라는 어드밴티지 무시 못 하지."

나희의 조심스러운 의견에 휘영이 문득 혀로 할짝거리며 입술을 적셨다. 이어서 마른침을 삼키느라 움직이는 울대의 섹시한 움직임에 순간 눈길을 빼앗긴 그녀를 휘영이 도로 그의 눈으로 불러들였다.

"일정 부분 인정해. 그렇지만 상대가 아무라도 좋은 건 결코 아니었어. 쌓인 걸 해소하는 이상을 바라는 게 아니라면 누구라도 상관없었겠지. 하지만 이미 난 알고 있잖아…. 제어는커녕 끌려다니기 급급할 정도로 날 욕망으로 몰고 간 관계. 결국 누구도 거기까지 닿지 못했어. 그 비슷한 근처조차, 간 적 없어."

빤히 모든 걸 꿰뚫을 듯한 눈으로 바라보며 휘영이 속삭였다.

"우나희. 넌 내 첫 여자이자 최고의 여자야."

오싹, 하고 나희의 몸뿐만 아니라 머릿속 전체에 소름이 돋았다. 아찔하리만치 기뻤다.

'하지만 늦었어. 너무 늦었어. 너무, 너무 많이.'

불나방이나 다름없던 스물 언저리 즈음은 오래전에 지나가버린 것을. 나희는 필사적으로 자신이 아까 한 말을 떠올려냈다. 빛바랜, 허상. 너무도 정확한 표현이었다.

지금의 이 상황은 이를테면 별의 반짝임 같은 것. 그 실체는 까마득한 과거에 사라져버린 것의 잔상을 보며 소원을 비는 게 무슨 소용이 있는가?

"어머, 고마워라. 덕분에 옛날의 나에게 조금 자부심을 가질 수 있을 것도 같네."

그렇다고 그 아름다움에 감탄조차 하지 말란 법은 없으니까. 나희가 웃으며 말하자 휘영의 눈매가 살짝 일그러졌다.

"여전히, 옛날이야기라는 건가."

"과거는 미화되는 법이란 거 몸으로 체득할 나이잖아."

"체득…. 그렇네."

휘영이 옅게 웃으며 나희의 뺨을 쓰다듬었다.

"서로의 몸에게 물으면 될 일이야. 그동안 얼마나 미화된 건지, 충분히 시간을 두고 확인해 보자고."

"잠깐만, 나는 그런….'

그런 이야기에 동의할 생각 없어, 란 말은 내리누르는 그의 입술에 가로막혀 흩어졌다. 예의 지독한 마취에 가까운 키스로 빠르게 그녀의 머릿속을 헝클어뜨리면서 그가 슬슬 허리를 움직이기 시작했다. 말하는 사이 약간 미지근해진 욕정을 달구듯이 느릿느릿하던 몸짓은 조금 뻑뻑한 감은 있어도 그만하면 무난하게 그의 왕복을 허용하는 그녀의 안을 확인하고 홀연히 그 고삐를 풀었다.

그러자 매트리스의 부실함이 여실히 드러났다. 요동치는 매트리스를 따라 침대 프레임이 거슬리는 소리를 내며 끽끽거렸다.

그러나 소음의 기준이란 건 그 상황에 따라 얼마든지 유동적이 될 수 있다. 이 경우 둘에겐 그것이 전혀 소음이 아니었다. 소음이라기보다는 차라리….

이내, 그런 소리의 유무조차 아무래도 좋아졌다.

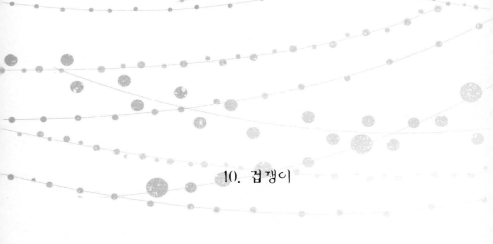

10. 겁쟁이

　"…휘영아, 이제 그만…해. 나… 한계야."

　원래 약간 허스키한 그녀의 목소리가 더 심하게 갈라져 나오는 것은 단순히 엎드려 있는 자세 때문만은 아니다. 휘영은 자꾸만 수그러지는 그녀의 허리를 받쳐 올리며 엄살 부리지 말라고 핀잔했다.

　"엄살이 아니라… 내일도 병원 가야 하니까."

　"정 졸리면 병원 가서 눈 붙여. 그러라고 간병인 붙여줬잖아."

　"아픈 할아버지 두고 손녀가 돼서 늘어져라 자라는 거야? 말이 되는 소릴… 흐아, 아웃."

　길어지려는 그녀의 말을 자르듯 민감한 곳을 잔뜩 찔러오는 바람에 나희는 꼼짝없이 매트리스에 얼굴을 묻고 신음에 매몰되었다. 그래도 어떻게든 생각의 끈을 놓치지 않으려고 애썼다. 어언간에 네 번째로 몸을 섞는 중이다. 세 번까지는 그녀도 각오한 바였지만, 네 번은 버겁다. 더 버거운 건 여전히 지친 기미가 없는 휘영이었다.

　"정말 이러다 허리도 다시 아파질 것 같아서 그래. 또 침 맞으러 가게 만들 참이야?"

"사서 걱정할 거 없어. 아직 그 정도로 하진…."

태연히 내뱉던 사람이 갑자기 말끝을 흐리는 것에 뭔가 걸리는 것을 느낀 나희가 어깨너머를 돌아보았다.

"무슨 소리야? 그 정도로 하진 않았다니… 그거 혹시 저번 날 밤이랑 연관된 말이야?"

거기까진 그저 합리적인 의심에 지나지 않았다. 그런데 그가 대답 없이 더욱 피치를 올려 그녀를 몰아붙이는 것에 의심의 앙상한 뼈대에 살이 붙기 시작했다.

그러고 보면 그날 아팠던 건 허리만이 아니었다. 아랫도리도 다소 쓰리고 욱신거리는 것을 오랜만에 한 탓이라고 여기며 그러려니 했던 건데, 실은 단순히 지나치게 많이 한 탓이었다면?

'잠깐, 그날 분명히 내가 덮친 거였잖아? 설마 욕구불만 아줌마처럼 휘영일 물고 늘어진 거야? 한 번 더, 한 번 더 그러면서…?'

나희의 머릿속이 순간 하얘졌다.

네, 저번 날 올해 들어 처음 했습니다. 더 솔직히 말하자면 작년 여름 이후로 한 적 없습니다. 별로 아쉽지도 않고 해서 그쪽에 대한 욕구가 거의 사라진 줄 알았습니다. 아니더라고요. 그러니 아침에 술에서 깨고도 미친 척 한 번 더 했죠. 하지만 그건 어디까지나 그 전날 밤 일을 잘 모를 때의 이야기고요.

술김에 덮친 것까지는 그렇다 쳐요, 걸신들려서 하고 또 하는 건 아니지 않나요? 여태 굶었다고 제풀에 폭로하는 것도 아니고. 아무리 이성의 스위치가 꺼졌다손, 절도란 게 있잖아요.

"휘영아? 제대로 말해줄래? 우리 저번 밤에 대체 몇 번이나… 한 거야?"

"그런 걸 일일이 세는 사람도 있어?"

별 싱거운 소리 다 듣겠다는 듯한 대답. 그러나 그 말은 일일이 셌어야할 만큼 잦았다, 라고도 해석이 된다. 적어도 한두 번은 아니고 못해도—.

"여섯 번? 일곱 번? 가물거리는데."

완전히 폭주했잖아!

나희는 새빨개진 얼굴을 시트에 묻고 뒤늦은 부끄러움으로 몸 둘 바를 몰라 했다. 더 미칠 것 같은 건, 필름이 끊겨서 제대로 기억조차 안 나는 그녀에 비해 그는 거의 맨 정신에 가까웠다는 사실이다. 엉망으로 흐트러진 그녀를 똑똑히 기억하는 사람 앞에서 잘도 도도한 척했으니.

"…좀 말리지. 딱 봐도 정상으로 안 보였을 거 아냐."

자기 방어 차원에서 원망의 화살을 휘영에게도 날려본다. 글쎄? 하고 중얼거리는 그의 목소리가 묘하게 즐겁게 들렸다.

"그간 취향이 좀 바뀌었구나 한 거지, 난. 도무지 나한테 리드할 짬을 안 주더라고."

결코 그렇지 않습니다. 그냥 취한 김에 머릿속에 간직한 섹스 판타지 약간 실현해 본 거겠죠. 그쪽 지식이라고 해봤자 십 년 전에서 퇴보했으면 퇴보했지 나아진 건 하나도 없거든요. 말했다시피, 첫 끗발이 개 끗발인 바람에.

그만 열없고 울적해져서 나희는 휘영을 말릴 의욕조차 잃고 추욱 늘어졌다. 대번에 그런 기색이 전해졌는지 등 뒤에서 혀를 차며 "태업이야?" 하고 물었다.

"한계라고 했잖아. 사람이 말을 하면 좀 들어. 바보."

"인신공격까지."

기가 차다는 듯 고개를 내저은 휘영이 별안간 움직임을 그치고 나희를 돌려 눕혔다. 등에 와 닿는 매트리스의 감촉이 반가워 절로 한숨부터 내쉬는 그녀의 다리 사이로 다시 손이 찾아드는 느낌에 급히 다리를 옴츠렸으나 때늦은 방어였다. 예민한 살을 실컷 만진 것으로 모자라 샘을 적신 이슬을 손가락으로 비비며 그가 씩 웃었다.

"여긴 여전히 넘치도록 젖어 있는데, 왜 그쪽 입은 자꾸 약한 소리를 하는 걸까?"

"그건 원래… 내 체질이 그렇게 생겨먹은 거고."

"아, 체질 말이지."

그녀의 옹색한 변명에 휘영이 눈을 가늘게 뜨며 고개를 갸웃했다.

"그런데 그 체질 발현되는데 거의 일 년은 걸렸던 것 같은데. 내 기억이 좀 왜곡됐나?"

나희는 대답 대신 필사적으로 힘든 체하며 시선을 피했다. 체질 같은 게 아닌 건 스스로가 가장 잘 알고 있다. 당장 바로 직전에 사귀었던 준석에게선 건조증이 있는 거 아니냐는 말까지 들었으니까. 내키지 않는 마음을 고스란히 반영하는 지나치게 우직한 몸.

그녀의 어설픈 연기도 아랑곳없이 은근한 미소와 함께 휘영이 다리를 벌리고 몸을 숙여왔다. 뒤늦게 나희가 무언의 애원이 담긴 눈빛을 던졌으나 그는 오히려 똑바로 눈을 마주한 채로 묵직하게 자신을 밀어 넣었다.

"아… 흐…."

시트를 움켜쥐는 그녀의 손등에 핏줄이 섰다. 순간 긴장하여 힘을 줬음에도 불구하고 그의 전부가 매끄럽게 제 자리를 찾았다.

"더할 나위 없이…."

휘영이 나직하게 중얼거리며 나희에게 체중을 실었다. 천천히 가슴을 겹치자 엷게 땀이 배어난 서로의 몸이 함빡 들러붙으며 둘러싼 공기마저 한결 후끈해졌다. 더 편한 자세를 위해 허리를 비틀어가며 그는 그녀의 귓가에 입술을 붙여왔다.

"딱 맞지 않아, 우리?"

속삭임을 불어넣은데 이어 지그시 귓불을 깨무는 뜨거운 입술. 시트를 움켜쥔 그녀의 손등 뼈가 더욱 도드라졌다. 듣고 싶어 하는 답이 너무 분명해서 나희는 절대로 말해주고 싶지 않았다.

대답을 보채는 대신 휘영은 원수라도 되듯 시트를 쥔 그녀의 손을 풀어 그의 등을 그러안게 했다.

"단단히 붙잡아. 너 하는 거 봐서 오늘은 이쯤 할 테니까."

크게 선심이라도 쓰는 듯한 말투에 나희가 원망의 시선을 던졌다. 그 순간을 기다렸다는 듯 입술을 겹쳐오며 휘영이 잔잔히 허리를 흔들기 시작했다.

마지못해 그의 등에 얹혀 있던 두 손은 빨라지는 리듬에 어쩔 수 없이 그 등을 붙들었다. 빠르게, 그러다 또 느리게, 완급을 충분히 조절하면서도 그녀가 잘 느끼는 곳만 골라가며 강한 자극을 퍼붓는 서슬엔 그만 아찔해져 빠져들 수밖에 없다. 근육이 꿈틀거리는 넓은 등에 깊게 박혀드는 손가락들. 마침내는 필사적으로 매달려 그녀는 정신없이 교성을 질러댔다.

열렬한 질주 끝에 한 발 먼저 다다른 절정. 뒤이어 그녀 안에서 도달한 휘영이 땀에 젖은 얼굴로 "좋았지?"하고 물었다. 나희는 입술을 벙긋할 힘도 없었다.

"그럼, 마지막으로 우리 같이 가자."

절정의 시간차를 빌미로, 휘영은 한 번 더 했다.

오전에만 커피를 세 잔 마셨지만 졸음을 쫓아내는 것에는 역부족이었다. 할아버지가 점심식사를 할 때 병원에 오면서 사 들고 온 도시락을 깨작거리며 먹고 나자 잠은 거의 해일 수준이 되어 나희를 압박했다.

결코 지지 않겠다는 오기도 소용없이 할아버지가 산책 나가는 것도 못 보고 곯아떨어지고 말았다. 그런 그녀를 깨운 건 끈질기게 울려대는 휴대폰 벨소리였다.

퍼뜩 깨어나 병상이 비어 있는 걸 보고 어리둥절해하다가 뒤늦게 전화에 생각이 미쳐 들여다보니 앙을 맡긴 동물병원 이름이 떴다.

"네, 우나희입니다. 네, 알아요, 네, 네… 네? 아… 그렇죠, 아무래도. 아, 무주에요. 괜찮으시다면 어떻게 반나절만 더 안 될까요? 그때까지 적응을 할지도 모르고… 그래도 안 된다면 데리러 가겠습니다. 다섯 시…. 저기, 다섯 시 반 안 될까요? 네, 알겠습니다. 감사합니다."

반은 잠결에 받았던 전화를 끊을 때쯤엔 눈만은 그럭저럭 맑아졌다.

"참. 뭐 하나가 쉽지가 않네."

어제 동물병원에 맡긴 앙이 만 하루가 되도록 끙끙대며 울고 먹을 것엔 입도 안 댄다고 한다. 그 바람에 아픈 개들까지 예민해져서 덩달아 짖고 성질을 부리는 통에 동물병원에서도 난감한 모양이었다. 좀 더 자유로운 분위기에서 다른 개들과 어울려 놀 수 있는 옆 도시 무주의 동물호텔을 소개해주며 얼른 좀 데려가주길 바라는 것을 다만 얼마라도 유예를 얻어 놓았지만 시각을 확인하곤 그마저 빠듯하단 걸 깨달았다.

세 시 반으로 잡혀 있는 약속이 있어 나희는 할아버지가 들어오는 걸 보고 바로 선걸음에 병실을 나갔다.

"저녁식사 하실 때까지 오고 싶은데 조금 늦을지도 몰라요. 저 기다리지 마시고 식사하세요. 남기지 마시고요. 그럼 부탁드릴게요."

간병인에게 뒷일을 맡기고 부랴부랴 그녀가 향한 곳은 다시 집. 세 시 반엔 휘영이 소개시켜준 업자가 집으로 오기로 했다. 지난밤의 일을 겪고 오늘은 아예 방범창으로 1, 2층을 모두 갈 참이었다.

십 분이라도 먼저 가서 뭐라도 준비를 해볼 셈이었는데 거의 시간에 딱 맞춰 도착했다. 집 앞에 업자 쪽 트럭으로 보이는 차가 서 있었는데 가까이 갈수록 왠지 익숙한 목소리가 들렸다. 아니나 다를까 휘영이 업자로 보이는 남자 셋과 이야기 중이었다.

'알아서 할 수 있다고 했는데 기어코 왔어!'

안 그래도 아침 먹을 때 못 미더워하는 기색인 걸 보고 나도 살 만큼 살 았으니까 무시하지 말라고 경고했는데 귓등으로 들은 게 분명하다.

"죄송해요, 기다리시게 했네요."

휘영에 대한 반감과 별개로 다른 일행에겐 상냥하게 웃으며 인사를 건네곤 얼른 대문을 열어 안으로 들였다. 1, 2층의 창문을 꼼꼼히 돌아본 업자가 휘영에게 고개를 끄덕여 보였다.

"정확하네요. 바로 작업 시작할 수 있겠습니다."

나희가 의아한 눈길을 던지자 휘영은 서둘러 달라고 업자를 독려한 뒤 그녀를 쳐다보았다.

"뭐가 정확하다는 거야?"

"대충 눈짐작으로 본 대로 창문 치수 일러줬거든. 그 이야기야."

"아… 치수."

건축사 사무실에서 일한 짬밥이 얼만데 그 생각까진 미처 못했다. 설사 생각을 했다고 해도 직접 보고 재봐야 했으리라. 그런 걸 휘영은 눈짐작으로 정확히 뽑아냈다는 것에 나희는 묘한 기분으로 집을 위아래로 훑어보았다.

"역시 난 봐도 모르겠어."

"나야 현장도 다니니까. 자재도 볼 줄 모르면서 건물 가치를 따질 수야 없잖아."

"하긴 그런가."

부동산 개발 쪽 일을 한댔지. 나희는 가만히 팔꿈치를 쓰다듬으며 생각했다. 역시 그건 집 짓는 목수였던 아버지의 영향일까? 언젠가 도목수가 되어 가족들이 살 집을 짓고 싶어 하셨던 아버지의 꿈이 그에게 미친 영향이 얼마나 될지 그녀는 궁금했다.

그러나 묻지 않았다. 차마 아저씨 이야기를 할 수 없는 건 시간이 이렇게나 흘러도 여전하다.

작업은 2층부터 시작되었다. 아무래도 귀에 거슬리는 큰 소리가 나는 것에 슬며시 귀를 가리며 위를 올려다보는 그녀를 휘영이 툭 건드렸다.

"우리까지 있을 필요 없으니까 어디 가서 차나 한 잔 하자."

"어? 아니, 그래도 있어야지. 세간도 있고…."

2층은 비어 있다지만 1층은 버젓이 살림이 있는데. 휘영이 괜찮을 거란 듯이 눈짓하며 그녀의 팔을 이끌었다.

"믿을만한 사람들이야. 나랑 일도 여러 건 했고."

"…그래? 그럼 저기 뭐 목축일 만한 거라도 좀 내다 드리고 가면."

"내가 다 챙겼어. 그냥 가도 돼."

"언제 그런 걸 다…."

나희는 살짝 어안이 벙벙한 채로 휘영에게 팔목이 잡힌 채 대문을 나섰다. 막 나가는데 대문 앞에 나와 있던 옆집 아주머니랑 눈이 마주치고 그녀는 흠칫했다.

'미리 양해를 못 구했네.'

"죄송해요, 아주머니. 이참에 방범창도 전부 다는 게 좋을 것 같아서요. 오래는 안 걸릴 테니까 조금만 양해해 주세요."

"그럼, 그럼. 할 건 다 해야지. 자꾸 도둑이 들어서야 쓰나. 사과도 맛있게 잘 먹을게."

"네?"

무슨 사과 말이지? 의아해하는 그녀의 팔꿈치를 휘영이 지그시 당겨 걸음을 재촉하게 했다. 올려다본 나희는 그가 옆집 아주머니에게 목례를 건네는 걸 보고 빠르게 눈을 깜박거렸다.

골목 어귀를 벗어날 즈음 나희가 물었다.

"옆집에 사과 돌렸어?"

"응."

"오지랖 만발이네 진짜."

어이없는 나머지 말이 험해졌다. 휘영이 피식 웃으며 그녀를 돌아보았다.

"왜, 네가 할 일 뺏겨서 화내는 거야? 그럴 거면 좀 더 일찍 오지 그랬어."

"나는 오늘 당장 시작할 수 있을지 몰랐지. 이런 건 업자가 실측하고 스케줄 조율도 하고 그러는 거잖아, 보통."

"그런 건 규모가 어지간할 때의 이야기고. 다 낡은 주택 방범창 하나 다는 거에 무슨 스케줄 조율까지. 잠깐 와서 뚝딱뚝딱하고 가는 거지."

"그래, 너 참 많이 알아서 좋겠다. 근데 잠깐."

아까도 그렇고 말하다 보니 뭔가 짚이는 데가 있었다. 나희는 고개를 갸웃하면서 저 사람들 혹시 너희 집 작업하시는 분들이냐고 물었다. 휘영은 부정하지 않았다.

"뭘 그렇게까지 하니? 내가 아무나 불러서 해도 되는 건데."

눈살을 찌푸리며 그녀가 쏘아붙이는 말에 그가 혀를 차며 돌아보았다.

"아무나라니. 할아버지가 애지중지 보살펴온 집을 두고."

나희도 그 말에는 할 말이 궁해져 "내 할아버지거든?" 하고 유치하게 뻗대고 말았다. 휘영이 싱긋 웃더니 스르륵 손을 내려 그녀의 손을 잡으면서 말했다.

"알지, 네 할아버진 거. 그래도 나도 십 년 넘게 할아버지라고 불러댄 시간이 있으니 내 지분도 조금은 없지 않을걸?"

나희는 그가 움켜쥔 손을 내려다보며 중얼거렸다.

"엉터리 궤변이야."

"궤변인지 아닌지 할아버지한테 가서 여쭤볼까?"

"그런 쓸데없는 걸로 할아버지 귀찮게 할 생각 마."

"귀찮은지 아닌지를 왜 네가 판단해? 역시 직접 가서 뵙는 게 답이네."

그러면서 그가 번쩍 손을 쳐들었는데 마침 대로변의 빈 택시가 그 신호를 보고 와서 멈추는 것에 나희가 펄쩍 뛰었다.

"정말 가려고? 안 돼, 그러지 마."

"일단 타고 말해."

실랑이할 틈도 없이 그는 택시 뒷문을 열고 그녀부터 안으로 들여보냈다. 옆자리에 올라탄 휘영이 재우동 장로교회로 가자고 하는 말에 목적지가 그의 집인 걸 깨닫고 안도했지만, 이내 다른 용건을 떠올린 그녀가 눈살을 찌푸렸다.

"나 개도 데리러 가야 해. 거기까지 가서 노닥거릴 시간 없어."

"개? 동물병원에 맡긴 거 아니었어?"

"애가 적응을 못 하나 봐. 데려가라고 연락이 왔어."

"실력이 없는 곳인가보군. 그럼 들렀다 가자. 어디 있는 무슨 병원이야?"

어름거리며 그녀가 말한 동물병원으로 택시의 1차 목적지가 정해졌다. 나희를 보고 좋아서 야단법석인 앙을 우리 안에서 꺼내어 안 들어가려고 버티는 걸 간신히 케이지 안에 넣었다. 하루 꼬박 굶었다는 애가 기운이 아주 천하장사가 따로 없다.

케이지에 들어가서도 요동을 치는 것을 두 팔로 끌어안고 나오니 휘영이 택시 앞에 서서 기다리고 있다. 사실 그녀는 택시에 다시 오를 생각이 없었지만 그가 곧장 택시 문을 열어 들어가길 기다리는 바람에 마지못해 그리로 걸음을 옮겼다.

"있지, 난 집으로 가는 게 좋겠어."

다시 마음을 고쳐먹고 꺼낸 말에 휘영은 당치 않다는 듯 고개를 저었다.

"공사소음 상당할 텐데 개가 못 견딜걸. 아니라는 확신이 있다면 가든가."

확신은… 없다. 그래도 그녀도 같이 있으니 괜찮지 않을까 하는데 휘영이 지나가는 말처럼 툭 한마디 했다.

"참, 개 청각이 사람 여덟 배라는 건 알아?"

"여덟 배? 네 배로 알고 있었는데?"

"잘 알고 있네. 그렇다고."

그가 입꼬리를 슥 들어 웃는데, 몹시도 얄미웠다. 나희는 끙 하고 속으로 신음을 삼키며 택시에 올랐다. 다시 휘영의 집을 향해 출발이다.

"너희 집은? 본채 공사 안 해?"

뒤늦게 떠올라서 물어보니 그가 오후 작업은 없다고 한가롭게 말했다.

"너무 여유 부리는 거 아냐?"

"집이란 거 뚝딱뚝딱 지어서 금세 해치우는 게 더 이상한 거야. 더욱이 한식이랑 절충할 거라서 품도 그렇고 시간도 배로 걸릴 거야."

"한식도 가미한다고? 다 지어지면 근사하겠다."

물론 건축단가도 껑충 뛸 테고. 그러나 그가 말하는 양을 보면 그런 금액엔 그다지 신경을 쓰는 것 같지 않다.

'자수성가했다 이거지.'

병원에서 언뜻 들었던 회사 이름을 나중에 슬쩍 검색해보고 한숨 반, 웃음 반으로 머리를 내저은 적이 있다. 뭐, 얘는 엄청 잘될 줄 알았으니까 하면서도 그녀와의 사이에 놓인 어마어마한 격차에 한숨이 나왔던 건 인지상정쯤으로 하자.

새삼 휘영의 사회적인 성공을 의식하며 나희는 틈만 나면 명치에 꽂힌 바늘처럼 콕콕거리는 궁금증에 시달렸다. 오롯이 자기 힘이었을까? 아니면 혹시 누군가의 도움이 있었을까? 도움이 있었다면 그 도움은 누구의….

에잇, 구질구질해! 한마디로 물어보면 될 걸 가지고 왜 혼자 속을 끓이고 있어!

"결혼할지 모른다는 여자, 혹시 나도 아는 사람이야?"

물었다. 꽤 심상한 어조였다고 나희는 자신했다.

"아는 사람? 누구 짐작 가는 여자라도 있어?"

휘영은 흥미로운 질문이라는 듯 나희를 돌아보았다. 그냥 그러면 그렇다, 아니면 아니다 대답해주면 될 것을 기어코 바통을 다시 그녀에게 돌려주는 게 못마땅했지만 나희는 최대한 덤덤한 얼굴을 유지했다.

"동창생이 아닐까 싶어서."

"오, 상당히 예리해. 그리고?"

역시 같은 한국대생이구나. 나희는 괜스레 내려앉는 가슴을 부정하며 케이지 안을 열심히 들여다보는 척했다.

"성씨는 김이박, 플러스 소 씨 정도?"

"김이박까지는 그렇다 치고 소 씨는 뭐야?"

싱거운 소리 다 듣겠다는 듯 휘영이 웃는 기색에 나희가 그를 돌아보았다.

"소 씨 아니야?"

"아니야. 알고 지내는 소 씨 여자가 없는데 대체 어디서 그게 튀어나온 거야?"

황당해하는 모습을 보니 거짓말탐지기 같은 걸 대동하지 않아도 충분히 진실임을 알겠다. 나희는 아니면 말고 라는 식으로 싱겁게 고개를 돌렸다.

휘영이 뭐라고 더 말하려고 했지만 케이지 안에서 앙이 낑낑대는 소리에 나희의 주의가 그리로 쏠려서 하릴없이 입을 다물었다. 그 뒤로 그녀는 개랑 놀아주는 것 말고는 안중에 없는 것처럼 굴었다.

휘영의 집에 도착해 마당에 들어선 나희가 새삼스러운 시선으로 주위를 둘러보는 걸 본 그가 "풀어놓게?"하고 물었다. 그녀가 고개를 끄덕였지만 더 가서, 라고 단서를 달았다.

"겁쟁이라서 처음 가는 곳은 낯가리거든. 동물병원에서 하루 만에 쫓겨난 거 보면 어느 정돈지 알겠지?"

"암컷이야?"

"겁쟁이니까 암컷일 것 같아? 틀렸네요, 위풍당당한 수컷입니다."

"아, 그럼 그럼. 자고로 겁쟁이는 수컷의 비중이 압도적이지."

고개를 주억거리면서 말하는데 진심인지 비꼬는 건지 나희의 눈으로도 판단이 불가했다. 어쨌든 별채 앞의 벚나무 아래 벤치에 이르렀을 때 나희는 케이지 입구를 열어주었다. 집이 아니란 걸 이미 알아챈 앙은 그 안에서 좀처럼 나오자 수를 안 했다.

"얘, 나와도 된다니까? 여기선 맘껏 뛰어놀아도 돼. 응? 이리 와봐, 좀."

달래다 못해 억지로 끌어내려 하자 이를 드러내며 으르렁거리기까지 했다. 난감해하는 나희에게 그냥 내버려둬도 좋지 않느냐고 휘영이 말했다.

"자발적으로 호기심에 끌려 나오는 편이 안심도 될 테고. 견권을 존중해 주는 게 어때?"

"견권? 누가 들으면 엄청난 동물애호가인 줄 알겠네."

입술을 비쭉거리긴 했지만 그 의견 자체는 따를 만하다고 나희도 생각했다. 그래서 입구가 너른 마당을 향하도록 케이지를 바닥에 내려놓고는 벤치에 가서 앉았다. 잠시 지켜보았지만 케이지 안에선 꼼짝하는 기척도 없다.

"조바심 내지 말고 무시해. 사람이 조바심 내는 거 개도 귀신같이 알더라."

휘영의 충고에 나희가 눈을 동그랗게 뜨며 돌아보았다.

"가만 보니 개에 대해 좀 아나 봐? 직접 키웠을 것 같진 않고, 키우는 여자랑 만났니?"

"여자는 무슨. 혜주가 키워. 종이 아마 포메라니안이라고 하던가?"

"아, 그 귀엽고 예쁜 개. 어쩐지 혜주랑 닮은 것도 같다. 물론 내 기억 속 혜주랑. 지금도 엄청 예쁘지?"

휘영은 대답 대신 휴대폰을 꺼내 잠시 건드려보다가 불쑥 그녀에게 휴대폰을 건넸다. 받아서 들여다본 화면엔 화려한 이목구비가 살짝 여우를 연상케 하는 굉장한 미녀가 인형 같은 강아지를 안고 웃는 셀카가 떠 있다. 어린 티는 가셨지만 휘영의 동생 혜주란 걸 바로 알 수 있었다.

"어쩜, 신혜주 여전히 예쁜 것 좀 봐. 연예인이 되겠다고 노래를 하던 애가 결혼해서 유부녀가 되다니, 격세지감이다 진짜."

나희는 반가운 마음에 한껏 웃고 문득 생각난 김에 국영의 사진도 있느냐고 물었다. 둘째 동생 이야기에 어째선지 휘영의 눈가에 살짝 그늘이 드리워졌다.

"없어. 남동생 사진 따위 보내줘도 사양하겠지만."

"어머, 동생 성별 가지고 차별하기야?"

그녀는 못됐다는 듯이 혀를 찼지만 그 주제는 더 건드리지 않았다. 썩 돈독한 사이는 못 됐던 형제 사이가 그 후로 더 벌어지지 않았나 하는 짐작이 들었다.

형제 사이에 골이 생긴 건 따지고 보면 다 그 어머니의 편애 탓이었다. 그렇게 둘째 아들만 편애하더니 과연 지금 그 모친은 누구 덕을 보고 살까 하는 심술궂은 생각도 든다. 이따금 찾아봐서 알지만 신국영이라는 이름은 프로야구에선 전혀 거론되지 않았다.

"참, 여기 집 짓는 거 어머니도 알고 계셔?"

"말씀은 드렸어."

"별로 안 좋아하시지 않아?"

휘영은 잠자코 어깨를 으쓱하더니 차를 내오겠다면서 등을 돌렸다. 거들겠다고 일어나는 그녀를 그냥 있으라고 하고 그가 걸음을 옮겼다.

"술은 안 마실 거야!"

문득 재미난 농담이라고 생각하고 던진 말에 휘영이 어깨 너머로 돌아보며 씩 웃었다. 덜컥 나희의 가슴이 철렁한 건 자의식과잉 때문만은 아니다. 그의 웃음은 분명 어딘가 선정적이었다.

괜한 소릴 했다고 후회했다. 문제는 그것만이 아니다.

"아, 안 돼. 나 어쩐지 수다스러워졌어. 경계심이 풀린 거라고."

저도 모르게 풀어진 고삐. 역시 자꾸만 살을 맞댄 때문이지 싶어 나희는 폭 한숨을 쉬며 양손에 얼굴을 묻었다.

괜찮다, 이제라도 알았으니 같은 잘못을 반복하지만 않으면 된다. 마음가짐을 다잡으며 고개를 들던 그녀의 눈에 여전히 앙이 숨어 있는 이동용 케이지가 보였다. 겁에 질려 까만 눈만 굴리고 있을 개를 떠올리며 나희는 시무룩하게 웃었다.

"나오기 싫으면 거기 있어도 돼, 앙. 겁쟁이여도 괜찮으니까. 용기 같은 거 없으면 좀 어때."

고개를 돌려 자꾸만 오게 되어 점점 더 눈에 익어 가는 너른 마당을 바라보며 나희는 자신에게도 숨어 있을 케이지가 있으면 좋겠다고 순간 간절하게 바랐다.

세상으로부터, 휘영으로부터, 그리고 자신으로부터 숨어 있을 만한 곳. 어딘가에, 없을까?

개를 휘영에게 맡기고 돌아간 병원. 저녁식사를 마치신 할아버지의 식판을 간병인이 내가는데 교차하듯이 하여 병실을 들여다보는 얼굴이 있었다. 나희보다 할아버지가 먼저 알아보고 "어이." 하고 알은체하는 소리에 고개를 돌렸던 나희도 문가에 서 있는 남자를 알아보고 눈을 깜박이며 일어나 맞이했다.

"여기 계신 거 뻔히 아는데 안 와보기가 그래서요."

벙긋 웃으며 들어서는 남자의 손엔 큼지막한 과일바구니가 들려 있다.

"어허, 뭘 그런 걸 다 사와. 병문안 받을 큰 병도 아닌데 염치없게스리."

"디스크 파열이면 충분히 중한 병이죠. 저희 아버지 치질 수술 때도 오셨으면서 그러신다."

남자는 싱글거리며 말하다가 나희를 보고 아이쿠야 하는 눈빛을 지었다. 그녀 앞에서 아버지 치질 운운한 게 뒤늦게 걸린 모양이다.

'순발력하곤 담 쌓고 사는 남자네.'

그런 생각을 하며 나희는 금은방 김 씨 아들에게서 과일바구니를 받아 들었다. 그녀가 생긋 웃어주자 방금 무슨 실수를 했냐는 듯 벙글거리며 웃는 얼굴이 나이가 무색하게 순진해 보였다.

"치질 수술이면 충분히 큰 수술이지. 사람이 먹고 싸는 것만큼 중요한 게 어디 있다고."

정색을 하며 의견을 피력한 나희의 할아버지가 문득 나희를 돌아보며 "인사해라, 이쪽은 금은방 김 씨네 막내 지형이."하고 소개를 해줬다. 지형은 싱글거리며 이미 구면이라고 곧이곧대로 말했다.

"구면이야?"

놀란 듯 확인하시는 말에 나희도 그렇다고 대답했다.

"어제 아침에 앙 산책시키러 나갔다가 만났어요. 앙이 무척 잘 따르던데요."

"음, 볼 때마다 간식을 주니까 말이야. 앙, 그놈이 단것 좋아하지 않으냐. 이 사람 주머니엔 단것 떨어질 때가 없거든."

"아하."

알겠다는 듯 쳐다보는 시선에 지형이 이젠 안 그런다고 손을 내저었다.

"이러다 꼼짝없이 당뇨라도 걸리지 싶어서 다이어트 하는 김에 큰맘 먹고 끊었습니다. 이젠 커피도 시럽 없이 마시고요."

"너무 그렇게 극단적으로 끊으실 거 있나요. 적당한 단것은 삶의 활력소인데. 하루 동안 열심히 산 스스로를 칭찬하는 의미에서도 단것 한두 개 정돈 허락해 주세요."

나희의 조언에 지형은 그런 애매한 보상이 위험한 거라고 중얼댔다. 아무래도 이 남자, 실패한 다이어트 전력이 꽤 여러 번이지 하고 짐작하게 하는 말이었다.

"아무튼 그렇게 뚝 끊으셨다가 단것 좋아하는 여자분 만나시면 위태롭지 않겠어요? 여자들, 대부분 단것이라면 사족을 못 쓰는데."

"아… 나희 씨도 그럼?"

"좋아해요. 사족을 못 쓸 정도는 아니지만."

그렇구나, 하고 새기듯이 고개를 주억거리는 남자의 진지한 모습이 나희는 좀 우스웠다.

어쨌든 찾아와준 손님에게 마실 걸 내준 뒤 대화를 나눌 수 있게끔 나희는 잠시 뒤로 물러나 과일을 깎았다. 어지간한 나이 차에도 불구하고 두 사람은 제법 말이 잘 통했다. 특히 지형은 말주변까지는 모르겠지만 부드러운 말씨로 정감 있게 말하는 재주가 있었다. 아버지 이야기를 주로 했는데 그 일화가 은근 재미나서 나희도 귀를 쫑긋 세우며 경청했다.

'금은방 김 씨 아저씨라는 분, 상당히 유쾌한 분 같네.'

하기야 줄곧 보고 지낸 게 있으니 할아버지도 선 이야기를 꺼낸 거겠지만. 나희는 새삼스런 눈으로 지형의 펑퍼짐한 등을 응시했다. 유머러스한

시아버지 자리에 신랑감도 저만하면 수더분하니 가정적일 것 같고, 음, 시어머니 자리는 어떨까? 그게 어떤 면에선 가장 중요한데.

잠시 골똘해졌다가 이내 그런 자신을 깨닫고 쓴웃음을 지었다. 결혼에는 관심 없는 줄 알았는데 이제 보니 만만한 자리를 찾고 있었던 걸까?

'생각 외로 기회주의자구나, 우나희.'

짧은 자아비판 후 과일 깎은 걸 내어가자 지형이 돌아보며 몇 번이고 잘 먹겠다고 인사했다. 아무래도 자신이 과일을 사왔다는 걸 잊었나 싶을 만큼 열심히.

"나희 씨도 이리 와서 같이 드시죠."

"아니요, 저는⋯."

막 그녀가 사양하려는데 마침 전화가 와서 자리를 피할 핑계가 생겼다. 휴대폰을 확인한 나희는 끝자리가 112로 끝나는 번호를 보고는 살짝 빠른 걸음으로 병실을 나갔다.

"네, 말씀하세요."

두 차례 집을 다녀간 담당 경찰의 전화였다. 범인 건은 아니었고 한 바퀴 순찰하면서 보니까 집에 낯선 사람들이 보이더라는 이야기에 나희는 방범창을 달았다고 말했다.

"예, 잘하셨습니다. 아무래도 주택이다 보니 담도 낮고 해서 그게 넘으려고 마음먹으면 순식간이거든요. 오늘 그쪽 자율방범대에도 신경 써 주십사 말씀드렸습니다. 당분간은 야간 순찰도 빠뜨리지 않을 테니까 너무 염려 마시고 지내세요."

아버지뻘은 될 경찰의 친절함에 나희는 조금이나마 안심이 되었다. 도둑이 잡히리라는 기대는 별로 하지 않지만 애쓰고 있다는 느낌을 받는 것만으로도 한결 든든했다.

감사 인사를 하고 전화를 끊은 뒤 잠시 멍하니 앉아서 시간을 보내다가 다시 병실로 가려고 발길을 떼었다. 그리고 얼마 못 가 어라? 하며 고개를 갸웃했다.

저만치 앞서 걸어가고 있는 남자의 등이 왠지 눈에 익었다. 몸에 잘 맞는 네이비색 트렌치코트. 늘씬한 키에 절도 있는 걸음걸이. 오른손엔 납작한 상자 같은 게 든 쇼핑백을 들고 있고 다른 손은… 깁스?

"말도 안 돼."

설마 휘영은 아니겠지, 하면서 나희는 발을 재게 놀려 문제의 인물을 따라잡았다. 가까워질수록 더욱더 불길하다 싶더니 그 옆을 지나치며 본 얼굴이… 진짜 휘영이었다.

"뭐야, 너."

앞을 가로막듯이 서는 그녀를 보고 휘영이 살짝 눈살을 찌푸렸다. 하필이면 여기서 딱 걸렸네 라고 말하는 얼굴에 나희는 더 말하고 말 것도 없이 그의 팔을 잡아 병실과 반대쪽으로 끌었다. 할아버지의 병실까지 고작 삼 미터 정도 남은 곳이었다.

비상계단으로 빠져나온 후에야 겨우 돌아보고 말할 여유가 생겼다.

"오지 말라니까 이렇게 기습을 해?"

"기습은 무슨. 일 보고 가는 길에 생각이 나서."

"무슨 일을 보고 가는데 병원 생각이 나."

"무슨 일은. 너희 집 방범창 다 달았다고 해서 보러 갔었지."

아, 하고 나희가 나지막하게 중얼거렸다. 그에게 확인을 부탁하고 병원으로 왔으면서 그만 까맣게 잊고 떽떽거리고 말았다. 겸연쩍은 김에 괜스레 더 그의 잘못을 부각시켰다.

"잘 봤으면 집으로 가서 쉴 것이지 여길 왜 오냐고. 너희 집하고도 완전히 반대 방향이잖아."

"그럴까 했는데 역시 걸리잖아. 입원해 계신 거 알면서도 끝내 코빼기도 안 내비치는 거. 나중에라도 아시면 괘씸해하실 거 아냐."

"나중에 알 일이 없을 텐데 무슨 사서 걱정이야. 엉뚱한 소리 말고 가."

돌려세운 것에 그치지 않고 등을 밀치며 그에게 가라고 했다. 휘영은 크게 기분이 상한 얼굴로 그녀를 내려다보며 꼼짝도 하지 않았다.

"왜 이렇게 못 만나게 하려고 기를 써? 기껏 여기까지 온 사람을 질색하면서 쫓아낼 것까진 없잖아."

언짢아하는 모습을 보니 나희도 내심 미안한 기분이 들지 않는 건 아니었다. 그렇다고 할아버지와 만나게 내버려둘 수도 없다. 안 그래도 종종 그의 근황을 궁금해 하셨으니 반가워하시며 붙잡아 앉힐 게 분명했다. 나희는 이 이상 그에 대해 알고 싶지 않았다.

그런 기분을 고스란히 담아 나희는 냉랭하게 말했다.

"너야말로 왜 이렇게 만나려고 기를 써? 너는 순수한 호의로 한 번 뵙자 하는 거라도 할아버지는 또 다르잖아. 괜한 기대 같은 거 품게 하지 말라고."

"괜한 기대라니, 정확히 어떤 거?"

"뭐긴 뭐야. 이제부터라도 다시 소식 주고받자고 하실 수도 있고, 신주에 집 산 거 알면 또 그것도 궁금해 하실 거고. 하여튼, 너라면 덮어놓고 좋아했던 분이니까!"

예전부터 나희의 할아버진 휘영이 일이 되면, 애가 올곧고 지혜롭다며 그렇게 마음에 들어 할 수가 없었다. 나 같은 애 말고 저런 손자가 있었으면 얼마나 아끼셨을까 하고 나희가 내심 질투했을 정도로.

"알아. 그래서 더 뵙고 싶은 거고."

휘영은 휘영대로 할아버지 앞에선 유난히 온순하게 굴었다. 둘이 앉아서 바둑이나 장기를 둘 때 보면 정말로 그쪽이 진짜 조손간 같아서 보는 사람마다 한마디씩 했다. 생각하자 그만 또 약간 질투의 싹이 뾰족하게 솟아나 나희는 툴툴거렸다.

"내가 한 말 뭐로 들었어? 일회성 관심은 오히려 폐란 말이야. 그리고 지금 문병 온 손님도 있어서 어차피 너 못 만나. 그러니까 가, 좀!"

나희는 눈을 부라리며 말한 뒤 이번엔 그에게 말할 틈도 주지 않고 돌아서서 비상계단을 올랐다. 이렇게까지 거절했는데도 찾아오지는 않겠지 하고 슬며시 돌아본 시야에 등 돌려 계단을 내려가는 휘영의 모습이 잡혔다.

'역시. 자존심이 얼마나 높은 앤데.'

싱긋 웃고선 걸어가는데, 어쩐지 마냥 홀가분하지만은 않다. 그녀의 반대에도 불구하고 휘영이 기어코 할아버지를 뵈러 갔다면 어땠을까. 할아버지는 그에게 어떤 것을 묻고 그는 또 무슨 답을 했을까.

머릿속이 괜스레 어지러워지는 것을 나희는 고개를 세차게 저어 떨쳐내고 씩씩하게 병실로 돌아갔다.

그녀가 들어가고 얼마 안 있어 지형이 그만 돌아가 보겠다며 일어났다. 할아버지는 그편에 나희에게도 그만 가라고 말씀하셨다. 나희가 조금 더 있다 가겠다고 에둘러 거절했지만 지형은 눈치 없이 차가 있으니까 함께 타고 가면 되겠다고 끼어들었다.

"어차피 한동네잖아요. 안전하게 모실 테니까 안심하셔도 됩니다. 나름 모범운전사거든요, 제가."

두 사람의 일관된 종용에 나희가 마침내 두 손 들었다. 내일 오겠다고 할아버지에게 인사를 하고 나와 함께 엘리베이터에 탔다. 그리고 1층 로

비로 나가면서 나희는 동행이 힘들겠다고 말했다.

"실은 저 집으로 돌아가는 거 아니거든요. 사정이 있어서 친구네 집에 머물고 있어요."

"친구네 집이요? 아, 혹시 혼자 계시는 게 무서우셔서?"

"왜 이러세요, 이래 봬도 자취 경력이 거의 십 년이라고요. 근데 좀 무서운 건 맞아요. 다름 아니라 이번 주 들어서 집에 도둑이 두 번이나 들었거든요."

지형의 동글동글한 얼굴이 놀라서 딱 굳어졌다.

"도둑이요? 아, 아버지가 언뜻 지나가는 말씀으로 동네 좀도둑 이야길 하셨는데 그게 나희 씨네…?"

"네, 저희 집이요."

"큰일 날 뻔하셨네요. 어디 다치신 데는 없고요?"

"보시다시피 멀쩡해요. 도둑이 사람 없을 때만 귀신같이 골라서 왔거든요."

"어휴, 불행 중 다행이라고 해야 할지…."

"그렇게 생각하고 있어요. 할아버지에겐 일부러 말씀 안 드렸거든요? 지형 씨도 혹시 모르니까 알아두세요."

"아, 네. 저희 아버지도 아직 도둑 든 집까진 모르시는 것 같던데. 오늘 가서 입단속 해놓겠습니다."

그럴 필요까진 없을 것 같은데 너무 열렬하게 대답해서 나희는 동조 차원에서 고개를 끄덕였다. 그리고 문득 생각난 김에 물었다.

"어머님은 뭐 하는 분이세요?"

"어머니요? 전업주부세요, 주부신데 지금은 서울에 계세요. 어쩌다 보니 육아도우미를 하고 계시죠."

"육아도우미?"

"저번 봄에 큰 조카가 애를 낳았는데 입주보모한테 애 맡기고 복직한다고 하는 소리 듣고 어딜 모르는 사람한테 애를 맡기느냐며 부득부득 올라가셨어요. 그 조카 갓난쟁이 때 어머니가 맡아 키우셔서 애착이 유난하시기도 했지만, 그래도 이젠 여든이 넘으신 분이 그러시니 참 난감하다니까요."

"그러시겠네요. 애 보는 게 젊은 사람도 힘든 일인데 연세도 있으신 분이…. 그래도 기력이 어느 정도 있으신가 봐요?"

"네, 아쿠아로빅 아시죠? 그걸 이십 년 가까이 취미로 열심히 하셔서 기력은 괜찮으신 편이에요. 실력도 강사 뺨치셔서 강사 대신 대타를 뛰기도 했다니까요."

"젊게 사시는 분이네요."

수영장에서 종종 보곤 하는 활력 넘치는 할머니들을 떠올리며 나희가 빙긋 웃었다.

"근데 조카가 벌써 애를 낳았네요."

"벌써까진 아니에요. 걔도 올해 스물일곱인가 여덟인가 될 거예요. 큰형이랑 제가 터울이 많이 져서."

부모님 연세를 짐작하면 유추 가능한 나이. 나희는 고개를 끄덕거리며 덤덤하게 물었다.

"부모님은 계속 지형 씨가 모시고 살 생각이세요?"

"네? 아, 네, 다른 형제들도 다 신주를 떴고 남은 건 저 하나니까… 신주가 좋아서 달리 떠날 생각도 안 해봤고요. 그리고 막내인 제가 가장 부모님 슬하에서 오래 살기도 했고… 모신다면 당연히 제가…."

아주 의미 없는 질문도 아니었지만 그렇다고 지형이 그렇게까지 쩔쩔매고 있는 모습을 보니 나희는 안타까워서 웃음마저 났다. 매사가 이렇게 진지한 남자라면 여태 혼자인 것도 조금 이해가 갔다.

"그래요. 막내답게 힘내서 으샤으샤 모시고 살면 좋겠네요. 저도 할아버지 오래오래 모시고 살고 싶어요. 할아버지는 제가 할아버질 모시는 게 아니라 할아버지가 절 키운다고 생각하시겠지만요."

"아… 그럼, 신주로 내려올 뜻이 있는 거네요?"

"네, 뭐 언젠가는."

나희는 무난한 선에서 대화를 마무리 짓고 슬슬 지형을 보낼 생각이었다. 그런데 그가 자기 약국에 가서 차라도 한 잔 드시지 않겠냐며 쭈뼛쭈뼛 권해왔다.

"음. 이제 밤이라 커피 생각은 없는데."

"커피 말고 건강차도 있습니다. 율무차, 생강차, 아, 홍차도 저번에 선물 받은 거 가져다 놨어요. 티백이긴 해도 우려내면 마실 만하더라고요."

상대가 아무리 간절한 얼굴을 해도 내키지 않으면 내키지 않는다고 확실하게 거절하는 편이었다. 그런데 지금 그녀 안엔 어쩔까 하는 망설임이 존재했다.

'뭐 좋은 사람인 것 같긴 해. 이렇다 할 끌림 같은 건 아직 없지만.'

어차피 확 끌리는 불타는 사랑을 기다리는 게 아닌 이상, 나희는 그 좋은 느낌에 조금 더 시간을 투자해보기로 했다. 차 한 잔이다. 가벼운 탐색의 기회로 삼아보자.

"그럼 약사님이 대접해주시는 차 한 잔…."

"우나희."

허락의 말은 등 뒤에서 들려온 그녀의 이름 석 자에 가로막혀 중도에 흩어졌다. 듣는 순간 바로 누구 목소린지 알았지만 그래도 설마 하며 돌아본 곳에 정말 휘영이 그녀 쪽으로 걸어오고 있었다.

뭐야? 왜 여기 있지? 설마 여태 안 간 거야? 날 기다리느라? 빠르게 깜박이는 눈 너머로 정신없이 그런 생각을 하는 나희의 바로 앞까지 온 휘영이 빙그레 웃으며 말했다.

"슬슬 돌아갈 시각일 것 같아서 기다리고 있었어."

"아아…."

애매하게 고개를 끄덕이던 나희는 옆에서 둥글둥글한 눈으로 낯선 사람을 보고 있는 지형에게 다급한 김에 친구 오빠라고 둘러댔다.

"퇴근길에 데리러 와주셨나 봐요. 친구네 집 가는 골목이 좀 위험하긴 하더라고요."

"아, 그래요? 어디길래…."

나희보다 한발 빨리 휘영이 대답했다.

"재우동입니다. 거기가 해 떨어지면 여자 혼자 다닐 만한 곳이 못 되죠."

"아, 재우동이 그랬나요? 전에 갔을 땐 안 그랬던 것 같은데."

이상하다는 듯 고개를 갸웃거리는 지형에게 나희가 얼른 말을 건넸다.

"이렇게 됐으니 오늘은 그만 가보셔야겠어요. 차는 마신 걸로 할게요."

"아뇨, 마신 걸로 하지 마시고요."

웬일로 지형이 힘주어 말하더니 슬며시 얼굴을 붉혔다.

"와서 꼭 마셔주세요. 내일이라도."

"…네, 그럴게요."

나희의 약속을 받고 지형은 만족한 얼굴로 휘영에게도 목례를 건넨 뒤 로비를 빠져나갔다. 그의 모습이 아주 안 보이게 되었을 때에야 나희는 이마에 손을 올리며 한숨을 쉬었다.

"친구 오빠? 내가?"

휘영의 나직한 물음에 나희는 얼굴도 보지 않고 손을 내저었다.

"융통성이 필요한 순간이었을 뿐이야. 잊어버려."

"글쎄. 잊고 넘어가기엔 저 자식 목소리가 귀에 익어서."

자식 운운하는 말에 눈살을 찌푸리며 그녀가 잠자코 있자니 휘영이 다시 물었다.

"대문 앞에서 이야기했던 그 남자 맞지?"

"쓸데없는 건 빨리빨리 좀 잊는 게 어때? 피곤하지도 않니?"

어쩐지 목이 말라서 주위를 둘러본 나희는 자판기를 발견하고 그리로 향했다. 뒤따라오며 휘영이 물었다.

"어떻게 둘이 같이 있어? 그 자식 벌써 부모님 이야기도 하던데."

"할아버지 친구분 아들이야. 이 병원과 연계한 약국 약사고. 그 연고로 오늘은 할아버지 문병 왔어."

돈을 넣고 마실 걸 고르다 말고 나희가 짜증 섞인 시선을 그에게 던졌다.

"내가 이렇게 자질구레한 것까지 말할 이유 없지 않아?"

네 질문부터가 주제 넘쳤다는 걸 돌려서 말한 건데 휘영은 전혀 타격받지 않은 얼굴로 "내가 물었잖아." 한다. 나희는 살짝 기가 막혀서 웃었다.

"여전히 옛날 신휘영인 줄 아네. 아니지, 옛날 신휘영은 나한테 이만한 관심도 없었는데. 그사이 쓸데없는 호기심이 늘었구나. 너도 나이가 들었어."

"나이 먹은 거 맞고, 호기심이 는 것도 맞아. 하지만 쓸데없진 않아. 네일이니까."

뜻밖의 말에 나희의 눈이 커졌다. 하지만 그 말을 진지하게 여긴다는 인상을 주고 싶지 않아 얼른 자판기로 시선을 돌리고 아무렇게나 음료 버튼을 눌렀다. 찰캉하고 떨어진 음료수를 꺼내려고 허리를 굽히는데 휘영의 말이 이어졌다.

"엉뚱한 녀석한테 시간 낭비하지 마. 지금 네가 봐야 할 건 나야."

음료수를 건드리는 나희의 손가락 끝으로 찌릿하고 전기 같은 게 흘러다 잡은 캔을 놓쳤다. 별거 아닌 정전기일 텐데도 괜스레 놀라 가슴이 뛰었다.

어쨌든 다시 꽉 잡은 캔을 들고 허리를 편 그녀는 캔의 부리 주위를 손수건으로 닦았다. 마치 세상에서 가장 중요한 일이란 듯이 꼼꼼히. 그것이 아주 조금은 가슴을 진정시키는 데 도움이 되었다.

"너야말로 엉뚱한 소리를 하고 있잖아. 누가 들으면 우리가 뭐라도 되는 줄 알겠다."

"되지. 한 지붕 이웃이었고, 친구였고, 상성이 기가 막히게 잘 맞는 남녀도 되고."

"시시한 소릴⋯."

그럼 그렇지 하며 웃음 짓는 나희를 휘영이 어깨를 잡아 돌려세웠다.

"그럼 거기에 하나 덧붙일까? 서로가 사귀자는 말만 꺼내지 않은, 잠재적인 애인."

특유의 서늘한 미소를 담은 눈을 하고 그가 물었다.

"이걸 듣고 싶었던 거지?"

11. 가속도

"…바보 취급도 어지간히 좀 해!"

어깨를 잡은 손을 뿌리치고 나희는 허겁지겁 자리를 떴다. 최대한 짜증스럽게 말한다고 말한 것 같은데 제대로 했나? 그렇게 보였을까? 머릿속은 혼란의 도가니였다.

뭘 알아서 해본 말일까? 아니면 단순한 떠보기? 넘겨짚은 것? 어느 쪽이어도 당장 미치겠는 건 똑같다. 휘영은 건드리지 말아야 할 곳을 건드렸다. 시간이 이렇게나 흘렀음에도 들춰보고 싶지 않은 그녀의 치부를.

등 뒤에서 그녀를 따라오는 휘영의 구두 소리가 났다. 마음 같아선 뛰어서 달아나고 싶었지만 그러면 더욱 그의 말에 당황한 것처럼 보일 거란 생각이 발목을 잡았다. 길길이 뛰며 흥분하는 모습을 보일 순 없다. 얼토당토않은 말에 화가 났다는 것을 어필하는 선에서 그쳐야 한다.

'이런 것까지 일일이 계산해야 하다니!'

어른인 척하고 사는 것도 쉽지가 않다. 스물이 갓 넘었을 때도 했던 일이지만 지금은 훨씬 더 잘해야 한다는 압박감이 그녀를 지치게 했다.

그렇게 병원 건물을 아주 벗어난 얼마 후.

"있잖아."

어느새 바로 옆까지 따라잡은 휘영이 건네는 말에 나희는 잔뜩 인상만 쓰며 대꾸하지 않았다. 어필하기. 네가 말 같지 않은 소리를 해서 나는 화가 났단 말이야.

"어머니랑 동생 제사 지내고 있어?"

그러나 휘영의 엉뚱한 질문에 그만 화내는 것도 잊고 그를 돌아보았다.

"제사?"

"응. 지내?"

그는 방금 자판기 앞에서 무슨 일이 있었냐는 듯 태연한 얼굴로 물었다. 나희는 엉겁결에 고개를 끄덕였다.

"지내지. 할아버지가 늘 준비해주셔. 나도 거들기는 해도 대부분은 할아버지가."

"역시 그렇구나. 우리 아버진 제삿밥 얻어먹은 게 몇 년 안 됐어."

알쏭달쏭한 말에 나희는 눈을 깜박거리며 곱씹어보다가 물었다.

"최근까지 제사를 안 지냈었단 말이야?"

"응. 이제 겨우 내가 챙겨 모시고 있어. 그래 봤자 돌아가신 날도 아니고 생신날에 챙기는 이상한 제사지만."

"아… 생신에."

고개를 주억거리며 나희는 저간의 사정을 짐작해본다. 아마 휘영의 어머니가 제사를 모시질 않았던 거겠지. 전에는 둘 다 그런 이야기까진 나누지 않았다. 일부러 화제에 올리는 걸 피했다고 볼 수도 있다.

"실은 내일이 아버지 생신이야."

"아, 그래? 그러고 보니 단풍 들기 시작할 무렵이 아저씨 생신이었지."

"별채 거실에 제사상을 차릴 생각이야. 작년까지는 혜주도 왔는데, 올해는 못 와. 임신 중이라. 매제 쪽 집안에서 그런 걸 챙기거든."

"어머, 혜주 임신했어? 와, 그 꼬맹이가 결혼에 이어 임신도 나를 추월하네. 조금 샘나지만 축하해야겠지?"

"전해줄게."

"…그럴 것까진 없고. 마음으로만 축하할게. 작은 선물이라도 하나 마련할 테니까 네가 주는 것처럼 전해주면 더 좋겠고."

소식이 닿는 것조차 꺼리는 그녀의 태도에 휘영은 힐긋 돌아보며 혜주에게 네 이야기했다고 말했다. 나희의 얼굴빛이 금세 흐려졌다.

"뭐 하러…. 뭐 좋은 소식이라고."

"좋은 소식이 못 될 건 또 뭐야."

시큰둥하게 대답하고 휘영은 한동안 말없이 걸었다. 뭐 사람이 모든 면에서 영리할 순 없으니까 하고 나희는 한숨을 삼켰다. 전에도 이런 쪽으론 정말 무심했었지.

"어머니에게 말을 옮겼을까 봐 걱정하는 거라면 안심해도 돼. 혜주도 더 이상 생각 없는 어린애 아니야."

뜻밖에 휘영은 그런 말을 보태 나희를 안심시켰다. 보다 성장한 건 혜주뿐만이 아닌 모양이다.

"혜주도 너 보고 싶어 하더라. 사진 좀 보내달라고 하는 걸 여태 씹었어. 당사자가 모르는 사진을 보내는 건 좀 아닌 것 같아서."

"아니지, 그런 거 도촬이잖아. 계속 씹어. 지금은 못났으니까 예전 모습만 기억하라고. 아, 나도 제법 예쁘단 소리 듣던 시절이 있었는데. 안 그래?"

아주 농담만은 아닌 그녀의 너스레에 휘영이 고개를 주억거리며 "예뻤지."하고 중얼거렸다. 왠지 그 말이 지금은 별로란 말 같아 여자로서의 자존심에 살짝 금이 가려고 한다. 하기야 성공한 사업가가 되셨으니 잘나고 예쁜 사람을 얼마나 많이 봤을 거야 하고 넘어가려는데 그가 슥 그녀를 돌아보며 말했다.

"지금은 아름답고. 역시 세월의 힘이라고 해야 하나, 한결 분위기 있는 미인이 됐어."

어? 어어어?

나희를 꿀 먹은 벙어리로 만들어 놓고 휘영은 다시 앞을 보면서 슬슬 택시를 잡아야겠다고 중얼거렸다. 그런데 여태 걸어오면서는 종종 보였던 빈 택시가 잡으려고 보니 딱 가뭄이 들었다. 차도에서 눈길을 떼지 않으면서 휘영은 또 무심히 폭탄을 던졌다.

"내일 제사 때 같이 있어주지 않을래? 혼자서는 영 썰렁할 것 같아서."

"나? 나한테… 같이 있어 달라고?"

더듬거리며 나희가 묻자 그가 돌아보지 않으면서 웃었다. 그럼 너 말고 여기 누가 또 있냐면서.

택시는 좀처럼 오지 않고 둘 사이엔 애매한 침묵이 맴돌았다. 마침내 나희가 한숨을 쉬며 다시 물었다.

"정말 나라도 괜찮겠어?"

휘영이 고개를 돌리는 기척에 나희는 저도 모르게 눈을 내리깔았다. 이런 주제 앞에서 그녀가 느끼는 가책 비슷한 기분은 아무리 시간이 흘렀다고 해도 옅어지지 않았다.

마치 그것을 꿰뚫어본 양 휘영이 단언했다.

"너라서 더. 아버지는 널 많이 좋아했어. 잊어버린 게 아니라면 너도 기억할 텐데."

"물론 기억해. 아저씨가 많이 귀여워해주신 거. 하지만…."

"사족은 붙이지 마. 좋은 것만 기억해. 쓸데없는 거에 연연해서 안달하지 말고."

말은 쉽지만…. 나희는 가만히 쓴웃음을 깨문다. 그렇게 간단히 의지로 제어가 될 일이었다면 여태 가책 같은 걸 가슴 한편에 남겨두지도 않았을 것이다.

"대답은?"

휘영은 그 잠시를 못 기다려 재촉한다. 길바닥에서 정하고 말고 할 문제가 아니야, 라고 쏘아붙이려 했지만 정작 그의 얼굴을 보자 나희는 입이 얼어붙었다. 답답하다는 듯 휘영이 고개를 내저었다.

"음식 만들라고 귀찮게 안 할 테니까 자리만 지켜달라는 거야. 음식 같은 건 업체에 다 맡겨 놨어. 따로 준비한 건 술 정도고 미역국이랑 김밥 같은 건 내가 만들어 올릴 거니까 넌 아무것도 할 것 없어."

애초에 음식을 만들고 말고가 문제가 아니었지만 그의 이야기에 나희의 주의는 그리로 함빡 치우쳤다.

"제사상에 미역국이랑 김밥을 올린다고?"

"어디까지나 아버지 생신이 주니까. 제사는 부차적인 거고."

"아무리 그래도 미역국을…. 그건 그렇다 치고 김밥은 또 왜?"

미역국은 심란하기 해도 생신이니까 억지로 못 둘 거 없다 쳐도 김밥은 너무 뜬금없다. 정작 휘영은 싱긋 웃었다.

"아버지가 제일 좋아하신 거니까. 또 그만큼 잘 만드셨고. 우리 남매들 학교 소풍 때면 김밥은 아버지가 도맡아서 싸주시곤 했는데. 너도 그 김밥 맛있다며 여러 번 뺏어 먹었고."

"맛있었지. 한 번은 뻔뻔하게 아저씨한테 내 김밥도 싸달라고 부탁도 했잖아."

추억에 젖어 나희도 빙긋이 웃었다.

"덤으로 치킨도 제사 즈음에 배달시켜서 올릴 거야. 옛날식으로 통째로 한 마리 다 튀겨주는 가게 알아놨어. 그런 건 역시 신주가 좋아."

김밥에 치킨인가. 제사상의 엄숙함과는 이미 동떨어졌지만 이제 그 의미를 아는 만큼 나희도 공감할 수 있었다.

"나도 다음엔 동우 좋아하는 피자 올려야겠다. 유과 옆에 바나나킥을 나란히 올리고."

"그렇게 해. 제사 음식이란 거, 먹는 사람 취향을 맞출 필요가 있다고. 생전에 입에도 안 댄 음식을 제사라고 찾아와서 맛있게 먹을 거란 생각이 도무지 안 들거든."

그도 그럴 것 같다며 나희가 웃었다. 엄마는 둘째 치고 동우가 제사상을 둘러보며 울상을 하고 있을 모습이 떠올라 웃으면서도 살짝 눈물이 났다. 휘영이 보지 못하게 몸을 돌려 눈물을 훔치는 사이 그가 택시를 잡는 데 성공했다.

택시에 나란히 몸을 싣고서야 한 가지 맹점이 떠올랐다.

"제사 몇 시에 지낼 건데? 내일부터는 내가 병원에 있어야 하는데."

간병인이 밤에도 있어주기로 한 건 오늘까지. 나희의 말에 휘영은 그거라면 알아서 하겠다고 대꾸했다.

"듣자하니 그 사람 할아버지랑 꽤 죽이 잘 맞는 모양이던데. 이쪽이 원하면 퇴원할 때까지 종일 전담하기로 했어. 잠은 좀 자야 하니까 너는 지금처럼 낮 시간을 챙기면 되고."

"언제 그런 이야기까지…."

휘영은 씩 웃으며 휴대폰을 꺼내 들었다.

"닥쳐서 일을 하는 건 아마추어지. 그럼 그렇게 말해놓을게."

그가 빠르게 손가락을 놀려 메시지를 입력하는 걸 보고 나희는 살짝 당황해서 그의 휴대폰 화면을 확인했다. 전에 말한 대로 일 진행 부탁한다고 적은 문장에 그녀의 눈꺼풀이 빠르게 퍼덕였다. 퇴원하실 때까지 맡기겠습니다, 잘 부탁드립니다.

'아니, 잠깐, 내일 하룻밤만 빠지면 되는데 왜 퇴원하는 날까지….'

이건 뭔가 아니라는 생각이 나희 안에서 들었지만 그 점에 이의를 제기하려는 찰나 그가 송신 버튼을 눌렀다.

"왜? 무슨 할 말 있어?"

그리곤 나희를 돌아보며 묻는다. 나희는 떨떠름한 얼굴로 그를 쳐다보다가 고개를 젓고선 좌석에 몸을 묻었다.

"할 말 없어졌네요, 부자님."

"부자님? 뭔지 몰라도 갑자기 꽁해진 모양이네."

놀리듯이 웃는 얼굴에 나희는 정말로 꽁한 게 뭔지 보여주겠다는 유치한 각오로 뚱하니 팔짱을 끼고 침묵시위를 했다. 얄밉게도 휘영은 너 좋을 대로 하란 듯이 내버려두고 말도 붙이지 않았다.

그런 점은 정말이지 예전이랑 똑같다. 마음이 상해서 앵돌아져 있어도 도무지 상대를 해주지 않으니 싸울 수가 없다. 그렇다고 마구 터뜨리면 이쪽을 못내 한심하다는 눈빛으로 쳐다볼 뿐, 역시 상대해주지 않는다. 삐쳐도, 화가 나도, 나희가 혼자 삭이고 혼자 회복해서 다시 다가갔다. 맥 빠지는 루틴이었지만 더 아쉬운 쪽이 지고 들어갈 수밖에 없는 거니까.

'참 한결같이 얘한테 절절맸지. 마지막의 마지막까지. 나름 비장의 카드라고 날린 게 있었지만… 그게 통했을 것 같지도 않고.'

나희는 차창에 비친 휘영의 옆얼굴을 보며 쓰라린 기억을 되새김질했다. 비장의 카드. 그렇게밖에는 말할 수 없는 것을 12년 전 공항에서 그에게 준 작별선물 속에 넣어 주었지만 그것을 그가 얼마나 진지하게 여겼는지는 미지수다.

그 후로 어떤 연락도 취해오지 않았다. 그걸 보면 액면 그대로의 뜻은 받아들여진 걸 텐데.

'지금 나한테 하는 걸 보면 심각하게 생각하지 않은 게 확실해. 조금이라도 깊게 생각했다면 이렇게 아무렇지 않게 굴 수는 없을 거야.'

어차피 그 정도의 존재밖에 되지 않았던 것….

그런 것이다, 결국엔.

그쯤에서 나희는 자꾸만 옆으로 뻗어가는 생각의 끈을 잘랐다. 그리고 그것이 가능하다는 사실에 저도 모르게 안도하는 것이었다.

별채까지 가는 동안에도 좀처럼 앙이 짖는 소리가 들리지 않아 나희의 어리둥절함은 조바심으로 바뀌었다. 하물며 벤치 앞쪽에 있던 케이지도 사라진 걸 보고 그녀는 급히 휘영을 돌아보았다.

"다른 데 치워놨어?"

"들어가 보면 알아."

안에 들여놨나? 하지만 낯선 집에 얌전히 있을 애가 아닌데. 겁쟁이 개가 불안한 나머지 소파를 죄 물어뜯어놨다거나 하는 광경이 기다리는 건 아닌지 근심하며 별채로 들어간 그녀를 기다리는 건 전혀 뜻밖의 광경.

거실의 커다란 텔레비전에서 도그쇼 영상이 흘러나오는 가운데 앙은 그 맞은편에 그림처럼 앉아서 텔레비전을 시청하는 중이었다. 얼마나 열심히 보고 있던지 나희가 들어가도 힐끔 쳐다보며 멍, 하고 짖고 다시 TV로 머리를 돌렸다. 그녀가 가기 전까진 없었던 커다란 강아지용 방석은 물론 자동급수대와 모래화장실, 개껌 등의 놀이기구가 버젓이 거실에 한자리를 차지하고 있었다.

"어쩜. 호강하고 있네, 우리 앙."

"얘 똑똑하더라. 가르쳐주니까 바로 소변도 가리고."

"할아버지가 얼마나 열심히 가르쳤게. 큰 볼일은 아침 산책 때 밖에서 보고 집 안에서 작은 볼일은 꼭 전용화장실에서. 그 두 개만 잘해도 어지간한 사람보다 낫다며 애지중지하셔."

"하하, 아주 틀린 말은 아니라 재밌네."

어쨌든 이렇게까지 신경 써줄 건 없었는데 하며 감사 인사를 하는 그녀에게 휘영은 인사는 됐으니까 가서 씻으라고 손짓했다. 그리고 자신은 개 옆에 앉아 자연스럽게 등을 쓰다듬어 주는 모습을 나희는 조금 생경한 기분으로 바라보았다.

낯가리는 앙이 얌전하게 쓰다듬으라고 몸을 맡기고 있는 것도, 그 사람이 휘영이라는 것도 다 우열을 가릴 수 없을 정도로 놀랍다. 언젠가 그가 자신은 동물들이 통 따르질 않는다며 투덜거리던 게 아직도 또렷이 기억나는데.

욕실에서 세수를 하면서 나희는 휘영의 불평에 그녀가 했던 대답을 떠올렸다. 아마 '넌 너무 곤두서 있어서 그래' 아니면 '늘 날카롭게 곤두서 있으니까 그러지' 라고 말한 것 같다. 그럭저럭 맞는 소릴 했다고 생각한다. 예전의 휘영은 결코 '예기' 라는 말을 빼놓곤 설명할 수 없었으니까.

더없이 날카로운 총기는 한 번 마음먹은 건 무슨 일이 있어도 해내고야 마는 악과 어울려 그를 늘 팽팽히 긴장한 활시위처럼 깨어 있는 상태로 만들었다. 잠시라도 생산적인 일을 하지 않으면 금세 초조해하는 편집증에 가까운 면도 있었다.

쟤는 진짜 뭘 해도 될 놈이구나 하고 어린 마음에도 진심으로 승복했다. 아무래도 그녀와 같은 인간이라고는 생각되지 않는다는 점에서 어느 순간부턴 샘조차 나지 않았다.

대신 그는 그만큼 여유도 없고, 스스로에게도 퍽 팍팍하게 굴었다. 그나마 온화한 얼굴을 하는 건 아주 가까운 몇 사람에게뿐, 번거로운 대인관계에 쏟을 에너지 같은 건 없다는 듯 늘 냉랭한 얼굴로 사람의 접근을 막는 분위기를 두르고 있었다. 그러니 사람도 여간해선 가까이 가지 못하는 판에 동물은 무슨.

그렇게 절벽 위의 고고한 소나무 같던 그의 입지가 달라진 건 한국대학에 들어간 후. 비슷한 수준의 지력을 가진 사람들 속에서 그는 말이 통하는 몇몇 친구를 갖게 되었다. 단체생활이라면 질색을 하던 그가 동아리에 들어가 제법 활발하게 활동하며 인망을 쌓기 시작한 것은 또 어떻고.

비로소 그에게 어울리는 옷을 입었다는 느낌.

여기가 어울리는 장소고, 그전까지는 틀렸던 거다.

서울에 가고 얼마 안 되어 나희는 그 점을 깨달았지만 그럼에도 불구하고 휘영의 근처에서 얼쩡거렸다. 나라고 여기에 어울리는 사람이 되지 말란 법이 있나? 라는 허풍스런 희망을 품고.

희망에는 아무 문제가 없다. 대신 그 유효기간을 놓치지 말아야 한다는 단서가 붙을 뿐이다.

나희는 이제 희망의 한계도, 유효기간도 안다. 무엇보다 희망이라는 미명 하에 헛된 꿈을 품지도 않는다. 꼭 그만큼은 과거의 자신보다 나아졌다.

그렇기에 잠재적 애인 운운한 휘영의 말에 한 조각 허튼 기대도 품지 않는다.

"아직 그러고 있어? 너도 그만 씻고 쉬어."

밖으로 나오자 여전히 개와 놀고 있는 휘영을 보고 나희가 말했다. 그가 그녀를 돌아보더니 휘파람을 부는 시늉과 함께 "오, 우나희, 섹시한데."하고 중얼거렸다. 시답잖다는 듯 코웃음 치고 나희는 방으로 들어갔지만 문에 등을 기대고 서는 그녀의 입에선 달뜬 한숨이 흘러나왔다.

촉촉하게 상기된 피부에 삽시간에 붉은 물이 드는 생생한 감각. 아울러 꼭 붙이고 선 다리 사이의 깊은 곳이 뜨겁게 욱신거렸다. 고작 그의 말 한 마디, 눈짓 한 번에 이렇게나 무르녹는 자신이 씁쓸하지 않은 것은 아니지만 이런 감각을 또 언제 맛볼 수 있을지 모른다는 점에서 나희는 순순히 유혹에 굴복했다. 어쩌면 다시는 없을지도 모르니까.

희망 같은 걸 품은 게 아니다. 잠시 일탈을 즐기는 것일 뿐. 끝날 때가 오면 그녀는 백일몽에서 깨어난 듯 아무렇지 않게 현실로 돌아가리라.

그러나 한껏 바라는 마음으로 몸을 누인 침대는 밤이 이슥하도록 그녀 혼자만의 것이었다. 언제 들려올지 모르는 노크 소리를 기다리느라 자꾸만 몸을 뒤채는 밤이 깊어져갔다.

결국 그는 그녀를 찾지 않았다. 새벽이 다 되어 깜박 잠이 들었다가 괜히 소스라치며 깨어나 여전히 혼자인 자신을 발견하고 나희는 헛웃음을 흘렸다.

"뭐야, 나. 바보도 아니고."

우스울 만큼 풀이 죽은 것을 잠이 부족한 탓으로 돌리며 시각을 확인한 그녀는 어느새 일곱 시 반 가까이 된 것을 보고 아차차 했다. 개 산책을 시켜야 하는데 늦잠을 자고 말았다.

부랴부랴 옷을 갈아입고 방을 나가며 앙을 불렀지만 거실엔 개가 보이지 않았다. 어떻게 된 거지 하고 돌아보는데 뜻밖에 주방 쪽에서 개 짖는 소리가 나서 얼른 달려갔다. 그리고 또 한 번 뜻밖의 광경과 마주쳤다.

조리대 앞에 서서 아침식사 준비를 하는 휘영과 식탁 옆에 자리 잡고 신나게 개껌을 깨물고 있는 앙의 조합. 미닫이문의 유리 너머로 멀뚱멀뚱 바라보고 섰자니 앙이 머리를 들어 다시금 "멍멍!"하고 짖었다. 그리고 휘영이 돌아보며 들어오라고 손짓했다.

"…늦잠을 자버렸어. 앙 산책도 시켰어야 하는데."

빠끔히 문을 열고 변명부터 중얼거리는 나희에게 그가 고개를 주억거리며 들어와서 앉으라고 말했다.

"그런 것 같아서 내가 산책시키고 왔어. 얘 진짜 영리해. 산책 가자고 날 찾아온 거 있지."

"진짜? 앙, 너 왜 거기까지 갔어. 나한테 와야지."

"갔는데 못 들은 거 아냐? 제 발톱이 무기인 걸 아는지 문을 살살 긁던데? 나도 자칫 못 들을 뻔했어."

"아, 참. 문을 닫고 자버렸구나."

뒤늦게 자신의 실수를 깨닫고 나희는 앙에게 사과했다. 개는 느긋하게 나희의 손길을 즐기고선 다시 개껌에 사랑을 쏟았다. 겸연쩍은 얼굴로 그녀가 물었다.

"저기, 개 뒤처리는 어떻게…."

"비료가 되라고 묻었어."

"거짓말."

"진짜로. 내년에 금귤나무를 심어볼까 하는 자리라."

멀리 가지 않고 마당 안에서 산책을 했던 모양이다. 그래도 정말 개똥을 땅에 묻었을까? 휘영이 그러고 있을 광경을 떠올리니 너무 안 어울려서 웃음이 다 났다.

"정말이라니까? 못 믿겠으면 이따 나가면서 보여줄게."

"아니, 그건 사양이야. 믿는 걸로 할게."

재빨리 항복하고 나희는 맛있는 냄새가 난다며 인덕션 위에서 보글보글 끓고 있는 냄비를 열어보았다.

"어머, 어묵국이야?"

"목소리 들으니 여전히 좋아하는 모양이네."

"당근이지. 와, 감자랑 브로콜리도 넣었네? 너 음식 좀 하고 사는구나?"

"자취 경력이 얼만데."

"혜주는? 전에 만났을 때 부엌데기 다 됐다고 푸념하던데."

"진짜 부엌데기가 와서 울고 가겠네. 뭘 시켜도 엉망이라 청소기 돌리는 것만 시켰어. 혜주 걔한테 음식을 맡기느니 원숭일 가르치는 편이 빠르지. 무슨 둘이 먹을 한 끼를 하루 종일 만들고 있어."

길어지는 휘영의 푸념에 고개를 끄덕이던 나희는 뭔가 살짝 맞지 않는 부분을 깨닫고 한창 버섯을 볶고 있는 그를 쳐다보았다. 언젠가 혜주가 친구 만나러 온 김에 들렀다고 할아버지 집으로 찾아왔을 때 이젠 가족이 다 함께 살고 있다고 말한 기억이 나는데. 다른 두 사람 이야기를 물어볼까 하다가 그만두고 식탁을 차리는 걸 도왔다.

하지만 식사를 하는 동안 아무래도 궁금한 걸 떨치지 못해 슬쩍 물었다.

"혹시 독립했어? 전에 가족이 다 모여 산다고 들은 기억이 나서."

"독립이라기보단 그쪽이 알아서들 떨어져 나갔어. 혜주는 결혼 전까진 나랑 살았고."

"아, 그래."

역시나 잘 맞지 않았구나 하고 생각하는 한편 약간 안심이 되기도 했다.

"국영이가 그래도 자릴 잡았나 보네. 뭐랄까, 좀 허풍이 있는 애라 가끔씩 떠올리면 걱정스러웠는데."

"자리라…."

휘영은 젓가락을 멈추고 생각에 잠긴 얼굴이 되었다.

"결국 걘 자기 자릴 못 찾았다고 해야겠지, 내내 찾아 헤맨 그 열의만큼은 나도 인정하지만."

"…응?"

꺼림칙한 대답에 나희는 의아한 얼굴로 휘영을 쳐다보았다. 그는 미간에 생긴 주름을 문지르며 덤덤히 말했다.

"병원에 있어. 몇 년 전에 교통사고가 나서 크게 다쳤거든. 그 바람에 다리를 못 쓰게 됐고, 또…."

"또?"

"머리를 다친 게 안 좋아서 영구장애가 남았어. 이제 걘 지능수준이 다섯 살 아이 정도밖에 안 돼."

"세상에."

놀란 나머지 할 말을 잃고 나희는 입술을 가렸다. 그렇게 활동적이던 애가 다리를 못 쓰게 된 것도 끔찍한 마당에 지능의 퇴보라니. 몸이 살아 있는 것일 뿐, 신국영의 영혼은 거의 눈을 감은 것과 진배없었다.

"어떤 면에선 그렇게라도 살라는 하늘의 배려라고 해야 할지. 국영이 성격에, 다리가 그렇게 됐는데 정신이 멀쩡했으면 얼마 못 가서 미쳐버렸을 테니까."

휘영의 씁쓸한 중얼거림에 무겁게 고개를 끄덕이는 것이 그녀가 할 수 있는 전부였다. 몹시 딱한 마음은 들망정 눈물까지는 나지 않았다. 너무도 끼고 돌며 오냐오냐 떠받들어주는 부모 밑에서 자란 아이들이 흔히 그렇듯 버릇도 없고 저밖에 모르는 이기적인 면이 다분했던 국영과는 시종 데면데면한 채로 별다른 접점 없이 지냈던 탓이다.

나희의 마지막 기억 속에서 국영은 제 어머니 편에 서서, 허리 숙여 사과하는 할아버지를 죽일 듯이 노려보며 보기 싫으니까 우리 눈앞에서 사라지라고 외치고 있었다.

"…무척 힘들었겠구나. 가족 근황 물었을 때 잘 지낸다고만 해서 전혀 짐작도 못 했는데."

"지금은 뭐 나름대로들 평온하게 지내고 있으니까. 아주 거짓말을 한 것도 아니야."

정말로? 나희 안에서 한줄기 의혹이 피어올랐다. 둘째 아들이라면 제 분신인 양 끔찍이 위하던 휘영의 모친이 과연 아들에게 닥친 비극을 순순히 받아들였을까? 좀처럼 상상이 가지 않아 나희는 그 점을 지적하려다가 휘영의 얼굴을 보고 가만히 입술을 다물었다.

그는 어쩐지 매우 씁쓸한 눈빛을 하고 공기 안의 밥알을 깨작거리고 있었다. 재회 후 전과는 달리 한결 다채로운 표정을 보여줬지만 지금의 이런 표정은 거의 처음이지 싶었다.

아버지를 잃고 상심에 잠겼던 당시의 모습과는 또 다르다. 후회하는 듯한, 원망하는 듯한, 체념하는 듯한, 어쩌면 넌더리를 내는 듯한…. 그 어떤 설명을 갖다 붙여도 딱 어울리는 게 없다. 기조가 서글픔이란 것, 그게 나희가 확신할 수 있는 전부였다.

'뭔지 몰라도 국영이 사고에 더 복잡한 사정이 있나 봐. 나름대로의 평온이란 말도 생각해보면 좀 이상해.'

나희는 그 사정을 알고 싶었다. 그래서 그의 얼굴에 드리운 저 흐릿한 안개를 조금이라도 거둬줄 수 있다면….

그러나 생각에 그치고 거기서 더 나아가지 않았다. 그건 그녀의 몫이 아니라고 냉정하게 충고하는 이성의 가르침에 따른 것이다.

"음식을 다 맞췄다고는 하지만 명색이 제사니까, 밤이 되면 부산해지겠어. 참, 김밥은 잘 싸? 실력 별로다 싶으면 미리 말해. 나도 좀 도울게."

그저 부자연스럽게 화제를 바꾸며 가라앉은 식탁의 분위기를 북돋워 보려 했다. 내리간 시선을 들어 그녀를 쳐다보는 휘영의 입가에 슥 미소가 그려졌다.

"별로야. 아무리 싸 봐도 아버지가 싸주던 그 맛이 안 나. 혹시 너는 기억나? 우리 아버지 김밥 맛."

"음, 딱 꼬집어 말은 못해도 먹어보면 이거다, 하고 말할 수 있을 정도?"

나희의 애매한 답변에 휘영이 한숨을 쉬었다.

"나도 그런 말은 할 수 있어. 그 맛이 재현이 안 되니까 문제지."

"일단 부딪혀 보지 뭐. 김밥은 재료가 생명인데, 그거 똑똑히 기억하는 거 맞아?"

"그거라면 오케이. 99프로 정도는 정확하다고 자부해."

"남은 1프로가 맛의 비밀인가."

나희는 숙연한 얼굴로 어디 한 번, 하고 주먹을 불끈 쥐었다. 너무 일찍부터 각오를 불태우지 말라며 휘영이 핀잔했다.

"이미지 트레이닝이거든? 천재님은 모르면 가만히 계세요."

"어제의 부자님에 이어 오늘은 천재님이야?"

못 말리겠다는 듯 혀를 차는 그에게 비죽이 혀를 내밀어 보이고 나희는 잠시 잊고 있던 식사에 매진했다. 미각을 예민하게 일깨우려면 아무래도 점심을 굶는 편이 좋을 것 같다. 그런 의미에서 한층 소중해진 첫 식사를 더없이 맛있고, 고맙게 먹었다.

베스트는 단연, 휘영의 어묵국이었다.

그러나 점심시간이 다가오자 나희는 마음이 바뀌었다. 굶을 게 아니라 차라리 여러 김밥을 먹어보는 편이 낫지 않을까? 내용물도 다르고 맛도 다른 김밥을 이것저것 먹다 보면 오래전에 먹었던 아저씨의 김밥 맛을 떠올리는 데에도 도움이 될지 몰랐다. 생각이 그쪽으로 기울자 얼른 실행할 욕심에 마음이 바빠졌다.

"할아버지, 저 김밥 좀 사올까 하는데 뭐 드시고 싶은 김밥 있으세요?"

"김밥? 김밥이 먹고 싶으냐?"

바둑책을 보는 할아버지의 팔을 흔들며 묻자 할아버지는 안경 너머로 갸웃이 그녀를 보았다. 사정 설명하기가 난감하니 나희는 그런 걸로 하고 고개를 끄덕였다.

"집이었으면 내가 싸줬을 텐데 이러고 있으니 쓸데가 없구나."

"에이, 여기 천년만년 계실 건데 아닌데 뭘 그러세요. 퇴원하고 할아버지의 명품 김치김밥 싸주세요. 오늘은 우선 파는 걸로 만족하고. 그래서,

280

할아버지. 드시고 싶은 김밥은요?"

"나는 됐다. 김밥은 아무래도 소화가 안 돼. 병원식이나 먹으련다."

"음, 그도 그렇네요. 그럼 제가 후다닥 다녀올 테니까 잠시만 혼자 계세요."

"서두르지 말고 천천히. 할애비 이제 거동도 할 만하니까 너무 중병환자 취급 말고."

네, 하고 나희는 웃으면서 병실을 나왔다. 확실히 수술 후 며칠이 지나자 할아버지의 거동이 조금은 편해지신 게 육안으로도 보였다. 그래도 아직 재활훈련도 받고 하려면 퇴원은 시기상조. 아무래도 나희는 할아버지의 퇴원까지는 못 보고 대전으로 올라가게 될 것 같다.

"그래도 하루가 다르게 좋아지시니 다행이야. 긍정적으로 생각하자, 긍정적으로."

홀로 탄 엘리베이터에서 혼잣말로 스스로를 북돋워보곤 땡 하고 문이 열리기 무섭게 바삐 로비를 종종걸음으로 뛰어갔다. 병원 앞 큰길가에 있는 분식집에서 메뉴를 앞에 놓고 고민에 빠졌다.

"김밥에서 참치 맛도 나고 고기 맛도 났던 것 같은데 따로따로 싸준 걸 내가 혼동하는 건가?"

일단은 참치김밥과 소고기김밥을 다 사는 걸로 낙찰. 그리고 다시 길을 건너 병원 옆 편의점에서 다양한 편의점용 김밥을 살펴보았다. 어떤 게 도움이 될지 모른다는 생각으로 보이는 대로 하나씩 집었더니 거기서 산 김밥만 여섯 줄이다. 같이 마실 음료수를 사자 양손 가득 한 짐이 되었다.

'일이 커졌어.'

오후에 오실 간병인 아저씨도 드시도록 남겨놓는다고 해도 역시 많다.

조금씩 덜어서 맛볼 거기 때문에 간호사실에 가져다 드리기도 뭣하고. 우선은 냉장고를 믿어야지 하면서 다시 병원 로비를 걸어가는 그녀를 웬 남자 목소리가 불러 세웠다.

"나희 씨, 아, 다행이다. 걸음 정말 빠르시네요."

허덕거리며 다가온 지형이 그녀를 향해 멋쩍게 웃었다. 나희는 가볍게 목례를 건네며 약사 가운이 잘 어울린다고 칭찬했다.

"어제까진 잘 몰랐는데 그러고 계시니까 약사라는 느낌이 확 나요. 근데 일하실 땐 안경 쓰시나 봐요."

"아, 이거요, 예, 아무래도 눈이 안 좋아서."

지형이 허둥지둥 안경을 벗어 가운 윗주머니에 넣는 것을 나희가 쓰고 있지 그러시냐고 말했다.

"잘 어울리는데, 뿔테 안경."

"어… 그래요? 어울리나요? 아버지는 둔해 보인다던데."

"얼굴에 비해 안경알이 좀 큰 감이 없잖아 있지만 둔해 보일 정도는 아니에요. 지적으로도 보이고."

"크으, 그 말씀을 우리 아버지 앞에 가서 한 번 해주셔야 하는데. 저 안경 쓴 것만 보면 저팔계에 안경 씌워 놓은 것 같다고 구박하신다니까요."

저팔계라. 연식이 나오는 비유에 나희는 쿡 웃고선 그런데 어떻게 밖에 계시냐고 물었다. 지형은 점심 먹으러 나오다가 그녀를 봤다고 말했다.

"보통 때는 제가 나중에 가는데 오늘은 약국장님이 약속이 있어서 제가 먼저 나왔어요. 이게 다 나희 씨를 보려고 그랬나 봐요."

어색한 끌어 맞추기였지만 거기엔 별생각 없이 나희는 문득 자신의 손에 들린 김밥에 생각이 미쳤다.

'그래, 이 사람이라면?'

다이어트 중이라고는 해도 김밥 세 줄 정도는 뚝딱 해치우지 않을까? 남자들 기본 식사량이란 게 있으니까.

나희는 반색을 하며 물었다.

"점심은 어디 정해진 데 가서 드세요?"

"예, 일단 달로 끊어놓고 먹는 집이 있긴 한데, 사정이 있으면 안 가도 돼요. 안 가도 됩니다."

구태여 안 가도 된다는 걸 강조하는 것에 또 웃음이 났지만 시치미를 뚝 떼고 나희는 물었다.

"그럼 혹시 김밥 좋아하세요?"

"없어서 못 먹습니다!"

눈치가 아주 없지는 않은 남자였다.

그러나 확실히 김밥은 소화가 잘 안 된다. 이것저것 맛보는 김에 몇 개씩 집어먹은 게 생각보다 양이 많았던지 여섯 시가 넘어서도 더부룩한 기운이 남아 있었다. 때문에 나희는 할아버지가 저녁을 먹는 것까지 보고 병원에서 나와 그 길로 수영장에 가서 운동으로 소화를 시켰다.

다른 사람은 어떤지 모르겠지만 나희는 수영 후엔 몹시 허기가 졌다. 그런 이유로 도무지 꺼질 것 같지 않던 배도 물에서 실컷 놀고 나자 언제 그랬냐 싶게 납작해졌다.

"좋아, 다시 먹을 수 있겠어."

자신감을 얻은 건 괜찮은데, 휘영의 집에 다다라보니 시각이 여덟 시를 훌쩍 넘겨 아홉 시가 목전이었다. 제사상은 열두 시가 넘어서 차린다지만 그래도 너무 늦었다고 생각하며 초인종을 눌렀다. 뜻밖에, 몇 번을 눌러도 안에서 대답하는 기척이 없었다.

"어떻게 된 거지?"

이쯤 되면 안에 없는 모양인데. 휴대폰을 들여다봤지만 따로 휘영에게서 온 연락은 없었다. 잠깐 뭘 사러 갔을지도 모른다는 생각에 잠시 계단에 앉아 기다려도 보았다.

그렇게 십오 분 가량을 보냈다. 취미에 없는 인터넷 서핑도 싫증이 나고 슬슬 조바심이 났다. 그에게 무슨 일이라도 생긴 걸까? 비로소 그녀는 그의 번호로 전화를 걸었다. 단조로운 컬러링 끝에 "응."하고 대꾸하는 휘영의 목소리가 들려왔다.

"어디야? 집에 왔어?"

"응, 좀 전에 와서…."

"기다리는 거야? 밖에서?"

물어보는 그의 목소리 너머로 희미한 음악 소리 같은 게 들린 것 같았다. 실내 같은데…. 어쩌면 카페 같은 곳?

"일단은? 멀리 있으면 어디 다른 데 가서 기다릴 테니까 일 보고 와."

"아니, 멀진 않아. 십 분이면 충분히 갈 수 있어. 지금 갈 테니까 조금만 기다릴래?"

휴대폰을 통해 전해지는 그의 목소리가 너무 다정해서 나희는 오히려 떨떠름해졌다.

"급하지 않으니까 천천히 와도 돼. 용무 중이었던 것 같은데."

"다 끝났어. 막 일어나려던 참이니까. 십 분 재고 있어. 거기서 일 분이라도 늦으면 소원 하나 들어줄게."

"소원…?"

애 진짜 왜 이래, 라는 얼굴로 휴대폰을 쳐다보는 사이 휘영이 전화를 끊었다. 귀신에 홀린 기분으로 나희는 무심코 시각을 확인하다가 퍼뜩 혀를 찼다.

"정말 시간을 재서 어쩌자고. 너까지 이상해질 참이니, 우나희?"

휴대폰을 가방에 넣고 나희는 턱을 괸 채 휘영의 이상한 반응에 대해 생각했다. 다시 만난 후의 그가 전보다 한결 부드러워진 건 인정하지만 그래도 방금 건 너무 나갔다.

영문은 모르겠지만 하나는 확실했다. 신휘영도 방금 같은 목소릴 낼 수 있구나. 사랑하는 여자에겐 그런 목소릴 내는 걸까? 말랑말랑하고 딱 먹기 좋게 뜨거운 마시멜로 같은 느낌의.

그렇다면, 흠, 그 여자가 좀 부럽다. 휘영의 얼굴만 뜯어먹고 살아도 평생 배고프지 않을 것 같은데 목소리까지 그 여자 전용이 있는 셈이니까.

"얼마나 훌륭한 전생을 살았기에. 아, 실없다, 나도 참."

부쩍 혼잣말이 많아지는 하루. 공연한 자괴감도 잊을 겸, 생각도 떨칠 겸 나희는 계단 옆 벽에 머리를 기대고 눈을 감았다. 바람도 별로 없는데 운동으로 열을 낸 몸이 식는 탓인지 무척 추워서 살짝 움츠러들었다.

"미안, 나희야. 많이 기다렸지?"

이윽고 골목길을 뛰어오는 발소리에 이어 휘영의 목소리가 들렸다. 나희는 발소리를 들었을 때 눈을 뜨려고 했는데 어쩐지 반응이 조금 늦어졌다. 눈을 떴을 땐 몸을 굽혀 그녀의 손이며 뺨을 만져보는 휘영이 보였다.

"몸이 차디차. 어서 들어가자."

그는 그녀를 껴안듯이 해서 일어나는 걸 부축한 뒤 그대로 팔을 두른 채 대문을 열고 들어갔다. 괜찮다고 뿌리치고 싶은 마음보다 휘영에게서 전해지는 온기에 더 혹해서 나희는 잠자코 그의 행동을 방치했다.

"전자키를 챙겨줬어야 하는데. 내가 생각이 짧았어."

"전자키는 무슨. 나 괜찮아. 수영하느라 열 냈던 게 식느라 더 차갑게 느껴지는 거겠지."

별채로 들어가자 오늘은 앙이 영상도 마다하고 달려와 그녀를 반겼다. 휘영이 바로 목욕을 하겠느냐고 묻는 걸 샤워하고 왔다고 거절하고 잠시 개하고 놀아주려니 얼마 후 그가 잔에 마실 걸 가져왔다.

"이거 설마… 술?"

유리컵에 따르긴 했어도 슬쩍 풍겨오는 향기며 색이 다분히 의심스럽다. 휘영이 고개를 끄덕이며 엷게 웃었다.

"브랜디. 많이 독한 건 아니야, 그래도 몸에 열이 좀 날 테니까."

"술로 낸 열은 금방 꺼진다는 거 알아?"

투덜거리면서도 나희는 잠자코 컵을 건네받아 한 모금 넘겼다. 식도를 타고 부드럽게 넘어간 술은 이내 화끈거림을 동반한 열기와 강한 잔향을 남겼다.

"음, 좋아. 이건 어쩐지 정신이 번쩍 드는걸."

"술 좀 받는 날이야?"

휘영이 웃으면서 빈 잔을 받아 가져갔다. 나희가 욕실에서 손을 씻고 주방으로 가보니 식탁엔 이미 김밥 재료가 즐비했다. 냉장고 옆엔 제사음식을 주문한 곳으로 보이는 음식점 상호가 찍힌 빈 박스가 쌓여 있었다.

"제수는 냉장고 안에 있어?"

"응. 생각보다 일찍 와서 그냥 두면 상할 것 같아서."

고개를 끄덕이고 옷소매를 걷으면서 둘러본 식탁 위 상황은 이제 바로 김밥을 싸기만 하면 될 정도로 준비가 완벽한 상태였다. 밥도 이미 알맞게 식혀진 상태. 짐작이긴 해도 음식 준비를 하고 있던 중에 누군가 불러내서 급히 나간 듯한 인상을 받았다. 다친 뒤로 장기 휴가를 냈다고 들었으니 일 관계는 아닐 것 같은데….

생각이 또 엉뚱한 가지를 뻗으려 하는 걸 느낀 나희가 얼른 눈을 깜박여 상념에서 벗어나며 말했다.

"준비 완벽해서 내가 뭐 거들 것도 없겠는데? 그냥 앉아서 맛 평가만 하면 되나?"

"좋으실 대로. 나 이제 고기 볶아야 하는데 단촛물 맛 좀 볼래?"

응, 하고 받아서 맛을 보고 나희는 오케이 사인을 던졌다.

"역시 고기 들어갔던 거 맞지? 불고기 맛이 났던 거 같다고 생각했어."

"아, 불고기. 불고기 양념인가?"

휘영은 그 말에 뭔가 깨달은 듯 인덕션 쪽을 돌아보며 나지막이 혀를 찼다.

"왜 그 생각을 못했지, 여태. 그래, 그 맛이네, 이제 보니."

소고기를 그대로 볶는 것과 조금이라도 양념에 재워뒀다가 볶는 것은 맛 차이가 분명할 수밖에. 지금이라도 불고기양념을 사러 나가겠다는 휘영을 나희가 말렸다.

"어제 후식으로 배 먹었잖아. 남은 거 없어?"

"있어."

"있으면 됐어. 어디 보자, 간장, 설탕, 양파, 대파, 간마늘. 플러스 후추 정도. 이 중에 없는 건?"

"다 있어."

"그럼 다 됐네. 자, 우선 배하고 양파부터 갈아봅시다. 아, 믹서기는?"

"다행히도 있습니다, 캡틴."

휘영이 싱긋 웃고선 싱크대 아래 수납장에서 믹서기를 꺼냈다. 앉아서 구경하긴 물 건너갔다고 불평을 하며 나희가 의자에서 일어났다. 기다렸다는 듯 휘영이 그에게 앞치마를 건넸다. 그가 하고 있는 것처럼 검은색인데 사이즈만 더 작은.

"실은 일 시키려고 벼르고 있었구나, 너."

그녀가 입술을 비죽거리자 휘영이 벌써 간파했냐면서 너스레를 떨었다. 고개를 저으면서 앞치마를 걸쳐 입는 나희의 등 뒤로 오며 휘영이 끈을 묶어 주었다.

"신휘영, 이실직고해. 너 왼손 깁스도 실은 위장이지?"

"왜 그래, 오늘도 물리치료 받고 온 사람한테."

"그랬어?"

"응. 아무래도 내일 비가 올 모양이야. 여기저기가 쿡쿡 쑤신 게."

"아저씨 다 됐네, 너도."

겉으로는 야유했지만 사고가 꽤 크게 났을 거라는 건 그의 벗은 몸에 생긴 흉터를 본 게 있어 나희도 알고 있다. 동생 국영 이야기도 들은 게 있어서 괜스레 고인이 된 휘영의 부친을 원망하는 마음도 생겼다.

'아저씨가 그렇게 가셨으면 자식들은 좀 잘 챙겨주시지 어쩜 그렇게 힘을 못 쓰세요.'

워낙에 착한 분이라서 애들 어른 되는 거 보기 무섭게 환생을 하러 가셨을지도 모르겠다. 여하튼 부질없는 생각은 그쯤하고 나희는 휘영에게 재료만 준비해놓고 가서 앉아 있으라고 명령했다.

"내 주방에 부상병은 필요 없다."

"캡틴, 여긴 아직 제 주방입니다."

"흥, 그래 봤자 배도 못 깎으면서."

"감자 깎는 칼로 깎으면 돼."

그렇게 한마디도 지지 않고 옆에서 버티는 부상병과 함께 불고기양념

288

을 준비해서 고기를 재웠다. 나란히 서서 싱크대에서 손을 씻는데 휘영이 그녀에게 슬쩍 고개를 기울이며 말했다.

"둘이 이러고 있으니까 꼭 신혼부부 같지 않아?"

"전혀. 그런 말은 진짜 결혼할 여자한테나 써. 남발하지 말고."

야단치듯 손에 묻은 물방울을 그의 얼굴에 튀겨주고 돌아서는 나희의 가슴이 쿵쿵 요동쳤다. 아무래도 얼굴이 익을 것만 같은데 무슨 핑계거리가 없을까? 아, 그렇다, 술.

브랜디 효과가 다 된 것 같다며 나희는 급히 거실로 나가 술장을 열었다. 그리고 휘영이 준 걸로 짐작되는 브랜디를 꺼내 잔에 따라 마셨다.

"아, 이게 아닌가?"

아까 거보다 더 독한 술에 나희는 기침을 했다. 따라 나온 휘영이 "어이, 술꾼. 아직 초저녁이니까 좀 약한 걸 마셔."라며 나희의 잔을 빼앗아 한입에 털어 넣고 다른 병을 꺼내 약간을 따라주었다. 나희가 그것을 다 마시길 기다려 그는 거기에 또 얼마를 부어 자신이 마셨다.

"너는 왜 자꾸 마셔? 제사 준비해야지."

"혼자 마시면 재미없잖아."

"아, 그래서 나 때문이다?"

"너 때문 맞는데?"

그가 씩 웃더니 고개를 돌려 거실에 걸린 시계를 확인했다.

"고기는 삼십 분은 재워둬야 한댔지? 그럼 기다리는 동안…."

천천히 그녀에게 시선을 돌리며 휘영이 말했다.

"우리 좋은 거 할까?"

그게 뭐냐고 묻지 않은 건, 눈이 마주치는 순간 찌르르하고 퍼진 직감 같은 게 있었기 때문이다.

다음 순간 그녀에게 끌리듯 다가온 그의 입술에 나희는 불현듯 자신이 자석이라도 된 느낌이었다. 그가 아니라, 그녀가 그를 강하게 불러들인 듯한 착각은 그의 등을 더듬어 끌어안는 손길에 거의 확신이 되었다.

안아줘. 안아줘, 휘영아.

지난밤 기다림에 목말랐던 몸이 끊임없이 그를 부르고 있었다. 휘영이 얼마나 분명히 그 호소를 들었는지는 모르겠다. 적어도 그는, 그녀를 침대로 데려갈 여유도 없이 서두르긴 했다.

거실 소파에 나희를 밀치듯이 눕히고서 올라탄 휘영이 곧장 그녀의 치마를 걷어 올리며 다리 사이로 몸을 가져왔다. 한 손으로 바지 버클을 푸느라 잠시 애를 먹는 모습에 나희가 그의 손을 대신해 버클을 풀고 지퍼를 내렸다. 크게 부푼 그의 분신이 손가락 끝에 닿는 느낌에 나희는 저도 모르게 달뜬 한숨을 내쉬었다. 그걸 보는 휘영의 눈이 가늘어지며 나직이 그가 중얼거렸다.

"…못 참겠어."

나희는 빙그레 웃고 그의 셔츠 앞섶을 붙잡아 제게로 끌어당겼다.

"참지 마."

웃는 듯 살짝 휘어진 그의 입술이 다음 순간 그녀의 입술을 뜨겁게 짓눌렀다. 뒤이어 온순한 양처럼 부드럽게 노크하고, 들어선 순간 가면을 벗어던진 늑대처럼 흉포하게 밀고 들어오는 격렬한 침입자를 맞이하며 그녀는 온몸을 부르르 떨었다.

"어제 푹 잤지?"

끈적하게 베어 문 입술 사이로 휘영이 묻는 말에 나희는 애써 초점을 맞추며 그를 쳐다보았다. 미처 대답하지도 않았는데 그가 다음 말을 쏟아냈다.

"그러니까 오늘은 불평하지 마."

긴 밤에의 예고.

잘못된 전제를 두고 있다는 흠이 있긴 하지만 나희는 어떠한 이의도 제기하지 않았다. 오히려, 두 팔 벌려 환영했다. 열렬히.

12. 그의 여자

새벽녘, 약하게 낑낑거리면서 문을 긁는 소리를 들었지만 나희는 도무지 눈이 떠지지 않았다.

"앙…. 잠깐만 있어봐. 내가 곧…."

"더 자. 내가 데리고 다녀올게."

이마에 부드럽게 입맞춰주며 휘영이 해주는 말에 "고마워…."라고 말하는 중에도 정신없이 졸렸다. 잠에 취해 그가 나가는 소리를 들은 기억도 없다.

그런데 어느 순간 무척 싸늘한 몸을 한 그가 그녀를 껴안아오는 바람에 퍼뜩 눈을 떴더니 밖에 비가 온다고 휘영이 중얼거렸다. 다시 가물거리는 눈길 속에 나희는 어름댔다.

"비? …그런가. 너한테서 비 냄새가 나는 것 같아."

"나는 네 냄새밖에는 모르겠는데."

"내 냄새? 땀 냄새 같은 거…?"

조금 움츠러들며 나희가 우물거렸지만 그녀를 난로라도 되는 양 꼭 껴안은 휘영이 도리질하며 그녀의 목덜미에 얼굴을 묻었다. 몇 번이고 깊게 숨을 들이쉬며 그가 속삭였다.

"설명하긴 힘든데 좋은 냄새야. 네 살 냄새, 정말 좋아."

"…그런 게 있어?"

나희는 금시초문이라 잠결에도 궁금해져서 제 팔 냄새라도 맡아보려고 팔을 들어보는데 금세 아랫도리에서 벌어지는 일 때문에 정신이 흐트러졌다. 그가 다시금 그녀 안으로 파고들 준비를 하고 있었다.

"또…? 휘영아, 잠깐만, 아, 아직…."

"뜨겁고, 촉촉해. 넣을게."

"아, 흐으, 하아아…."

약간 버거운 느낌도 없잖아 있는 것을 휘영이 느릿느릿 달래가며 들여보내자 마침내는 전부 받아들이기에 이르렀다. 그러나 간밤의 피로가 채 씻기지 않은 몸은 희미한 불평을 발했다. 특히 허리가 좀 불안하다.

"움직이지 마. 움직이면 안 돼."

정신없이 만류하며 나희는 깊은숨을 몰아쉬었다.

"여기서 더 무리하면 허리가 또 어떻게 될 것 같아."

"역시 매트리스가 문제야. 오늘 당장 매트리스부터 바꿀게."

"근본적인 문제는… 다른 데 있다는 생각 안 들어? 앗, 움직이지 마, 아, 아앗!"

말리는 소리에도 휘영은 그녀의 등을 꼭 안아 살짝 든 듯이 해서는 그가 매트리스에 등을 대고 눕게끔 체위를 바꾸었다. 엉겁결에 그의 몸을 덮은 자세가 된 나희가 눈살을 찌푸리며 이것도 썩 편하지는 않다고 불평했다.

"네 몸 너무 단단하고 울퉁불퉁하단 말이야."

"쿠션감이 필요하단 말이지? 알았어, 앞으론 그쪽으로 신경 써서 다듬을게."

그러니 지금은 좀 참으라며 휘영이 그녀의 뒤통수를 부드럽게 쓸어 만졌다. 머리를 만져주니까 다시 졸음이 소르륵 쏟아졌다. 그렇게 또 쪽잠에 몸을 맡기며 나희는 늦잠 자지 않게 좀 깨워달라고 부탁했다. 그러겠노라, 휘영은 자신만만하게 말했다.

그러나 그 또한 잠이 필요했던 건 매한가지. 새근거리는 그녀의 숨결에 잠깐 눈만 감고 있는다는 게 그만 푹 잠들어버렸다.

다시 그가 눈을 떴을 땐 시계가 아홉 시 반을 가리키고 있었다.

나희는 허둥지둥 올라탄 택시 안에서 가벼운 화장을 마치고 핸드백을 정리할 때에야 휴대폰을 안 가져왔다는 사실을 깨달았다. 할아버지에게 늦잠을 잤다고 메시지를 보내고, 잠시 후 할아버지가 보낸 천천히 오라는 메시지를 확인한 뒤 물기가 닿지 않게끔 휴대폰을 욕실 수납장 옆으로 치우고서… 건드린 기억이 없다.

"거기 그대로 있겠네. 어휴."

그거 하나 찾자고 되돌아가기도 늦었다. 길모퉁이 하나만 더 돌면 병원이 보일 것이다. 한나절쯤 휴대폰 없이도 어떻게 되지는 않을 거라고 자위하며 그 문제는 체념했다.

결국 열 시 십 분이 넘어서야 병실에 들어간 나희를 보고 할아버지가 걱정스런 얼굴을 했다.

"잠을 설쳤니? 젊은 애 얼굴이 왜 이리 푸석해?"

차라리 화장을 안 하는 건데. 프라이머 없이 바른 파운데이션이 약간 회색빛이 돌아서 할아버지 눈엔 아파 보였던 모양이다. 화장품 핑계를 대긴 했지만 나중에 병실에 딸린 화장실에서 보니 눈이 떼꾼한 게 밤사이 시달린 흔적이 또렷이 남아 있었다.

잠도 설치고 비도 오고. 노곤해서 죽기 일보 직전이어도 그러려니 할 텐데 의외로 컨디션은 좋았다. 반대로 할아버지는 아무래도 궂은 날이 뼈에 사무치는지 재활 운동을 다녀와선 점심 전까지 곤히 주무셨다. 그러다 할아버지 목에 걸린 휴대폰이 세게 진동하는 것을 본 나희가 얼른 일어나 버튼을 눌러 진동을 잠재웠다.

언뜻 본 메시지에 나희 씨 운운하는 말이 보인 것 같아 다시 들여다봤더니 지형이 보낸 문자였다. 혹시 오늘 점심으로 도시락을 사 들고 가도 폐가 아닐지 묻고 있다. 아직 그녀의 번호까지는 알려주지 않았더니 할아버지를 메신저로 활용하나 보다.

어쨌든 어제의 김밥에 대한 사례를 할 셈인가 본데. 물론 다른 생각도 있기야 할 테고.

더 진행할 게 아니라면 이쯤에서 슬슬 태도를 정해야 한다. 자칫 남자가 썸이 시작된 걸로 오해할 만한 상황이다. 나희도 그런 여지를 보이기도 했고.

'좋은 사람 같지만 끌리는 남자는 아냐.'

아직 몇 번 안 보긴 했지만 남녀 사이란 건 솔직히 처음 몇 번 안에 그 판가름이 난다. 여태 그녀가 교제했던 남자들은 정도의 차이는 있을망정 아주 희미하게라도 이성의 불꽃이 반짝이긴 했다. 적어도 나희는 상대를 남자로 의식하는 긴장감이 느껴져야 만나볼 마음이 들었다.

이쪽은 아니다. 앞으로 그럴 거라는 생각도 별로 들지 않는다. 태도는 거의 정해졌지만 할아버지의 휴대폰인 이상 우선은 사양의 문자를 보내는 정도로만.

[저 우나희예요. 할아버지가 주무셔서 대신 메시지를 확인했습니다. 오늘 할아버지 컨디션이 안 좋으세요. 점심은 곤란할 것 같습니다. 마음만 감사히 받겠습니다.]

메시지를 보내고 얼마 안 있어 다시 휴대폰이 진동했다.

[그럼 저녁은 어떠세요, 나희 씨?]

나희는 얼른 메시지를 입력했다.

[그것도 곤란해요. 오늘은 할아버지와 조용히 보내려고요.]

[그럼 내일은 어떠세요?]

눈치 있는 남자란 말 취소. 그래도 이 남자 밀당을 전혀 못하는구나 하는 안쓰러운 마음도 일어 답 메시지도 조금은 부드러워졌다.

[내일 날씨가 어찌 될지 모르는 만큼 뭐라 말씀드리기 힘들어요. 다만 할아버지가 병원에 계시는 동안 방문객은 더 받지 않으려고요. 어제도 좀 부대끼셨던 모양이라. 이해해 주시겠지요.]

예, 이해합니다, 어쩌고저쩌고 길게 온 지형의 메시지를 한눈으로 훑어보고 휴대폰을 옆으로 밀어두었다. 상당히 계산적인 속셈으로 호기심을 가졌던 것도 사실인데 이제는 거짓말처럼 담담했다. 지형의 문제가 아니라 나희의 문제였다.

휘영과 보낸 지난밤이 여자인 자신을 또렷이 일깨워준 까닭이다. 섹스 같은 거 차라리 없이 살망정 그 발뒤꿈치도 못 따라가는 걸로 근근이 허기나 달래가며 사는 건 이제 그만 사양하고 싶다. 여태껏 그러고 살았는데 또 한동안 그런 식으로 자신을 속여 가며, 기만해가며 사는 건 생각만으로도 지긋지긋했다.

게다가 결혼이라는 건 2세를 고려한 계약. 거기서 나희의 생각은 완전히 캄캄한 절벽에 부딪혔다.

'안 되겠어요, 김지형 씨. 전혀, 네버, 상상이 안 가요. 미안한 말인데, 나 방금 소름까지 돋았어요.'

팔등을 쓸어 만지면서 그녀는 전에 만났던 남자들도 생각했다. 결혼 이야기까지 나왔던 남자와도 아이까지는 생각해 본 바가 없었다. 이제 생각해 보려고 해도 욕지기 비슷한 거부감만 들 뿐이다. 다른 남자들은 말할 것도 없다.

'하나같이 변변찮은 남자라 그런 걸까? 그럼 상대가 신휘영이라면?'

순진한 의문에 퐁퐁 솟아나는 이미지는 휘영과 혜주의 어릴 적 모습. 성별은 달라도 한 틀에서 찍어낸 걸 딱 알 수 있는 남매라는 건 분명했다. 표정이 다양한 혜주는 한결 화사한 느낌이 있고 상대적으로 표정이 적은 휘영은 냉미남이라는 인상이 강하지만 기본 이목구비는 정말 흡사하다.

그런 딸과 아들이 생긴다면 나희는 너무 사랑한 나머지 아이들 버릇을 망쳐놓을 것만 같다.

'근데 얼굴만 닮고 머리는 날 닮는다면… 아, 그건 그것대로 슬프겠다.'

혜주도 공부를 싫어했을 뿐, 머리가 나쁜 것은 아니다. 어디서 주워들은 대로라면 애들은 엄마 머리를 닮는다니까 역시 나로는 안 되는 걸까. 그렇게 절망하다가 휘영과 혜주의 모친을 떠올리곤 그런 여자도 둘을 낳았는데 나 정도면 준수하지 하고 괜스레 우쭐거렸다.

그리고 곧 이게 뭐 하는 짓인가 싶어 자괴감에 빠졌다.

상상은 가능했지만―그것도 꽤 즐거운―이 무슨 부질없는 짓인지. 이제 더는 헛된 꿈은 꾸지 않는다고 자신했던 냉정한 여자는 어디에 팔아먹어버렸나?

"헛되고, 헛되도다. 우나희, 정신 차리자."

염불하듯 중얼거리며 나희는 할아버지의 불교서적을 뒤적거려 반야심경을 손에 잡았다. 그리고 한동안 수도하는 심정으로 눈으로 활자를 좇았다.

그러나 잠깐 방심하자 생각은 또 어젯밤 일로 흘러갔다.

거실 소파에서의 짧은 일락은 지금 생각해도 목덜미가 간질거렸다. 그렇게 별안간 마음이 동해서 허겁지겁 몸을 나눈 게 대체 얼마 만인지 모르겠다. 조급함에 옷도 벗는 둥 마는 둥, 심지어 앞치마도 그대로 걸친 채로 잘도 그렇게까지 흥분했구나 싶다.

그러고선 제사 준비를 해야 하니까, 하며 샤워를 하러 가서 또 한 번. 덕분에 한 시간 넘게 재워진 불고기는 양념이 잘 배어 맛이 훌륭했지만.

물론 김밥도 맛있었다. 그러나 그게 왕년의 아저씨의 김밥 맛이었던 것 같지는 않다. 속재료 배합을 조금씩 달리해서 싼 여러 줄의 김밥이 제각기 무척 맛있었지만 거기엔 한바탕 체력을 소모한 그들의 허기라는 함정이 숨어 있었던 것이다.

"아무래도 다음 해를 기약해야겠지?"

공모자의 눈빛을 하고 휘영이 건넨 말에 나희는 크게 고개를 끄덕여 동의를 표했다. 그러고선 김밥 꼬다리를 다투어 먹기 바빴다.

그 후엔 미역국이 완성된 걸 보고 제사상을 준비하고 배달된 치킨을 마지막으로 올리는 것으로 제사 준비를 마쳤다. 상에 놓인 제수는 물론이요, 올리는 술도 청주가 아니라 물 건너온 코냑이었지만 그런 파격에도 불구하고 고인을 그리는 마음이 물씬 배어나는 상이었다고 생각한다. 정말 아저씨의 혼이 오셨다면 야, 내가 아들 잘 둬서 늘그막에 호강한다, 하고 껄껄 웃으셨으리라.

"아들들 데리고 낚시 가는 게 소원이라고 노래를 부르셨는데 왜 그거한 번을 못 갔는지 몰라."

제사상 앞에 앉아 술잔을 기울이며 회한에 잠긴 눈으로 중얼거리던 휘영의 얼굴도 생생하다. 타이밍이 잘 안 맞았던 거지 뭐, 하고 나희는 위로했고.

"아저씨 하는 일이 주말에 특히 바빴고, 어쩌다 쉬실 때도 국영이가 운동하느라 시간이 안 맞았고. 아, 그래도 셋이 같이 한 거 있다. 아저씨가너랑 국영이 데리고 목욕탕은 곧잘 같이 가셨어. 가기 싫다고 찡찡거리는국영이 곧잘 업고 가셨잖아."

빙그레 웃으며 휘영은 고개를 끄덕였다.

"이제야 하는 말인데 나 그거 좀 샘났어. 나도 꼭두새벽에 일어나서 졸리긴 매한가진데 아버지 등은 늘 그 녀석 차지고. 나는 왜 1년 먼저 태어나서 형 같은 걸 하고 있나 부아가 난 게 한두 번이 아니야."

"연년생 형제의 비극이구나!"

나희는 놀리듯 대꾸했지만 어릴 적의 휘영을 떠올리곤 뭉클하고 안 된마음이 들었다. 과연, 샘도 냈구나. 겉으로는 곧 죽어도 형이라고 의젓하게 굴더니만.

"그래서 난 아들이 둘 생기면 형이건 동생이건 가리지 않고 번갈아 업어줄 거야. 창피해서 싫다고 할 때까지 열심히 업어줘야지."

조금은 코믹한 휘영의 장래 구상에 나희는 작게 웃음을 터뜨렸다.

"그게 원대로 되느냐는 둘째 치고, 어쨌든 건투를 빌게. 체력 관리 바지런히 하셔야겠어, 신휘영 씨."

"남 말 할 때가 아니거든? 우나희 씨?"

툭 하고 그녀의 이마를 밀며 그가 하는 말에 나희는 "내가 뭐?"하고 대거리했다.

"운동을 좀 하는 건 알겠는데 아이 생각을 하면 체력 보강이 더 필요하다 이 말이야. 아이를 열 달간 품을 사람 몸이 이게 뭐야. 참 갈 길 멀다."

이걸 좀 보란 듯이 그녀의 팔을 한 손에 쥐고 흔들어대는 바람에 나희는 그만 뾰로통해져서 무슨 상관이냐고 쏘아붙였다.

"그런 걱정은 내 아이 아빠 몫이니까 신경 끄세요, 흥!"

성가시게 붙잡고 있는 손도 떨쳐내려고 했지만 도리어 그가 더 꽉 잡아당긴 탓에 둘 사이의 간격만 좁아졌다. 그리고 그는 그 좁아진 간격을 입맞춤으로 활용했다.

"화내지 마. 내가 사과할게."

도둑 키스 후에 건네 온 부드러운 사과. 마음이 풀어진 것을 넘어 그만 또 묘한 마음이 일고 만 것을 숨기려 나희는 부러 더 인상을 썼다.

"알았으니까 팔이나 놔."

"싫어. 더 잡고 있을래."

"뭐야. 너 취했어?"

"설마. 나 취하려면 이 정도론 어림도 없어. 하지만 이제 그만 마셔야겠다. 너랑 좋은 걸 하기로 약속했으니까."

"내가 무슨 약속을 했다고 그래. 어? 휘영아? 어딜 가려고, 제사상은 어쩌고."

"아버지도 천천히 드실 시간이 필요할 거야."

뻔뻔한 것도 발군이신 신휘영 씨와 그 길로 곧장 베드인. 그녀로선 쾌감의 최대치를 갱신하고 체력의 바닥을 확인할 수 있는 뜻깊은 밤을 보냈다.

체력 소모는 당연히 휘영이 더 많았을 텐데 개 산책을 시켜준 것은 물론, 아침에 그녀가 일어나 보니 제사상도 말끔히 치워져 있었다. 다시 그가 체력 보강 운운하면 나희는 아무래도 할 말이 궁하지 싶다.

"수영을 일주일에 다섯 번씩 가는 게…."

한창 배울 땐 재미있어서 주중이고 주말이고 가릴 것 없이 가서 수영을 했지만 요즘은 일주일에 네 번 정도가 한계였다. 다섯 번이 아니라 여섯 번으로 늘려야지 하고 눈에 바짝 독기를 품었다가 불현듯 이게 뭐람, 하며 나희는 실소를 했다.

손에 들린 반야심경이 눈에 들어오고 현실을 깨달았다. 아아, 휘영은 일탈일 뿐이라고 선을 그은 게 얼마나 됐다고 그새 그걸 잊나. 참, 머리가 나빠도 너무 나쁘다.

"그죠, 할아버지?"

곤히 잠든 할아버지를 바라보며 나희는 쓰게 웃었다. 가만히 덮은 책을 안락의자 팔걸이에 놓아두고 그녀는 발소리를 죽여 가며 병실을 나갔다. 커피라도 마셔서 가라앉은 기분을 북돋워볼 셈이었다.

그런데 몇 걸음 가지 않아 나희는 누군가의 강한 시선을 깨닫고 고개를 들었다. 클래식한 카멜 컬러 트렌치코트를 멋스럽게 차려입은 매우 세련된 여자가 그녀를 바라보며 걸어오고 있었다. 전형적인 미인은 아니지만 자신만만한 분위기가 매력적인 여자는 나희에겐 분명 초면이었다. 그런데 여자는 마치 그녀를 안다는 것처럼 똑바로 쳐다보면서 다가왔고, 거리가 가까워지자 "우나희 씨?"하고 묻기까지 했다.

"제가 우나희는 맞는데, 누구시죠?"

거듭 그녀의 눈을 마주 보며 생전 처음 보는 여자임을 확신했다. 여자는 싱긋 웃으면서 나희에게 손을 내밀었다.

"이고은이라고 해요. K&H의 두 번째 K랍니다."

언뜻 와 닿는 소개는 아니었으나 휘영의 지인이란 것만은 깨닫고 내밀어진 손을 잡았다. 그러자 여자는 나희가 흠칫하도록 그 손을 꽉 움켜쥐고 흔들었다.

"H와는 공적, 사적인 파트너고요. 그 사람만 오케이 하면 오늘이라도 약혼 단계로 들어갈 수 있는."

"아…."

휘영이 말한 그 여자구나.

저도 모르게 움찔하며 나희가 손을 빼려는 것을 여자가 꽉 잡고 놓아주지 않았다. 뿐더러 새하얀 이가 가득 보이게 웃으며 물었다.

"이만하면 나한테 잠깐 시간 좀 내줄 수 있겠죠?"

"…시간이요?"

"네. 그쪽 나랑 할 말이 있을 것 같은데?"

성공적인 기습에 의한 혼란, 그로 인한 사기 저하. 그나마 나희가 잘한 게 하나 있다면 가까스로 전열을 정비할 시간을 번 것 정도이다.

"여기 서서 이야기할 내용은 아닌 것 같고. 그렇다면 이쪽 편의를 봐주셔야겠어요. 도와주실 분이 오시는 두 시 이후라면 시간 낼 수 있을 것 같은데. 괜찮으시겠어요?"

다년간 감정의 진폭을 좁혀온 것이 이런 때에 효과가 있었다. 가장 최근에 휘영과 뜻하지 않게 조우한 것도 놀람에 대한 나희의 방어체계를 한 단계 올려놓았을지도 모르겠다.

어쨌든 나희는 침착했고, 여자는 살짝 눈썹을 치켜뜬데 이어 순순히 그러자고 하며 손을 놓아주었다.

"오면서 보니까 요 앞에 커피체인점 있는 것 같던데."

"할리스 커피일 거예요."

"그래요, 거기서 기다리고 있을 테니까 일 보고 와요."

여자, 고은은 옆에 끼고 있던 클러치백을 슥 들어 보이고 돌아서서 걸음을 옮겼다. 그 당당한 걸음새를 나희가 물끄러미 보고 있자니 문득 고은이 "아!"하고 중요한 걸 잊었다는 듯 돌아보았다.

"근데 거기 커피 맛있어요? 나, 입맛 좀 까다로운데."

"…모르겠어요. 안 가봐서."

"그래요? 흠, 복불복인가. 오케이, 이따 봐요."

입술을 삐죽거리며 싫다는 표정을 잠깐 짓고 고은은 다시 등을 돌렸다. 나희도 짧게 심호흡하고 그 등에서 억지로 시선을 뗐다. 도로 할아버지의 병실로 향하는 중에도 뇌리엔 고은의 마지막 표정이 생생했다.

자세히는 몰라도 최고 경영자 중 한 명인 것 같고 그렇다면 남 위에 서는 사람이다. 그런 사람들에게는 표정 관리 또한 일. 그런 이가 노골적으로 지어낸 울상이라.

나이에 비해 미숙하든가, 감정표현에 자유분방하든가, 아니면 이쪽을 은연중에 무시하는 거든가.

이 상황에 고작 그런 거나 꼼꼼히 따져보는 자신이 한심하지 않은 건 아니지만 그런 거라도 하지 않으면 견딜 수가 없을 것 같았다. 그다음엔 여자의 옷이나 가방, 구두, 헤어스타일 같은 거라도 하나씩 뜯어보지 않으면.

지엽적인 것에 몰두해야 한다. 그렇지 않으면 본질을 마주해야 할 테니.

이고은. 나희는 벌써부터 그 여자와의 만남이 끝날 순간을 고대하고 있었다.

"…나희야? 나희야?"

멍하니 배를 깎던 나희는 문득 시야가 어두워질 때에야 할아버지가 그녀를 손짓해서 부르고 있음을 깨달았다.

"네, 할아버지, 왜요? 물 드려요?"

"아니, 물이 아니라, 너 손. 손 좀 보라고."

"손이요? 어머, 이게 뭐야."

아래를 내려다본 나희는 깜짝 놀라 들고 있던 배를 떨어뜨렸다. 쟁반 위에서 둔하게 굴러가는 배의 흰 과육이 얼룩덜룩한 붉은 얼룩으로 뒤덮여 있었다. 순간 따끔거리며 왼손 엄지가 아파서 쳐다보니 거기에 그 빨간 얼룩의 답이 보였다. 언제 베인 건지 빠끔히 벌어진 상처에서 송골송골 피가 솟아났다. 급히 손가락을 쥐어 상처를 누르고 일어나며 나희가 변명했다.

"과도가 엄청 날카롭네요. 베인 줄도 몰랐네."

당장 화장실로 뛰어가 베인 손을 씻었지만 피는 멈출 만하면 다시 배어 나왔다. 화장지로 돌돌 말아 상처를 동이고 나와 가방에서 밴드를 찾아봤지만 눈에 띄지 않았다.

"이게 꼭 필요한 때는 없어요. 다른 가방에 챙겨놨나 봐요."

"나가서 간호사한테 달라고 해. 가지고 있을 게야."

"네, 할아버지. 금방 다녀올게요."

웃는 얼굴로 병실을 나간 나희는 잠시 벽을 짚고 숨을 골랐다. 아직 시합은 시작도 안 했는데 미리 자책골을 넣고만 기분이다.

"정신 차리자, 우나희, 정신. 호랑이한테 잡혀가도 정신만 바짝 차리면…."

기합을 넣으려고 한 말에 오히려 더 기분이 나빠져서 쿵쿵 벽에 이마를 찢었다. 호랑이라니. 지금 그 여자를 호랑이와 같은 급에 두는 건가. 스스로를 압도적인 약자로 몰아가고 싶어서 환장한 것도 아니고.

나는 결코 약자가 아니다. 비굴해져야 할 이유가 없다. 뿐더러, 죄인도 아니다. 가책을 느낄 이유도 없다.

그렇게 위축된 정신을 가다듬고 간호사 데스크에 가서 간략한 치료를 받았다. 피가 좀처럼 멎지 않아 지혈제를 뿌린 위에 큼지막한 밴드를 붙였더니 엄지손가락이 밴드 안에 쏙 숨었다.

그 못난 모양을 살펴보고 있는데 간병인 아저씨가 오면서 알은체를 했다. 가볍게 날씨 이야기를 하면서 함께 병실로 간 뒤 나희는 여자를 만나기 위해 다시 나갈 준비를 했다.

나오기 직전 쟁반에 놓인 피 묻은 배를 한눈에 담으며 나름은 각오했다. 액땜이라고 하면 우스꽝스럽겠지만 기왕의 일, 그런 걸로 치자고. 무언가 상처를 받아야 하는 거라면 이미 치른 것으로.

여자는 머그잔 두 개와 쿠키가 담긴 접시를 옆에 두고 맹렬히 노트북 키보드를 두드리고 있었다. 아까 볼 때는 없었던 빨간 안경을 쓰고 미간을 잔뜩 찡그린 모습에서 심각한 분위기가 느껴졌다. 이럴 때 나타나는 게 방해가 될 것 같아 주저하게 될 정도였지만 다행히 고은이 머리를 쓸어 올리다가 나희를 발견하고 싱긋 웃으며 손짓했다.

심각한 표정과 웃는 얼굴 사이의 커다란 갭. 다소 의외란 느낌으로 나희는 테이블로 걸어가 고은의 앞자리에 앉았다.

"아주 잠깐만 기다려줘요. 이걸 일 분, 아니 이 분 안에 끝낼 테니까. 이 머저리들한테 내가 제대로 화났다는 걸 보여줘야 하거든요."

"편하게 하세요."

나희의 말에 고은은 고개를 끄덕이곤 예의 맹렬함으로 자판을 난타해 댔다. 속도도 속도려니와 손가락이 아프지 않을까 싶은 굉장한 기세를 바라보며 나희는 그녀의 에너지에 감탄했다. 이런 열정이 있는 사람이 사업가가 되는구나 하는 생각은, 이런 사업가라야 제대로 성공하겠지라는 생각으로 옮겨갔다.

휘영의 두뇌에 여자의 열정, 그 외의 또 다른 파트너는 무얼 제공하는지는 몰라도 호락호락한 사람은 아닐 터였다. 나희는 문득 휘영의 일이 궁금해졌다. 일하는 곳도, 가까이 지내는 동료들도 한 번쯤은 보고 싶었다. 분명 그에게 잘 어울리는 곳일 거라는 건 안다. 그녀는 그 수준이 지금은 어느 정도인지 느껴보고 싶었다. 순수하게 그가 이뤄낸 도약을 실감하고 축하해주고픈 마음에서.

아니, 딱히 축하 같은 건 못해도 상관없다. 보다 솔직히 말하자면 그녀의 자기만족을 위해서라도 보고 싶었다.

'역시. 난 얘가 이렇게 잘될 줄 진작부터 알았다니까.'

인생에서 그런 말을 할 수 있는 지인을 두는 것도 퍽 멋진 일일 테니까. 비록 내가 그런 대단한 성공의 사례가 되지는 못했지만 자질이 모자랐던 것일 뿐, 안목이 없었던 것은 아니라고 떳떳하게 주장할 수 있게 되는 것이다. 보세요, 나는 저 애가 개천에서 나랑 함께 헤엄칠 때부터 틀림없이 용이 될 걸 알고 있었답니다.

"아아, 미안해요. 기껏 와줬는데 엉뚱한 일로 씩씩거리는 것부터 보여주고."

약속한 이 분 정도가 되자 고은은 기세 좋게 노트북을 덮으며 사과했다. 괜찮다고 대답하던 나희는 가져온 차임벨이 울리는 소리에 주문한 음료를 받으러 일어났다. 고은도 커피 리필을 해야겠다며 따라 일어났다.

"여기 커피 나쁘지 않았어요. 모험은 성공이에요."

빈 잔을 흔들며 고은은 비밀 이야기라도 나누듯 오른쪽 눈을 찡긋했다. 나희는 엷게 웃고는 가만히 고개를 돌렸다. 친화력이 좋은 편인가.

나희도 한때는 말괄량이 소리깨나 들을 정도로 외향적이었지만 이제 그런 에너지는 할아버지 말고는 보일 일이 없다. 말괄량이… 거의 반생 이전의 이야기가 되어버렸다. 한 번 크게 구겨지기 전의.

"태허호수 알아요? 그 일대를 우리가 작정하고 휴양지로 만들어볼까 하거든요. 전망 기막힌 곳에 세컨드하우스로 쓸만한 빌라 하나 세우는 걸로 첫 삽을 뜰까 했는데 여길 해결하면 저기가 터지고 하는 식으로 툭툭 문제가 튀어나와서 이 년째 골치를 썩이네요."

고은은 자리에 다시 앉기 무섭게 일 이야기를 꺼냈다.

"올 봄에 휘영이가 잡아서 거의 마무리 지어놨는데 엉뚱하게 사고가 터지는 바람에 손 놓고, 담당자 바뀌었다고 하니까 또 저쪽에선 모르쇠로 배짱을 놓고. 관이나 민간이나, 전생에 중국인이었나 다들 만만디 정신으로 똘똘 뭉쳐서는… 어휴. 그쪽 물에 무슨 문제가 있는 게 분명해."

그러고는 커피를 후루룩 마시고 살겠다는 듯 머리를 뒤로 젖히며 한숨을 쉬었다.

"아, 카페인 죽이네. 내가 이 맛에 살지."

지극히 만끽하는 얼굴에 보는 이쪽도 자극을 받아 나희도 아메리카노 잔을 기울였다. 부러 시럽을 두 번 펌핑한 커피는 평소보다 더 달았지만 커피 향을 가릴 정도는 아니었다. 곤두선 신경을 살살 쓰다듬어주는 듯한 달콤함도 나쁘지 않은 선택이었다.

"그 손, 다쳤어요? 아까는 그런 거 없었던 것 같은데."

"별거 아니에요."

고은의 예리한 눈썰미로부터 감추듯이 왼손을 테이블 아래에 두고 나희는 똑바로 여자를 마주 보았다.

"그럼 용건을 말씀해 주시겠어요?"

"조금만 더 시간을 줄래요? 아직 그쪽을 충분히 못 봤거든요."

충분히? 이상한 말을 하는 여자라고 생각하는 나희의 속내를 읽은 건지 고은이 부연했다.

"우리 할머니가 사업은 사람만 제대로 볼 줄 알아도 칠 할은 먹고 들어가는 거라고 해서 나름 열심히 그쪽으로 수행 중이에요. 뭐 나름 대학가 같은데 자리 펴고 관상 보면 굶고 살지는 않을 정도?"

그런 말로 재삼 긴장시키는 여자에게서 거리를 두듯 나희는 상체를 뒤로 젖혔다. 고은이 잡아먹지 않을 테니 걱정 말라며 깔깔깔 웃었다. 목젖이 보이도록 호탕한 웃음. 더없이 도도하게 보였던 첫인상과 달리 소탈한 면이 자꾸만 보이는 여자였다.

"아직 꾼이 되려면 멀었고요. 우리 할머니가 반은 꾼인데 적중률이 기가 막혀요. 내가 건호랑 휘영이 데리고 가서 얘네들이랑 사업 좀 해보려고요, 한마디 했는데 무슨 사업인지 묻지도 않고 백억을 덜컥 내주시겠다고 했을 땐 우리 할머니여도 좀 뜨악했지만요."

워낙 큰 액수다 보니 나희는 실감이 나지 않아 반응이 늦었다. 그런 그녀의 태연함을 오해한 고은이 나지막이 감탄했다.

"과연. 저 휘영이가 속이 깊다고 표현할 정도의 여자는 어떤 사람인가 했는데 굉장히 침착한 분이네요, 그쪽."

그런 말까지 들은 마당에 뒤늦게 놀라는 모습을 보일 수도 없다. 나희는 커피 잔을 들어 향기를 맡는 체하며 최대한 덤덤한 목소리를 냈다.

"제 평가가 썩 중요할 것 같지는 않은데, 본론으로 바로 들어가면 안 될까요? 저는 이 자리에 어떤 의의가 있는지 아직도 잘 모르겠거든요."

"그래요? 모른다는 말은 잘 안 믿기는데."

갸웃하며 바라보는 얼굴에 빈정거리는 기색은 없어보였다. 때문에 나희도 좀 더 직설적으로 말했다.

"정말 모르겠어요. 그러니까 하고 싶은 말이 있다면 빙빙 돌리지 말고 날것 그대로 해주면 고맙겠어요. 내가 들어야 할 말이라면 듣고, 대답해야 할 거라면 대답할 테니까."

"어우, 그렇게 부러질 것처럼 꼿꼿할 필요는 없고요. 혹시 긴장했어요? 그러지 마요, 나 그쪽에 나쁜 감정일랑은 없어요. 다만 역시 내 눈으로 보고 확인하고 싶었던 거지."

그러니까 뭘 말이죠?

말이 아니라 눈에 실어 보내는 질문에 고은은 다소 곤란한 얼굴을 하고 나희를 쳐다보다가 불쑥 중얼거렸다.

"그쪽 예쁘네요, 확실히."

돌발적인 외모 칭찬에 나희의 뺨이 발그레 물들었다. 고은은 제 말을 확인하듯이 고개를 끄덕이며 이어 말했다.

"여리여리하게 예쁜데다 어딘가 좀 가련한 느낌? 덧없어 보인다고 할까? 아, 내가 표현력이 부족해서 잘은 말 못하겠는데 하여간 분위기 있어요. 마음속 서랍에 비밀 몇 가지는 늘 존재할 것 같고."

"저기요…."

나희가 살며시 인상을 찌푸리자 고은이 나쁜 뜻은 없다며 손을 내저었다.

"어느 쪽이냐고 하면 나름 동경하는 분위기에요. 동경만 할 뿐 흉내도 못 내는 게 문제지만. 난 연애사업도 늘 신통치 않아요. 처음엔 시원시원하다고 좋다고 하던 남자들도 얼마 못 가서 기가 세다느니 넌 도대체가 너무 털털하다, 속에 담아 두질 못한다 등등 비슷한 맥락으로 질려서 나가떨어지더라고요."

"제 짝이 아니었으니 그랬겠죠. 자기 주관 또렷하고 속에 음흉하게 담아두지 않는 솔직한 여자 좋아하는 사람도 얼마든지 있을 걸요."

저도 모르게 고은의 역성을 들며 대꾸한 말에 고은이 빙그레 웃으며 "짚신도 제 짝이 있다는 것처럼?"하고 말했다. 그리고 이야기는 거기서 한 번 크게 도약했다.

"뭐 휘영이라면 내 그런 면도 무난히 커버하겠구나 싶기는 했어요. 신휘영, 빈말로도 신사는 아닌데 여성관이 고루한 것도 아니니까. 어느 쪽이냐면 상당히 개방적이죠. 잘만 규율을 세우면 결혼해서도 꽤 합리적인 남편, 좋은 아빠 노릇을 해줄 거예요."

나희는 긍정도 부정도 못하고 가만히 이야기를 듣고 있었다. 어떤 면에는 고개가 끄덕여지지만 어떤 면은 귀에 설게 들려 그랬나 싶기도 했다.

"그만하면 섹스 파트너로도 훌륭하고."

테이블 아래에 있는 손을 주먹 쥔다는 게 상처를 살짝 건드려버렸다. 다친 데가 욱신거리며 아려오는 것을 나희는 오히려 반가운 기분으로 받아들였다. 그 아픔이 귀에 꽂히는 말의 쿠션 역할을 해주어 얼얼함이 한결 덜했다.

"횟수가 좀 아쉽긴 해도 우리 나이쯤 되면 양보단 질이잖아요? 남편감은 정욕 들끓는 욕정남보다 금욕주의자가 낫다는 내 지론과도 맞고. 정양이 아쉽다 싶으면 불량식품 몇 조각 먹으면 되고. 요즘은 에스코트 서비스도 놀랄 만큼 좋아진 거 알아요?"

"에스코트 서비스요?"

"아, 무슨 뜻이냐면….”

"나도 그게 무슨 뜻인지 정도는 알아요. 내가 영문을 모르겠는 건 내 앞에서 그런 말을 너무 태연히 하는 당신이에요."

"음… 내가 태연한 건 딱히 잘못이라는 인식이 없기 때문이겠죠? 난 연애할 여건이 되면 연애를 해요. 그게 안 되는 상황일 때 쌓인 걸 풀어내려고 약간의 도움을 구하는 거죠. 합당한 대가를 치르고. 성을 상품화하는 것에 대한 거부감이 있나요? 그건 인류의 가장 오래된 사업 중의 하나인데. 어차피 이해 못 하는 사람은 무슨 말을 해도 이해 못 하긴 하더라고요. 언짢을 수 있다는 건 이해해요."

악의가 없어 보여서 더욱 불가해한 여자를 나희도 나름 이해해 보려고 노력하다가 깨끗이 포기했다. 자신과는 아예 다른 사람이라고 선을 긋는 편이 차라리 편하다. 그렇기에 나희는 약간 날이 섰던 태도를 누그러뜨려 말했다.

"그쪽 가치관을 비난하자는 건 아니에요. 다만 휘영이 친구… 라는 입장에서 그런 소릴 아무렇지도 않은 얼굴로 듣는 것이 거북했을 뿐이에요. 휘영이와 결혼 말이 오가는 사이라고 알고 있는데…?"

혹 잘못된 추측이었나 하고 조심스레 탐색하는 시선에 고은은 너무도 산뜻하게 그렇다고 대답했다.

"인맥은 그럭저럭 짱짱하다고 자부하는데 그 정도로 탐나는 사람이 거의 없어요. 연애결혼을 못하겠으면 서른다섯에는 정략결혼이라도 시키겠다는 할머니도 휘영이 얘기엔 반색을 하시고. 지금도 괜찮지만 마흔 넘으면 훨씬 더 대성할 상이라네요. 남편 잘 만나는 것도 능력이니까 휘영이 물어오면 할머니 사업체 반을 주시겠다는 말에 혹하기도 했고. 우리 할머니, 그런 걸로 빈말 안 하거든요."

미안하지만 그쪽 할머니 이야긴 궁금하지 않아. 내가 궁금한 건 휘영에 대한 그쪽의….

"결혼은 할머니가 아니라 그쪽이 하는 거잖아요. 그쪽 의견은 없어요?"

"내 의견? 말했잖아요. 휘영이 탐난다고. 그 앤 내 날개가 되어줄 수 있고, 나도 그 애 날개가 되어줄 수 있어요. 나중에야 걔가 나보다 더 잘 나갈지 몰라도 지금은 내 조건이 모든 면에서 걜 압도하니까 충분히 그에게도 남는 장사가 될 거예요. 아픈 모친에 동생까지 평생 책임져야 할 휘영이 사정도 우리 집에선 전혀 문제가 안 되고 말이죠."

고은의 말 속에 약간 걸리는 부분이 있었지만 계속해서 그녀의 말이 이어지는 바람에 묻지 못하고 넘어갔다.

"전부터 운은 띄워뒀었고, 올해 들어선 연말에 약혼할까, 내년 봄에 약혼할까 하는 주제로 말한 적도 있어요. 야심이 있는 애라 어차피 내 손을 잡겠거니 했죠. 그런데 사고를 겪고 나서 휘영인 심경 변화가 온 모양이에요."

다시 사고 이야기인가. 나희는 휘영에게 몇 번 물어볼 마음만 먹었다가 단념했던 걸 비로소 조심스럽게 꺼내 들었다.

"좀 큰 사고였다는 건 아는데, 어느 정도였나요? 휘영이는 별것 아닌 것처럼 말하던데."

"별것 아니긴요. 그 자리에서 죽은 사람만 일곱 명이었어요."

뜻밖의 사망자 이야기에 나희의 눈이 동그래졌다. 고은은 휴대폰을 들어 뭔가를 검색하면서 빠르게 말했다.

"12중 추돌사곤가 그랬을 걸요. 휘영이 차가 딱 중간이었는데 완전히 휴지조각처럼 구겨진 거예요. 나름 튼튼하다는 SUV가 그 지경이 되다니. 어… 사진 받아놓은 게 있는 줄 알았는데 없네. 아무튼 거기서 살아나온 게 기적이다 그랬어요. 한때는 코마까지도 갔고. 자, 이 사고였어요. 뉴스 봤으면 기억날 텐데."

고은이 건네준 휴대폰엔 영동고속도로에서 일어났던 12중 추돌사고 뉴스가 띄워져 있었다. 자욱한 연기를 피우며 불타는 차량 사진이며 큰 버스 사이에 끼어 형체도 알아볼 수 없는 차량 등등 지독한 광경에 나희는 눈살을 찌푸렸다. 거의 석 달 반 전의 일이었다.

"병원에 꽤 오래 있었겠네요."

아직도 그의 왼손에 자리한 깁스를 떠올리며 나희가 중얼거리자 고은은 석 달쯤 있었다고 대답했다. 그런 걸 한 달 정도라고 말하다니. 확실히 휘영은 무용담을 과장하는 종류의 사람이 아니라고, 나희는 쓴웃음을 지었다.

"큰일 겪고 난 사람들이 흔히들 자기 인생을 돌아본다고 하잖아요. 그런 의미에서 휘영이 외도도 충분히 그럴 수 있다고 생각해요. 뭐랄까, 살면서 한눈 한 번 안 팔고 쭉 직진만 했을 것 같은 타입이잖아요, 걔가."

고은의 평에 나희가 긍정의 한마디를 보냈다.

"스물두 살 때까지 본 바로는 그랬어요. 걔한테 과연 사춘기가 있기나 했는지도 모르겠어요."

"스물두 살이라. 그럼 그 뒤는 내가 보증할게요. 심지어 군대 갔을 때도 무슨 포상이란 포상은 다 받고 나오는 것 같았어요. 본 지 얼마 안 된 것 같은데 또 밖에 나와 있어. 군대를 간 건지 놀러를 간 건지."

얄밉다는 듯 흉보는 말에 나희도 빙그레 웃었다. 고은은 한숨을 쉬고 커피로 목을 축인 뒤 말을 이었다.

"그느라 뭔가 놓치고, 빠트리고 산 기분이 드나 봐요. 너무 멀리까지 돌아갈 수는 없으니까 일단은 고향이라고 여기는 신주에 돌아가 봐야겠다고 하더라고요. 오랜 친구로선 그러라고 하고 싶은데, 사업파트너로선 무작정 놓아줄 수가 없었죠. 물러나고 떠나려는 걸 안식년이라는 사규를 급조해서 일단 붙들어 매놨어요."

고은은 빨간 안경 너머로 나희를 직시하며 말했다.

"나는 그가 언제까지고 방황하리라고는 생각 안 해요. 지금은 잠시 감상에 젖은 것일 뿐, 머잖아 본래의 그로 돌아올 거예요. 부유물이 가라앉으면 남는 건 본질이잖아요. 안 그래요?"

"그래요, 본질이죠."

고은이 하려는 말을 알 것 같았다. 그리고 나희도 고은과 같은 생각이었다.

나희에게 그렇듯 휘영에게도 지금 현재는 일탈이다. 둘 다 오래전에 끝난 꿈의 여운 같은 것에 젖어 있을 뿐.

끝은 온다. 고은의 말대로 부유물이 가라앉을 때.

안경을 벗은 고은이 매력적인 미소를 담아 나희에게 꾸벅 고개를 숙였다.

"모쪼록 그때까지, 그를 잘 부탁해요."

애초에 시작할 생각조차 없었던 싸움.

그런데도 고은의 반질반질한 머리카락을 보는 나희의 두 눈에 희미한 이슬이 번졌다.

기분 전환에 도움이 될까 싶어 카페 근처 꽃집에 들러 프리지아 한 다발을 샀다. 그리고 부근 잡화점을 찾아 꽃을 꽂아둘 플라스틱 컵을 샀다.

병원으로 돌아가는데 분식점에서 막 튀긴 찹쌀도넛을 내놓는 것을 보고 식욕은 없었지만 한 봉지 구입했다.

횡단보도에 서서 신호를 기다리면서 하나 꺼내 먹어본 찹쌀도넛은 뜨거워서 더 맛있고 달게 느껴졌다. 나희는 신호조차 무시한 채로 우두커니 서서 세 개를 연달아 먹었다.

그러다 보니 챙겨갈 게 별로 없어 한 번 더 사러 다녀왔다. 그사이 꽈배기며 채소튀김 내놓은 게 있어서 그것도 챙기니 양손이 묵직해졌다.

"짜잔, 할아버지, 제가 뭐 사왔는지 맞혀보세요!"

병실 문을 열면서 나희는 자랑스레 튀김 봉지를 들어 흔들었다. 금세 병실 안에 퍼지는 기름 냄새에 너무 쉬운 문제라고 생각하면서 병상 쪽을 쳐다보던 그녀의 눈에 이쪽을 보는 할아버지 말고도 또 한 사람이 들어왔다.

짧은 순간 그녀는 쉴 새 없이 눈을 깜박거렸다. 그러나 착각도 착시도 아니었다.

"할아버지, 나희가 아무래도 튀김 사온 것 같은데요. 먹어서 살로도 안 가는 걸 좋아하는 건 여전하네요."

할아버지를 돌아보며 말하고는 다시 이쪽을 향해 고개를 돌리며 휘영이 웃었다.

"어이, 말라깽이. 어디 뭘 사왔나 한 번 보자."

할아버지도 벙긋 입을 벌리며 웃었다.

"우리 나희 식성이야 한결같지. 한결같은 애야. 한결같고말고."

13. 독사과를 삼키다

"어머, 벌써 시간이 이렇게 됐네. 할아버지, 우리가 휘영일 너무 오래 붙잡고 있었나 봐요."

잠시 말이 끊어진 틈을 타 나희가 할아버지를 보며 말하자 노인은 눈을 끔벅이며 서운한 낯을 지었다.

"그래? 시간이 그렇게 지났어?"

"네, 휘영이가 온 지 한 시간도 넘었어요. 보세요."

구태여 시각을 확인시켜주는 옆에서 휘영이 "나는⋯."하고 뭔가 운을 떼려는 것을 나희가 매서운 눈짓으로 가로막았다. 휘영은 입을 다물었고 나희는 다시 할아버지에게 봄 햇살 같은 미소를 지었다.

"또 올 수 있으면 오라고 하고 그만 보내주기로 해요. 오늘만 날은 아니잖아요. 안 그래, 휘영아?"

나희의 시선을 따라 할아버지의 시선도 휘영에게 따라왔다. 여전히 무척 서운한 표정인 것을 휘영은 다독이듯이 노인의 손을 쥐어 잡고 말했다.

"조만간 또 오겠습니다. 혹시 일정이 맞지 않아 퇴원하신다면 댁으로라도 찾아뵐 테니까 기다려주세요."

"그래, 휘영아. 기다리마."

비로소 기쁜 낯으로 노인도 손을 마주 잡으며 고개를 끄덕였다.

"기왕이면 퇴원 후에 보면 좋겠구나. 모처럼 너 밥 한 끼 해먹이게. 입맛이 많이 변하거나 그러진 않았지?"

"변하긴요. 저도 똑같아요. 오랜만에 할아버지가 해준 밥 먹을 생각하니까 벌써부터 입에 침이 고이네요."

"말이라도 고맙다."

"빈말이 아니라 정말로요. 가끔은 할아버지 김치가 죽도록 먹고 싶은 날도 있었는걸요."

"그래? 김치말이냐? 무슨 김치를 그렇게나…. 갓김치였을까?"

갸웃해하며 궁금해 하는 노인에게 휘영은 "전부 다요."라고 대답했다. 하지만 우선은 배추김치부터라고 순서까지 정했다. 그 너글너글한 대답이 그저 좋은지 할아버지는 싱글벙글이다.

"그러자꾸나. 배추김치야 늘 있지만 너 온다면 그날 먹을 만큼 새로 김치를 담글 테니까 든든히 먹을 준비를 해야 할 게다."

"갓 담근 김치라니. 기다리기가 고역이겠는데요."

꿀꺽 마른침까지 삼키는 모습이 실제로 무척 들뜬 것 같은 휘영과 할아버지 사이에 나희는 당당히 악역으로 나섰다.

"자자, 기대가 크면 실망도 큰 법이랬어요. 김칫국은 그 정도로 마시고 이제 슬슬 작별합시다들. 자, 신휘영 일어서고, 인사하고. 할아버지도 잘 가 인사하시고. 그럼 이제 나갈까요?"

일으켜 세운 휘영의 등을 밀어 병실에서 내보내려고 하는 걸 할아버지

가 어디 그렇게 사람을 보내느냐며 병상에서 내려서려고 했다. 그대로 배
웅을 할 기세에 휘영도 돌아보며 노인을 만류했다.

"나오지 마세요. 오늘은 말고 다음에 배웅해 주세요. 다음엔 동구 밖
과수원 길까지 따라오셔도 말리지 않겠습니다."

"허허, 녀석도 나이가 들더니 너스레가 늘었구먼."

가볍게 웃고선 그럼 나가지 않겠다면서 할아버지가 가라고 손짓했다.
휘영은 재차 깍듯이 허리 숙여 인사하곤 병실을 나갔다. 나희는 배웅해
주고 오겠다며 따라나섰다.

병실에서 나와 엘리베이터 앞에 가도록 나희는 별말을 하지 않았다.
엘리베이터에 탄 뒤에도 굳게 다물려 있던 입은 병원 로비를 거의 나갈
즈음에야 열렸다.

"그럼 가봐."

그리고 돌아서는 그녀를 휘영이 당황한 얼굴로 붙들었다.

"화 많이 났어?"

"화? 내가 왜?"

덤덤하게 되묻자 휘영이 미간을 찡그렸다.

"화난 거 맞잖아. 내가 말도 없이 찾아왔다고. 네가 그렇게 못 오게 막
았는데."

나희는 그를 빤히 쳐다보다가 고개를 갸웃했다.

"네가 언제는 내 말을 들었다고 내가 그런 거에 화를 내겠어. 내가 무
슨 말을 하던 결국 넌 너 내키는 대로 했잖아. 걱정 마. 기대한 게 없으니
까 실망도 안 해."

미간 주름이 더 뚜렷해진 휘영을 세워둔 채로 나희는 돌아섰다. 더는 붙
들지 않는 것을 보니 그에게도 와 닿는 게 있었던 모양이다. 그럴 것이다.

조금도 없는 말을 꾸며낸 게 아니니까.

아무래도 상관없었다. 나희는 휘영에게로 뻗어가는 신경을 철저히 차단한 채로 병실로 돌아갔다.

그러나 거기엔 여전히 휘영에게 열광하는 할아버지가 계셨다. 열광이란 말이 과장이 아닌 게 이렇게 기쁘고 즐거워하는 모습은 요 몇 년 사이 처음인 것 같았다.

"언제고 한 번은 다시 닿을 인연이겠거니 하고 막연히 생각은 했다만 실제로 그날이 오니 못내 꿈같구나. 허허, 그 허여멀쑥하던 샌님 같던 녀석이 어느새 저렇게 남자가 되어서."

"그렇게 보기 좋으셨어요?"

"좋다 뿐이냐. 애가 항상 송곳 하나 꽂을 틈도 없이 팍팍해 보이는 게 마음에 걸리더라니 이제는 제법 여유도 품은 것 같고. 그사이 아마도 다사다난했겠지만 잘 견뎌내고 저리 커준 게 대견하지 않으냐. 응."

실로 흡족했던 듯 할아버지는 연신 다행이라고 고개를 주억거렸다. 그리곤 묵묵히 컵에 꽂아둔 프리지아를 보고 있는 나희를 돌아보며 살짝 볼멘소리를 했다.

"너는 애도 원, 만난 지 며칠이나 됐다면서 입을 꾹 다물고 있어? 서프라이즈로 삼을 게 따로 있지."

"왜요, 제 덕에 제대로 놀라셨잖아요. 할아버지도 제 백 마디 말보다 휘영이 얼굴 한 번 보는 게 더 나으실 테고요."

"백 마디 말쯤 미리 들어서 나쁠 것도 없지."

오늘 찾아올 줄 알았으면 매무시도 좀 더 신경 썼지 않았겠느냐고 왕년의 깔끔쟁이 이발사는 말했다. 나희는 부러 입술을 비쭉거리며 토라진 체했다.

"전부터 생각했는데 할아버진 휘영일 너무 좋아하세요. 가끔은 손녀딸보다 더 예뻐하시는 것 같아."

"허참, 아무렴 너보다 더 예뻐할까?"

"글쎄요, 왠지 믿음이 안 가네요."

왕년의 사실에 기반 한 그녀의 토라진 연기가 상당한 리얼리티를 갖췄던 모양이다. 할아버지는 그녀의 서운함을 진짜로 믿고 이런저런 말로 기분을 풀어주려고 쩔쩔맸다.

노인을 속이는 것 같아 기분은 안 좋았지만 나희는 순순히 할아버지의 착각을 이용했다. 덕분에 할아버지도 더 이상 그녀에게 휘영의 이야기를 하지 않았던 것이다.

'죄송해요, 할아버지. 하지만 제가 더는 못 견디겠어서 그래요. 생각이상으로 이거… 힘드네요.'

힘들다. 결코 인정하고 싶지 않았던 말도 이 순간 나희는 순순히 인정했다. 싸워야 할 대상에 자신까지 넣고 싶지는 않았다. 단 한 명의 자기편이 절실한 형편엔 더더욱.

'어차피 나약한 인간이었는걸 뭐. 우나희, 참 별 볼 일 없는 인간이야. 그럼 좀 어때? 별 볼 일 없는 인간은 또 별 볼 일 없는 대로 사는 방식이 있는 거지.'

그 방식에 따라 나희는 자그마한 프리지아 꽃송이를 바라보는 것에서 기운을 얻었다. 삶에 대단한 욕심을 부리는 것도 아니고 단 하나, 이렇게 늘 꽃을 바라보는 마음으로 살고 싶은데 그게 참 쉽지가 않다.

그 순간 홀연히 나희의 뇌리에 플로리스트라는 단어가 스쳤다. 전에 몇 달 꽃꽂이를 배웠을 때 즐거웠던 기억으로 언제부터 한 번 도전해보고 싶다는 생각만 하고 실행에는 옮기지 못한 그녀의 희망사항 중 하나.

그 생각은 요 몇 년 할아버지가 밭일에 매진하게 된 것과 맞물려 조금 더 부풀어 올랐다.

"할아버지, 전에 저 보고 식물 가꾸는데 소질이 있다고 말씀하신 거 기억나세요?"

"응?"

무슨 엉뚱한 말이냐는 듯 쳐다보는 할아버지에게 나희는 살짝 조바심을 드러내며 말했다.

"왜 저보고 '그린 핑거스'라는 말도 하셨잖아요. 그린 핑거스요."

그린 핑거스(green fingers)라고 하면 화초를 잘 가꾸는 손, 전해서 그런 사람을 가리키는 말이다. 나희는 언젠가 밭일을 도우러 나갔을 때 할아버지가 말해주어서 그런 말도 있다는 것을 알게 되었다. 또박또박 말하자 그제야 할아버지도 알아보고 고개를 끄덕였다.

"소질이 없잖아 있다고 했지. 흙일하는 걸 싫어하지 않고 무엇보다 지렁이나 벌레를 보고도 호들갑 떨지 않는 게 믿음직해."

"에이, 그런 의미의 소질이었어요? 난 또 내가 식물 가꾸는 천부적 감각이 있다는 줄 알았네."

실망해서 고개를 떨구는 나희에게 할아버지가 여길 보라고 손짓했다.

"소질이 별거냐, 배우고 겪어보면서 늘면 그게 재주가 되는 게지."

"그런 재주는 누구라도 익힐 수 있는 거잖아요. 저는 뭐랄까, 하늘에서 뚝 떨어진 저만의 소명 같은 게 있지 않을까 기대했어요."

주름진 얼굴에 너그러운 미소를 담아 할아버지는 말했다.

"이름이 거창해서 소명이지 결국 먼 길 끝에서 돌아보면 도토리 키 재기란다, 아가. 그때그때 자신이 하는 일에 자부심을 갖고 해나갈 수 있다면 그걸로 좋은 게야. 스스로도 좋아서 하는 일이라면 더 금상첨화겠지?

변덕스런 하늘 따위에 기대지 말고 네 안에서 들리는 목소리에 귀 기울이면 돼."

"제 안에서 들리는 목소리 말이죠…."

약간 맥이 빠진 걸 추스르며 나희가 장난스럽게 웃었다.

"그 목소리가 저한테 시시한 일은 그쯤하고 자연으로 돌아가라고 하는데 어떻게 덜컥 따라도 될까요, 할아버지?"

"그래? 그런 말을 한단 말이지? 언제부터?"

농담인 양 익살을 부려도 할아버지에겐 통하지 않았다. 자신이 없어서 더 허세로 포장하고픈 자신의 나약한 면을 들여다보며 나희는 말했다.

"속닥거린 건 좀 됐는데, 모르겠어요. 이게 믿을 만한 건지. 단순히 매너리즘에 젖어서 호강에 겨운 소리를 하는 것 같기도 하고. 아시잖아요, 저 별 볼 일 없는 앤 거. 그나마 갖고 있는 것마저 내려놓고 맨주먹으로 돌아가는 게 과연 옳을까요…."

이미 써둔 사직서조차 나희는 미심쩍다. 두 사람의 경리가 있을 필요가 없는 사무소 사정을 누구보다 잘 아는 그녀가 더 모양새가 우스워지기 전에 떠나야 한다고 생각했지만 어째서 그녀가 그런 배려를 해야 하는가? 사전에 아무런 언질도 없이 그녀의 자리를 빼앗아간 사람이 쉬 홀가분해지게끔 도와야 할 의리 같은 건 없다. 하물며 자존심은, 밥을 먹여주지 않는다.

다 내려두고 신주로 돌아와 할아버지와 함께할 새로운 삶에 대한 기대가 큰 만큼 두려움도 크다. 서른네 살. 할아버지 눈엔 아직도 아이로 보이겠지만—여전히 '아가'라고 부르시는 걸 보라—무언가를 새로 시작해야 한다는 일에 부담감을 느끼기 충분한 나이였다.

"아가, 너무 고민할 거 없다."

또 아가 소리. 나희는 쿡 웃음을 깨물며 할아버지를 쳐다보았다. 세상 천지에 누가 또 있어서 그녀를 그렇게 다정한 호칭으로 불러줄까? 아, 나희는 할아버지가 너무 좋았다.

"하고 싶은 일이 있으면 저질러도 괜찮아. 너한텐 이 할애비가 있잖니. 이 할애빌 믿고 조금은 더 멋대로 살아도 좋아. 아무렴 너 하나 벌어 먹일 힘은 있지, 아직은."

"아직은요? 그거 유효기간이 얼마나 되는 건데요?"

짐짓 미심쩍다는 표정으로 나희가 고개를 갸우뚱하자 할아버지는 두 손을 짠하고 펼쳐 보이며 "백 살!"하고 선언했다.

"이제 허리도 고쳤으니까 이 기세로 백 살까지 가봐야지? 그다음 일은, 백 살이 되면 말하자꾸나."

우스갯소리가 아니라 정말 할아버지라면 백 살도 끄떡없을 거라는 확신에 나희가 활짝 웃었다. 더불어 나희 안에 드리웠던 구름도 할아버지의 긍정 파워에 감화를 받아 조금 그 빛이 투명해졌다.

여전히 구름은 존재한다. 그래도 구름이 걷히고 맞이할 새로운 삶에 대한 기대가 한 뼘 정도는 더 크다.

생각만큼 잘 풀리지 않아서 후회로 제 목을 조를 날이 올지도 모르지만 그때는 또 그때라는 여유를 얻었다. 최후의 수단을 대신해, 그녀 뒤엔 할아버지라는 큰 언덕이 든든하게 버티고 있으니까.

'할아버지의 아가답게, 그땐 어리광을 부려야지.'

나희는 벌써부터 굳게 다짐하고 있었다.

오후 재활 운동을 마치고 돌아온 할아버지가 잠시 주무시는 동안 나희는 간병인을 밖으로 불러냈다.

"그간 정말 도움이 많이 됐어요. 그런데 이제 할아버지도 어지간히 운신이 가능하시니까 저 혼자 간병해도 될 것 같아서요. 오늘 밤까지만 모쪼록 부탁드릴게요."

간병인은 이미 선금을 받았다면서 난감해 했다.

"스케줄도 넉넉히 빼놓아서 당장 다른 일을 찾기도 그렇고…."

"돈 문제라면 다시 제하거나 그러진 않을 거예요. 혹시 모르니까 제가 말은 해둘게요."

"그러면 또 공돈을 벌게 되는 거라서 좀. 그러지 말고 미리 잡은 일정까지라도 내게 맡기지 그래요? 어르신이 워낙 온후하셔서 나도 모시는 게 즐거운데. 간병이 그러면 말벗 하나 뒀다고 생각하고."

자꾸만 아쉬워하는 중년의 간병인을 나희는 잘 설득해서 이야기를 마쳤다. 그리고 이날은 일찌감치 병원을 나섰다.

무주가 바로 옆 도시이긴 해도 퇴근 러시아워에 걸리면 반나절은 우습게 지나갈 것이다. 마음이 좀 급해서 정류장으로 향하는 걸음이 빨라졌다.

그녀가 바지런히 향한 곳은 휘영의 집. 이날 아침에 휘영이 준 전자키가 이렇게 빨리 쓰일 줄은 받을 때엔 몰랐다.

별채에 들어간 그녀는 오늘도 개 영상 삼매경에 빠진 앙을 붙잡아 케이지에 넣느라 몹시 애를 먹었다. 이 녀석이 몇 차례 당하니까 꾀가 나서는 들어가기 전까지 얌전한 척하다가 벼락같이 도망치는데 아주 날래기 짝이 없었다.

"이러지 마, 앙, 시간 없어. 너 자꾸 이러면 할아버지한테 갖다 버리라고 한다. 앗, 아냐, 방금 건 농담, 꺄아, 너 지금 할퀴었지? 잡히기만 해 봐, 발톱 다 잘라버릴 거야. 앙, 이리 와, 이리 못 와! 아아아, 바빠 죽겠는데 누가 자꾸 전화질이야?"

요리조리 빠져나가는 앙 때문에 반은 진이 빠져서 나희는 휴대폰에 괜스레 화풀이를 했다. 전화 걸어온 이가 휘영임을 안 순간엔 거짓말처럼 들끓던 것도 가라앉았으나 대신 또 다른 의미로 불꽃이 피어올랐다.

"아까 보고 또 무슨 전화야?"

쌀쌀맞게 던진 첫마디에 저편에선 잠시 숨을 들이쉬었다가 대꾸했다.

"병원에서 언제 나올 건지 궁금해서 전화했어. 오늘 좀 일찍 나오면 안 돼?"

"일찍 나오면?"

"저녁 먹자. 어디 근사한 곳에서."

나희는 눈살을 찌푸리며 '근사한 곳?' 하고 입술로만 중얼거렸다. 휘영에게 던진 말은 어디까지나 냉랭했다.

"그런 델 우리가 왜 가."

"우리라고 그런 데 가지 말란 법 있나? 어제 제사 도와준 거 답례로 맛있는 것도 먹고, 이야기 좀 하자는 거지."

느긋하게 들리던 휘영의 목소리에 살짝 힘이 실렸다.

"솔직히 우리 만난 뒤로 영양가 있는 이야기를 별로 안 한 건 사실이잖아."

나희는 가만히 눈을 내리깔며 입술을 잘근거렸지만 고민은 그리 길지 않았다.

"글쎄. 난 딱히 너랑 영양가 있는 이야기 같은 걸 할 필요를 모르겠네. 그럴 만한 게 있을 것 같지도 않고."

"할 이야기가 없으면 그냥 와서 맛있는 거만 먹어. 이야기는 내가 할게."

"말은 고마운데 아까 군것질을 해서 식욕이 없을 것 같아. 기껏 청해줬는데 타이밍이 안 좋다."

"그럼 식사는 다음에 하고 차라도 마시자."

신휘영 성격에 잘도 참아주고 있다고 생각하면서 나희는 피식 웃었다. 그러나 그게 어디까지 갈까?

"미안. 오늘 컨디션이 난조야. 차도 다음 기회로 넘길게."

일관된 거절. 잠시 조용하던 저편에서 휘영이 희미하게 한숨을 쉬는 기척이 들렸다.

"좋아. 그럼 집에서…."

그의 대꾸는 별안간 이쪽에서 앙이 짖기 시작한 소리에 맞물려 끊어졌다. 나희가 급히 휴대폰을 손으로 가려보았지만 뭐에 수가 틀렸는지 자지러지듯 짖어대는 소리가 저편에 들리고도 남았지 싶었다. 그리고 그녀의 예상대로….

"너 어디야? 지금 개 짖는 소리가 들렸는데, 설마 집이야?"

별수 없이 나희도 빠르게 태세전환을 했다.

"응. 뭐 좀 빠트린 게 있어서 챙기러 왔어."

"뭘 빠트렸는데?"

"넌 말해도 몰라. 금방 나갈 거야. 누굴 좀 만나야 해서."

"누굴?"

별나게 집요하게 파고드는 것에 언제부터 나한테 그렇게 관심이 많았느냐 묻고 싶은 걸 나희는 꿀꺽 삼켰다. 유치한 신경전 따위를 벌이고픈 생각은 없다.

그 순간 그녀의 뇌리에 휘영의 과도한 관심을 쳐낼 만한 핑계가 떠올랐다. 누구, 냐고 물었으니 그럴 듯한 누구를 대면 되는 거다.

"그 사람이 내려왔어. 나 보러. 그래서 만나러 가. 대답 됐어?"

"…평일이잖아."

"반차 내고 왔대. 어차피 내일이 토요일이니까. 그런 것까지 일일이 설명해야 해?"

짐짓 짜증스럽게 말하고 나희는 앙을 바라보며 반짝 눈을 빛냈다.

"주말 동안 있을 거래서 집으로 오라고 했어. 어차피 방도 비어 있으니까. 나도 그래서 짐 챙기러 왔고. 아, 개도 데려갈게. 어질러진 거 치운다고 치우긴 했는데 성에 안 찰지도 모르겠다. 귀찮게 만들어서 미안해."

그럼 다시 통화하자는 말을 남기고 나희는 휘영의 대답도 듣지 않고 전화를 끊었다. 그리곤 휴대폰 벨소리를 무음으로 해서 가방에 넣었다.

지퍼를 잠그고 한동안 꼼짝 않고 가방을 내려다보고 서 있었다. 들끓던 열기가 싹 빠지자 말도 못하게 나른해서 아무것도 하기 싫은 기분이었다.

"근사한 데라면, 역시 칼질하는 곳일까? 아, 모르겠네. 휘영이 기준에 근사한 곳이 어딘지."

어차피 영영 모르겠지 하며 빙그레 웃었다. 조금 아쉬운 게, 눈 딱 감고 한 번 가볼 걸 그랬나 싶기도 했다. 예쁘게 차려입고 그와 멋진 곳에서 식사하는 것도 한때는 커다란 로망이었는데.

아앗! 신파는 질색이다. 나희는 고개를 세차게 저어서 지나간 버스를 열심히 돌아보려 하는 자신을 일깨웠다.

"벗어나야 해, 일단은 이 집에서부터! 앙! 어서 가자, 안 그러면 진짜 버리고 간다."

독이 바짝 오른 개를 케이지에 넣느라 왼손 엄지의 상처가 또 벌어지고 손등엔 영광의 훈장마저 얻었지만 어쨌든 탈출 준비는 완료했다. 며칠 지냈다고 그새 눈에 익은 곳을 한 바퀴 돌아본 그녀는 전자키를 현관 신발장 위에 두고 별채를 나갔다.

그리고 벚나무 아래를 지나가다가 충동을 못 이겨 손닿는 곳의 작은 가지 하나를 꺾었다.

"미안해."

벚나무에게 보내는 사과. 동시에 차가운 눈을 한 자신의 이성에게 보내는 사과.

'좀 봐주라. 고작 나뭇가지 하나잖아.'

반 뼘이나 될까 말까 한 나뭇가지 하나로 훨씬 커다란 것에 자물쇠를 채울 수 있다고 하면 단순히 쓸데없는 감상만은 아니리라. 그리고 그 볼품없음이 또한 상징적이기도 하고.

서투르고 욕심만 많았던 저 소녀 시절.

나희는 부끄러운 첫사랑을 했다.

못내 좋아했지만 그게 전부는 아니었고, 죽도록 탐났지만 오롯이 그가 이유는 아니었다.

언제나 한 방울의 독이 따라다니던 그녀의 첫사랑.

시간이 아무리 지나도 예쁜 추억이 되지 못하는 부끄러운 사랑. 그것이 짝사랑에 그쳤다는 것에 나희는 두고두고 가슴을 쓸어내릴 것이다.

아무 소용도 되지 못할 부러진 나뭇가지처럼, 그렇게 언제까지고 아무 데도 가 닿지 못하리라.

그래도, 그럼에도 불구하고 언제까지고 기억하겠지.

"첫 끗발이 개 끗발이었으니까."

진심으로 웃음을 터뜨리며 나희는 씩씩하게 정원을 걸어갔다.

무주에 한 곳 있는 애견호텔은 일층에 크게 동물병원을 겸하고 있어서 앙을 두고 오는 마음이 한결 편했다. 그럼에도 그녀가 떠날 때까지 케이지 안에서 나오지 않던 개를 떠올리며 나희는 제발 이번만큼은 하고 빌었다.

"안정되는 대로 동무 해줄 아이를 한 마리 더 들여야 하나. 숫기가 없어도 너무 없어."

그런 고민도 해보며 신주로 돌아가는 길. 러시아워는 어떻게 잘 피한 것 같은데 그래도 버스 안에서 보내는 시간이 지루한 건 마찬가지였다. 그 바람에 깜박 졸아서 정류장도 몇 코스 지나쳐 버렸다.

잠도 깰 겸 집까지 걸어가는데 집이 가까워질수록 머릿속이 무거워졌다. 역시 혼자는 좀 무서운데. 괜히 앙을 애견호텔에 맡겼나? 오늘은 같이 있고 내일 아침에 맡기러 갈걸.

심란한 김에 맥주라도 사갈 셈으로 마트에 들렀다. 안줏거리를 두어 개 들고 주류코너로 걸어간 그녀는 먼저 와 있던 남자 옆에 서서 어떤 맥주를 살까 훑어보았다. 그러다가 언뜻 눈에 들어온 옆 사람 때문에 나희의 눈이 동그래졌다.

"안녕하세요? 여기서 다 뵙네요."

뚫어져라 맥주를 쳐다보고 있던 지형은 나한테 하는 소린가 싶은 멍한 표정으로 옆을 돌아보았다가 나희를 보고는 움찔하며 상체를 젖혔다.

"아, 안녕하세요, 나희 씨. 여기는 어쩐 일로…."

"보시다시피 맥주라도 살까 하고?"

손에 든 안줏거리를 흔들어 보이며 그녀가 대답하자 그걸 보는 지형의 울대가 눈에 보이게 꿀꺽하고 움직였다. 여러 말 필요 없이 먹고 싶어 죽겠다는 얼굴이었다.

"지형 씨도 맥주 생각나셨나 봐요."

"아니, 그게, 생각은 났는데, 마시려던 건 아니고, 그냥 보고 눈요기만 하고 가려고…. 예, 보는 걸로 충분히….."

횡설수설하고 있지만 오히려 그 바람에 지형이 얼마나 맥주를 간절히 원하는지 똑똑히 알 수 있었다. 다이어트를 하느라 술을 참는 모양인데 그 애처로운 얼굴을 보자니 참는 게 능사라고는 도저히 생각되지 않았다. 풀기 없는 눈은 눈물이 맺히지 않는 게 이상할 만큼 기운이 하나도 없다.

"보상데이 같은 거 없어요, 지형 씬?"

"보상데이요?"

"그간 잘했다고 자신에게 보상해주는 날이요. 다이어트 꾸준히 하시는 것 같던데 설마 상도 주지 않으면서 혹독하게 다그치기만 하시는 건 아니죠?"

"그게, 저기, 결심이 무뎌지면 안 되니까…."

힘없이 고개를 젓는 지형을 보며 나희는 이 순간 악마를 자처할 결심을 했다.

"너무 잡아당기기만 하는 줄은 결국엔 끊어지는 거 모르세요? 많이 잡아당겼으면 한 번 슬쩍 놓아주고 다시 탄력을 받아 더 힘차게 당겨야죠. 제 말 믿고 스스로에게 보상데이를 허하세요. 열흘에 한 번이라도 좋으니까, 과하지 않게만."

"과하지 않게라. 어려운 주문이네요."

한숨을 푹 쉬는 남자에게 악마는 달콤한 속삭임을 불어넣었다.

"뭐 제 생각 같아선 맥주 한 잔에 작은 쥐포 한 장쯤은 괜찮을 것 같은데. 보상치곤 너무 박한가요?"

"박하다뇨, 전혀요. 맥주랑 쥐포…. 천상의 하모니처럼 들리네요. 근데 술 사가는 거 보시면 아버지가 또 한 소리 하실 텐데. 네가 그럼 그렇지

하고."

"뭐라 하시든 흘려들으세요. 중요한 건 지형 씨 의지잖아요. 오늘만 먹고 다시 딱 끊을 자신 없어요?"

"…있어요, 자신."

주먹을 불끈 쥐며 지형이 스스로 다짐하듯 고개를 끄덕였다. 그리하여 맥주 작은 캔과 쥐포 한 봉지를 산 김지형 씨는 세상을 다 얻은 듯 행복한 얼굴로 마트를 나왔다.

"친구 집에서 머무신다더니 오늘은 집에 오셨나 봐요?"

지형은 그제야 나희가 왜 여기 있나 궁금해 했다. 나희는 히쭉거리며 역시 사람은 자기 집이 편한 법 아니냐며 능쳤다.

"그래도 혼자서 괜찮으시겠어요?"

"괜찮아야죠. 열쇠도 다 바꾸고 방범창도 달았고, 할 수 있는 건 다 했는데 설마 또 도둑이 들기야 하겠어요? 그 정도 악운이라면 언제 죽어도 이상하지 않으니까 그냥 신경 끄기로 했어요."

사실 아직도 약간 걱정스럽긴 했지만 말만은 당차게 했다. 그리고 말의 효과인지 뭔지 실제로 어느 정도 대범한 기분이 들기도 했다. 한집이 연달아 세 번이나 도둑맞을 확률? 만약 실제로 그런 일이 일어난다면 로또를 사야지 한다. 악운이 그만큼 셌으니 반대급부로 굉장한 행운이 찾아올지도 모른다.

"저도 제 일이라면 그렇게 말하겠는데 나희 씨 일이라 뭐라 말하기가 그렇네요. 어쨌든 댁까지는 바래다 드릴게요. 그래도 될까요?"

"그래 주시면 저야 고맙죠."

이쪽에서 부탁을 해도 모자랄 판인데 그렇게 말해주니 정말로 고마웠다. 혹시 또 저녁을 먹자는 둥 하면 어쩌나 하는 걱정도 있었지만 그런 이야긴 일절 없이 소소한 일 이야기를 하는 사이 할아버지의 집 앞에 다다랐다.

"그럼 들어가세요. 전 여기서 집 안에 불 켜지는 거 보고 갈게요."

"네, 그럼⋯."

꾸벅 목례를 건네고 대문을 연 나희는 어둑한 마당으로 한 걸음 들어서다 말고 지형을 돌아보며 물었다.

"술친구 필요하지 않으세요?"

지형의 눈이 동그래졌다. 나희는 생긋 웃으며 오해의 소지를 미연에 불식시켰다.

"서로 지참한 한도 내에서 마시고 쿨하게 굿바이 하는 걸로. 대신 지형 씨는 완전범죄를 꾀할 수 있다는 이점이 있죠."

아까 아버지 일로 푸념을 하던 걸 잊지 않고 지적한 말에 지형이 멋쩍게 웃었다. 그리고 곧 고개를 끄덕였다.

"그럼 그럴까요."

사람이 한 명 더 있으니 마당을 걸어가는 나희의 걸음에도 좀 더 힘이 붙었다. 도어록 해제 후 현관문을 열고 들어가자 하루내 닫혀 있던 실내에선 살짝 꿉꿉한 냄새가 났다.

"환기 좀 시켜야겠어요. 거기 앉아 계세요. 창문만 열고 안주 준비할게요."

"저도 뭐라도 하는 게⋯."

"손님이시잖아요. 자, TV나 보세요."

나희가 건네준 리모컨을 받아들고 지형은 얌전히 소파에 앉아 TV를 켰다. 나희는 큰방에 이어 작은방 환기까지 마치고서 부엌으로 가 안주를 준비했다. 마트에서 사온 마른안주 몇 가지에 냉장고에 있던 오이와 당근을 한 접시 썰어내는 걸로 세팅 완료. 잠시 후 안주접시를 사이에 두고 앉은 둘은 맥주캔을 가볍게 부딪치며 건배를 했다.

"와, 너무 맛있다, 맥주."

"그러게요, 맛있는 건 익히 알고 있었는데 진짜 맛있네요."

감탄하며 한쪽은 벌컥벌컥 들이켜는 반면 다른 한쪽은 한 방울이라도 흘릴세라 찔끔찔끔 아껴 마셨다. 전자가 나희고 후자가 지형. 그는 딱 하나뿐인 맥주캔을 보물처럼 두 손으로 쥔 채 한숨을 쉬었다.

"매일 저녁 헬스하고 나오면 막 허기가 지는데, 그게 음식이 고픈 게 아니라 막 맥주가 마시고 싶은 그런 거 있죠? 매일같이 두세 캔씩 달고 살던 걸 딱 끊어버리니까 죽을 맛이더라고요."

"매일 두세 캔씩? 와, 그건 좀 과했네요. 분명히 말하는데 과해요."

"알죠, 저도. 근데 그게 워낙에 버릇이 돼서 좀처럼 조절이 안 됐어요. 부모님 잔소리엔 내가 나쁜 짓을 하는 것도 아니고 야식으로 좋아하는 맥주에 안주 좀 먹겠다는데 그것도 안 되냐면서 몽니를 부리고요."

"다 늦게 찾아온 사춘기에 당황하셨겠어요, 부모님도."

"하하, 그 말대로예요. 다 늦게 사춘기가 찾아와서 연로하신 부모님 속을 썩여 드렸죠."

웃고는 있지만 맥주캔을 쳐다보는 지형의 눈빛엔 심란함이 묻어났다. 단순히 술이 맛있어서 마시는 사람의 호쾌한 분위기와는 다른 게, 어떤 사연이 있는 게 아닐까 나희는 추측해 보았다. 그렇다고 그런 짐작을 곧바로 입에 올릴 만큼 허물없는 사이도 아니다.

"저는 처음엔 소주 한 잔만 마셔도 하루 종일 인사불성이 될 만큼 술이 약했어요."

먼저 자기 이야기로 나희는 이야기를 풀어갔다.

"이런 걸 왜 돈까지 주고 마셔 하고 쳐다도 안 보던 시절도 있었는데 살다 보니 술이 맛있어지고, 그래서 어느 날은 오냐 죽어보자 하고 혼자 들이붓기도 하고. 그래도 역시 술이 강하진 않아서 조절은 하는데, 강했다면 엄청난 애주가가 됐을지도 모르겠어요. 왜, 취해서 보는 세상은 실제 세상보다 한결 즐겁잖아요. 걱정 회로가 뚝 끊어진다고 해야 할지."

"알아요, 그 느낌."

지형이 고개를 주억거리며 나지막이 탄식했다.

"저도 그 느낌이 좋아서 한 잔 두 잔 자기 전에 홀짝거린다는 게 그만 내성이 생겼나 봐요. 어느 순간부터는 한 잔 두 잔으로는 간에 기별도 안 가서."

"말로만 듣던 주당이신가?"

"돌아가신 할아버지가 그렇게 술을 잘 드셨다고 하던데. 어쩌면 저한테 그 피가 왔는지도 모르죠. 어쨌든 이젠 맥주 세 캔은 마셔줘야 살짝 알딸딸해지는 수준이에요."

"그래도 소주는 안 드시고?"

"마시긴 하는데 혼자서는 절대 안 마셔요. 소주를 혼자 마시기 시작하면 주정뱅이 되는 건 순식간일 것 같아서."

진지한 토로에 나희는 고개를 갸웃하며 말했다.

"그렇게까지 자신을 못 믿을 건 또 뭐예요? 자제력에 그렇게 자신이 없어요?"

"여기 이놈은 좀 믿을 만한데, 이놈을 통 못 믿겠어서."

지형은 시무룩한 얼굴로 그의 머리에 이어 가슴을 툭툭 두드렸다. 가슴, 정확히는 심장의 위쪽.

"좋아하는 여자가 있네."

생각과 동시에 나희의 입에서 말이 튀어나갔다. 살짝 수그러지는 지형의 얼굴을 보며 그녀는 확신을 담아 물었다.

"그것도 꽤 오래 좋아한 여자예요. 맞죠?"

지형은 맥주를 한 모금 삼키더니 그렇게 표가 나냐고 처량한 눈으로 물어왔다. 나희가 빙그레 웃었다.

"동병상련 같은 거예요. 저도 나름 짝사랑엔 일가견이 있어서. 아, 짝사랑인 거 맞아요?"

혹시 몰라 확인해 본다. 지형은 푸욱 한숨부터 내쉬었다.

"맞게 보셨어요. 올해로 십삼 년짼가, 십사 년짼가."

"오오, 정말 긴 역사네."

가볍게 감탄하고 나희는 어떤 여자냐고 물었다. 약대에 들어가서 만난 한 살 위의 연상이라고 했다. 사회생활을 몇 년 하다 약대에 들어온 똑똑하고 생활력 강한 쾌활한 여자.

"워낙에 인기가 좋았는데 결국 약대에서 제일 킹카로 통하던 녀석이랑 사귀다가, 졸업하고 얼마 후에 결혼해서 그 녀석 본가가 있는 부산으로 갔어요. 시부모가 차려준 약국 하면서 잘 산다고 하더니만 몇 년 전에 신주에서 다시 만난 거예요. 엉뚱하게도 남의 약국에서 페이약사로 일하고 있더라고요. 어떻게 된 거냐고 물었더니, 이혼했대요. 애가 안 생겨서."

나희는 흐음, 하고 중얼거리며 빈 캔을 내려놓았다.

"안 된 일이지만 지형 씨에겐 나름 기회였겠네요."

"우선은 친해지는 게 먼저였어요. 본인 입으로 결혼생활에 데여서 한동안 남자는 꼴도 보기 싫다고도 했고."

"그래서, 친해졌나요?"

"네. 정말로 순조롭게 많은 시간을 보내면서 친한 친구가 됐어요. 그렇지만 그녀는….”

“따로 만나는 남자가 생겼군요.”

“너무 친한 나머지 저한테 연애 상담을 하네요.”

우울한 낯빛으로 지형은 중얼거렸다. 벌써 이 년 넘게 원치 않는 상담원 노릇을 해왔노라고 말하면서 맥없이 웃기까지 했다.

“사랑을 해서 그런가, 그녀는 참 변함없이 예뻐요. 그렇지만 저는 퍼질 대로 퍼지다가 백 킬로그램이 넘는 기록까지 찍어봤죠. 이따금 그녀가 관리 좀 해야 하지 않느냐고 넌지시 말하면 빼보려고 노력도 하지만 얼마 못 가 도로아미타불이에요. 빼본들, 뭐가 달라질까 싶은 게….”

“자포자기의 악순환이네요. 하지만 몇 번 실패했느냐는 개의치 마세요. 이번에야말로 성공하면 되잖아요. 헬스클럽도 다니신다면서요.”

지형은 고개를 끄덕이며 실은 그녀가 회원권을 끊어줬다고 말했다. 꽤 통 큰 선물 아니냐며 나희가 추어올리자 지형의 얼굴에 쓸쓸한 미소가 어른거렸다.

“지금 사귀는 남자가 그 헬스클럽 사장이에요.”

BITCH. 그 말을 듣는데 나희의 머릿속에 딱 그 단어가 대문자로 탕탕탕 떠올랐다. 진짜 입이 딱 벌어지게 나쁜 년이다.

김지형이란 남자, 아무리 봐도 용의주도하고는 거리가 멀어 보인다. 그런 남자가 십삼사 년을 짝사랑한 여자 앞에선 또 오죽이나 흘리고 다녔을까? 개도 자기를 좋아해주는 사람은 알아보는 판에 하물며 사람. 그의 말대로라면 굉장히 똑똑하기까지 한 여자가 정말 그의 마음을 눈곱만큼도 몰랐을까?

‘지형 씨, 여자 보는 눈이 없군요.’

딱하고 짠하지만 차마 입으로 꺼낼 수는 없는 말. 실제로 보면 굉장히 멋진 여자일지도 모른다. 다만 좋은 여자가 아닐 뿐. 불현듯 이마저도 동병상련이구나 싶었다.

그렇다면 어떠한 충고도 소용이 없을 것이다. 실상 그는 그 여자가 아니라 자신이 만든 감옥에 갇혀 있는 거니까. 정말로 절실한 때가 오면 스스로 벗어날 것이다. 나희가 그랬던 것처럼.

때문에 나희는 웃으며 전혀 마음에 없는 소리를 지껄였다.

"흥, 헬스클럽 사장 따위가 대순가. 이참에 지형 씨도 이 악물고 몸 만들어요. 그리고 보란 듯이 뺏어버려요."

"하하, 내가요?"

"내 앞에선 웃어도 상관없어요. 하지만 혼자 있을 때, 한 번 진지하게 생각해 보세요. 그때도 웃음이 난다면 어쩔 수 없는 일이겠지만."

아무렇지 않게 부추기는 말을 던져놓고 나희는 맥주를 달게 들이켰다. 그녀 또한 만만찮게 못됐을지도 모른다. 정작 자신은 엄두도 내지 않는 일을 남의 일이라고 가볍게 밀어붙이다니.

"모르겠어요, 나는. 지금 같아선 이 짝사랑에 끝이 오는 날이 있기나 할지도 잘…."

한층 더 위축되어 고개를 젓는 남자에게 나희는 다시금 말했다.

"그러니까 말했잖아요. 뺏어버리라고."

"…그러다 실패하면요?"

나희는 어깨를 으쓱하며 대꾸했다.

"그 여자가 인생 제일가는 행운을 놓치는 거죠 뭐."

멍하니 나희를 바라보던 지형이 하하, 하고 바람 빠진 풍선 같은 소리를 내며 웃었다. 웃음소리는 점점 더 힘을 얻었고 어느 순간부터는 더 이상 억지스럽지도 않았다. 그래서일까, 문득 깨닫고 보니 나희도 그 웃음에 동참하고 있었다.

띵동—.

하고 초인종 소리가 울린 것은 그런 웃음의 향연 중.

"누구지, 이 시간에?"

올 사람이 없는데 하며 나희가 인터폰을 보고 있자니 띵동, 띵동 하고 연달아 초인종 소리가 났다. 누군지 몰라도 대문 밖에 서 있는 이는 성미가 좀 급한….

떠오르는 얼굴이 있었다.

나희는 자리에서 일어나 가방을 찾아 안에 넣어둔 휴대폰을 꺼내보았다. 부재중전화 서른네 통. 모두 같은 번호였다.

그것을 들여다보는 중에도 초인종 소리가 두 번 더 났다.

"제가 나가볼까요?"

그녀의 망설임을 오해한 지형이 건네는 말에 나희는 괜찮다고 대답하다 말고 그를 빤히 쳐다보았다.

"있죠, 뭐 하나만 부탁드릴게요…."

지형에게 짤막한 당부를 해놓고 나희는 창가에 커튼을 쳤다. 그런 후 현관문을 열고 마당으로 나갔다. 대문 틈 위로 살짝 보이는 머리. 그임을 확신하면서도 나희는 구태여 물었다.

"누구세요?"

"나야."

휘영은 잘 누르고 있다고 생각할지 몰라도 짤막한 말에는 희미한 짜증이 넘실거렸다. 반대로 나희는 엷은 웃음을 입가에 떠올리면서 여긴 어쩐일이냐고 물었다.

"왜 왔겠어? 할 말이 있으니까 온 거지."

"그거라면 내가 아까 관심 없다고 말하지 않았나?"

"관심 없어도 좀 들으라고 나도 말한 것 같은데. 우나희, 계속 이렇게 문 밖에 세워두고 말할 참이야?"

언짢은 기색이 더 또렷해진 목소리에 나희는 잠시 목덜미를 문지르며 생각에 잠겼지만 나오기 전에 마음먹은 바에서 달라질 건 없었다. 문을 열어 대문 밖의 휘영과 눈이 마주치는 순간 그는 덤비듯 안으로 걸음을 떼어놓으며 나지막이 윽박질렀다.

"너 대체 뭐야, 아침까지 아무 말 없다가 그렇게 안면몰수 하듯 가버리는 건 대체 무슨 경우⋯."

어지간히 빠르게 말을 쏘아대는 통에 조용히 하라는 나희의 수신호는 뒤늦게 효과를 발휘했다. 입술에 댄 그녀의 손가락을 보며 휘영이 눈을 가늘게 떴다.

"참, 선객이 있다고 했던가?"

마치 이제 생각났다는 듯 말하는 품새에 나희는 쓴웃음을 지으며 팔짱을 꼈다.

"그새 의뭉스러움을 잘 갈고 닦았구나, 신휘영. 그래서, 반기지 않는 걸 알면서 구태여 찾아온 용건은 내 무례에 항의하는 게 전부야?"

휘영은 불빛이 흘러나오는 거실 창가를 응시하면서 간병인 이야기부터 운을 띄웠다.

"선금까지 받았다는 사람을 기어코 나오지 말라고 했다던데."

"응. 할아버지도 퍽 좋아지셔서 나 혼자로도 충분하거든. 그분이 계시면 공연히 내 일을 빼앗기는 기분도 들고."

"그냥 말벗이나 해드리면 될걸, 굳이 뭔가 일을 해야만 해?"

"응. 해야겠어."

나희는 짤막하게 대꾸하고 휘영을 빤히 쳐다보았다. 그도 만만찮게 냉랭한 눈길로 그녀를 응시했다. 아무 변화가 없는 것 같아도 서서히 그의 미간 주름이 깊어진 것이 눈에 띌 정도의 시간이 흐른 후에 그가 한숨을 내쉬며 말했다.

"구태여 몸을 수고롭게 해야 효도 좀 하는 것 같이 느끼는 모양인데, 알았어. 너 좋을 대로 해. 사람 멍청한 거엔 약도 없다는 건 만고에 통하는 진리지 진짜."

좋을 대로 하라면서 한껏 빈정거리는 게 꼭 그다워서 나희는 피식했다. 그런 그녀에게 휘영은 재킷 주머니에서 뭔가를 꺼내 거칠게 내밀었다.

"그건 그렇다 치고 이 쪽지는 또 뭐야?"

구깃구깃해진 종이가 바닥으로 떨어지려는 걸 나희가 아슬아슬하게 붙잡았다. 펼쳐보니 다른 게 아니다. 휘영의 집에서 나올 때 그녀가 전자키와 함께 놓아둔 종이였다. 수첩의 한 페이지를 찢어낸 종이에 그녀는 작별인사 대신 몇 줄의 문장을 적어두었다.

"한글 못 읽어? 감사편지 쓴 거잖아."

"그게 감사편지야?"

이죽거리면서 휘영이 다시 쪽지를 빼앗아갔다. 그대로 손에 들고 흔들며 보지도 않고 그 내용을 달달 외웠다.

"「오랜만에 만났는데 이것저것 잘도 신세를 진 기억만 만들고 말았네. 예나 지금이나 별로 좋은 인연이 아닌 건 여전한 모양이야. 어쩌면 우연으로라도 다시 얽히지 말라는 하늘의 고마운 배려일 수도 있고. 어떤 의미가 있든 간에 나는 그만 내 소소한 세계로 돌아갈게. 너는 너대로 네 세계에서 건승하길 바란다. 고마웠어. 옛 친구가, 진심을 담아.」"

그가 호흡을 고르는 짧은 틈을 타 나희는 짝짝 손뼉을 쳤다.

"과연 신휘영. 말해봐, 그거 대체 몇 번 보고 외웠어? 한 번 보고 다 외운 건 아니지? 설마 진짜 한 번? 아, 싫다. 여전히 인간미 없어."

웃으면서 말하는 그녀를 물끄러미 쳐다보던 휘영이 별안간 쪽지를 우그러뜨려 마당의 어둠속으로 던졌다. 이어서 벌컥 화를 냈다.

"저따위 게 뭐가 감사편지야, 절교장이지. 한 번으로 모자라 두 번씩이나 나한테 절교장을 주고도, 그렇게 태평스럽게 웃어?"

두 번째 절교장. 우선 그에게 그녀의 의사가 분명히 전해진 것에 나희는 만족했고, 다음으로는 첫 번째 절교장도 확실히 제 역할을 했음을 확인한 것에 만족했다. 그 확인에 십이 년이 걸렸다.

첫 번째 절교장은, 바야흐로 그가 미국으로 떠나던 날 그녀가 공항에서 건넨 책 속에 있었다. 지금도 그날을 생각하면, 가서 불면증이 도질 것 같을 때 보라고 선물한 벽돌만 한 두께의 『율리시즈』를 어이없다는 듯 쳐다보던 휘영의 눈빛이 떠오른다.

짐 된다고 내치지 않고—솔직히 그게 가장 큰 걱정이었다—용케 받아 간 그 책의 갈피갈피엔 그날을 위해 어렵사리 찾아낸 네잎클로버 여러 개와 함께 한 장의 편지도 끼워져 있었다. 이번에 준 것보다는 더 길었지만 그 편지의 내용도 요점은 비슷했던 걸로 기억한다.

"웃지 않으면 뭐? 울어? 대체 언제 적 이야기를 가지고 역정을 내는 거야."

나희는 고개를 삐딱하게 기울이며 웃었다.

"말하는 거 보니 보긴 봤고, 내용도 숙지했었나 보네. 그 결과 깔끔하게 절교했고. 네가 여기서 화낼 포인트가 뭐야?"

"나더러 의뭉스러워졌다고 지적할 때가 아닌데? 지금 그걸 몰라서 물어?"

눈을 번득이며 휘영이 바짝 다가섰다. 나희는 그를 올려다보며 눈썹만 까딱했다.

"모르겠는데? 부러 네 신경 긁자고 그러는 게 아니라 정말 몰라서 그래. 아, 혹시 내가 먼저 절교하자고 한 거에 자존심이라도 상했었어? 에이, 그건 아니지. 애초에 친구 하자고 한 것도 나였고. 그런 걸로 꽁해 있지 마. 좀스럽게."

가볍게 그의 가슴을 밀치며 말하는 나희의 손을 휘영이 움켜잡았다. 그 손에서부터 희미하게 떨림이 전해져 왔다. 나희는 떨고 있지 않았다. 떠는 건 휘영이었다.

"내가 유학을 가는 게 그렇게 싫었으면 말을 했어야지. 네 일처럼 기뻐해주고 어서 가라고 짐 챙겨주고, 마지막 날까지 언짢은 기색은 눈곱만큼도 안 비쳤으면서 정작 뒤에선 그런 편지나 쓰고 있었어. 그거 읽고 내가 어떡했어야 할까? 겨우 거기서 자리 잡았는데 다 때려치우고 날아와서 왜 그러느냐고 따져? 쓸데없는 생각 말라고 달래줬어야 해?"

"편지에 쓴 것 같은데. 그렇구나 하고 고개 끄덕이고 잊어버리라고."

"잊어버리라는 말 따윈 없었어! 기억 못 하면 그것도 지금 읊어줄까?"

커지려는 음성을 간신히 눅잦히는 휘영을 물끄러미 쳐다보면서 나희는 고개를 저었다.

"안 그래도 돼. 별로 궁금하지 않아."

"계속 그렇게 남 이야기하듯 굴 거야?"

휘영이 잇새로 내뱉는 말에 나희는 희미하게 웃으며 고개를 떨궜다.

"어떤 의미론 남인걸. 그 시절의 나는 지금의 나와는 달라. 그때의 난 너무 어리석고… 너무 초라해서 돌아보고 싶지도 않아."

다시금 그와 눈을 맞추고 나희는 말했다.

"널 보면 그때의 그 바보가 떠올라서 불편해. 생전 흑역사라는 걸 모르고 살았으니 내가 무슨 소릴 하는 건지도 잘 모르겠지. 근데 그런 게 있어. 그러니까 그만 가. 그만 얼쩡대고 내 눈앞에서 좀 사라지라고."

직설적으로 축객령을 내렸다. 소싯적의 고고했던 신휘영이라면 코웃음 치며 돌아설 법한데, 그러지 않았다. 그저 눈 한 번 깜박이지 않으며 언제까지고 그녀의 두 눈을 들여다볼 따름이다. 저 깊은 바닥에 꽁꽁 숨겨진 진심이라도 캐내겠다는 듯이.

'그런 거 없어. 시간이 그렇게나 흘렀는데 뭘 기대하는 거야? 사람이 망부석도 아니고.'

나희는 똑바로 그 눈을 마주 보았다. 그에게 바로 잡을 기회가 없었을까? 천만에. 직접 찾아오는 것은 무리였더라도 연락을 취할 길은 얼마든지 있었다. 나희가 그때 어디로 종적을 감췄던 것도 아니다. 할아버지의 신주 집도 여태 그대로이다.

휘영은 아무것도 하지 않았다. 그의 곁에 있는 동안 나희가 줄곧 생각했던 대로 둘 사이는 그녀가 놓는 순간 끊어지는 그런 것이었다. 그게 전부다.

그런 주제에 어쩜 이렇게 당당한 얼굴로 그녀의 앞에 버티고 있는 건지.

"가라는 말 못 들었어? 사람이 말로 할 때 좀 가!"

기도 막히고 화도 나서 나희는 휘영에게 붙들린 손을 거칠게 당겼다. 쉽게 풀린 손. 그 손을 뻗어 그녀는 말없이 대문을 가리켰다.

천천히 돌아서는가 싶던 휘영이 다시 멈추어서더니 그대로 뒷모습을 보인 채 물었다.

"그 시절의 널 그렇게나 싫어하는 거… 결국 나 때문인가?"

"누가 그렇대? 엉뚱한 오해하지 마. 내 미숙함을 두고 너한테 원망의 화살을 돌릴 만큼 형편없진 않아."

"정말로? 보답 받지 못한데 화가 난 게 아니라?"

"무슨 말이야? 내가 무슨 보답 같은 걸 바랐다고…."

눈살을 찌푸린 그녀를 휘영이 어깨 너머로 돌아보았다. 그의 입가에 쓸쓸한 웃음이 떠올랐다.

"날 사랑했잖아."

나지막하게 나희의 가슴을 툭 두드린 말.

서서히 그녀의 얼굴에 피어오르던 홍조는 마침내 창백함에 떠밀려 그 자취를 감추었다.

"언제부터…."

입술을 들썩거리다 간신히 내뱉은 말에 휘영이 눈을 가늘게 뜨며 웃었다.

"언제부터인지 너는 알긴 해? 모르잖아, 그런 거."

"…내 질문에 대답이나 해!"

나희는 손톱이 손바닥에 박힐 정도로 주먹을 꽉 움켜쥐며 버텼다. 머릿속이 당장이라도 번아웃 돼버릴 것 같았다. 바로 앞에 있는 휘영의 목소리가 한참 먼 어딘가에서 웅웅거리는 메아리처럼 들려왔다.

"어느 날부터인가 보였어. 보게 되니까 그전까지 못 본 게 말이 안 되지 않나 싶을 만큼 잘 보였고. 그렇게나 가까이 있었는데 너는 그게 감춰질 거라 생각했단 말이야?"

'그러게. 나야말로 남을 딱하게 여길 처지가 아니었네.'

개도 아는 걸 사람이 모르겠냐고 속으로 혀를 찬 게 이렇게 빨리 부메랑이 돼서 돌아오다니. 하물며 이 부메랑은 십 년도 전부터 날아온 거라 정말 아프다. 그리고 얼얼한 만큼이나 뼈아팠다.

알고 있었어. 그가 알고 있었어.

몰랐던 게 아니라 무시했던 거였어.

울컥 치밀어 올라오는 쓰디쓴 것을 억지로 삼켰다. 독사과가 목에 걸린 채로 유리관 속에 누워 있는 백설공주. 거기에 오버랩 되는 자신의 모습. 그리고 방금 그 충격으로 공주는 목에 걸려 있던 독사과를 삼켰다. 독은 지체 없이 효과를 발휘해 공주의 마지막 숨을 앗아갔다.

움켜쥔 주먹을 바르르 떨며 나희가 중얼거렸다.

"고마워. 덕분에 이젠 널 원망할 수 있겠어."

"나희야, 나는….."

무어라 말하려는 휘영에게서 시선을 돌려 나희는 대문 앞으로 걸어가 문을 열었다. 그런 후 문을 잡고 서서 그를 돌아보았다. 텅 빈 눈에는 감정이라 할 만한 게 남아 있지 않았다.

"가."

그래도 그는 꼼짝하지 않았다. 답답하다는 듯 머리를 쓸어 넘기고선 다시금 입술을 들썩였다. 하지만 그가 막 말을 꺼내려는 순간,

"나희야? 안 들어오고 뭐 해?"

집 안에서부터 남자 목소리가 흘러나왔다.

나희가 미리 준비해둔 신호에 휘영이 소리가 난 쪽을 돌아보았다. 거실 창가의 커튼에 사람 그림자가 비치며 목을 가다듬는 굵은 헛기침 소리도 마당까지 들려왔다.

"지금 들어가요."

목청을 돋우어 나희가 대답했다. 그리곤 휘영이 그녀에게 시선을 줄 때까지 기다렸다가 침착하게 말했다.

"잘 가."

보일 듯 말 듯 쓴웃음을 짓고 휘영은 마침내 그녀의 원을 들어주었다. 대문 밖으로 그가 아주 나가는 순간을 기다려 나희는 찰칵 문을 닫았다. 그대로 그녀는 걸음을 옮겨 집 안으로 들어갔다. 잠시 후 마당을 비추던 불도 꺼졌다.

나희는 보일러실에 붙어 있는 곁문으로 지형을 조용히 내보내고 문단속을 한 뒤, 바로 할아버지의 방에서 잠을 청한 탓에 휘영이 언제 떠났는지는 알지 못했다. 다만 이튿날 아침 일찍 쓰레기를 내놓으려고 대문을 열었을 때 대문 앞에 십여 개 남짓 되는 담배꽁초가 버려져 있는 걸 보았다.

"어떤 몰상식한 인간이 남의 집 앞에서 담배를 피우고 지랄이람."

담배 피우는 모습은 한 번도 본 적이 없어서 그게 휘영의 거란 확신은 없다. 그러나 그런 기분이 드는 것을 억지로 부정하지는 않았다. 투덜거리면서 깨끗이 쓸어 모은 꽁초를 쓰레기봉지에 보태고 그녀는 도로 들어가 자리에 누웠다.

퀭하고 불그스름한 눈은 순전히 잠을 제대로 못 이룬 탓. 밤새 뒤척였지만 눈물 같은 건 흘리지 않았다. 한 방울도.

그 당연한 사실에 안도하는 자신을 외면하듯이 나희는 눈을 감았다. 병원에 가기 전에 한숨이라도 잘 셈이었다.

잠은 오지 않았다. 여전히.

14. 선물

　기분만 내는 듯 짧았던 가을과 겨울이 맞물릴 즈음. 환절기마다 몸살한 번씩 하는 게 나희의 절기행사긴 했지만 이번엔 더욱 유난했다.

　처음엔 식욕이 없었다. 그리고 얼마 안 가 메스꺼움이 시도 때도 없이 찾아왔다. 그 좋아하는 프리지아 꽃향기조차 때로는 고역이었다.

　다음으론 먹는 게 부실한 탓인가 어지럼증이 찾아왔다. 한 번은 잘 걷다가 별안간 핑그르르 눈앞이 돌면서 쓰러질 뻔한 것을 가까스로 주저앉는 것에 그쳤다. 다치는 건 면했지만 찹쌀도넛이 담긴 봉지를 놓쳐 죄 먼지투성이가 되어버렸다. 지난밤부터 못 견디게 먹고 싶어서 밤새 벼르다가 사러 간 거였는데.

　그런 일이 하루에도 수차례 반복되면서 삐쩍삐쩍 말라가는 게 육안으로 보이니 할아버지가 병원에 가보라고 성화였다. 안 가면 끌고라도 갈 기세에 나희도 결국 병원을 찾았다.

　위염 증상 같다고 약을 받고 피검사도 했다. 오후 느지막이 전화로 확인한 결과, 별다른 게 나오지 않아 일단 약 열흘 분을 먹고 차도가 있는지 보자고 의사는 말했다.

차도는커녕 아침잠이 말도 못하게 늘어서 오전엔 일어나지도 못하는 날이 거듭되었다. 백수라 망정이지 직장인이었다면 고역도 이런 큰 고역이 없었을 거라고 생각하며 나희는 하루에 열두 시간까지 자는 기록을 세웠다.

다시 찾은 병원. 전날 저녁부터 속을 비우고 가서 위내시경을 해봤지만 위는 염증 하나 없이 깨끗했고 자그마한 폴립 하나 떼어낸 게 전부였다. 일단 폴립 조직검사는 하겠지만 전혀 신경 쓸 필요 없을 거라고 장담한 의사는 느닷없이 엉뚱한 가설로 나희를 아연케 했다.

"…임신이요? 설마요, 전에 피검사도 했는데 그런 말씀은 안 하셨잖아요."

"일반적인 검사로는 산부인과 쪽까지는 안 나오죠. 아무튼 여러 증상을 보자면 임신 가능성도 생각해보는 게 좋겠어요. 증상이 몇 주 됐다고 했으니까 시판 중인 진단키트로도 알 수 있을 거예요. 그것부터 확인해보고, 맞다면 산부인과 진료를 받아보세요."

병원 아래 약국을 찾은 나희는 임신키트를 골똘히 쳐다보다가 일단 손에 잡힌 대로 골고루 세 개를 샀다. 그리고 집에 돌아가 화장실에 들어갔다.

이윽고 화장실에서 나온 나희는 다시금 외출했다. 곧장 찾아간 곳은 산부인과. 거기서 초음파로 자궁 안에 자리 잡은 아기집이란 걸 보았다. 9주 중반에 접어든 태아는 작으나마 사람의 형체를 갖추고 심장까지 뛰고 있었다.

"뭔가 잘못된 것 같아요. 피임, 확실하게 했는데."

"어떤 피임도 백 프로 안전할 수는 없는 법이니까요. 무언가 실수가 있었겠죠."

"그럴 리가 없다니까요. 그 사람, 정관수술을 했어요."

황망해하는 나희의 항변에 의사는 수술을 한 게 언제냐고 물었다. 몇 년은 됐다고 얼버무리는 말에 알겠다는 듯 고개를 끄덕이곤 아주 드문 케이스인데, 하며 의사가 운을 뗐다.

"막힌 정관이 저절로 연결되는 경우가 간혹 있기는 하거든요. 정관수술 믿고 있다가 덜컥 애가 들어서서 난감해하는 사십 대 여자 환자도 있었어요. 혹시 남성분이 의심스러워하신다면 병원으로 데리고 오세요. 정액검사로 간단하게 소명할 수 있는 일이니까, 그렇게 걱정하실 거 없어요."

아기집 안에서 꼬물거리는 태아마저 확인한 마당에 더 의심한다는 것은 의미가 없었지만 그럼에도 나희는 집에 돌아가 하나같이 임신이라고 알려주는 키트 셋과 초음파 사진을 늘어놓고 멍한 눈으로 보고 또 보았다.

그러다 문득 싸늘한 바닥에서 올라온 한기에 부르르 떨면서 정신을 차렸다.

"아기가 주수에 비해 좀 작아요. 지금 봐서는 8주 2, 3일 정도 크기밖에는 안 되는 게. 엄마 몸무게가 늘어야 하는데 오히려 빠졌다고 했죠?"

야단치듯이 말하던 여자 의사의 목소리가 떠올랐다.

"입덧은 16주 정도 되면 자연스럽게 진정되겠지만 그전까지 너무 못 먹으면서 버티는 것도 곤란해요. 아기가 잘 못 크는 것을 넘어 유산 위험성도 높아요. 온 김에 수액 하나 맞고 가세요. 챙겨 먹을 영양제도 알려줄 테니까 신경 쓰시고요. 그래도 어지럼증이 가시지 않으면 한동안 입원하는 것도 고려해 보세요. 지금도 산모가 저체중인데 여기서 더 빠지는 건 정말 위험해요. 이맘때가 건강한 사람도 안정될 때까지 매우 조심해야 하는 시기예요."

의사의 말을 되새김질하며 나희는 일단 보일러 난방을 켰다. 저녁부터 비가 내리면서 기온도 뚝 떨어진 상태. 얼마 전에 새로 이사 온 집은 단열이 잘돼 있어 그럭저럭 버틸 만했지만 이제는 절약이 대수가 아니었다.

"뭔가 먹어야 해. 먹어야 하는데… 뭘 먹지?"

부엌에 가서 냉장고를 열어보고 수납장을 하나하나 열어봤지만 구미가 당기는 게 없다. 딱히 식욕이 돋지 않는 것도 여전했지만 궁리하다 보니 먹고 싶은 게 있긴 했다.

"…어묵국! 어묵, 어묵 사 둔 거 없나?"

냉동실을 뒤져봤지만 없다. 아쉬운 대로 치킨너겟이라도 먹을까 하고 꺼내다가 도로 밀어 넣고 문을 닫았다. 역시 어묵국이 먹고 싶었다. 그거말고 다른 건 다 필요 없다.

"사러 나갈까. 아, 슬슬 할아버지 오시겠다."

근처 아파트 경로당에 바둑 두러 간 할아버지가 점심을 먹으러 돌아올 때가 얼마 안 남았다. 나희는 휴대폰으로 할아버지에게 오시는 길에 어묵 좀 사다 달라고 메시지를 보냈다. 잠시 후 [어묵 접수.]라는 할아버지의 답이 왔다. 나희는 싱긋 웃고 돌아서서 어묵국에 쓸 육수를 만들 준비를 했다.

그리고 육수가 끓는 동안 식탁에 앉아 초음파 사진을 들여다보았다. 할아버지에게도 이야기를 해야 한다는 생각이 얼핏 들었지만 한동안은 자신만의 비밀로 남겨두기로 했다.

뒤늦게 알고 서운해 하실지도 모른다. 그런 걸 감안하더라도 나희는 홀로 간직할 시간이 필요했다.

이 뜻하지 않은 커다란 선물이 결코 꿈이 아니란 것을 실감하고 절실히 받아들일 때까지.

"아기가 생겼어. 여기에 아기가 있어."

아직은 납작하기만 한 배를 쓰다듬으며 나희는 마냥 신기해했다. 여전히 얼떨떨한 기분이 압도적이었지만 간헐적으로 찾아오는 기쁨의 파동 또한 생생했다.

"나랑 휘영이 아이."

말하면서도 도무지 믿기지 않는 말에 나희는 지그시 눈을 감으며 두 손으로 배를 감쌌다. 정말 꿈이 아닌 걸 확신하려면 하룻밤은 자고 봐야겠다. 그리고 자고 일어나서도 여전히 사실이라면 그때는….

"착하게 살아야지."

아무래도 평생의 운을 여기에 전부 끌어다 쓴 것 같으니까. 바닥난 잔고를 채우기 위해서라도 정말 정말 착하게 살겠다고 다짐하며 나희는 행복에 겨운 한숨을 쉬었다.

이번 겨울, 봄, 그리고 여름….

벌써부터 아이와 만날 날짜를 헤아려보다 말고 나희는 반짝 눈을 떠 식탁 위의 초음파 사진을 보았다. 틀림없이 있다. 그걸로 부족해 사진을 집어 살랑살랑 흔들어보고 머리 위로 들어 빛에 투과해보기까지 한다.

그녀가 이 사실을 받아들이려면 하룻밤 정도로는 부족하지 싶다.

15. 겨울 여행, 그리고 재회

12월은 오로지 크리스마스를 위해 존재하는 달 같다는 생각을 종종 한다. 12월 1일부터 25일까지 오로지 크리스마스를 위해 질주하다가 26일을 경계로 망년회다 뭐다 하며 흥청거리느라 정신이 없다.

한때는 그런 분위기가 좋아서 12월이 되면 괜스레 설레었지만 역시 그것도 한창 놀 때의 이야기. 서른 즈음부턴 이 머리 무거운 달이 어서 넘어가길 바라기도 했다.

지금도 그런 기조는 크게 달라지지 않았지만 아무래도 올해의 12월만큼은 나희에게 특별했다. 다시 십 대 시절로 돌아간 것처럼 캐럴에 심취했고 아기자기한 크리스마스 관련 소품에 열을 올렸다. 그 결과 그녀는 빨강과 초록이 어우러진 체크무늬 머리띠에 순록 캐릭터 슬리퍼를 신고 손에는 화려한 호랑가시나무 장식 무늬 케이스를 끼운 휴대폰을 들고, 막 병원 로비에 세워지는 크리스마스트리를 찍는데 분주했다.

"트리를 보고 들뜬 게 대체 몇 년 만이야."

조금은 쑥스러운 듯이 혼잣말을 하면서도 쉬지 않고 찰칵찰칵. 꼭대기에 금빛별이 세워지고 트리에 둘러진 전구에 반짝반짝 불이 들어오는 순간엔 저절로 입에서 탄성이 흘러나왔다.

"어이, 화군. 너랑 같이 보는 첫 번째 트리네. 내년 겨울까지 기다리는 건 너무 오래 걸리니까 네가 태어나면 바로 볼 수 있게 요람 위에 트리 모빌을 걸어줄게."

나희는 그사이 혼잣말이 늘었다. 또 손으로 무언가 꼬물거리며 만드는 것에 관심이 생겼다. 병원에서 퇴원하면 종이공예든 목공예든 뭔가 하나를 배워서 태어날 아기를 위한 장식품을 만들고 싶은 의욕에 가득 차 있다. 솔직히 손재주와는 인연이 없지만 중요한 건 기교가 아니라 정성이라는, 변변찮은 자를 위한 경구를 전에 없이 굳건히 믿는 중이다.

"맞다. 캘리그라피도 배워야겠어. 그러면 육아일기도 훨씬 예쁘게 쓸 수 있을 거야."

기가 막힌 걸 생각해냈다고 감탄하며 나희는 얼른 휴대폰에 메모했다. 나가서 할 일이 하나 더 늘었다. 여태 계획한 것만 보자면 앞으로 한동안 나희는 몸이 두 개는 더 필요하다.

'하루하루가 금쪽같을 판에! 여전히 병원이 다 뭐야.'

크리스마스트리를 보는 나희의 눈에 우울한 기색이 떠올랐다. 아무리 예뻐 봤자 병원 로비의 트리. 뭔가 좀 김이 샌다.

유산 기미가 있어서 그녀가 병원에 입원한 것도 어느새 열흘 가까이 됐다. 삼시세끼 남이 차려주는 밥을 먹고 실컷 자며 빈둥거리는 생활도 한 며칠은 즐거웠지만 그것도 열흘이 넘어가니 사람이 할 짓이 아니다. 입덧도 얼마쯤 가라앉아 군입도 다시고 하다 보니 날이 갈수록 식충이가 되어 가는 기분. 무엇보다도 수영이 하고 싶어서 좀이 쑤셨다.

빠진 만큼 도로 살도 붙었고 바닥을 치던 컨디션도 상당히 회복된 것 같은데 담당의사 선생님은 아직 아이가 작다면서 고개를 절레절레 젓는다. 나흘 전에 초음파로 확인했으니 내일이 다시 검사하는 날이다.

"화군, 네 임무가 막중해. 분발해서 엄마를 병원에서 탈출시켜주렴. 나가면 엄마가 더 맛있는 거 많이 먹어줄게."

배 속 아기를 상대로 먹을 것을 걸고 진지하게 딜을 시도한다. 혼잣말만 많아진 게 아니라 성격도 좀 바뀌었을지도.

아기의 존재를 안 3주 전에 비하면 참 많은 게 달라졌다. 그녀를 둘러싼 환경뿐 아니라 그녀 자신부터가. 조금은 유치해지고, 많이 밝아지고, 훨씬 긍정적으로 변했다. 자질구레한 걱정거리가 없는 건 아니지만 베이스에 자리 잡은 행복감이 워낙 큰 나머지 그런 거야 뭐 어떻게든 해결되겠지 하며 가볍게 웃어넘긴다.

지금도 아기가 아직 작으면 어떡하나 하는 조마조마함을 웃음으로 넘기고 다정한 클래식 음악에 귀를 기울였다. 전에는 듣는 귀를 틔우려고 그렇게 노력해도 고급스런 자장가로밖에 여겨지지 않던 클래식이 요즘엔 신기하리만치 귀에 쏙쏙 박힌다. 태교를 의식한 무의식의 힘인지 뭔지.

어쨌든 그녀는 클래식을 듣는다. 그중에서도 많이 찾아 듣는 슈만의 어린이 정경을 들으면서 크리스마스트리를 보고 있자니 여기가 병원이라는 서운함도 가뿐히 극복할 수 있었다.

"아, 저 별 좋다. 모빌 꼭대기에 꼭 저런 별을 달아야겠어."

생각만 할 게 아니라 당장에 메모. 빛을 받아 최대한 반짝이게 만들 방법을 궁리하느라 머리를 싸매고 있는데 문득 누군가 그녀의 어깨를 살며시 흔들었다.

"할아버지! 어서 오세요."

오늘도 문병을 와준 할아버지를 보고 나희는 얼른 이어폰을 빼고 발딱 일어나 팔짱을 꼈다. 그리곤 할아버지의 손에 들린 보조가방을 보았다.

"오늘은 뭐예요?"

"뭐긴, 무 많이 넣고 끓인 어묵국이다. 간을 심심하게 했으니까 이것만 먹어도 될 게야."

"우와, 역시 울 할아버지 최고."

발까지 동동 구르며 환호한 나희는 휴게실에 다다르기 무섭게 자리를 잡고 가방에서 꺼낸 보온병을 열었다. 그리곤 김이 모락모락 나는 국을 따라 뜨거운 줄도 모르고 훌훌 마셨다.

"얘, 뜨겁다, 데일라."

놀란 할아버지가 만류하는 말에도 나희는 괜찮다고 손을 내저으며 감칠맛이 기막힌 국물을 거푸 맛본다. 그 후엔 혀에 닿기 무섭게 스르르 녹아내리는 익은 무를 건져 먹고 마지막으로 국물 맛이 깊게 밴 보들보들한 어묵을 모조리 먹어치웠다.

"아, 너무 맛있어."

그 자체로도 한 끼 식사는 될 만한 양을 뚝딱 해치우고도 나희는 어딘가 미진해서 입맛을 다셨다.

"삼시세끼 어묵만 먹으면서 살 수는 없을까요, 할아버지?"

"또 그 소리. 골고루 먹어야지, 그랬다간 영양실조 걸린다. 그래도 할애비가 이렇게 간식으로 먹으라고 싸다 주잖느냐."

"그러니까요. 근데도 먹고 돌아서면 또 생각나서 큰일이에요."

"허참, 하고많은 것 중에 왜 어묵 같은 게 먹고 싶을까?"

도통 모르겠다는 얼굴로 혀를 찬 할아버지는 어묵은 이제 내일 먹고 이거나 먹으라면서 가방에서 또 뭔가를 꺼내주었다. 뚜껑을 열고 확인한 내용물에 나희가 환호했다.

"단감이다! 할아버지, 그냥 가져오시지 뭘 또 번거롭게 다 손질해 오셨어요. 아무튼, 맛있게 먹겠습니다! 할아버지도 같이 드세요."

"나는 됐다, 홍시라면 모를까 단감은 영."

"맞다, 할아버지 홍시 좋아하시죠. 그럼 나도 단감 말고 홍시를… 음, 홍시는 역시 별로."

고개를 도리도리 젓고 단감을 바지런히 포크로 찍어 먹는 나희를 할아버지는 멀뚱히 바라보다 짧게 웃었다.

"홍시만 별로였나, 단감도 무슨 맛으로 먹는지 모르겠다고 하던 녀석이. 그래, 이젠 그게 그리 맛있느냐?"

"네, 맛있어요. 이렇게 맛있는 걸 전엔 왜 안 먹었지?"

나희는 알 수 없다는 듯 어깨를 으쓱하고 단감을 먹기 바빴다. 할아버지는 기억을 더듬어보며 아마, 하고 말을 꺼냈다.

"전에 슈퍼 하던 서 씨 영감이 살아 있을 적에 맛난 거랍시고 너한테 땡감을 줬지 아마. 물정 모를 때라 넙죽 받아먹곤 떫다고 울던 게 엊그제 같은데."

"그런 일이 있었나? 전 기억이 잘 안 나요."

"워낙 어릴 때니까 기억 못 할 수도 있지. 여하튼 그 뒤로 감 살 일은… 아, 그래도 몇 번 샀구나."

"샀죠, 차례 지낼 때 가끔 올렸잖아요."

"아니, 그거 말고도 휘영이 먹는다고 사라지 않았니."

감을 찍으려던 포크가 그만 미끄러지면서 허방을 찍었다. 나희는 시치미를 떼고 무슨 일이 있었냐는 듯 감을 쿡 찍어 입으로 가져왔지만 이어지는 할아버지의 말을 듣는 가슴이 콩콩 뛰었다.

"그 애가 과일은 달다고 별로 안 좋아했는데 그래도 단감은 꽤 먹었어. 기억나지? 사과든 배가 됐든 맹탕이다 싶으면 휘영이 먹인다고 남겨두곤 했잖으냐."

"몰라요, 그런 거. 너무 옛날 일이야."

"저런, 그게 옛날 일이라고 해서야 쓰나. 젊디젊은 애 기억력이 왜 그러누?"

할아버지가 혀를 찼지만 나희는 그래도 짐짓 모르쇠를 놓았다. 여전히 심장이 자꾸 뛰어서 감을 어디로 먹는지도 모르겠다.

며칠 전에 같은 병실에 있는 여자에게 한쪽 얻어먹은 뒤로 자꾸 그 맛이 생각나 할아버지에게 부탁드렸던 단감. 그 연원이 누구에게 미쳐 있는지 깨닫고 보니 한심하기도 하고 우습기도 하고. 이래서 씨도둑질은 못한다고 하나 보다.

식사에 버금가는 간식을 든든히 먹고 산책 겸 일광욕을 할 셈으로 병원 옥상으로 향했다. 약식으로 정원 비슷하게 꾸민 옥상엔 늘 사람이 두셋은 있었는데 오늘은 텅 비어서 나희와 할아버지가 전세를 낸 기분이었다. 나희는 벤치에 앉은 할아버지를 마주 보고 선 채 이런저런 이야기를 했다.

"…그래서 내일 검사 결과 보고 될 수 있으면 퇴원하는 쪽으로 말해보려고요. 힘이 남아돌아서 좀이 쑤실 지경인데 병원에 있자니 이런 게 감옥인가 싶다니까요."

"의사 선생님이 안 된다고 하면 억지로 설득할 것 없다. 지금 중요한 건 배 속의 아기야. 네 기분대로만 하려고 하면 안 돼."

할아버지의 엄한 조언에 나희도 안다고 고개를 끄덕였다.

"그러니까 결과 보고요. 제발 좋은 말씀을 해주시면 좋겠어요. 자꾸 아기가 작다고만 하시니까 슬슬 걱정도 되고. 아, 물론 아주 약간요. 약간 걱정돼요."

"괜찮아, 내일은 틀림없이 좋은 말씀 해주실 게다. 분명히."

"너무 장담하시는데? 아, 할아버지 무슨 꿈 같은 거 꾸셨어요?"

자주는 아니지만 간혹 할아버지는 어떤 꿈을 꾸고 나희에게 이런저런 충고를 할 때가 있다. 본래 꿈 이야기 같은 건 생시에 하는 게 아니라고 저어했지만 오래전 그 일을 겪고서는 마음을 달리 했다.

나희의 엄마와 동생이 무주에서 변을 당한 날, 아침식사 자리에서 할아버지는 꿈자리가 뒤숭숭하다며 며느리의 외출을 말렸지만 그런 건 미신이라며 일축하는 기세에 잠자코 입을 다물었다. 아무려나 죽을 줄은 모르고 그랬던 것.

그 일이 한으로 남으셨는지 그 뒤론 곧잘 꿈 이야기를 하며 나희를 단속했다. 그러나 듣기 좋은 꽃노래도 한두 번인 마당에, 꺼림칙한 꿈 타령이 거듭되니 어지간한 나희도 머지않아 질려버렸다. 서울에 올라갈 즈음엔 한 귀로 듣고 한 귀로 흘리는 경지까지 가서 어쩌다 할아버지가 아침 일찍 문자를 보낸 날이면 '또 시작이시네.' 라고 생각할 정도였다.

그러다 몹시 컨디션이 나빴던 어느 날인가에 나희는 결국 할아버지가 괜히 걱정이 많아서 그런 꿈을 꾸는 거라고, 마음 좀 편히 가지시라고 한 소리 하고 말았다. 물리적으로 듣지는 못하셔도 가슴으로 듣는데 언제나 충실하셨던 할아버지는 손녀의 짜증을 알아보고 바로 꿈 이야기하는 걸 그만두었다.

하지만 그 몇 달 후, 다시금 두루뭉술한 주의사항을 담아 문자를 보내셨다. 차 조심, 사람 조심, 문단속 잘하고 등등…. 또야? 하고 고개를 절레절레 저으며 무시했던 문자.

꼭 이틀 뒤에 나희는 자취방에서 괴한의 습격을 당했다.

그 일로 나희는 불가지의 세계에 대한 경외감을 품고, 맹신하지는 않되 덮어 놓고 무시하는 만용을 부리는 일도 삼가게 되었다. 더불어 좀 컸다고 은연중에 할아버지 말을 흘려듣던 못된 버릇도 단단히 고쳤고.

"어어? 웃으시는 거 보니 정말 꾸신 모양이네? 말해주세요, 무슨 꿈 꾸셨어요?"

"꿈은 무슨. 그냥 기분이 그렇다는 거지."

"아닌 것 같은데."

몹시 푸근하게 웃고 계셔서 나희는 좀처럼 의심을 거둘 수 없었지만 할아버지가 아무 말씀도 안 하시니 계속 캐묻기도 그렇다. 대신 번쩍 떠오른 게 있어서 손뼉을 치며 물었다.

"계속 여쭤봐야지 하면서 까먹고 있었어요. 할아버지, 혹시 태몽 안 꾸셨어요? 태몽, 화군이 태몽이요."

거기에도 할아버지는 고개를 갸웃할 따름.

"정말 안 꾸셨어요? 흐음. 그럼 정말로 화군이 태몽이 없는 건가. 아, 큰일이다. 나중에 물어볼 때를 대비해서 뭔가 하나 미리 만들어놔야겠어요."

임신 사실을 알고 열심히 기억을 뒤적여봤지만 태몽 비슷한 꿈은 전혀 꾼 게 없었다. 어묵이나 잘 먹을 줄 알지 태몽 하나 못 꾸고. 어휴 하고 한숨을 쉬며 벤치에 앉는 나희를 돌아보며 할아버지가 말씀하셨다.

"애 아빠가 꿨을지도 모르지."

아직 단념을 안 하셨구나 싶어 나희는 쓰게 웃으며 도리질을 했다. 그러자 할아버지도 더는 말씀하시지 않았다.

마침내 아이 소식을 말씀드린 날. 먼저 청심환부터 하나 드시게 한 뒤 나희가 조심스레 풀어놓은 이야기에 할아버지는 더없이 기쁜 낯을 했다.

우리 손녀가 드디어 결혼도 하고 애 엄마도 되는구나 하며 어깨를 덩실덩실. 잘했다고 나희의 등을 두드려 주면서 아이 아빠는 언제 오느냐 물었다. 애 아빠란 놈이 미리미리 와서 인사도 하지 않았다고 기뻐하는 중에도 짐짓 언짢은 얼굴을 짓고.

결혼은 물론 아이 아빠도 영영 오지 않을 거라는 그녀의 말을 할아버지가 어떤 심정으로 받아들이셨을지 생각하면 나희는 지금도 죄송스럽다.

"그 사람은 결혼 전제로 만나는 사람도 있어요. 설사 그런 사람이 없다고 해도 끝난 인연을 아이 때문에 억지로 돌이키고 싶지 않아요. 남은 정이 없는 사람들끼리 아이를 이유로 묶여 있는 것도 못할 짓이잖아요. 대신 제가 아이 아빠 몫까지 열심히, 사랑 듬뿍 주면서 키울게요."

나희의 설득에 할아버지는 한참을 침통한 얼굴로 앉아계시다가 애 아빠가 아이 존재는 아느냐 물으셨다. 거짓말을 할까 생각도 했지만, 역시 솔직하게 고개를 가로저었다.

"말하지 않는 게 좋겠다고 생각했어요. 알면, 반기지 않을 거예요."

"그래도 제 자식인데⋯."

"요즘 남자들 옛날하고는 달라요, 할아버지."

할아버지는 무겁게 고개를 끄덕이곤 일단 알았다며 방으로 들어갔다. 그리고 그날 저녁 먹은 게 단단히 얹히는 바람에 한 며칠 호되게 앓으셨다. 나희는 나희대로 일상생활이 불가능할 정도로 입덧이 심해져서 겨우 회복된 할아버지와 교대하듯 급하게 병원에 입원했다.

그 바람에 더 심도 깊은 대화는 나누지 못했지만 시간이 약이라는 말대로 날수가 흐르면서 할아버지도 이제 셋이라는 숫자에 퍽 익숙해지신 듯했다. 산부인과 병동인 탓에 옆에 있어주진 못해도 매일같이 나희 먹일 걸 싸들고 오는 정성은 사무친다는 말이 모자랄 정도로 지극했다.

나희가 어떤 모습이어도 마지막까지 그녀의 편이 되어줄 든든한 산이자 넓은 바다. 할아버지가 그녀를 키우며 베풀어주신 것의 반만 제대로 흉내 내도 나희는 좋은 엄마가 될 게 분명하다.

'나는 정말 운이 좋아.'

새삼 행복에 겨워 할아버지에게 찰싹 달라붙어 애교를 부리는 나희를 할아버지가 "어이고, 우리 강아지."하고 머리를 쓰다듬었다. 나희는 헤헤헤 웃으며 할아버지의 남은 손을 움켜쥐고 비비다가 그 까칠함에 퍼뜩 놀랐다.

"할아버지, 손이 사포 같잖아요. 이제 추워져서 밭일도 할 게 별로 없는데 손이 왜 이래요?"

"응, 이거. 오늘 가서 흙 좀 만졌더니."

"그러니까 왜요. 저번 날에 무하고 배추 수확하고 더 할 것 없잖아요? 남은 건 월동만 잘하면 된다면서요."

"음, 그렇지. 월동이 중요해."

어쩐지 말꼬리를 흐리는 것에서 나희는 수상쩍은 냄새를 맡았다. 다른 일엔 꼼꼼히 아끼면서 밭일에 한해선 배포가 커서 엉뚱한 일을 툭툭 벌이는 할아버지의 행적이 그녀에게 경고를 보내고 있었다.

"할아버지? 저한테 뭐 하실 말씀 없으세요?"

"음, 뭐, 할 말이 있다면 있고 없다면 없고."

"있는 거 말해보세요, 있는 거."

"그러자꾸나. 할애비가 자그맣게 땅을 좀 샀다."

벙긋 웃는 할아버지. 경고 수위가 더 높아졌다.

"자그만 땅이라면 얼마 정도…?"

"얼마 안 돼. 한 두어 마지기."

이백 평이잖아! 나희는 입을 딱 벌리고 잠시 말을 못 이었다. 아무리 신주 외곽의 땅값이 싸다고 해도 이백 평쯤 되면 목돈이 필요하다. 이전 집을 팔고 한갓지게 살 셈으로 할아버지의 밭이 있는 외곽으로 이사 오면서 남은 차액이 좀 있긴 했다. 하지만 주택 리모델링 비용을 제하면 썩 대단한 금액도 아니다. 아무래도 빠듯했을 텐데 모아둔 저금을 건드리신 걸까?

아니, 그건 할아버지 돈이니까 할아버지 맘대로 쓰시는 건 상관없다. 문제는 그 땅의 용도.

"그래서, 뭘 하시게요? 그 땅으로."

"깨 농사 좀 지을까 하고. 보니까 지력이 약해서 콩 농사를 먼저 지을지도 모르겠다만."

"할아버지! 진짜 농부가 될 셈이세요! 얼마 전에 허리 수술도 받으신 분이 무슨 농사를 짓겠다고…. 어휴."

답답해서 숨이 턱 막히는 나희와 달리 할아버지는 태평스럽게 농부도 좋지, 한다.

"아무려나 사람은 일이 필요해."

"그간 충분히 일하셨잖아요. 공장에서, 염전에서, 이발소 일도 사십 년 넘게 하셨고. 이젠 좀 쉬세요. 밭일은 취미로 하시고요."

"취미는 바둑이나 장기면 됐고. 할애비는 일이 필요하구나, 나희야. 사람이 일없이 놀자니 늙어서 못 쓰겠어."

"할아버지가 언제 제대로 놀기나 하셨다고 그래요."

"놀았지, 설렁설렁. 일하고 놀이는 마음가짐부터가 다른걸. 일해서 돈 버는 게 있어야 어깨에 힘도 들어가고. 벌어서 우리 증손자 먹고 입히는 데 조금이라도 보태야지."

그만 콱 가슴이 먹먹해져 나희는 입술을 깨물었다. 결국 핵심은 마지막에 있었다. 바야흐로 싱글맘이 될 나희와 아기 생각에 얼마나 애를 끓이시다가 그런 생각을 하셨을까.

눈물이 날 것 같은 걸 꿋꿋하게 이겨내며 나희는 심호흡을 하고 말했다.

"안 그러셔도 돼요, 할아버지. 모아놓은 돈으로 몇 년은 버틸 수 있어요. 아기 돌 지난 후엔 저도 다시 일할 거고요. 열심히 준비해서 전보다 더 좋은 조건의 일 찾을 거니까 저 좀 믿으세요. 실망시켜드리지 않을게요, 네?"

할아버지는 그런 그녀의 머리를 다정하게 쓰다듬어주며 "나는 우리 강아지가 안 그랬으면 싶구나." 했다.

"기왕 쉬어가는 김에 더 넓게 세상을 볼 준비를 하는 게 어떠냐? 전부터 네가 대학을 안 간 게 영 걸렸는데, 이참에 대학 준비를 하면 더욱 좋고."

"대학이요? 이제 와서 무슨…."

"지금이라도 안 늦었지. 할애비는 내년에 검정고시를 볼 생각이란다. 다음 목표는 대학생이 되는 걸로 잡았고."

"어머."

뜻밖의 선언에 나희의 눈이 동그래졌다. 장애 때문에 중학교도 제대로 마치지 못했지만 꾸준히 책을 접하고 사신 할아버지의 지성은 어설픈 대졸자보다 훨씬 뛰어난 점, 나희가 보증한다. 우리 할아버지가 제대로 배우셨다면 정말 대단한 사람이 되셨을 거라고 생각한 적도 여러 번이다.

그래도 여든이 훌쩍 넘어서 대학에 도전하실 거라곤 상상 못했다. 그런 생각이 고스란히 드러난 나희의 이마를 톡 건드리면서 할아버지가 웃었다.

"어떠냐. 이 나이의 나도 하겠다는 공부, 갓 서른 넘은 네가 약한 소릴 해서야 쓰겠어? 이 할애비가 한다고 할 때 너도 못 이긴 척 다시 잡으렴. 애가 나중에 커서 엄마는 왜 대학에 안 갔어요 하면 뭐라 할 셈이야?"

"그, 그런 걸로 엄마 무시하는 자식으로 키우지 않을 거예요!"

말은 당차게 했지만 아닌 게 아니라 나희는 조금 걱정스럽다. 태어날 아기가 비상하게 머리가 좋을 확률 오십 프로. 성격마저 누구를 닮는다고 가정하면 "엄마 이런 것도 몰라?" 소리가 그 입에서 나올 날도 그리 멀지 않다.

"…생각해 볼게요, 공부."

백기를 들기 전의 최후의 저항. 나희는 뚱한 얼굴로 대학 가서 무슨 공부를 하실 거냐고 물었다.

"농업을 배워야지. 할애비는 프로 농부가 될 거란다."

원래 크다고 생각했지만, 정말 큰 할아버지.

반면 아직도 스스로가 똥강아지 같기만 한 나희였다.

다음날 초음파 검사 후 그토록 고대하던 퇴원 허락이 떨어졌다. 아직도 태아의 크기는 평균치에 못 미치지만 입원 초에 비하면 많이 성장했고 심장 소리도 힘찼다. 무어보다 모체인 나희가 건강한 게 중요하다며 의사 선생님은 당분간 너무 힘쓰는 일은 안 된다고 못을 박았다.

집으로 돌아간 그녀가 하룻밤 자고 일어나 맨 처음 한 일은 짐을 싸는 것. 며칠 여행을 다녀오겠다고 할아버지에게도 말해둔 바였다.

"항상 몸 따뜻이 하고. 바닷바람도 너무 쐬면 안 좋다. 어두워지기 전에 꼭 숙소로 돌아가렴."

괜찮다는 데도 기어코 고속버스터미널까지 따라온 할아버지의 당부가 한없이 이어졌다. 막 서울에 상경하던 날도 꼭 이랬지 하면서 나희는 애써 웃음을 참았다.

막 출발하는 고속버스 창문 너머로 보이는 할아버지에게 손을 흔들고 있자니 정말로 그날의 기억과 자신이 오버랩 됐다. 실상 달라진 게 별로 없을지도 모르겠다. 얄미운 나이란 놈을 먹었을 뿐 여전히 미욱하고 모자라기론 스무 살 적과 대동소이. 스무 살의 우나희가 서른네 살의 우나희를 보고 대체 그간 뭘 한 거냐고 따져도 할 말이 없다.

'그래도 돈은 벌었다 뭐. 그만하면 신주에서 작은 집 하나는 살 수 있다고.'

십사 년간 일하고 그 정도 돈도 못 모았으면 그게 사람이야? 네가 부양할 가족이 있니, 진 빚이 있었니? 어이없어하는 스무 살의 나희.

'그것도 못 하는 사람 널렸는데 왜. 알뜰하게 모았으니 망정이지 사치하려고 들면 얼마든지 할 수 있었어.'

좀생이인 게 자랑이다. 애초에 실컷 사치할 만큼 벌지도 못했으면서!

'사람한테는 한계란 게 있거든? 내 깜냥에 그 정도면 선방한 거야.'

선방 좋아하시네. 대충 이만하면 됐다 싶은 선에서 타협했으면서. 커리어 향상 같은 건 아주 딴 세상 이야기지, 응?

이거야 원, 한 치도 봐주지 않고 아픈 구석만 콕콕 찌르는데 금세 아찔해져서 두 손 들었다. 없는 소릴 하는 것도 아니고, 스무 살의 자신이 그만큼 날이 서 있기도 했고.

날이 선 만큼 그때는 야망이란 것도 있었는데. 나이가 나이다 보니 자신의 미래에 상당히 큰 기대도 걸고 있었고.

결정적으로 휘영이 있었다. 그녀의 삶에도, 미래에도 그를 빼놓곤 아무엇도 생각하지 못하던 시기였다.

"네 아빠는 그때도 참 멋졌어. 안 멋진 때가 있긴 했나? 으음. 기억이 안 난다, 화군. 어쩐지 좀 재수 없다, 네 아빠."

슬며시 아기에게 휘영의 험담을 하고 나희는 바깥 풍광에 눈을 두었다. 한겨울을 준비하는 들판이 휑하니 추워 보였다. 어떨까, 겨울 바다는. 당연히 훨씬 더 추우려나.

바다라면 작년 여름에도 해수욕을 하러 갔지만 겨울에 찾는 건 무척 오랜만이다. 할아버지가 처음 발병한 때로부터 거의 일 년 남짓 후였으니 십일 년 가까이 됐나 보다. 바다를 그다지 좋아하지도 않았는데 그해 겨울엔 바다 말고는 가고 싶은 데가 없었다.

그리고 이번에도 재충전을 해야지 하고 마음먹자 자연스레 바다가 떠올랐다. 언젠가 갔던 그 한적했던 해변가에 다시 가는 것도 나쁘지 않다 싶어 나희는 달리 고민하지 않고 변산행을 택했다.

그러나 십 년이면 강산도 변한다는 말 대로 크고 작게 변한 지형에, 전에 묵었던 펜션도 사라져 나희는 초반부터 난관에 봉착했다. 미리 이것저것 따지지 않고 발길 닿는 대로, 마음 가는 대로 가보자 했던 생각이 아무래도 많이 무모했나 보다. 떠나오기 전에 가볍게 검색만 해봤어도 알았을 일을.

"에이, 사방이 펜션인데 나 하나 묵을 곳이 없을까. 근데 역시 바닷가라 춥다."

금세 찾아온 추위에 목덜미를 움츠리며 나희는 캐리어에서 플란넬 코트를 꺼냈다. 케이프 형식이라 입은 옷 위로 덮어쓰자 단박에 동화 속 '빨간 모자'가 되었다. 무척 따뜻한 대신 곰처럼 부해진 것을 자각하며 나희는 짐짓 뒤뚱뒤뚱 걸었다.

"화군, 엄마가 너 때문에 멋을 포기하고 곰이 됐어. 엄마 좀 미덥지 않니?"

어서 펜션을 잡고 한숨 잘 생각으로 걸음이 점점 빨라졌다. 자고 일어나 바다 구경도 하고 먹을 것도 사오려면 중천에 걸린 해를 마냥 믿어선 안 된다.

"어서 가자, 어서."

부지런히 혼잣말을 중얼거리며 예쁜 펜션을 찾아 주위를 두리번거리는 것조차 신이 나는 여행 첫날이었다.

그냥 좀 숨만 쉰 것 같은데 어느새 여행 셋째 날이 되었다. 3박4일 예정으로 왔으니 이제 하룻밤만 지나면 돌아가야 한다. 아침 먹은 그릇을 설거지하면서 나희는 한탄했다.

"즐거운 일은 정말 눈 깜짝할 새에 지나가는구나. 오늘은… 일단 시장 좀 봐다 놓고 바다에 가야겠다."

변산까지 왔으니 할아버지 드릴 젓갈도 사지 않으면 안 된다. 물론 병력이 있으니 맛만 보시게 작은 용기로 조금씩만. 위에 안 좋은 음식을 거의 끊으셨는데 젓갈만큼은 좀처럼 단념을 못 하신다. 한창 젊을 때에 염전에서 몇 년간 일하면서 길들여진 입맛 탓인 듯하다.

"괜히 초년 경험이 중요하다고 하는 게 아니라니까. 우리 화군 교육도 미리부터 잘 생각해 둬야겠어."

비단 아기의 교육만이 아니라 그녀 자신의 교육도 확실히. 나희는 이제 대학 진학 결심을 굳혔지만 결심과 별개로 아직 반신반의하는 게 사실이었다. 한창 머리가 핑핑 돌던 시절에도 공부머리는 아니었는데 과연 다시 시작한다고 해서 어디까지 갈 수 있을까….

더없이 진지하게 자신의 역량을 고민하는 며칠이 이어지고 있지만 결국 결론은 하나, 해보기나 하자였다. 그것이 투자 대비 효율이 형편없는 시간 낭비, 돈 낭비가 된다고 해도 해보지도 않고 포기해서 맛볼 회한보다는 싸지 않을까 한다.

다른 누구를 의식해서가 아니라 오로지 나를 위해서 공부를 해보고 싶은 것도 있었다. 어릴 때는 할아버지를 위해서, 조금 머리가 여물어서는 휘영을 의식해서 부득부득 매달렸던 공부. 어떤 재미난 일도 반드시 해야 하는 일이라는 압박감이 동반되는 순간 그 매력이 반감하는 법인데, 애초에 재미하고는 동떨어진 일이라면 매력이 바닥나고 혐오로 바뀔 위험도 있다. 나희가 바로 그 산증인이다.

"화군이도 잘 지켜봐야지. 날 닮아서 소심한 주제에 일찍 철이 들면 내가 말을 안 해도 압박감을 느낄 테니까. 절대 스트레스 주지 말아야지. 아, 그럴 게 아니라 공부를 아예 못 하게 할까? 하지 말란 일은 괜히 더 하고 싶던데."

이거 꽤 좋은 생각 아닌가 하며 갸웃거리던 나희 씨, 시계를 보곤 이크 하며 얼른 외출 준비를 했다.

그리고 찾아간 어물전 거리. 생선 비린내 때문에 잦아든 입덧이 도지진 않을까 걱정했는데 방한마스크가 꽤 도움이 돼서 용무를 못 보고 허겁지겁 도망치는 사태는 벌어지지 않았다. 뿐더러 시장 초입에서 맛보라고 준 뻥튀기가 너무 맛있어서 큰 봉지로 두 개나 샀다.

"화군, 네 덕분에 엄마는 전에 몰랐던 세계를 보는구나. 와, 뻥튀기가 이렇게 맛있는 줄 진짜 몰랐네. 별로 안 좋아했던 것들 다 찾아서 먹어볼까 봐."

한 손엔 젓갈이 담긴 비닐봉지, 다른 손엔 뻥튀기 봉지를 들고 펜션으로 귀환했다. 택시에서 내리는데 뻥튀기 봉지가 문에 걸려서 조금 애를 먹었다. 무게는 전혀 문제가 안 되는데 부피 때문에 짐이 될 거란 걸 뒤늦게 깨닫고 나희는 괜히 두 개나 샀다고 후회했다.

"먹을 것만 보면 앞뒤 생각을 못하네. 이러다 지구라도 먹어치우겠어."

혀를 차고 다시 짐을 추슬러 몸을 돌리던 나희는 전혀 짐작도 못 한 사람을 보고 주춤하며 얼어붙었다.

진부하게 눈을 비빈다거나 하는 모션을 취하진 않았지만―양손의 짐 때문에 그럴 수도 없었고―순간 놀라서 딸꾹질이 튀어나오기 시작했다. 휘영이 그런 그녀를 향해 다가오며 못마땅한 기색으로 혀를 찼다.

"여행 왔다고 너무 기분 내는 거 아냐? 무슨 짐을 감당도 못할 만큼 많이 사 와?"

바로 앞에 다다른 그가 그녀의 손에서 두 개의 커다란 봉지를 덥석 가져갔다가 그 말도 안 되는 무게에 멀뚱한 눈을 했다.

"…이거 뭐야?"

"뻥튀기…."

"뻥튀기를 왜?"

"먹으려고."

"이게 변산 특산품이야?"

"아니, 그냥 평범한 뻥튀기야."

그런 걸 왜, 라는 듯 뻥튀기와 그녀를 갈마보는 시선 앞에 나희는 저도 모르게 시선을 피하며 딸꾹 했다.

잠시 후 그가 작게 한숨을 쉬고 말했다.

"여하튼 들어가자. 추우니까."

휙 소리가 나도록 고개를 돌려 그를 보며 나희는 또 딸꾹 했다. 들어가

다니? 어딜?

휘영이 슥 턱짓으로 뒤에 있는 펜션을 가리켰다.

"나도 룸 하나 잡았어. 네 방이든 내 방이든 알아서 결정해."

나희는 미간을 찡그리고 그를 물끄러미 쳐다보았지만, 마침내 눈앞의 현실과 적정선에서 타협했다.

"내 방으로 가."

그리고 앞장서서 걸어가는 그녀를 휘영이 천천히 뒤따라왔다. 벙어리 장갑 안의 손에 땀이 찬 것을 의식하며 나희는 조용히 심호흡하다가 별나게 크게 나온 딸꾹질 소리에 그만 얼굴이 빨개졌다. 뻥튀기에 딸꾹질에. 여기서 더 망신살 뻗칠 일은 제발 없기를!

다행히 나가기 전에 방을 한 번 치워둬서 그를 바로 들이는데 거부감은 없었다. 작은 거실 소파로 그를 인도하고 나희는 가스레인지에 주전자를 올리며 뭐라도 마시겠냐고 물었다.

"아무거나 너 마시는 걸로 줘."

"나 우유 마실 건데?"

"우유?"

"따끈하게 데운 우유. 그거 마신다고 너도?"

휘영은 자리에서 일어나 나희 곁으로 왔다. 그녀의 손에 들린 우유갑을 보며 "정말이네?" 한다.

"우유 그냥 마시면 배탈 난다고 안 먹었잖아. 이젠 괜찮아?"

"괜찮아. 훈련으로 극복했지."

자랑스레 손가락으로 브이 사인을 그리고 나희는 머그컵 가득 우유를 따랐다. 실은 아직도 훈련은 현재진행형이지만. 나희의 유서 깊은 유당 불내증은 의지로 극복하기엔 뿌리가 질겼다. 그 오랜 목격자로서 감개가 무량하기라도 했던지 휘영이 그녀의 머리를 쓰다듬으며 부드럽게 웃었다.

"쉽지 않았을 텐데, 기특하네."

"누가 칭찬해 달래?"

기막히다는 듯 그의 손을 뿌리치고 전자레인지 쪽으로 돌아서며 나희는 살짝 웃음을 깨물었다. 우유급식이 있던 초등학생 시절이 떠올라 그녀도 좀 뭉클해졌다.

마시면 배가 아프다는 핑계로 나희는 제 몫의 우유를 죄 휘영에게 떠맡겼다. 안 마실 거면 급식 신청을 왜 하느냐며 그는 황당해 했지만 할아버지가 그러라고 한다며 태연히 둘러댔다. 실은, 그전까지 우유 같은 거 마시지 않았다. 마시지도 않을 우유를 신청한 건 순전히 그에게 주려는 거였다.

형제간 편애가 심했던 휘영의 모친은 첫째에겐 돈을 주는 것에도 못내 인색해서 꼭 필요한 준비물을 못 사서 휘영을 동동거리게 만들곤 했다. 그런 마당에 그가 우유나 빵 급식 같은 걸 신청했을 리가 없다. 또래에 비해 키도 작고—처음 만났을 당시엔 나희가 그보다 조금 더 컸다—말라서 안색도 무척 창백한 그를 위해서 나희가 최대한 머리를 짜낸 해답이 바로 우유였던 것이다.

초등학교 다닐 동안, 반이 바뀌면 그녀가 찾아가서라도 전해줬던 우유. 꼭 그래서만은 아니겠지만 휘영은 그녀보다 반 뼘은 더 크다. 고등학교 때 마지막으로 잰 키가 177이었지 아마.

나란히 앉아 우유를 마시는데 불쑥 휘영이 웃으며 말했다.

"근데 있지, 나도 사실 우유 안 맞았다?"

"응?"

금시초문에 나희가 동그래진 눈을 그에게 돌리자 그가 배를 문지르며 "마시면 배가 아팠어, 나도." 한다. 나희는 빠르게 눈을 깜박이다가 마침내 당황해서 대꾸했다.

"말을 했어야지, 그런 건! 네가 아무 말도 없으니까 나는 모르고 계속…."

"그렇게 놀랄 건 없어. 계속 마시니까 이게 또 익숙해지더라고. 지금은 아무렇지 않아."

"지금은 아무렇지 않아도 그때는 고생했단 소리잖아…. 아아, 모르겠다. 똑똑한 애가 왜 그런 걸 바보같이 참아?"

너무 오래전에 물 건너간 일을 두고 나희가 한심해하며 고개를 젓자니 휘영이 반은 농담처럼 말했다.

"주인집 아가씨가 준 거라?"

"아이고, 퍽도 그러셨겠네요."

나희의 야유에 휘영은 아주 없는 소린 아니라며 소리 내어 웃었다. 그런 뒤 작게 한숨을 쉬었다.

"남의 집에 세 들어 살다 보면 아무래도 눈치 같은 걸 보지 않을 수 없어. 혜주처럼 그런 일에 아예 무신경한 경우는 얼마 안 될걸. 특히 난 전에 살던 집 애 때문에 꽤 성가신 일을 당했던 참이라 좀 더 조심스럽기도 했어."

"어떤 성가신 일을 겪었는데?"

"이전 주인집 애가 집에서고 학교에서고 무조건 대장 노릇을 해야 성이 차는 작은 폭군이었어. 같은 반이 됐을 땐 정말 어지간히도 귀찮게 했지. 체구도 커서 곧잘 손찌검도 하고."

"때렸다고? 널?"

휘영은 심각한 건 아니었다고 손사래 쳤다.

"말 그대로 애들 싸움 같은 거. 초등학교 저학년 애가 힘을 써봤자 얼마나 썼겠어. 내가 고분고분 쫄짜 노릇을 하면 괜찮았을 텐데 곧 죽어도 자존심을 세우니까 눈에 낀 가시 같아서 더 괴롭혔을 거야. 요령이 없을 때였어."

"요령이 문제가 아니라 걔가 그냥 못된 건데? 그걸 계속 당하기만 했단 말이야?"

"엄마한테 한 번 말했었는데 '네가 얼마나 잘난 체했으면 그래?' 하시더라."

으으, 하고 나희는 나지막이 신음했다. 지금까지도 충분히 싫었는데 거기서 더 싫어할 요소를 보태다니, 휘영의 모친이지만 정말 대단하다.

"아무튼 이사를 와서 한시름 덜었다 했는데 또 주인집 딸이 나랑 동갑에 같은 반이야. 아무래도 조심스러워지지 않겠어?"

어렴풋이 이해가 가는 말에 나희도 고개를 끄덕였다. 그에게도 나름의 고충이 있었던 거네.

"그래도 말을 하지. 처음엔 몰라도 나중엔 내 성격 알았을 거면서. 나, 아무리 그래도 폭군은 아니었잖아. 폭군이었어?"

"아니었어. 하지만…."

"하지만?"

말꼬리를 늘인 휘영이 그녀를 바라보며 씩 웃었다.

"공주님 기질이 좀 있었달까."

"내가?! 공주님이라니, 왜? 어째서?"

전혀 뜻밖의 말에 그만 언성마저 껑충 널을 뛰었다. 어안이 벙벙한 나희를 보며 그가 웃음을 터뜨렸다.

"공주님까지는 아닌데 기질이 좀 있었다고. 너, 할아버지가 워낙 애지
중지 키워서 어떤 면에선 신경이 정말 무뎠어."

"그러니까 어떤 면이?"

"그러니까…."

휘영은 머그컵을 테이블에 내려놓으며 천천히 말을 이었다.

"누군가 너를 미워할 수 있다는 생각 자체를 못 하는 거라든가."

나희는 눈을 깜박거리며 그의 말을 곱씹은 끝에 혀로 입술을 훔치고 물
었다.

"그 누구가 혹시 너야?"

바로 대답하지 않고 야릇한 미소를 짓고 있는 그를 보고 나희는 한숨을
몰아쉬었다.

"너였네. 어머, 나 미움 받는 줄도 몰랐던 바보였어."

뒤늦은 당황으로 훅 달아오른 뺨을 감싸는 나희에게 휘영이 그렇게 오
래는 아니었다고 변명했다.

"근데 왜? 내 어디가 그렇게 미웠는데? 나 아무리 생각해 봐도 너한
테…."

미움 받을 일은 한 적 없는데. 조금 억울해서 쳐다본 시선에 휘영이 불
현듯 그녀에게 손을 뻗었다. 나희가 움찔하며 뒤로 몸을 물렸지만 그보다
더 빠르게 다가온 손이 부드럽게 뺨을 감쌌다. 나희는 떨림을 가슴 깊이
깊이 묻고 동요하지 않으려고 기를 썼다. 노력의 결과는 나름 훌륭했다.

빤히 응시하는 그녀의 모습에 휘영이 조금 맥없이 웃었다.

"지금은 아니지만, 처음 만났을 무렵의 넌 그야말로 새하얀 순백이었
어. 생각하는 게 얼굴에 고스란히 드러났지."

"알아, 나 바보였다는 거."

"그런 의미가 아니라."

그가 엄지로 살며시 뺨을 간질인 곳이 불이 날 것처럼 뜨겁게 느껴졌다. 나희는 이마저 참았다. 휘영의 나직한 목소리가 이어졌다.

"조금도 감출 줄을 몰랐어. 거짓말할 줄도 몰랐어. 어설픈 거짓말 한 번 하려다 금세 얼굴이 새빨개져선 제풀에 털어놓는 지독한 순둥이였어."

그 정도는 아니었던 것 같은데, 하고 나희가 우물거렸지만 휘영은 자기 말이 맞다는 듯 빙그레 웃을 따름이다.

"그랬어, 너. 그래서… 이사하고 얼마 후부터 그 커다란 눈에 불쌍하다는 감정을 가득 담아 날 보는데, 이게 몸을 때리는 것보다 더 아프고 싫은 거야. 어떤 의미에선 전에 살던 집 그 폭군보다 네가 더 지독했어."

"나는…."

나희는 해명하려고 입을 열었지만 마땅한 변명이 떠오르지 않았다. 어쩔 수 없다. 그의 말이 사실인 까닭에.

이층에 새로운 가족이 이사 온 후의 한동안 나희에게 휘영은 불쌍한 아이에 지나지 않았다. 동갑인데, 키도 나보다 작은데 저 앤 너무 짊어진 게 많다. 계모에게 구박받는 신데렐라처럼 세 형제 중에 늘 천덕꾸러기인 아이.

이해가 안 가는 만큼 더 불쌍하게 생각했다. 그러니까 더 잘해주라고 하는 할아버지 말을 나희는 열심히 휘영을 지켜보며 도와주는 것으로 지켰다.

순수한 선의였지만, 결국 동정이었다. 나희도 이젠 상대가 원치 않는 동정은 정신적인 폭력일 수 있다는 것을 알기에 뒤늦게나마 사과했다.

"하지만 계속 그랬던 건 아니야. 얼마 안 있어서 네가 얼마나 뛰어난

앤지 알았는걸. 공부도 잘하고 체육도 잘하고, 아, 그림도 잘 그리고. 리코더도 잘 불고. 아무튼 뭐든 나보다 잘했잖아. 그렇게 나보다 잘난 애를 언제까지 불쌍해 해. 오히려 내가 불쌍하면 불쌍했지."

사력을 다한 변명에 휘영의 미소가 커졌다.

"응, 그런 것 같더라. 동정어린 시선이 동경어린 시선으로. 너 참 알기 쉬웠어."

"흥, 그래서 뭐? 날 미워하던 기분이 좀 풀리긴 한 거야?"

"풀린 것도 있고, 여전히 꽁한 것도 있고. 엄마를 바꿀 수는 없는 일이었으니까."

그의 덤덤한 인정에 나희도 불현듯 내뱉어버렸다.

"너도 잘 아네. 내 탓만은 아니라고. 아주머니가 너무너무 못된 걸 어떡해."

"맞아. 엄마한테 난 절대로 안 아픈 손가락이었으니까. 내가 외할아버지를 쏙 빼닮지만 않았어도, 계모라고 생각하고 위안 삼았을 텐데."

피차에 너무 잘 알지만 그래서 더 건드리지 않았던 터부 같았던 주제. 다 늦게라도 터뜨려버리니 기분만은 상쾌했다.

"설마 지금도 그러시진 않지? 이젠 누가 뭐래도 너 믿고 사실 거 아냐. 딱히 노후 준비를 열심히 하셨을 것 같지도 않고."

내친김에 나희는 줄곧 마음에 걸렸던 것도 쾅하고 터뜨렸다. 다른 건 다 젖혀두고, 그가 이제라도 제대로 대우받고 살기를 바랐다. 얄미울 정도로 휘영에게만 박했던 주제에 그가 장남이란 이유로 집안 건사 책임을 모조리 그에게 떠맡기려던 여자를 생각하면 지금도 이가 갈렸다.

언젠가 나희를 찾아와서 린치를 퍼부은 것도 다른 이유가 아니었다. 휘영이라면 나중에 대단한 처가 만나서 한몫 단단히 잡게 될 텐데 감히 버러지 같은 게 흠집 낼 셈이냐는 타산적인 계산 속, 그게 거의 전부였다. 내 남편 잡아먹은 여자 딸이 어디 감히 휘영일 노리느냐는 인신공격은 덤에 불과했다.

"어떤 의미에선 날 믿고 사는 셈인가. 결과만 놓고 보자면 그럴지도."

휘영은 나직이 중얼거리곤 문득 나희를 돌아보며 물었다.

"가서 뵐래?"

"응?"

전혀 생각도 못한 제안에 나희는 순간 머릿속이 하얘졌다. 휘영이 말했다.

"여기서 차로 가면 두 시간 반쯤 걸릴 것 같은데. 드라이브 가는 셈치고."

너무 엉뚱한 소리를 그가 태연하게 하는 바람에 나희는 살짝 현실감이 떨어졌다. 당연히 그럴 이유 없다고 단칼에 거절했어야 하는데 그만 어름거리며 차 오래 타면 멀미를 한다는 둥 하는 허튼소리를 늘어놓은 것이다.

"나 운전 잘해. 안락하게 모실 테니까 한 번 믿어 보시죠, 공주님."

휘영이 웃으면서 꼬드기자 그제야 이게 아닌데 싶었으나 이미 이야기의 추세가 기울어 있었다.

"가자. 응? 오늘은 여기서 자고 내일 아침 먹고 출발하면 시간도 괜찮을 것 같은데. 어차피 3박4일 일정이라며. 너무 늦지 않게 신주 데려다줄게."

"그게 그렇긴 한데…. 근데 내 일정은 어떻게 알아? 너 여긴 어떻게 알고 온 거고?"

얼굴 보자마자 했어야 할 이야기를 돌고 돌아 이제야 꺼냈다. 휘영이 간단하지 않냐는 듯 "할아버지에게 들었지." 한다.

"할아버지 만났어? 어떻게?"

"그야 찾아갔으니까 만나지. 다시 찾아뵙겠다고 약속했는데 안 가?"

"그러니까 거길 어떻게 찾아간 거냐고. 우리….”

"이사한 거? 진작 알고 있었는데."

너무 태연하게 말하는 그를 나희는 강한 의혹을 담아 쳐다보았지만 해답은 허무하도록 간단했다.

"전에 문병 갔을 때 전화번호 교환했어."

"아…."

"반응이 왜 그래. 내가 못할 짓을 한 것처럼."

물론 휘영과 할아버지 사이의 일까지 나희가 참견할 수는 없다. 그러나 나희는 이쯤에서 계속 그에게 휘말리는 이 불편한 흐름을 끊어야 했다.

"있지, 우리 절교한 거 기억 안 나?"

"절교는 네가 했지, 내가 한 게 아니라."

속 편한 대답에 나희는 기가 막혀서 쏘아붙였다.

"절교를 혼자서 하니? 내가 손 하나로 손뼉 쳤어?"

"뭐라고 말해도 내 생각은 같아. 나는 절교하는 데 동의한 바가 없어. 전에도, 지금도."

"아아, 그래서 그렇게 연락 한 번 없이 살았구나? 우리의 변치 않는 다이아몬드 같은 우정을 믿어서?"

나희의 빈정거림에 휘영은 그저 옅게 웃고 말뿐이다. 나희는 그게 답답해서 견딜 수가 없었다.

"궤변은 그쯤 하고 제대로 속 시원하게 말해 보라고! 무슨 생각으로 자꾸 내 앞에 나타나는 거야? 하물며 내가 이렇게 싫다고 하는데."

"어허, 화내지 마. 병원에서 퇴원한 지 며칠 안 됐다면서."

심지어 그녀가 입원했던 것까지 안다? 너무 당황한 나머지 숨을 잘못 쉬어 사레가 들리고 만 나희는 소파 팔걸이에 기대어 기침하면서 정신없이 눈을 깜박거렸다. 설마, 설마 할아버지가 아기 이야기까지 한 건 아니겠지?

"괜찮아? 물 가져다줘?"

"…아냐, 이제, 괜찮아."

나희는 심호흡으로 어찔한 기분을 누르며 휘영을 돌아보았다. 뭔가 안다고 보기엔 너무 자연스러운 얼굴을 하고 있지만… 상대가 휘영이다 보니 장담은 못하겠다. 일단 빈 컵을 싱크대에 가져다 두는 척 자리를 옮긴 그녀는 거기 서서 그를 등진 채로 물었다.

"내가 왜 입원했는지도 들었어?"

"몸살 같은 거 아니었어? 일 그만두고도 제대로 푹 못 쉰 게 뒤늦게 온 건 줄 알았는데."

감사합니다, 할아버지. 다행스럽게도 적당히 둘러대 주셨음에 안도하며 나희는 짐짓 언짢은 듯이 투덜댔다.

"회사 관둔 것까지 말씀하셨나 보네. 말씀을 하신 건지, 취조를 당한 건지는 모르겠지만."

"취조까지는 아니지. 유도신문이라면 몇 번은 했다고 자진신고 할 수 있어."

"퍽도 자랑이다. 할아버지는 그러면 그렇다고 미리 언질을 주시던가. 내 의견은 묻지도 않고 널 여기까지 보내신 것도 그렇고."

"내가 비밀로 해달라고 말씀드렸거든. 만나서 풀 게 많은데 네가 도무지 틈을 안 준다고, 간곡히 부탁드렸어. 할아버지도 처음부터 알려주신 건 아니야."

분란의 주범인 주제에 그렇게 할아버지를 감싸듯 말하는 게 더 얄미워서 나희는 뒤돌아보며 앙칼지게 말했다.

"그러니까 왜 그런 소릴 할아버지한테 해? 우리 둘 문제에 할아버지 끌고 들어가는 거 비겁하지 않아?"

"어쩔 수 없잖아. 너는 숨었고, 난 널 찾아야겠는데."

"숨기는 누가?"

"그런 일도 있었으니 이사 간 건 이해해. 하지만 휴대폰 번호까지 바꾼 건 나한테 보내는 메시지 아냐?"

확실히 나희가 새 휴대폰을 마련하면서 번호를 변경한 건 그 이유가 컸다. 그렇다고 순순히 그걸 인정할 수는 없다.

"오버하지 마. 받기 싫은 번호는 스팸 처리하면 그만인데 너 하나 피하자고 전화번호까지 바꾸겠어? 얼마 전에 헤어진 새끼가 자꾸 진상을 부려서 겸사겸사 바꾼 거야."

졸지에 준석이 진상을 부리는 엑스보이프렌드가 됐지만 그 정도 덤터기쯤은 씌워도 전혀 미안하지 않아서 나희도 태연한 얼굴을 할 수 있다. 휘영은 턱을 문지르면서 "아아, 그러고 보니."라고 중얼거렸다.

"신주에 아주 내려왔다는 말 듣고 짐작은 했어. 헤어졌구나. 잘됐네."

'잘됐네'라고 한 건지 '잘했네'라고 한 건지 솔직히 확실치 않았다. 그렇다고 방금 뭐라고 한 거냐고 확인하는 것도 우스꽝스러워 나희는 눈살을 찌푸리는데 그쳤다. 그런 사소한 것보다 나희의 주의를 더 강하게 빼앗는 것이 있었으니 턱을 만지고 있는 그의 왼손이 그것이었다.

정확히는 왼손의 반지. 여전히 끼고 있다. 자동반사처럼 나희는 자신을 보러 왔던 세련된 여자도 떠올렸다.

어떻게 됐을까, 그 여자랑은. 여전히 답보 상태? 아니면 모종의 결론을 내린 후?

괜스레 어지럽고 숨이 차는 기분에 나희는 이마를 짚었다. 기어코 이렇게 되어버렸다. 눈에 안 보일 때엔 그럭저럭 잘 지운 줄 알았는데 덜컥 그가 그녀의 시야에 한 발 들여놓자 너무 간단하게 그녀를 온통 휘저어놓는다.

"왜 그래? 어지러워?"

"별거 아냐. 괜찮으니까… 오지 마."

지그시 감았던 눈을 떠 앞을 보았을 땐 이미 그와 그녀의 거리가 두 발짝도 남지 않았다. 그가 다시금 그녀의 뺨에 손에 가져다 댔다.

"뜨거워. 밖에서 봤을 땐 추워서 뺨이 언 줄 알았는데 아까도 그렇고 지금도 몹시 뜨거워. 열 있는 거 같은데."

"난 아무렇지 않아."

성가시다는 듯 그의 손을 쳐내는 나희의 손을 그가 꽉 움켜쥐더니 조물조물거리며 역시 이상하다고 중얼거렸다.

"봐, 손도 따뜻해. 너 수족냉증 있어서 조금만 추워져도 손이 얼음장 같았잖아."

"언제 적 이야기를 하는 거야. 그거 고친 게 언젠데."

"고쳤다고?"

"고쳤어. 할아버지가 한약 지어주셔서."

아무렇게나 둘러댄 소리다. 나희의 수족냉증은 여전히 현재진행형. 다만 임신 때문에 기초체온이 올라가서 그런가 올겨울만큼은 꽤 멀쩡하게 지내고 있다. 그런 걸 알 리 없는 휘영은 반신반의하는 눈초리로 고개를 갸웃했다.

"그게 약 먹고 그렇게 간단히 낫는 거였나?"

"나았잖아, 내가. 좀 비켜줄래? 많이 걸어서 피곤한데 누구 때문에 더 지쳤어."

휘영을 밀어내고 소파로 걸어간 나희는 팔걸이를 베개 삼아 반쯤 드러누웠다. 주위를 둘러본 휘영이 방으로 들어가 담요를 가지고 나와 그녀 위로 덮어주었다. 그리고 한쪽 무릎을 꿇고 앉아 그녀와 눈높이를 맞추며 말했다.

"피곤하면 쉬어. 내가 그만 갈 테니까."

이야기를 마저 하자고 말하기엔 나희가 실제로 너무 피곤했다. 요즘 규칙적으로 낮잠 자는 버릇이 든 그녀는 오늘도 잘 시각에 맞춰서 돌아온 참이었다. 휘영이라는 불청객을 보고 번쩍 들었던 정신도 그 약효가 계속되지는 않았다. 다시 말해 휘영보다 배 속의 아기가 더 강했다.

"그래, 가. 어서…."

스르륵 눈을 감자 꽁꽁 막고 있던 잠의 보가 툭 터져서 물바다가 됐다. 휘영이 가는 걸 볼 정신이고 뭐고 없이 까무룩 잠들어가는 나희에게 그가 무어라 말하는 것 같았다.

"나희야, 부탁이니까 나…."

들리지 않았다. 그저 잠결에 응, 응하고 말한 기억만 가진 채 그녀는 아주 곯아떨어졌다.

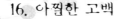

16. 아찔한 고백

눈을 떴을 땐 어느새 네 시가 훌쩍 넘었다. 보통 한 시쯤 잠들어서 한 시간에서 한 시간 반 정도 자는 걸 생각하면 오늘은 굉장한 오버였다.

"기라도 빨린 건가. 아, 여전히 졸리다. 찐한 에스프레소 한 잔만 했으면 원이 없겠네."

그렇지만 나희의 선택지래 봤자 디카페인 커피가 한계. 심지어 커피 물을 올려놓고도 졸려서 식탁에 머리를 기대고 잠들 뻔했다. 기껏 탄 커피도 겨우 한 모금 마시고 옆으로 치워버렸다. 이런 걸로는 묵직한 머리를 깨울 수 없다.

당장 방을 박차고 나가 산책이라도 하든가, 아니면 다시 자든가. 두 가지 선택지를 놓고 나희가 내린 결정은… 다시 자는 쪽.

"이쪽에 수맥이 흐르는 게 분명해."

소파 자리를 탓하며 나희는 방으로 들어가 요를 깔고 누웠다. 눈을 감기 바쁘게 쏟아지는 잠에 빠져드는 그녀를, 불현듯 휴대폰 벨소리가 끄집어 당겼다. 무시하고 싶어도 할아버지의 전화일지 몰라 억지로 다시 몸을 일으켰다.

비트적거리며 걸어가 소파 앞의 테이블에 있는 휴대폰을 들어 올린 그녀는 거기 뜬 이름을 보고 잠이 확 달아났다.

[화군]

화군. 그것은 나희가 아이에게 붙인 태명이자, 휘영이 쓰던 이메일 아이디였다. 영문 자판으로 해놓고 화군이라고 쓴 ghkrns에 간혹 숫자를 붙여서 차별화를 꾀하긴 해도 베이스는 같았다. 뜻은 휘영의 휘輝 한자를 쪼갠 화火와 군軍의 조합.

나희는 그 어감이 마음에 들어 때때로 그를 화군이라고 불렀다. 이렇다 할 별명이랄 게 없었던 휘영도 썩 싫지 않았는지 그녀가 부르는 대로 내버려 두었다. 그 연장선에서 나희는 생애 첫 휴대전화였던 폴더폰에도 그를 화군이라고 입력했었다.

그런데 지금 그녀에게 화군이라는 이름으로 전화가 오고 있다. 배 속아이가 건 전화일 리는 만무하니 답은 하나뿐. 그녀가 잠든 새 휘영이 휴대폰을 만진 게 분명했다. 나희는 얼굴이 벌게져서 통화의 시작과 동시에 외쳤다.

"너 이게 무슨 몰상식한 짓거리야? 왜 네 멋대로 내 핸드폰을 건드려!"

"아아, 여전히 기억하네?"

이쪽은 화가 나 죽겠는데 저쪽은 태연히 웃고 있다. 나희는 발까지 구르며 따졌다.

"잠금은 또 어떻게 풀어서!"

"보니까 번호로 설정해놨길래. 혹시 싶어서 넣어본 게 단박에 맞았어. 동우 생일이잖아, 그거."

휘영의 침착한 말에 나희도 홀연 아, 하고 속으로 탄식했다. 워낙에 오래 써온 번호다 보니 그게 죽은 동생 생일인 것도 거의 잊고 있었다.

그런 것을 단박에 맞혔다는 휘영. 그에 대해선 더 놀랄 것도 없을 줄 알았는데 이런 식으로 그녀의 기대치를 깼다. 훌륭하다, 박수 짝짝짝.

"그래, 네 기억력 정말 욕 나오게 뛰어난 건 잘 알겠는데 애초에 남의 비밀번호를 풀려고 시도한 자체가 문제란 생각은 안 해?"

"별로. 내 번호 남겨놓고 왔으면 네가 먼저 전화했겠어?"

이런 때에도 그의 말은 핵심을 찔렀다. 하지만 그건 그거고 이건 이거다.

"화살을 나한테 돌리지 마. 지금은 네가 나한테 저지른 무례를 사과할 때라고."

"아아, 사과할게. 미안해. 멋대로 휴대폰 건드려서."

술술 흘러나온 대꾸에 나희는 정말로 욕이 나올 것 같은 걸 겨우 삼켰다. 난 대체 얠 왜 좋아했을까? 왜 여전히 휘둘릴까? 대체 얘가 뭐라고. 부글부글 끓는 걸 삭이는 나희에게 휘영의 나직한 말이 들려왔다.

"이 순간만 모면하자고 적당히 둘러대는 거 아니니까 너무 언짢아하지 마. 더 좋은 방법이 있었다면 그걸 취했겠지만 그게 보이질 않았어. 난 네가 자는 척 나 따돌리고 가버리는 건 아닌가 하는 생각까지 했는걸."

"무슨 역병 환자니, 그렇게까지 피하게⋯."

부루퉁하게 대꾸하면서도 나희는 컨디션이 멀쩡했다면 그런 생각을 하긴 했을 거라고 생각했다. 실행에 옮기지는⋯ 않았으리라. 아마도.

"그렇다면 다행이고. 나는 왠지 그런 기분이 들어서 발이 안 떨어졌어."

농담 같지만은 않은 말에 나희는 슬며시 눈살을 찌푸렸다. 마치 휘영이 그녀 때문에 조바심치고 있는 것처럼 들렸다. 이내 자의식과잉이라며 자신의 귀를 부정했지만.

"피로는 좀 풀렸어? 괜찮다면 아까 하던 이야기를 마저 했으면 하는데."

"아니. 소파가 불편해서 잠을 설쳤더니 여전히 피곤해. 방에 들어가서 다시 한숨 잘 거야."

"그럴 줄 알았으면 방으로 옮겨줄 걸 그랬네."

"네 탓하는 거 아냐. 그럼 난 자러 갈 테니까…"

전화를 끊으려는 뉘앙스를 풍기자 휘영이 얼른 말꼬리를 붙잡고선 그럼 저녁 같이 먹자고 말했다. 나희는 추위를 핑계 삼아 밖에 안 나갈 거라며 거절했다.

"있는 걸로 대충 배만 채울 거야. 많지 않아서 너한테 권하지는 못하겠네."

"그러지 말고 저녁은 내게 맡겨. 너 자는 동안 나가서 준비해 올 테니까. 시간 여유 충분하네."

"뭘 또 번거롭게…"

"그 번거로운 일 넌 나한테 수백 번도 더 해줬잖아. 이젠 네가 좀 누려."

부탁인 듯 명령 같은 말에 이어 그가 부드럽게 물었다.

"뭐 특별히 먹고 싶은 거 있어?"

여전히 탐탁지 않은 중에도 나희는 살짝 기분이 묘해졌다. 그녀는 가만히 배를 쓰다듬으며 망설인 끝에 말했다.

"어묵국 먹고 싶어."

복도 모퉁이를 돌아서 보인 309호의 문이 신발 같은 걸로 괴어진 채

빠끔히 열려 있었다. 임신 후 한결 예민해진 후각은 그 틈새에서 흘러나오는 고소한 기름 냄새며 국 냄새를 맡고 나희를 벙긋 웃게 했다.

'화군. 아빠가 끓인 오리지널을 맛볼 기회가 왔네?

조금 설레는 기분을 가지고 들어선 실내에선 당장 식탁 위의 노란 꽃이 그녀의 시선을 붙들었다. 임시로 꽂아놓은 컵에서 흘러넘칠 것처럼 풍성한 프리지아 꽃다발.

"예뻐라. 이만큼을 잘도 사왔네."

자석에 끌려가듯 꽃을 향해 다가가며 하는 말에 조리대 앞에 서 있던 휘영이 돌아보며 웃었다.

"일단 그 꽃집 프리지아는 내가 다 털어왔어."

"어디까지 갔던 거야? 이 주변에서 꽃집 같은 거 못 봤는데."

"이 근처는 나도 몰라. 여기 오는 길에 사온 거라."

"오는 길?"

돌아보며 묻자 휘영은 조금 멋쩍은 얼굴로 신주에서 샀다고 했다.

"충동적으로 사긴 샀는데 막상 주려고 생각하니 막막해서 말이야. 보고 안 좋은 얼굴 할 게 뻔한데 꽃이 눈에 들어오겠어? 너 안 왔으면 그대로 쓰레기통 행이었을 거야."

말인즉 그녀를 만나러 오는 길에 사온 꽃이란 소리다.

"…혹시 일전에 집에 가져온 것도 네가 산 거였어?"

"일전에? 아아, 그거. 당연히 산 거지. 꽃이 어디서 났겠어."

전에도 그렇고 나희는 그가 어떤 얼굴로 꽃집에 들어가 꽃을 주문했을지 잘 상상이 가지 않았다.

"충동이든 뭐든 신휘영이 꽃을 사겠다는 발상을 했단 자체가 신기해. 세월의 힘이 무섭네."

나희는 의자에 앉아 꽃향기를 맡으며 말했다.

"역시 경험을 통한 발전이겠지? 꽃 좋아하는 여자 만났나 봐. 네 성향까지 고쳐놓을 정도면 상당한 여걸이겠어."

"여걸까지는 아니고. 강한 체는 하는데 그게 본인 생각만큼 능숙하질 못해."

"조금 어설픈가 봐."

이고은이라고 자신을 소개하던 여자를 떠올리며 어쩌면 그런 점 때문에 더 매력적일 수도 있겠다고 생각했다. 나희는 꽃향기에 취해 조금은 감상적이 되어 중얼거렸다.

"사실 그런 어설픈 면이 사람의 마음을 더 깊게 만드는 거 아닌가 싶어. 처음엔 예쁘고 멋진 면에 혹해 빠져들지만 빠져든 후엔 그 사람의 어설픔이야말로 킬링포인트가 되는 느낌? 감싸주고 싶고, 다독여주고 싶고."

"요컨대 상대의 못난 구석마저 애틋해져야 사랑이라는 거지? 어렵네, 그거. 그런 기준을 쓴다면 난 간신히 한 명 세이프야. 너는 어때?"

이럴 때 곧이곧대로 말하면 바보짓이겠지. 나희는 최대한 덤덤한 어조로 "나도 두세 명 정도."라고 대꾸했다. 당장 휘영의 핀잔이 날아왔다.

"둘이란 거야, 셋이란 거야? 노선 확실히 하지?"

이런 일에 무슨 노선을 운운하는 거람, 하고 속으로 투덜대며 "둘이라고 할게, 그럼."하고 정정했다.

"둘. 흥. 이래서 과거는 묻지 말라는 거군."

알쏭달쏭한 혼잣말을 내뱉고 휘영은 막바지 음식 준비에 박차를 가했다. 거들겠다고 일어서는 나희를 손가락 하나 까딱하지 말라고 경고하고 차려낸 저녁 식탁은 급하게 준비했다고 보기 어려울 만큼 풍성했다.

특히 그녀를 감탄시킨 건 세 가지 모듬전. 애호박과 버섯전, 육전을 담아낸 접시를 가리키며 나희가 물었다.

"설마 직접 부친 거 아니지? 만들어진 거 사온 거지?"

"바쁘면 그랬겠지만 오늘은 한가해서."

"한가해서 전을 부쳤다고? 네가?"

거듭 확인하는 말에 휘영이 싱긋 웃었다.

"저번에 잘 먹는 거 보고 너 전 좋아한 게 떠올랐어. 명절 때면 전 부치면서 거의 반은 먹어버리고 말이야. 할아버지가 뭐라 하셔도 도무지 소용이 없었지. 나중엔 할아버지도 체념하셔서 아예 너 먹을 걸 계산하고 준비하셨잖아."

"그거야, 그때가 제일 맛있으니까."

머쓱하게 대꾸하고 나희는 애호박전부터 한입 물었다. 노릇노릇해 보이더니 간도 적당하고 식감도 딱 좋았다. 버섯전도 괜찮다. 그리고 대망의 육전은 적당히 부드럽고 촉촉한 게….

"웁."

육즙을 약간 삼켰을 뿐인데 목이 콱 막히며 욕지기가 솟구쳤다. 보고 있는 휘영을 생각해 어떻게든 삼켜보려고 애를 썼지만 메슥거림이 너무 심해서 도저히 참고 어쩌고 할 수준이 아니다. 나희는 그만 자리를 박차고 욕실로 뛰어갔다.

"왜 그래, 나희야? 잘못 삼켰어? 나희야?"

밖에서 휘영이 부르는 소리도 들리지 않을 정도로 정신없이 토하고 나희는 축 널브러졌다. 요즘 들어 입덧이 거의 가라앉아 방심했었다. 배 속 아이가 생선에는 관대해도 고기가 되면 자못 싫다는 듯 거부반응을 일으키곤 했는데.

"이런 상황에선 좀 봐주라, 화군. 응?"

겨우 일어나 얼굴을 씻고 밖으로 나가니 휘영이 걱정스런 얼굴로 기다리고 있었다.

"어떻게 된 거야? 전은 괜찮은 것 같은데."

"별거 아냐. 요즘 위가 좀 안 좋아져서. 전은 맛있어, 정말로."

"위? 얼마나 안 좋은 건데? 병원엔 가봤어?"

그가 덥석 팔을 붙잡으며 다그치듯 묻는 바람에 나희는 약간 어리둥절해하며 고개를 끄덕였다.

"그냥 위염이야. 약 먹고 조금씩 호전되고 있고."

"내시경은 해봤고?"

"응, 간 김에 했어. 폴립도 하나 뗐는걸."

다행히도 아주 거짓말은 아니라 술술 말이 나왔다. 그제야 약간 표정을 풀면서 휘영이 한숨을 쉬었다.

"사람 놀래키지 좀 마."

멋대로 놀라놓고 누굴 탓하는 거람? 나희가 입술을 삐죽거리는 동안 휘영은 빠르게 식탁으로 걸어가 요리 접시를 이것저것 빼기 시작했다.

"뭐하는 거야? 그건 왜?"

"위염이라며. 매운 거 안 되고, 밀가루 음식 안 되고, 기름진 거도 피해야 하잖아. 또 뭐가 있지? 의사가 음식 뭐 가리래?"

"방금 말한 정도…. 앗, 어묵국은 왜 치우는 거야!"

"어묵 만들 때 밀가루 들어가잖아. 먹지 마."

"아니야, 어묵은 괜찮아, 어묵 먹어도 속 불편하거나 그런 것도 없다고. 그건 그냥 둬. 제발."

졸지에 나희는 치우지 말아 달라고 휘영의 팔을 잡고 사정하는 처지가 되었다. 결국 휘영이 국그릇을 식탁에 그대로 두었지만 표정이 영 좋지 않은 게 수틀리면 다시 그릇을 치워버릴 기세라 나희는 허겁지겁 국그릇에 숟가락을 넣었다.

"와, 감칠맛이 기막힌데? 역시 똑똑한 사람이 음식도 잘한다니까. 넌 하다못해 분식집을 해도 망하지는 않겠다."

아무 말이나 지절대면서 열심히 국이며 건더기를 먹었다. 방금 전에 무슨 일이 있었냐는 듯 멀쩡한 속에 어묵국이 절절히 스며들었다. 정말 맛있어서 나희는 그만 멍한 얼굴로 감격의 한숨을 쉬었다.

"아, 이런 맛이었어. 있지, 다 먹고 나 국 끓이는 것 좀 가르쳐줘. 레시피 말이야."

"어묵국에 무슨 레시피씩이나."

"어허, 비밀로 하지 말고. 좋은 것은 나누는 거야."

나희의 말에 휘영이 피식 웃으며 "공짜로?" 한다. 나희는 순간 머뭇거리다가 싫으면 말라고 쏘아붙였다.

"치사해서 내가 안 배운다. 흥."

"그렇다고 그렇게 파르르할 것 없잖아. 내가 뭐 대단한 거 요구할 것도 아닌데."

"됐다고. 필요 없으니까 식사나 하셔."

부루퉁한 얼굴로 밥을 먹는 그녀를 그가 뒤늦게 달랬다.

"토라질 때 토라지더라도 뭔지 들어나 봐. 이거 먹고 나랑 밤바다 보러 간다고 약속하면 가르쳐줄게. 응?"

이 또한 나희가 선뜻 오케이 할 수 없는 건 마찬가지. 나희는 입 안에 든 음식을 오물거리는 걸 핑계로 대답을 미루다 마침내 삼키고 나서 고개를 저었다.

"추워서 싫어. 밤 되면 바닷바람이 얼마나 추운데. 할아버지도 밤에는 나가지 말라고 신신당부하셨어."

"그거야 너 혼자 왔을 때의 이야기고. 내가 함께잖아, 오늘은. 추우면 차 안에 있어도 돼. 바닷가에 놀러 왔으면서 밤바다도 안 보고 가는 건 아깝지 않아? 그것도 겨울 바단데?"

"바다면 다 같은 바다지 겨울 바다는 뭐가 다른가."

입으론 구시렁거렸지만 실상은 혹하는 마음이 있었다. 밤바다. 그것도 겨울의 밤바다라니 그 자체로 시적이다. 혼자는 갈 엄두를 못 냈지만 휘영이 함께 가준다면….

그런 나희의 갈등을 이미 꿰뚫어본 듯 휘영이 당장 갈 거 아니니까 밥 먹으면서 생각해 보라고 미끼를 던졌다. 나희는 묵묵히 밥을 먹었다.

식사를 마친 후 휘영이 뒷정리를 하는 동안 나희는 양치질을 핑계로 일단 자기 방으로 돌아갔다. 그리고 칫솔을 문 채로 족히 오 분은 멍해 있었던 것 같다.

"어쩌지, 화군? 할까 말까 고민될 때는 하라고 하는데, 이 경우에도 맞는 소릴까?"

겨울 밤바다가 보고 싶다. 휘영과 함께 보고 싶기도 하다. 그와는 딱히 어딘가 놀러 간 기억이 없으니까 이번 기회에 만들고 싶은 마음도 있다. 어쩌면 그게 나중에 아이에게 들려줄 아빠와의 추억이 될지도 모른다는, 지극히 앞서간 생각을 해보며.

딱 잘라 결단을 내리지 못하고 있던 때에 휘영의 전화가 걸려왔다. 그는 부드럽지만 확고한 어투로 준비하고 아래로 내려오라고 말했다.

"옷 최대한 따뜻하게 입고, 핫팩 있으면 그것도 챙겨."

나는 역시 안 갈래, 라는 말이 나희의 혀끝까지 밀려왔다가 가만히 바스러졌다.

"오 분 후에 내려갈게."

전화를 끊은 나희의 얼굴에 비로소 활짝 미소가 퍼졌다. 결정을 내렸으니 이제 다른 생각은 말고 즐기자!

그녀는 옷을 두툼하게 입은 것은 물론 모처럼 약간의 화장도 했다. 사진 한 장쯤은 남기고 싶다는 욕심의 발로였다.

로비로 내려가니 먼저 내려와 기다리고 있던 휘영이 그녀를 보고 부드럽게 웃었다.

"화사하다."

"그치? 이런 색 코트, 벼르기만 하다가 이번에 저질러 버렸어. 낮에 보면 정말 샛노란색이야."

과감하게 지른 노란 캐시미어 코트 이야기인 줄 알고 눈을 빛내는 나희를 보며 휘영이 고개를 저었다.

"코트 말고 너. 네가 화사하니 예뻐."

그만 두 눈이 동그래져서 꿀 먹은 벙어리가 된 그녀의 팔꿈치를 잡으며 휘영이 차로 가자고 말했다. 엉겁결에 보조를 함께하면서도 나희는 방금 들은 말의 충격에서 쉬 헤어 나오지 못했다. 그러다 주차장에서 그들을 기다리는 차를 보고 겨우 주의가 그리로 쏠렸다.

"네 차야? 아니면 렌터카?"

"내 차. 좀 투박하지?"

조금 투박한 게 아니라 대놓고 투박한 랜드로버의 레인지로버 시리즈. 가까이서 보니 더 크게 느껴지는 대형 SUV의 조수석 문을 열어주며 휘영은 나희를 먼저 태웠다. 미리 훈훈하게 데워놓은 차 안을 둘러보고 있자니 휘영이 운전석에 올라타 대뜸 "안전띠."하고 지적했다. 얼른 안전띠를 채우며 나희가 중얼거렸다.

"넌 좀 더 세련된 차를 탈 줄 알았어."

"차에 있어선 큰 게 좋아, 난. 전에 타던 것도 작지는 않았는데 사고를 겪고 보니 더 커야겠다 싶어서."

나희도 고은과 만난 뒤 그의 사고에 대해 알아봐서 어떤 의민지 알았다. 그 자리에서 즉사한 사람만 일곱 명에 최종 사망자 열 명이라는 대형 사고. 중간에 끼어 형체도 알 수 없이 찌그러진 여러 차량 사진을 봤기에 휘영이 얼마나 아슬아슬하게 죽음을 비껴간 건지 알 수 있었다.

"자꾸 큰 것 찾다가 나중에 밴 굴리고 다니는 거 아니야?"

농담처럼 대꾸하면서도 나희의 망막엔 기사를 검색하면서 본 사진들이 어른거렸다. 고은의 말이 사실이라면 그 사진 속 차 중 하나가 휘영의 것이었을지도 모른다.

"밴이라. 모르겠어. 가족이 늘어나면 갖고 싶기도 한데."

"맙소사, 가족을 얼마나 늘릴 참이야."

나희의 야유에 휘영이 그녀를 돌아보며 씩 웃었다.

"나랑 아내, 자식 둘까지 도합 네 명. 아니다, 최대 다섯. 다섯이 완벽한 숫자인데 말이야."

"어휴. 신휘영 씨의 확고한 가족계획을 응원합니다."

그녀가 영혼 없는 박수 응원까지 보태주는 것에 휘영이 소리 내어 웃으며 차량을 출발시켰다. 이미 사위가 캄캄해져 지나다니는 차도 거의 눈에 띄지 않는 도로를 레인지로버가 부드럽게 질주했다.

힘 좋은 차에, 충분히 속도를 내도 될 법한 텅 빈 도로. 그럼에도 휘영은 100에서 110사이의 안정적인 속도를 유지했다. 운전 실력도 능숙해서 나희는 멀미 걱정 없이 모처럼의 드라이브를 만끽할 수 있었다.

"멀리 갈건 아니지?"

"펜션 주인한테 물어서 바로 요 앞 포인트 알아놨어. 밟으면 오 분이면 간다는데 그보단 더 걸리겠지."

그 말대로 대략 육칠 분 정도 걸린 거리를 가는 동안 휘영은 재우동 집 이야길 꺼냈다. 본채 공사 완료에 정원까지 1차 조경을 했다면서 사진을 보겠느냐고 묻기에 나희는 잠자코 고개를 끄덕였다. 그가 건넨 휴대폰을 받아 갤러리의 앨범을 터치했을 때 가장 먼저 보인 게 노란 꽃다발인 바람에 나희는 피식했다. 배경을 보니 차 뒷좌석에 두고 찍은 것 같다.

"사진까지 찍었네? 프리지아 말이야."

"아…. 뭐, 도박 같은 심정으로 찍어봤어."

"도박?"

"너나 나나 한 치 앞을 모르겠구나, 그러면서."

무슨 소린지 알 것 같기도 하고 모를 것 같기도 하고. 나희는 그 건은 그쯤하고 다른 사진들을 확인했다. 같은 공간도 위치를 바꿔가며 꼼꼼히 찍어서 봐야 할 사진이 족히 수백 장은 됐다. 서당개 3년이면 풍월을 읊는다고, 건축이며 인테리어 관련 잡지깨나 보아온 나희의 눈에도 퍽 인상적인 사진이 많았다.

"굉장히… 본격적으로 뜯어고쳤나봐. 허물고 다시 짓는 편이 더 싸게 먹혔던 거 아니야?"

"안 그래도 초반에 그 소리 나왔었어. 결과적으론 그 정도는 아니고."

심상하게 말하는 휘영과 달리 나희는 아무래도 신경이 쓰였다.

"너무 과하게 투자한 거 아닌가? 안 그래도 부동산은 유동성이 적은데. 처분이 만만치 않겠어."

"쭉 살 거니까 그 정도 투자는 아깝지 않아."

나희는 고개를 갸웃하며 "글쎄." 하고 중얼거렸다. 휘영이 힐긋 그녀를 쳐다보며 웃었다.

"회의적인 반응이네. 얼마 못 가서 내 입에서 못 산다 소리 나올 거라고 생각하나봐?"

"…시간문제지 싶긴 해."

"좀 억울한데. 자기는 무난히 귀향한 주제에 나는 안 될 거라는 심보는 뭐야?"

"나하고 네가 같니."

"다를 건 또 뭐고."

어린애 같은 대거리에 나희가 고개를 저으며 중얼거렸다.

"많이 다르지. 타고난 재능, 그릇의 크기, 그 용도. 신주같이 좁은 데서 네가 뭘 해."

"할 말은 많은데, 잠시 보류할게. 다 왔어."

목적지 도착. 바다가 내려다보이는 길옆의 한갓진 공터에 휘영은 차를 세웠다. 멀지 않은 곳에 가로등이 서 있어서 너무 으슥하지도 않았다.

실내등을 끄자 차 안은 어둠에 잠긴 대신 달빛에 젖은 바다의 물비늘이 반짝이는 것이 잘 보였다. 절로 빠져들 수밖에 없는 아름답고 강렬한 풍경이었다. 나희는 한동안 푹 빠져 바라보았지만 이윽고 바로 곁에 있는 이의 찌르는 듯한 눈빛에 주의가 흐트러졌다.

언제부터였는지, 휘영이 그녀를 보고 있었다. 왜 그렇게 보느냐고 물어보기엔 차 안의 어둠이 못내 불편하다. 나희는 차라리 모르쇠를 놓으며 이 상황을 타개해보기로 했다.

"기왕 온 거니까 한 번 나가서 걸어보자. 차 안에서만 보고 가는 건 좀 아깝잖아."

그를 돌아보며 의견을 구하자 순순히 그러자는 답이 나왔다. 먼저 차에서 내린 휘영이 돌아와서 조수석 쪽 차문을 열어주며 발밑을 조심하라고 당부했다.

"이렇게나 신사적인 신휘영이라니. 낯설어 죽겠네, 진짜."

"그래서 싫어?"

"싫은 건 아니고. 그냥, 낯선 거야. 이렇게까지 달라지다니 반칙 아닌가 싶고."

"그 정도야?"

모래사장으로 내려가면서 휘영이 중얼거렸다.

"그럼 다시 전처럼 제멋대로에 이기적인 녀석으로 돌아갈까? 그게 더 낫겠어?"

"그게 돌아가려고 마음먹으면 돌아갈 수나 있는 거야?"

소리 내어 웃던 나희가 작은 돌부리에 걸려 비틀거리는 것을 휘영이 붙잡아 주었다. 반쯤 감싸 안은 듯한 자세로 그가 그녀를 내려다보며 말했다.

"돌아가고 말고 할 것도 없어. 여전히 다른 사람한텐 그런 놈이니까. 한 번 말했던 것 같은데?"

"…글쎄? 꼭 그렇지만도 않잖아? 제법 유들유들해져서는 말이야."

미심쩍어하는 반문에 휘영이 살짝 입꼬리를 올렸다.

"겉가죽이 좀 연마된 정도야. 죽다 살아났다고 해서 사람 알맹이가 바뀌진 않거든. 난 여전해. 네가 여전한 것처럼."

"난 여전하지 않은데? 멋대로 한데 묶지 말아줘."

시큰둥하게 대꾸하고 나희는 그의 팔을 벗어나 걸음을 옮겼다. 관심 없다는 듯 말한 것과 달리 머릿속에선 그의 말이 묵직한 반향을 이루었다. 여전히 다른 사람한텐 그렇다면서 왜 그녀에겐 다르게 구는 걸까? 머리는 의미를 뒤선 안 된다는데 가슴은 자꾸만 한눈을 팔았다.

"내일은 눈이 오려나? 약간 달무리가 졌어."

생각해봤자 답이 나오지 않을 문제에서 도피하듯 나희는 하늘을 올려다보며 말했다.

"비 내지는 눈 소식 있어. 새벽부터 온다는데 그건 봐야 알겠지."

"어느 쪽이든 운전하기 힘들어지는 건 똑같네. 차라리 지금 돌아가지 그래? 아직 그렇게 밤이 깊은 것도 아닌데."

"내가 돌아가면, 너는?"

"내가 너랑 같이 움직일 이유 없잖아."

나희의 간명한 대답에 휘영이 희미하게 쓴웃음을 짓는 것 같았다. 모른 체하고 나희는 더 성큼성큼 보폭을 넓혀 걸었다. 뺨을 때리는 시린 바람에 각성효과가 있는 듯해 추위도 대수롭지 않았다.

한동안 그녀가 앞서고 그가 뒤선 채로 해변을 따라 쭉 걸었다. 너무 멀리 가지는 말자고 휘영이 하는 말에 등 돌려 원래 자리로 돌아가는 중에도 구도는 같다.

그러다 멈춰 서서 그녀가 바다를 이윽히 바라보자면 그도 곁을 지키며 한데 시선을 두었다. 그러나 오래지 않아 다시 그녀에게 돌아오는 눈길. 차 안이 아니어도 그 강렬한 눈빛이 거북하기는 매한가지였다.

"하고 싶은 말이 있으면 해. 그렇게 쳐다만 보지 말고."

마침내 나희가 채근하자 휘영은 여기서? 라는 표정으로 주위를 한 바퀴 둘러보았다. 곧 상관없겠다 싶었던지 쓸쓸한 얼굴을 그녀에게 향하며 중얼거렸다.

"할아버지에게 들었어."

도입부만으로 덜컥 심장이 내려앉는 것을 나희는 가까스로 붙들고 뚫어져라 그를 쳐다보았다.

"암이 처음 발병하셨을 때의 일."

아아, 그건가. 빠르게 안도하는 한편으로 일순 고뇌의 흔적이 그녀의 얼굴에 그늘을 드리웠다. 몸도 마음도 너무 힘들었던 때라, 그 무렵의 일 년간은 기억이 매우 흐릿했다. 실제로 반은 넋을 빼놓고 살기도 했지만. 그 빠진 넋을 제대로 수습하려고 찾은 곳이 여기 이 바닷가였는데.

"맞물리더라. 내가 유학 이야기 꺼낸 때랑."

나희는 잠자코 휘영의 말을 듣기만 했다. 연세가 드셨어도 기억력은 아직 정정하신 할아버지에게 들었다면 이미 다 알고 왔을 테니까.

"그 직후에 신주 다녀올 때 들었을 것 같은데. 맞지?"

"아마 그럴걸."

나희가 덤덤히 중얼거리자 휘영의 미간에 순간 또렷이 줄이 섰다.

"왜 나한테 말을 안 했어? 그렇게 엄청난 일을."

"당시엔 나도 충격이 커서 말할 정신이 없었을 거야. 받아들이는데 시간이 좀 필요했거든. 너는 유학 이야기로 들떠 있었고."

"모르니까 그랬던 거 아냐. 나한테도 말을 했어야지!"

휘영의 높아진 언성에 나희가 엷게 웃었다.

"하면? 뭐가 달라지는데?"

"달라질 게 왜 없어. 네가 말만 했다면—."

"없어 그런 거. 마음고생은 한 사람이라도 덜 하는 게 좋은 거고. 내 처신이 옳아."

중간에 휘영의 말을 끊고 나희는 딱 잘라 말했다. 휘영이 거칠게 도리질을 하며 그렇지 않다고 부정했다.

"나한테 알렸어야 해. 그랬다면 유학 보류하고 한국에 있었을 거야. 두 사람이 힘들어할 때 옆에서 조금이라도 도울 수 있었을 거라고."

"의미 없어. 지나간 일을 두고 이러쿵저러쿵."

시큰둥하게 외면하는 나희를 휘영이 돌려세웠다. 끓어오르는 뭔가를 겨우 누르고 있는 듯 찌푸린 얼굴을 하고 그가 물었다.

"내가… 그렇게 미덥지가 않았어?"

"그런 거 아니야."

다시금 외면하려 드는 그녀의 어깨를 강하게 움켜쥐며 휘영은 좀 진지해지라고 윽박질렀다. 나희는 냉랭하게 코웃음 치며 그를 노려보았다.

"뭐라고 말하든 결국 넌 겪지 않았고, 나는 겪은 일이야. 그리고 난 그 지랄 맞은 때를 다시 떠올리는 게 싫어. 네가 떠들어대는 것까지 막진 않겠지만 나한테 수다를 강요하진 마. 가까스로 듣는 것까지가 내 한계니까."

"아직도 그렇게 치를 떨 만큼 힘들었던 거잖아."

흥, 하고 고개를 돌리는 나희에게 안타까움 가득한 휘영의 말이 계속 들렸다.

"우리 둘 다 정말 어렸는데…. 할아버지가 그러시더라. 아파서 힘든 것보다 너 보는 게 짠해서 혼났다고. 병원에 갈 때마다 따라와서는 치료실 들어가는 뒤에서 할아버지 힘내라고 손 흔드는 거 보는 게 제일 힘들었다고. 활짝 웃고 있던 아이가 치료 끝나고 나와 보면 눈이 빨간 토끼가 되어 있더라고."

나직이 한숨을 토해내고 휘영이 중얼거렸다.

"그 말 듣는데, 할 수만 있다면 과거로 돌아가 내 머리채를 끌어서라도 한국으로 돌려보내고 싶었어. 내가 알았어야 해. 그랬다면 애초에 떠나지 않았을 거야. 그때의 그 용렬한 신휘영이라도 너 혼자 울게 두지는 않았을 거라고."

덩달아 침통해지지는 않겠다고 굳게 다짐한 것도 소용없이 그만 눈시울이 뜨거워졌다. 아무리 노력해도 매일 눈물 마를 날이 없던 그 시절의 자신이 떠오르면서 나희는 새삼 발밑이 푹 꺼지는 듯 아찔하고, 슬펐다.

거듭되는 치료에도 점점 더 말라가며 병색이 완연해지던 할아버지를 보는 게 너무 힘들어 때때로 숨이 막히곤 했다. 할아버지에게 제 수명을 나누어 달라는 기도를 하늘은 들어주시는지 마시는지. 기도가 간절할수록 더 나빠져만 가는 것 같은 기분에 마침내는 할아버지가 잘못되면 나도 죽을 거라고 하늘에 대고 협박했다. 오히려 그런 극단적인 결심에 내내 그녀를 사로잡고 있던 두려움이란 놈도 한풀 꺾였다.

그 후로 더는 울지 않았던 것 같다. 그러나 겉울음이 사라진 것뿐, 속울음마저 그친 건 아니었다. 휘영도 말했다시피 그때의 나희는 어렸다. 지독하게 어렸다.

"모르는 소리 하시네. 펑펑 울어서 스트레스 해소 좀 했던 것뿐이야. 우는 게 얼마나 치유 효과가 뛰어난데. 할아버지도 너도 남자라서 그런 걸 잘 모른다니까."

혀를 차면서 별거 아닌 양 굴려는 노력에도 불구하고 그득 고인 눈물은 기어코 방울지어 떨어졌다. 나희는 요령껏 휘영의 눈길을 피해 눈물을 훔치려 했지만 불현듯 휘영이 그녀를 끌어안는 바람에 허사가 됐다.

"왜 말을 안 했어, 바보야. 자질구레한 일들은 시시콜콜 잘도 말했으면서 왜 정작 중요한 일들은 나한테 말을 안 해서 나까지 바보로 만든 거냐고. 우나희, 너 진짜…."

숨 쉬는 게 다소 버거울 정도로 꽉 껴안긴 품속에서 나희는 가만히 입술을 깨물었다가 대답했다.

"내가 좋은 일 해준 거지. 놓아야 할 때 확실히 놔줬어. 내가 터무니없는 욕심을 거둔 덕분에 둘 다 행복해진 줄이나 알아."

말이 떨어지기 무섭게 휘영이 거칠게 포옹을 풀며 다그쳤다.

"누가 행복해졌는데? 나? 아니면 너?"

"둘 다. 너는 제대로 날개를 키웠으니까 행복한 거고 나는 할아버지를 잃지 않았으니까 행복한 거고. 행복이 별거니? 가진 것에 만족할 줄 알면 그게 행복이야."

물끄러미 그녀의 눈을 들여다보던 휘영이 천천히 도리질을 했다.

"네 말은 틀렸어. 우린 서로를 잃었어."

"그 정도야 얼마든지…."

웃으며 던지는 그녀의 말을 휘영이 가로막고, 단정했다.

"가진 것에 비해 잃은 게 너무 커. 다른 무언가로 대체할 수 있는 것도 아닌데."

…정말로? 진정으로 그렇게 생각해?

어쩌면 휘영에게서 들어본 가장 달콤한 말에 나희는 먹먹한 나머지 아무 말도 하지 못했다. 뜻하지 않은 기쁨으로 작은 가슴엔 세상의 온갖 꽃이 순식간에 피어났다. 꽃을 적시는 단비가 눈물로 솟구치기 일보직전에 그녀는 간신히 웃음을 터뜨렸다.

"뭐야 정말. 능글맞아졌다니까, 신휘영. 잘도 그런 소리를 얼굴도 붉히지 않고…."

웃음으로 격렬한 감정의 폭풍우에서 달아나려고 했다. 그러나 휘영이 한발 빨랐다. 그가 그녀의 얼굴을 감싸 쥐며 입술을 겹쳐왔다.

일순 차갑게 느껴졌던 입술이 조금씩 따뜻해지고 마침내는 뜨거운 화인처럼 느껴질 때까지 아득하게 반복된 입맞춤. 그를 잡을 듯 말 듯 허공에서 헤매던 나희의 손은 결국 빈주먹을 그러쥐는데 그쳤다. 아직 이성을 지킬 의지는 남아 있었다. 그러나 애처로우리만치 바들바들 떨리는 몸까지는 어쩌지 못했다. 휘영도 그게 신경 쓰였던지 살짝 입술을 떼며 춥냐고 물었다.

"응, 추워. 아까부터 좀."

그가 직접 쥐어준 핑계를 나희는 얼른 붙잡았다. 휘영은 잠자코 그녀의 어깨에 팔을 두르고 차까지 걸음을 재우쳤다.

차에 돌아와 히터를 틀고 뒷좌석에서 가져온 담요로 그녀를 감싸주는 손길에 실제로 나희는 상당한 안락함을 느꼈다. 눈을 감고 만족에 겨운 한숨을 내쉰 것도 잠시, 문득 입술을 덮어오는 촉촉한 느낌에 놀라 눈을 떴다. 장소의 불편함에도 아랑곳없이 휘영은 그녀를 껴안고 밖에서보다 더 뜨겁게 키스를 했다.

나희는 두근거리는 마음에 굴복해 휘영의 열정을 내버려두었다. 소극적으로나마 반응도 했다. 그러나 농밀한 키스가 점점 진한 스킨십을 동반하자 아무래도 당혹스러워졌다.

실내등을 켜지 않은 차 안엔 둘의 가쁜 숨소리가 어지럽게 메아리쳤다. 그만둬야 해, 라고 몇 번이나 생각하면서도 정작 꺼내지는 못했던 말이 마침내 그녀의 입에서 터져 나왔다.

"안 돼, 휘영아, 여기서는…. 아, 안 돼, 정말."

"뒷좌석으로 옮길까?"

얇은 속옷 위로 도도록이 솟은 둔덕을 둥글게 문지르며 귓가에 속삭이는 그의 목소리가 아찔하도록 섹시했다. 응, 이라고 당장이라도 말해버릴 것 같은 입을 아프도록 잘근거린 끝에 나희는 겨우 대꾸할 수 있었다.

"펜션으로 가서…."

"그래? 알았어, 밟아야겠네."

아쉬움 가득한 얼굴로 그녀에게서 몸을 떼며 휘영은 그녀의 안전띠를 매주고서 운전석에 바로 앉았다. 올 때완 딴판으로 무시무시하게 밟아대는 차 안에서 나희의 흥분은 가라앉긴커녕 위태롭게 고조되어갔다.

'안 되는데. 그럭저럭 안정기에 접어들었다고는 해도 혹시 모를 위험은…. 안 되는데, 진짜.'

갈팡질팡, 끝내 마음을 결정하지 못한 채로 펜션에 다다랐다. 엘리베이터에서 더 가까이 있단 이유로 휘영은 그의 방으로 그녀를 데려갔다. 하지만 현관에서 신을 벗어야 하는 순간이 오자 가까스로 나희 안의 모성이 큰소리를 냈다.

"안 되겠어. 바라는 게 그거라면 오늘은 안 돼. 못 해."

의아한 눈으로 휘영이 그녀를 돌아보았다. 그리고 그녀의 얼굴에 드러난 결기의 정도를 읽었던지 짧게 한숨을 쉬었다.

"그럼 난 그만 갈 테니까."

휘영의 손에서 팔을 빼내려는 나희를 그가 놓아줄 듯하다가 다시 잡았다.

"하기 싫으면 안 해도 돼. 그래도 같이 있자. 아직 하고 싶은 말의 반의 반도 못했어."

지그시 바라보는 그의 시선을 마주하며 나희는 입술을 잘근거렸다. 휘영이 다시금 부드럽게 설득했다.

"이야기만. 응? 원하지 않는 걸 억지로 강요하진 않을 테니까. 그런 면에서 너 괴롭힌 적은 없잖아, 안 그래?"

그건 틀림없다. 정작 못 믿겠는 건 그가 아니라 나인가 하며 나희는 좀
더 머물기로 했다.

"뭐 마실래? 아까 춥다고 했잖아."

기쁜 듯이 조리대 쪽으로 향하며 휘영이 묻는 말에 나희는 무심코 우
유, 라고 했다가 따뜻한 물로 정정했다.

"우유가 더 본심에 가까운 것 같은데. 나한텐 없고, 네 방엔 남은 거 있
어? 키 주면 가져올게."

"괜찮아, 그냥 물 줘. 아, 보니까 둥굴레차 티백 비치돼 있던데 그거 넣
어주면 좋고."

전기포트에 물을 끓이는 동안 휘영은 조리대에 기대선 채 나희를 바라
보았다. 말하는 중간 중간의 정적이 싫어서 TV를 틀고 리모컨을 만지던
나희는 힐긋 쳐다본 휘영이 묘한 미소를 머금고 있는 것에 슬며시 가시를
세웠다.

"왜 또 그렇게 봐?"

"그냥 좀 재밌어서."

"뭐가?"

재미있을 상황이 아닌데 그런 말이 나오니 나희는 더욱 뾰족해졌다.
휘영은 손을 들어 둥글게 원을 한 바퀴 그렸다.

"여기, 이 센스도 뭣도 없는 낡고 키치한 보급형 펜션에 그저 네가 있
다는 것만으로 이렇게 달라지나 싶어서."

"뭐가 어떻게 달라지는데?"

"정겹고, 안락해. 이미 몇 번은 와 본 것처럼."

적당한 대꾸도 떠오르지 않고 해서, 나희는 찬찬히 실내를 훑어보았
다. 그냥 평범한 펜션의 방이다. 딱 있어야 할 것만 갖춘. 밖에서 본 외관

을 생각하면 지어진 지 십 년은 훌쩍 넘겼을 테고. 그 허름하고 볼품없는 이미지가 나랑 어울린다는 말인가…?

"그래, 나는 딱히 이런 데 위화감 같은 거 못 느끼니까. 자연스럽게 녹아드는 반면… 너는 참 생동맞다. 이렇게 의식하고 보니까."

"나희야, 내 말은 그게 아니라…."

휘영의 말은 끓어오르면서 소리를 내는 포트 때문에 잠시 중단되었다. 부탁한 대로 티백을 넣은 컵을 그녀 앞에 가져다 놓고 옆에 앉은 그가 다시 말을 이었다.

"기분에 관한 이야기랄까. 누구랑 함께 보느냐에 따라 전혀 다르게 보이는 풍경 같은 거 있잖아. 아까의 바다만 해도 그래. 난 밤바다 같은 거 찾아가서 보는 취미 없어."

"그런 것치곤 아까 나한테 열심히 권하지 않았나?"

차를 홀짝거리며 멀뚱히 쳐다보는 시선에 휘영이 "아, 이게 아닌데." 하며 애먼 머리를 헝클어뜨렸다. 뭔가 하고 싶은 말이 제대로 정리가 되지 않는다는 듯 다리마저 가볍게 떤다. 오래전에 고친 줄 알았던 버릇을 보고 나희가 피식 웃자 휘영은 떠는 다리를 붙잡고선 정색을 했다.

"그러니까 내 말은 이거야. 네가 오기 전까진 그저 하룻밤 묵어가는 곳에 지나지 않던 공간이 네 존재가 덧붙여지자 편한 집처럼 느껴졌다고. 서울에서 삼 년, 이 년씩 살았던 아파트도 들어갈 때마다 낯설었는데."

"에이, 네가 집에 잘 안 들어갔나 보지. 들어가서 잠만 자고 나왔거나."

"출장 때 빼놓곤 꼬박꼬박 들어갔어. 딱히 한 게 없는 건 맞지만."

"한 게 없어서 그래. 집에서 가끔 쉬면서 뒹굴뒹굴 뭉개고 그래야 정도 붙지. 잘 때만 들락거리면 그게 호텔이지 뭐야."

나희의 대꾸에 휘영은 다시금 이게 아닌데, 라는 낙담의 표정을 지었다. 그는 또다시 애먼 머리를 못살게 군 끝에 "그러니까 너!"라고 별안간 소리를 쳤다.

"여기서 핵심은 너라니까? 왜 못 알아듣는 척해?"

"못 알아듣는 척이 아니라 정말 모르겠는데…."

저도 모르게 나희가 움츠러들며 어름거린 말에 휘영은 아닌 거 안다면서 여전히 짜증을 냈다. 그러곤 벌떡 일어나 담배 좀 피우고 오겠다면서 횡하니 현관 밖으로 나갔다.

"너 진짜 담배 피우니…."

듣는 사람이 없어 허공중에 톡 떨어진 말. 나희는 과연 옛날 성격 어디 안 갔구나 하고 실감하는 한편으로 대체 왜 그가 신경질이 난 건지 차근차근 짚어보았다. 어디서부터 대화가 어그러졌더라?

짧은 대화라서 금세 복기가 가능했다. 그리고 복기를 거듭할수록 나희의 표정도 혼란스러워졌다.

"이거 아무리 봐도 내 칭찬 같은데?"

그답지 않게 허둥거리며 어떻게든 전하려고 하던 바를 어렴풋이 깨달은 나희의 얼굴에 엷게 홍조가 퍼졌다. 어쩐지 좌불안석이 되어 벌떡 일어난 그녀가 소파 옆을 바장거리고 있는데 문이 열리는 소리와 함께 휘영이 돌아왔다.

"손 좀 씻고 나올게."

그가 욕실에 들어가 있는 동안 나희는 미지근해진 차를 모두 들이켰다. 그도 모자라 생수를 한 잔 가득 마셨다.

"미안해, 언성 높여서."

욕실에서 나오기 무섭게 휘영이 사과부터 했다. 나희는 도리질했다.

"내가 답답하게 굴었던데 뭐. 근데 있지, 너무 그렇게 듣기 좋은 소리 하려고 애쓸 것 없어. 그러니까 너도 힘들고, 나까지 어색해지잖아. 그냥 예전처럼 해."

"예전처럼… 아무렇게나 내 기분 내키는 대로 널 휘두르라고?"

휘영은 한숨을 내쉬고 그녀를 다시 소파에 데려가 앉혔다. 그리고 그녀의 어깨를 감싸쥔 채 눈을 들여다보며 말했다.

"두 번 다시 그러고 싶지 않아. 잘도 그렇게 교만하게 굴어서 너도 끝내 학을 떼고 떠난 거잖아. 다시 그러면 내가 정말 바보천치지."

그의 안에 있는 다짐의 크기에 나희는 어리둥절해하며 말했다.

"오해하지 마. 그때 떠난 건 네 탓이 아니라 내가…."

"뭐라고 해도 결국 원인은 하나야. 가장 힘들 때 넌 날 의지하지 않았어. 절실하게 기댈 곳이 필요했을 텐데도 나를 찾지 않았어. 날 믿지 않은 거야. 나라는 녀석에 대한 기대를 버린 거지. 그만큼 나한테 질리고, 지쳐서."

나희는 물끄러미 그를 바라보다가 마침내 희미하게 웃었다. 천천히 어깨를 잡고 있는 그의 손을 떼어낸 그녀는 앉아보라고 옆자리를 두드렸다. 얼굴을 보고선 말이 안 나올 것 같다며.

"지친 건 맞는데, 네가 아니라 나한테 지친 거였어."

옆에서 다가오는 시선조차 버거워 나희는 마른세수를 하며 말했다.

"정확히는 내 욕심, 탐욕. 기어코 갖고야 말겠다는, 오기. 그때의 난 그런 걸로 똘똘 뭉쳐 있었어. 널 사랑한 건 맞아. 근데 그 사랑이 뿌리내린 자리를 보면, 빈말로도 예쁘지 않아. 악의였거든. 네 엄마에게 품은 지독한 악의. 그 음습한 에너지를 모조리 너한테 돌렸어. 네 엄마가 가진 가장 귀한 걸 뺏고 말겠다는 결심으로."

철저히 발가벗겨진 기분으로 나희는 휘영을 돌아보며 맥없이 웃었다.

"내가 다른 재주는 없어도 좋은 걸 알아보는 눈은 있거든."

휘영이 이의를 제기했다.

"엄마의 가장 귀한 거라면 내가 아니라 국영인 것 같은데."

"그거야 네 엄마의 착각이고. 어디 국영이 따위를 너에 비해."

"와우."

한 치의 망설임도 없는 단정에 휘영은 짐짓 놀란 얼굴을 했다. 그러나 곧 진지한 표정이 되어 중얼거렸다.

"피크는 장례식에서였을까. 엄마는 숫제 미친 사람이었고 나는 허수아비였지. 그날 네가 어떤 얼굴을 하고 있었는지 잘 기억나지도 않아. 너무 끔찍한 하루였어. 사고 당일보다 더."

"응. 지독한 하루였어."

나희의 엄마와 동생, 그리고 휘영의 아버지가 한 줌 재로 돌아간 날. 죽을 때 함께였던 남녀는 온갖 억측의 대상이 되었고 죽은 사람은 말이 없기에 가장 안 좋은 쪽으로 굳어졌다. 그리하여 휘영의 모친이 들이닥쳐 장례식장을 엉망으로 만드는 동안에도 사람 좋은 나희의 할아버지는 묵묵히 감당할 뿐이었다. 어떻게 좀 해달라는 나희의 애원에도, 죽은 사람이 뭘 알겠느냐며 인내하라고 했다. 저 여자도 살려고 저리 푸닥거리를 하는 거라며.

위대한 인격자인 할아버지는 그만 하나를 간과한 것이다. 나희가 그저 열일곱 살의 어린애라는 걸. 착한 아이답게 꾹 참고 인내하는 동안 할아버지가 미처 듣지 못하는 온갖 더러운 욕설과 저주를 새겨가며 가슴에 까맣게 피멍이 들었다는 걸.

"고통도 삶의 양분이 된다지만 그런 양분 같은 건 다신 얻고 싶지 않아."

메마른 목소리로 말하는 나희를 휘영이 돌아보며 그 일로 그를 원망했냐고 물었다.

"원망? 너를 왜?"

"죽을 각오로 말렸으면 말릴 수도 있었을 테니까. 하지만… 그러지 않았어. 그럴 의욕도, 힘도 없었거든."

"그게 정상이지. 사랑하는 아버지가 돌아가셨는데."

"하지만 엄마는 달랐어."

달랐다. 휘영의 모친은 철저히 발산형 인간이었다. 그리고 그 발산에는 반드시 과녁이 필요했다. 때문에 돌연한 변덕으로 남편을 앗아가 버린 하늘이 아니라 나희의 엄마를 과녁으로 삼았다.

백 번 양보하여 나희 엄마가 무주까지 차를 얻어 탈 욕심에 그날 쉬고 있었던 휘영의 부친에게 살랑거렸을 수는 있다. 능히 그럴 수 있는 여자였으니까. 하지만 휘영의 부친이 오케이 했다면 그건 동우 때문이었을 것이다. 자기 자녀들을 비롯해 나희와 동우에게도 참 자상한 분이었다.

하물며 평생에 여자 문제 같은 건 없이 가정에 충실했던 분을, 휘영의 모친은 너무도 쉽게 매도했다. 제 안에 쌓인 원망과 분노를 풀기 위해서.

"그때 엄마, 이렇게라도 터뜨리지 않으면 정말 영영 미쳐버리는 게 아닌가 싶을 만큼 사람이 이상해져 있었거든. 기억나? 우리 엄마, 미움도 증오도, 유별나리만치 남들보다 강했던 거."

"기억하지. 세상에 싫은 게 참 많은 분이었잖아. 나중엔 그나마 이분은 국영이라도 예뻐해서 다행이다 싶었어. 그렇지 않으면 세상이 지긋지긋해서 어떻게 살아."

"그러네. 그나마 국영이가 구명줄이었어."

덤덤히 웃는 그의 손을 가만히 쥐어 잡아 흔들며 나희가 말했다.

"나 너 원망한 적 없어. 나는 그날 네 모습 기억하거든? 정말, 영혼이 털렸다고 하나? 딱 그런 모습으로 껍데기만 있었어. 나 그때 얘가 숨은 쉬나 하고 걱정했다?"

어느덧 너무 묵직해진 공기를 해소할 겸 나희는 짐짓 장난스럽게 말했다.

"꼭 물으로 나오면서 아가미를 폐로 전환하는 걸 깜박한 인어왕자 같았어."

피식 웃은 휘영이 그녀를 가늘게 뜬 눈으로 쳐다보았다.

"내 걱정을 할 정신도 있었다니. 역시 강하다, 우나희. 나보다 훨씬 강해."

"또, 또 추어올린다. 내 이야기 어디로 들었어? 복수심에 불타서 너한테 집착하다가 제풀에 나가떨어진 패잔병이 바로 납니다만?"

눈알을 굴리며 익살을 부려봤지만 상대가 전혀 응해주지 않아 괜히 나희만 더 머쓱해졌다. 작은 한숨을 내쉬며 그녀가 고개를 돌리는 것을, 뻗어온 휘영의 손이 그에게로 돌려놓았다. 그렇게 그를 바라보게 해놓고 말했다.

"너 패잔병 같은 거 아니야. 당당한 정복자니까 목에 힘 좀 주고 거들먹거려도 돼."

또 한 번, 그가 말하는 바를 나희의 직관이 선뜻 따라가지 못하는 순간이 왔다. 아니 어쩌면 이해하고서도 더 선명한 해답을 바라 무지를 가장했는지도 모른다. 숨죽인 채 바라보는 그녀에게 휘영이 살짝 눈썹을 일그러뜨리며 웃었다.

"이미 오래전부터 널 사랑했어, 나희야."

불현듯 가까워지는 얼굴. 감미로운 키스에 앞서 그가 마저 속삭였다.

"그리고 다시금 네게 사로잡혔지."

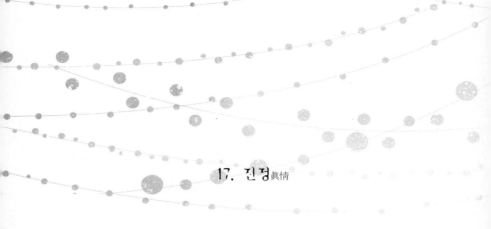

17. 진정眞情

나희는 흠칫 몸을 떨면서 눈을 떴다. 어둠 속에서 눈을 몇 번 깜박이는 동안 잠에서 깬 것을 알고 절망의 신음을 토했다. 조금 전까지 몹시 좋은 꿈을 꾸고 있었던 만큼 찾아온 허탈감이 상당했다.

"이래서 꿈 같은 건 꾸고 싶지 않아."

입엣말을 씹으며 돌아누우려던 그녀는 비로소 보료를 공유하고 있는 누군가를 깨닫고 두 눈이 크게 뜨였다. 방금 전까지 꿈에서 내내 함께였던 휘영이 현실에도….

"아."

놀라서 큰 소리를 낼 뻔한 입을 틀어막으며 나희는 숨죽였다. 꿈이 아니었구나, 그게. 휘영이 그녀에게 고백했다. 맙소사, 정말 그가 고백했다!

여전히 실감이 안 나는 나머지 그만 또 술에 취한 듯 몽롱해졌다. 조금 더 자고 일어나면 괜찮아질까? 나희는 그의 품을 노리고 꼼지락거리며 다가가다가 퍼뜩 잠에서 깬 이유에 생각이 미쳤다. 요의가 말도 못하게 심했다.

휘영을 깨우지 않게끔 조심스럽게 이불 밖으로 빠져나와 주위를 살폈지만 옷은 전혀 보이지 않는다. 아, 하고 뭔가를 떠올리고 나희는 할 수 없이 벌거벗은 채 방을 나갔다.

다행히 휘영을 깨우지 않고 나오는데 성공. 다음은 거실 전등 스위치를 찾아 벽을 더듬거렸다. 이윽고 불이 켜진 실내를 돌아본 나희의 뺨이 금세 타는 듯이 빨개졌다.

소파 주위에 아무렇게나 내팽개쳐진 둘의 옷은 물론 초콜릿색 소파에도 정사의 흔적이 여실했다. 허둥지둥 옷을 주워 입다 말고 소파 위를 훔치던 나희는 새삼스러운 요의에 쫓겨 욕실로 뛰어들었다.

오래 참은 탓인가 약간 화끈거리는 것을 참던 나희의 눈이 별안간 크게 벌어졌다. 그녀는 급히 아랫배를 확인하며 쉴 새 없이 눈을 깜박거렸다.

"미안, 미안해, 화군. 엄마가 너를 깜박하다니. 미쳤나봐, 어떡해, 진짜. 얘, 괜찮니? 괜찮은 거지?"

14주를 이틀 앞두고도 아직 평범한 똥배로밖에는 보이지 않는 배 안엔 어느덧 주먹만 해진 태아가 살고 있다. 하물며 당분간 관계 시엔 주의하라고 의사에게 충고를 들은 게 나흘도 안 됐다. 그런 것을 소파에서만 두 번, 방에 들어가서도 대체 몇 번을 한 건지….

그만 창백해져서 나희는 이마를 짚었다. 그나마도 배가 아프지 않은 것을 위안 삼아야 할지.

"엄마 실격이야. 바보, 멍청이, 쾌락에 눈먼 탕아 같으니."

급한 대로 뜨거운 물로 샤워를 하면서도 자학은 계속되었다. 밖으로 나온 후엔 얼른 옷부터 갖춰 입고 메모할 만한 도구가 있나 주위를 둘러보았다.

'방에 돌아가서 쉬어야지, 여기 있다간 죽도 밥도 안 돼.'

그 결심대로 방에 돌아가 쉰다고 글을 남기려는데 이놈의 메모지가 통 보이지 않는다. 비치된 유선전화기 옆에도 없고. 어쩌면 휘영이 자고 있는 방에 있는 건지도.

그렇다고 방에 들어가기도 뭣해서 다시 주위를 살펴보다가 식탁 위에 있는 그의 휴대폰에 시선이 갔다. 그리로 걸어간 김에 낮에 본 것보다 더 싱그러워 보이는 프리지아 향기도 흠뻑 맡고 나희는 제 휴대폰으로 메시지를 작성했다.

그때 문득 띠딕 하고 메시지 수신음이 울렸다. 휘영의 휴대폰에서 난 소리. 나희가 보낸 게 아니다. 그녀는 아직 할 말을 다 쓰지도 못했다.

새벽 세 시를 오 분 남긴 시각. 이런 시각에 스팸 문자가 올 것 같지는 않은데. 나희는 호기심에 못 이겨 슬쩍 그의 휴대폰을 들여다보았다.

메시지 맨 위쪽의 '이고은'이란 이름에 그녀의 눈이 동그래졌다. 또 그 아래로 언뜻 보인 단어에 그녀의 손이 휴대폰을 집어 들었다. 미리보기 창으로도 내용은 대충 보였다.

[왜 이렇게 전화가 안 돼? 당신이랑 연락이 안 된다고 병원에서도 전화 왔어.]

[며칠 전부터 어머니가 찾으신대. 내가 같이 가줄까? 일어나면….]

뒤의 내용은 못 봤지만 앞부분만으로도 짐작하기엔 충분했다. 병원이라면 국영이 입원해 있다는 그 병원일까. 어머니란 말에서도 자연스레 휘영의 모친이 떠올랐다. 고은의 어머니였다면 같이 가준다는 식으로 말하진 않았겠지. 그리고 이렇게 쉽게 말하는 걸 보면 고은은 이미 휘영의 모친과 만난 적이 있는 게 분명했다.

나희는 마냥 허공에 떠있던 발이 비로소 꽉 대지를 밟은 기분이었다. 그러면서 축축하게 피어오르는 흙냄새를 들이켠 듯 숨이 턱 막혔다.

"그러고 보니까 지금 날 사랑한다고는 안 했구나. 사로잡혔다고만 했지."

휘영의 말을 이번엔 분명히 이해했다고 생각했는데 아니었나 보다. 그가 결혼하려는 상대는 여전히 따로 있다.

그 여자. 둘이 같이 있는 모습은 못 봤지만 분명 휘영의 옆에 세워도 잘 어울릴 것이다. 반면 자신은… 참 서글프도록 가진 게 없다. 이젠 그나마 있던 직장도 없고.

"하지만 나한텐 화군이 있어."

참으로 오랜만에 나희 안에서 강렬한 욕심이 고개를 들었다. 화군의 아빠를 원했다. 무엇보다도 그녀의 남자로, 그를 원했다. 휘영도 임신 사실을 들으면 차마 지우라고는 못하리라. 가족에 대한 책임감을 가진 그라면, 기꺼이는 아니더라도 결국엔 나희와의 결혼을 택할 거라는 믿음이 있었다.

거기서 나희는 휘영의 모친에게 생각이 미쳤다. 어떤 얼굴을 할까? 마침내 아이를 빌미로 휘영의 발목을 잡는데 성공한 나희를 보면? 질색을 하고 벌레 보듯 하겠지. 자기 눈이 틀리지 않았다면서, 꼭 이런 년인 줄 진즉에 알아봤다고 거들먹거릴지도 모른다. 그런 사람은 시간이 지나도 변하는 법이 없다. 아, 나빠졌을 수는 있다. 더욱 지독한 쪽으로.

나희는 새삼 어떤 수모를 받아도 눈 하나 깜빡 안 할 담력은 자신했다. 공연히 나이를 헛먹은 게 아니다. 그러나….

가만히 배 위에 올린 손.

세상에서 가장 귀한 선물인 아이에게 퍼부어질지 모르는 모욕의 언사를 생각하자 소름이 쪽 끼쳤다. 상상조차 싫어서 얼른 머리를 흔들어 털어냈다. 그래도 숨이 콱 막혀서 나희는 가슴을 누르며 심호흡을 했다.

"절대 안 돼. 절대로, 절대로. 흙탕물 한 방울이라도 튀기게 둘 줄 알고."

세상에 태어나기도 전에 멸시부터 당하게 만들 수는 없다. 아무리 물려줄 게 없다손 그런 못난 팔자를 물려줘서야.

불꽃은 꺼졌다. 남은 건 자신의 미련을 정리하는 것뿐. 한 번 해본 일이니 이번엔 더 쉽고, 짧게 끝낼 수 있지 않을까 나희는 생각해 본다.

일어서기 전에 메시지를 마저 썼다.

[나 돌아가서 쉴게. 늦잠 잘 거니까 열 시 전엔 전화도 문자도 하지 마. 깨어나면 내가 연락할게.]

읽어본 후 '열 시 전엔'을 지우고 송신. 당장 휘영의 휴대폰이 띠딕하고 지저귄다. 나희는 작게 한숨을 토하며 자리에서 일어나다가 문득 프리지아 꽃을 바라보았다. 그가 그랬듯이 그녀도 충동적으로 사진 한 장을 휴대폰에 남겼다.

거실 불을 끄고 조용히 어둠에 잠긴 309호를 아주 떠났다. 이 부근의 콜택시 회사는 몇 시부터 전화를 받을지 궁금해 하면서 나희는 로비로 내려가 보았다. 마침 프런트에 있는 야간 근무자를 보고 그녀는 방긋 웃었다.

❖

"할아버지! 보고 싶었어요."

음식점의 오른쪽 끝 방문을 연 나희는 할아버지를 보고 폴짝 뛰듯이 달려가 옆자리에 앉았다. 어이쿠, 하며 돌아본 할아버지가 조심하라고 뒤늦게 혀를 찼다.

"애 가진 녀석이 거동을 그리하면 어찌해."

"아이참, 평소엔 안 그래요. 오늘은 반가우니까! 할아버지 저 보고 싶지 않으셨어요?"

"보고 싶긴. 매일 얼굴을 봤는데. 그런데 어디 보자, 어째 화면으로 보는 것보다 더 말랐나? 너는 통 살이 붙지 않아 큰일이구나."

나희가 여행을 간다고 집을 나간 뒤 3주 만의 해우. 어쩌다 보니 나흘 후에 돌아오겠다던 여정에 아직도 끝을 고하지 못하고 있다. 오늘은 해가 가기 전 마지막 산부인과 예약에 맞춰 신주에 온 김에 할아버지와 밖에서 만나 점심식사를 하려는 것뿐, 집에 갈 예정은 없다. 모처럼 함께 하나 했던 연말연시도 내년을 기약하게 되었다.

그간 영상통화로 얼굴을 보여드리면서 안심시켜드렸지만 미덥지 않았던 듯 할아버지는 나희의 얼굴이며 몸을 살피기 바쁘다. 나희는 전혀 문제없다고 손을 저었다.

"살은 안 빠졌으니까 걱정 마세요. 아이도 조금 더 컸고요. 저도 오늘 걱정스러워서 여쭤봤는데 의사 선생님 말씀이 엄마가 살찌는 거하고 아이가 자라는 건 별 상관이 없대요."

"그게 아주 상관이 없지는 않을 성싶은데."

"물론 살이 빠져서 체력까지 저하되면 문제인데 전 그건 아니거든요. 저 정말 아이에게 좋은 거 열심히 먹고 있어요. 피곤하지 않을 만큼 운동도 하고요. 보세요, 저 팔 탄탄한 거."

코트를 벗은 나희는 터틀넥 스웨터를 걷어 탄력 넘치는 팔을 자랑했다. 할아버지는 그래도 갸우뚱, 갸우뚱. 아무래도 집밥을 먹어야 할 텐데, 하며 안타까워했다.

"왜요, 요즘은 절밥도 잘 나와요. 그리고 가끔 내려가서 고기도 먹는다니까요? 제가 보내드린 사진 보셨잖아요."

"음, 그야 그렇지만."

길어진 여정의 변명으로 나희는 '백일기도'를 꺼내 들었다. 바다를 보러 갔다가 불쑥 영감 같은 게 와서 바로 머물 만한 절을 찾아 떠난 것으로 했다. 실제로 절에 머물고 있으니 아주 거짓말은 아니다.

해물 샤브샤브를 주문하고 음식을 기다리는 동안 나희는 다채로운 밑반찬으로 입맛을 돋웠다. 여전히 입맛이 확 살아나지 않아서 먹는 것에 큰 재미는 없지만 아기를 위해 열심히 먹고 있다. 많이 먹는 건 사실인데 의무감으로 먹느니만큼 살로는 가지 않는 것 같다.

"어제도 집으로 휘영이가 왔었다."

불쑥 할아버지가 꺼낸 말에 나희의 젓가락 끝에서 콩자반이 튕겨져 나갔다. 그러나 아무 일도 없었던 척 시치미를 떼며 나희는 할아버지를 쳐다보았다.

"정말 귀찮게 구네요, 그 녀석."

할아버지는 약간 눈썹을 늘어뜨리고 그녀를 바라보았다. 휴대폰 화면으로는 잘 보이지 않던 손녀의 깊은 속내를 헤아리는 듯 지긋한 시선에 나희는 눈을 피하고 싶은 걸 겨우 참았다.

나희가 휘영을 따돌리고 떠난 후, 그는 하루가 멀다 하고 집으로 찾아와 그녀를 기다린다고 한다. 다행히 여태까지는 할아버지가 잘 막아주었다.

"한가한 사람 아니니까 그러다 말겠죠. 돈 떼먹거나 한 건 아니니까 염려 마세요, 할아버지."

찡긋 나희가 윙크까지 던지며 장난스레 말했지만 할아버지의 표정은 풀리지 않았다. 그리고 내심 나희가 걱정하고 있던 것이 할아버지의 입에서 흘러나왔다.

"배 속의 아이 말이다. 혹시 휘영이 아이냐?"

"아니에요. 무슨."

미리 생각해둔 대로 딱 잘라 부정했다. 그러나 귀가 안 들리는 만큼 사람들의 표정을 잘 읽는 할아버지를 속일 정도로 대단한 연기는 아니었나 보다. 나직이 한숨을 내쉬고 할아버지가 말씀하셨다.

"애, 난 누가 뭐래도 네 편이란다. 휘영이 편이 아니라."

"누가 그걸 모를까 봐서요."

"그런데 왜 할애비마저 따돌리는 게야. 그 무거운 짐을 혼자 어찌 지려고."

딱한 듯이 혀를 찬데 이어 할아버지가 벙긋 웃었다.

"아직은 정정하다 하지 않았니. 좀 더 이 할애비를 믿고 의지하려무나. 할애비 입은 무거워요, 암."

마지막 말과 함께 척 양손의 엄지를 치켜드는 모습에 나희도 그만 웃음을 터뜨렸다. 아아, 이런 할아버지를 속일 수 있을 거라고 잠시라도 진지하게 믿었다니. 나는 보통 바보가 아니구나 생각하면서 나희는 이실직고했다.

"네, 실은 그래요, 할아버지. 제가 좀 아이 아빠를 심사숙고해서 골랐죠."

기왕지사, 분위기 좋게 허세도 약간 첨가한다. 할아버지는 그럴 줄 알았다는 얼굴로 연신 고개를 주억거렸다.

"그렇게 그 애를 좋아하더니 결국 인연이 그리 닿는구나."

"딱 아이 아빠만이에요. 다른 욕심은 없으니까 할아버지도 그렇게 아세요."

"왜? 욕심을 좀 내면 어때서? 그 아이도 아직 혼자잖니?"

의아해하는 할아버지가 더 미련을 갖지 않도록 나희는 조금 세게 말했다.

"휘영이 결혼할 여자 있어요. 어머니한테도 소개시킨. 휘영이 손에 반지도 있는데 못 보셨어요?"

"…반지가 있었나?"

기억을 더듬으며 관자놀이를 문지르는 할아버지가 순간 너무 침통한 표정을 짓는 바람에 보는 나희가 애가 닳아 어쩔 줄 몰랐다. 이래서 알리고 싶지 않았는데. 아, 어쩌나.

"죄송해요, 할아버지. 실망시켜드려서."

"아니다, 이게 미안해할 일인가. 그럴 것 없다, 아가. 그저 네가 딱해 그런다. 네 속이 어지간히 문드러졌을 텐데."

"저는 정말 괜찮아요. 세상에서 제일 귀한 선물을 제가 품고 있는데 뭐가 속이 상하겠어요."

두 손을 내젓고 나희는 할아버지 쪽으로 쑥 상체를 기울였다.

"그리고 할아버지, 저 옛날만큼 휘영이 좋아하지 않거든요? 다시 보니까 애가 마초기질이 여전한 게… 마누라가 고생깨나 하겠더라고요. 그런 상전을 모시고 사는 건, 제 쪽에서 사양하겠어요."

"음… 워낙에 잘난 녀석이 되다 보니 자기보다 못한 사람을 낮추보는 경향이 있긴 하지."

아아, 감사하게도 할아버지가 장단을 맞춰주신다. 나희는 철썩 상을 두드리며 바로 그거라고 지적했다.

"용의 꼬리가 되느니 뱀의 머리가 되겠다! 그게 제 신조랍니다, 할아버지."

찡긋, 또 한 번의 윙크. 멀뚱히 쳐다보던 할아버지의 얼굴에 마침내

비죽이 웃음이 번졌다.

"오냐, 그래라. 쫄보다야 장수 놀음이 낫지. 아무렴."

세상이 개벽해도 변치 않을 영원한 내 편. 복받치는 고마움에 나희는 다시 한 번 장기를 배워보리라, 다소 엉뚱한 결심을 하는 것이었다.

잠시라도 할아버지를 만나 말을 나눈 덕분에 훨씬 차분해진 기분으로 나희는 대전행 기차에 몸을 실었다. 그녀는 현재 대전에서 지낼 때 종종 가던 절에 머물고 있었다.

백일기도라고 해도 남들처럼 마음먹고 삼천 배를 하는 수준은 못 되고 아침저녁으로 백팔 배를 드리는 정도로 하고 있다. 그걸로 잡념도 털어내고 태어날 아이의 복도 기원할 수 있으니 실제로 복이 오느냐의 여부는 둘째 쳐도 심신을 안정시키는 덴 효과가 있었다. 나름 운동도 되고 말이다.

일곱 시 조금 못 되어 기차에서 내린 나희는 역내 식당에서 간단히 저녁을 먹고 출입구로 향하는 길에 서점을 보고 멈춰 섰다. 절 생활은 단조로워서 읽을거리가 있으면 좋을 것 같았다.

"아, 내년 다이어리네."

서점 입구에 디스플레이된 다양한 다이어리를 보고 새로운 해가 오고 있음을 실감했다. 어느덧 12월 30일. 새해가 그야말로 등 뒤까지 바짝 따라붙었다.

"어디 한 번… 내년부턴 제대로 다이어리를 써볼까?"

아기가 태어나면 육아일기가 될 가능성이 농후하다는 점을 염두에 두고 다이어리를 살펴보고 있는데 막 그녀의 등 뒤로 지나가던 남자의 우산이 그녀의 다리를 건드렸다.

"죄송합니다. 어… 잠깐, 나희?"

뜻밖에도 거기 있는 건 준석. 건축사무소를 그만둔 뒤론 까맣게 잊고 있었던 옛 남자에게 나희는 덤덤히 인사를 건넸다.

"오랜만이에요. 여기서 다 보네요."

"아, 그러게. 나는 본가에 내려가는 길에…. 너도 신주에 가?"

"아뇨, 갔다가 올라오는 길이에요. 근데 또 말이 짧아졌네요, 준석 씨?"

"아, 미안! 버릇이 돼놔서 나도 모르게. 그래, 올라오는 길이었…네요. 그럼 여전히 여기서 지내는 거…예요?"

구구절절 이야기하고 싶지 않아 나희는 대충 고개를 끄덕였다. 준석은 아직 거기서 지내냐며 나희가 살던 빌라 이름을 댔다. 귀찮기도 하고 얼른 보내고 다이어리를 볼 생각에 나희는 절에서 지낸다고 말했다.

"힐링도 하고 장래 구상도 할 겸 작정하고 쉬고 있어요. 잘 지내니까 내 걱정은 마시고. 준석 씨도 좋아 보이네요. 잘 지내길 빌어요."

"좋아 보여요? 하하, 진아랑 헤어지고 마음이 편해서 그런가."

그런 소릴 들어도 놀라우리만치 아무 감흥도 없다. 그러나 알은체해주 길 바라는 상대의 염원이 너무 노골적이라 나희는 눈에 빤히 보이는 미끼를 무는 물고기가 된 심정으로 대꾸했다.

"어머, 헤어졌어요?"

"헤어진 지 한 달쯤 됐나. 그래도 꽤 길게 만났죠? 딱 봐도 전혀 안 어울리는 사람들끼리."

"글쎄요. 난 잘 모르겠는데."

말하면서 슬쩍 나희는 다이어리를 쳐다보았다. 그녀의 관심이 어디로 쏠렸는지 보여줄 셈이었는데 눈치 없는 남자는 그럼 이제 절로 가느냐고 물었다.

"네, 다이어리 좀 보고요."

이만 하면 직접 떠먹여줬다. 방해되니까 그만 가주세요. 말로만 꺼내지 않았을 뿐. 그러나 남자의 둔함이 한 수 위였다.

"밖에 비 좀 오는데. 택시로 갈 참이에요? 그럴 거면 내가 데려다주고. 차 가져온 거 주차장에 세워놨어요."

"뭘 그렇게까지 해요. 그리고 지금 본가 간다면서요. 기차 시간이…."

"다녀와서도 충분하니까. 표는 그때 끊으면 되고. 그럼 다 보고 불러요. 나 저쪽에서 책 보고 있을게."

"아니 저기…."

불러 세우는 나희에게 손을 내저으며 준석은 서둘러 걸어갔다. 사양은 됐다는 듯이. 헛웃음을 짓던 나희는 이내 마음을 고쳐먹고 서점 밖을 응시했다. 여기선 보이지 않지만 준석의 우산을 보면 역 밖에 비가 꽤 오는 것 같다. 어둡고 추운데 비까지 오는 날 택시를 잡을 일을 상상하니 약간 머리가 무겁긴 했다.

'좋아, 우연찮은 귀인이라고 생각하지 뭐.'

화군이 불러온 복일 거라고 멋대로 생각하며 불편한 기분은 지워버렸다. 그녀는 곧 쓸만한 다이어리를 발견했고 그것을 계산한 뒤 준석과 함께 서점을 나왔다.

준석이 우산을 씌워줘서 따로 우산을 살 필요도 없이 절까지 편하게 갔다. 그는 절 근처 주차장에 차를 세우고 절 입구까지 그녀를 데려다주었다.

"자, 그럼 여기서 정말 작별이네요."

다시 볼 일이 없을 거란 예감이 들었는지 준석이 제법 감상에 젖은 얼굴을 했다.

"네, 잘 가요. 늘 건강하고."

가볍지만 불순물 따위 없는 순수한 호의로 나희도 인사했다. 그녀를 바라보는 준석의 눈가에 묘한 회한 같은 게 스쳤으나 이내 싱거운 웃음에 자리를 내어줬다.

"미처 못한 말이 좀 있는 줄 알았는데 지금 보니까 그런 건 아무래도 좋다 싶네요. 홀가분하고 편해 보여요, 당신."

"실제로 그러니까요."

나희가 생긋 웃었다. 준석은 납득했다는 듯 연거푸 고개를 끄덕거리고 일찍이 나희에게도 호감을 품게 한 바 있는 담백한 미소를 지었다.

"그래요, 앞으로도 쭉 그러길 빌어요. 그럼, 갈게요."

꾸벅 인사하고 산뜻하게 돌아서서 가는 준석의 뒷모습을 눈으로 배웅했다. 생각해보면 저 남자랑 사귄 시간도 그렇게 쓸데없었던 것만은 아니었지 싶었다. 적어도 큰 비는 가릴 우산 정도는 되어주었던 남자였다.

"비가 제법 오네."

멍하니 하늘을 보며 나희는 중얼거렸다.

불현듯 아주 오랫동안 이런 비를 맞고 있었던 것 같은 기분이 들었다. 나름 열심히 우산을 챙겨가며 걸었어도 늘 비 때문에 축축해진 다리를 하고서. 그럭저럭 갠 날도 있긴 했지만 쨍하게 해가 반짝인 날은, 별로 없었다.

"하지만 이젠 괜찮아. 화군, 나한텐 네가 있으니까."

빙그레 웃고, 그 기쁜 마음을 백팔 배로 물씬 발산하기 위해 나희는 몸을 돌렸다.

추적추적 내리는 겨울비 소리가 왠지 정겨운 밤. 꿈의 자락 어딘가에서 나희는 오랜만에 동생 동우를 만났다.

동우가 맛있는 눈깔사탕이라고 먹으라며 쥐어준 것. 새빨간 불덩이처럼 타오르는 그것은 틀림없는 해였다. 그것을 나희는 이상한 줄도 모르고 꿀꺽 삼켰다. 진짜 맛있어! 하고 웃다가 얼핏 눈이 뜨인 순간, 이거야말로 태몽이 분명하다고 잠결에 중얼대고 또 잠들었다.

하지만 겨울밤은 길다. 그 긴 밤이 지나자 나희는 꿈을 꾼 것조차 잊고 아침을 맞았다. 그래도 어쩐지 기분이 좋아서 콧노래를 흥얼거리며 세수하러 가는 머리 위에서 까치가 깟깟깟 울며 날아갔다.

"까치님이 다 울고, 귀한 손님이 오시려나."

같은 방을 쓰는 아주머니가 밖을 내다보며 중얼대는 소리에 나희는 빙그레 웃고 걸음을 재우쳤다.

아침에 개었던 비가 다시 내리기 시작하더니만 오후가 되자 눈으로 변했다. 펑펑 내리는 기세에 아무래도 쌓이겠구나 하면서 나희는 추운 줄도 모르고 눈 구경을 했다. 딱히 눈을 좋아하는 건 아닌데 올겨울에 보는 눈은 유난히 반갑다.

"아, 알겠다. 화군, 네가 좋아하는 거구나. 네 아빠도 눈은 별로 안 좋아하는데 누굴 닮은 거니. 맞다, 혜주가 눈 좋아했나?"

갸웃거리며 뜨락을 거니는 그녀를 문득 부르는 목소리가 있었다.

"보살님, 손님이 오셨어요."

"손님이요? 저한테?"

아무 생각 없이 돌아본 나희는 거기 서 있는 휘영을 보고 가슴이 철렁했다. 머리며 어깨에 희미하게 내려앉은 눈 때문인지 몹시 창백해 보이는 그가 안내해준 이에게 인사를 하고 나희를 향해 걸어왔다.

가까워질수록 창백해 보이는 게 단지 눈 때문이 아님을 깨달았다. 못

본 사이 얼굴이 무척 상해 있었다.

"얼굴이 왜 그래? 어디 아팠어?"

나희는 저도 모르게 인상을 쓰며 물었다. 입술을 들썩거린 휘영에게선 말이 아니라 기침이 먼저 터져 나왔다. 몸을 돌리고 마른기침을 하는 그를 들여다보며 그녀가 물었다.

"감기야? 왜 그랬어, 조심 좀 하지."

걱정스러운 마음에도 아기 생각에 어쩔 수 없이 물러나는데 휘영이 더럭 핏발 선 눈으로 그녀를 노려보았다.

"누구 때문이라고 생각하는 거야?"

갈라진 목소리로 던진 비난에 나희는 잠깐 얼어붙었다가 이내 냉랭한 눈빛으로 쏘아붙였다.

"나 때문이라고 말하려는 거야? 그것참 어이없네. 너한테 마지막으로 감기 옮긴 건 아주 아주 먼 옛날 같은데?"

"의뭉 떨지 마! 무슨 소릴 하는지 잘 알면서."

"아니, 난 몰라. 그리고 소리치지 마, 나한테. 나는 네 역정 들어줄 이유 없어."

말에 그치지 않고 싸늘히 외면하고 지나치려는 그녀의 팔을 휘영이 붙잡았다. 아프도록 꼭 움켜쥐곤 그가 앙다문 잇새로 내뱉었다.

"또 날 버리고 갈 셈이야? 대체 몇 번을 당해줘야 속이 시원하겠어?"

"누가 누구를 버렸다는 거야. 아프니까 이 손 놔."

"아니, 못 놓겠어. 안 놓을 거야. 그러니까 네가 단념해."

"무슨 소릴…. 왜 이래, 휘영아. 어딜 가려고?"

움켜쥔 팔을 잡아끌며 휘영이 성큼성큼 걷기 시작했다. 당황한 나희가 만류하는 소리 따윈 귓등으로도 듣지 않는다. 주변에 사람이 없는 게 아니니 소리 질러 도움을 요청하는 건 간단했지만 차마 그럴 마음이 들지 않아 그녀가 머뭇거리는 사이 어영부영 절을 벗어나고 말았다.

"신휘영, 이거 놔. 소리 지를 거야, 진짜."

"질러! 끔찍하고 싫은 놈이 널 채 간다고 사방팔방에 외쳐보라고!"

숫제 어린애가 떼쓰는 듯이 들리는 말에 나희는 기가 막혀 웃었다. 그런 그녀를 휘영이 돌아보며 "소리는 안 지르고 왜 웃어?"하고 다그쳤다.

"기막혀서 웃는다. 지금 너 얼마나 꼴사나운지 알아?"

"설마 모르겠어?"

휘영은 버럭 신경질을 냈다.

"알면서도 이러고 있으니 더 돌 것 같다고!"

어안이 벙벙해서 나희가 말했다.

"그럼 하지 마. 돌 것 같은 짓을 왜 해?"

순간 휘영이 원망에 찬 눈길을 그녀에게 던졌다.

"내가 안 하면 또 여기서 끝나버릴 테니까. 제기랄, 다른 일엔 잘도 우유부단한 애가 왜 이런 일에만 칼 같아서는!"

그러니까 이 우유부단 어쩌고, 날 두고 하는 말이지? 새삼 어이가 없는 것을 나희는 일단 이 손부터 놓고 말하자고 차분하게 말해보았다.

안 먹혔다. 오히려 그 말에 더 모욕당한 사람처럼 인상을 쓰며 휘영이 잠시 주춤했던 걸음을 재촉했다. 이윽고 절 아래의 공터에 세워놓은 그의 레인지로버가 눈에 들어오자 나희가 답답해서 목청을 높였다.

"어딜 가려고 그래 진짜? 너 이거 납치나 다름없거든?"

휘영은 한마디 대꾸도 없이 기어코 그녀를 차까지 데려가 뒷좌석에 밀어 넣고 바로 옆에 올라타 잠금장치까지 걸었다. 그리고 머리를 뒤로 젖히며 길게 한숨을 내쉬는 모습에 나희는 화를 내리던 것도 잊고 안쓰러운 얼굴을 했다.

그가 너무 지쳐 보였다. 얼마나 몸을 안 돌봤으면 불과 3주 만에 사람이 병색이 완연해서 나타날 수 있을까.

'설마 무슨 지병이 있나?'

덜컥 든 무서운 생각에 나희가 가슴을 움켜쥐고 바라보는데 휘영이 떼꾼한 눈을 그녀에게 돌렸다. 피로에 절고 핏발이 섰어도 그 예기만큼은 전혀 무뎌지지 않은 까만 눈에 그녀를 담으며 그가 빈정거렸다.

"갑자기 조용해지셨네? 납치당해서 무서워? 자, 그런 거면 여기, 휴대폰 줄 테니까 신고해. 이 기회에 날 아주 진창에 처넣으라고."

말에 그치지 않고 그가 던지듯 건넨 휴대폰이 그녀의 다리에 맞아 바닥으로 떨어졌다. 나희가 거기서 시선을 들어 다시 그를 쳐다보자니 휘영이 이죽거렸다.

"관 뚜껑에 못 박기는 싫어? 잘도 거기 밀어 넣을 때는 언제고 왜 이제 와서 약한 모습이야? 맞다, 귀찮아질 것 같아서 그러는구나. 자기 할 말만 남기고 쏙 몸 빼서 달아나는 버릇 있는 사람한테 내가 너무 무리한 걸 요구했네."

"적당히 좀 해. 듣자 듣자 하니까 못 하는 소리가 없어."

적나라하게 보이는 휘영의 초췌한 모습에 제대로 화도 나지 않는 것을 나희는 억지로 그런 척, 딱딱거렸다. 입술을 일그러뜨리며 휘영이 웃었다.

"어라? 왜 화를 내는 거지? 내 말의 어디가 틀려서?"

"적당히 하랬지? 대화를 하자고 여기까지 끌고 온 거 아니야? 그럼 말을 해, 시비를 걸지 말고."

"시비를 걸지 말고 말을 하라…. 좋아. 기꺼이 분부에 따라…."

흐트러진 자세를 고쳐 앉나 싶던 휘영이 별안간 나희의 뒤통수를 당겨 제게로 끌어당겼다. 나희는 버둥거리며 버텨봤지만 꼼짝없이 끌려가 그의 품에 갇혔다. 뒤통수를 잡은 손이 우악스럽게 그녀의 머리를 뒤로 젖혔다. 다가오는 입술을 보며 그녀는 질끈 눈을 감았다.

거세게 부딪힌 입술은 징벌처럼 그녀를 두드려댔다. 완고하게 앙다문 입술에, 점점 더 거칠어지는 몸짓에선 초조함과 조바심이 물씬 묻어났다. 그가 초조해할수록 더 단조로워지는 패턴. 나희는 이번만큼은 함락되지 않을 자신이 생겼다.

그러나 조금씩 떠밀린 끝에 그녀가 좌석 위로 쓰러지면서 이야기가 달라졌다. 내리누르는 휘영으로부터 배를 보호하느라 허둥지둥하다가 입술이 잠시 벌어졌고 그 틈을 놓치지 않은 휘영이 격렬한 딥키스로 전세를 역전시켰다.

"우… 으응, 으….”

나희는 느끼지 않으려고 정말 갖은 애를 썼다. 머릿속으로 화군이 태어나면 불러주려고 외운 온갖 동요 메들리까지 불러가면서. 그러나 소용없었다. 부질없었다, 늘 그랬듯이.

집요하게 이어진 키스는 끝내 그녀를 가벼운 오르가슴으로 내던져 놓았다. 기다렸다는 듯 그가 촉촉한 습지를 더듬으며 물었다.

"계속할까?”

눈꺼풀을 드는 것조차 버겁게 만들어놓고선, 이렇게 확인하는 버릇. 그는 늘 이랬다. 결정적인 책임의 소재를 그녀에게 떠넘기는, 계산적인 떠보기. 하지만 나희는 주도권을 쥔 게 아니라 쾌락이란 먹이 앞에서 저항을 못하는 짐승이 된 기분이었다.

그마저도 좋았기에 그의 곁에 있었다. 유감스럽게도, 지금도 몸은 그러길 원했다. 거기에 마냥 삼켜지지 않은 건 자존심 같은 고고한 것이 아니라 악에 받친 오기의 발로였다.

"너야말로, 그만둘 수 있겠어?"

휘영의 눈가에 희미한 웃음이 떠올랐다.

"그럴 리가."

즐거운 듯 속삭이고 본격적으로 덤벼든다.

나희는 멈춰야 할 순간 도발해버린 자신을 딱히 변명할 생각이 없다. 스스로가 짐승처럼 느껴지는 것조차 상관없다. 상대가 휘영이라면. 쾌락이라는 이름으로 각인된 남자와의 마지막일지 모르는 정사에 그녀는 정신없이 빠져들었다.

폭풍 같은 십여 분 끝에 기력이 진해 거칠어진 둘의 숨소리가 차 안을 가득 메웠다. 색색 숨을 고르는 나희의 귓가에 휘영이 문득 웃음소리를 냈다.

"···창문에 김 서린 것 좀 봐. 우리가 너무 화끈했나?"

"밖에 눈 오잖아. 바보."

핀잔을 하면서도 나희도 힐긋 고개를 들어 차창을 바라보았다. 그의 말대로 창 안쪽에 뽀얗게 서린 김. 살짝 웃음이 나긴 했다. 휘영이 그녀의 맨 등을 쓰다듬으며 중얼거렸다.

"우리··· 이렇게 몸의 대화는 잘 통하는데 말로 하는 대화가 되면 꼼짝없이 낙제점이야. 안 그래?"

대꾸하는 대신 나희는 잠자코 휘영의 심장소리에 귀 기울였다. 아기는 엄마의 심장소리를 들으면 안정이 된다는데 나희는 그의 심장소리가 그랬다. 너무 편해서 어떤 의미론 자장가 같았다.

"왜 그렇게 간 거냐고 묻지 않을게. 왜 피했는지도 묻지 않을게. 그냥 내 말을 듣고 고개만 끄덕여줘. 우리 다시 시작하자, 나희야."

나희는 여전히 눈을 감은 채 휘영의 심장소리에 집중했다. 그러나 언제까지고 회피할 수는 없는 노릇이었다.

"다시 시작…할 수 있을 거라고 생각해? 우리가?"

"얼마든지. 너랑 내 마음이 중요한 거잖아."

가만히 한숨을 삼키고 나희는 고개를 들어 휘영을 내려다보았다. 면도를 대충 했는지 턱 아래로 삐죽 돋은 수염이 보여 빙그레 웃었다. 이제 보니 그런 게 한두 개가 아니었다.

"나는 싫어. 너랑 다시 친구 하고 싶지 않아."

"…왜? 나 전하곤 달라. 고칠 거 말해주면 더 고칠게, 그러니까…."

몸을 일으키려는 그를, 나희는 그러지 말라고 손으로 누르며 그 손으로 천천히 가슴을 쓰다듬었다. 넓고 듬직한, 안기고 싶은 가슴. 항상 그랬다. 아직 연애감정이란 게 뭔지 모르던 꼬꼬마 시절에도 나희는 휘영을 보면 괜히 만지고 싶었다. 안아보고 싶었다.

"자꾸 욕심이 나서 안 되겠어. 눈에 안 보이면 상관없는데 눈에 보이면 나도 어쩔 수가 없거든. 더는 친구 못해. 잠자코 놔줄 때 가."

물끄러미 그녀를 올려다보던 휘영이 별안간 그녀의 손목을 거머쥐었다.

"그럼 잡아. 욕심대로 해. 뭘 망설이는 거야?"

나희는 제 손을 쥔 휘영의 손에 끼워진 반지를 의식했다. 조금도 질투하지 않는 척 덤덤히 웃으며 말했다.

"너랑 결혼할 여자."

"그 여자는…."

"봤어. 너랑 잘 어울릴 것 같더라."

휘영의 눈이 동그랗게 커지더니 이번에야말로 상체를 일으켜 앉으며 나희를 다그쳤다.

"누굴 봤다는 거야, 지금?"

"설마 후보가 여럿인 거야? 내가 본 여자는 이고은이라고 하던데."

"어? 아…. 아, 젠장, 그게 대체."

그는 멍한 얼굴을 했다가 이내 인상을 찌푸렸고, 급기야 헛웃음을 흘렸다.

"걔가 널 찾아갔어? 어떻게? 어디로?"

"병원에서 봤어."

"무슨 병원? 설마 그 병원? 할아버지가 입원해 계셨던?"

응, 하고 고개를 끄덕이자 휘영은 다시 한 번 크게 탄식했다. 두통이라도 온 건지 관자놀이를 누르며 기억을 더듬는 듯하던 그가 퍼뜩 그녀를 보며 다그쳐 물었다.

"너 그때 편지 두고 간 것도 그럼…?"

나희는 침묵으로 대답을 대신했다. 휘영은 두 눈을 질끈 감더니 고개를 돌리고 뭔가 중얼거렸는데 아무래도 느낌이 욕 같았다. 저도 모르게 겉옷을 여미며 나희는 어깨를 움츠렸다.

휘영은 두어 번 크게 심호흡 하고 그녀를 돌아보았다. 그리곤 도저히 못 참겠는지 버럭 소리쳤다.

"넌 이게 문제야! 왜 중요한 이야긴 하나도 안 하는 거야 대체! 진짜 바보야? 너만 바보인 게 억울해서 나까지 바보 만들고 싶었어? 엉?"

"…우와아, 오리지널 신휘영 등판."

나희의 생뚱맞은 감탄에 그만 휘영도 한풀 꺾여서 허탈하게 웃었다. 웃으면서 몇 번이고 도리질을 하더니 더럭 나희를 껴안았다.

"바보야, 걔 아니야. 걔 아니라고."

"아니야?"

어쩐지 나희는 정말 바보가 된 듯 얼떨떨했다.

"아니지 그럼. 아직도 모르겠어? 네 얘기한 거잖아, 그거."

"나?"

"그래, 너. 내가 신주엔 왜 내려왔겠어? 여기 무슨 연고가 있다고? 그리고 내가 산 집. 그걸 내가 왜 샀겠어?"

아무래도 진짜 바보가 된 것 같다. 도무지 휘영의 말을 따라갈 수가 없다.

"말도 안 돼, 어떻게 그게 내가 돼? 네가 결혼할 여자 말 꺼낸 게 언젠데. 그때 넌 이미 반지도 끼고 있었고."

휘영은 포옹을 풀고 자신이 왼손을 내려다보았다.

"안 그래도 오해하지 않을까 걱정은 했는데. 이건 이를테면 내 결심의 상징이야. 절대 빈손으로 물러나지 않겠다고, 나는 이미 원하는 걸 가졌다고 이미지 트레이닝한 증거."

"이미지 트레이닝?"

얘가 그새 이상한 버릇이 생겼네 하고 쳐다보는 시선에 휘영이 피식하더니 불쑥 반지를 빼서 그녀에게 내밀었다. 엉겁결에 받아든 반지와 그를 번갈아 보자 그가 반지 안쪽을 보라고 말했다. 눈높이로 들어 올려 들여다본 반지 안쪽에 과연 무언가 새겨져 있었다.

WNH.

설마 이거 우나희의 영어 이니셜? 나희가 어리둥절한 눈으로 쳐다보자 휘영이 네가 생각하는 그거라며 고개를 끄덕였다.

"설마 그것까지 착각하진 않겠지? 네 이니셜 꽤 독특하잖아."

"성씨가 성씨다 보니까….."

눈을 깜박거리며 나희는 다시 반지를 쳐다보았다. 버젓한 증거가 눈앞에 있어도 실감이 나지 않았다. 아니, 오히려 더 이상하게만 느껴졌다.

"잠깐, 그럼 이 반지 대체 언제 맞춘 건데? 나 만나기 전 아니야? 아직 날 만나지도 않고 나랑 결혼하겠다는 결심을 했다는 거야? 아, 아니다. 이니셜은 최근에 새겼을 수도 있겠구나."

"최근에 새긴 거 아니야. 처음 만들 때 그렇게 만들었어. 너 다시 만나기 전에 만든 거 맞고."

휘영의 덤덤한 인정에 나희는 어안이 벙벙해졌다.

"그게… 말이 돼? 내가 어떻게 사는 줄 알고 그런 걸 덜컥….."

"어떻게 살아도 상관없었어. 빼앗을 자신 있었으니까."

나희는 떡 벌어진 입을 다물지 못했다. 눈앞에 있는 건, 오리지널 신휘영이 분명했다.

"결혼해서 애가 있었으면 어쩌려고 진짜."

"애까지 뺏어오지. 간단하잖아."

"전혀 안 간단하거든!"

진심으로 외치는 그녀를 보고 휘영이 쿡쿡 웃었다. 나희는 더럭 의심이 들어 물었다.

"지금 웃자고 한 소리에 내가 핏대 세운 거야?"

"전혀 농담 아니니까 민망해할 것 없어."

"아, 그럼 다행… 이 아니네. 이럴 땐 좀 농담이라고 해!"

휘영은 빙그레 웃으며 나희의 뺨을 쓰다듬었다.

"그만큼 진심이었어. 옆에 있는 놈이 시원찮으면 뺏겠다고 결심한 것도 맞고. 다행히 네 곁엔 아무도 없었지."

"흥, 얼마 전까지 만나던 남자 있었거든? 나도 나름대로 인기가…."

말하다 말고 나희는 이상한 점을 깨달았다. 분명 휘영을 다시 만났을 때 그녀는 솔로였다. 그런데 그걸 그가 어떻게 아는 거지? 그녀는 기차 안에서부터 남자친구의 존재를 강조했고, 그 뒤로도 헤어졌다는 기색은 전혀 비추지 않았다. 그런데 그는… 마치 그 모든 걸 이미 알고 있던 것처럼 말하고 있다!

"뭐야, 너? 대체 어디서 그런 걸… 설마 할아버지?"

강력한 스파이 후보를 떠올리고 경악하는 나희에게 그건 아니라며 휘영이 얼른 선을 그었다.

"병원에 계실 때 문병 가서 이런저런 이야길 나누긴 했지만 그런 이야긴 없었어. 그전에 따로 연락을 취한 것도 아니고."

"그럼 대체 어떻게…."

"어떻게는. 사람 써서 알아봤지. 이런 중요한 일에 무턱대고 내 운만 믿고 뛰어들었겠어? 돈은 그런데 쓰라고 있는 거야."

그가 너무도 당당한 나머지 나희는 할 말을 잃었다. 그리고 새록새록 떠오르는 기억들. 버젓이 사실을 아는 사람 앞에서 떨어댄 허풍이 지금 모조리 그녀의 얼굴을 불태우는 장작이 됐다.

나희는 더 따질 의욕도 없었다. 그저 다급히 옷을 주워 입기 시작했다. 그것을 가로막는 휘영에게 말없이 힘껏 저항했지만 그는 나희가 때리는 대로 맞아주며 부드럽게 웃을 뿐이다.

"화내지 마. 민망한 건 알겠는데 아무렴 나처럼 비참하진 않을 거 아냐."

"비참하긴 뭐가 비참해. 네가 비참이 뭔 줄이나 알아?"

"알아. 네가 다 가르쳐 줬잖아. 날 밀어내려고 있지도 않은 남자를 방패로 세웠고, 두 번이나 절교장을 주고. 심지어 겨우 다시 잡았구나 하고 안심한 순간 성가신 혹이라도 떼내듯 버리고 갔어. 내가 애타게 찾는 거 뻔히 알면서도 여기 꽁꽁 숨어서 피하기만 하고. 지은 죄가 많은 건 아는데, 이젠 좀 봐주라. 응?"

"봐주긴 뭘 봐줘, 하는 짓이 괘씸해서 도저히, 도저히…."

움켜쥔 주먹으로 그의 가슴팍을 때리고, 또 때리고. 그러다 그만 나희는 울음을 터뜨렸다.

믿고 싶어졌다. 이것이 꿈이 아니라 현실이라고. 착각도, 오해도, 환상도 아닌 생생한 현재라고.

온몸을 바들거리며 우는 그녀를 휘영이 보듬어 안으며 몇 번이고 미안하다고 말했다.

"미안해, 나희야. 내가 너무 늦게 왔지. 죽기 직전까지 가고서야 겨우 철이 든 바보라서 그래. 그래도 아주 구제불능은 아니니까 다시 나 사랑해주지 않을래?"

지금 그가 자길 사랑해달라고 애원한 건가? 모든 게 너무 한꺼번에 휘몰아쳐서 나희는 정신을 차릴 수가 없었다. 다만 이를 악물고 울음소릴 죽여 가며 흐느끼는 그녀를 휘영은 다정하게 등을 쓸어 만져가며 울음을 그치길 기다렸다. 그리고 겨우 좀 나희의 떨림이 잦아들자, 중얼거렸다.

"지금은 무리라고 하면 기다릴 테니까. 언제까지고, 네 마음이 돌아설 때까지."

재차 뜨거워지는 눈시울. 만감이 교차하며 자칫하면 통곡할 것만 같은 것을 나희는 모든 자제력을 총동원해 참았다. 그렇게 견뎌내며 오롯하게 자신의 감정과 마주 보았다.

실은 이미 알고 있었다. 도피하듯 찾아든 절에서 철저한 고독으로 자신을 닦아내면서 열어본 가슴 속, 오래된 보물 상자. 녹슬고 삐걱거리는 외관과 달리 그 안에 담아둔 보석은 여전히 말갛고 아름다웠다.

불순물이 있을지언정 그래서 더 단단하게 결정結晶화된 그녀의 마음, 휘영을 향한 사랑.

그런 걸 가슴에 꽁꽁 숨겨놓고 있었으니 다른 사람을 진정으로 사랑하는 게 가능했을 리 없다. 그저 한없이 단조로운 길을 관성적으로 걸어왔을 뿐. 산다는 게 다 이런 거지라고 스스로를 속여 가며.

"…없어. 돌아설 마음 같은 거 없다고."

잠긴 목을 틔워 나희가 속삭였다. 그를 안은 휘영의 몸이 긴장하는 게 느껴졌다.

"그 정도야? 정말로… 아무것도 없다고? 거짓말, 그건 거짓말이야. 난 분명히 날 보는 네 눈에서 불꽃을 봤어."

그가 포옹을 풀고 나희의 눈을 응시한 끝에 빠르게, 조바심을 치며 말했다.

"봐, 지금도 이렇게 반짝이고 있는걸. 숫제 날 삼킬 것처럼 뜨거운 이 눈빛이 전부 내 착각이란 거야?"

나희는 빙그레 웃고 고개를 저었다.

"착각 아니야. 제대로 봤어. 그러니까 내 말을 끝까지 들어. 돌아설 마음이 없다는 건… 이미 그게 맞는 방향을 보고 있어서야. 내 마음, 이미 네게로 흐르고 있어."

휘영의 손을 잡아 자신의 가슴에 얹으며 그녀는 들리지 않느냐고 물었다.

"찰찰찰 흐르는 소리. 둑이 터지지 않게 있는 힘껏 막고 있는데도 이게 자꾸만 넘친다?"

다시금 눈물이 눈꼬리를 타고 흘렀다. 뿌예진 시야를 밝히기 위해 연신 눈을 깜박여가며 나희가 웃었다.

"또 얼마나 걸려야 이걸 제대로 추스를 수 있을까 사실 걱정도 됐어. 회복력은 전만 못한데, 실연이란 놈은 여전히 엄청 쓰라리더라고. 너는 알까 모르겠는데…."

"알아. 그것을 깨닫는 것도, 이해하는 것도 엄청 느렸지만, 나도 알고 있어."

그녀의 뺨을 감싸며 다가온 그가 눈꺼풀 위에 입술을 가져다 댔다. 그리고 아깝게 넘쳐흐르고 마는 그녀의 마음을 빨아들이며 속삭였다.

"그리고 나는 극복하지 못했어. 아무리 시간이 흘러도 딱지가 떨어지지 않고 보기 싫어서 딱지를 뜯으면 빨갛게 피가 돋는 그런 상처가 됐어. 그런데 그거 알아?"

묻고 뜸을 들이는 것에 나희는 감고 있던 눈을 떠 그를 바라보았다. 부드럽게 휘어진 눈에 웃음을 가득 담고서 그가 말했다.

"그 상처가 내 안에서 가장 뜨거운 부분이었어. 냉혈한으로 전락하지 않도록 날 지켜내는 최후의 보루 같은 거. 나도 사람을 사랑할 수 있다는 진정한 증명."

"그게… 뭐야. 설마 평생 사랑한 사람이 나 하나뿐이라는 거창한 소릴 늘어놓을 셈이야?"

나희가 못내 진지해진 분위기를 얼마라도 희석시킬 셈으로 던진 말에 휘영이 너무 간단하게 고개를 끄덕였다. 눈이 동그래져서 그를 쳐다보던 나희가, 잠시 후 "혜주는? 돌아가신 아저씨는?" 하고 물었다.

"혈육이잖아. 내 의지와 무관하게 정해진 인연을 아끼는 건 누적된 훈련의 소산 같은 거지. 너하곤 달라."

불현듯 입술을 포개며 그녀를 뜨겁게 옥죄어 안은 휘영이 이윽고 만족의 한숨을 내쉬며 재차 말했다.

"달라. 너는, 세상 누구하고도 달라, 나희야. 그러니까 다시 나한테 와."

말이 떨어지기 무섭게 그가 도리질을 하며 정정했다.

"아니, 내가 너한테 갈게. 친구, 애인, 남편, 네가 원하는 무어라도 되어줄 테니까."

그녀의 오랜 판타지가 모두 실현되는 것만 같은 이 기쁜 순간, 그 어떤 말로 이 순간을 기릴 수 있을까?

아, 딱 한 마디, 꼭 해야 할 말이 있었다.

"아이 아빠도 괜찮아?"

휘영의 두 눈이 크게 벌어졌다. 일시에 무장해제 당한 게 분명한 사랑하는 남자의 귓가에 나희는 나직이 자신의 비밀을 고백하기 시작했다….

에필로그. 일루미네이션
#1. 개구리 왕자와 아름다운 공주님

"이놈이 알고 보니 순 날라리구나!"

신정을 맞이해 나희의 할아버지를 찾아뵙고 저간의 사정 설명을 드린 끝에, 나는 등짝을 얻어맞았다. 놀란 나희가 말리려고 하는 것을 괜찮으니까 그냥 보고 있으라고 했다.

그 결과 서너 대 더 얻어맞았다. 나이에 비해 정정하신 할아버지가 손 힘에 사정을 두지 않고 있는 힘껏 후려치는 게 느껴졌지만 오히려 그래서 더 나는 정당하게 면죄부를 얻는 기분이었다.

"아프냐? 억울해 할 것 없다. 우리 강아진 너보다 더 아팠어, 이놈아."

단번에 우리 휘영이에서 '이놈'으로 격하됐지만, 지당한 말이라고 여기며 고개를 숙였다.

"네, 할아버지. 제가 다 잘못했습니다. 잘못한 거 앞으로 두고두고 갚으면서 살게요. 정말 잘하겠습니다."

"흥, 말만 번지르르 해서는. 너 하는 거 내가 두 눈 시퍼렇게 뜨고 지켜볼 거야. 나 일찍 안 죽는다, 암."

440

"오래오래 사셔야죠. 우리 나희랑 화군일 위해서도."

활짝 웃으며 대답하자 할아버지는 한껏 못마땅한 얼굴로 헛기침을 연신 하시더니 별안간 자리를 박차고 일어나 방으로 들어가 버리셨다. 어쩌지? 하며 나희에게 눈으로 묻자 나희도 곤란한 얼굴로 어깨를 으쓱했다. 나 정도의 대역 죄인은 아니지만 그녀도 공범의 처지로 석고대죄 중이긴 매한가지였다.

그러나 할아버지는 의외로 빨리 방에서 나오셨다. 두툼한 점퍼에 방한모, 장갑까지 끼신 게 바깥에 나가실 준비가 분명했다. 우리를 쌩하니 외면하며 현관으로 걸어가신 할아버지는 신까지 꿰어 신고선 홱 돌아보며 으름장을 놓으셨다.

"나희 넌 임신부가 왜 그러고 앉아 있어, 당장 편하게 앉아. 그리고 날라리 놈은 두 손 번쩍 들고 벌서고 있어."

"할아버지, 그렇다고 벌을…."

나희가 얼굴을 찡그리며 말을 꺼냈지만 할아버지는 "잘못 했으면 벌을 받아야지!" 하고 못을 박으시곤 그예 밖으로 나가버리셨다. 남겨진 우리는 조금은 얼떨떨해져서 서로를 마주 보았다. 풋 하고 나희가 먼저 웃었다.

"안 해도 돼. 그냥 해보시는 말씀이야."

"이 경우엔 아닌 것 같아."

내가 잠자코 두 팔을 머리 위로 들어 올리자 나희는 눈이 동그래져선 다시금 웃음바다였다.

"안 해도 된다니까 그러네. 근데 웃기긴 되게 웃겨. 신휘영이 두 손 들고 벌을 다 서고."

"왜, 난 재밌는데. 이 나이 되도록 이런 벌은 처음이야."

"정말? 하기야, 네가 어지간해선 벌 받을 일이 있었겠니."

나희는 눈꼬리에 치민 이슬을 훔쳐내고 "그럼 나도 오랜만에 동참해볼까?"하며 옆에서 나란히 손을 들었다. 나는 재빨리 그녀의 팔을 아래로 내렸다.

"너는 안 돼. 할아버지 말씀 못 들었어?"

"편하게 앉으라고 하셨지 벌서지 말란 말씀은 없었는데?"

"억지 부리지 말고 소파에 가서 앉아. 어차피 넌 전에 해봤을 거 아냐."

"으음… 해봤지. 여러 번이 아니라 무척 많이. 생각해 보니까 난 안 해도 될 것 같아."

정말로 많은 횟수였던지 나희는 울상을 지으며 순순히 일어섰다. 그리고 소파로 가 앉는 대신 내 정면에 앉아 휴대폰을 꺼내 들었다.

"너 설마…."

설마 내가 생각하는 그건 아니겠지 했는데 그 설마였다. 나희는 내가 벌서는 장면을 찍기 위해 열과 성을 다했다.

"이러기야 진짜?"

투덜거리는 소리에 나희가 날름 혀를 내밀며 웃었다.

"미안. 근데 아주 희귀한 광경이잖아. 다시없을 희소성을 생각해서라도 참아줘. 아무한테도 안 보여주고 나만 잘 간직할게."

"당연히 그래야지."

기왕 이렇게 된 거 남기려면 제대로 남기라고 거들먹거리며 포즈를 잡았다. 특히 도도한 체하며 바라보는 시선에 나희는 "못 말려, 진짜." 하며 깔깔거렸다.

나희가 찍은 사진을 훑어보는 동안 나는 비로소 여유를 가지고 새로 이사한 나희네 집 거실을 돌아보았다. 집에 들어설 때 왠지 익숙하게 느껴지더라니 눈에 익은 가구가 여럿 보였다. 완전히 새로운 것은, 장식장 옆으로 보이는 관세음보살 탱화 정도?

"저거 멋지지? 새집 이사 기념으로 할아버지에게 선물해드린 거야."

물끄러미 쳐다보고 있었더니 탱화에 관심이 있는 줄 알았는지 나희가 들뜬 목소리로 자랑했다.

"보통은 달마도 같은 걸 걸지 않나?"

"우리 할아버지는 관세음보살님 좋아하셔. 애지중지하는 옥관음상도 가지고 계실 정도로."

잠자코 고개를 끄덕이는데 나희가 조금 쑥스러운 표정으로 탱화와 나를 번갈아 보았다.

"있지, 난 우리 화군이도 관세음보살님이 점지해주신 것 같다는 기분이 들어."

"음…?"

"도둑 때문에 정신없이 집에서 나와서 너희 집에 갔던 날 있잖아, 그때 나도 모르게 할아버지 옥관음상을 챙겼더라고. 그 뒤론 한동안 지니고 다녔어. 물론 너하고… 그렇게 됐을 때도."

"그래서 관세음보살님 파워다?"

"왜, 그렇잖아. 내가 딱히 적은 나이도 아니고 너는 수술까지 한 마당에, 그나마도 엄청 희소한 확률을 뚫고 임신을 해버렸으니…."

열없다는 듯 뺨을 문지르는 그녀에게서 시선을 돌리며 나는 중얼거렸다.

"과연 영험한 것도 같네. 우리 집에도 하나 걸어둘까 봐."

"걸어둘 만한 공간이 있나? 이게 인테리어하기가 좀 애매한데."

"꾸미기 나름이지. 나한테 맡겨. 아니다, 탱화는 내가 구할 테니까 걸

장소는 네가 골라. 안주인 취향에 맞게."

"…나?"

"그래, 너. 우나희 말고 또 누가 있겠어?"

내 물음에 나희는 두 뺨이 눈에 띄게 발개져서 고개를 끄덕였다. 그럼 해볼게, 라며 자신 없는 목소리로 대답했지만 그 결과가 나쁘지 않을 거라는 걸 나는 알고 있다. 이 새집도 그렇고 전에 자취방에 살 때도 그녀는 여건이 허락하는 한에서 최선을 다해 아기자기하게 꾸며놓고 살았다.

나희에겐 자신이 머무르는 공간을 안락하게 꾸미는 재주가 있다. 내게는 거의 없는 재주라서 그 가치를 알지만, 정작 그녀는 잘 모르는 것 같다.

점점 시간이 흐르면서 이제 그만 팔을 내리라고 몇 번이고 나희가 말하는 것을 아직은 괜찮다고 버텼다. 무슨 똥고집이냐며 나희가 얼굴을 찡그렸지만 나는 그저 할아버지에게 내 진심을 보여드리고 싶었다. 나희에게 미안하고, 고마워하는 내 마음이 더없이 진실하다는 것을.

다행히도 할아버지는 내가 아슬아슬하게 버티고 있을 때 돌아오셨다. 땀을 뻘뻘 흘리는 내 얼굴을 가리키며 나희가 저걸 좀 보라고 볼멘소리를 내는 걸 할아버지는 흥, 하고 무시하셨다.

"성깔이 보통이 아닌 건 내 진즉부터 알고 있었지. 이놈아, 팔 내려라. 이따 닭다리라도 하나 쥐고 뜯으려면."

면박처럼 들리는 말 속에 함정이 숨어 있다. 나희도 그걸 알았는지 얼른 할아버지를 따라가며 물었다.

"할아버지, 닭 잡아 오셨어요? 설마 씨암탉?"

나도 얼른 일어나서 저린 팔을 주무르면서 슬쩍 부엌을 들여다보았다. 뽀얀 닭의 튼실한 자태가 오늘따라 세상 그 어떤 고기보다 멋지게 보였다.

"진짜 씨암탉이에요, 할아버지? 진짜?"

동동거리며 묻는 나희에게서 나는 일찍이 보았던 명랑한 소녀를 보고 빙그레 웃었다. 옆에 눈이 달린 것처럼 할아버지가 그런 나를 노려보았다. 이크 하며 얼른 물러나 나왔지만 이미 한 번 자리 잡은 웃음은 작아지려 수를 안 한다.

자, 오늘 저녁은 씨암탉 백숙이다.

하룻밤 자고 다음날 아침상까지 받은 후 그만 가보라는 말이 떨어졌다. 당연히 나만. 나희도 전혀 이상할 것 없다는 얼굴로 대문까지 나와서 배웅하는 걸 보니 조금, 서러워졌다.

"이따 나올래? 그럼 데리러 오고."

"오늘은 푹 쉴래. 절에 있는 동안은 눈치 보여서 맘껏 못 잤거든. 봐서 오후에 내가 전화할게."

"알았어, 전화 기다릴게."

"응, 잘 가. 운전 조심하고."

대문이 닫히기 전 백구가 잘 가란 듯이 멍멍 짖는 소리가 났다. 하물며 저 똥개도 나희와 함께 있는데 나만 추운 바깥으로 쫓겨났구나. 끊으려고 맘먹은 담배가 다시 생각나는 순간이었다.

어쨌든 돌아서는 수밖에 없었다. 오늘 저녁에 다시 찾아오는 건 진중하지 못하게 보일 수 있으니 못해도 내일 오후에나 오게 될까.

"길어봤자 서른여섯 시간이네."

별거 아니란 듯 말해봤지만, 오히려 그 바람에 더 눈앞이 캄캄해졌다. 서른여섯 시간씩이나 나희와 떨어져 있어야 하는 건가….

이를 악물고 떨어지지 않는 발길을 떼어 차에 올라탔다. 생각이 많을 때는 격하게 몸을 움직이는 게 최선. 그러니까 운동을 하러…. 안전벨트를 하다가 무심코 눈에 들어온 뒷좌석에 그만 머릿속이 하얘졌다. 저기서 나희와….

"아, 젠장."

그만 또 실감나게 상상하고 말았다. 상상에 그친 게 아닐 몸에 반응까지 왔다. 막 섹스에 맛들이던 얼뜨기 때도 아니고 원.

"뭐 그것도 운동이라면 운동이니까."

한숨을 내쉬고 시동을 걸었다. 어차피 오늘은 안 된다. 아마 내일도 안 되겠지. 급속도로 우울감에 휩싸여가며 쓸쓸하게 웃었다. 이래서야 아랫도리가 머리를 휘두르던 스물한 살 때와 다를 게 없는데.

다행히 나는 그때의 나보다 경제적으로든 시간적으로든 여유롭다. 그래서 집에 가는 길에 보인 헬스장에 들어가 두어 시간쯤 흠뻑 땀을 흘린 뒤 사우나로 마무리하고 나오자 그럭저럭 평정을 되찾았다.

그래 봤자 나희의 집에서 나온 지 이제 겨우 네 시간 정도 흘렀다. 시간이 화살처럼 가게 만들 만한 일, 뭐 없을까 궁리했지만 변변한 아이디어가 떠오르지 않았다. 워커홀릭으로 지내는 동안 나는 취미도 뭣도 없는 재미없는 인간으로 굳어버렸다. 병원에 입원한 동안 따분함을 견디기 위해 독서를 다시 시작했지만 오늘은 글자가 눈에 들어올 것 같지도 않고.

"아, 율리시즈."

나희가 주었던 그 책을 아직 가지고 있다. 버리려고 마음먹었던 순간이 수도 없었지만—실제로 쓰레기통에도 몇 번 들어갔고—여전히 책으로서의 정체성을 유지하는 질긴 녀석.

읽은 적은 없다. 자학에는 취미가 없으니까. 그러나 이제는 그걸 읽어도 딱히 괴롭진 않을 것 같다.

나는 오늘 하루 목표가 생겼다는 것에 흡족해하며 집으로 차를 몰았다.

며칠 비워뒀던 2층 서재방이 싸늘하니 추웠다. 마침 볕도 좋고 해서 환기를 시키려고 창문을 죄 열고 『율리시즈』를 꽂아놓은 서가로 향하는데 오크나무 책상 쪽에서 지이잉 하고 희미한 진동음이 들렸다. 일단 책을 꺼내 들고 책상으로 걸어가 오른쪽 맨 위 서랍을 열었다.

비즈니스 용도로 쓰는 스마트폰에 메시지가 있는지 파란 불이 점멸했다. 확인해 본 결과 거의 시시한 신년인사들이었다. 단체메시지로 대응할 수 있는 건 관두고 K&H의 투 케이 중 한 명인 장건호에겐 전화를 걸어 통화를 했다.

그와는 일 년간 유학생활이 겹치기도 했지만 정작 거기선 데면데면하다가 한국에 와서 의기투합해 한 배에 올라타는 인연이 됐다. 부동산에 대한 센스가 좋은 편은 아닌데 친화력과 추진력이 엄청나서 대외적으로 수장을 할 만한 그릇이다. 제아무리 수완이 뛰어난 사람이어도 다른 사람 밑에서 숙이고 일할 성격이 못 되는 내가 장건호에 한해선 보좌 역할에 만족하는 걸 보면 과연 리더감은 따로 있다는 생각이 든다.

"…아무튼 언제 한 번 얼굴 좀 보여 달라고. 이건 뭐 내가 신주에 간다고 해도 튕기고 말이야. 너 너무 비싸게 구는 거 알지?"

농담 같은 진담에 피식 웃으며 그러자고 말은 해 놨다.

"조만간 올라가긴 할 거야. 살 것도 좀 있고."

"두루뭉술하게 말하지 말고 날을 잡아, 날을!"

"다음 주 안으로. 나 혼자 결정할 일은 아니라."

내 어조에서 뭔가 눈치챘는지 질문하는 건호의 목소리가 은근해졌다.

"말하는 거 들으니 신주에 내려간 목표 달성한 모양인데?"

시시콜콜 개인사를 털어놓는 사이는 아니라 그는 내가 어떤 여자를 찾으러 신주에 내려왔다는 정도로만 알고 있다. 경력을 백지로 돌리는 위험을 무릅쓰면서 찾으러 갈 여자라면 보통 사이가 아니었겠구나 하고 정곡을 찌르는 걸 못들은 체한 기억이 있다. 하지만 이제 바라는 바를 이룬 마당에 구태여 신비주의를 유지할 필요는 없겠지.

"응, 달성했어. 내일모레 구청 여는 대로 혼인신고부터 할 생각이야."

"와우, 어느새 그렇게…!"

건호는 나지막한 감탄에 이어 짧게 혀를 찼다.

"이제 완전히 물 건너갔네, 고은인."

그 소리엔 절로 인상이 써졌다.

"왜 그렇게 엮어? 걔랑 난 애초에 그런 사이 아니었어. 농담을 다큐멘터리로 둔갑시키는 것도 정도가 있지."

"아, 웃자고 한 소리였던 건 나도 아는데 걔가 장난으로라도 다른 남자한테 결혼 운운하는 애였어야 말이지. 그리고 나도 네가 걔 농담에 불쾌해한다는 기색은 못 느꼈고. 솔직히 그래도 상관없었던 거 아니야? 사고 전까진."

확실히 친화력만 좋은 게 아니라 사람 보는 눈도 예리한 편이다. 이고은은 빈말로도 내 취향과는 거리가 멀었지만 회사 파티장에서 만났던 그녀의 조모가 상당히 깨인 사람인 게 마음에 들었었다. 나 같은 개천의 용을 데려다 머슴으로 부려먹을 심산이 눈에 훤히 보이는 잘나신 어르신들 중에선 그나마 깨인 편이었다는 소리지만.

서른다섯 살이 돼도 솔로면 둘이 결혼하자는 고은의 레퍼토리를 딱 부러지게 거절하지 않은 것엔 물론 내 사심도 얼마쯤 있었다. 내가 아무리 교만해도 내 능력 하나로 언제까지 고고하게 살 수 있을 거라고는 믿지 않았다. 언젠가 내게도 보일지 모르는 유리천장 앞에서 보험이 될 만한 누군가의 필요를 계산했었다.

확실히 나는 속물이었다. 이만큼 성공한덴 그 속물근성에 힘입은 바가 크니 딱히 후회하지는 않는다. 그때는 그렇게 살았고, 이제는 다르게 살 생각일 뿐.

"지나간 생각까지 시시콜콜 말할 이유는 없고. 아무튼 앞으로 이런 이야기 꺼내지 않았으면 좋겠어. 나한테도 고은이한테도 득 될 게 없어."

"물론 그 정도 눈치야 있지. 그러니까 이 자리에서만 말할게. 고은이 부모님이랑 세부에 여행 갔는데 느닷없이 생각 좀 할 게 있다는 쪽지 하나 남겨놓고 여행지에서 잠적한 모양이야. 혹시 연락 안 왔냐고 전화 왔었는데 넌 뭐 아는 거 있어?"

있을지도. 그러나 말하지 않았다.

"어린애 아니잖아. 제 앞가림 정도는 하겠지."

내 쌀쌀맞은 말에 건호도 그렇긴 하다고 응수했다.

"때에 따란 모른 체하는 미덕이란 게 있는 법이고. 알았어, 이제 그쪽 관심은 영원히 끌 테니까. 그럼 다음 주에 올라올 때 그 환상의 여인도 동반하시나?"

어느 결에 나희가 환상의 여인이 되어버렸나 하며 피식 웃었다.

"일단 내 생각은 그래. 말은 해봐야 하고."

"좋아. 우선은 같이 올 거라고 믿고 기대하고 있을게. 설마 나한테 얼굴도 안 보여주고 데려가진 않겠지?"

"봐서. 지금 정해진 건 내가 간다는 거 하나뿐이야."

"으으, 너 내가 아는 신휘영 맞아? 뭐 이렇게 매사가 조심스러워? 환상의 여인이 알고 보면 한 성깔 하시나?"

그러고도 건호가 뭐라고 더 떠들어대는 것을 적당히 맞춰주고 전화를 끊었다. 그리고 잠시 내가 그렇게 조심스러운가? 하고 생각했다.

뭐 그렇다 해도 이 페이스를 달리 바꾸고 싶은 마음은 없다. 내 멋대로 나희를 휘두르는 바보짓은 이미 충분히 했으니까. 사랑하는 만큼 존중도 하지 않으면 그 사랑은 틀림없이 탈이 난다는 교훈, 숙지해야지.

마지막으로 휴대폰을 도로 넣기 전에 고은에게서 온 장문의 메시지를 확인했다. 이런저런 변명이며 자기연민에 범벅된 의식의 흐름 같은 글에 금세 읽기를 포기하고 메시지 창을 나왔다.

미리 연락도 없이 불쑥 나를 찾아와선 신주가 어떤 곳인지 구경 삼아 왔다며 쓸데없이 내 시간을 잡아먹더니만 앙큼하게도 뒤로는 나희를 만나서 제대로 재를 뿌려줬겠다. 꼭 내가 할 법한 짓이라서 더 기분이 언짢다.

아니, 나는 했다면 훨씬 더 정교하게 했을 것이다. 이건 뭐 생판 초면인 사람에게 다짜고짜 떨어져나가라고 무력시위를 펼쳤으니. 얼마나 나희를 무시했으면 그랬을지 훤히 보여 못내 불쾌하다.

이미 한바탕 퍼부어준 게 있긴 하지만—그 탓에 여봐란듯이 잠적해서 술독에라도 빠져 있는 모양인데—다시금 바짝 성이 나서 몇 마디 적어 보냈다.

[여기서 더 보여줄 바닥이 있습니까? 유감스럽게도 난 관심 없으니까 반성은 혼자서 하시죠. 거울이라도 보면서. 앞으로 업무 외의 연락은 받지 않겠습니다. 그리고 업무 쪽 연락이라면 되도록, 건호 편에 부탁합니다. 말했다시피 당분간은 그쪽 목소리도 사양이에요.]

앞으로 두 번 다시 말을 놓고 지내는 사이로는 돌아가지 않을 것이다. 나란 놈은 옹졸해서 앙심을 두고두고 기억하니까. 딱 하나의 예외가 나희였는데 그나마도 죽을 고비를 당해서야 내 마음에 솔직해졌을 정도로 한없이 편협한 그릇이다.

내가 한 짓들은 생각 않고 그저 마지막에 한 번 밀쳐졌다는 것에 자존심이 상해서 오기를 부렸었지. 잘도 그렇게 오랫동안.

새삼 혀를 내두르며 전원을 끈 휴대폰을 서랍에 넣다가 그 아래 서랍에 잠시 눈길을 주었다. 위쪽과 달리 거기는 열쇠를 열어야 서랍 안을 볼 수 있다. 나는 열쇠를 열고 작은 상자를 꺼내 창가에 있는 녹색 안락의자에 가서 앉았다.

상자를 열면 보이는 건 빽빽한 종이 부스러기.

…는 위장이고 그 아래에 진짜가 숨어 있다. 얼마 전까진 하나만 들어 있었지만 지금은 두 개로 늘어났다.

원주인이랄 수 있는 낡은 볼펜을 꺼내 들어 잠시 손에 쥐어 보았다. 이미 오래전에 단종된 모델이고 호환되는 리필심도 찾을 수 없어 볼펜으로서의 기능은 잃어버렸지만 존재하는 자체로 의미가 있는 물건이 세상엔 몇 있다. 고등학교 졸업식 날 나희에게서 받은 이 볼펜처럼.

버리려고 마음먹은 순간이 없었던 건 아닌데―사실 정말 많았는데―지금까지 함께 해왔다. 앞으로도 함께이길 바라며 극세사천으로 정성스레 몸체를 닦아주고 원래의 자리로 돌려보냈다.

다음으로 두 번째 물건을 꺼냈다. 2, 3년쯤 전에 보급형으로 나온 휴대폰이다.

무난히 전원이 켜졌다. 삼십 프로 가량 남아 있는 배터리를 보고 꺼낸 김에 충전을 해두자고 머릿속에 메모했다.

그리고 첫 화면에서 비밀번호를 입력하라고 뜨는 창을 보고 빙그레 웃었다. XX0613. 나희 동생인 동우 생일이다.

십이 년 만에 만난 나희의 휴대폰 비밀번호가 여전히 동우의 생일인 걸 알았을 때, 나는 내 희망에 서광이 비치는 걸 느꼈다. 요즘 세상에 그 흔한 지문인식이나 패턴도 아니고 숫자 비밀번호를 쓰는 사람이 얼마나 될까?

그녀는 변하지 않았다. 고지식할 정도로 외곬인 그 성정은 여전하다. 사람에 대해서도 그럴 거라고 내게 유리한 쪽으로 믿기로 했다. 그리고 화단 가장자리에 떨어져 있는 휴대폰을 봤을 때 그걸 자연스럽게 주머니에 갈무리한 내 혜안을 칭찬했다.

휴대폰 안엔 나희의 근황을 보여주는 사진들 말고도 아주 중요한 다이어리 앱이 있다. 마지막으로 저장된 일기의 내용을 읽고 내 눈은 한동안 그 끝 문장에 못 박혀 있었다.

[다시는 만나지 말기를.]

솔직히 처음 봤을 땐 좌절했지만, 연거푸 들여다보는 사이 점차 다른 생각이 일었다. 시간이 흘러 모든 게 덤덤해졌다면 구태여 이런 식으로 소원을 빌 필요는 없지 않을까?

나는 거기서 살짝 혼탁한 감정의 부유물을 읽었다. 어떤 감정이 됐건 나희는 나로 인해 마음이 어지러워졌다. 역으로 생각하면 나란 존재가 여전히 나희에게 그런 힘을 가지고 있다는 증명인 셈이었다.

자꾸 그녀 앞에 나타나 그녀의 세계를 온통 혼란의 도가니로 만드는 것. 내가 해야 할 일은 그렇게 명백해졌다.

잘 풀릴 듯하면서도 다시 제 껍질 안으로 꽁꽁 숨어버리는 그녀 때문에 가끔은 맥이 빠질 때도 있었지만 그럴 때면 돌아와 이 휴대폰을 들여다보았다. 그러곤 완벽히 회복된 자신감을 가지고 다시 나희에게 대시하는 일의 반복이었다.

말하자면 내겐 승리의 숨은 공신인 셈이다. 아쉽게도 나희에겐 절대로 밝힐 수 없는 공신 1호지만.

2호도 있냐고? 물론이다. 그러나 그건 아무리 나라도 내 입으로 밝히기는 좀…. 작위적인 것은 둘째 치고 이러다 나희의 트라우마를 건드리는 건 아닌가 고민했던 게 부분적으론 사실로 드러났고. 일을 맡겼던 심부름센터의 평생비밀보장엄수라는 철칙이 과장이 아니길 빌어볼 따름이다.

그리고 마지막으로….

"한 며칠 나도 잠적이나 할까."

책상 위의 탁상달력을 힐긋 쳐다보며 중얼거렸다. 전혀 급할 거 없는 일이지만 기왕이면 결혼식 전에 처리해서 진실한 몸과 마음으로 나희에게 가고 싶다. 안 그러면 앞으로 우리에게 올지 모를 둘째도 관세음보살님의 파워라고 믿을지 모르는 내 순진한 연인을 위해….

"아, 나희 보고 싶다."

옆에 있다면 꼭 끌어안고 흐물흐물 녹아내릴 때까지 키스했을 텐데. 당장엔 전화도 하기 곤란한 그녀를 머릿속으로라도 함빡 포옹하며 입을 맞췄다. 스르륵 감긴 눈 뒤로 펼쳐지는 음란한 백일몽.

…상상이 진짜 꿈에 자리를 내어주는 데엔 그다지 많은 시간이 필요하지 않았다.

사우나를 마친 후 겨울바람을 고스란히 쏘이며 창가에서 잠든 결과는 오한과 머리가 깨질 것 같은 두통으로 돌아왔다. 이쯤이야 하룻밤 자면 낫겠지 하고 객기를 부렸더니만 다음날 아침엔 혹독한 근육통에 고통스러워하며 잠에서 깼다. 몇 년 만에 제대로 감기몸살에 걸려버렸다.

당연히 이런 몸으론 나희에게 갈 수도 없고, 나희가 이쪽으로 찾아올 수도 없다. 잠깐 얼굴만 보고 가겠다는 걸 못 오게 하고 병원에 가서 주사를 맞고 돌아와 내리 잤다. 그러다 얼핏 정신이 들었을 땐 머리 위에서 웅웅대며 목소리 같은 게 들렸다.

"어떡해요, 끙끙 앓는 소리까지 내는 게 엄청 아픈가 봐요."

"원 이런 못난 놈을 봤나. 그래, 고작 그거 벌 좀 세웠다고 다음날로 앓아누워? 허우대는 멀쩡한 놈이, 속이 아주 골았나?"

"에이, 설마 그거 벌섰다고 그러겠어요. 한 시간 가까이 팔을 들고 있긴 했지만 그래도… 에이, 설마요."

당연히 설마지. 절대 그런 이유로 아픈 거 아니야, 나희야. 오해하지 마. 오해하지 마세요, 할아버지.

…라고 말하고 싶은데 입은 절대로 열리지 않고 눈도 뜨이자 수를 안 한다. 나오는 거라곤 한심하게 끙끙대는 못난 신음이 고작. 아마도 이게 가위에 눌리는 기분인가 하며 나는 머리 위에서 오가는 대화에 귀 기울이려고 애썼다.

그러나 그마저도 어렵다. 머리가 빙빙 돌고 바닥이 꺼지는 듯한 어지러움에 휩싸여 다시금 세상이 먹통이 됐다.

그러다 간신히 정신이 돌아오며 눈을 떴을 때, 침대를 마주 보게 돌려 놓은 안락의자에서 잠들어 있는 나희를 보았다. 느슨한 게 당장이라도 흘러내릴 것 같은 크림색 숄로 몸을 감싸고 새근거리며 곤한 숨을 내쉬고 있다. 얼굴의 태반을 감추고 있는 하얀 마스크에도 불구하고 아름다운 건 여전하다.

아, 나희는 참 아름답구나.

단순히 외모의 차원을 넘어 그녀라는 전 존재가 발산하는 다정한 사랑스러움, 내 안의 가장 좋은 것들이 기쁘게 추구하는 근원의 향수鄕愁 같은 그리움을 아름다움이라는 한 단어로 뭉뚱그려 품어도 크게 어긋나진 않으리라.

이런 사람을 두고 나는 참 먼 데서 방황했구나. 가슴에 큰 구멍이 생긴 줄도 모르고 그저 뚜벅뚜벅 더 높은 곳으로 전진하고 있다는 허영에 취해서.

나는 많은 걸 알고 있을진 몰라도 나 자신에 대해서는 참 아는 게 없었던 바보였다. 그리고 지금도 가장 중요한 것 말고는 별로 아는 게 없는 것 같다.

그때 문득 나희의 손에 들려 있던 휴대폰이 진동을 했다. 그 바람에 얼핏 눈을 뜬 나희는 멍한 얼굴로 숄을 추슬러 앉으며 휴대폰을 확인했다.

누구에게 온 메시지일까. 그녀의 눈에 천천히 불이 켜졌다. 웃음을 가득 담아 답을 보내는 손길이 날듯이 경쾌했다.

잠깐 그 상대가 할아버지일 거라고 생각했지만, 바로 그건 아니란 생각이 들었다. 분명히 아까도 할아버지 목소릴 들었다. 그때로부터 시간이 얼마 흐르지 않은 것 같은데.

"…누구야?"

나는 조바심을 못 이겨 그녀가 내게 시선을 주는 것을 기다리지 못하고 물었다. 나희가 움찔 놀라서 이쪽을 바라보았다.

"깼어?"

웃음으로 가늘게 휘어지는 눈. 그녀가 얼른 내게로 다가와 뺨이며 손을 만져보았다. 갸웃하면서 이마에 놓여 있던 수건을 치우는 그녀에게 다시 방금 그건 누구였냐고 물었다.

"아, 좀 아는 사람이 신년인사 보낸 거야."

"좀 아는 사람인데 그렇게 다정한 얼굴을 해?"

"그랬나?"

"그랬어. 누구야?"

자꾸만 캐묻는 나를 곤란한 아이 보듯 바라보며 나희가 피식했다.

"전에 살던 동네 이웃사촌. 신년인사에 좋은 소식이 붙어 있어서 덩달 아 좀 기뻤던 것뿐이야."

"어떤 소식이기에?"

"십 년 묵은 짝사랑이랑 마침내 사귀기로 했대. 올해 안에 국수 먹게 해달라고 응원했어. 됐니? 자, 좀 조용히 해봐."

나희는 그렇게 내 입을 단속하고 이마에 손을 올려놓았다. 부드럽고 적당히 차가운 손이 기분 좋아 웃고 있는데 걱정 어린 그녀의 목소리가 들려왔다.

"아직 좀 열이 있네. 잠깐만, 체온 좀 재볼게."

돌아서려는 나희의 손을 잡고 나는 칭얼거렸다.

"괜찮아, 자기 전보다 한결 좋아졌어. 정말로."

"아니야, 아직 열 높아. 체온 재야 해."

그래도 내가 손을 놓아주지 않으니 나희는 왼손으로 사이드테이블의 체온계를 가져왔다. 그 옆으로 녹아가는 얼음이 떠 있는 대야를 보고 나 는 이마를 찌푸렸다.

"나 때문에 저 찬물에 손 담근 거야? 뭐 하러 그랬어. 대충 얼음주머니 나 올려주고 말지."

"내가 전에 아플 때 얼음주머니 올려놓고 자다가 동상 걸릴 뻔했다는 거 아니야. 그 뒤론 저게 좀 무서워."

"어쩌다가… 아, 대전에서?"

그녀는 고개를 끄덕이며 내 입에 체온계를 물렸다.

"혼자 사는 사람들의 함정 같은 거지. 너는 그런 적 없어? 아, 아직 말하면 안 돼."

손가락을 까딱이며 초를 잰 나희가 체온계를 빼더니 미간을 찡그렸다.

"37도 2부야. 깬 김에 뭣 좀 먹고 약 먹자."

횡하니 방을 나서는 나희를 안타까이 바라보다가 다시 번져오는 어지럼증에 떠밀려 눈을 감았다. 고작 몸살 하나를 못 이겨내고 이러고 있는 게 창피하기 짝이 없지만… 돌아올 그녀를 기다리는 마음은 왠지 좀 들떠 있었다.

다시 어릴 때로 돌아가 앓아누워 있는 듯한 착각도 들었다. 어쩌다 한 번씩 아플라치면 종합감기약을 먹고—때론 그마저 못 먹을 때도 있었지만—잠자는 게 치료의 전부였던 내 어린 시절. 그나마 간병 같은 호사는 바라지도 않으니 막내 혜주가 귀찮게 굴지 않았으면 하는 게 내 바람의 전부였다. 하지만 그 어린 애가 말귀를 통 알아먹어야 말이지.

상황이 달라진 건 나희네 집으로 이사를 간 뒤. 아프다고 말하지 않아도 나희는 귀신같이 먼저 알아채고 혜주를 아래층으로 데려가거나 다른 방으로 데려가서 인형놀이 같은 걸 하며 돌봐주곤 했다. 이윽고 혜주가 낮잠이 들면 슬쩍 내가 누워있는 방으로 찾아와 가만히 이마에 손을 대보곤 하던 게 눈에 선하다. 열이 좀체 떨어지지 않는 날엔 할아버지표 생강차를 몇 번이고 마시게 했던 것도.

그때는 그저 신세를 진 게 자존심 상해 고맙다는 말 한마디도 어지간히 인색했다. 오히려 귀찮게 좀 굴지 말라고 면박을 던졌던 적도 있고. 그러거나 말거나 나희는 꿋꿋하게 내 곁을 지켜줬다. 정작 그녀가 아플 땐 내가 별로 해준 게 없는데.

"…아. 독감예방접종 맞으러 같이 갔다."

서울에 살 때 두 번. 나희가 가자고 가자고 노래를 해대서 어쩔 수 없이 따라가면서 싫은 티는 있는 대로 냈다. 들춰보면 온통 미안해질 일투성이구나. 열없이 한숨을 내쉬고 있자니 나희가 많이 기다렸지, 하며 돌아왔다.

　"일어나 앉을 수 있겠어?"

　"그 정도는 해. 중병 환자도 아니고."

　투덜거리며 몸을 일으켜 앉는 나를 거들며 나희가 웃었다.

　"아까 처음 왔을 땐 열이 정말 높았는걸. 할아버지랑 둘이 119에 신고할까 말까로 옥신각신했어."

　"옥신각신이라면 너는 어느 쪽?"

　"나는 지켜보자는 쪽. 할아버지가 좌불안석이셨어. 결혼식도 올리기 전에 손녀가 미망인 될까 봐 걱정되셨나 봐."

　"몸살 한 번 걸린 걸로 죽을 위기까지 간 거야, 나?"

　실소를 짓는 내게 나희가 안겨준 쟁반엔 김이 모락모락 이는 잣죽이 담긴 대접과 생강편 초절임을 담은 접시가 놓여 있었다.

　"생강이다."

　오랜만에 봐도 전혀 어색하지 않은 반찬을 보고 중얼거린 말에 나희가 씩 웃으며 고개를 끄덕였다.

　"아플 땐 생강이지."

　"후식으로 생강차도 나오나?"

　"지당하신 말씀. 사실은 할아버지가 챙겨오셨어."

　"역시. 아, 그런데 할아버지는?"

　"주무시지. 지금 시간이 몇 신데. 내가 적당한 방으로 내드렸어."

　잘했다고 칭찬하며 숟가락을 드는데 나희가 경고했다.

"너, 컨디션 좋아지면 할아버지한테 드릴 말이 많을 거야. 무슨 생각으로 이렇게 대궐 같은 집을 지었나 궁금해 하시더라고."

"괜찮아. 다 대답할 수 있으니까 나만 믿어."

"글쎄요, 올겨울엔 나도 여태 안 걸린 감기에 걸린 분 말이라 신뢰도가 썩 높지 않군요."

거기에 대해 이의를 제기하려는데 이제부터 입은 먹는 데만 쓰라며 나희가 엄한 얼굴을 했다. 나는 온순하게 따랐다. 안 그래도 향긋한 잣죽 향기가 허기를 자극하던 참이었다.

처음 몇 숟갈은 혀가 깔깔해 무슨 맛인지 통 모르겠더니 점차 입맛이 돌아오면서 담백하면서도 적당한 풍미는 잃지 않은 잣죽이 그렇게 맛있을 수가 없었다. 허기진 배를 맛있는 죽으로 채워가는 기쁨과 동시에 점점 그릇이 비어가는 애석함, 그 둘이 시소처럼 오르락내리락 내 안에서 춤을 췄다.

"…이런 말 하면 웃길 거 아는데, 나 아픈 게 행복해."

"웃기진 않은데 맥락은 잘 모르겠어."

내 고백에 나희가 고개를 갸웃하며 두 눈을 깜박였다.

"잣죽이 너무 맛있어서 감동한 건 아닐 테고."

"아니야, 맛있어. 감동할 만큼."

"에이, 그 정도는 아니다."

손사래를 치면서도 기분은 좋은지 웃음소리를 내고 나희는 재차 궁리했다.

"그럼 뭘까. 아픈데도 행복하다니. 역시 이 상냥한 애인께서 몸소 보살펴 주러 온 게 기쁜 걸까나?"

"거의 정답. 잣죽도 좋고 간병해주는 것도 좋지만, 네가 와준 게 가장

기뻐. 나 아무래도 조급증이 생겼나 봐. 이젠 하루라도 너랑 떨어져 있기가 싫어."

"…뭐야. 이제 보니 나 불러들이려고 꾀병 부린 거 아냐?"

짐짓 의심하는 척 중얼거린 것도 잠시, 나희가 마스크를 끌어내리고 활짝 웃는 얼굴로 말했다.

"실은 나도 보고 싶어서 혼났어. 하루가 그렇게 긴 줄 전에는 미처 몰랐는데."

"그래도 내가 더 많이 보고 싶어 했을걸."

"어허, 지금 누가 더 많이 보고 싶어 했나 겨루자는 거야?"

"겨룰 것까지도 없어. 나 지금 아파서 누워있는 걸 봐. 승부가 뻔하잖아?"

"참나, 그러니까 지금 이걸…. 에이, 관둬, 관둬. 지는 게 이기는 거지."

손사래를 치고 마스크를 도로 끌어올린 나희가 안락의자로 돌아가려는 걸 내가 멀리 가지 말라고 칭얼거렸다. 나희는 어이없다는 듯 돌아보며 "겨우 두 발자국이거든?" 했다.

"그것도 멀어. 이리 침대에 와서 앉아 있어. 아니, 누워 있어. 머리 반대편으로 두고. 내가 얼른 먹고 마스크도 쓰고 이불도 바꿀 테니까 편히 있어도 될 거야."

결국 나희가 두 손 들고 침대에 와서 앉았다.

"너, 확실히 많이 아픈 모양이야. 전에 없이 보채는 게."

"아파서 그런 거 아니야."

"그럼?"

"조금이라도 가까이 있고 싶어서 그래. 사랑하니까."

하얀 마스크에도 불구하고 나희의 얼굴이 새빨갛게 물드는 건 감춰지지 않았다. 사랑한다는 말, 이미 수십 번은 더 말한 것 같은데 전혀 익숙해지지 않았나 보다. 언젠가 익숙해질 때까지 그런 수줍음을 즐길 생각인 걸 알면, 나희 화를 내려나?

"아, 아프다면서 말 참 많다. 그만하고 죽이나 먹어. 다 식어버렸어도 난 몰라."

괜히 쑥스러우니까 타박을 던지고 앵돌아져 앉는 모습을 바라보며 나는 죽을 다 비웠다. 약까지 먹고 욕실에 간 김에 세수를 하고 있는데 밖에서 목욕은 아직 안 된다며 당부하는 목소리가 들렸다. 꼴이 말이 아니긴 하지만 그녀의 뜻에 따라 세수 후 가운을 갈아입는 것에 만족했다. 나가보니 나희가 시트를 갈고 있어서 얼른 다가가 못하게 말렸다.

"이런 일 하지 마. 힘든 일은 다 금지라니까."

"아직 이게 힘에 부칠 정도 아니야. 배도 별로 안 나왔고."

"힘에 부친다고 생각할 때는 늦은 거지. 안 그래도 소개소에 쓸 만한 헬퍼 구해달라고 말해놨어. 한 명은 입주 쪽으로 말해놨으니까 집안일은 전혀 신경 쓰지 마."

"한 명은? 헬퍼를 몇 명이나 들이려고?"

"일단 두 명. 집 관리도 해야 하고. 예정일 즈음해서 육아 쪽 헬퍼도 고용할 거야. 넌 그냥 네 몸만 신경 쓰면 돼."

"우와, 둘이 살면서 사람을 대체 몇이나 쓰려고 그래?"

나희의 줄이 선 미간을 손가락으로 문질러주면서 나는 대답했다.

"머잖아 셋이 될 거잖아. 할아버지가 우리 뜻 따라주시면 넷이 될 거고."

"그래도 그렇지 집안일은 내가 충분히…."

"나 너 가정부 시키려고 데려오는 거 아니야. 물론 아이 보모 시킬 생각도 없고. 곁에 두고 보기도 아까운 여자, 그런 일로 왜 소모를 시켜?"

"딱히 그걸 소모라고 생각하지 않는데 난?"

갸우뚱하는 그녀에게 부드럽게 웃으며 고개를 주억거렸다.

"적당히 하는 것까진 말리지 않을게. 하지만 거기에 전념하진 말라고. 너 공부도 다시 하고 싶다며."

"응. 해보고 싶어. 아니, 할 거야. 화군이한테 자랑스러운 엄마가 돼야 해."

"해봐. 하지만 어디까지나 즐긴다는 기조로. 아무튼 잠깐 나가 있어. 내가 부르면 들어오고."

잠시 나희를 내보내고 재빨리 창문을 열어 환기시키는 동안 침대 이불을 바꿨다. 그것 조금 했다고 머리가 지끈거려서 침대에 걸터앉다가 아차 했다. 약국에 들렀을 때 마스크도 샀어야 하는데. 어지간히 정신이 없었구나 혀를 차면서 나희를 불렀다.

"어쩌지? 집에 비치된 마스크가 없어. 그 마스크 나 주면 안 돼?"

그러라고 하면서 나희가 건네준 마스크를 귀에 걸고 나는 슬쩍 짓궂은 눈웃음을 지었다.

"이렇게 오늘 분의 키스에 성공."

"뭐야, 유치해."

관두라는 듯 손을 내저으면서도 나희의 얼굴엔 미소가 번졌다. 유치하다는 말을 한 트럭으로 들어도 그거면 충분했다.

"참, 여기 오기 전에 전화 받았는데 우리 집 들어왔던 도둑 잡혔대."

"그래? 잡혔다고? 어떻게?"

자리에 눕다 말고 엉거주춤히 돌아보는 내게 나희가 고개를 끄덕이고 말했다.

"제 버릇 개 못 준다고 신정이라고 또 빈집 털다가 현행범으로 잡혔다나 봐. 알고 보니까 그 동네 통장 아들이라는 거 있지."

"통장 아들?"

"대학생인데, 가끔 통장인 엄마 대신에 유인물 같은 것도 나눠주고 다니곤 했대. 우리 집 이층에 작년 봄까지만 해도 기초생활수급자 할머니가 사셨거든. 걔가 쌀도 가지고 오고 그랬다고 할아버지가 그러더라고. 그러니 앙도 아는 얼굴이라고 안 짖은 거지."

"과연 면식범이었네. 그것도 간이 배 밖으로 나온."

"동네 지리를 잘 아니까 그만큼 안 걸릴 거라고 생각했나봐. 초범이고 피해액도 얼마 안 되고 해서 협조만 잘하면 선처해준다고 하니까 술술 부는 모양이야."

"선처라니, 누구 맘대로?"

코웃음 치며 자리에 눕는 나를 보며 나희가 미간을 약간 찡그렸다.

"요행히 사람은 다치지 않았으니까. 우리 집도 할아버지 입원한 거 알고 털었다나 봐. 나랑 마주치는 바람에 놀라서 한동안 조심하다가 연말연시라 여자친구 선물 사주려고 딱 한 번만 더한다는 게 걸렸다고 하소연한다나."

"하도 이유가 거창해서 할 말이 없네."

"나는 아주 약간 이해가 되는데."

"이해가 된다고?"

귀를 의심하고 묻자니 나희가 쿡쿡 웃었다.

"아버지가 엄해서 공부하라고 알바를 못하게 하는 모양이야. 학비 대주고 용돈도 주는데 무슨 알바냐고. 근데 할아버지 말씀이 그 집 아저씨 완전 자린고비가 따로 없대. 그 집 엄마도 생활비가 부족해서 통장을 한다는 말이 있을 정도로. 용돈이래 봤자 쥐꼬리만큼이었을 거야. 그런 상황에 여자친구…. 어린애가 생각이 많았겠지."

"생각이 많다고 다들 도둑이 되진 않아. 대학생이면 그렇게 어리지도 않고."

"알아, 알아. 그러니까 아주 약간 이해한다고."

손가락으로 아주 적다는 표시를 해보인데 이어 나희가 고개를 갸웃했다.

"근데 그 말대로라면 우리 집에 두 번째로 온 건 걔가 아니라는 건데. 한동네에 도둑이 둘이나 된다는 건가."

"도둑이 하는 말을 곧이곧대로 믿어? 제 딴에 머리 굴리는 건지 뭔지 알게 뭐야."

내 말에 나희도 그건 그렇다고 인정했다. 나는 그녀가 엉뚱한 생각을 못하도록 미리 경계를 지었다.

"경찰서 갈 일 있으면 나랑 같이 가. 그런 게 아니면 그쪽 일은 나한테 맡기고. 너 그런 일에 공연히 신경 쓰는 거 싫어. 태교에도 안 좋고."

"그럴게."

순순히 대답한 그녀가 담뿍 웃으며 소곤거렸다.

"애인이 있으니까 이럴 때 든든하네."

"그냥 애인 아니잖아. 당당한 약혼자인걸."

"약혼자도 좋고, 애인도 좋고. 우후훗."

"이제 곧 남편 되면 더 좋겠네, 여보?"

"으, 여보는 아직 쑥스러워."

수줍은 듯 무릎을 끌어안으며 손사래 치는 사랑스러운 모습을 지척에 두고 바라만 봐야 하는 게 내 딜레마였다. 어쨌든 화제도 바꾸고 내 안의 충동도 잠재울 겸 신혼여행 이야기를 꺼내 들었다.

그리고 졸음이 쏟아져 견딜 수 없어지기 전까지 나희와 신혼여행지 이야기를 했다. 원래 잔걱정이 많았던 그녀와, 이 일에서만큼은 덩달아 걱정이 많아진 내 결론은 '해외여행은 무조건 출산 후까지 연기'였다. 국내 한정이라면 각지의 명소 투어 플러스 맛집 투어 정도로 대강 가닥이 잡혔다.

"이번엔 아쉬운 대로 보름 정도 돌아보고 다음 해외여행 때 제대로 회포를 풀자. 할아버지 모시고 지중해 크루즈여행 같은 걸 가도 좋을 것 같아."

"크루즈여행이라니. 듣기만 해도 좋다. 아, 오늘 밤 꿈꾸면 꿈에 배가 나올 것 같아."

"꿔. 대신 나랑 같이 타야 한다. 옆에 나 없으면 올 때까지 기다렸다 타."

"이젠 내 꿈까지 단속하기야? 아, 신휘영, 그만 자! 너 목소리에 졸음이 그득해."

"…잘게. 나희야, 어디 가면 안 돼. 옆에 있어줘, 꼭…"

너무도 강력한 수마에 그만 항거불능이 되었다. 그리고 정작 배 꿈은 내가 꿨다.

책에서 읽은 표현처럼 적포도주 빛으로 물든 바다를 유유히 흘러가는 크루즈. 밝은 노란색 원피스를 입은 나희가 내 곁에 있고 나는 아기를 안고 갑판에 서 있었다.

저기 저 섬 좀 보라는 나희의 말에 그쪽을 쳐다봤다가 무심코 아기를 어르며 들여다봤는데 어라? 이게 아기가 아니다.

엉뚱하게도 나는 새하얀 불상을 안고 있었다. 왠지 눈에 익은데 어디서 봤더라…? 하고 생각하는 사이 이게 은근히 빛을 발했다. 점점 더 강해지는 빛에 어리둥절해하면서도 눈을 떼지 못하는데, 문득 나희가 그 새하얀 빛덩어리를 만지며 "예쁘다, 우리 아기." 한다. "이게 아기로 보여?"라고 물은 것까지가 기억나는 꿈의 대목.

아무래도 너무 엉뚱한 꿈이라 나희에겐 말할 수 없을 것 같다.

할아버지는 그러고도 이틀 밤을 더 머물러 주셨다. 나희가 할아버지에겐 비밀로 하고 잠깐 집에 돌아가 개를 데려온 덕분에 가능했던 일. 왜 말도 없이 일을 벌이느냐고 조금 언짢아하셨지만 그날 밤 우리가 혼인신고서를 작성할 때 선뜻 증인이 되어주신 걸 보면 짐짓 못마땅한 체했다는 느낌이다.

사흘째 아침. 몸살기가 싹 가시고 컨디션을 회복하자 그 길로 나희와 구청에 가서 혼인신고를 마쳤다.

구청을 떠날 때까지도 더없이 차분해 보였던 나희가 차에 올라타고 얼마 안 돼 눈물을 터뜨리는 바람에 한동안 차를 세우고 눈물을 그칠 때까지 안아주었다. 무슨 말이든 해보라고 해도 그녀는 너무 벅차서 아무 말도 할 수 없다며 조개처럼 입을 꼭 다물고 집에 도착하자 얼른 방으로 들어가 버렸다.

식사할 때를 빼놓곤 침대에 틀어박혀 쿨쿨 잠만 자는 모습에 정말 기쁜게 맞나, 하는 불안을 할아버지와 바둑을 두는 것으로 도피했다. 할아버지가 우려 섞인 말을 꺼낸 것도 그때였다.

"둘 다 충분히 성인이니 내가 어찌할 문제는 아니라 입 다물고 있었다만… 이 일 어머니에게 말씀은 드린 거냐?"

나는 바둑알을 만지작거리며 쓸쓸하게 웃었다.

"말씀 자체라면 진즉에 드렸지만, 그걸 어머니가 이해했을 것 같지는 않아요."

안경 너머로 이쪽을 빤히 바라보시는 할아버지의 시선에 나도 고개를 들어 눈을 마주하며 말씀드렸다.

"실은 어머니께서 지금…."

❖

내리 사흘간 비 아니면 눈이 오는 날이 이어져 나름 작정했던 서울행도 며칠 늦춰졌다. 그사이 나희가 약간의 짐을 가지고 집으로 들어왔다. 두 번째 동거의 시작. 이번엔 남편과 아내로서 영원히 헤어지지 않을 약속을 품고서.

날이 개이길 기다리면서 매일없이 둘이 침대에 틀어박혀 있다 보니 정작 날이 개이고도 이틀가량 꾀가 나서 꾸무럭거렸다. 방종에 가까운 격렬한 섹스는 당분간 무리겠지만 홀딱 벗고 둘이 끌어안고 있는 것만으로도 꽤… 충분히… 그럭저럭… 좋았다. 물론 사랑도 나누긴 했다. 딱 내가 목말라 죽지 않을 정도의 선에서 조심스럽게.

나희에 한해선 꼼짝없이 정욕의 노예가 되는 내게 남은 몇 달은 스스로의 한계를 돌파하는 기회가 될 거라는 걸 깨우치기 충분한 며칠이었다. 극기, 인내. 별로 좋아하는 말이 아니지만 익숙해질 수밖에.

"찾아봬야지, 이제."

결국 나희가 먼저 침대 속 신행에 브레이크를 걸었다. 이제 그만 어머니를 뵈러 안양에 가자는 이야기였다.

무던히 싫을 게 분명한데도 책임과 마주하려는 자세는 확고하다. 빠릿

빠릿한 면은 좀 부족할지 몰라도 항상 그녀가 나보다 더 어른스러웠다. 나는 싫은 일은 미뤄놓을 수 있는 데까지 미뤄놓는 편이다. 그러다 흐지부지되는 요행을 바라며.

"그래, 가자."

어렵게 침대에 작별을 고하고 몸을 일으켰다. 겸사겸사 서울에 가서 나희의 결혼반지를 맞추는 것에 포인트를 두면 마음먹기에 따라 즐거운 길이 될 수도 있다.

아, 이런 경우엔 맞춘다고 할 게 아니라 리셋팅이라고 해야 더 정확한 건가. 짝이 될 반지라면 이미 갖고 있으니까. 유학을 앞두고 급한 마음에 멋이고 뭐고 생각할 겨를 없이 샀던 투박한 금반지가 오랜 시간을 지나 용케도 주인을 찾아가게 되었다. 환골탈태를 시켜서 시치미 뚝 떼고 새 반지인 척 줄 생각인데… 모르겠다, 아직은.

어쨌든 실제로 출발부터 한동안은 교외에 드라이브 가는 기분으로 둘 다 유쾌했다. 그러나 안양에 들어가기 전 마지막으로 휴게소에 들렀을 때 화장실에 다녀온 나희의 눈이 발개져 있는 것을 보고 내 부족한 눈썰미를 깨달았다.

"뭐가 그렇게 걱정스러워서 그래? 내가 있잖아. 응?"

떨리는 그녀의 잔등을 쓸어주면서 몇 번이고 묻자 이윽고 나희가 대답했다.

"…나한테 하시는 건 상관없는데 아기한테 나쁜 말씀 하시면 나 못 견딜 것 같아. 못 견뎌. 미친 사람처럼 굴지도 몰라. 자리를 박차고 나와도 말리지 마. 너 내 편 들어줘야 해, 무조건. 나랑 아기 비참하게 만들면 안 돼, 진짜 안 돼. 네가 그럼 나 진짜 죽고 싶을 것 같아."

두서없이 말하며 또다시 눈물짓는 모습에 심장이 조이듯 아파왔다.

할아버지에게 드린 말씀, 나희에게 전하지 않았구나 하는 쓸쓸한 생각의 한편으로 그녀가 이렇게까지 두려워하는 것이 안타까웠다. 어머니와의 사이에 내가 모르는 무슨 일이 있었던 게 분명한데 나는 어렴풋이 짐작만 할 뿐이다.

2년여의 유학 기간 동안 어머니가 그 무렵 나한테 끈질기게 접근하던 부잣집 여자애한테 생활비를 받아쓰신 걸 뒤늦게 알고 대체 무슨 생각인 거냐고 추궁했을 때 얼핏 흘러나왔던 말. 어머니는 자신이 왜 자격이 없느냐며, 다 기브 앤 테이크였다고 뻔뻔스레 고개를 쳐들었었다.

'그놈의 낳아준 유세 지긋지긋하지도 않아요? 나한테 하는 걸로도 모자라 생판 남한테 돈까지 뜯어내게? 어머니가 거머리하고 다를 게 뭐에요, 대체!'

'이놈이 하늘 같은 엄마더러 거머리라니! 그런 말은 저 갈보년 딸내미한테나 했어야지, 응! 능구렁이를 삶아 먹은 년인 줄도 모르고 끼고 사는 걸 기껏 떼어내 줬더니만 어디서 감히 엄마더러!'

어머닌 나를 할퀴고 쥐어뜯고 서럽게 울부짖는데 정신이 팔려 그게 무슨 소리냐고 몇 번을 물어도 대답을 들을 길이 없었다. 그 뒤에 어머니를 다시 만나서 물었을 땐 취해서 한 헛소리라며 시치미를 떼곤 절대로 입을 열지 않았다.

기억을 더듬어본 끝에 나희가 일주일쯤 신주에 간 일이 떠오르긴 했다. 가면 간다고 늘 말하는 애가 그때는 아침까지 별말 없다가 저녁에 신주라고 문자가 와서 의아했던 기억이 있다.

내게도 서슴없이 손을 들던 분이 나희에겐 어땠을지 상상이 갔다. 아버지가 돌아가신 원망을 모조리 나희에게 돌려 죽일 듯이 미워했으니까. 그 어린애한테 말로 옮기기 아찔할 만큼 섬뜩한 저주를 퍼부은 건 또 어떻고.

진절머리가 나서 나조차 꼴 보기 싫어졌을 것 같은데 나희는 그러지 않았다. 어쩌면 전보다 더 상냥해졌던 것 같다. 나는 점점 더 그런 그녀에게 정신적으로 기대게 되고. 어쩌면 그런 불행한 일이 있었던 까닭에 우리는 더욱 서로의 존재 안으로 파고들었던 건지도 모르겠다.

어쨌든 그것은 결과론적인 말이고 지금은 나희의 눈물이 너무 아플 따름이다. 나는 그녀를 꼭 껴안고 약속했다.

"그럴 일 없어, 절대로. 나는 누가 뭐래도 네 편이야, 다른 건 아무것도 중요하지 않으니까 결코 겁먹지 마. 네가 걱정하는 일, 절대 일어나지 않을 거야. 약속할게."

나희가 발개진 눈에 억지로 웃음을 지어냈다.

"봐서, 심한 말씀 하실 것 같으면 도망치자. 나중에 지금보다 훨씬 단단해지면 그때는 며느리 도리 챙길 테니까. 나, 서른다섯이나 먹어놓고 아직도 좀 덜 컸나봐."

"충분히 잘 컸어. 성인군자가 목표라면 또 모르지만, 남편 입장에서 와이프가 성인이 되는 건 좀 곤란해."

"뭐라는 거야, 정말."

싱거운 농담에 핀잔을 던지고 나희는 내 어깨에 머리를 기대며 한숨을 토했다. 몸의 떨림은 많이 가라앉은 대신 한숨소리에서 불안이 묻어났다.

"너만 믿고 가는 거야. 알지?"

"알아. 그래서 고맙고."

부드러운 갈색 머리카락에 입술을 대며 나도 가슴 속으로 한숨을 삼켰다. 복잡한 여러 가지의 감정, 그 중에서도 안도가 가장 클 거라는 게 아주 조금은 씁쓸했다.

다시 안양으로 출발한 길. 이윽고 차가 모 요양병원 주차장으로 들어가는 걸 보고 나희가 의아한 얼굴을 했다.

"어머니부터 뵈러 가는 거 아니었어? 여긴… 국영이가 있을 것 같은데. 아, 국영이가 있으니까 어머니도 계신가 보구나."

그녀의 어림짐작은 사실과 매우 흡사했다. 보충설명은 더 필요하겠지만 그건 직접 눈으로 보면 금방 알게 될 일.

먼저 간 곳은 동생 국영이 입원해 있는 병동이었다.

"형아!"

면회 간 우리를 보고 멀리서부터 국영이 좋아라 소리를 질렀다. 사고로 반신불수에 다섯 살 아이나 다름없이 되어버린 국영과는 예전 그 어느 때보다도 사이가 좋다.

"과자는? 과자는?"

"여기 사왔어. 선생님 말씀 잘 듣고 양치 잘한다고 해서 주는 거야. 과자 먹는다고 밥 안 먹으면 안 돼. 알지?"

"알아. 밥도 잘 먹고, 양치질도 잘하고. 저 잘하죠, 선생님?"

휠체어를 밀어주는 남자 간호사가 웃으며 고개를 끄덕여주자 국영인 한 아름 받은 과자를 뜯고 싶어서 안달을 내며 날 쳐다보았다. 먹어, 라고 말하기 무섭게 과자 봉지를 뜯는 손길이 여전히 말할 수 없이 서툴다.

"오늘 같이 온 사람, 나희 누난데 기억 나?"

내 말에 국영이 나희를 쳐다보았지만 도리도리 고개를 젓고 다시 과자에 정신이 팔렸다. 해보나 마나 한 소린 줄 알면서도 조금 낙심한 나를 나희가 토닥여주며 국영에게 말을 걸었다.

"안녕, 누나는 우나희라고 형이랑 결혼할 사람이야. 앞으로 잘 부탁해, 국영아."

"…아안녕. 그은데 누나는 공주님이야?"

낯가림을 하는지 눈을 피하며 국영이 묻자 나희가 눈을 깜박이다 "왜? 내가 공주님처럼 보여?"하고 물었다.

"결혼은, 왕자님이랑 공주님이랑 하는 거잖아. 누나가, 형아 공주님이야?"

나희가 나를 돌아보며 갸우뚱했다. "그런가?"하고 묻는 듯, 확인하는 듯 중얼거리는 사랑스러운 얼굴에 나도 빙그레 웃고 국영에게 대신 대답했다.

"맞아, 국영아. 나희 누나가 형아 공주님이야. 형아 공주님 예쁘지?"

힐끔 훔쳐본 국영이 고개를 끄덕이며 응, 했다. 공주님에게 더 할 말 없냐고 물으니 국영은 과자를 입에 문 채 고민하다가 문득 눈을 빛내며 말했다.

"과자 더 많이 사다줘!"

나희는 웃음을 터뜨리곤 꼭 그러겠다고 국영과 손가락을 걸어 약속했다.

함께 점심까지 먹고 국영이 병동으로 돌아가는 모습을 배웅한 후 또 다른 병동을 찾았다. 이쯤 되자 나희도 무언가 심상찮은 예감이 들었던지 잠자코 내가 가는 데로 따라왔다.

그리고 창문에 튼튼한 철창을 덧댄 병실에 동그마니 앉아 있는 내 어머니를 본 순간 나희는 급히 숨을 들이켜며 입을 가렸다. 어머니는 오늘도 침대 머리맡에 웅크려 앉아 실물만 한 어린아이 인형을 꼭 끌어안고 계셨다.

"어머니, 저 왔어요."

말을 걸어도 전혀 들리지 않는 듯 간간이 몸을 떨며 안고 있는 인형에게 흥얼흥얼 알아들을 수 없는 노래를 해줄 뿐이다.

"…어떻게 된 거야? 설마 국영이 사고 났을 때 어머니도?"

"같이 계셨던 건 맞는데 교통사고 때문은 아니야."

"그럼?"

"처음엔 국영이 저렇게 되고, 그 현실을 감당 못해서 우울증이 왔어. 병원에 모시고 가려고 했지만 내가 하는 말이 먹힐 리가 있어야지. 혜주도 그땐 마침 유학 가 있었고. 허공에 대고 도끼질하는 것에도 진력이 나서 몇 달 소식을 끊었다가 아파트 관리사무소에서 전화가 와서 가보니 집이 난장판이었어. 병원에 모셔가서 알코올성치매 판정 받고 그 뒤로는 이렇게 모시는 거야."

"아…. 아직 그럴 나이가 아니신데…."

나지막이 탄식하고 나희는 내 팔을 잡으며 안타까운 눈으로 나를 올려다보았다.

"혼자서 힘들었지?"

울컥하며 눈시울이 뜨거워지는 것을 겨우 참았다. 하물며 반 이상 내가 키운 거나 다름없는 혜주도 내가 방치해서 어머니가 저렇게 된 거라며 나를 원망했었는데. 놀라고 황망한 나머지 나온 헛소리였다며 나중에 혜주가 사과했지만 원래 내가 품었던 죄책감에 더해져 내 안에 도통 아물지 않는 생채기를 남겼다.

"얼마나 속이 상했을 거야. 남한테 말은 못하고…. 불쌍한 휘영이."

손을 뻗어 자기보다 한 뼘은 더 큰 내 머리를 따뜻하게 쓰다듬어준다. 점점 더 위태롭게 뜨거워지는 눈. 입술을 깨물어 얼른 숨을 고르면서도 나희의 손을 피해 고개를 돌리거나 하지는 않았다. 그녀의 위로가 좋았다. 너무 따뜻하고 상냥해서 이제 겨우 내 안의 상처에 반창고를 붙일 수 있을 것 같았다.

"우와아아아! 시끄러, 우리 국영이 깨잖아, 가, 가! 다 필요 없으니까 가! 으아아, 우리 애기, 우리 국영이, 다쳤니? 미안해, 엄마가 미안해, 국영아. 의사 불러, 의사! 우리 국영이가 다쳤어, 의사!"

별안간 잠잠하던 어머니가 우리를 돌아보며 고성을 지르다 인형을 내던졌다. 그러곤 퍼뜩 놀라 달려와 인형을 끌어안고 울부짖으며 의사를 찾았다. 복도에서 대기 중이던 간호사가 들어오면서 우리를 밖으로 내보냈다.

닫힌 문에 달려 있는 작은 창으로 난리법석을 피우는 어머니를 간호사둘이 진정시키려고 노력하는 모습이 보였다. 차마 더는 보지 못하고 발길을 돌리며 나희의 팔을 잡아끌었다.

툭 트인 바깥으로 나오고서야 겨우 숨이 제대로 쉬어지는 것 같았다. 그제야 등 뒤에 있는 나희에게 변명하듯, 호소하듯 중얼거렸다.

"저렇게 되셨어. 국영이도, 어머니도 살아 있는 동안엔 내가 짊어지고 가야 해. 어때, 나희야. 좀 사기결혼이란 생각 들지 않아?"

나희가 내 앞으로 돌아와 부드럽게 나를 안아주었다.

"그런 생각 전혀 안 해. 어머니 일은… 정말 생각도 못했던 불행이지만 그래도 살아계셔서 다행이라고 생각해. 영영 잃어버린 것보다는 훨씬, 훨씬 다행이라고."

"글쎄…. 저게 정말 다행일까? 국영이에게도, 어머니에게도? 난 가끔은 뭐가 뭔지 모르겠어."

"우선은 있는 그대로 받아들여, 휘영아. 그런 어려운 건 나중에 좀 더 시간이 지나면 자연스레 보일지도 모르니까 괜스레 마음에 얹어두지 말고. 응?"

눈이 아까보다 조금 더 부은 것 같지만 그만큼 더 투명한 빛을 머금은 눈으로 나희가 내 말을 기다리고 있다. 내 대답은 당연히 하나밖에 없다.

"그럴게, 나희야. 그렇게 할게."

어리광부리듯 그녀의 품으로 안겨드는 나를 나희가 마주 안고 오래도록 등을 토닥여주었다.

작고 가녀린 몸, 힘주어 안으면 부서질 것 같은 이 약한 존재에게 나는 다시금 기대려 한다. 이렇게 약해 보여도 함께 있을 때 내 역량의 이백, 삼백 퍼센트를 끌어낼 수 있었던 마법 같은 존재였다. 그녀를 잃은 나는 백 퍼센트에 한참 못 미치는 반편이, 개구리 왕자에 불과했고.

이제 그녀를 되찾아, 나는 온전한 인간으로, 나아가 이백, 삼백 퍼센트의 신휘영으로 돌아가리라. 그리고 그 가능성을 모조리 나희에게 바칠 것이다.

그 어떤 동화 속의 공주님보다도 더 행복한 공주님이 될 수 있도록.

에필로그. 일루미네이션
#2. The Giving Tree

"있지, 트리가 좋겠어."

"트리?"

제대로 들은 게 맞는지 의심하며 내가 반문했다. 나희가 돌아보면서 "응, 트리."라고 말했다. 트리. 아무리 생각해봐도 그것에 어떤 특별한 의미가 있는지 알 수가 없었다. 그래서 다시금 물었다.

"나무란 뜻의 그 트리?"

"으음, 내가 말하는 나무는 조금 특별한 나문데. 힌트를 주자면 12월?"

"12월이라면… 설마 크리스마스 트리?"

내 경악을 아는지 모르는지 나희는 "정답입니다!"하고 해맑게 웃었다.

나는 분명 결혼선물로 받고 싶은 걸 물었다. 저녁식사 전에. 그리고 저녁식사가 끝난 지금 나희가 대답했다. 크리스마스 트리를 받고 싶다고.

아무런 맥락도, 개연성도 알 수가 없다. 나희의 종교가 그쪽인 것도 아니고 1월도 거의 끝나가는 이 시점에 크리스마스 트리?

가볍게 헹군 접시를 나희에게 건네면서 나는 마지막이란 심정으로 물었다.

"크리스마스 트리에 내가 모르는 어떤 의미라도 있나?"

"의미? 글쎄, 아마 없을걸? 있다고 해도 나는 그런 쪽은 잘 모르지."

"그런데 왜…"

"그냥 갖고 싶어서. 갖고 싶은 걸 말하라는 거 아니었어?"

나희의 천진한 눈을 보자니 괜히 맥이 빠지는 기분이다. 딴에는 언짢은 기색을 보이지 않으려고 애쓰면서 말했다.

"결혼선물로 받고 싶은 거라고 했잖아. 트리는 좀…"

"왜? 나도 진지하게 생각하고 말한 거야."

그녀가 잠시 손을 멈추고 내 쪽을 보며 눈을 깜박거렸다.

"떠올리기 쉽게 크리스마스 트리라고는 했는데 내가 말하는 건 딱히 크리스마스 한정은 아니야. 크리스마스 말고도 기쁘고 즐거운 날은 얼마든지 있잖아? 그런 날에 반짝반짝한 일루미네이션을 보면 좋지 않을까 싶어서. 우리만의 축제 같은 느낌으로."

"그러니까… 굳이 이름 붙이자면 홀리데이 트리네?"

"응, 그렇게 부르니까 더 어울리는 것 같아."

나희는 다시 그릇을 달라고 손을 내밀며 재잘댔다.

"놓을 거라면 현관에서 들어올 때 잘 보이는 자리가 어떨까 싶어. 조명을 쓰지 않을 때도 유쾌한 장식 같은 느낌으로. 트리에 작은 상자나 주머니 같은 걸 매달아서 메신저 박스처럼 써도 좋을 것 같고."

"메신저 박스?"

"얼굴을 보고 말하긴 좀 뭣한 것들 있잖아. 그런 걸 전하는 통로도 있으면 괜찮지 않겠어?"

어떤 의미인지는 알겠는데 그럴 필요가 있을까 솔직히 의문이었다. 그래서 약간 미적지근하게 "글쎄…."하며 말꼬리를 흐렸다.

"난 네가 무슨 말이든 어려워 말고 해주면 좋겠는데. 어떤 경우에도 비꼬거나 비평하지 않겠다고 맹세할게."

과거의 전적이 있느니만큼 정색을 하고 약속했더니 나희가 그럴 것까진 없다면서 웃었다.

"너무 예쁜 말만 주고받는 것도 조금 우스꽝스럽지 않나? 가끔은 톡톡 쏘아대고 짜릿한 설전도 나쁘지 않아. 감전사할 정도가 돼선 곤란하겠지만."

말하는 사이 치워야 할 그릇이 동났다. 나희는 식기세척기 문을 닫고 전원버튼을 누르며 그럼 수고하라고 세척기를 독려했다. 아직까진 볼 때마다 웃음이 나는 광경이었다.

오랜 시간 자취를 하면서 저도 모르게 몸에 밴 버릇이란다. 다리미에게, 냉장고에게, 텔레비전에게 말을 붙이는 그녀의 모습을 떠올리면 웃음이 나다가도 씁쓸하기 짝이 없는, 양가적인 기분이 든다. 나와 계속 함께였다면 그런 우스꽝스러운 버릇 같은 건 생기지 않았을 텐데.

나희는 배를 문지르면서 잠시 식탁 의자에 기대앉았다.

"아, 배가 너무 부르다. 맛있다고 폭찹을 너무 많이 먹었어. 나 거의 삼인 분쯤 먹은 것 같은데."

"먹을 수 있을 때 잘 먹어야지. 여태 빠진 거 보충하려면 그 정도론 어림도 없어. 속이 많이 부대끼면 좀 쉴래?"

"걷지 못할 정도는 아니야. 나가자, 걷다 보면 속도 편해지겠지."

그리곤 앞장서서 주방을 나가는 나희를 나는 다소 복잡한 기분으로 바라보았다. 요 며칠 사이 그녀는 먹고 싶은 것도 많아지고, 그만큼 먹는 양도 늘었지만 대신 소화불량도 덤으로 얻었다. 요리만 전담하라고 고용한 자칭 잘 나가던 셰프 출신 헬퍼는 요리를 맛있게는 하는데 건강식과는 거리가 멀다. 메뉴도 너무 육식 쪽으로 치우친다.

그때 문득 나희가 절에서 지내는 동안 입덧이 거의 잡혔다고 한 게 기억나서 속으로 이거다 했다. 사찰음식전문가를 찾아보자. 아무리 신주가 좁다손 한 명은 찾을 수 있겠지. 정 안 되면 내가 속성으로 배우는 한이 있어도.

현관문을 열기 무섭게 매서운 한파가 얼굴을 때렸다. 살갗을 뚫고 들어오는 듯한 그 추위에 나희가 얼른 내 옆구리를 파고들었다. 운신이 버거울 정도로 껴입은 것도 소용없이 다시 내 품을 찾는 그녀가 지독하게 귀엽다. 아무래도 나이는 나 혼자 먹고 그녀는 어디에선가 시간을 멈추는 묘약 같은 걸 먹었지 싶다.

"춥다, 어제보다 오늘이 더 추운 거 맞지? 으으, 영하 십오 도쯤 되는 거 아닐까?"

발을 동동 구르며 말하는 나희를 내 코트 안으로 보듬어 안고 여긴 신주라고 한마디 해줬다.

"신주가 영하 십오 도로 떨어지면 다른 덴 다 얼어 죽을걸."

"그렇겠지? 근데 뭐가 이렇게 춥지! 이렇게 추운 겨울은 생전 처음인 것 같아."

"배 속 아이 때문에 추위도 두 배로 느끼는 걸까? 딴에는 저도 일 인분이라고."

"그런 건가? 그럼, 의연히 참아내겠어. 추위에 약한 아이가 되게 하진 않을 거야. 수족냉증도 절대 안 물려 줘야지."

의지로 어찌할 수 없을 것 같은 영역에 대해서도 나희는 단호하다. 나는 그 믿음에 초를 뿌리는 대신 코트 밖으로 나가려는 그녀 위로 두 팔을 둘러 손깍지를 꼈다.

"인내보다도 지혜를 키우게 하는 게 더 낫지 않을까? 난 우리 아이가 힘든 걸 참는 것보다 지혜롭게 극복할 줄 알면 좋겠어."

"…그러네. 참는 건 하책이고 극복하는 게 상책이야."

"진정한 상책은 애초에 추위에 강한 애로 태어나는 거지."

그 말에 "아, 진짜!"라며 나희가 웃음을 터뜨렸다.

"역시 그런 것도 널 닮아야 돼. 에이, 그냥 난 신휘영 클론을 낳게 해달라고 빌어야겠다."

"곤란해. 난 너 닮은 딸을 원한다고."

웃자고 한 말인 줄은 아는데 나도 모르게 정색하고 말았다. 나희는 나희대로 찌푸린 얼굴로 도리질을 했다.

"어엿한 우성인자를 두고 왜 열성인자에 자꾸 욕심을 내? 나 닮아서 좋을 건 하나도 없어. 아, 치아 말고는."

그러면서 성큼 걸음을 내딛는 그녀를 따라 나도 뒤뚱거리며 발을 뗐다. 임신에 따른 호르몬 변화 때문인지 나희는 부쩍 감정 기복이 커졌는데 오늘은 아무래도 부정적인 에너지가 큰 날인가 보다.

그런 날 나희는 잔걱정이 많다. 주요 레퍼토리는 가족의 병력. 그녀의 의지와 무관하게 나쁜 요소를 아이에게도 전해줄 수도 있다는 사실에 퍽 상심해서 눈물을 보인 일도 있다. 아이가 대학생일 때 자신은 할머니인 거 아니냐며 걱정하는 건 애교에 가깝다.

그럴 땐 나희가 실컷 걱정하도록 내버려두는 편이다. 느긋하게 들어주다가 그녀가 너는 아무 생각이 없는 거냐고 원망하면 한마디 해주는 것이다.

"괜찮아, 내가 어마어마한 부자가 될 테니까."

그러니 돈으로 해결할 수 없는 걸 좀 걱정해봐. 그런 요지의 말에 나희는 곧잘 스티브 잡스를 들먹이지만 우리 아이가 자랄 무렵의 의학기술은 그 사람이 죽을 때와는 또 다를 거라고 설득하면 이내 꽤 안심이 되는 얼굴을 한다.

그래서 요즘엔 그쪽 이야기는 거의 하지 않는 것과 별개로 여전히 스스로에 대한 불신은 강한 모양이다. 열등감이라고까지는 말할 수 없는데 제 역량에 대한 불신, 어차피 난 별 볼 일 없으니까 라며 체념하는 버릇은 나희의 고질 중 하나다.

지금의 차분한 모습으로 미루어 짐작하긴 어렵지만 처음 만났을 당시의 그녀는 쾌활한 개구쟁이에 가까웠다. 사려 깊은 할아버지의 교육으로 타인과 공감하는 능력이 탁월했던 명랑하고 구김살 없는 소녀였다.

그런 천진함을 조금씩 좀먹어간 것은 행동거지가 경박하기 짝이 없던 나희의 엄마라는 여자였다. 멍청하고 게으른데 놀기는 좋아하는 어수룩한 사람이 가질 수 있는 여러 단점을 지니고 있던 그 여자는 어린 딸보다 별반 나을 것 없는 정신연령으로 딴에는 엄마랍시고 딸에게 이런저런 것들을 가르쳤다.

그게 다 하나같이 가관이었다. 에이, 공부에 목 안 매도 돼. 날 닮아서 공부머리도 없는데 뭐 하러 애써? 여자는 예쁜 게 최고야. 그래서 젊을 때 돈 많은 남자 잡는 게 장땡이야. 고등학교만 졸업하고 얼른 시집 가. 내가 그때 최고로 예뻤거든? 너도 날 닮았으니까 그 무렵에 제일 비싸게 쳐줄걸. 내가 그 무렵엔 남자 얼굴에 꽂혀서 뭘 몰랐는데 살아보니까 그런 거 아무 쓸모없어. 남자는 무조건 돈이야. 명 짧고 돈 많은 남자 물어서, 일찌감치 미망인이 되는 게 최고지.

그런 소리를 내가 있는 자리에서도 아무렇지 않게 했고, 그때마다 나희는 얼굴이 벌게져서 그만 좀 하라며 엄마를 쫓아내곤 했다. 한여름 무더위에 열어놓은 창문 너머로 곧잘 그 여자의 커다란 목소리가 흘러나오곤 했다.

대충 하는 시늉만 해. 숙제 그거 잘한다고 누가 알아준다고. 어차피 공부도 못하면서. 이리 와, 엄마가 매니큐어 발라줄게. 여자는 무조건 예쁘고 봐야 한다니까.

나쁜 여자는 아니었다. 딸에게 관심도 있었고 애정도 있었다. 하지만 빈말로도 좋은 영향을 끼쳤다고는 말할 수 없다. 더 냉정하게 말하자면 그 여자는 나희의 자존감도둑이었다.

그리고 나희는 엄마가 바보 같은 말을 한다고 투덜거리면서도 어느 순간부터 제 엄마의 입버릇을 중얼거리게 되었다. 역시 난 공부머리가 아니구나. 늦기 전에 기술이나 배울까.

종종 체념어린 소릴 하게 된 나희. 어쩌면 엄마란 사람을 겪으면 겪을 수록 강해진 의혹이 그런 절망감을 키웠을지도 모른다. 직접적으로 말한 적은 없지만 나희는 가끔 자신이 할아버지의 친손녀가 아닐 거라는 뉘앙스를 풍기곤 했다.

언젠가 한 번은 나희가 오래된 앨범을 보여준 일이 있다. 할아버지와 고인이 된 할머니, 아버지의 모습이 담긴 앨범이었는데 특히 아버지의 어릴 적 모습을 가리키며 나희는 말했다.

'봐봐. 잘 보면 할아버지 얼굴도 있고 할머니 얼굴도 있다? 근데 나하곤 닮은 데가 하나도 없어. 엄마는 내가 엄마 판박이라고 하는데 내가 보기엔 그 정도는 아닌 것 같거든. 네가 보기엔 어때? 나 그 정도로 엄마 닮았어?'

'닮긴 했는데 판박이는 오버지.'

'그치? 닮긴 했지만 그 정도는 아니야. 그럼 내 반은 누굴 닮은 걸까?'

멍하니 턱을 괴고 아버지의 사진을 들여다보던 나희의 표정이 아직도 내 가슴에 남아 있다. 정작 그 자리에선 한가한 고민이나 한다며 대수롭지 않게 넘어가 버렸는데.

그때 나는 어떤 말을 하는 게 좋았을까? 다소 억지스럽더라도 안심이 될 만한 말을 해줬다면 나희의 마음가짐도 조금은 달라졌을까?

뒷맛이 씁쓸한 것을 언제까지 되새김질만 할 수는 없다. 우선은 나희의 가라앉은 기분을 북돋우는 게 급선무다.

"그렇게 열성인자라고 싸잡아 말하기야? 그럼 너한테 빠져 있는 내가 뭐가 돼. 눈이 삔 얼뜨기?"

꼭 붙어서 걷다 보니 걷는 자세가 펭귄 같아 열심히 걸어도 별 진전이 없다. 그래도 부지런히 내딛던 걸음을 딱 멈추고 나희가 올려다보며 물었다.

"내 외모에 빠진 건 아니지 않나? 그랬다면 이 자리에 나 말고 다른 여자가 있었을 것 같은데. 어때, 후보자 꽤 되지?"

"어? 그거 왠지 지뢰가 있는 질문 같은데."

"무슨 꿍꿍이가 있어서가 아니라 그냥 그렇다고. 그리고 네가 멋진 여자를 만났다는 걸로 질투 같은 걸 할 생각도 없어. 마지막에 나한테 온 게 중요한 거잖아. 내가 위너라고."

강한 척하는 게 아니라 실제로 자부심이 묻어나는 말에 웃음이 나왔다. 그런 기조, 대단히 마음에 든다.

그래서 순순히 생각해 보았다. 자칭타칭 미인으로 분류할 수 있는 여자를 꽤 보긴 했다. 짧게 짧게 만났던 여자 중에는 지나가는 사람들마다 한 번은 뒤돌아볼 정도로 대단한 미인도 있었다. 그런데 나는 그런 정형

화된 미모에 끌리는 부류는 아니었다. 아름답긴 한데 내게는 향기가 없는 꽃에 지나지 않았다.

굳이 끌리는 부류를 정의하자면 소녀처럼 천진하게 웃는 여자. 매사에 바지런한데 정작 제 일에선 어딘가 좀 서툴고, 호기심이 넘치면서도 겁이 많아서 주춤거리는 게 표가 나는 투명한 여자. 무엇보다도 정이 깊어서 제 사람에겐 한없이 충실한, 심지 곧은 여자가 좋았다.

결국 나는 나희 같은 여자를 찾고 있었던 것이다. 그러나 그 어떤 여자도 나희는 아니었다. 나희로 만들 수도 없었다. 그것을 다 늦게 절실하게 깨우친 것이 종잇조각처럼 구겨진 차 안에서였다.

일단 즉사는 면했다지만 여기서 살아나가는 게 가능할까 싶을 정도로 몸이 짓눌린 채 맥없이 바라볼 수밖에 없었던, 소위 주마등이라고 하는 것. 일에 치여 정신없이 지냈던 지난 십여 년은 금세 빛바랜 반면 어른이 되기에 급급하던 어린 시절의 일들이 찬란한 색채를 머금고 천천히 눈앞에 흘러갔다.

어제보다 조금 더 자라려고, 조금 더 단단해지려고 버둥거리던 그 시절의 필름 속엔 어쩌면 나보다 나희가 더 많이 존재했다. 남에게 얕보이는 게 죽기보다 싫어서 친구 한 번 집에 데려온 적이 없는 내게 이미 감추고 말고 할 게 없는 나희의 존재는 그나마 속을 좀 터놓을 수 있는 친구였다.

애는 착한데 야무진 맛도 없고 그다지 똑똑하지도 않고. 솔직히 처음 몇 년은 내심 깔보는 마음으로 어울린 게 사실이다. 아니, 솔직히 쭈욱 그런 마음이 베이스에 깔려 있었다.

아버지가 나희의 엄마와 함께 무주에서 사고를 당한 후로는 그게 나희 탓이 아님을 알면서도 문득문득 일어나는 짜증을 그녀에게 드러내 보이는 걸 서슴지 않았다. 아버지가 돌아가신 뒤 점점 더 히스테리가 심해지는 어머니로 인한 스트레스를 만만한 나희에게 풀었던 것도 맞다. 내가 아무리 험하게 굴어도 나희는 받아줄 거라는 걸 알고 그랬던 것도 맞다.

끝 간 데 없는 오만의 소치. 나희가 그런 내 교만을 덤덤히 받아준 까닭에 악습은 고착화되었고, 나중엔 별다른 가책 없이도 나희에게 가칫하게 굴었다.

동등한 친구라기보다는 갑을 관계에 가까웠던 기형적인 우정은 서울로 거처를 옮긴 뒤에도 한동안 그 모양새를 유지했다. 새로운 생활에 적응하느라 바빴던 나는 매일같이 걸려오는 나희의 전화를 별다른 이유 없이 무시하곤 했다. 어느 순간부터 그녀는 전화 대신 문자로 안부를 전했고 나는 어쩌다 내키면 성의 없는 단답을 보내줄 뿐이었다.

내 생일에 학교로 찾아온 그녀를 학교 앞 가게에 선물만 맡기고 가라며 얼굴도 안 보고 돌려보낸 적도 있다. 정이 떨어졌을 법도 한데 그 뒷날 나희는 또 아무렇지 않게 안부문자를 보냈다. 그걸 보고 나는 속도 좋다, 라고 비웃은 게 고작. 선물에 대한 감사 문자도 보내지 않았다.

한 학기가 다 지나서야 나희가 일한다는 곳에 찾아가 볼 마음이 생겼다. 그 무렵 나희는 낮에는 PC방에서 일하고 있었는데 보니까 PC방 사장이라는 작자가 치근대는 폼이 심상치 않았다. 서른대여섯쯤 되는 놈이 스무 살짜리 알바를 꼬드기려고 수작 부리는 게 빤히 보이는데 나희 저 바보는 온순한 강아지처럼 헤헤거리며 그걸 또 좋다고 받아주고 있다.

일 끝나고 나오면서 나희가 "우리 사장님 친절하지?"라고 말할 때엔 기가 차서 웃음도 안 나왔다. 당장 알바 때려치우라는 내게 나희가 처음으로 반항을 했다. 한가할 땐 컴퓨터 자격증 공부도 할 수 있고 사장님도 친절하고 페이도 좋은 일을 왜 그만둬야 하냐면서.

"쓸데없이 페이가 많은 게 문제야. 넌 이 근처 피씨방 알바 평균 시급이 얼만지 알기나 해? 네가 받는 시급이랑 비교해보고 네가 과연 그 돈 받을 정도로 하는 일이 있나 생각해봐. 돈도 좋지만 사람이 양심이 있어야지."

사장 새끼가 마음에 안 든다는 이야기는 교묘히 제쳐두고 그런 말로 나희를 무안하게 만들었다. 나희는 내가 찾아가고 이주 후엔가 그곳을 그만두었다.

다음으로 일했던 베이커리에선 여섯 살 위라는 제빵사가 적극적으로 대시를 하는 바람에 내게 SOS를 쳤다. 남자친구가 있다고 말했는데 핑계인 줄 안다며 괜찮다면 한 번 와주지 않겠느냐는 메시지에 시간표가 비는 수요일에 나희를 데리러 간 걸 시작으로 수요일과 토요일은 베이커리에 들러 가볍게 요기를 하고 과외를 하러 가곤 했다.

그러는 동안 제빵사에겐 달리 사귀는 여자가 생겼지만 그것과 별개로 나희에게 관심을 보이는 남자 손님을 둘이나 보았다. 내가 찾아가는 날에만 둘이었다. 누가 또 귀찮게 하는 놈 없느냐고 넌지시 물었더니 번호를 달란 사람이 있기는 했다며 나희가 얼버무렸다. 그때도 나는 네가 실실 웃어대면서 여지를 주니까 그런 놈들이 생기는 거 아니냐며 애꿎은 나희를 비난했다.

결국 나희는 베이커리도 반년 조금 지나서 그만두고 밤에 하는 알바를 구했다. 번호를 달란 정도를 넘어 집까지 쫓아오는 남자가 있다는 걸 알게 된 건 얼마 후의 일. 그 무렵엔 나희의 자취방에 도둑까지 들었다. 그때부터 나는 나희의 자취방에 가끔 들르게 되었다.

결정적으로 정신이 번쩍 든 건 문제의 강도 건이 터졌을 때. 저 어수룩한 애를 뭘 믿고 그런 데서 혼자 지내게 했을까 나 자신에게 부아를 터뜨리며 당장 자취방을 학교 가까운 곳으로 옮기고 내 집인 것처럼 드나들었다.

그리고 나희가 건넨 뜻밖의 제안에 당황했던 건 맞지만 그것을 수락하기로 결심하는데 걸린 시간은 채 한 시간도 안 됐다. 마침내 나희를 안았을 때엔 너무 당연한 일을 하고 있다는 생각밖에 들지 않았다.

시작이 어려웠을 뿐, 빠져드는 건 간단했다. 그전까지 또래 녀석들의 욕구불만에서 나온 음탕한 언행을 경멸하다시피 했던 내가 아침에 눈을 떠서 잠드는 순간까지 나희를 안는 것만 생각했다. 실행에 옮기는데 주저하지 않은 건 말할 것도 없다. 나희는 달마다 있는 며칠을 빼곤 한 번도 "안 돼."라는 말을 한 적이 없다.

거의 일 년 가까운 시간을 질릴 줄도 모르고 애욕에 취해 있으면서도 학점을 그럭저럭 끌고 간 것은 관성이라기보다는 나희를 의식한 과시였다. 한없이 이기적인 내 면면에도 불구하고 나희의 눈을 지키고 있는 그 동경의 빛, 갈망을 불 피울 연료를 내 손으로 바닥낼 만큼 나는 어리석지 않았으니까.

유학 이야기를 받아들인 것 또한 그 연장선. 내 향상심이란 것은 알고 보면 특정 관객을 필요로 하는 지극히 쇼 비즈니스적인 것이었다.

나희와 꽤 긴 시간 떨어져 지내야 한다는 점이 상당한 압박으로 다가온 것은 사실이다. 그러나 당시의 나는 그 정도는 충분히 컨트롤 할 수 있다고 자신할 만큼 오만했다.

떠나는 당일 아침, 알바를 마치고 파김치가 되어 집에 온 나희를 곧장 잠자리로 끌고 들어갈 만큼 절실했던 주제에.

떠날 날이 다가오면서 알 수 없는 충동에 떠밀려 샀던 반지 한 쌍을 손만 뻗으면 가져올 수 있는 자리에 두고 있었다. 그러나 거칠게 요구하는 나를 만만찮은 격정으로 그러안는 그녀를 보면서 형체가 흐릿했던 불안의 한 조각마저 잠재웠다.

나는 내게 닥친 변화만으로 벅차서 정작 나희가 어떤 얼굴을 하고 있는지 주의를 기울이지 않았다. 때때로 멍해지고, 나를 볼 때 쓸쓸한 눈빛을 짓곤 하는 건 나와 떨어져 지낼 일에 대한 막막함쯤으로 생각해 대수롭게 여기지 않았다.

한숨도 못 잔 얼굴로 공항에 와서 내게 책을 선물하던 나희의 붉게 충혈된 눈이 보기 싫어 아직 시간이 남았는데도 게이트로 향했다. 마지막 인사라고 한 말은 '잘 있어'나 '건강해'도 아닌 '그럼.' 한마디. 주머니 속의 반지는 끝내 건네지 않았다.

그렇게 도착한 미국에선 근 반년을 매일같이 전력으로 마라톤을 하는 기분으로 살았다. 시간을 분 단위로 쪼개 쓰면서 한가해질 틈 따위 전혀 두지 않고 공부에 미쳐 지냈다.

그러나 결국 과부하가 걸린 몸에 탈이 나면서 레일에서 이탈했다. 약한 신경쇠약 조짐도 있어 무조건 쉬어야 한다는 처방에 따라 침대에서 뒹굴대며 보낸 일주일 남짓한 시간. 나희가 준 책을 펼쳐본 것도 그런 나날 중 한때였다.

눈으론 활자를 따라가면서도 머릿속으론 나희를 떠올렸다. 그 직전까지 금기로 봉하고 꽁꽁 덮어두었었기에 잠긴 입구를 여는 순간 그녀에 대한 기억이 폭발적으로 터져 나와 전신을 뒤흔들었다.

보고 싶었다. 당장 만지고 싶어서 견딜 수가 없었다. 그 순간 나희와 내 사이에 놓인 물리적 거리가 절망적으로 멀어 숫제 미칠 것만 같았다.

마지막으로 본 나희의 모습을 떠올리며 생전 처음 자위란 걸 했다. 실체가 아닌 이미지를 범하는 그 초라한 수작에 대한 수치스러움도 잊고 금세 빠져들었다. 내 품에서 나희가 보여준 그 모든 반응이 흡사 만져질 것처럼 생생해서 몇 번이고 절정까지 갈 수 있었다.

눈을 뜨자 격하게 고양되었던 만큼이나 거세게 추락했지만.

나희. 나희를 만나야 해.

한국까지 왕복할 비행기표 값이 엄두가 나지 않아 생각도 하지 않았던 일을, 같이 유학 온 동기에게 돈을 빌려 표부터 예매하고 보았다. 그러자 조바심도 어느 정도 가라앉아 회복도 빨라졌다.

일주일의 마지막 날 나는 다시 『율리시즈』를 펼쳤다. 그리고 편지를 발견했다.

'이게 뭐지?'

다 읽고 난 후의 첫 느낌은 꼭 그러한 의아함이었다. 나희가 무슨 말을 하려는 건지 이해할 수가 없었다. 나는 몇 번이고 편지를 반복해서 읽었다. 이윽고 그 뜻을 이해했을 때 나를 사로잡은 건 격렬한 분노였다.

'우나희, 고작 생각해낸 게 이런 치졸한 테스트야?'

결단코 편지에 쓰인 게 나희의 진심일 리가 없었다. 나는 그렇게 생각했고 행간에 적힌 그녀의 속내를 알아봤다고 믿었다. 투정이었다. 내 앞에선 한마디도 못하고 고작 이런 편지에 칭얼대며 가지 말라고 투정부리고 원망한 것이다.

어쩐지 몇 달 동안 이메일 한 통이 없다 했더니 이게 열없어서 그랬던 거군, 하고 납득까지 했다. 책 좋아하는 내가 이렇게 오랫동안 그녀가 준 책을 보지 않을 거라는 건 미처 계산에 없었을 테니까.

그렇게 투정할 만큼 서운했던 건 아닐까 하는 이해심 같은 건 당시의 내겐 없었다. 그저 나를 불쾌하게 만들었다는 것에만 길길이 날뛰며 한국에 가려고 예매했던 표까지 취소했다.

내 쪽에서 먼저 달래주는 일 따윈 있을 수 없었다. 절절히 후회하고 다시 내게 다가오는 건 나희가 해야 할 일이었다. 그때까지 마음고생이나 실컷 하라지. 다 나희가 자초한 벌이니까.

…벌. 스물두 살의 나란 놈은 진심으로 내가 나희에게 벌을 주는 거라고 믿었다. 해가 바뀌어 스물세 살이 된 후에도 그 믿음엔 이렇다 할 금이 가지 않았다.

그러다 혜주 편에 나희 할아버지가 퍽 편찮으셨던 모양이라는 소식을 접하고 비로소 내 오기에 가까운 고집도 한풀 꺾였다. 나희의 일신에 문제가 생겼을 가능성을 떠올린 것도 그 무렵. 나는 학기가 마무리되길 기다렸다가 근 일 년 반 만에 한국 땅을 밟았다.

그러나 그때 이미 나희는 신주에 없었다. 집에 사람이 없어서 할아버지도 못 뵙고 문 앞에서 서성이는 날 알아본 동네 터줏대감 할머니가 나희는 대전에서 일하는 모양이더라고 알려주었다. 대전? 너무 뜬금없는 지명에 나는 노인의 노망기를 의심하며 좀 더 골목길을 서성거렸다.

그때 우연찮게 집 앞에 멈추는 집배원 오토바이를 보았다. 그리고 집배원이 나희네 집 우편함에 우편물을 몇 통 넣는 걸 본 순간 내 안에 번득하는 계시 같은 게 스쳤다. 정확히는 나희의 자취방에서 보았던 할아버지의 편지가 떠올랐다.

나희의 할아버지는 휴대폰 문자를 보내는 것에 제법 익숙했지만 역시 문자보다는 편지라는 옛날 방식에 더 익숙한 분이었다. 나희가 정말 다른 지역에서 지내고 있다면 지금도 정기적으로 주고받는 편지가 있을 것이다. 내 운이 조금만 따라준다면… 하고 집배원이 떠난 후 들춰본 우편함.

있었다. 대전 주소를 또박또박 적은 나희의 편지가.

곧장 터미널로 가서 가장 빨리 출발하는 대전행 고속버스에 올라탔다.

해 떨어질 무렵엔 나희의 주소지로 되어 있던 허름한 빌라가 있는 골목에서 그녀를 기다리고 있었다.

나희는 아홉 시가 넘어 약간의 술냄새를 풍기며 나타났다. 여전히 가냘픈 요정 같았던 그녀 옆에는 살짝 비틀거리는 그녀의 허리를 감싸 안은 남자가 있었다. 나희는 그 남자를 '오빠'라고 부르며 익숙한 듯이 남자의 어깨에 머리를 기댄 채로 빌라로 들어갔다.

남자는, 자정이 넘어 떨어지는 빗방울에 흠칫하며 내가 정신을 차릴 때까지 밖으로 나오지 않았다.

약간 멍한 채로 발길을 돌려 걸음을 떼면서도 내가 뭘 본 건지 믿기지가 않았다. 나희는 내 여자였다. 여전히 서로를 묶고 있는 이름은 '친구'에 불과했지만 그래도 내 여자란 사실엔 변함이 없었다. 그런데 방금 내가 본 건….

나는 비로소 나희가 준 편지가 액면 그대로 하고 싶은 말을 적은 것일지 모른다는 생각을 했다.

절교합시다, 친구여.

그 편지의 주요 골자, 그것이 나희의 본심이었을지도 모른다고.

추적추적 내리는 비가 내 눈에 들씌워져 있던 착각이란 비늘을 벗겨낸 순간 표연히 진실이 부상했다.

나는 나희를 잃었다. 이미 오래전에.

'어떻게 그럴 수 있지? 어떻게 네가 나 없이 살아?'

빗속에서 흐릿하게 솟아 있는 빌라를 돌아보면서 나는 그 순간조차 오연하게 그녀를 탓하고 있었다.

'그게 가능하다고? 네가? 흥, 그랬단 말이지?'

헛웃음. 이어서 이를 앙다물며 돌아섰다. 뛰어 올라가 나희의 집 대문을 두드리는 상상 따윈 순전한 망상으로 치부했다.

왜 그래야 하는가? 감히 제가 먼저 날 버렸는데 내가 왜? 내가 뭐가 아쉬워서? 깨끗이 절교하겠다, 나야말로!

진저리를 내며 한국을 떠났고, 공부든 운동이든 악에 받친 듯이 몰두했다. 여자도 만났다. 노골적인 호의를 보이며 접근하는 여자들이 전에도 없었던 건 아니지만 그럴 시기가 아니라며 모조리 거절한 게 얼마나 한심했던지.

아무래도 카사노바가 될 만큼 비위가 강하진 않아 진지한 관계까지 가기 전에 탈락하는 경우가 대부분이었지만 기준을 낮추고 낮춘 끝에 몇 명인가의 여자와 연애 비슷한 걸 했다. 가장 길게 만난 건 일 년 남짓. 개중에 날 퍽 많이 좋아한 여자였는데 결국은 내 무심함과 이기적인 면에 두 손 들었다.

'당신, 그냥 섹파를 만들어. 좋아할 마음도 없으면서 여자를 왜 만나니?'

날 떠나면서 여자가 했던 말. 헤어지는 마당에 구태여 알려주진 않았지만 그래도 그녀가 내 딴엔 아껴준 여자였다. 결혼을 하면 어떨까 하는 가정까지 했을 만큼.

그 후론 접근하는 여자가 있을라치면 초반에 경고했다. 나는 이기적인 놈이라서 나를 제1순위로 삼을 여자가 필요하다. 물론 내 1순위는 나고.

그 결과? 이미 말한 대로다. 등 뒤까지 찾아온 죽음을 의식하며 나는 나희를 떠올렸다. 유일한 사랑이 될 줄도 모르고 어처구니없이 놓쳐버린 내 친구. 내 연인.

오랜 후회가 눈물이 되어 솟구치는 걸 절감하며 아직 내게 남은 시간이 있다면 기필코 바로 잡으리라 다짐했다.

그리고 내게는 바로 잡을 기회가 있었다.

"뭐야, 그렇게까지 오래 숙고해야 할 일인 거야? 대체 여자를 몇 명이나 만났으면 이래?"

볼멘소리를 하며 나희가 슬며시 내 발을 밟는 시늉을 하는 것에 피식 웃으며 상념에서 빠져나왔다.

"아쉽게도 몇 명 안 돼."

"아쉽게도? 아, 이제 결혼 앞두고 보니까 여자 많이 못 만난 게 아쉽고 막 그런가 보네?"

그런 체하던 것이 정말로 질투로 승화하기 전에 얼른 나희의 뺨에 볼을 비비며 말했다.

"그런 건 전혀 아쉽지 않아. 너도 알다시피 나 사람들이랑 허물없이 어울리는 거 질색하잖아. 여자는 뭐 사람 아닌가."

"그럼 뭐가 아쉽다는 거야?"

"지랄 맞은 내 성격. 어떻게 된 게 좋게 끝난 여자가 없어. 꼭 너 같은 여자 만나란 악담은 기본에."

"흐음. 대충 상상이 가서 안타깝네."

고개를 절레절레 저으며 나희는 위험한 남자를 골랐다고 탄식했다. 내게 무정하게 헤어진 여자들의 원한이 붙어 있을 거라나.

"원한까지 가질 만큼 나한테 몰두했던 여자도 없었으니까 안심해. 보통 사람들은 주면 준 만큼 받고 싶어 하지 너처럼 받는 거 상관없이 주기만 하진 않아."

"왜. 나도 언젠가는 받고 싶었어. 아낌없이 주는 나무 같은 거 아니라고."

"아, 그거 좋다. 아낌없이 주는 나무. 아낌없이 주는 나희."

"그런 거 아니라니까 뭐라는 거야."

투덜거리는 나희를 함빡 끌어안으며 나는 행복에 겨워 말했다.

"나만 한 행운아가 세상에 몇이나 될까? 달리 없겠지? 우리 나희는 세상에 한 명뿐이니까."

"…으아아아, 너무 간지럽잖아. 그런 소린 내 앞에서만 해. 다른 사람 앞에서 해서 팔불출 소리 듣지 말고."

"글쎄. 너 하는 거 봐서."

"내가 뭘 어떻게 해야 하는 겁니까, 신휘영 씨?"

정색을 하며 따져 묻는 말에 나는 웃으면서 나희의 귓가에 몇 마디 속닥거렸다. 그녀는 밥 먹은 지 얼마나 됐느냐며 쏘아붙였지만 얼굴이 화끈 달아오른 게 나에게까지 전해졌다.

"근데 너 교묘하게 말 돌렸다? 후보자 좀 되지 않느냐고 물었는데 왜 그 이야긴 쏙 빼?"

"아, 후보."

이미 잊어버렸던 주제를 다시 건네받아 대답했다.

"탈탈 뒤져봤는데 없어. 내 앞에 버젓이 경국지색이 있는데 그런 호박들 따위. 대체 우나희 말고 세상에 미인이 있긴 한가?"

나희가 문득 걸음을 멈추더니 온몸을 부르르 떨었다. 그리곤 나를 돌아보며 울상을 지었다.

"팔불출 코스프레도 적당히 해. 나도 버거워!"

그 쫑긋거리는 입술을 쪽 훔치며 나는 말했다.

"의심을 버리고 들어. 그럼 진심이 느껴질 테니까."

"그러니까 그렇게 자꾸 비행기 태우지 않으셔도…"

"의심하지 말랬지? 내 눈엔 흠잡을 데 없는 미인이야. 더없이 예뻐. 사랑스러워. 우나희가 최고야."

"아이참, 하지 말라니까 더…. 심술쟁이."

쑥스러운지 귀를 막으며 고개를 푹 숙이는 나희를 마주 보게 돌려세워 입맞춤을 퍼부었다. 그녀가 이리저리 머리를 돌리며 피하는 것에 더욱 자극받아, 장난으로 시작한 게 진지해지는 덴 얼마 걸리지 않았다.

잠시 호흡을 고르며 주위를 둘러보는 내 눈에 가까이에 있는 온실이 들어왔다. 다행스럽게 거기에도 휴식을 위해 꽤 안락한 베드소파를 들여놓았다. 나는 빙긋 웃고 나희를 번쩍 안아 들어 온실로 향했다.

"있지, 휘영아."

온실을 보고 나희도 내 짐작을 알았는지 작은 입술을 혀로 훔치며 물었다.

"엄마 아빠가 매일같이 사랑을 나누는 게 정말 태아 지능발달에 도움이 돼?"

"그렇다니까? 논문에서 봤어."

"논문…이란 말이지."

대학 진학을 하지 않은 나희는 논문이라면 지레 대단할 줄 알고 겁부터 먹는다. 그럼에도 불구하고 오늘은 그 논문 읽어보고 싶다고 용기를 냈다.

"영언데 괜찮겠어? 영국에서 발행된 논문이라."

"좀 이상한 조사는 죄다 영국에서 나오는 것 같아. 아무튼, 도전할게. 영어공부도 할 겸."

"전문용어가 많아서 힘들 거야. 차라리 내가 번역을 해줄게."

"그럼 나야 좋고."

나희의 해맑은 웃음을 보며 온실로 들어가는 문을 열었다. 훅 끼쳐오는 적당히 습하고 따듯한 공기에 금세 나른한 고양이처럼 웃는 그녀가 어찌나 요염한지 나도 모르게 마른침을 삼켰다. 엉터리로 꾸며내야 할지도 모를 논문 따위는 잠시 잊어버리자. 나희가 직접 고른 물빛 소파가 우리를 기다리고 있었다.

때를 놓치긴 했지만 그래서 거품이 빠진 합리적인 가격으로 트리용 전나무를 구할 수 있었다. 본채의 현관으로 들어서면 만나는 널찍한 홀의 벽난로 가까이에 트리를 놓아두고 일루미네이션을 휘감고 있자니 어쩐지 내 기분도 설레는 게 다시 소년이 된 것 같았다.

시험 삼아 일루미네이션을 켜보자 아주 짧은 딜레이 후 화악 새하얀 불빛들이 피어났다. 시간차를 두고 파랗고 노랗고 붉은빛들이 차례차례 점멸하는 걸 한동안 홀린 듯이 바라보았다. 나희가 이걸 그렇게 갖고 싶어한 이유를 분명히 알 것 같았다.

기세를 이어가 황금 볼을 주렁주렁 달아매는 한편 메신저박스 노릇을 하도록 복주머니도 두 개 매달았다. 마지막으로 은색 로고를 나무 꼭대기 부근에 매다는 것으로 내 일은 끝났다.

나희가 꼭, 꼬옥 하고 강조했던 꼭대기의 황금별을 올리는 것은 그녀의 몫으로 남겨놓고.

임산부 요가를 마치고 돌아온 나희는 현관에서 트리를 보곤 우뚝 멈춰섰다가 환호성을 올리며 달려왔다. 뛰지 말라고 내가 만류하는 소리는 들리지도 않는 듯 달려와선 온통 트리에 정신이 팔려서 손뼉을 치며 발까지 굴렀다.

"와, 병원에서 본 것보다 열 배는 더 근사한 트리야. 안 사줄 것처럼 해놓고서 이렇게 깜짝 놀라게 하고, 너 진짜…."

가늘게 뜬 눈으로 나무라듯 쳐다보는 시선에 내가 어깨를 으쓱하자 나희는 금세 웃음을 터뜨리며 날 끌어안았다.

"엄청 고맙다고. 거의 단념했었는데 갖게 되니까 더 기쁜 거 있지."

"그걸 노렸습니다."

"아하하, 좋은 노림수야. 어, 근데 별은? 왜 별이 없어? 설마 까먹은 거야?"

"설마 잊었을 리가요. 대미의 장식은 당연히 공주님 몫으로 남겨놓았습니다."

"어머, 배려심도 깊으시지. 과연 부마의 자격이 있어요."

"말로만 칭찬하시는 겁니까? 여기, 제 뺨이 둘 다 놀고 있는데."

"호호호, 기꺼이 상을 드려야지요."

장단을 맞춰주는 나희와 짧게 애정확인을 한 다음 트리 옆에 장식품으로 놓아둔 여러 상자 중에서 별 장식이 든 상자를 열었다. 안락의자를 딛고 올라선 나희의 다리를 잡아주며 그녀가 무사히 별을 트리 꼭대기에 올리는 걸 지켜보았다.

"그거 야광반사판이라서 밤에도 꽤 잘 보일 거야. 어차피 이 부근에 작은 불 하나는 늘 켜둘 거니까."

"이거 빛나는지 보게 일부러 밤에 물 마시러 나와봐야겠네? 기대돼."

두 손을 모으고 기뻐하던 나희는 문득 별 아래에 걸어놓은 은색의 영문 로고를 보고 고개를 갸웃했다.

"이거 이제 보니 메리크리스마스가 아니라 The Giving Tree? 주는 나무란 뜻인가?"

"기억 안 나? 네가 한 말에 힌트 얻어서 주문 제작한 건데."

"내가 한 말? 무슨 말?"

동그란 눈으로 내려다보는 나희에게 씩 웃으며 대답했다.

"아낌없이 주는 나희."

"뭐? 아, 아! 아낌없이 주는 나무구나, 그치? 이게 책 원제목이야?"

"응. 심플하지?"

"조금 많이 심플해. 한글로 번역한 제목이 훨씬 와 닿잖아. 근데… 또 이건 이것대로 괜찮다. 더 기빙 트리. 호들갑스럽지 않아서 여운도 있는 것 같고."

"자자, 감상은 그만 내려와서 하시는 게 어떨까요, 공주님? 아직 점등식이 남아 있습니다."

갸웃이 로고를 바라보며 생각에 잠긴 나희의 주의를 환기시키자 금세 "응!"하고 기쁜 얼굴로 대답하며 의자에서 내려왔다. 한눈에 보기 좋게 나희더러 몇 걸음 뒤로 물러나게 하고 스위치를 누르자 내가 미리 확인했던 순서대로 일루미네이션이 반짝거리기 시작했다.

몇 초가 흘러도 조용하기만 한 게 신경 쓰여 돌아보니 그녀는 가슴에 손을 얹은 채 마냥 황홀한 듯 웃고 있었다. 그리고 그 얼굴 그대로 나를 바라보며 두 손을 펼쳐, 와서 안아달란 신호를 했다. 물론 기꺼이 공주님의 뜻에 따랐다.

"최고의 결혼선물이야. 정말 고마워."

감사 인사는 확실히 접수했지만 정정해줄 말이 있었다.

"고작 이 정도를 내 결혼선물이라고 생각하면 곤란해. 나는 나대로 준비하는 게 있으니까 기대하라고."

나희가 포옹을 풀며 못마땅한 표정을 지었다.

"쓸데없이 큰돈 쓰지 말라니까 그러네. 머잖아 화군이도 태어나고, 또 화군이 동생도 갖게 될지 몰라. 우린 지금 너무 기분 낼 게 아니라 인생을

498

아주 길게 봐야 한다고."

"충분히 길게 보고 있어. 설마 날 못 믿는 거야?"

"물론 믿지. 믿지만…."

"그럼 됐어. 거기에 어중간한 단서 같은 거 붙이지 마. 그냥 날 믿어주면 좋겠어. 한없이, 맹목적으로. 나, 네 기대에 확실하게 부응할 테니까."

나희의 손을 들어 올려 가냘픈 손등에 맹세하듯 입을 맞췄다. 나희는 물끄러미 그런 나를 쳐다보다가 한숨을 쉬었다

"한없이 믿을 거란 건 약속해. 그렇지만 두 눈 크게 뜨고 널 지켜볼 거야. 너 지치고 쉬고 싶어질 때가 오면 얼른 달려가 무릎을 내어줄 수 있게."

"그건… 좋아. 그렇게 해."

조금 가슴이 간질거려 온다. 별안간 눈시울도 좀 뜨거워지려는 건 무슨 까닭인지 모르겠다.

"근데 나 네 무릎이 고파서 꾀병 부릴지도 모른다. 미리 경고했어."

짐짓 농지거리를 하면서 그런 내 감정에서 살짝 거리를 둔다. 나희가 활짝 웃으며 고개를 끄덕였다.

"꾀병이든 뭐든 네게 필요가 된다면 그게 내 행복인걸."

더는 참지 못하고 그녀에게 고개를 기울여 입술을 포개었다. 이렇게 사랑스러운 사람을 두 눈 빤히 뜨고 놓쳐버리다니, 나는 아마 머리가 어떻게 됐던 게 분명하다. 미국에서 날 진료했던 의사가 돌팔이였음이다. 그때 난 경미한 신경쇠약이 아니라 초고도의 신경쇠약에 걸렸던 게 확실한데. 그리고 거기서 회복하지 못한 채로 십수 년을 산 것이다.

내게 닥쳤던 죽을 고비에 감사한다. 그것은 눈에 보이지 않는 어떤 선한 힘이 내게 기회를 준 것이리라. 다시 살 기회. 구원의 기회를.

"…천장에 겨우살이 장식을 달아야 할까 봐."

긴 입맞춤에서 잠시 그녀를 자유롭게 해준 순간 나희가 눈을 감은 채 속삭였다. 이내 그 의미를 깨닫고 "그러게."라고 대답했다. 내게도 아이디어가 하나 떠올랐다.

"이 근처에 작은 턴테이블을 둬도 좋을 것 같아."

"턴테이블이면, 레코드판 재생하는 그거?"

"그래. 일루미네이션이 반짝이는 트리 앞에서 턴테이블이 들려주는 유쾌한 곡에 맞춰 춤을 추다가 겨우살이 아래서 키스하는 거야. 로맨틱하지 않아?"

"듣는 것만으로도!"

나희가 가볍게 탄성을 터뜨리며 내 가슴에 머리를 기대었다. 그리고 곧 눈을 반짝이며 물었다.

"우리 춤추지 않을래? 지금이라도."

"음… 좋아. 이가 없으면 잇몸이지. 노래를 골라볼게. 어떤 분위기가 좋겠어? 역시 블루스?"

휴대폰을 꺼내 들며 묻는 말에 나희는 엉뚱하게도 "왈츠에 어울리는 곡!"이라고 외쳤다. 왈츠? 하고 내가 확인하자 힘차게 고개를 끄덕였다.

"전에 사교댄스 잠깐 배웠거든. 오래돼서 거의 잊었는데 왈츠는 출 수 있을 거야. 정말 쉬워. 가르쳐주면 너도 금방 배울 거야."

"그렇구나. 왈츠…란 말이지. 근데 사교댄스라면 파트너가 대개 남자 아닌가?"

"남자지 보통. 짝이 맞지 않으면 몰라도."

"잘은 몰라도 그게 남자가 여자 허리를 끌어안고 손을 잡았던 것 같은데… 여자는 남자 어깨를 잡던가?"

"거의 정확해. 역시 신휘영, 모르는 게 없어."

나희는 생글거리며 웃고, 스마트폰을 두드리는 내 손가락 끝엔 점점 힘이 실리고.

물론 이런 걸 꼬투리 잡아 나희를 언짢게 할 생각은 전혀 없다. 그러나 한동안 '사교댄스'란 놈이 내 두통의 원인이 될 거란 것은 자명했다. 이렇게나 옹졸한 종잔 거 나희가 알 일이 없어야 할 텐데. 표정만큼은 완벽에 가깝게 컨트롤하며 나는 찾아낸 곡을 나희에게 보여주었다.

"이 곡 괜찮겠어?"

"완벽합니다."

나희가 엄지를 치켜세운 곡, 요한 스트라우스 2세의 〈봄의 소리〉 왈츠가 실내에 흐르는 가운데 그녀는 내게 춤을 위한 포즈부터 가르쳐주었다. 나희의 말대로 간단히 익힐 수 있는 춤이었지만 덕분에 나는 본 적도 없는 나희의 춤 파트너에 대한 때늦은 질투로 이글이글 타올랐다. 이런 춤을 추면서 나희를 마주 보는데 흑심이 생기지 않았다면 그게 더 이상한….

"있지, 우리 결혼 파티 때 이 곡에 맞춰 춤추는 거 어때?"

옹졸한 나와 달리 나희의 생각은 미래로 향하고 있었다. 비록 나희의 예전 댄스 파트너에 대한 질투 삼매경 중이지만 이의는 있을 수 없다.

"우리 결혼식하고 어울릴 것 같긴 하네. 근데 몸이 점점 무거워질 텐데 춤 괜찮을까?"

"괜찮을 거야. 하루 종일 추겠다는 것도 아니고. 그리고 있지, 산달은 아직 멀었다고. 노심초사는 아직 일러."

고개를 끄덕이면서 나희의 배를 쳐다보았다. 6월 말까지는 아직 많은 시간이 남아 있다.

과연 어떤 녀석이 찾아올지에 대한 궁금함은 만나는 그날까지 즐거운 기대로 남겨 놓기로 하고. 지금은 눈앞에 있는 나희에게만 집중하자.

혼인신고를 이미 했음에도 불구하고 결혼식이 아직이라서 그런가 약혼자라는 기분에 젖어서 보내는 하루하루. 대단한 주례도 구름 같은 하객도 없는 조촐한 파티에 가까운 식일망정 웨딩드레스를 입은 나희를 볼 날을 나는 간절하게 기다리고 있다.

새삼 멀게 느껴지는 3월 4일.

우리는 25년 전 그날 처음 만났다.

❖

어이, 우나희.

내가 지금 이 편지를 쓰려고 몇 장이나 되는 파지를 만들었는지 상상도 못할걸. **누구** 때문에 손 편지에 대한 노이로제에 걸렸기 때문이야.

결국은 다른 데 노트한 것을 베껴 쓰기에 이르렀어. 그 **누구**가 책임감을 십분 통감해주면 좋겠네.

여하튼 지금 난, 잠든 너를 두고 나와 서재에 틀어박혀 편지를 쓰는데 아까운 시간을 쏟아 붓고 있어. 네가 요가에 간 동안 써볼까 했는데 주변이 너무 환한 탓인가 도무지 진도가 안 나갔어. 어떤 편지는 적당한 어둠 속에서만 쓸 수 있는 것 같아. (절교장 같은 것도 어둠에 틀어박혀야 쓸 수 있는 걸까…? 말했지? 노이로제니까 이해해줘.)

기왕 메신저박스라는 게 생긴 김에 앞으로 종종 편지를 써야겠다고 각오를 세운 건 좋았는데 이게 좀 어렵다. 작정하고 판을 깔아주면 오히려 잘 못 논다는 말이 왜 있는지 알겠어.

그래서 일단 떠오르는 대로 세 가질 적어보았어. 편지에 꼭 써야 할 말.

1, 사랑한다고 강하게 어필할 것.

2, 나희의 아름다움을 칭송할 것.

3, 요즘 들어 자꾸 나를 따돌리려고 하는 점에 강력히 항의할 것.

1과 2는 더 조목조목 정리해서 다음 편지에 장대한 서사시처럼 써주겠다고 약속할게. 그리고 3은 날 밝으면 얼굴을 보고 직접 말할 생각이야.

다시 천명하지만 난 네 수능공부를 열렬히 응원해. 다만 몇 달 정도는 내 지도하에 기초를 쌓고 종합학원에 등록하는 게 좋겠다는 입장이야.

적어도 결혼식하고 신혼여행은 다녀온 후에.

아니, 출산 후에 조리도 하려면 맥이 끊길 테니까 학원등록은 아예 그 후로 미루는 게 좋겠어. 지금처럼 혼자서 학원을 알아보러 다닌다거나 하는 거, 절대 바람직하지 않아.

결국 말을 꺼내버린 김에 한마디 더. 종합학원의 평일반이라면 재수생, 삼수생이 바글바글할 거야. 스물 초반의 남자애들이 적어도 반은 되겠지.

너는 그 무렵의 남자애들 머릿속에 압도적으로 들어차 있는 게 뭔지 꿈에도 모를걸. 특히 공부 때문에 스트레스 수치가 간당간당할 이 어린 늑대들 앞에 미모의 연상의 여인이 오락가락하는 위험성에 대해 생각해본 적 있어?

결코 그 핏덩이들을 질투해서 이런 소릴 하는 게 아니야. 다만 나는 네가 너도 모르는 사이에 짓게 될 여러 악연을 미연에 막고 싶을 뿐. 수능도 망치고, 사랑도 잃고. 그러고 보니 네가 『젊은 베르테르의 슬픔』을 읽었는지 모르겠군. 조만간 선물할 테니까 읽어봐.

인상적인 첫 편지를 쓰고 싶었는데, 쓰고 보니 온통 불평불만이 되어버렸어. 또 찢고 다시 시작해야 하는 걸까, 아니면 이대로 보내서 내 인간적인 약점을 보여야 하는 걸까 잠시 고민해 봐야겠어.

이런, 시계가 벌써 다섯 시를 가리키고 있어. 얼른 돌아가 빠져나간 적이 없는 것처럼 네 옆자리를 지켜야지. 너는 모르게 입맞춤을 몇 번 할지도 몰라. 어쩌면 몇 번이 아니라 수십 번쯤.

혹시 나희 네가 밤중에 문득 깨어났을 때, 내가 쿨쿨 자고 있다면 그보다 더한 일을 해도 좋아. 기쁘게 잠에서 끌려나와 응해줄 테니까.

불평불만을 늘어놓고 마지막은 음담인가. 기가 막힌 첫 편지로군. 고민이 길어지겠어.

어쨌든 여기서 펜을 버려놓고 너에게 돌아갈게.

네 품이 그리워서 도저히 안 되겠어.

멋진 남편이, 사랑을 담아.

- The End -